文春文庫

孤愁〈サウダーデ〉

新田次郎・藤原正彦

文藝春秋

目次

美しい国　9
領事代理　44
砲艦千島　67
赤い海　105
ネムの木　128
野砲十門　149
スナイドル銃実包　187
信任状捧呈式　209
別離　232
外人墓地　248
徳島のおよね　269
地鳴り　305
神前結婚　323
里帰り　362
コルク樫　392
露探　418

日露開戦 450
祖国愛 457
白い日本人 482
抱擁 511
日本通信 536
敦盛 564
徳島へ 596
盆踊り 621
哀しみの日々 652
森羅万象 680
あとがき 716
主要参考文献 718
解説 縄田一男 721

孤愁

サウダーデ

美しい国

激しい雨がひとしきり続いた。

貨客船ベルギー号はその雨に辟易したかのように速度を落し、霧笛を鳴らしながら進んでいた。船客たちは夜のように暗くなり、雷鳴を伴った豪雨におそれをなしてか各部屋に引込み、不安そうな目を船窓に寄せていた。

日本の長崎港が間近いというのに、このような嵐ではと、彼等は一様に不安を抱いていた。三分の二の乗客は日本に来たことのある外国人であり、三分の一は初めて日本を訪れる外国人であった。

ポルトガル人、ヴェンセスラオ・デ・モラエスもまた入港を前にして突然襲って来た雨に対して目を向けたが、別に驚いた様子もなく、悠然とパイプタバコをくゆらせていた。

「ひどい雨だ。船は無事長崎港に着くことができるだろうか」

同室の英国人が言った。

「雨は三十分後には止むでしょう。そして間も無く晴れます」

モラエスはポルトガルの海軍少佐であり、マカオの港務局副司令官の地位にいた。彼の航海の経験によるとこの雨は単なる雷雨であってそれほど長続きするものではなかった。

「三十分後にな」

英国人は香港から来た商人であった。彼はモラエスが士官の制服こそ着ていないが、身分がら海のことにくわしく、従って気象にも通じているだろうことを察しはしたが、降りしきるこの豪雨が三十分後に止むと自信ありげに言い切ったのにはいささか驚いたようだった。

「きっとだね」

「きっと晴れる。晴れねば詩にならない」

「詩？」

英国人はモラエスが突然言い放った詩という単語に戸惑ったように目を見張った。

「あなたは軍人なのかそれとも、詩人なのか」

「その両方である。さらにつけ加えるとあなたと同じような商人でもある」

「分らないな」

と英国人はいまさらのようにモラエスの顔を見直した。この男はまだ四十歳を越えてはいないな。そんな気持でじろじろと見詰められたのが気になったのか、それとも、この部屋の空気に飽きたのかモラエスはパイプをくわえたままで立上った。六尺（一八一センチ）豊かな体軀をした彼が歩き出すとただでさえ天井が低く、狭い船室がさらに小さく見えてくる。

「晴れねば詩にならないと言う意味は」

「日本が見えないからさ」

「ああ、なるほど」

英国人は見事にモラエスにかわされたことで苦笑しながら、

「さて、その日本はあなたにとって果して詩になるだろうか」

「詩にならねば、随筆か小説になるだろう」

英国人はいよいよ分らないという顔をした。

雨はモラエスが予言したようにそれから三十分後に止んだ。蒸し暑い船室の中で我慢していた乗客たちはいっせいに甲板に出た。

さわやかな風が甲板を吹き通っていた。沐浴をすませたベルギー号は元気を取り戻したように東に向って速度を上げた。

雨は止んだが、空は雲で覆われ、やがて西の空の雲間から太陽が顔を出すと、その光に追われるように雲は東側に掃き寄せられ、やがて西の水平線上にくっきりと太陽が姿を現わすと、東の空いっぱいに充満していた水蒸気の壁が白く輝きはじめた。

船は太陽を背にして白い水蒸気の壁に向って進んでいた。船が進むと、その距離だけ白い水蒸気の壁は後退して行くようでもあり、薄れて行くようでもあった。やがて、白い水蒸気の壁と海との境界にはっきりと隙間ができ、その隙間の向うに緑の大地が見え始めたとき、船の前面に雄大な虹が姿を現わした。

甲板に出た乗客の多くは声を放ってその美しい景色を称讃した。

「虹の門をくぐりぬけたところが日本だ」

英国人がモラエスに言った。だがモラエスはそれには答えず、双眼鏡を目に当てたまま熱心に前方を観察していた。

「なにか見えるかね」

英国人はモラエスが持っている双眼鏡を貸して欲しいというかわりにそのような訊き方をしたのである。

「虹の橋の向うに日本が見える」

モラエスは双眼鏡を英国人の手に渡すと、双眼鏡で覗いたばかりの緑の陸地が次第に姿をはっきりさせてゆくのを見詰めていた。緑が濃くなると、それだけ霧の壁は薄くなり、やがて虹は消えた。

モラエスは空を見上げた。完全に空は霽《は》れ上り、おそらく今宵は満天に星を戴く夜になるだろうと思った。

船室に入る乗客は少なかった。長崎の緑の島や岬が夕陽を受けて輝く美しい光景に見とれたまま、時間の経つのも忘れているようであった。

モラエスは地図を手にしていた。彼はベルギー号が間違いなく長崎港へ向って進んで行くのを図上で確かめてから、なにか言った。なにを言ったのか誰にも分らないほど小さな声だったが、よく手入れが行き届いた彼の口髭が動くのを英国人は見逃がさなかった。

「詩ができましたか」

英国人は双眼鏡をモラエスに返して言った。

「勿論できました。だが私の胸の中に書かれた詩が文字になって現われるには、なおしばらくの時間がかかるでしょう」

「さぞかし美しい詩でしょうね」

「さあどうでしょうか、悲しい詩かも知れませんよ」

モラエスはそう言ったとき、彼の瞳の中にはなにかしら淋しげな影が、瞬間だったが動いたようであった。

ベルギー号は長崎湾に入って行った。湾は細長く、それは湾というよりも河に入って行くようだった。

船が進んで行く両側の山の深い緑はしたたるばかりに輝いていた。右側は夕陽を真正面に受けて輝き、左側の一部は日蔭になっていたが、こまかい地形の隅々ははっきり見えていた。

モラエスは双眼鏡を再び手にしなかった。そこからはなんでも見えた。敢えて双眼鏡の助けを借りる必要はなかった。長崎湾を形成する地形のすべてに濃厚な緑の化粧がほどこされていた。なぜこのように鮮やかなのか疑問に思われるほど美しい濃い緑が海に向って流れこんでいた。附近の地形様相はポルトガルのリスボンの港になんとなく似ていて、リスボン港は海から河を溯ったところであった。だが、モラエスは、この長崎が、リスボン港よりもポルトの港によく似ていることに間も無く気がついた。

ポルトは大西洋からドウロ河を溯ったところにあり、両側が高い丘になっていた。地形的にはまことによく似ていたが、リスボン港もポルトの港もこのように深い緑には覆われてはいなかった。

モラエスは明治八年（一八七五）二十一歳で海軍士官になって三十九歳のこの年まで、アフリカ、インド、アジアの各地を航海していた。緑のしたたる港は何カ所か見ていた。現在彼が港務局副司令官をしているマカオの港もその背後は深い緑に包まれていた。だが、それよりも長崎の緑は勝れていた。

今までこの目で見て来たどの国の緑と較べても、この長崎のみどりに勝るものはない。

彼はそう思った。確かに美しいのだが、どこがどのように美しいのか自分でもはっきり表現できなかった。雷雨に洗われた直後ということも美しく見える理由の一つであろう。日本という未知の国に対する大きな期待でもあるだろう。

（だが、それだけではない。確かにこの長崎の緑は美しい）

それはモラエスの心を惹きつけて放さないものがあった。じっと見詰めていると、胸が踊り出すような美しさであった。更に見詰めていると悲しくなりそうな美しさであった。

「長崎では大いに儲けました。しかしもう長崎は終りです。これからは神戸です。横浜ですよ」

英国人がモラエスの耳許で言った。

美しい緑に心を奪われていたモラエスは現実に引き戻されて英国人の顔を見た。

「あれが日本の造船所です。日本はここに造船所を作り、一八八七年（明治二十年）には二百噸《トン》級の汽船を造り、現在は五百噸から千噸の船を造ろうとしています。おそるべき国ですね。それから日本にとって、油断ならない国の船がこの港にやって来ていますよ」

英国人が指さした方を見ると、一目でロシアの駆逐艦と分る船が二隻並んで碇泊していた。

「冬になると、ウラジオストックからロシアの艦隊がやって来てここに碇泊します。ロシアにとっては、さぞかしこの港が欲しいでしょうね」

英国人は最後の方は小声で言った。

ベルギー号は長崎港の中心に入った。東側の平坦地に長崎の町があった。山手の緑の中にはほとんど家はなく、緑にかわって段々畑が見えていた。だが南側の外国人居留地区に目をやると、大浦の天主堂を中心として洋館が山手の丘にかけて立ち並んでいた。目を長崎港の西側に投げると、そこにも人家が密集していた。稲佐のロシア人居留地をはっきり確かめることはできなかったが、それらしい洋館がところどころに見えていた。

モラエスは大浦の天主堂にもう一度目を転じた。うす緑色の尖塔の下に教会堂の白壁が見えていた。

「教会の右手の丘の上に見える白壁の家がスコットランド人のグラバー邸だ」

英国人はそう言ってから、モラエスがグラバー邸について説明を求めたならば、すぐそれに応じたいようなそぶりを示したが、モラエスは黙っていた。

彼は日本へ出張を命ぜられる前から特に日本に興味を持ち、長崎の歴史を調べていた。グラバー邸についてモラエスは既に知っているようだったから、英国人はグラバー邸の下の大浦の天主堂に関する説明を始めようとした。だが、その前にモラエスは口を開いた。

「一八六四年（元治元年）、フランス人司祭プチジャンが殉教者の二十六聖人に捧げるため建てた教会である」

モラエスは言った。モラエスがはっきりと大浦天主堂についての蘊蓄を傾けたのを聞いた乗客の一人が、

「私はポルトガル人が建てた教会だとばかり思っていましたが、そうではなかったのですか」

と訊いた。モラエスはそれに対して、やや高い調子の言葉で答えた。

「ポルトガル船が日本の種子島に漂着したのは一五四三年（天文十二年）です。フランシスコ・ザビエルが布教のために日本に来たのは一五四九年（天文十八年）でした。間も無く、ポルトガル船は長崎を盛んに訪れるようになり、教会もできたが、布教問題で日本側としばしばトラブルをおこし、一六三九年（寛永十六年）に至り、ついにポルトガルは日本から完全にしめ出されたのです」

モラエスはそれからの長い長い年月を懐古するかのように遠くに目を投げていた。モラエスの後を受けて、

「そして、オランダだけが日本と貿易を許された唯一のヨーロッパの国となった」

英国人がつけ加えた。

乗客の眼は長崎におけるオランダの象徴のように扇形をとどめている出島へひとしくそそがれた。船が止り碇をおろす音がした。

「さあ、上陸する準備をしませんか。勿論今夜あなたは船では寝ないでしょうね」

英国人がモラエスに言った。

貨客船ベルギー号は長崎で積荷をおろし、別の荷物を積みこんで明後日の朝早く出帆することになっていた。従って乗客は一夜を陸地で過すことができた。

「ホテルベルビューに一応は予約しておきました」

「ホテルでお泊りですか、これは驚きました」

英国人はいかにも驚いたような様子を見せた。それに対してモラエスは一応は訊いてみた。

「お知り合いの家でもあるのですか」

「私はたたみの上に寝ます」

「ああ、日本の旅館のことですね」

しかし、英国人はそれ以上、日本の旅館のことは言わずに、

「あなたは長崎の歴史についてはくわしいようですが、長崎自体についてはほとんど御存じないらしい。よかったら私が御案内しましょうか」

と言った。

波止場から次々と艀《はしけ》が漕ぎ寄せられて来て乗客を乗せて陸地へ向った。

長崎で下船する者もあったが、多くは長崎を経由して神戸か横浜に向う者だった。彼等は荷物らしいものは持たずに、艀に乗った。

モラエスは、船から艀に乗り移ったところで改めて港を眺めた。大きな船と船との間を小さな舟が走っていた。汽船に石炭船が近接し、石炭船から船倉に梯子が掛けられ、多くの日本人の手から手への順送りで石炭が積みこまれていた。遠くてその人たちの表情は分らなかったが、鉢巻きをした男の中に髪を手拭で覆った女性が混って働いているのが珍しい光景に見えた。

港にはほとんど波は立っていなかった。税関波止場の石の階段のところに艀が横付けになり、人が舟から石段へ体重を移すときだけ、足許に不安を抱いただけであった。

上陸した外国人は洋館風の構えをした長崎税関でいっさいの手続きを済まし、外貨を日本の金に交換して外へ出ると、通りに人力車がずらっと並んでいた。

モラエスにとって人力車ははじめての経験ではなかった。シンガポールで人力車に乗った経験がある。マカオにも人力車が多かった。だが日本で見る車夫の服装は違っていた。

紺の法被《はっぴ》に紺の前掛け、紺の股引、紺足袋に草鞋がけ、そして彼等は申し合わせたように白布の覆いをかけた菅笠をかぶっていた。胸から覗いている白いシャツが清潔な感じを与えた。近よると異様なにおいのする、シンガポールやマカオの車夫とは違っていた。

「まずどこへ御案内しましょうか」

英国人が言った。

「ホテルベルビューに行って、まずチェックインをします。それから長崎の夕景を眺めたい」

彼は空を見上げた。日暮れまでには間があった。

英国人は右手の二本の指を前に突出して二台の人力車を呼んだ。

年長の方の車夫が英国人の前にぺこりと頭を下げた。

「ホテルでちょっと止り、それからグラバー邸まで行ってくれ」

車夫はすぐ答えて歌うように言った。

「アイゴウ、ユーゴウ、グラバーハウス、テンセン」

英国人は頷き、モラエスに人力車に乗るように目で合図した。

英国人が乗った人力車が走り出し、その後をモラエスが乗った人力車が走り出した。

走り出して気がついたことだったが、英国人が乗った人力車の後を別な車夫が押しながら走っていた。モラエスはホテルベルビューでチェックインするとすぐ人力車に戻った。

人力車は間もなく、狭い坂道に入った。セミの鳴き声が山をふるわせていた。一人が人力車を曳き、一人が人力車のあとを押しているのである。どうやら、歩道と人力車が走る道とは違っているようだった。車夫が喘ぎながら車を曳いている様子がよく分るので、モラエスは人力車を止めて歩いて登りたいような気持になった。何度かそう言おうとしたが言えなかった。

「ここでよろしい。しばらく待っていてくれ」

英国人は車夫に言って人力車を止めた。そこはグラバー邸のすぐ下であった。そこから、石畳の坂を更に上ったところに恰好な見晴し場所があった。グラバー氏はよいところに家を建てたものだと言った。

英国人はこのあたりから長崎を眺めるのが一番美しい。グラバー氏はよいところに家を建てたものだと言った。

モラエスはこの英国人が自分の心の中まで見透しているような気がした。船の中でグラバー邸を見詰めていたとき、丘の中腹のその場所から船の方を見たいという気持はあった。その場所に連れて来てくれたことはありがたかった。

細長い長崎港には大きな船が二十隻ほどいた。その一つであるベルギー号は、呼べば声がとどきそうな距離にあった。

長崎の町にはほとんど隙間がないほど人家が溢れていた。すぐ眼の下に見える、大浦天主堂を中心としての外国人居留地以外はすべて、日本家屋の瓦屋根ばかりであった。ホテルベルビューの隣りに大きな屋根が日が没して間も無い空に向って黒い固い表情をして、そり返っていた。それが日本の神社か寺であろうことは、すでに予備知識として持ってはいたが、日本へ上陸してまず屋根から長崎を眺めたことに、なにか変ったためぐり合わせのようなものを感じた。

ベルギー号で長崎の緑を見たときのあの全身がふるえるような感激はここではなかったが、長崎の美しさは、船で見るよりも、この丘で眺めたほうがより現実的であった。長崎港の海を囲むように発達した町の景色よりも、幾重にも連なって見える、緑の山並が美しかった。

モラエスは丘に沿って吹き上げて来る風に頰を打たれながら、日本は予期した以上にすばらしいところだと思った。

モラエスは石畳の道を歩きたかった。ポルトガルのリスボンのように石畳の道が日本の長崎にあることが意外のようであり、当然のようにも思われた。それを自分の足でたしかめたかった。上陸したらまず歩くことが楽しみになっていた長い間の海軍の生活を通してみても、この際人力車に乗ることはなかった。

モラエスは英国人にその意志を率直に伝えると、彼はすぐ賛成して、

「では歩いてホテルベルビューまで行き、夕食後、また人力車に乗ることにしましょう。長崎の夜の町はいいですよ」

と言った。

英国人がなぜこのように人力車にこだわるのかモラエスには分らなかった。多分日本人が曳く車に乗って走るという単純な優越感をこの男は味わいたいがためだろうと、心の中で軽蔑しながらも、この男とさよならを言うほどの勇気もなかった。

石畳の道を景色を眺めながらゆっくりおりて行くと、花のかおりがした。洋館の庭の花壇がよく整理されて、ほとんどモラエスが知っているようなヨーロッパ種の花が咲いていた。ヨーロッパでは見られぬ、明らかに日本種のユリと思われる白い大輪が咲いている庭の前では思わず足を止めた。彼は白い花が特に好きであった。

クスの木のにおいがただよっていた。そのよく光る下葉はまだ露に濡れていた。

ホテルベルビューのレストランには船の中で顔を見知っている乗客が何人かいた。久

しぶりの上陸に彼等は異常なはしゃぎ方をしていた。

二人はゆっくりと夕食を済ませると、すっかり夜になった町へ行くために、ホテルの前に出た。そこにも何台かの人力車が待っていた。モラエスは直ぐに人力車には乗ろうとはせず、海岸通りをへだてて海を見た。海の中に浮いている多くの船のマストに掲げられたランターンが夜の港の飾りになっていた。予想していたように空には一点の雲もない星月夜だった。

「さあ丸山だ。夜の天使の城へ行こう」

英国人がそう言ったときモラエスは、人力車が行く先はおそらく遊廓であろうと想像した。彼が畳の上で寝ると言った意味が、今になって分ったことを苦々しく思いながら、常識として知っている日本の遊廓と実際の遊廓とがどのようにへだたりがあるか、見たいという気もいささかはあった。

人力車は丸山へ向って走った。暑いせいもあって、狭い道に人がいっぱい出ていた。モラエスは人力車の上から多くの日本人を見た。老人、子供、娘……、その中で特にモラエスの目をひいたのは娘たちであった。目を奪うような派手な着物ではなかったが顔と髪がよく似合い、着物姿に下駄や草履のはきものが調和が取れて見えた。着物のガラまでいちいち見ている間もなく人力車は彼女等の前を通り過ぎて行った。

モラエスは美しい娘さんと目が合うと、人力車を止めて、じっと見ていたいような気持になるのだが、人力車は梶棒に提灯をかかげ鈴を鳴らしながら、雑踏の中を走っていくから、ゆっくりと観察することはできなかった。

長崎についてすぐ丘の上に登り、長崎の屋根を見たときのように、人力車の上から日本人の頭を見おろして走っていることにモラエスは常でない自分を意識していた。なにかよくないことをしているようであった。だが一度に多くの日本人の目が、しかも、それらの目のすべてが好意を持って見上げているという確信は、彼にとって大きな喜びでもあった。悪意をこめた視線は感じなかった。

人力車は丸山の遊廓のはずれで止った。街路にはガス灯が輝き、二階建て、三階建ての大きな家が両側に立ち並んでいた。男たちがその街路を歩いていた。その中には、西欧人も散見された。洋館風の家もあり、純日本風の家もあった。門をくぐって中に入ると、たたきになっていて右側の張り見世に娼妓等が居並び、たたきの左側には娼妓の写真が掲げられていた。電灯が輝いていた。脂粉のにおいと、どこからか聞こえて来る三味線の音が異常な雰囲気をかもし出していた。

英国人はさっさと右側の娼妓の張り見世へ行って、ずらりと行儀よく並んだ女性たちの前を歩きながら相手を探しているようであった。娼妓たちのなかには片言の英語を話すものもいたが、目が合うとにっこり笑うか、恥しそうに身をよじったり、手を組み直したり、坐り直したりする以外は、客に対して積極的に出ようとはしなかった。他の娼妓と客の奪い合い、そして、面倒を起したくはないという配慮のようでもあった。彼女等の着物は美しかった。美しかったが重そうだったし、暑くるしそうに見えた。白壁のように化粧した彼女等の額に汗が粒になって浮き出ていた。

英国人は細面《ほそおもて》の女を選んだ。

彼は靴を脱いで楼に上るとき、

「いちいち顔を見て選ぶのがいやなら写真で選んでもいいのだぜ。ここにいい妓がいなかったら他の家へ行ってみる手もある。急ぐことはないさ。夜は長いからな」

彼はそう言い置いて妓と手をつなぎ、広い階段を上って行った。

モラエスは張り見世から、左側の写真が掲げてあるところに来た。娼妓たちの顔写真の上に裸電球がついていた。遣り手ばあが出て来てモラエスになにか言った。なにを言っているのか分らなかったが、彼女はすぐ引き返して洋装した娼妓の写真を五、六枚持って来て彼に渡した。この中から相手を選べということらしかった。モラエスはちらっと写真に目をやっただけだった。彼は幾許かの金をその女に渡すと、黙って外へ出た。隣りの妓楼へ行って見るつもりは毛頭無かった。彼は、なにか日本に裏切られたような気がした。

彼はもと来た方向へ引き返した。丸山の遊廓を出たところのガス灯の下に、人力車の溜りがあり、その前に足袋《たび》屋があった。漢字で大きく山口たびと書かれた看板が掲げられていたが、彼には読めないし、単足袋《ひとえたび》の意味も分らなかった。入口に吊り下げた大きな白足袋の見本が目についた。

彼は、ついさっき英国人と連れ立って階段を上って行った娼妓が白足袋を穿いていたことを思い出した。それだけが強く印象に残っていた。

モラエスは足袋屋に入った。番頭が畳の上に坐り、客はたたきに立っているという相対関係が不思議に思われた。ぬっと入って来た外国人に番頭はちょっと驚いたようだったが、すぐ作ったような笑顔を示して、座蒲団をすすめた。

モラエスは座蒲団に腰をおろし靴の上から足袋を穿く真似をした。外人客が足袋を買いに来たことが分ったのだから、番頭は大きな声で小僧たちに足袋を持って来るように命じた。

モラエスは靴を脱ぎ、靴下を取って日本の足袋を穿いて見たが、どの足袋も彼の大きな足には合わなかった。番頭は両手を畳の上に置き頭を下げ、客にあやまった。

「あそこにあるのなら多分この足に合うだろう」

モラエスは宣伝用に吊り下げてある足袋を指さして言った。その意味がどうやら通じたらしく番頭や小僧が笑い出した。そしてくどくどとその足袋は売り物ではないことをのべ立てた。モラエスは自分の足に合う足袋は無かったが、マカオに居る亜珍《あちやん》のために目見当で二足の女ものの白足袋を買った。女ものだということを分らせるのにまた時間がかかった。

モラエスはマカオに着任して間もなく、デンマーク人と中国人の混血である亜珍を知り、非公式の妻としたのは明治二十一年（一八八八）で亜珍が十四歳、モラエスが三十四歳の時だった。それから五年、現在は二人の男子があった。

亜珍のために白足袋を買ったことでモラエスは上機嫌だった。小僧が茶を運んで来て前に置いた。

彼はそれを飲んだ。緑茶はにがいことは知っていたが、それはあまりにも苦すぎた。

彼はこれこそ丸山の味だと思った。

外へ出ると、不思議な騒音が一度に彼に襲いかかって来た。その音は人力車に乗って町の中を走っているときも彼につきまとってはなれなかった。

丸山遊廓の石畳を歩いているときもその音はどこからかやって来て、彼の頭の底に響いた。足袋屋に居たときも、外から聞こえて来た。金属音ではないが、それに近い音だった。連続的に板を叩くような乾いた音だった。それは天からではなく地から湧いて来る音のようだった。

「ヘイ、ごめんなさい」

足袋屋の角を曲ろうとして、危うく彼にぶっつかりそうになった男がいた。男はモラエスを見上げて、脱げかかった新しい駒下駄を履き直すと前よりも大きな音を得意気に立てて、去って行った。不可思議な日本の音は下駄の音であった。

ホテルベルビューまではそう遠い距離ではなかった。そうは分っていても、日本語を知らないモラエスは不安だった。それに夜でもあった。

彼は帰りも人力車に乗った。

ホテルベルビューでの第一夜はよく眠れなかった。一晩中、頭の中で下駄の音がからんころんと鳴っていた。

蒸し暑いことはマカオと同じであったが、窓を開け放して置くと山の方から吹きおろして来る風が涼しかった。明け方はよく眠れた。頭の中で鳴っていた下駄の音は消えていた。

モラエスは朝食前に散歩する習慣があった。それは旅行中でも変えなかった。航海中はデッキを歩き廻った。起きるとすぐ彼は服を着て外へ出た。長崎の町はまだ完全に目をさましていなかった。

彼はホテルベルビューと隣接して、一段と高いところに、ホテルよりも大きくそり返っている瓦屋根の寺へまず行ってみたかった。その寺はホテルと近接していたが、寺門をくぐるには大きく迂回しなければならなかった。彼は一旦海岸通りへ出てから、寺を眼ざして石段を登った。

寺の広い境内を一人の少年僧が竹箒で掃いていた。少年僧は入って来た外国人にちょっと箒を休めて、円《つぶ》らな目を向けただけですぐまた仕事に取り掛った。

寺の広い庭に松があった。たしかにそれは松だったが、ポルトガルの松とは全く枝ぶりの違った松だった。モラエスは海軍士官であると同時に生物学者でもあった。動植物に興味を持ち、海の貝に関しての彼の研究は学界で注目されたことがあった。

彼は長々と下枝を延ばした松に少なからず興味を持った。下枝から松の頂点にいたるまでどの枝も素直な平面を保ちながら枝をひろげ、全体的には円錐形をなしていた。

彼は寺の庭の同種の松を目で探した。彼の背丈ほどの松があった。その松には、ここかしこに竹の添木がしてあったり、枝と枝を紐でつないだり、支えがあったりした。彼は更に庭の外へ目を移した。そこには、全くポルトガルの自然の松と同じような松が生えていた。ポルトガルの松の松毬《まつぼつくり》は電球ほどもあるのに、日本の松毬はピンポン玉のように小さかった。それ以外の相違は特にみとめられなかった。

　枝ぶりのいい寺の松は植物学的な変種ではなく、日本の庭師によって創造されたものであることに気がついたモラエスは、改めてその松の木を見上げた。それにしても見事なものだと思った。広い庭に竹箒の掃き跡の筋目をきれいに残して仕事を終えた少年僧は、モラエスに軽く一礼すると庫裡の方へ消えた。

モラエスは寺の背後に出た。そこは段々畑になっていて、よく手入れが行き届いた狭い場所に胡瓜《きゅうり》の棚が作られていた。小道に出ると夏草の露が靴を濡らした。

ホテルには外国人用の長崎観光のパンフレットが置いてあった。主要道路と名所、旧跡と買い物の為の老舗の名が入っていた。ホテルを中心として主要地点までの人力車料金の一覧表までついていた。

モラエスはホテルのフロントに出てその観光要図と絵葉書を見較べながらどこへ行こうかと思案していると、フロントにいた日本人がかなり荒っぽい英語で言った。

「諏訪神社へまず行ったらいいでしょう。人力車で三十分もあれば充分です」

「歩いて行きたいのだがね」

「それならこのパンフレットのここを指してスワテンプルと言えば、教えてくれますよ。長崎の人は親切ですから」

ほんとうに長崎の人は親切のようであった。彼は昨夜のことを思い出すと、忘れていた下駄の音がまた頭の中に蘇って来た。だがいまは、その音の中へ早く入って行きたいと願う気持の方が強かった。

モラエスは念のため日本人用の長崎名所案内図を買い、外国人用観光パンフレットを参照してそれに諏訪神社ほか観光主要点を記入してから外に出た。この案内図があればなんとかして目的地へ行けるだろうと思ったが、問題は日本人がどの程度文字を理解しているだろうかということだった。ポルトガルでは文盲率が高く、字を知らない者が多かった。案内図や地図など出しても首を振る者が多かった。

（日本人はどうであろうか）

モラエスはそのことに対して日本人に有利な望みをかけながら、実際は母国のポルトガルとほぼ同じようなことを内心期待していた。

海岸通りに出たところでモラエスは質問すべき最初の人を探した。頭に鉢巻きをした職人風の男がやって来た。五十歳ぐらいだった。

スワテンプルと言って長崎名所案内図を突き出すと男は怪訝そうな顔をしたが、モラエスが諏訪神社のところを指すと、

「ああ、諏訪神社か、そんならここを真直ぐ行って……」

と、その方向を示した。いかにも自信ありげであり、外国人に道を訊ねられて、教えてやることにほこりでも感じているかのような態度であった。別れるとき男は笑顔を見せた。

モラエスは、諏訪神社へ着くまで何度か日本人に道を訊いた。どの日本人も長崎名所案内図を示すと正しく道を教えた。日本人が字を知っていることに彼は驚いたが、更に驚いたことは、婦人に道を訊くと彼女たちは年齢にかかわらず一様に困惑し、次にはあわて出し急いで近くを通っている男を連れて来たり、店の男などを引張って来ることだった。だからと言って彼女たちが外国人を嫌っているのではなく、警戒しているのでも

なかった。全身に羞恥と不安をこめて突立っている姿の中には、なんとかしてこの外国人の目的をかなえさせてやりたいという真剣な気持が凝固しているように思われた。

諏訪神社の石段は背後の山の中に飲みこまれるように続いていた。高い高い石段は途中で一度切れて広場に出て、そこから一直線に神社に向って続いていた。

登りつめるとクスのにおいがした。セミの声が全山に満ちていた。神社を覆うように常緑樹が繁っていた。

モラエスは彼の前の日本人がやっているように、拝殿に向って柏手を打ち礼拝した。東洋の神社はマカオにもあった。しかし、マカオのポルトガル海軍基地の近くにある媽《マー》閣廟《コーミョウ》とはスケールにおいても清潔さにおいても雲泥の差があった。マカオの媽閣廟の入口には乞食が群をなしていたが、諏訪神社にはそれらしい姿はなかった。拝礼を済ませた日本人に従って社務所へ行くとそこには白い着物を来た男がお守りやおみくじを売っていた。

「イングリッシュ　オミクジ」

その白い着物を着た男が彼を見て言った。モラエスはおみくじがなんだか分らなかったが、日本人が銭を払ってそれを買い、中を開いて読んでいる表情を見て、きっとなにか楽しいことがあるのだろうと思った。イングリッシュ　オミクジは二銭であった。中を開くと、

《Oracle-Lucky in the End》

神託は「終り幸運」と大きな字で書かれ、更に小さな字で事を始めるに当ってはいろ

いろな困難があるが結局はすべてうまく行く。望みはかなえられ、病気は平癒し、結婚は成就、旅には天気に恵まれ、失せ物は間もなく見付かるだろう。そして最後に、

《Lucky Direction East》

幸運の方向は東であると書かれてあった。

モラエスは神託については理解できた。古代ギリシャには神託所が各地にあって、神託によって戦争や政治が進められたことさえあった。その神託が終り吉と書かれ、しかも具体的にその内容が記載されてあるのは嬉しいことであったが、幸運の方向は東であるという神託を理解することはできなかった。そこには英語でこれを説明できる人はいなかった。

彼はそのおみくじを丁寧にしまい込むと、神社の境内に続いている公園の方へ大きな鳥居をくぐって出た。石段を登るときも大きな鳥居が幾つかあった。彼には多分これが最後の鳥居だろうと思われた。

緑のしたたるような公園だった。高台だから吹き上げて来る風が涼しかった。

茶屋があった。店の前の藤棚の下に縁台が幾つか並んでいた。二組ほどの客がいて、茶を飲み菓子をつまんでいた。

モラエスは渇きをおぼえた。のどの渇きよりも、歩いて行く彼の方に向って並んで立っている茶屋の二人の美しい娘に心を牽かれたのである。二人は絣《かすり》の着物に、赤たすき、赤い帯をしめ赤い鼻緒の草履をはいていた。姉妹のようによく似ている彼女等はそろって微笑をたたえながらモラエスを迎えた。

「こちらへどうぞ」

背の高い方の娘がモラエスをあいている縁台へ招いた。

モラエスが縁台に坐るとまずお茶が運ばれて来た。彼は昨夜、足袋屋で飲んだにがい味を思い出しながらそれには手を出し兼ねていると、娘が気を利かせて、サイダーの壜《びん》を持って来て見せた。日本語と併記してciderと印刷した紙がはりつけてあるから林檎《りんご》酒《しゅ》だと思った。

娘の白い小さな手が栓抜きを握ってサイダーの王冠を取った。泡立った透明な液がコップにそそがれた。それは林檎酒ではなく、炭酸水に砂糖を混ぜたもののようであった。だがモラエスの渇いたのどにはそれは快い感触を与えた。

カステラを切って、三切れほど皿に盛りこんで運んで来た娘が、モラエスの前にそれを置いて言った。

「どうぞ、召し上ってみて下さい。長崎カステラの本舗から今朝買って来たものです」

モラエスはカステラという言葉だけはよく分った。もともとそれはスペインのカスティリア（Castilla）で作られたもので、ポルトガル語のカステーラ（castella）であった。その言葉と製法がポルトガル人によって日本に伝えられ、そのまま長い年月を経て生きていることにモラエスは大きな感銘を受けた。カステーラの他に幾つかのポルトガル語が日本に輸出され、そのまま日本語になっているということは予備知識として持っていたが、日本に上陸したその翌日にそれを耳にするとは思ってもいなかった。カステラは旨かった。ポルトガルのこの種の菓子とは違って、舌にねばりつくような甘味があった。

モラエスはカステラを食べながら、この菓子にはきっと苦い緑茶が合うだろうと思った。そのとおりだった。カステラを食べた口をお茶は洗い、後に茶のかおりだけを残した。

モラエスがサイダーよりもお茶の方を好むと見ると娘は新しい茶を入れかえて持って来た。

いつの間にか他の客たちが縁台から去って、そこにはモラエスだけになっていた。モラエスが三切れのカステラを食べてしまうと背の高い娘のほうが皿に山盛りにしたカステラを持って来た。娘たちが前に並んで坐った。

「たんと召し上って下さい」

と娘が言った。そのたんとという言葉がモラエスの目を輝かせた。

「たんと？」

聞き返すと娘は笑いながら、

「たんと、カステラを召し上れ」

と言った。

「たんとカステラ？」

「そうよ。たんとカステラよ」

娘たちは声をそろえて笑った。モラエスも笑った。たんとはポルトガル語のタント(tanto)と同じである。それほど多くのという意味であった。

もし彼女等がたくさんカステラを食べて下さいと言っているとすれば、そのたんともポルトガル語が日本語化したものなのかもしれない。

モラエスは上機嫌だった。美しい日本の娘さんたちを相手にして身ぶり手ぶりを混えて話をしながら茶を飲み、カステラを食べた。姉妹は英語の片言を知っていた。彼女たちはよく似ていたが、背の高い娘の方が美人だった。化粧はしていなかったが、もともと色白なのだろう、顔も手も草履を履いている足も白かった。黒曜石のように輝いている大きな目に見詰められると、その目の中に引きこまれそうだった。ポルトガルは長い年月にわたってアラブの支配を受けていた。だからポルトガル人の中にはアラブとの混血によって髪が黒く、目の玉が黒い人も多かった。しかし、今ここで見る姉妹のように純粋な黒い輝きの目を持った者はいなかった。

白い顔と結い上げた黒髪とがよく似合った。どちらかというと丸型の顔が髪によって引き立てられ、背丈も高く見える。

着物が足のくるぶしまで隠しているのも優雅に見えた。

「あなたがたも私といっしょにカステラを食べませんか」

とモラエスは身振りをまじえて言った。姉妹はなかなか承知しなかったが、やがて奥へ行って父親の許可を得ると、新しい取り皿と箸を持って来てモラエスの前に坐った。彼女たちはたった一切れのカステラを小さい口でつつましげに食べたが、それ以上はいくらすすめても手を出さなかった。

茶屋の前のマキの大木でセミが一段と高く鳴き出した。モラエスはこの茶屋でこの美しい娘たちと話しながら日暮れまで居たかった。なぜ、日本の娘はこれほど美しいのだろう、礼儀が正しく、清潔でつつましやかなのであろうか。モラエスはマカオでの亜珍との生活や、亜珍のところへときどき訪れて来る、中国婦人のことを思い浮べていた。

新しい客が来た。中年の女連れだった。三人の女性がそろって日傘を閉じて縁台に坐った。モラエスはそろそろ此処を去るべきだと思った。

料金を払って出るときモラエスは娘たちに向って長崎名所案内図にある二十六聖人の墓の場所を訊いた。

「歩いて行くしかないわ。でも道ははっきりしているわ」

背の高い方の娘はそう言ったが、それがモラエスには通じないことを知ると、奥の父親にことわって自らモラエスの案内に立った。

公園はクス、マキ、シイなどの常緑樹が多く、ところどころにエノキがあった。モラエスはそのエノキがリスボンの公園でよく見かけるものとそっくりだったので近くに寄って見上げた。間違いなかった。緑の小さい実がなっていた。秋になると、黒褐色の実になり、口に入れるとほのかな甘さがあった。そのエノキの実のことを彼女に伝えることのできないもどかしさに彼は空を見上げた。夏雲が頭を持ち上げていた。

公園の繁みを出るとそこに段々畑の丘があった。娘は丘のいただきを指して、

「あそこが二十六聖人のお墓です」

と言った。歩いて三十分か四十分はかかる距離のように思われた。モラエスはソフトを取って、そこまで案内して来てくれた娘に丁寧に頭をさげてから彼女の名前を訊いた。

「私の名前はおよねです。およね、およね……」

彼女は自分の胸を指して、およねを繰り返すと、恥しそうに顔を袂《たもと》で覆うと、はたはたと草履の音を立てて公園の森の中へ駆けこんで行った。

セミの声がひとしきり耳についた。

モラエスは暑い日射しの中を歩き出した。遠くからよく見えていた二十六聖人の墓だったが、墓のある丘のふもとまで来ると道が分らなくなった。鎌を手にして通りかかった農夫に道を訊くと、彼は黙って先に立った。道は夏草にかくされていた。

丘の頂にある二十六聖人の墓には大きな石があり、グミのひと叢《むら》があった。白い十字架が建てられていた。涼しい風が丘の上を吹き通っていた。

モラエスはその墓の前に跪《ひざまず》いた。遠い昔ポルトガル人宣教師によって持ちこまれたキリスト教のために生命を捧げた二十六人の霊を弔うためだった。

立上ってあたりを見廻すと、彼を案内して来た農夫の姿は何処にもなかった。赤いグミがルビーのように輝いていた。

モラエスはもと来た道を引きかえし、諏訪公園を通り抜けて町に出た。もう一度、あの茶屋に寄りたかったが、なにか気がひけた。おそらくこの自分ではなく他の外国人ならば再びあの茶屋を訪れ、あの美しい娘たちを誘惑しようとするのではないかと思った。

長崎の町の中ではセミのかわりに下駄の音が聞こえた。もう馴れてしまって、それは日本の町でのあたり前のことのようにしか感じなかった。

彼は町の中で長崎名所案内図と英文で書かれた観光パンフレットを対照した。行く先は決った。彼は長崎名所案内図の中の江崎鼈《べっ》甲《こう》店へ行くことにした。

道を訊くと、その日本人は丁度そっちへ行くところだと言って先に立った。かなりの道のりだったが、目につくものすべて珍しいものばかりだった。

モラエスは江崎鼈甲店の前でその男に別れるとき、いくらかの金をお礼として与えようとした。男はきたないものにでも触れるように横飛びに離れると、

「銭《ぜに》が欲しくて案内したんじゃあねえ」

とひとこというと、カンカン帽子をかぶり直してさっさと行ってしまった。モラエスには男がなにを言ったか分らなかったが金を与えようとしたことに対してひどく怒っている様子だけは理解できた。

(ここはマカオではない。同じ東洋でも日本なのだ)

彼は自分にそう言い聞かせていた。案内した日本人にはすまないことをした気持でいっぱいだった。

江崎鼈甲店の壁には海亀の標本が一つ飾られていた。飴色の鼈甲細工品がガラスケースの中に納められていた。表の格子戸から光がさし込んでは来るが部屋の暗さに馴れるにはしばらくの時間がかかった。店の構造は昨夜の足袋屋といちじるしく違ってはいなかった。

モラエスがここに来たのは鼈甲製品をポルトガルにいる姉と妹に送ってやろうと思ったからであった。長崎の鼈甲細工は外国人の間にかなり高く評価されていた。彼はスペイン様式の櫛にしようか、ネックレスにしようか、それともペンダントにしようか迷った。三猿(見猿《みざる》、聞か猿《ざる》、言わ猿《ざる》の三猿)を彫刻したスパニッシュ様式の櫛はなかなか

見映えがあったが、果して二人がそれを喜ぶかどうかに疑問があった。結局、小さい写真を入れることができる鼈甲細工のペンダントを二人のために買った。

「シガレットケース　ベリーグッド」

と番頭が言いながら、彼の前に鼈甲のシガレットケースを置いた。見事なものだった。買おうかと思ったとき番頭はベリーグッドをまた口にし、さっきから連続的に浮べている不可解な笑い顔を更に強調した。彼にはそれがゆがんだ笑いに思われた。昨夜の足袋屋の番頭もそうだったが、この男はなぜこのような不可解な笑い顔を見せるのだろう。モラエスはシガレットケースを置いた。

日本人の男が割りこんで来て、簪《かんざし》を注文した。第二の番頭も第一の番頭と同じように不可解な笑いを浮べながらその客と応対していた。男はその笑いをいささかも気にしていないようだった。簪が次から次と男の前に運ばれるのをモラエスは黙って見ていた。男は一つを買ってそれを箱に収めると水引きをつけさせた。その水引きの赤白のバンドがモラエスにはまたとなく美しい日本的装飾品に見えた。番頭が水引きを掛けている合間に、男はまだ取り片づけずに前にあった簪を取り上げてそれを髪にさす真似をしながらモラエスを見た。そのときモラエスは簪こそ諏訪公園の茶屋のおよねの髪にさしてやったらさぞかし似合うだろうと思った。それは日本髪以外には不釣合いのものに思われた。彼は簪の一つを取り上げた。花の形を手の込んだ手法で彫り上げ磨き上げたものだった。

彼はその簪を買って、日本人の男がしたように箱に入れて水引きをつけさせた。贈る相手があって買ったのではないし、内縁の妻の亜珍のために買ったのではなかった。当てのない買い物だったが、それを買ったとき、強く茶屋のおよねを意識していた。簪を買ったあとで亜珍のために、ごく日本的な鼈甲の櫛を買った。中国のもの以外は身につけたがらない亜珍が果してこれを喜ぶだろうか。おそらく喜ばないだろうと思いながらも、それを箱に入れ水引きをかけさせた。亜珍に土産物を買ってやると、すぐわが子のジョゼとジョアンのことを思い出した。子供の土産物はこの店には売ってはいなかった。

彼は長崎の町をひとりで歩き廻った。人力車に乗らなくとも、人に道を訊いてけっこう歩くことができるので楽しかった。長崎の人が外国人に親切であることや、町はごたごたしているが、彼等が清潔を心掛けていることが気に入った。群衆の中に入っても、マカオの中国人街のように汗のにおいやにんにくのにおいはなかった。下駄の音はもう耳には入らなくなっていた。

彼はホテルベルビューに帰った。もうとっくに昼食の時間は過ぎているのに、空腹は感じなかった。日本に来て昂奮しているのだろうと思った。こういうことは過去においてもしばしばあった。茶屋でカステラを食べたから腹がすかないのかもしれない。茶屋の娘たちのことが再び思い出された。

(あの娘たちの美しさは、おそらくあの緑したたる公園という環境があったからであろう。日本の自然が彼女たちをより一層美しく仕上げたのだ)

モラエスはそんなことを考えながらリスボンに住んでいる妹あてに手紙を書いた。ボーイが英国人からのメッセージを持って来た。

出島のクラブにいるからよかったら、撞球《たまつき》のおつき合いを願いたいと書いてあった。

地図で見ると出島のクラブはホテルから一キロほどのところにあった。英国人と撞球をしなければならない必然性はなかったが、その観光パンフレットに記入してあるように、そこが江戸時代にオランダ人居留地だったことが彼の好奇心を刺戟した。

出島には洋風の商館が数軒と倉庫が立ち並んでいたが、オランダ人居留地だったころの面影はほとんど残ってはいなかった。そのクラブはオランダ商館を改造してクラブにしたものだった。

一階には撞球台がずらりと並び、附属物のように小さなバーがあった。二階はレストランになっていた。一階のバーのボーイも二階のレストランのボーイも調理場のコックも使用人はすべて日本人の男たちでしめていた。英国人がバーで待っていた。

モラエスは強い酒を飲まない、海軍士官としては例外に属する男だった。飲むとしても食事の時に葡萄酒を少々たしなむ程度であった。飲めないのではなかった。酔態を他人に見せることが耐えがたいことだと信じて以来の習慣であった。

「どうでした昨夜は」

英国人はウイスキーのグラスを傾けながら、まず話を丸山遊廓へ持って行った。

「どうもこうもないさ。あれからすぐホテルへ帰った」

「日本の女は嫌いだというのか」

「いや、日本の娘さんはたいへん美しい」

モラエスは茶屋のおよねのことを思い浮べながら、もう一度、日本の娘さんは美しいとつぶやいた。

「それならなぜ帰ったのだ」

その質問に答える必要はないと思った。モラエスはこういう場合こそ、あの鼈甲店の番頭が示した不可解な笑いが適切な答えだろうと考えていた。

モラエスは日本のことを当時リスボンに住んでいた姉のエミリアに次のように書き送った。

僕のエミリア。僕はいま美しい国、日本に来ている。この長崎にいて、この世にたぐいのないこの木蔭で余生を送りたい。(花野富蔵訳・『定本モラエス全集』・集英社刊より)

モラエスが美しいと絶讃した長崎は今も美しいがその頃と今とはかなり大きく違っている。私は長崎市立博物館を訪れ、館長の越中哲也氏からどこがどう違っているかを写真と図によって説明を受けてから、実際にその違い方を足で確かめた。

一番大きく違っているのは長崎港である。当時港は軍艦や大型商船が港の中ほどに碇泊してにぎわっていたが、現在そこには大型船の影は見えない。たとえ大型船が入港したとしても今は横付けできる岸壁がある。明治二十六年頃に使用していた施設はほとんど残っていないが、僅かにそのころの税関の建物の一部と当時の石炭積込み波止場の古い洋館が残っていた。

現在の長崎港の波止場は出島より更に北に移動し、そこに大波止ターミナルができていた。各種の小型船が三十隻ほど碇泊していたが、対岸の旭町、丸尾町にかけての海岸には数十隻の遠洋漁船がずらりと並んでいた。遊覧船に乗って長崎港内を巡回しながら昔の写真と現在のものとを比較すると、当時、人家はほぼ平坦地に集中し、山は段々畑になっていたが、現在は高い山の頂上まで人家が続いていた。

モラエスが訪れた諏訪公園（長崎公園）には現在も二軒の茶屋があり、マキの大木も明治のころの写真と同じものが残っている。公園の森を抜けて西側に出たところから眺めると北西の山の頂に新しい教会がある。そこが従来、二十六聖人の処刑場だと信じられていたところである。太平洋戦争後に、証拠となるべき古文書によって二十六聖人の処刑場は長崎駅のすぐ東側の台地であることが考証された。この山の頂の教会の庭から見おろすと、近年そこに建てられた二基の特徴ある塔が異様な静けさをもって空に向って突き出ていた。

長崎の当時の写真と現在とを比較してみると山の形だけは変っていないし、山の蔭になったがために原子爆弾の被害からまぬがれることができた、古い洋館や、神社や寺などを確認できる。

それ等が中心となって、想像の糸をたどることが出来た。ホテルベルビューは現在の東急ホテルあたりにあったようだし、外国人が使っていた出島のクラブは前記長崎市立博物館となっていた。二日がかりで長崎市内を歩き廻って一番神経を使ったことは狭い道に自動車が充満していることだった。有名な長崎の石畳はほとんど取りかえられてしまったか、舗装道路に変身してしまい、往時のままの石畳は南山手町に現存するものだけだということだった。その石畳の坂を登ると、水の音がした。V字型に作られた側溝をきれいな水が勢いよく流れ落ちていた。

領事代理

「あなたは海軍士官であり、文筆家であり、商人でもあると自ら言ったことがありますが、私にはその何れにも見えません」

ベルギー号が瀬戸内海に入ってしばらくしてから英国人がモラエスに言った。

「ではなんに見えますか」

「特別な任務を帯びた外交官と言った感じですね」

モラエスは、それには直接答えず、英国人を誘ってデッキに出てから言った。

「直ぐ左に見えるあの緑の地形は島でしょうか岬の突端でしょうか」

「岬でしょう、多分」

「それが島なんです。海図によると、向島となっている。つまりこの方向から見るとあの島は陸地の続きに見える。もう少し船が進んだところから見るとはっきり島だということが分るでしょう」

「立派なお答えです。つまり、あなたは海軍士官でありながら何等かの外交的もくろみのもとに日本を訪れるのだということを認められたわけですね」

「見当違いだと言っているのです」

さあ、そうですかな、英国人はその言葉を口の中で言ってから、

「各国の植民地で暴動が続いている。南洋のポルトガル領チモール島など焦臭《きなくさ》い」

「そうでしょうか」

「ずばり、私の考えを言ってみましょう。あなたは、なにかを求めに日本に来たのではないでしょうか」

「もしそうだとすれば？」

モラエスは開き直ったように、背を海に向け、両手で手摺《てすり》を握ったままで言った。

「注意をしたほうがいいですよ。日本人は物まねの天才です。欧米の物をまねしてなんでも作ります。日本は開港してせいぜい二十年そこそこで、東洋の諸国が必要とする雑貨品のほとんどを製造するようになっています。マッチの生産量だけを見ても、世界第一の輸出国になっています。マッチどころか、船も造るし、鉄砲や大砲まで作っている。ここ数年のうちには軍艦だって製造するでしょう。だが、一方では贋物《にせもの》作りでも有名な国です。油断はできませんよ。弾丸の出ない鉄砲など買わされないように」

英国人は言いたいほうだいのことを言って口を閉じた。

（この英国人の直観は恐ろしい、どうやら自分がなんのために日本へ行くかおおよその目的を見透しているらしい）

モラエスは商人というものはこうでなければならないとも思ったし、日本の製品に用心しろという忠告を素直に受け取るべきだとも思った。長崎の諏訪公園の茶屋で飲んだ

サイダーがいい例だと思った。サイダーと英語で書いてあるから林檎酒と信じてあの炭酸水を飲んだのだ。

モラエスは瀬戸内海を飽かずに眺めていた。緑の島が点在するすばらしい風景だった。その雄大な海の公園の中を旅する自分は幸福だと思った。呼べば島の人に声がとどきそうなほど、すれすれに島の近くを船が通り抜けることがあった。

乗客たちの多くは甲板に出てその景色を眺めていた。頭の上から太陽に照らされると、すぐ日蔭に入るが、それが雲にかくれると、また外に出て景色を眺めた。

モラエスは誰とも話したくなかった。彼は詩になりそうでならない字句を頭の中でひねくり廻していた。詩文を考えていると、その途中で英国人の言った言葉がなぜかまぎれ込んでくる。

(やはり自分が背負っている任務のことが気になっているのだ)

彼は仕事から離れた自由人として、この旅ができたらなどと考えていた。パイプはくわえたまま次々と移り変って行く緑の島の様子に目をやりながら、遠い昔、はじめて日本を訪れたポルトガル人たちもおそらくこの瀬戸内海を船で旅して、同じような感懐に浸ったのだろうと思った。

同じ姿勢でいると窮屈だから、彼は時々向きを変えた。彼が向きをかえようとしたとき、彼の傍をかがんで通った日本人があった。彼はそこに落ちていた使い捨てのマッチの軸木を一本拾った。なんとなくモラエスと目が合ったので、会釈して通り過ぎて行った。

長崎で何人か下船して、そのかわりに乗りこんで来た日本人であった。その一本のマッチの軸は、モラエスがパイプ煙草に火をつけたとき使い捨てたものだった。海に捨てるのをなにかの間違いで足許に捨てたのである。別に気にするほどのことではないが、それを拾った日本人のことが妙に印象に残った。その日本人は、これ見よがしに拾ったのではなく、たまたまそこを通りかけて拾い上げたときにモラエスと目が合ったのである。

モラエスはその日本人と食堂で同席することになった。これもまた偶然といえば偶然だった。食事の席はほぼ決っていたのだが、あの話し好きな英国人商人が長崎から乗りこんだ恰好な相手を見つけてその席に割り込んだがために、日本人がはみ出してモラエスのところに来たのである。

モラエスに話しかけたのはその日本人であった。彼はきれいな英語で、ここに坐ってもよろしいでしょうかと言った。

その日本人は神戸に住んでいた。神戸のことを訊くと、なんでも話してくれたが、モラエスに何処の国の人で、なんの目的で神戸へ行くのかなどとは訊かなかった。ホークやナイフの使い方も馴れていたし、大きな声で話さないところなど見ると、外国人との交際には馴れているように思われた。清潔でこぢんまりした好感の持てる日本人だった。

「長崎は美しい町ですね」

とモラエスが言うとその日本人は、

「長崎は美しい。しかし神戸は長崎よりはるかにすばらしいところです」

と言った。そして彼は神戸が何故すばらしいかその理由を話し出した。要するに高い山を背にして前に海を控えた港であるということになるのだが、それを説明するにも整然と一つの筋道を立てての説得ぶりだった。

食事が終ってからもモラエスはこの日本人と話しこんだ。モラエスが話すのではなく聞き役だった。なにを訊いてもこの日本人はそれなりに丁寧に答えてくれるのが嬉しかった。

「日本には世界でもっとも短い詩があると聞いていますが……」

モラエスが言った。

「ああ俳句のことですね」

モラエスは、日本の俳句について書いたものを読んだことがあった。それには『古池や蛙とびこむ水の音』という句を引用して、短いが深淵な詩であるように説明されてあったが、モラエスには充分に理解できないままになっていた。彼はその日本人にこの俳句を持ち出してみる気になった。

「俳句は新鮮な感覚を尊重する詩です。あまりむずかしく考えると分らなくなります」

彼はモラエスを誘ってデッキに出ると、前の島とその上空の雲を指して、

「それぞれの島を飾って夏の雲」と抑揚をつけながらゆっくり口にした。そして、すぐ、

Above each island, decoration of summer clouds

と訳し、その短詩に盛られた意味を説明したのはその後だった。

瀬戸内海の数多くの島は、それぞれ夏雲を頭上の空に戴いていた。モラエスはすぐそれが上昇気流による現象だと見て取ったが、その日本人が、島の上に雲が発生するという物理的現象を即興の俳句としてとらえたことにひどく感心した。目の前で創られた俳句の意味はどうやら分るし、その短い詩の中に含まれている夏らしい情緒も充分感じ取ることができたが、俳句の真意を完全に理解することはできなかった。

「日本人の多くは今私がやったように目の前のものを俳句にします。それが芸術的価値があるかないかということより、そうすることが好きなのです」

屋代島（周防大島）の上にかかっている夏雲はやがては雷雲にでも発達しそうに空に向って威勢よく頭を持ち上げていた。

「俳句は季節の言葉を入れて、十七字の短詩に組み上げるという原則にかなえばそれでいいというものではありません。静かに繰り返して読み上げているうちに、人の心に、わび、さびを感じさせるなにかがなければなりません」

その日本人は、わびとさびという言葉をなんとかしてモラエスに分らせようと、苦心した。

ベルギー号は神戸の港に入った。

長崎の町とそれに連なる山とのかかわり合いは自然の中の一つのたたずまいとして眺めることができるほど暖かく溶け合っていたが、神戸の町の背景をなす山々は、毅然として、町を寄せつけないものを持っていた。それは、山そのものが高くて奥行きも深いからであるかのように思われた。モラエスは神戸の山と町との間に何回となく視線を往復させた。神戸の町は背景が偉大だから美しいのであり、山に対して町がこぢんまりしているから落着いて見えるのである。

モラエスは海上から見るかぎり、いささかたりとも傷つけた跡の見えない濃い緑の、むしろ黒く見える山々にいつまでも目を投げていた。

山から波止場の方へ視線を落すと、長崎で見たよりも、更に大きな洋館が立ち並んでいた。ホテルらしきものも見えた。人力車が一団となってたむろしているところだけが、こぼれ落ちた黒いペンキのしみのように見えた。

モラエスはベルギー号から降りる客を迎えに来た艀《はしけ》に乗ってメリケン波止場に向うまでの間に長崎と神戸をもう一度頭の中で比較した。やはり山だと思った。彼は神戸を特徴づけるものは山以外にはなく、この山が神戸に住む人たちにとって最も重要なものであろうと思った。

誰かと話したかった。あの英国人でもいいし、日本人でもよかった。ひとことふたこと、このすばらしい神戸の山のことについて話してみたいと思った。だが二人はそこにはいなかった。

神戸の埠頭《ふとう》のコンクリートは長崎のそれと同じだったが、そこで見かける人たちの立居振舞が長崎とは違ってなんとなくせわしく見えた。長崎港では石炭船に女性労働者を乗せていたが、ここではそれらしい人は見えなかった。

上陸に際して必要なすべての手続きを済ませて外に出ると、そこに出迎えの人たちが待っていた。ほとんどの人たちは出迎えの人たちと共に人力車に乗って目的地へ行くようであった。

モラエスはオリエンタルホテルに泊る予定になっていた。その二階建ての洋館はすぐそこに見えていた。彼はトランクを両手に持った。ホテルまで歩こうかと思ったほどそれは間近にあった。ホテルの蔭にかくれて山が半分見えなくなっていた。

「あなたはヴェンセスラオ・ジョゼ・デ・モラエスさまではございませんか」

長たらしい彼の名前をフランス語で正確に呼んだ日本人がいた。

「そうです」

「お迎えに参りました。どうぞあちらへ。荷物は私がお持ちいたします」

日本人はモラエスに向って丁寧に挨拶してから彼の手荷物に手を出した。

迎えの男が荷物を運んで行く方を見ると、そこには立派な馬車が一台待っていた。モラエスは念のために周囲を見廻したが馬車はその一台であった。モラエスは日本人の後を追った。

「フランス領事のフォサリュ様でございます」

日本人がそう言うまで、モラエスはその黒光りの上等の馬車に乗った紳士がフランス領事のフォサリュだとは知らなかった。

ポルトガルは神戸に領事館を置いてなかった。領事館を置くほどの仕事があるわけではないし、置けば経費もかかることだから、明治開港以来、ポルトガル領事の仕事をフランス領事に委任していた。ヨーロッパの小国はこのように、大国に領事を委任している国が多かった。

（迎えに来てくれるとは御丁寧なことだ）

モラエスは思った。マカオを出るとき、おおよその要件と日程をフォサリュに手紙で知らせてあったが、まさか迎えに出てくれるとは思いもよらぬことであった。

フォサリュ領事は馬車から降りて待っていた。彼は立派な口髭をたくわえ、金縁《きんぶち》眼鏡を掛けていたが、年齢は五十歳を過ぎたばかりのように思われた。

フォサリュ領事はモラエスにまず馬車に乗るようにすすめた。その慇懃《いんぎん》さはモラエスに謝礼の機会を完全に封じたようであった。ホテルは目の前にあった。なにも馬車で行くほどのことはなかったが、彼は、まるで貴賓でも迎えるような丁重さでモラエスを馬車に乗せると、老いて痩せ衰えた、日本人馭者に向って、

「オリエンタルホテル」

と張りのある声で言った。

モラエスは馬車の人となった。久しぶりのことであった。

フォサリュ領事は馬車が走り出すと、ぐんと胸を張り、

「いかがですか神戸は」

「はい閣下、まことに結構なところだと思います」

モラエスは語学が堪能だった。特にフランス語は得意だった。はい閣下と言ったのは、フォサリュ領事が男爵であることを聞き知っていたからであった。

馬車はオリエンタルホテルの前で止った。モラエスが降りるとフォサリュ領事も馬車から降りて、

「今宵の晩餐にあなたを拙宅に御招待する光栄を私と妻とは心から望んでいるものである」と、時代がかった言葉を述べた。モラエスはそれを受けざるを得ないと思ったが、さてその答えをどのような言いまわしで答えていいものやら、しばらく迷ったほどであった。

フランス領事は、時刻を決めて、その場を去るときにもう一度言った。

「あなたの日本訪問の第一夜がすばらしいものであるように」

モラエスは、心の中で苦笑しながら気取り屋の紳士は意外に人がいいものだと、書かれた小説のことを思い出していた。

定刻に馬車が迎えに来た。

モラエスはその馬車に乗って、おそらく山手の方へ行くのだろうと思っていると、そうではなく、洋館が立ち並んでいる海岸通りの道を、およそ五分か六分ほど走ったところで止った。そこがフランス領事館であった。

「神戸の外国人居留地は一番から百二十六番まであって、フランス領事館は丁度その中ほどにございます」

モラエスを迎えに来た日本人はそのように説明した。海の近くの一区画をきちんと整理して外国人居留地を作った、日本政府の排他的な慣行がなぜかモラエスには気に入らなかった。

フランス領事のフォサリュは夫人と共にモラエスを出迎えた。夫人はモラエスが着て来たポルトガル海軍少佐の制服に大いに興味を抱いたようであった。

彼女の兄がフランスの海軍中佐であることなどがしょっぱなから飛び出すと、晩餐会は予期した以上になごやかなものになった。

夫人はフランス領事より、十歳以上は若く見えた。或いはそれ以上年がはなれているかもしれない。話が豊富でモラエスを飽きさせなかった。一番のおしゃべりは領事だったが、彼がおしゃべりに夢中になると彼女がたくみに話題を変えてモラエスに発言させようとした。夫人はフランスの上流社会の婦人の見本のように着飾っていた。

「マカオとはどんなところなの、一度行って見たいわ」

などと夫人に言われると、

「はい、一年中緑の風が吹き、花が咲いているようなところです。日本のように雪は降ることがないし、シンガポールのように暑くて眠れないようなこともございません」

などと、通りいっぺんな答えしかできなかった。

夫人がちょっと席を立ったとき領事が言った。

「日本から大砲を買う交渉を始めようというのは、今は無理ではないかな、われわれが得た情報によると日本は本気で清国を相手に戦《いくさ》を始めるらしい。そうなると大砲はいくらあっても足りなくなるだろう」

領事は声を低くして言った。夫人に聞かれないように考慮してのことのようだった。

「日本に勝算があるでしょうか」

モラエスも声をひそめて訊いた。

「分らない。日本に駐在する外国人のうち、八割は日本が負けるだろうと言っているが、二割は日本が勝つだろうと言っている」

「国によっての見解ですか。それとも……」

「勿論人によっての意見の相違だ。そして私は、日本は必ず勝つと思っている」

そこで彼は口をつぐんだ。夫人が入って来たからである。

モラエスは目を覚すと、背広服に着替えてホテルの外に出た。朝食前の散歩のつもりだった。

ホテルの前には既に三十台あまりの人力車が待っていて、彼が外へ出ると同時に、一人の車夫がやって来てあやしげな英語で人力車に乗るようにすすめた。彼は神戸の概略案内図を持っていた。地名はローマ字で印刷されていた。案内図の余白に料金表まで載っていた。モラエスは昨夜、領事夫人が神戸には美しいところが多いと言って、その一つ一つを挙げ、特に布引《ぬのびき》の滝を強調したのを思い出した。

モラエスは車夫が示す案内図に目を通した。布引の滝は滝の絵があるからすぐ分った。ホテルの北東に当っていた。案内図には距離が記入してなかったが、料金表で見ると波止場から十銭の区域内であった。モラエスは長崎で人力車にはじめて乗った時のことを思い出した。丘の上のグラバー邸まで十銭であった。ホテルから丸山までやはり十銭であった。

（同じ日本のことだから、だいたいは同じぐらいの距離だろう）

神戸の町は不案内だから、まず人力車で走ってみるのも悪くはないと思った。

「布引の滝まで往復するのにどのくらい時間がかかるか」

モラエスは英語で訊いたが車夫に分ったのは布引の滝の一語でしかなかった。モラエスは行って戻る手真似をやった。

「ヌノビキフォールズ　ゴウ　テンセン　バック　テンセン」

と車夫は言った。それだけでは心配なのか彼は十銭の貨幣を二つ重ねて、往復二十銭であることを納得させようとした。モラエスは頷いて、人力車に乗った。まだ朝が早くて人通りの少ない道を山に向って人力車は、梶棒を握る車夫とうしろを押す車夫とが声を掛け合って走っていた。人力車は間もなくゆるやかな坂にかかりそこからはゆっくりと走った。緑の山が迫り、人家がまばらになった。

人力車は小川のほとりで止った。小川に沿って山道が山に向っていた。

車夫の一人がそこに止り、一人がモラエスの先に立った。案内してくれるつもりらしかった。町からいきなり自然の森林の中に飛びこんだようなところだった。その急激な変化がモラエスを驚かせた。涼しさがおしよせ、モラエスの額に浮いていた汗を消した。こういうところがいままで彼が遍歴したところにないことはなかった。しかし、神戸の場合はいままでと何処かで違っていた。飛び込んだ自然森林がそのまま公園のように整備されていたのではない。自然そのものが公園の景体をなしていたからだった。クスやシイの木の他にハンの木が多かった。ハゼの木やネムの木はマカオでよく見かける木であった。道は小川の上に出て次第に高度を増し、やがて滝の音が聞こえた。滝を見おろすところに茶屋があったが、まだ閉じられたままだった。

滝は雄滝《おんたき》と雌滝《めんたき》の二つがあった。上部の雄滝は高いところから滝壺に流れ落ちる滝であり、雌滝は、背はそれほど高くはないが幅が広い滝であると、領事夫人が言っていたことから想像して、今、目の前に見る滝は多分雌滝であろうとモラエスは思った。

閉じられた茶屋の前の縁台に腰をおろしていると滝のしぶきがかかった。そこは山と山にはさまれた峡谷になっているから、おそらく一日中、太陽の姿を見ることはないだろうと思った。

モラエスはもう一つの滝が見たいと車夫に言ったが、彼は身ぶり手ぶりであの大きな山を越えて行かねばならないからたいへんである、だめだめだと首を横に振り、明らかに不満の表情を示した。

車夫とそんなやり取りをしていると、茶屋の戸を開ける音がした。茶屋の人たちにとっては早朝の客はさぞかし迷惑だろうとモラエスは思った。

彼は縁台から腰を上げた。帰途に向って一歩踏み出したところでふと茶屋の方へ目をやると、戸の蔭から半身だけ出してこちらを見ている娘の姿があった。暗い峡谷の中に咲いた白い花を見るような楚楚《そそ》とした風情にモラエスは思わず足を止めた。娘の姿は消えた。

人力車はホテルに帰った。それからゆっくりと食事をしても、フランス領事との約束の十時にはまだ間があった。モラエスは海岸通りの居留地をぐるっと一廻りしてから九十番のフランス領事館へ向った。

昨夜、晩餐に呼ばれたときひどく御機嫌だったフォサリュは、同じ領事館内の、応接室でモラエスと会ったときは取っ付きがたいほどのかたぶつに見えた。

「改めて、あなたの御用件をうかがいたい」

彼がそう言ったとき、モラエスはこのフランスの貴族はなかなかの狸だなと思った。しかしそれは、最初の一語だけで、話し出すと昨夜とそうは変っていなかった。彼は体裁を気にする領事に過ぎなかった。

「かねて、手紙を差し上げたように、私はマカオ政庁とチモール政庁との依頼を受けて、日本陸軍から大砲と小銃を購入する下交渉に参りました。わがマカオ政庁とチモール政庁がなぜ、ヨーロッパの諸国からこれらの武器を購入しようとせず日本を選んだか、その理由はここでは申し上げられません。閣下の御想像にまかせます」

「その大砲と小銃の数は」

「それはまだここで申し上げられる段階ではないと思いますが……」

「どうせたいした数ではあるまい。だから日本へ注文しようなどという気を起したのだろう。しかし、現在のポルトガルが置かれた世界情勢からみると、それはもっとも賢明な方法だ。例えばわがフランスがその注文を受けたとしても、英国に気兼ねして、ことわるだろうし、英国やドイツが同様な立場になっても同じことだ。お互いに、植民地問題で角つき合わせている諸国にとっては、このような場合には特に神経をとがらせるものだ」

フランス領事はモラエスの顔を見た。

「ところで日本陸軍との下交渉のことだが、これは昨夜も言ったように、まことによくない情況にある。まず、日清両国は戦うだろう。戦わざるを得ないように日本は追いつめられたのだ」

フランス領事は、清国との開戦を前にして日本陸軍が武器を他国へ輸出するなど全く考えられないことであると強調した後で言った。

「その武器購入が緊急を要するものならば、日本などあきらめて、ロシアからでも買うことだな。しかし、特に急がないというならば、日本が清国との戦争に勝つことを前提として、今から下交渉を始めれば二、三年後には手に入るだろう」

領事は、日本が清国と戦争を開始した場合、第三国が清国を助けないかぎり日本は必ず勝利をおさめるであろうことを数々の証拠を上げて力説した。

「日本が清国に勝てば、多少なりとも武器の余裕ができる。マカオやチモールで必要とする大砲ぐらいお安い御用ということになるだろう。しかし、その交渉は戦争が終ったときでは遅い。今から下交渉をして置いた方がいい。日本人はそんなところにひどく力を入れたがる国民だからな」

領事は皮肉をこめた笑い方をした。

「で、下交渉は如何なる方法でしたらよろしいでしょうか」

扇風機が大きな音を立てて廻転していた。

「ポルトガル国は日本に公使館も領事館も置かず、わが国がポルトガル公使館事務取扱いをしている現状である。領事館についても同様だ。だからこの件は、フランス駐日外交機関と日本政府との交渉になる。従って下交渉もそのような形を取らねばならない」

モラエスは頷いた。面倒なことは承知で大砲と銃器の購入を日本へ求めようとマカオ政庁とチモール政庁に進言したのはモラエス自身であった。

「とにかくしかるべき日本の軍人に会ってみたい」

モラエスは、将来についてなにかしらの不安を覚えながら言った。

「そうです。しかるべき日本側の要人に会わねばなりませんが、誰に面会を求めるかということが、大事なことです。それによって、この問題が成功するかどうかほぼ決ります」

領事は、大阪のフランス領事館とまず連絡を取ってみようと言った。

隣りの事務室から秘書が入って来て、小声で領事になにかを告げた。領事はモラエスにことわって席を立つと、しばらくして帰って来て言った。

「あなたに手伝って貰いたいことが起った。これはポルトガル語を正確に話し同時に英語とフランス語を話す人でなければできないことなのだ」

「いったいそれは何事です」

「日本の裁判所に出て貰いたいのです」

「なぜ私が？」

「あなたはポルトガル人であり、英語とフランス語に堪能だからです」

そして領事は話し出した。

明治になっての開港以来、日本は要所に外国人居留地を設け、ここに領事館を置くことを許可し、その管内で起った外国人のトラブルは当該外国領事に裁判権を与えて処理させていた。

明治二十五年になって日本政府は、この不合理を是正する第一歩として、ポルトガル国のように代理公使や代理領事を置いている国に対しては、この領事裁判権を認めないことにした。その法令が執行されたのが明治二十五年の七月であり、そして同年九月になって、神戸に在住する一ポルトガル人が、この新しい法律に従って同業者のポルトガル人を日本の裁判所に訴え出たのである。

「このようなことははじめてのことなので、裁判所はひどく緊張しているようです。一カ月ほど前にポルトガル国領事事務取扱いをしている私に、裁判に際して通訳官一名を法廷に出すように申し出て来たが、ポルトガル語を話す適当の者がないから、英語、仏語以外の通訳はできないと回答して置いた。ところが、今日になって、突然電話で、ポルトガル語と英語を理解する者がそちらにいる筈だからぜひ明後日裁判所に出て欲しい。裁判の正確を期するがためであると言って来ている。おそらく、あなたが来たことを知ってのことだろう」

フランス領事はそこまで言うと、

「日本は古来外国人に対して、きわめて神経質な国である。それにだ、現在は清国との開戦を前にして、いろいろな外国人が日本へ姿をかえて潜入して来ている。ポルトガル海軍少佐が入国したことなど日本にとっては大いに気になることだろう。あなたが目をつけられた一つの理由はそれだ」

それとこれとはいささか話が違うではないかとモラエスは言いたかったが黙っていた。

「どうしてあなたのことが、裁判所にまで知られたのか私には分らない。しかし、この際あなたが日本側に協力して、裁判に出ることはけっして悪いことではないと思う」

「そのポルトガル人どうしの争いとはいったいなんですか」

「つまらないことです。日本円で一万円足らずの損害を払え、という民事訴訟らしい」

「いったい私はなにをすればいいのです」

「ポルトガル人が言うことを英語に通訳する、それを裁判所側の通訳が日本語に直す」

モラエスは神戸に上陸した翌日、意外なことにかかわり合いを持たねばならなくなった自分をふり返った。自分のことが日本の裁判所にどうして知られたのだろうか。自分は長崎に上陸して以来、誰かにつけられていたのではないだろうか、まさかそんなことがと否定してもその疑いは容易には払拭できなかった。

午後になって、神戸の区裁判所から係官が通訳をともなってフランス領事館に現われた。三日後の法廷において行われる原告及び被告の口頭弁論に際して、事件の内容の概略をモラエスに伝えるためだった。

モラエスはその日本人通訳官と顔を見合わせて危うく声を上げるところだった。長崎から神戸までの船で知り合い、瀬戸内海では即興の俳句を創ってみせた、あの忘れがたい日本人であった。

二人はそこではじめて名乗り合った。

「竹村一彦です。たけむらと呼んで下さればけっこうです」

竹村はモラエスに向って言った。

「あなたですか、私のことを裁判所に話したのは」

モラエスはいささかの不満をこめて、竹村に言った。

「申しわけありません。私が判事に俳句に興味を持っているポルトガル人のことを話したのがきっかけでついこのようなことになりました」

竹村はいかにも申しわけなさそうにその間の事情を説明した。

「でも私はあなたにポルトガル人であることは話した覚えはありません」

モラエスは探るような目を竹村に向けた。

「船であなたと同室だった英国人から聞きました。あなたがポルトガル人だから、ポルトガル領事の代理事務をやっているフランス領事館へ電話を掛けたら、ここにいることがすぐ分りました。なにしろ、神戸は小さな町ですから」

そう説明されると、別に心配になるようなことではなかった。それにもかかわらず船の中で一緒だったあの英国人のことが突然大きく浮び上った。彼はほんとうに英国人なのだろうか。

(ひょっとすると、あの英国人は自分に接近する目的で香港から乗り込んで来たのではないだろうか)

「どうしても気が進まないというならば、おことわりになってもいいのです。しかしこれはもともとポルトガル人どうしで起した事件ですから、ポルトガル人のあなたが一枚加わったほうが万事うまく運ぶだろうというのが日本の裁判所の考え方です」

竹村が言った。

「喜んでお引き受けしますから、まず事件のあらましを教えてください」

モラエスはそう答えざるを得なかった。裁判所の係官が事件の概要を話し始めた。

神戸在住のシルヴァー商会が日本商社からマッチを買って、リイチ商会の手を経てインドへ輸出した。ところが送り先の会社が倒産して売り上げ料金が支払われず、結局はシルヴァー商会がその損害を肩がわりした。シルヴァー商会の言い分はこのような場合は当然リイチ商会もその損害の一部を負担すべきであるという訴えであった。

モラエスは神戸区裁判所に通訳として出廷した。まさかこうなろうとは夢にも思わなかった。なにか自分と日本とが見えない糸のようなものでつながれているような気がしてならなかった。シルヴァー商会とリイチ商会の代表者はそれぞれポルトガル人であり、神戸に十年近くも住んでいて、かなり手広く貿易業をやっていた。同国人のよしみで、両者とも親密な関係にあったが、シルヴァー商会がリイチ商会を訴えたことによって双方共に引くに引かれない状態になっていた。

原告と被告との間の口頭弁論が始まった。モラエスはマカオを出て以来、久しぶりでポルトガル語を話した。モラエスは原告又は被告が話すポルトガル語を英語に通訳して竹村一彦に渡す仕事だったが、実際は二人のポルトガル人がいきり立って、なにか言い出すと、際限もなくしゃべりまくるから、それをまとめるのがたいへんであった。モラエスは彼等をなだめ、何回か訊きかえして彼等の言うことを箇条書きにして竹村に伝えた。リイチ商会側は、以前シルヴァー商会との商取引きの上で、今回と全く同じようなことがあった。その時はリイチ商会側が一方的に損害をこうむった事実を出して、この際シルヴァー商会の言うことは不当であると主張した。

この件に関しての商取引き上の契約書は全く不備であった。シルヴァー商会は商売の慣習をしきりに口にし、リイチ商会はもしそれを言うならば前の損害を弁償してからにしろと言い張った。二時間にわたる口頭弁論の通訳となったモラエスはひどく疲労した。

翌朝、竹村からモラエスに会いたいという電話があった。用件はきのうの件についてということであった。

十時にモラエスは竹村とホテルのロビーで会った。

「あの二人のポルトガル人はポルトガル語で言いたいことのすべてを言ったことで満足しています。裁判長はあなたが彼等の言いたいことを箇条書きしたことで事件の内容がよく理解できたと喜んでいますし、それぞれの弁護人はこの争いはこれで終り、多分示談に持ち込むことになるだろうと言っています」

我政府が仏国公使の葡国総領事事務代理を承認したるは法権を除きて他の普通事務上に於て代理権を承諾したるのみ、(中略)葡国人は已に我法権に服せし者と見え、去る十六日神戸居留葡国人シルヴアーは同国人リイチを相手取りて売買代金請求の訴を神戸区裁判所に起し、同裁判所は直に之を受理したり。区裁判所に起訴すといへば、所争金額は極めて小額に過ぎざるべきも、(中略)欧人の欧人を我法衙

に訴ふるの嚆矢といひ、近頃注意すべきの一事件と謂ふべし。（明治二十五年九月二十日東京日日新聞より）

砲艦千島

朝起きると、モラエスは散歩に出る。二時間ほどの散歩から帰って朝食を摂《と》り、フランス領事館に顔を見せるのが十時である。フランス領事のフォサリュに、朝の挨拶をしてからは、コーベ・クロニクル（Kobe Chronicle）、ヒョーゴ・ニューズ（Hiogo News）などの新聞に目を通すのが日課になっていた。

フォサリュは大阪のフランス領事と連絡を取ってくれてはいるようだが、モラエスが神戸に来てから既に一週間も経っているのに何等の回答もないようであった。

モラエスが日本へ来た用務は日本から大砲と銃器を購入するためである。表面的にはそのとおりであったが、それをきっかけとして日本とマカオとの間に積極的な貿易を始めようという腹づもりがあった。しかし、それは大砲その他の兵器の購入交渉がまとまってからのことであり、今は大砲と銃器を買いに来たという単純な目的以外になにものもなかった。大阪のフランス領事館がこの辺のことを考慮して上手に説明してくれるかどうかが心配だった。

（日本側のしかるべき人に会って真意を述べたい）

というのがモラエスの切なる願いであったが、神戸のフランス領事館に取り次ぎを頼んだ以上、あくまでも、フォサリュの指示を待たねばならなかった。内心急いでいるのだが、相手にそれを明らさまにすることはできなかった。ここはポルトガル領事館ではないからだった。

その朝もモラエスは何時もの通り十時にフランス領事館に出向いた。事務室には領事館員が三人いて、何時もならばモラエスが顔を出すときには、それぞれ自分の机で事務を執っているのだが、その朝に限って、その三人は一カ所に寄っていた。新聞を見ていたのである。

「ここにあなたのことが載っています」

領事館員に言われて、モラエスは、ヒョーゴ・ニューズ新聞を手に取った。新聞と言っても見開きの二頁だけに記事が載り、他は広告を満載した地方英字新聞であった。

《日本の裁判所で裁かれるポルトガル人》

大書した見出しのもとに過日、神戸区裁判所で行われた口頭弁論の模様が書かれていた。その記事の最後に目をやったときモラエスは思わず呼吸を飲みこんだ。

通訳として出廷し、ポルトガル語とフランス語、英語を自由にこなして、裁判の進行に寄与したヴェンセスラオ・デ・モラエスはマカオ港務副司令の要職にある海軍少佐であり、詩人、小説家としても著名な人である。

モラエスは渋い顔をした。こんなことを書かれたことはけっしてよいことではないと思った。職名まで明らかにされたことが禍根にならねばよいが。

英字新聞を手に持ったまま考えこんでいるモラエスに領事館員が言った。

「実はきのう、あなたがお帰りになってすぐ、ヒョーゴ・ニューズの記者がたずねて来ました」

それは、なんの目的でモラエスが日本へ来たのかという質問であった。館員が知らないと答えると、記者はフランス領事のフォサリュに食いさがった。

〈ああモラエス少佐のことですか。彼は休暇を取って日本へ遊びに来たのです。彼は、日本は美しい、特に神戸はすばらしいところだと讃めていました〉

フランス領事はうまくかわした。館員たちにも聞こえるような大声であった。

「或いは今日あたり、あの新聞記者はあなたに会いにやって来るかもしれません」

館員がその話をしてからその記者が入って来るまでには、さほどの時間が経ってはいなかった。記者は西欧人にしては比較的小柄な目の鋭い男だった。

「率直な質問をいたします。あなたは詩人としてまた小説家としても、ポルトガルでは高名な方だと伺いましたが、その代表作をお聞かせいただきたいのです」

記者はモラエスの前に立ちメモ用紙を取り出しながら、アメリカなまりの英語で言った。

「そんなことを訊いてどうなさるつもりですか」

「あなたのような経歴の人が日本を訪れることはまことに珍しいことです。そしてもう一つの理由は……」

と言いかけて新聞記者は、まず第一問に答えて欲しいと催促した。

「詩としては特に申し上げるようなものはありません。随筆や小説に類するものでは、『纏足《てんそく》』、『人力車』、『シンガポール追憶』、『接吻あれこれ』、『清明《ツインミン》』、『シャムの王宮』などを書きました」

「フランス語か英語で書いたものはありませんか」

「ポルトガル語で書いたものばかりです」

記者はモラエスが口にした作品について、内容の説明を求めた後で言った。

「極東に特に興味を持たれているように見受けられますが」

「そのとおりです。特に日本には興味を持っています」

「だから休暇を利用してあなたは日本を訪れたのだと言い逃れたいのでしょうね」

記者は言い逃れという言葉に特に力を入れて言った。

「別に言い逃れを言っているつもりはありませんが」

「それではお訊ねします。日本を見るために来たのでしたら、なぜ京都や奈良へ行かないのです。東京へ行くつもりはないのですか、あなたは神戸に来てすでに一週間にもなるというのに、まったく動こうとなさらない理由はなんですか」

記者は鋭く突込んで来た。

「私はあちこち歩き廻るよりも一つの場所にじっとしていて観察を続けたいのです。此処を動かないのは神戸が好きだからです」

モラエスはこの記者に目をつけられたことをまことに煩わしいことだと思った。もし自分が日本へ兵器を買いに来たなどということを嗅ぎつけて書き立てられたらたいへんなことになる。モラエスはマカオ総督にくれぐれも言動を慎むようにと言われたことを思い出していた。

「あなたに答えられないような理由があるのでしたら、これ以上お訊ねすることはやめましょう。しかし、あなたがなんのために神戸にやって来たか、それを知りたい人はたくさんいるようですよ。今もこの領事館の外にはあなたを見張っている人がいます」

記者は平然とした顔で続けた。

「さきほど私はオリエンタルホテルを出たばかりのあなたを見掛けました。すぐ追いかけようとしたとき、日本人があなたの後を尾行していることに気がついたのです。その後を私はつけてここまで来ましたがすぐには入らず、そのあたりをぐるっと一周してから来てみるとやはりその日本人は見張りを続けていました。あの日本人が日本側の刑事か又は何処かの国にたのまれて、あなたを見張っているのか私には見当がつきませんが、あなたが時節がら国際的に注目すべき人物であることだけは確かです」

「あなたはたいへんな空想家のようだ。日本に長くいるとそのような夢を描くようになるのかな」

「ごまかしてはいけません。あなたがポルトガル政府から委嘱された重大な用件を持ちこんで来ていることは間違いありません。日本と清国との戦争が避け得られない方向に進んでいる極東においては、清国の周辺にうごめいているロシア、フランス、ドイツ、イギリスの列強の動向が問題です。清国に対して中立政策を保持して来たポルトガルがもし方針を変えて、例えば日本に接近しようとしたらどうなるか。マカオを領土として持っているポルトガルの動きは清国は勿論のこと、列強にとってもこの際大問題なのです」

「それであなたは私をつけているのは、どこの国のスパイだと言いたいのですか」

モラエスは記者の言葉に釣りこまれてついこのようなことを言ってしまったのである。

「清国、ロシア、ドイツ、イギリスの四国のうちのいずれかが放っているスパイでしょうね。或いはフランスかも知れません。このフランス領事館がポルトガルの代理事務をやっているからと言って、フランスそのものを信用することはできませんよ。外交問題となると、昼の顔と夜の顔が全く違って来ますからね」

記者は言いたいほうだいを言って出て行った。

モラエスはいつもの朝のようにホテルを出た。人力車には乗らず、朝露のまだ消えていない歩道を山手に向って歩き出した。

背後はふり向かなかったが、ホテルを出たときから誰かに跡をつけられているような気がしてならなかった。朝早いから人通りはほとんどない。耳を澄ませて物音を聞くと後から足音が聞こえる。立止ってパイプのタバコに火をつけている時はその足音も途絶える。

モラエスは布引の滝へ向って急いだ。六尺豊かな彼が大股でせいいっぱい歩き出すと、後を追う者はたいへんだろうと思った。その尾行者をまいてしまうつもりもないし、からかってやる気もなかった。ただ彼はその朝はそうしたかったのである。

彼はほとんど休まずに坂を登り、滝への一本道をまっしぐらに歩いた。いつものようにまわりの景色を眺めるようなことはなかった。滝の茶屋まで一気に登りつめて、いつものように、まだ開いていない茶屋の縁台に休んで滝を眺め、汗が引いたころを見計らって帰ろうと思っていた。

だが茶屋はいつもと違っていた。

雨戸は開けられ、縁台の上に座蒲団が一枚置いてあった。

モラエスがその座蒲団に坐っていいかどうかをいぶかるような顔で立っていると、いらっしゃいませと、澄んだ女性の合唱のような挨拶が聞こえた。三人のよく似た娘が揃って現われた。一番末の妹を中にして両側に姉たちが立っているような形であった。三人ともそれぞれ違った花模様の着物に帯をしめていた。長崎の公園で会った娘たちのように赤いたすきを掛けてはいなかった。三人の白い顔が朝の粧《よそお》いの歌のように笑っていた。

「おつかれになったでしょう。たいへんな《ソウマッチ》汗《スウエット》よ」

と姉娘が言った。片ことの英語を話せるようだった。モラエスは彼女の英語に驚いてその顔を見た。モラエスの驚きようがおかしいのか三人の娘が声を揃えて笑った。

「美しい三人娘のお出迎えを受けて恐縮です。まずは日本のお茶をいただきましょうか」

モラエスが言うと、

「ただいま持って参ります」

と次の娘が答え、そして末の娘は、運んで来たお茶を一口飲んでそこに置いたモラエスに、

「日本のお茶は苦《ビター》いでしょう」

と、ややひかえ目がちに言った。こんなところで美しい娘たちと直接に話ができることがモラエスにとってはたいへんな幸福のような気がした。

「あなた方は姉妹ですか？」

とモラエスが訊くと娘たちは、私が姉、私が妹と次々に答えてからまた笑った。その笑い声に誘われたのか五十メートルほど離れたクスの大木にかくれていた男が顔を出した。

モラエスは距離をへだてて視線を合わせたその坊主頭の日本人がひどく醜い顔の男に思われた。顔だけで服装を確かめることはできなかったが、おそらくは着物に草履を履いているのだろうと思った。足音から想像してそのように考えたのであった。

その男は二度と顔を出さなかったが、その男と対面したことが、モラエスの気持をいくらか重くした。

「あなたは毎朝ひとりでここに来るのね」

「ひっそりと来てひっそりと帰る」

「でも私たちは知っていたわ」

娘たちはそれぞれ発言して、それを合わせるとちゃんとした言葉になる。三人で詩を

創って歌っているようだった。

「私もあなたたちが、実は起きていることを知っていました。人力車夫に案内されて、はじめてここに来たとき、顔だけ出してこっちを見た娘さんがいたでしょう」

「ああそれはおよねさんよ」

姉娘と中の娘が同時に言うと、末の妹はいかにも恥しそうに袖で顔を隠した。

「およねさんという名前ですか」

モラエスは長崎の諏訪公園で会ったあのおよねさんのことを思い出していた。忘れずに心の中に焼きついた顔だった。

「よく似ている」

とモラエスは、末娘を見て言った。末の娘のおよねさんと長崎の諏訪公園のおよねさんとは確かによく似ていた。外国人が日本娘の顔を見た場合、どの顔もよく似て見えるという一般的な相似ではなく、二重まぶただとか長い眉だとか、ふくよかな頬などが長崎のおよねさんと似ているのである。

「私が姉さんに似ているというの」

「長崎のおよねさんに似ています」

「きれいな方」

「それはそれはあなたと同じように非常に美しいひとですよ」

そのモラエスの答え方がおかしいと言って娘たちはまた笑った。

「日本にはおよねって名前が多いのです。およね、おまつ、おうめなんてもっとも平凡な名前だわ」

姉娘はそう言ってから、

「私はおまつ、次の妹はおうめ」

だと紹介してから、その三人の平凡な名前の姉妹が揃って笑った。滝の音が大きいから、かなり大きな声をしないと聞こえない。モラエスもつい大きな声を出していた。モラエスは海軍兵学校に入ったとき、女みたいな声をする奴だと教官に言われたことがあった。声変りしない男だとも言われたことがある。モラエスは滝の音に負けじと、腹いっぱいの声を出して娘たちと話し合った。神戸に来て以来のわだかまりが一度に吹きとんだ思いがした。滝のしぶきがかかって涼しかった。峡谷の暗さを形成する狭霧《さぎり》が消えると、滝の音に混って小鳥の声がした。

フランス領事のフォサリュが金縁の眼鏡をはずすと、ひどくいかめしい顔になる。彼は館員を領事の部屋に呼んでなにか面倒の仕事を言いつけるときはよく眼鏡をはずす。モラエスはそういう彼の癖は知らなかったが、眼鏡をはずしたフォサリュの顔が別人のように見えたので、今日はなにかあるぞと思った。

その日フォサリュは午後二時過ぎに領事館に帰って来るとすぐモラエスを呼んで言った。

「今夜あなたを夕食に招待したいという話があるが御都合はいかがかな」

「別に約束はありませんが、私を招待したいという相手はどなたですか」

「日本の軍人です。しかもあなたと同じように海軍士官だ」

　領事はそれだけ言うとモラエスの顔を見詰めていた。日本の海軍士官がなぜモラエスを招待したいのか、その裏になにがあるのか、そういうことはいっさい言わず、ただその招待を受けるか否かについて質問を発したという態度であった。

「私は日本の海軍には知り合いがありませんが、なぜそのような招待がなされるのか伺ってもいいでしょうか」

「実は私にもそれが分らないのだ。とにかく、日本側の要求どおり、モラエス氏が日本海軍の招待を受けるように努力してくれという上部からの訓令なのだ。私も同席します」

　フランス領事はそう言ってから、さらに声を落して言った。

「飽くまでも私的な招待として行われることであるし、この秘密は厳守してもらわねばならない。これはわがフランスにとっても日本にとってもきわめて重大なことになるだろうという意見でした」

　領事はなぜそのような招待がなされるかをおおよそは知っているようであった。知っていてその内容について言及しないのは、上部から固く口止めされているからであろう。

「あなたは今日午後五時にこの領事館を出て、何時ものような歩調でホテルへ向います。領事館を出て正確に五分経つと人力車が走って来てあなたのそばに止ります。あなたはそれに飛び乗って下さい。人力車は三十六番の角を曲ったところで止ります。あなたはすぐ降りて、三十七番と三十六番の間の小路に入って下さい。間も無く別の人力車が迎えに来ます。お分りですね。すべては注意深く用意してありますからあなたはそのとおりやればいいのです」

見張りの男をまくためにそんなことをするのだとモラエスは思った。

(それにしても日本の海軍士官は自分になんの用があるのだろうか)

モラエスは自分と日本の海軍士官とをなんとかして結びつけようとしていた。

「分りました。あなたのいうとおりにいたします」

しかし、私の方の用務はいったいどうなったのでしょうか。彼はそう言いたかった。モラエスがなんとなく冴えない顔をしているのを見てフォサリュが言った。

「私はあなたが日本へ持ちこんで来た仕事がうまく行くように毎日考えています。今宵の日本側との話し合い次第では、あなた自身の仕事の窓口が開かれることにもなるでしょう」

意外な言葉だったが、にわかに信じがたいものであった。

五時が来るとモラエスはいつものように、領事館を出た。余所見《よそみ》はしなかった。どこかであの醜い日本人が自分を見張っているに違いない。今に見ろ、彼は微笑を浮べた。

彼は正確に五分たったら、彼の傍に来て止る人力車を心待ちしながら歩いていた。その人力車は若い男が曳いていた。彼が乗り込むと背後で掛け声がした。人力車は押し手まで用意していたのだ。人力車は全速力で走り、三十六番を廻ったところで止った。

「はやく、はやく」

車夫が叫んだ。モラエスが降りると同時に、彼のかわりに乗りこんだ男がいた。西欧人らしかったが、一口も口はきかなかった。モラエスは三十六番と三十七番の間の小路に身を隠した。

「へいお待ちどおさま」

反対側から来た車夫が彼に向って頭を下げた。

モラエスは走り去った人力車の方へ目をやった。モラエスの替玉を乗せた人力車の後をハンチング（鳥打帽）をかぶった、着物姿の日本人が追っていた。モラエスの乗った人力車はゆっくりと走り出した。

人力車はたいした距離は走らなかった。海岸通りの居留地からやや離れたその一角はモラエスにとってははじめてのところだった。黒塀をめぐらせた家が多かった。モラエスにはそれがまず、不思議な光景に見えた。この暑いのに、なぜあのように高い障害物を建てめぐらせねばならないのだろうか。そんなことをふと考えたとき、人力車は止り、梶棒がおろされた。

モラエスは料金を払おうと思ったが、その余裕はなかった。数人の日本女性が迎えに出て、あっという間に彼は家の中に入れられた。

見かけない家の構造をしていた。よく磨きこんだ廊下を白足袋を穿いた女が滑るように歩いていた。

モラエスは靴を脱がされ、なんとなく、心もとない足にスリッパを履かされた。廊下に立つと、天井が低いことが気になった。

障子が開けられた。そこに畳の間があって、彼はスリッパを脱がされた。畳の部屋の次に襖があり、そこを開けると一度に光がとびこんで来た。庭が見えた。暮れなずむ庭の方から涼風が吹いて来る。

既にそこには日本人が待っていた。知らない日本人の中に混ってフォサリュがいたのでほっとした。驚いたことにフォサリュはそこにいる日本人たちと同じようにあぐらをかいて煙草をくゆらせていた。

モラエスは床の間を背にして坐った。なにもかもはじめて見るものばかりだったが、きょろきょろしてはおられなかった。日本側三人のうち一人は通訳であった。

背広服姿の西田海軍少佐は頭髪をきちんと横分けにした、軍人らしからぬ紳士だった。中谷海軍少佐は日に焼けて黒い顔をしていて、西田海軍少佐より、幾つか年齢は下のように思われた。

女たちが茶を運んで来て去ったところで、西田海軍少佐がモラエスに向ってまず口を切った。

「本日はわざわざお出で下さってありがとうございます。私たちはポルトガル海軍少佐としての貴殿の忌憚のない意見をお伺いしたいがためにこの席にお出でを願ったのでございます」

西田海軍少佐はそう前置きしてから、語調を改めて言った。

「モラエス少佐殿、あなたは一八八六年(明治十九年)フランス製の砲艦ドウロ号の艦長としてモザンビークに出征され、トウゲン湾の戦いで武勲を建てられたと聞いていますが、それは事実ですか」

失礼な男だとモラエスは思った。他人を招待して、まず履歴調べをやるとはなにごとか。しかしモラエスは我慢した。相手の日本人の真剣さが、言葉の障害を越えて伝わって来るからだった。

「そのとおりです」

「実はその砲艦ドウロ号と同じ型のフランス製砲艦千島がフランスから神戸へ向って廻航中、去年の十一月に瀬戸内海で英国商船と衝突して沈没したのです」

西田少佐は言葉を切った。代って中谷少佐が発言した。

「七十四人の尊い生命が失われました。わが海軍はこの事故が何故起きたかについて調査をしていますが、未だに結論が出るまでにはいたっておりません。それで、この砲艦千島と同じ軍艦に乗っていた経験のある貴官の御意見を聞きたいのです」

それだけでモラエスはなんのためにこの場に呼ばれたのかほぼ了解した。

「まず、その砲艦の性能ですが、一口に言って満足すべき性能を持っていましたか。それとも何処かに欠陥があると感じられましたか」

西田少佐が訊いた。

「満足すべき性能を持っていなければ、わが海軍は受け取りません。これは日本においても同じではないでしょうか」

「砲艦が商船と衝突して沈んだということについてはどう考えますか」

「その時の記録を見なければ、なんとも言いようがありません」

「記録をチェックすれば、沈没原因の判定がつくと思われますか」

「それも、記録次第です。或いはその場所に行って見なければ分らないかもしれません」

いったい日本側はこの自分になにを求めようとしているのだろうか。

しばらく沈黙が続いた後で西田少佐が言った。

「私たちはあなたに今回の事故について、個人的意見を求めているに過ぎません。従ってあなたはこの件について何等の責任はないのです。記録を読み、必要ならば現地へ行って見て、私はこう思うと、あなたの意見をお聞かせ願えればけっこうなんです」

いかがでしょう、この仕事をお引き受け願えないでしょうかと、中谷少佐が言った。

「飽くまでもプライベートに私の意見を求められるというのですね」

「参考にしたいのです」

「意見を出すまでの期間は」

「記録は英訳してあります。読むのが三日、現場へ行って見るのが三日、一週間以内にあなたの意見がいただけると、私たちはたいへん助かるのです」

西田少佐の目はモラエスを正視したまま動かなかった。

「モラエス少佐、お引き受けになったらいかがですか、そのほうがわがフランスにとってもたいへんありがたいことだ」

フォサリュが傍から口添えした。その一言でモラエスはこの金縁眼鏡の男爵がこの話を売りこんだのだなと思った。おそらくフランス側はフランス製の砲艦千島が沈んだ原因は一方的に英国商船ラヴェンナ号の過失にあると主張しているに違いないし、英国側はすべての責任が砲艦千島側にありと言い張っているのであろう。

（これはたいへんなことになった）

モラエスは思った。ポルトガルとフランスとは親交を結んでいる。しかし英国とポルトガルが特に仲が悪いということはない。このような時には如何なる結論を出しても、誰かに憎まれることになるのだ。

「公式な意見が欲しいというのではありません。第三国の現場の海軍士官がたまたま来日しており、しかもその士官が千島と同じ軍艦に乗っていたというのですから、ぜひその参考意見を聞かせて欲しいのです」

西田少佐の目は懇望に輝いていた。

「しかし、私が結論を言えば、日本側はそれを判断の材料にするでしょう。でないと、私が出る意味はなくなる……」

モラエスは庭に目をやった。庭にガス灯がつき石灯籠と松と泉水とが立体幾何学的に映し出されていた。

「判断の材料になるかどうかは分りませんが、有力な参考意見にはなるでしょう。ぜひお願いします」

突然、西田少佐は座蒲団からおりて畳の上に手をついて、頭を深々とさげた。モラエスにとっては全く予期せぬことであり、それがなにを意味するのか分らなかった。

「あなたはフランスにも英国にも遠慮することはありません。海軍士官としての意見を率直に出していただければそれで充分なのです」

西田少佐はそのまま動かなかった。

モラエスには西田少佐が畳の上に手をついての懇願がなにか非常に厳粛な儀礼のように思われた。そうされて、こちらが拒否した場合には、思いもよらぬような事態が持ち上るのではないか。静まりかえった座敷の中にはそのような緊張した空気が流れていた。

「分りました。お引き受けいたしましょう。しかし、これは飽くまでも私の個人的な見解によっての行動ということにしていただきたいと思います」

モラエスの言葉が通訳によって伝えられると急に座が明るくなった。

「ありがとうございました。では、記録や資料は明日フランス領事館におとどけ致します」

話がつくと、西田少佐が手を打った。間を置いて襖が開かれ、膳を捧げた女性たちが、次々と入って来た。

酒宴が始まった。モラエスにはこの日本流の招待宴がただただ珍奇な行事に思われてならなかった。日本的なショウでも見ているような雰囲気だった。お膳の上には、見たこともないし、食べたこともないようなものばかりが揃えられていた。皿や椀に盛った料理よりもその容器が美しく、どれ一つを取ってみても、見事な芸術品に思われた。

白い手が出てモラエスの膳部の上の椀のふたを取ってくれた。その中には熱いスープが入っていた。

「召しあがれ」

その女性は口唇を赤く塗っていた。髪の結い方も町で見掛ける日本女性とはいささか違うようだった。着物姿が、絵で見た日本人形のようであった。モラエスは周囲を見た。それぞれ正装した日本女性がコの字になっている宴席の男と男の間に坐っていた。男たちはいままでとは打ってかわったようななごやかな顔で女性と話をしていた。

「モラエスさん。日本の芸者《ゲイシャ》について、御意見をどうぞ」

西田少佐が流暢な英語で話しかけた。これだけ話せるのに何故通訳を通して話したのか、それをいぶかるモラエスの目が西田少佐に向けられると、その隣りの中谷少佐がやや固い英語だったが、はっきりと分る発音で言った。

「日本の芸者についてはもうとっくに御経験ずみでしょう。なぜならば、モラエスさんは日本に来て既に十日にもなる」

座に笑いが起った。モラエスはその意味が分らないので、隣りの領事の顔を見ると、

「日本に来る西欧人は芸者に対してことのほか興味を持っている。まず、訪れるところがこのような料亭です」

フォサリュはそう言って笑った。

「此処はいったいどこですか」

「場所は花隈《はなくま》、この料亭は中村屋ですよ」

領事は答えて盃を口に運んだ。

モラエスは酒が好きなほうではなかった。葡萄酒を少々たしなむ程度だった。日本酒はうまいとは思わなかった。盃にちょっと口をつけただけでそこに置いた。領事がうま

そうに酒を飲み、料理を箸で挟んで口に運ぶのを見ながら、外交官というものはたいした芸当ができるものだと思っていた。

モラエスはようやく周囲を観察する余裕を持つことができた。彼が坐っている背後の床の間の絵もゆっくりと見ることができた。それは中国で見掛けたことのある絵とよく似ていた。山と水と釣糸を垂れる人の画であった。床の間だけが別ごしらえになっている意味が、日本的額縁であろうと解釈したとき、三味線の音がした。モラエスは正面を向いた。

そこにまた新しい催し物が用意されているようであった。舞い手の芸妓《げいこ》がこちらに向って坐っていた。脇に三味線を膝の上にかかえこんだ芸妓と扇子を膝の上に持った芸妓が並んで正座していた。

舞いが始まった。三味線の音と地唄に合わせて白足袋の芸妓が踊った。歌の文句は悲しげであり、舞い手も物憂げで、思わせぶりであった。扇が開かれたり閉じられたりした。大きな袂の中から出ている小さな手だけが生き生きと動いていた。着物の裾が乱れそうで乱れなかった。乱れたように見えても、裾の内側に別の裾があった。肌は見せなかった。

舞い手の芸妓の目が放心したように、虚空を見詰めていた。それは妖気に満ちた目であり、時にはひどく悲しげだった。

モラエスには彼女が着ている花の模様の着物より、帯が気になった。それは絵や写真で見たことはあったし、実際に長崎の丸山遊廓では、薄暗い電灯のもとに坐っている娼妓たちの帯を見たこともあったが、その強い色彩だけが心の隅に残っているだけだった。長崎の諏訪公園の茶屋の娘たちは揃いの赤い帯をしめていてそれが赤い襷とよく似合っていた。違和感はなかった。

目の前の舞い手の帯は、いままでと違って生きて見えた。帯は帯自身で舞っているようであった。彼女は背に負ったその帯と舞い競《くら》べでもしているように華やかだった。彼女と帯とが別々に舞っていても、それは裏と表で呼吸を合わせていた。舞い手が背を向けたとき、金糸と銀糸のまばゆいほどに輝く帯がモラエスにウインクした。

日本の女性の秘密はすべてその帯の中に隠されているように思われた。

モラエスは舞い妓から目を放して、三味線をひく芸妓を見た。彼女も帯をしめていた。膝に三味線を抱いて、ややうつ向き加減になっている姿はひかえめで窮屈そうだった。その姿は三味線に向ってのめりこんで行きそうに哀れであった。唄い手の芸妓だけが膝の上に扇子を置き胸を張り自信ありげに歌っていた。

唄う芸妓は歌い、舞う芸妓は舞い、三味線をひく芸妓は懸命にそれをかき鳴らしていた。三人がそれぞれ自分の芸に陶酔しているようであった。

モラエスは男たちの顔を見た。彼等の中で盃に手をかけたり、料理に箸を運んだりしている者は一人もいなかった。いままであぐらをかいていた人たちが、いつの間にか、膝を折って坐り直していた。フォサリュとモラエスだけがあぐら姿のままだった。モラエスは膝を折って坐ろうとした。下肢を自分の体重の下敷にするなどということはできることではなかった。彼はもとの姿に戻って、改めて日本人たちが示したその作法がなんであるかを考えてみた。おそらく、そこで行われている、芸術に対して敬意を表するためであろうかとも思われた。あれほど陽気にしゃべり、芸妓たちをからかったり、彼女たちとふざけ合ったりしていた日本人たちが突然人が変ったようになって、坐り直して舞いを観賞する態度にモラエスはまた日本人の別の一面を見たような気がした。

舞いが終り、舞い手の芸妓は畳の上に坐り、扇子を前に置いて一礼した。ほっとしたような一瞬の後に、酒宴は再び続けられた。

モラエスはこの悲しげな歌を何処かで聞いたことがあった。

(確かにこれと似たような調子の歌を聞いたことがある)

そしてモラエスはすぐに、そのもの悲しい調子がポルトガルのファド（FADO）に似ていることに思い当った。

ファドは愁《うれ》いを懸命に、繰り返し、繰り返し、訴え続ける歌曲である。彼はリスボンの町はずれのアルファマ地区で聞いた、あのファドと今聞いたばかりの歌との相似点を探した。

ファドにはポルトガルギターの伴奏がついていた。それは三味線の音色とは全然違っていた。低い天井の薄暗い店で魚料理を食べ、ワインを飲みながら聞くファドの歌詞は悲しみをこめたものばかりだった。女性歌手は黒の肩掛けをした。男性歌手は片手をポケットに突込んで——

会わねば悲しい

会えばうれしさでまた泣ける

と哀調をこめて歌い続けるファドと、今聞いた歌とは根本的に違う歌だった。まして

や舞いは全く違った世界のものだ。それなのに自分はなぜこのような孤愁（サウダー

デ）の思いに襲われたのだろうか。

モラエスは耳の底で故国のファドを聞いていた。

フランス領事フォサリュはモラエスのために領事館の一室を与えた。ここで日本海軍から頼まれた非公式の仕事をしようというのである。

領事はモラエスに向って言った。

「昨夜、花隈の中村屋で西田少佐があなたの前に手を突いて今度の仕事を頼んだ。日本の軍人があのようなことをすることはめったにないことだ。あれは最高の儀礼であり、最高の儀礼に対してあなたがそれにふさわしい態度を取らなかったら、相手はひどく怒るでしょうし、それをあなたが丁寧にことわったとしても、彼は軍人の名誉を傷つけられたとして、腹切りをするかもしれない」

「腹切りですって？」

そうだ腹切りだよと、前置きしてフォサリュは二十五年前に神戸で起った腹切り事件を話し出した。

一八六八年二月四日（慶応四年一月十一日）のことである。神戸市内を通過中の備前岡山藩の日置帯刀が指揮する五百人の部隊の先頭を外国人が横切ろうとした。隊長が手で制するとその外国人は引き下ったが、この時飛び出した別の外国人はピストルを擬しながら隊列の前を走り抜けた。第三隊長の滝善三郎は怒ってこれに追いつき、槍でその男の腰のあたりを突いた。男はピストルを発射しながら逃げ、これに対して、日本側が発砲した。これがきっかけになって、英、米、蘭、仏側の連合軍隊が日本側に向って発砲した。神戸の町は一時混乱に陥ったが、事件は、日本側と外国人側との話し合いによって、滝善三郎が各国公使の面前で切腹するという条件で解決を見た。

滝善三郎は一カ月後の三月二日に各国公使の前で切腹した。

この事件は事件の内容よりも、切腹という日本人的な決着方法が神戸在住の諸外国の公使を驚かせた。切腹の立会いを命ぜられたある公使は、その凄惨なありさまを見て、もうよいから止めてくれと声を上げたし、ある国の公使の代理として出席した男は切腹を目のあたりに見て気を失ったほどであった。

「腹切りは神戸事件から二十五年経った今だってこの日本から消えてはいない」

フランス領事は深刻な顔をして聞いているモラエスに更に言った。

「つまり日本人は仕事に自分の生命を賭けることを名誉なこととしているのだ。あなたが西田少佐の申し出をことわったとしても、彼が腹を切るようなことは多分ないだろう。それほど日本人は生命を粗略にはしない。腹切りをやるかもしれないと言ったのは私の冗談だが、あなたはいま、『腹切りの国』に来ていることを充分認識して貰わねばならない」

「一つだけ質問があります。もし私がこの仕事を引き受けなかったら、あの後の宴会は行われなかったでしょうか」

「あなたがことわらないという前提のもとにあの宴会は用意されたものです」

領事は金縁眼鏡の男爵にかえって言った。

日本側が提供した資料はほとんど完全だった。フランス語で書かれた砲艦千島の航海日誌は整然としていた。

砲艦千島は明治二十五年十一月二十八日午後一時に長崎港を出航して神戸に向っていた。二十八日はだいたい平穏だったが、二十九日の日中から夜にかけて北西の季節風が吹き、海は荒れ、波も高かった。艦は瀬戸内海に入ってから季節風の波になやまされた。しかしその風も二十九日の夕刻ころからは穏やかになり、夜半を過ぎるとほとんど風は無くなった。午前四時ごろから霧になった。

事故が起きたのは三十日の午前四時五十八分であった。砲艦千島は興居《ごご》島の沖を通過したころから濃霧になったので減速し霧笛を鳴らしながら愛媛県和気郡堀江村の沖（斎《いつき》灘）にさしかかった時、突然大型商船が霧の中から現われた。砲艦千島はこれを回避しようとしたが、間に合わず、突込んで来た商船は千島の艦腹に衝突した。千島はあっという間に沈没したのである。千島が七百五十噸、商船ラヴェンナ号は二千五百噸の貨物船であった。千島の乗組員及び乗客合わせて九十名のうち、救助された者は僅かに十六名で他の七十四名は脱出する暇もなく艦と運命を共にしたのである。それほど突発的な事故であった。

救助された者のうちわけは士官が二名、下士官以下十三名、フランス人機関士が一名であった。

衝突事故の際当直に当っていた士官一名と水兵三名が助けられたので、当時の状況は確然としていた。

砲艦千島はほとんど連続的に霧笛を鳴らし速度を落して前進していた。前方間近に霧笛を聞き、突然霧の中に光を見たので、当直士官がこれを回避するよう命令を発し、艦がその動作をしている最中にラヴェンナ号は千島の艦腹に衝突したのである。

日本側の資料によると衝突事故の原因はラヴェンナ号が、濃霧にもかかわらず、速度を落していなかったこと、霧笛に注意していなかったことであった。

「だがこれだけでは、なんとも言えない。ラヴェンナ号の資料が見たい」

モラエスは日本側の航行関係の資料を読み終ったあとでフランス領事に言った。

「英国側はその資料はいっさい日本側に提出しようとはせず、この事件を横浜の英国領事裁判所に持ち出すつもりらしい。つまり、この事件は英国側によって一方的に裁かれようとしているのだ」

領事裁判権は明治二十六年になってもまだ生きていた。もし、英国領事裁判によって、砲艦千島に欠陥ありという結論が出たら、その軍艦を製造したフランスの威信にもかかかわることであった。

モラエスは一週間以内と期限をつけて引き受けた仕事が最初の日から、難関に直面したことを知った。ラヴェンナ号の資料がないかぎり、これは簡単に処理しかねるのである。

「だが答えがでませんと、投げ出すわけには行かない」

モラエスは腕を組んで、考えこんだ。

モラエスがホテルに帰るとロビーで彼を待っていた人がいた。神戸まで船で一緒だったあの英国人のロバート・ネーピアであった。

「モラエス少佐、あなたは日本に来てから大活躍ですね」

ネーピアはしょっぱなからなんとなく挑戦的に聞こえるような口をきいた。

「活躍と言いますと」

モラエスはネーピアと向き合って坐った。

「ヒョーゴ・ニューズ紙上であなたのことを読みました。表面的にはあれで充分活躍していることになり、裏面では更に大きな活躍をなさろうとしているらしい」

ネーピアはモラエスの顔を探るように見た。

「なにが言いたいのです」

「久しぶりで、あなたと一緒に食事をしたいのです。英国の商人ロバート・ネーピアがあなたを招待申し上げたいのです。つまり商取引きをしたいのです」

「私は商人ではないし、あなたと商取引きをするようなこともありません」

「たしか船の中では軍人であり、詩人であり、商人でもあるとおっしゃっていましたが。急に変ったのですか」

英国人は自信ありげに言った。

（この英国人はなにかを知っている。だからこのように高圧的なものの言い方をするのだ）

モラエスは逃げるつもりはなかった。相手が大砲を撃ちかけて来たら、こっちも応戦しなければならないだろう。

「商取引きという言葉を訂正されるならば、御招待に応じよう」

モラエスは姿勢をただして言った。

「早速御承知くださってありがとう。本来ならば花隈の中村屋あたりに御招待申し上げたいところですが、今宵はその用意がないので、このホテルのレストランではいかがでしょうか」

花隈の中村屋を表面に出したときネーピアは既に勝ち誇ったような顔をしていた。

「私は何回も繰り返すように英国の商人です。しかしただの商人ではなく、モラエス少佐に絶大な好意を持っている商人です」

レストランはまだ早かったからほとんど人影は見えなかった。

「つまりあなたの好意を私に売りつけようというのですか」

「どういたしまして、私はあなたに火傷《やけど》をするようなことには手を出さないほうがいいではないかと御忠告申し上げたいだけのことです。火傷はモラエス少佐だけではなく、それがマカオ政庁にもポルトガル政府にも及ぶようなことになったら困るでしょう」

知っているのだなとモラエスは思った。日本海軍とフランス領事が砲艦千島沈没について、モラエスに意見を求めようとしていることを、ネーピアは知っているのだ。この男はいったい何者だろう、モラエスはもう一度その顔を見た。

スープをすって、次の料理が運ばれて来る間にロバート・ネーピアは言った。

「日本海軍の砲艦千島は英国商船ラヴェンナ号と瀬戸内海において衝突し不幸にも沈没しました。双方共に自分の方には落度はないと主張しています。この問題は目下調査中で、近々横浜の英国領事裁判所において黒白は決定されるでしょう。そして場合によっては上海の英国領事高等裁判所まで持ち出されるかもしれません。つまり裁くのは常に英国であり裁かれるのは常に日本なのです。この意味がお分りですか」

「よく分ります。英国流のやり方です。弱い国に対する不平等な法権の乱用です」

「でもそれが現実です。そして結論もおおよそ分るでしょう」

「いや今回はフランスが入っていますよ。砲艦千島はフランスで造り、日本へ廻航されて来る途中でした。裁判の結果如何によってはフランスは黙っていないでしょう」

「私はね、あなたがその渦中に乗り出すような愚か者でないように願っているだけです」

と言ってからネーピアは言葉を切った。次の料理を持って、ボーイが近づいて来るのに気がついたからであった。

(なにもかも知っての上のことだな)

とモラエスは思った。

「マカオではたいへんなようですね」

ネーピアは話題を変えた。

「なにがたいへんなのですか」

「私は日本と香港の間を往復しています。時にはマカオにも参ります。なにがたいへんだかはあなた自身がよく知っているでしょう。マカオ政庁は現在二つの主流に分かれているようですね。一つはマカオを英国に売ってしまおうという現実派、そしてもう一つは飽くまでもマカオを極東のユートピアとして発展させようという理想派の二つです。そしてあなたは、多分理想派に入っているのではないのでしょうか」

ネーピアの言うことは当っていた。マカオは香港に完全にしてやられてしまった。今日、いかに足掻《あが》いても昔日のマカオに復帰はできない。それなら現在英国が欲しがっているうちによい条件で英国へ売ってしまおうという現実派の他に、現在のマカオは、賭場《ばくち》の収入と貿易の収益でどうやらやってはいるが、このままでは自滅の他はない。整理するものは整理し、中国大陸をバックとして一大貿易場として発展するべくあらゆる手段を尽すべきだと主張するグループがいた。

「あなたが日本でなにかをしでかすと、それは直接に、マカオにおける二派の対立関係に影響して来ます。それはあなた自身にとっても喜ぶべきことではありません」

ネーピアは婉曲《えんきょく》にモラエスを脅迫しているのであった。

「ワインはいかがです、これこそほんもののポルトワインですよ」

ネーピアは言った。

モラエスは英国人ロバート・ネーピアに屈したくはなかった。彼が別れる際、〈たとえ、日本側から第三国の誰かに、ラヴェンナ号と砲艦千島の衝突事件について参考意見を求められることがあっても、おそらくその誰かは資料が不足していて結論は出せないという結論を出して、うまく責任をのがれるでしょう〉

と言ったことを思い出すと、猛然とそれに反発したくなる。

モラエスはこの問題に本気で取り掛った。衝突事故の責任がどちらにあるかを解く鍵は一つだけあった。それは日本側が事件後潜水夫を入れて調査した、砲艦千島の艦腹の破損箇所の大きさを手懸りとして力学的にラヴェンナ号の衝突当時における速度を算出することであった。

彼はフランス領事館内の彼の部屋の中に、三角函数表、対数表などを集めて面倒な計算を始めた。

彼は日本側が調査した艦腹の損害箇所の大きさ、その艦腹の鉄板の厚さ、砲艦千島の噸数、速度、そしてラヴェンナ号の噸数等の資料を使って艦腹に加えられた歪力《わいりよく》（まげる力）を計算し、その歪力を発したエネルギーの根源であるラヴェンナ号の速度を算出した。

モラエスは学究的な軍人であった。海軍士官学校を首席で卒業した時の成績の中でも数学と語学が抜群であった。生物学や文学はむしろ彼の余技であった。

モラエスは久しぶりで自信の持てる仕事ができたことに満足していた。彼はその結果をフランス語でまとめた。

砲艦千島の損傷部分より推定したるラヴェンナ号の速度について

余は主題の件に関し、日本海軍が提供せる別紙資料（一）を使用し、別紙資料（二）のような計算方法により衝突事件当時、ラヴェンナ号は八ノットの速度で航行中でありしことを推論する。

追而、余は砲艦千島と同型のフランス製砲艦ドウロ号の艦長たりしが、余が乗船せし一八八六年（明治十九年）より一八八七年（明治二十年）までの経験において、この砲艦の運航における欠陥は何等発見せられず、きわめて精能優秀なる軍艦たりしことをここに明記するものなり。

一八九三年（明治二十六年）七月二十七日

ポルトガル海軍少佐

ヴェンセスラオ・ジョゼ・デ・ソーザ・モラエス

モラエスはこの結果がどのような形ではねかえって来ようともすべては自分自身の責任において処理しようと思った。計算の結果が示すように、衝突事件の非はラヴェンナ号にあった。ラヴェンナ号は濃霧中にもかかわらずほとんど速度を落さずに航行を続けたのである。この衝突事故の争点の中心となるラヴェンナ号の速度が算出されたことは、日本側勝訴のめどがついたも同然であった。

モラエスが神戸のフランス領事館で西田少佐と会ったのは八月に入ってからであった。この日西田少佐は通訳を連れてはいなかった。この前、花隈の中村屋で会った時と同じ背広服を着ていた。

西田少佐はモラエスに感謝の意を表しに来たのだと、フランス領事フォサリュに伝えてから、領事の同席を求めた。

西田少佐の英語はひどく固かった。モラエスに話すべきことを文章に書き、それを暗記して来て、そのままをしゃべっているようであった。

「私はあなたが我々に示した好意ある協力に満腔の感謝をいたします。あなたが損害箇所の大きさから、ラヴェンナ号の速度を計算されたことはまことに斬新な卓見であり、同時にあなたの物理学者としてなされた数学的解明にはただただ敬服するのみでありま す。わが海軍と致しましても、あなたが着目されたような手段を持って、相手に抗弁するしかないと思っていました。従って、この計算を大学の教授に依頼しようという者も居りました。だがわが国の大学は創出されて間も無いし、権威ある教授の多くは英国人であるという現実が何等かの支障になりはしないかとわれわれを躊躇させていました。しかし貴方によってここに一つの回答を得たことは、逡巡していたわれわれの気持を大きく変えました。またあなたの計算結果が英国領事裁判所に提出された場合、彼等としてもこれを無視したり、全面的に否定することはできなくなると思います。尚あなたの述べられた追而書の一項は、更に本文の内容に重みを加えるものであると信じております」

西田少佐は、モラエスの顔を見ながら、実は自分の頭の中に書いてある英語の文章を読んでいた。彼はこれだけのことを一気に言ってしまうと、いかにも安心したように、

「たいへんありがとうございました」

と言って、モラエスに握手を求めた。

妙な時にいきなり手をさし出され、握手を求められたが、モラエスには、それで西田少佐の誠意を飲みこむことができた。

「あれはプライベートな意見書であります。取扱いには注意していただきたいと思います」

モラエスはこの点について念を押した。

「心得ています。この際、プライベートな意見書であることがかえって真実を立証するものとして効力を発揮するでしょう」

西田少佐はそう言ってから、改めて領事に向い、今回のことについての努力を感謝した。金縁眼鏡の男爵はご機嫌だった。彼は大きく頷いてから西田少佐に訊いた。

「それで横浜の英国領事裁判所で決着が着くのは何時ごろになるでしょうか」

「早くて、今年（明治二十六年）の十一月ころでしょう。だが、ここでは残念ながら、わが方は負けるでしょう」

敗訴になることを西田少佐は予期していた。いかにも残念そうに彼は唇をかんだ。

「何故そうなるのです。モラエス少佐の意見書があっても駄目でしょうか」

フォサリュが訊いた。

「くわしいことは申し上げられませんが、多分そうなるでしょう。しかし、この問題がその後上海の英国領事高等裁判所に持ち込まれた時は、わが方の勝訴となるでしょう。そうなるための前提として、わが軍は更に更に大きな国際的試練に勝たねばならないでしょう」

西田少佐が国際的試練に勝たねばならないと言ったのは、おそらく清国を相手にした戦いに勝たねばならないことを言っているのだろうとモラエスは思った。

「そうだ、まさに国際的試練だ。日本は英国から今年の十一月に四千三百噸の軍艦を購入することになっている。二三ノットの高速戦艦だ。名前まで軍艦吉野と決っている。今、日本が英国ともめごとを起せば、英国は軍艦吉野を清国へ売り渡してしまうかもしれない。英国とはそういう国なのだ」

そう言うフォサリュとモラエスの考え方は違っていても、国際的試練が、日本と清国の戦いを前提としてのことだけは確実だった。

「蔭ながら御健闘をいのります」

モラエスは形どおりのことしか言えなかったが、心の底からこの戦争は日本に勝たせてやりたいと思っていた。

「あなたには随分お世話になりましたが、私にはあなたの好意に報いるべき適当な方法が見つかりません。それで困っているのです」

どうやら西田少佐はモラエスのやった仕事に対して適当な謝礼をしたいと思っているようであった。そのことになると、彼の英語はつまずいた。言葉がとぎれた。

「それでしたら、こちらからあなたにお願いがございます」

モラエスはそう言ったとき心は決っていた。西田少佐ならば、なにを話しても大丈夫だと思った。

「実は、私が日本へ来たのは日本陸軍から大砲と小銃を買いつけるための下交渉でした」

モラエスはそう前置きして、彼がマカオ政庁とチモール政庁との依頼によって武器を買いに来たことを明らかにした。西欧諸国から買わず、日本から購入しなければならない理由は、植民地問題が列強間で微妙にからまり合っているからだと、おおよそのことを説明した。

「つまり、私に陸軍のしかるべき筋に渡りをつけてくれと言われるのですね。分りました。お引き受けいたしましょう。但し、現在直ぐそれを要求されても日本にそれだけの余裕があるとは考えられません。すべては国際的試練が終った後の話です。だが、あなたの申し入れは私が責任を以て処理します。数日以内には必ずあなたにお答えができるでしょう」

その時西田少佐は気をつけの姿勢を取っていた。

モラエスは一度に重荷がさがったような気がした。フォサリュは相変らずの気取った顔で突立っていた。

モラエスはそのまま神戸に止った。朝の散歩は従来通り続けていたが、このころから尾行する日本人の姿は消えていた。

布引の滝の雄滝《おんたき》は雌滝《めんたき》に比較して、その名のように男性的だった。高い断崖の上から滝壺に向って流れ落ちる勇壮な滝に彼はしばらく自分を忘れて見入っていた。

布引の滝を知り尽すと彼は更に散歩の足を延ばした。諏訪山公園の散策であった。

神戸の山々を一日中歩きたかったが西田少佐から何時連絡があるか分らないから、十時までにはフランス領事館に出かけていた。仕事が彼をとらえていた。

午後五時以後は自由の時間であった。彼は日本人街を歩き廻った。中国で中国人街を歩くのが好きだった彼は神戸にあっても同様だった。彼は足が向くままに何処にでも入りこんだ。

夕暮れ頃の日本人住宅街は魚を焼くにおいが充満していた。家の外に七輪《しちりん》を置き、炭火で鰯を焼いている風景に出会った彼は、なにか突然ポルトガルに帰ったような気がした。ポルトガル人は魚を炭火で焼いて食べるのが好きだった。魚を焼くにおいを死臭がすると言って毛嫌いする他のヨーロッパ人と比較してポルトガル人は、焼き魚を基本とした料理が得意だった。

モラエスは鰯を焼いている婦人の前でふと立止った。一人ではない。二人も三人も腰をかがめてパタパタと扇で火をおこしながら鰯を焼いていた。鰯を焼く煙がモラエスの鼻をくすぐった。

モラエスはリスボンで毎年行われている六月十三日のサン・アントニオ祭の夜を思い出した。下町の石畳の街路には特設の鰯焼きの店が並び、宵ともなれば、鰯を焼く煙が町中に立ちこめる。人々は石畳の上に並べられたテーブルを取りかこみ、焼いた鰯をほおばり、ワインを飲む。やがて町の片隅から楽隊の吹奏が始まると、いよいよ町を挙げてのお祭りが始まるのだ。

モラエスは孤愁《サウダーデ》の想いを故郷に投げた。なぜこうも故郷が恋しいのだろうか、鰯を焼いた煙がなつかしいのだろうか。モラエスは日本人の主婦たちの視線を感じながら暮れて行く神戸の街角に立ち尽していた。

仏国ニ於テ製造ノ水雷砲艦千島ハ竣工ノ上本邦へ回航ノ途次、去月二十八日午後一時長崎ヲ発シ、神戸ニ航行中ナリシガ、同三十日午後一時愛媛県三津ケ浜警察署長ヨリ、我軍艦千島艦ト英国飛脚船ラベナ号ト和気郡堀江沖ニテ今朝方衝突、千島艦沈没、死傷者アリトノ電報ニ接ス、（中略）其衝突沈没ノ状況等ヲ問合セシモ因ヨリ電信ニシテ、未ダ詳細ヲ了セズト雖モ、今茲ニ知リ得タル諸報ヲ概スルニ、本艦ノ衝突時刻ハ三十日午前四時五十八分頃ニシテ、千島ハ直ニ沈没シ、乗組員九十人ノ内ラベナ号ニ救ハレタル者ハ士官以上二人、下士官以下十三人、仏国人一人、即チ十六人ニシテ多少負傷アルヲ以テ松山陸軍衛戍《えいじゅ》病院ニ於テ手当中ナリ（下略）

（明治二十五年十二月二日「官報」より）

赤い海

香港を出た船は西に向って走っていた。船は島か岬かも分らぬような緑の島のすぐ近くを通ることがあった。大小の島が点在していた。

モラエスはデッキから海を眺めながら見馴れたこの景色と日本の瀬戸内海のそれとを比較していた。海の上の置物のようにやさしく、なだらかに描き出されている島々のたたずまいは全体的にはよく似ていたが、一つ一つの島の様相はどこかが違っていた。それは地質学的な相違によるものだろうか、雨量の相違によるものだろうか。小さな無人島が多かった。その近くを通るとき、島を形成している木々の間に隙間を見た。岩ばかりの島には、わずかながら草が生えていた。

瀬戸内海の島々との見掛けの違いは植生の相違から来るものであろうか。そしてすぐ彼は、そのあたりの海の色と瀬戸内海の海の色を比較した。瀬戸内海の海に比較して青さが薄いような気がした。その海の青さと対照的に島の緑の色は映し出されるのかも知れない。

彼は日本との距離を思った。

〈北回帰線を越えて更に南にあるマカオのために、われわれがお力添えできる時がきっと来るでしょう〉

神戸の埠頭で西田少佐が言った。頭の中に書いた文章を読むような英語をモラエスは思い出していた。

西田少佐がどこをどう走り廻って、モラエスのために大砲と小銃を工面しようとしたか知るよしもなかったが、彼がフランス領事館を訪れて、モラエスに伝えた回答の言葉は、

〈残念ながら、あなたが持ちこまれた用件については下交渉の段階には立至っていないことをお伝えいたします〉

というつれないものであった。清国を相手に戦争を始めようとしている最中の日本が、兵器を第三国に売ることなどできよう筈がない。だからこの答えはモラエスの期待していたとおりであった。むしろモラエスは、これほど国際事情が切迫している日本の立場を、たとえマカオにいたとしても知らなかったという自責の念に駆られていた。

〈将来についての期待は〉

そのモラエスの質問に対して西田少佐ははっきり言った。

〈必ずあなたの御期待に応える日が来ると思っています〉

〈今後の連絡は如何したらよろしいでしょうか〉

〈下交渉段階においてはフランス領事館を通していただきたいと思っております。やが

ては公式の文書となるでしょう。そうしたいものです〉

西田少佐はそれ以上のことは言わなかった。モラエスは神戸の知人たちと別れて神戸を旅立った日のことを思い出した。神戸の山々、そして瀬戸内海の青い海。その青い海と目の前の白い海との大きな相違に気がついた時、モラエスははっきりと自分を取戻していた。

海の青さは白さに置きかえられ、やがてはっきりと薄い黄色の海と変って行った。船は香港から六十五キロを走って、マカオに近づいたのである。海の色が変って見えて来たのは珠江《チューチャン》の河口にさしかかったためである。

珠江は中国本土から流れて来る大河であり、おし流されて来る大量の赤土が海の色を変えているのである。

赤い海が夕陽に映えていた。モラエスははじめてマカオに来たとき、この赤い海に目を見張った。赤い海に囲繞《いにょう》された緑の島とその丘の上を飾る白亜の教会の塔や緑の屋根の洋館におとぎの国の美しさを感じていた。一八八八年（明治二十一年）、三十四歳の彼の胸は少年のようにときめいていた。ここに東洋の秘密がすべて盛りこまれているようにさえ感じた。赤い海は彼を迎える東洋人の赤裸な心を表すものだと思っていた。それから五年、彼はこのマカオというポルトガル植民地に住んでいて、あまりにも多くのことを知り過ぎた。むしろ忘れたいものさえあった。

彼は赤い海に送られて何度かここを離れ、そしてまた赤い海に迎えられて帰って来た。彼はもうマカオの赤い海には馴れっこになっていた。潮の干満によって、その赤さが変化したり、中国大陸に豪雨があったときに異常に赤い水がおし流されて来ることや、赤い海の上に赤い月が上った翌日に大嵐になったことなど、マカオの赤い海の思い出は尽きなかった。

(それにしてもこの赤さはひどい)

モラエスは紅粉を流したように赤い、海を見渡した。このように赤い海を見たことはなかった。時によると、光線の具合で、それは陽が水平線に傾きかけたころ、部分的に赤さが濃く見えることがあったが、今日の赤さはそうではなく、海全体が赤く染ったように見えた。

もともと赤い海なのだが、その赤さが異常に輝きわたり、赤の縞模様ができたときなど、中国人の漁師は不吉なことが起ると言って出漁を見合わすことがあると聞いていた。彼はその赤の縞模様の海は見たことがなかったが、今見る異常に輝く赤い色はやはり不吉を思わせる色だった。

彼は海軍士官であった。迷信など信じたことはない。それなのに、彼はなにかよくないことが、彼の上陸を待ち受けているような気がしてならなかった。日本へ出張中になにか起ったのではないだろうか。彼はまず内妻の亜珍《あちやん》や長男のジョゼ、次男のジョアンのことを思った。

(彼等のうち誰かが重病にでもかかったのでなければいいが)

しかしすぐ彼はその考えを否定した。そんな筈はない。あってはならない。では職場においてなにか悪いことでも起ったのだろうか。

赤い潮は舷側を音を立てて打っていた。

マカオは葡萄の房のような形をした半島である。葡萄の房を支えるつけ根に相当する北部が中国との国境である。だから半島と言うよりも四方を海にかこまれている島と言ったほうがむしろ適切な表現であろう。マカオの半島の続きにタイパ島とコロアン島の二島がある。現在は橋で接続されているが、モラエスの居た当時はごく僅かな住民が住んでいる孤島であった。

マカオは面積五・五平方キロというせまい半島であり、その中部から南部にかけてポルトガル人が住んでいた。

マカオには七つの丘(山)がある。ポルトガルのリスボンにも七つの丘があった。マカオとリスボンは似てはいないが、七つの丘という相似点をポルトガル人は強調していた。

この中国大陸の海浜の小さな半島に最初に目をつけたのは日本人であった。倭寇《わこう》はこの地に根拠地を作って、盛んにこの附近の沿岸を荒し廻っていた。この倭寇の害に手を焼いた明朝政府が、そのころ通商を求めてやって来たポルトガル人に倭寇を追い払うことを頼んだのである。ポルトガル商船は商船であると共に軍艦でもあった。大砲も銃砲も備えていた。倭寇はポルトガル商船の海上からの砲撃によって砦を破壊され、この基地を放棄せざるを得なくなったのである。ポルトガル人はこの功績によって、この地に居住を許された。彼等はここに港を作り、中国との貿易を始めた。一五五七年(弘治三年)のことである。マカオの開港によって中国は西欧文化を吸収した。日本の種子島へポルトガル人が鉄砲をもたらしたのはこれより十四年前の天文十二年である。

ポルトガルはその後明国との間に、マカオを正式に租借地とする条件を結び、大いに貿易で利益を上げていた。その利益の最大なるものは阿片《あへん》の売り込みであった。マカオに住むポルトガル人は次第に富を作り、マカオ半島の中部から南部にかけて緑の丘を背景に本国の首都リスボンさながらの居住地を建設した。この間ポルトガルにはしばしば政変があった。その度に、政治家や政商がマカオに亡命して来た。ポルトガル人ばかりではなく、他の西欧人も住みつくようになった。だがこのマカオの繁栄を英国人は黙視していなかった。英国は十八世紀の終り頃から印度産の阿片を清国へ盛んに売り込んだ。清国は阿片の害毒が終には民族の滅亡にもつながるものとして大いにこれを憂い、輸入禁止を断行したが英国が聞き入れないので、終に、英国人が持ち込んだ阿片を大量に焼き捨てた。英国はこの機会を利用し軍艦商船併せて四十数隻を以て清国を攻撃した。世にいう阿片戦争である。清国は英国に敗れ、講和を申し込み、香港を英国に割譲せざるを得なくなった。一八四二年（天保十三年）のことである。

英国が香港を正式に手に入れて以来、マカオは急速に衰微した。西欧と中国との貿易の窓口は香港に移った感があった。

阿片戦争に勝った英国はかさにかかって阿片を清国へ売りこもうとした。清国にとっては阿片の輸入だけはなんとかして禁止したかった。一八八五年（明治十八年）になって、ようやく清英阿片協定ができたが、これによって阿片の輸入が全面禁止になったのではなかった。

清国は英国を牽制する外交的手段として、一八八七年(明治二十年)十月にポルトガルとの間に条約を結んだ。この中で清国はマカオをポルトガル領土として割譲するかわりにポルトガルは中国の阿片禁止政策に協力し、マカオを中継点としての阿片密輸を厳重に取締るように求め、ポルトガル政府はこれを認めた。いわゆるリスボン議定書の取り決めである。

(そうだ。おれはリスボン議定書が交わされた直後にここへやって来たのだ)

モラエスはマカオに上陸したときそんなことをふと思い出した。赤い海を見て以来の不安がなんであったかがこの回想によって一つの的《まと》にしぼられた。

(なにかあるとすれば、それは阿片に関することであろう)

極端に赤い海の色が不吉の前兆であるとするならば、それはやはりここにつながるように思えてならなかった。

神戸も暑かったが、マカオは更にむし暑かった。神戸には布引の滝のように、滝の茶屋の縁台に腰をおろせば一度に汗が引くところがあったが、マカオにはなかった。

マカオの南部一帯を形成するポルトガル人の高級住宅に混ってマカオ政庁があり、直ぐ近くの丘の中腹に総督の官邸があった。その総督の官邸と丘を挟んで背中合わせになっているあたりにマカオ港務局が軍港を見おろしていた。

モラエスは港まで迎えに出て来た彼の部下たちの顔を見たとき、なにか良くないことが起っているなと思った。

彼等はいつものように晴れ晴れとした顔をしていなかったし、いつになく無口であった。互いに相手を意識しているようでもあった。

「なにかあったのか」

モラエスは部下フェリサーノ・デ・ロザリオに訊いた。

「総督があなたのお帰りを待っておられます」

ロザリオはそういうとなにか意味ありげに総督官邸のある丘の方へ目をやった。丘は濃い緑に包まれ、その頂にペナの教会の尖塔が光っていた。

「なにか悪いことでも起ったのか」

モラエスは迎えの馬車の方へ向って歩きながらロザリオの顔を見た。たちまち彼の顔に困惑の影が走り、そして、彼と共に迎えに来た同僚たちを見た。同僚たちは、ロザリオに発言の機会を与えようとするかの如くいくらか遠のいた。

「阿片が焼かれました」

ロザリオからは突飛過ぎるような回答が返って来た。

マカオから中国大陸に向って阿片が密輸入されないためにポルトガル政府はマカオ港阿片密輸取締長官を置いた。長官は総督の直属として、荷物検査の権限を持たされていた。密輸監視船三隻を持ち、六年前に締結されたリスボン議定書を守るため阿片の密輸防止に当っていた。だがこの取締りが厳重をきわめたのは最初の三年間ほどで、最近は阿片の密輸を取締るべき役人が阿片商人とぐるになっているという噂が流れていた。そして今回のような事件が起きたのである。

「昨日の夜半のことです。マカオ政庁の前に五つほどの箱と共におびただしい薪が運ばれ、間もなくそれに火がつけられました。発見が早かったから火は消し止められましたが、その焼かれようとしたものが、なんと密輸品の阿片であり、しかも御丁寧に、その火から焼けない程度に離して置いてあった阿片の入った箱には、阿片密輸取締官の検査終了の刻印が打たれていたのです。つまり何者かが阿片密輸取締官等の不正を暴露しようとしてこれをやったのです」

ロザリオは言い終ると一息ついた。

モラエスは黙って聞いていた。おそらくその件は既に中国側にも知られているものと思われた。

総督が困り果てた顔をしてモラエスの帰りを待っている気持がよく分った。マカオの総督は代々海軍中佐か大佐と決められていた。ポルトガル海軍が倭寇を追い払ってこの地に居住権を得て以来の慣例になっていた。一六二二年（元和八年、徳川秀忠の時代）にオランダ海軍がマカオに攻めて来たとき、これと戦って勝ったのもポルトガル海軍だった。以後マカオは海軍軍人又は海軍出身者がほとんど要職を占めていた。総督が港務局長を兼任し、港務局副司令官が実際の事務を担当している場合が多かった。

マカオ港阿片密輸取締長官は初めて設定されたものであり、中国との交渉もあるので文官がこれに当ることになっていた。

マカオ総督のフランシスコ・カストロは古手の海軍中佐であった。彼はおそらく彼の軍人としての生涯の最後となるであろうこの職を、無事つとめ上げたいと思っていた。

「困ったことが起きたよ」

　カストロ総督はモラエスの顔を見るなり言った。眼のあたりの皺が彼の年齢を思わせた。

「そのお話は途中で聞きました。まことに重大な問題と思います。その件について下問を戴く前にまず私の今回の任務について御報告申し上げます」

　モラエスは姿勢を正して、大砲と小銃を買いつけるために日本へ行った経過報告を述べた。報告が終るまで、姿勢は崩さなかった。頭上で大きな扇風機がゆっくり廻っていた。少し身をよじれば、窓から赤い海が見える姿勢だったが、彼は報告が終るまで余所《よそ》見《み》はしなかった。阿片焼却事件が既に頭の中の何処かで動き始めていた。それを強いて押えつけようとすると、報告の内容がかすれて来る。

　彼はようやく報告を終え、額の汗を拭いた。

　マカオ総督フランシスコ・カストロはモラエスの復命報告を聞き終ると、

「君のことだ。必ずよい答えを持って来るだろうと思っていたよ」

　総督はそのときはじめて笑顔を見せた。

「よい答えかどうかは分りません。すべては日本と清国との関係の成り行き如何にかかっています」

　日本と清国が戦争を始めるだろうという、推測をモラエスは成り行きと言ったのだが、総督はそれですべては了解したようだった。彼は大きく頷き、そして突然、大きな声で、

「そうだ問題は清国だ。清国の出方次第によっては第二の阿片戦争にもなりかねないの

だ」

と昨夜起った事情をそこに持ち出した。

(今の総督の頭にはこのことしかないのだ)

とモラエスは思った。

「阿片を焼いた犯人は捕えましたか」

「いやそれがまだなのだ。倉庫にあったその荷物を盗んだ奴も運んで来た者も焼いた奴も皆目《かいもく》分ってはいないのだ」

内部の者の仕業だなとモラエスは思った。そうでなければ、簡単に港の倉庫に入るわけには行かない。運び出すにしても同様なことが言えた。恐らくその阿片の梱包《こんぽう》は昼間のうちに政庁の近くまで運ばれて来ていたのだろうと思った。

「他の人たちの意見は」

モラエスは訊いた。副総督もいるし、その下には数多くの役人がひかえていた。その人たちがこの問題をどう処置しようとしているかまず知りたかった。

「昨夜の今日だ。今日一日中、そのことばかり相談していた」

「何等結論らしきものは出なかったのですね」

モラエスは総督の先を越して言った。

誰がどんなことを言ったのか、手に取るようにモラエスには分っていた。

「まず犯人を捕えることが先決だと言う者、倉庫の監督を厳重にすべきだと言う者、取り敢えずこの事件は隠蔽し、すべて秘密裡にことをすすめるべきだと主張するもの……」モラエスは頭の中にマカオ政庁内の要職にある者の顔をいちいちならび立てながら言った。

「モラエス君はまるで見ていたようなことを言う。まさにそのとおりだよ。この事件の根本的な処理方法についての案は一つとして提出されなかった」

「それについて総督のお考えは」

「いい考えが出ないから、モラエス君の帰りを待っていたのだ」

「解決法は一つだけあります」

モラエスは言った。

「あるか。それを聞かせてくれ」

総督の目はモラエスにすがりつくように哀願していた。

モラエスは事件をまとめた。情報を整理し、分析し、それに対する処置を幾通りか建ててみてからその一つを拾い上げ、頭の中で叩いてみた。

「この事件は既に中国側に知らされているものと考えるべきです。中国側が密輸された阿片を証拠品として押えているというふしも考えられます。この事件はポルトガル人の中だけで起ったことではなく、中国との関連の上に起ったことをまず強く認識すべきです」

モラエスの言葉にカストロ総督は大きく頷いた。

「遅くとも明日中には中国側へ使者をやり、この事件をつぶさに報告し、今後このような不祥事が起らないことを確約することです。その処置は早ければ早いほどいい。中国側はわがマカオ政庁の誠意あるところを認めるでしょう。内部の問題はその次です」

なるほどと総督は言った。

「本国のことは気にするには及びません。事件をそのまま正直に報告すればいいでしょう。マカオ政庁は自治管理を本国から委任されております。事件は職権の範囲内で起きたことであり、速かに解決することこそ、名総督というものです」

総督の顔に明るみがさして来た。

「そうしよう。そうするしかないな」

総督は言った。

「決心されたら、意志を変えないことです。反対派が動き出さないうちに手早く処理なさったらよいと思います。できたらあすの午前中に……」

それは無理かもしれないが、そのようにしないと、マカオは爆弾をかかえこむことになるでしょうとモラエスはつけ加えたあとで更に念をおした。

「カストロ中佐殿、一八八六年のモザンビークでの反乱鎮定のことを思い出してください。あのときあなたが指揮官としての決断を躊躇していたらわが方にはたいへんな損害が起きたでしょう。総督はその時のように今でも伝統あるポルトガルの海軍軍人であることを忘れないでください」

モラエスは総督の前を去った。

総督がもし海軍軍人としての良心を持っていたら、多分この提案を早急に実施するだろうし、もしだめな男になっていたら、問題をこじらせてしまうかもしれない。そうなった場合、損をするのはマカオであり、得をするのは英国である。英国はマカオの息の根が止ることを首を長くして待っているのだ。

モラエスが住んでいる家は当時ポルトガル人の多くが住んでいた、中部から南部にかけての住宅地帯ではなく、島の北東部にあたる、ギアの丘のふもとにあった。ギアの丘の上には灯台があった。

彼は人力車を自宅へ向って走らせながら、亜珍、ジョゼそしてジョアンの顔を思い浮べていた。マカオを出てから一カ月半にもなる。今日帰ることは知らせてあったから、多分三人は待ちかねているだろうと思った。ジョゼやジョアンの笑顔と亜珍の顔が重なった。

モラエスはヨーロッパ風の家に住んでいた。

亜珍と子供達のために二人の中国人の阿媽《あま》(女中)まで置いていた。二人の阿媽のうち年取った方の李宝蓮はポルトガル人のところに居たことがあるから、ポルトガル語を話すことができた。

中国人街の中でモラエスの家だけが庭が広く、家の敷地もたっぷりと余裕が取ってあった。彼が建てた家ではなく、物好きなオランダ人が建てた家だった。モラエスは家の周囲に塀をめぐらすことを好まなかったが、彼がこの家に越して来たときから中国風の土塀があった。それは小さな館《やかた》のような家だった。

人力車が家の前に止ると、どこからかそれを見ていたかのように、亜珍が一歳になったばかりのジョアンを抱いて走り出て来た。二歳半のジョゼも横に連れている。亜珍はすぐそれと分るような化粧をしていたし、まだ彼が見たことのない中国服を身にまとっていた。おそらく彼が不在中に買ったか作らせたもののように思われた。

モラエスはジョゼとジョアンを交互に抱き上げた。

「ジョゼ、たった一カ月半の間にずいぶん重くなったぞ」

ジョゼはモラエスの頭上で嬉々として笑った。息子達の目はモラエスに似てどちらかというと青かった。亜珍はヨーロッパ人に近い容貌をしていたが、目は広東人特有の磨き上げた黒曜石のようだった。

モラエスはその息子達の目の色が好きだった。目ばかりではなく、顔かたちが自分の幼いころの写真とよく似ていた。モラエスは頭上のジョゼをおろして、口づけをした。ジョゼはモラエスの髭の感触を嫌がって抵抗した。それがおかしいので、モラエスと亜珍は声を合わせて笑った。

モラエスがシャワーを浴びて着替えをすませ、食堂に出て来ると夕食の用意ができていた。亜珍が女中たちに命じて作らせたものだった。

モラエスは食卓についた。親子四人で庭を見ながら夕食を摂《と》ることができるのは何日ぶりだろうと考えながら、料理に箸をさし出したとき、豚の油のにおいが鼻をついた。亜珍は中国料理以外を作らなかった。ポルトガル料理を作るように命じても、やるつもりはないらしかった。

（夫婦関係はどちらかが折れることによって成立するのだ）

モラエスはそう思って、あきらめていたが、今宵ばかりは野菜スープから始まるポルトガル料理を食べたいと思っていた。蚊取線香の煙が目にしみた。そろそろ暗くなりはじめた庭に目をやると、龍舌蘭が淡黄色の花を咲かせていた。

亜珍はモラエスに従順だった。彼女はすべてをモラエスにまかせることに生甲斐を感じているようであった。閨房は香と花のにおいが奇妙にとけ合っていた。遅くなるまで中国人街から聞こえていた胡弓《こ う》の悲しげな音が消えると、二人だけの世界になった。閨房に言葉は必要なかった。二人はこういう関係になったときから、こういうときに物を言ったことがなかった。すべては完全に通じていた。身体も心も通じ合っているから言葉は要らないのだ。

モラエスは長い出張から帰って来たばかりの海の男のように、荒々しく欲情をさらけだす型の男ではなかった。むしろ静かにその空白を埋めることに喜びを感ずる男であった。

翌朝、モラエスは薄明りの中にあどけない、幼児のような寝顔を見せている亜珍の傍からそっと抜け出して、朝の散歩に出て行った。

彼の家の門を出るとき、門に寄りかかるようにして眠っている男がいた。ギアの丘への道ばたにも、筵《むしろ》一枚敷いて寝ている者がいた、暑いからであろう。

彼はそれらの人の目を覚さないように、注意してよけながらギアの丘へ登って行った。緑があるところには風があった。ネムの木が眠りから覚めていっせいに葉を拡げていた。

ギアの丘から海を見た。海には薄靄がかかり、ヴェールを通して見る赤い海の表情は一夜泣き明かした女の顔のようであった。

ギアの丘を降りて来ると、亜珍と並んでジョゼが大きな目を開けてモラエスの抱擁を待っていた。

「おはようジョゼ」

モラエスはジョゼに言った。ジョゼはまだ片言の広東語しか言えない。

「おはようございます《ボンディーア》ぐらいもう覚えてもいいのだよ、ジョゼはポルトガル人だからな」

モラエスはジョゼに向って言った。ジョゼはモラエスの顔を凝視していたが、彼がそう言ったとき、傍に立っている亜珍の顔がひどく固くなったのが見えた。口をきっと引きしめ、伏し目勝ちにモラエスを見上げるその顔は明らかに不満か抗議を示すときの目だった。

「語学は小さい時から教えないといけないのだ、そうしないと取りかえしのつかないことになる」

モラエスは広東語で言った。しかし亜珍は前よりもいささか肩を張って、彼を下から見上げているだけだった。

モラエスと亜珍が同棲するようになってから二人の間にはいつの間にか広東語が通用していた。モラエスがポルトガル語を亜珍に教えようとしていかに努力しても彼女はそれを覚えようとしなかった。そのうちモラエスの方が亜珍を通じて、広東語を理解するようになっていた。

（二人だけのうちはこれでよい。しかしジョゼとジョアンにはちゃんとしたポルトガル語を覚えさせたい）

モラエスは亜珍と息子達との顔を見較べた。

マカオ総督フランシスコ・カストロはモラエスの提言を受け入れて、早速中国側に阿片の梱包がマカオ政庁前において何者かによって焼却された事実を報告した。中国側はマカオ政庁の取った態度に好感を示し、今後この問題については、更に取締りを厳重にするように懇請した。条件らしきものはなにもつけないかわりに清国は、マカオ政庁の今後の処置について特に関心を持つものであるという外交辞令を添えた。今後の処置について特に関心を持つということのなかには、マカオ港阿片密輸取締長官の更迭をほのめかしていた。

密輸取締長官を更迭し、人事を刷新しなければ、密輸事件は続くだろうという、中国側の見解はマカオ政庁内の情勢を或る程度見抜いていた。リスボン議定書締結後、密輸取締長官が任命され、阿片密輸取締所を設けても、その新しい組織全体が阿片業者と結託して密輸をやっているかぎり、それこそ有名無実の存在だという噂が流れていた。多くの疑わしいポルトガル人や中国人の名があがっていた。

マカオは水と食糧を全面的に中国側に依存していたから、如何なることがあっても、中国側と面倒を起したくはなかった。

マカオ総督フランシスコ・カストロは、阿片密輸取締長官を更迭して、モラエスの兼務としたばかりでなく、彼を広東のポルトガル総領事に任命した。阿片密輸問題は国境をはさんで両側にまたがっているからこのような処置を取ったのである。モラエスは港務副司令と密輸取締長官と広東総領事の三つの職務を兼ねることによって、マカオ政庁の副総督にせまる実力者となったのである。カストロ総督がモラエスの外交手腕を認めたからであった。

この人事はマカオ政庁内にくすぶっていた、現実派と理想派の間の反目を激化することにもなった。モラエスは好む好まざるにかかわらず、その渦中に立たねばならなかった。

外務大臣モラエス少佐などと面と向って皮肉をこめた呼び方をする者もあった。たしかにモラエスはマカオ政庁の外務大臣的見識を持っていた。英語、仏語をたくみに話し、広東語を理解し東洋についての多くの書物を読み、自らも『極東遊記』を執筆している彼をおいて他にこのようなことができる人はいなかった。

モラエスはマカオ港阿片密輸取締長官を引き受けたその日、

「或いはこの仕事が私の命取りになるかもしれません」

と総督に洩らした。本気でこの仕事にかかれば生命にかかわるようなことになるおそれは充分にあったのである。

「だが誰かがこれをやらねばならない。そうしないとマカオ政庁はつぶれてしまう」

総督はモラエスを激励した。

モラエスは阿片密輸取締長官になると、いままでその仕事にたずさわっていた人間を一人残らず他の職場と入れ替え、同時に全く新しい組織を作った。それは相互に監視し合うような機構だった。はじめのうちは戸惑ったが馴れて来ると仕事はスムーズに進んだ。

モラエスが密輸取締長官に乗り出すと、密輸は激減したが、そのかわり、荷物を厳重に検査するために手数がかかり、マカオ港に滞貨の山を作る結果になった。部下の中にモラエスのやり方に反対する者がおり、彼等の煽動による一種のサボタージュがこれに加速した。

モラエスは人力車も馬車もあまり使わなかった。せまい島のことだから歩けばよいと考えていた。彼は足に自信があった。ギアの丘の下の住居からマカオ政庁まで二十分もあれば充分だった。

マカオの街路樹はほとんど榕樹（ガジュマル）である。その日彼はマカオ政庁から出ると、海岸通りの榕樹の並木道を南に向って歩いていた。港務局へ行く途中だった。榕樹の大木の蔭から彼に向って声をかけた者がいた。

「これは偶然ですね、いいところで会いました」

そう言ったのは英国人ロバート・ネーピアであった。偶然どころか、明らかにそこで待伏せしていたもののように思われた。

久しぶりですねと言いながら、ネーピアはモラエスの傍に寄って来て、どこかその辺でお茶でも飲みませんか、ぜひ話したいことがあると言った。モラエスは彼と連れ立って、石畳の道を進み、近くの丘の中腹にあるホテルに入った。そのホテルのロビーからは海が見えた。赤い海をへだてて中国領の島が見えた。

「日本で大活躍して、マカオに帰ると、またまた阿片密輸取締りという大仕事に乗り出しましたね」

ネーピアはその一言でモラエスを飲みこもうとしているようであった。

「そんな仕事はやるなという御忠告でしょうか」

モラエスは、この前、神戸で、砲艦千島事件に口を出すなとネーピアに言われたことを思い出していた。

「日本では日本、マカオではマカオにふさわしい私の個人的意見を申し上げたいと思いましてね」

「ではお聞きしましょうか」

モラエスは窓の外の榕樹の繁みの中に群がって鳴いている小鳥に目を向けた。

「モラエスさんあなたは皮相的に物事を考え過ぎる。あなたがやっていることは見掛け上たいへん綺麗に見えるし、事実、それ自体については効果が上っている。だがあなたは全体として失うもののほうが多いということに気がついてはおられない」

そしてネーピアは続けて、

「このまま行けばマカオ政庁も損をするし、あなた自身もたいへん損をすることになるでしょう」

彼はひどく真面目な顔で言った。

「阿片取締りについて私がなにか大きな間違いをやっているとおっしゃるのですか」

モラエスはロバート・ネーピアに向って言った。

「間違ったことはやっていません。が結局は間違ったことをやったことになるのです。あなたはまだ気が付いていないかも知れませんが、阿片をマカオ政庁の前で焼いたのは、現実派といいましょうか親英派と言いましょうか、マカオを英国へ売ることによって個人的な利益を得ようと考えている人たちがやったことです。阿片を焼いて中国側とごたごたが起きても、今のポルトガルにはそれを押し切るだけの国力がない。紛争が起ったら英国を引っ張りこみ、この機会にマカオを英国に売り渡すべき世論を高めようというものです。これはあなたの出現によって見事に失敗した」

ネーピアは一息ついてから更におそろしいことを言った。

「マカオと清国との貿易は阿片が潤滑油の役をしています。潤滑油を取れば、動いている機械は停止します。これは清国側でもよく承知していることです。あなたがマカオ政庁を大事になさる気持があるならば、もう少し機械のことを勉強することですね」

「機械のことは勉強しましょう。しかしなぜあなたはそんなことを私に話したのです」

「信じて貰えないかもしれませんが、私は、モラエスというポルトガル人に格別な好意を持っているからです。それだけです。だからむしろ英国にとって損になるようなことまで話したのです」

そのネーピアがモラエスには神戸で会ったネーピアではなく別人のように思われた。

現在、香港から水中翼船に乗ると僅か一時間十五分で赤い海に入り、マカオの港に着く。小さな面積の半島だから一日あれば観光は充分である。かつて中部から南部にかけてはポルトガル人の居住区であった。モラエスの居たころは人口十万、そのうち二〇パーセントはポルトガル人だった。現在もこのあたりにはポルトガル風の洋館が緑を背景として配在し、丘の頂には古い教会が残っている。往時のままの石畳が残っているところもある。現在、マカオの人口三十万のうち九七パーセントは中国系市民であった。マカオ政庁は南東部の海岸にあり、前に榕樹の並木道がある。ピンク色に塗った政庁の入口には巡査が一人立っていた。マカオ政庁の観光局でモラエスのことを訊いたがほとんど知らなかった。私がマカオに一週間滞在してどうやら取材を済ませることができたのは、マニュエル・テイキセイラ神父のお蔭であった。彼は最後まで年齢を口にしなかったが、前後の事情で八十歳は過ぎているように思われた。モラエスと亜珍の住居がギアの山麓にあったことを教えてくれたのはこの神父であった。モラエスが勤務していた港務局の白亜の建物は南西部の丘の中腹にそのまま残されていた。建物の外貌は当時と同じだが中に入ると傷み方のひどいのに驚いた。軍港は目の下にあった。

ネムの木

一八九四年（明治二十七年）の春になるとマカオ港の滞貨は倉庫からあふれ出し、シートをかぶせて野積みにしなければならないほどになった。こうなった原因はマカオ港阿片密輸取締長官のモラエスの責任であると、はっきりと口に出す者が多くなった。阿片の密輸の取締りを厳重にすればその反動として、一時的にこのような現象が起ることをモラエスは予想していた。しかしこれほど根強い抵抗を受けるとは思っていなかった。

だがモラエスは密輸取締りをゆるくせよという声には屈しなかった。そんなことをすればこれまでの努力が水の泡になる。彼は頑迷とも思われるほどの執念を持って、阿片の密輸と戦った。マカオ側だけではなく清国側とも緊密な連絡を取って、マカオから阿片を駆逐しようとした。

清国側もマカオ政庁側の誠意を汲み取り、要人の中にはマカオ港を通じての綺麗な貿易を復興することによって、香港の英国勢力をおさえようと主張する者も出て来た。

「モラエス君、つらいだろうが、もう少しの我慢だ」

カストロ総督もモラエスをはげました。だがこんなときにモラエスがもっとも憂慮していた事態が起った。一八九四年八月一日、日本は清国に宣戦を布告し、両国は交戦状態に入ったのである。この情勢の変化がマカオにも敏感に響いて来た。清国側は日本と戦争をするのに精いっぱいで、阿片の取締りには手を抜かざるを得なくなった。阿片商人はそれを見ていっせいに動き出した。

八月の半ばになって、マカオ港阿片密輸取締所の監視船が暴徒に襲われ死傷者が出た。阿片密輸取締所の所員たちは身の危険を訴え、仕事を拒否する騒ぎとなった。かねてからモラエスの失脚を狙っていた者がいっせいに立上って、モラエスの更迭を総督にせまった。

一八九四年（明治二十七年）九月二日、モラエスはマカオ港阿片密輸取締長官兼務を解かれ、更に十月には広東総領事の職も辞めざるを得なくなり、従来通りマカオ港務局副司令の職に専念することになった。

モラエスは総督からこの命令を受けたとき、あっさりと受諾した。モラエスの反発を期待していた総督の方がかえって面喰ったようであった。

「実はセミナリヨ・リゼオ・デ・サン・ジョゼ高等学校で数学の先生を欲しがっている。できたら君に引き受けて貰いたいものだ」

総督が彼に与えた仕事が彼を慰留するものであったとすればそれは余りにも小さかった。だがモラエスは即座に、しかも明るい顔でそれを引き受けて言った。

「ありがとうございます。たしかにこの仕事は私にふさわしいものです」

セミナリヨ・リゼオ・デ・サン・ジョゼ高等学校は、マカオ南部の丘の上にあった。

高等学校と隣接して、サン・ローレンス教会の殿堂が聳え立っていた。学校の庭には樹齢三百年という、榕樹の大木があり、サン・ローレンス教会の庭には更に植物の種類が多かった。ヤシ、マキなどの常緑樹の外に花の咲く木が多かった。仏桑華《ハイビスカス》、夾竹桃、サルスベリなどの花が咲いたが、モラエスが一番好んだ花はフレンジー・パニー（素馨《そけい》）の白い花だった。高さ三メートルほどの木に咲く直径十センチほどのカップ状の五弁の花だったが、その弁の白さと対照的に中心の鮮やかな黄色に特徴があった。それは百メートル離れていても、わかるほどの高貴な芳香をただよわせていた。

花の季節が過ぎて十月になると、雨量は急に少なくなり、十二月、一月、二月になると、乾燥した日が続く。そして、四、五月頃の濃い霧の中をモラエスはこの丘への石畳の道を登った。

モラエスはこの高等学校で商法史と経済学を教えていた、カミーロ・ペサニヤ博士と親交を結ぶようになった。かねてから博士が中国通の詩人であることをモラエスは知っていたが、人間としてのカミーロ・ペサニヤを知ったのは、この学校へ来てからだった。ペサニヤ博士は中国通の詩人というよりむしろ中国に耽溺している詩人であった。彼は口をきわめて中国を礼讃した。国土も人間も芸術についても世界に類のないものという表現を常に用いていた。

ペサニヤ博士は中国を含めアジア全体について好意を持っていた。語り出すと切りがなく、自らの言葉に酔ったようであった。彼は、しばしば、日本についても言及し、日本の文化はすべて中国の模倣であり、独特のものはないというのが彼の持論であった。

「いや博士、そんなことはありません。日本の文化は中国の影響を強く受けてはいますが、明らかに独特なものを創り出しています」

「ではその証拠を」

ペサニヤ博士にそう言われると、モラエスは答えにつまった。彼は感覚的にそう思っているだけで、証拠を挙げてこれに反論するほどの材料を持っていなかった。モラエスが日本の研究を始めたのはこの頃からだった。この学校には東洋に関する本が揃っていたし、ペサニヤ博士はモラエスのために喜んで彼の蔵書を貸し出した。ポルトガル語、フランス語、英語で書かれた日本に関することはなんでも読むことが出来た。

彼の頭の中の日本が急に成長を始め、短い体験だったが日本の思い出が郷愁の形でよみがえって来た。

一八九五年（明治二十八年）三月三十日に日清両国は休戦条約に調印した。

モラエスは神戸のフランス領事フォサリュに長い手紙を書いた。日本から大砲と銃砲を購入すべきチャンスが到来したのだから、それについての交渉を開始して貰いたいという依頼であった。

フランス領事のフォサリュからはなかなか返事がなかった。モラエスが執拗に手紙で催促すると、その件について西田少佐を通じて申し入れた結果、ポルトガル政府から、在日ポルトガル公使館事務取扱代理、フランス公使館を通じて日本政府へ公文で申し込むようにという手紙が届いた。

（公文を出せば受付ける）

という内意を得たのであった。

モラエスは総督に会ってフォサリュからの手紙を示し、至急に外交文書を発するように上申した。

「よかったねえモラエス君、君の努力がむくいられたというものだ」

カストロ総督は久々に晴れやかな顔をした。

モラエスは日本へ行きたかったが、今の段階ではまだ行くべき理由もなかった。このころまでに彼は日本に関して書かれた文献のほとんどを読破していた。日本に対する知識を深めたことは、彼の日本への情熱を更に高くした。

この頃彼は盛んに散歩に出歩いた。朝と夕方ばかりでなく、休日にも出かけた。マカオの中心部の丘の上にある大砲台へもでかけて行った。十数門の旧式大砲であった。マカオの西海岸近くにあるカモンイスの公園も彼が好きなところだった。マカオを限りなく愛した十六世紀におけるポルトガル詩聖ルイス・デ・カモンイスは公園の中の一段と高い洞窟の中に胸像として安置されていた。

モラエスはその胸像の前でしばらく立止り、自分はカモンイスが愛したほどマカオを愛することができないのは何故だろうかと考えていた。そのカモンイスの青銅の像の近くにネムの木が雨期を待つように葉をひろげていた。

ネムの木を見たときモラエスは亜珍《あちやん》を思った。

亜珍はネムの木のように二つの態様を持っていた。

たくましく小さな手のような葉を拡げて太陽の光を受けていたネムの木は、日が暮れるとなにものかにおびえるように突然身を縮める。そうなると、容易に開こうとはせず無理に開こうとすれば葉を傷つけることになる。

モラエスは次男のジョアンのことを思った。生れて既に三年近くになるのにまだ洗礼を受けていなかった。兄のジョゼには既に洗礼を受けさせていたが、弟のジョアンは亜珍が反対して、なんとしても洗礼を受けさせないのである。理由を訊くと亜珍はネムの木のように沈黙して、伏し目勝ちの上目遣いでモラエスをじっと見上げるのである。

「亜珍、ポルトガル人は洗礼を受けないと一人前の人間として扱われないのだよ」

彼は何度かそのことを言った。しかし彼女はジョアンを抱きしめたままネムの葉のように身体を閉じたままだった。

こうなればかたくなに沈黙を押し通す彼女だった。沈黙は絶対的拒絶だった。

モラエスは亜珍との馴れそめの頃を思い出していた。そのころから亜珍はネムの木であったであろうか。彼は初めてマカオの土を踏んだ一八八八年（明治二十一年）の自分をまず振り返った。彼がこの地に来たのは、アフリカのポルトガル植民地モザンビークにあって長いこと叛乱軍と戦った後のことであった。この戦いで彼の身体も心も疲れ果てていた。三十四歳の彼は東洋に大きな夢を抱いてやって来たのである。

マカオに着任した彼には見るもの聞くものすべてが物珍しく、そして、彼と同じようにどことなく疲れ果てていた。彼は余暇には好んで中国街を歩いた。大通りばかりではなく、迷路のような細い小路にも足を踏み入れた。どうにもしようがないように汚れた、

とても人間の住み家とも思われないようなところにひしめき合って住んでいる中国人はモラエスに向って、

〈番鬼《ファンクワイ》!〉

という侮蔑の言葉を投げつけた。彼の前に飛び出して来て、首を縊る真似や、斬首する真似をして、憎々しげに道路に唾を吐いて去る者もいた。阿片戦争以来、広東人は英国人をはじめとするすべての白人に敵意を持っていた。

モラエスには中国人たちの気持がよく分るような気がした。危害を加えられないかぎり、このぐらいのことは我慢しなければならないと思っていた。

彼が亜珍を見たのは、寒い冬の日だった。マカオでは寒いと言っても霜のおりるような寒さではない。北西風が吹き続いて乾き切った日のことであった。

町の角に少女ばかりが住んでいる家があった。はじめ彼はその家を孤児院だと思っていた。それにしてはなぜ少女ばかり集めているのか不思議でならなかった。生れたばかりの幼女から十五、六歳までの少女がいた。彼女たちは家から溢れ出して道路で遊んだり、時には道路で食事をしている子もあった。気になったモラエスは、マカオ港務局に勤務している部下の張高徳に訊いてみると、その家は女の子を買って来て育てて売る奴《ヌ》個媽《コママン》の家であった。

その日はいつになく風が吹いていた。モラエスがそこを通ったとき、一目で混血児と思われる十四、五歳の女の子に数人の小さい子がまつわりついて泣いていた。その少女も泣いていた。そのありさまが彼にはなにか意味ありげに思われ、そしてあまりにも悲しげに見えた。モラエスはそこから比較的近いところに住んでいる張高徳のところへ行って、そのわけを訊いた。

〈その大きな女の子に買い手がついたのでしょう〉

と張は言った。モラエスは張を伴って吆個媽の家へ引き返し、混血児の女がなぜ泣いていたのかを調べさせた。

〈やはり売られるのだそうです。彼女は幼い子供たちの面倒をよくみてやっていたから、明日彼女はここを去るのだそうです。買い手がついたから、そのことを聞いた子供たちが別れを惜しんでいたのでしょう〉

張は、帰りましょうとモラエスの手を引いた。

モラエスは吆個媽に会わせてくれと張高徳に言った。なぜ急にそんな気持になったのかモラエス自身にも分らなかった。

吆個媽は奥の部屋にいた。彼女はモラエスの頭から足の先まで見おろしてから言った。

〈亜珍を買いたいのかね〉

吆個媽は余計なことはいっさい言わずに結論だけ言った。にこりともせず、亜珍については売買以外のことはいっさい話す様子はなかった。

〈彼女は何処へ売られて行くのだ〉

モラエスは張に訊いた。

〈きまっていますよ。娼家へ売られて行くのです。おそらく香港あたりでしょうな〉

〈いったいいくらで売られて行くのだ〉

値段のこととなると、吸個媽は、はっきり答えた。

〈あの子は上玉だ。既に買い手がついていることでもあるから、安い値では売れないよ〉

吸個媽の目は急に輝き出した。

モラエスは彼の月給の四カ月分に相当する金を払って亜珍を買った。成り行き上そうせざるを得ないことになってしまったのだ。契約が成立し、手付金としてその四分の一を支払ったとき、吸個媽ははじめて笑顔を見せて、亜珍を呼んで、

〈黄育珍《ウオンヨクチャン》、この人が今日からお前の主人だよ〉

と言った。黄育珍は彼女の本名であり、亜珍は愛称であった。

そう言われても亜珍は嬉しそうな顔をせず、伏し目勝ちな大きな目でモラエスをじっと見上げていた。

〈十四歳ですよこの子は〉

吸個媽は亜珍の肩を叩いて言った。彼女は吸個媽の手がちょっと触れただけでよろめくような華奢な身体つきをし、少年のように平たい胸をしていた。

モラエスは張の家に亜珍を一時預けて置き、急いで家を借り入れた。そして、阿媽（女中）一人を雇い、亜珍を引き取ったのである。

亜珍はひどく無口だった。なんのためにモラエスの家へ引き取られたのかも分らないようであった。モラエスは亜珍にそれまでの悲しい過去から立上れるような機会を与えた。中国人の家庭教師によって文字と作法が教えられた。しばしばモラエスは亜珍と共

にその教師から広東語を学んだ。亜珍はやがて、人と話すようになり、女中と共に家事をするようになった。亜珍は見違えるように美しく女らしくなった。

二年経った或る冬の夜、亜珍が夜遅くモラエスの寝室をノックした。しばらく黙って立っていたが、やがて思い切ったように言った。

「私は寒くて眠れないのです。それにひとりでは怖いのです」

亜珍は阿媽にそう言えと教えられたとおりのことを言ったのである。モラエスが亜珍と中国式の結婚式を挙げたのはそれから間も無くだった。

(あのころの亜珍はネムの木ではなかった)

モラエスは亜珍のことを思いながら、カモンイスの公園から北東の海岸通りの道を帰途についた。亜珍がモラエスに反抗を見せるようになったのは、長男のジョゼが生れしばらくしてからのことだった。モラエスが、おはよう、こんにちは、のような簡単な日常用語をポルトガル語でジョゼに教えると、ジョゼはすぐそれをおぼえようとする、しかし亜珍はそれに協力せず同じ言葉を広東語で教え込もうと必死になり、時にはそのことに競争心をむき出しにする。ジョゼは三歳である。言葉をおぼえさせねばならない時期であった。そのジョゼが日毎に広東語になじみ、ポルトガル語を覚えようとしないのは、常に傍に亜珍がいるからであり、或る程度やむを得ないことであった。だが、モラエスにとって我慢できないことは、ポルトガル語の分る阿媽の李宝蓮まで雇って、ジョゼにポルトガル語を教えようとするのに対して、明らかに反対の態度を取り始めたことであった。

或る朝モラエスは、一〇までの数字をポルトガル語でジョゼに教え、李宝蓮に今夕帰って来るまでに完全におぼえさせて置くように固く言いつけて家を出た。その日、モラエスはいつものとおりの時刻に帰り、ジョゼに数を数えさせてみた。ジョゼはにこにこしながら、それを広東語で答えたのである。

〈何故、私が言ったようにしなかったのか〉

モラエスは李宝蓮を呼んで叱った。

〈奥様が広東語でなければいけませんと、おっしゃったからです〉

李宝蓮はそう言うと深々と頭を下げて出て行った。それについて亜珍はひとことも言わなかった。モラエスが、いかに激しく叱っても、例の伏し目勝ちな上目遣いでモラエスの顔を見上げたままだった。亜珍は決して愚かな女ではなかった。たった二年間の勉学で広東語で読み書きができるようになったし、ポルトガル語もたいがいのことは理解できた。しかし彼女はそのポルトガル語を絶対に口から出そうとしなかった。ポルトガル語で聞いて広東語で答えるのが常であった。

モラエスは亜珍とジョゼのことばかり考えて歩いていたので観音堂の前まで来たのには気がつかなかった。観音堂はマカオにおける中国系市民の信仰の対象となっている山を背景にした美しい寺院であった。彼はここに来たことが何度かあったし、家から近いせいもあって、亜珍もしばしばこの寺へ参詣に来ていた。亜珍は観音堂ばかりでなく、近くの蓮峯廟へ行って、子供たちが立派に強く成長するように祈って来ましたと、ほこらしげに報告したことがあった。

モラエスは観音堂の門の前に立止った。城門に似たいかめしい門の棟瓦の上に無数の蛇(龍)が這いまわっていた。それは陶器で作られた飾りであり、モラエスには見馴れたものであったのにもかかわらず、今日にかぎって、生きた蛇のように躍動して見えた。

その夜の亜珍は何時もの彼女とは違っていた。

「ジョゼのことはこれから李宝蓮にまかせなさい。ポルトガル人の子がポルトガル語の一つもしゃべれないでは学校へもやれないではないか」

モラエスの言葉に対して亜珍は、

「嫌です。ジョゼは私の子供です」

とはっきり答えた。嫌ですと亜珍が言ったのは、彼女がモラエスのところへ来てから初めてのことであった。それまでの彼女は嫌という言葉を使わなかった。どうしても嫌な時は、黙って突立っているか、上目遣いに見上げるという例の姿勢を取っていた。その亜珍がはっきり嫌と言ったのである。ジョゼは私の子供ですという言い方は母親としては当然かも知れないが、この一言によって亜珍は子供たちの教育に関して、モラエスの立入りを拒絶した。

「ジョゼはたしかにお前の子供であると同時に、この私の子供でもあるのだ」

モラエスはごく当り前のことを言いながら彼女の顔を見た。亜珍の広い額の上の一本のかすかな存在でしかない横皺が、今日にかぎって鮮やかに浮き出し、彼女の意志を強く表現しているように見えた。

「亜珍、私は子供たちをお前の手から取り上げようとしているのではないのだよ」

モラエスは言葉をやさしくして言った。

「いいえ、あなたは私のジョゼとジョアンを奪い取ろうとしているのです」

亜珍の言うことがよく理解できなかった。モラエスは何回か訊き返した後で言った。

「ポルトガル人の子供らしく育てたいと思っているだけのことだ」

「私を捨てるつもりでしょう」

亜珍の切り込み方がモラエスの意表をついた。亜珍らしくない亜珍だと思った。どこか身体が悪いのかも知れない。モラエスは、亜珍にお前は疲れているのだ、今夜は早く休みなさいと言った。

モラエスは亜珍のことが心配だったから、中国通のカミーロ・ペサニヤ博士に相談した。

「それは亜珍の言うことが正しい。ここは中国である。中国に生れた子供が中国語をおぼえるのは当り前のことだ。ポルトガル語は学校へ行くようになってからでも決して遅くはない」

博士は亜珍の肩を持った。そうではない。亜珍の心の中には、なにか摑みがたいものがある。それを知りたいのだとモラエスは言うのだが、博士は、ひとたび話し出したら止めようがない、あの早口で、西欧人が中国をどのように侵略したかの歴史からはじまって、中国こそ世界でもっともすばらしい国であり、西欧人には真似のできない深甚な思考力を持っているのだとしゃべりまくるのであった。

モラエスは部下の張高徳に亜珍のことを話した。こういう場合、中国人としてどのように考え、どのように処置するのかを訊ねたのである。

「一週間ほど休暇をいただけませんか、広東へ行って亜珍の母のことを調べて参りましょう」

張高徳は長いこと考えていた末にそう答えて、額の汗を拭いた。モラエスはいつも眠ったような顔をしている、張高徳が、いきなり亜珍の源泉を探ろうと言い出したことに驚くと同時に敬服した。ペサニヤ博士が言うところの西欧人に真似のできない思慮の深さとはこういうことを言うのかと思った。

モラエスは張高徳が広東から帰って来るまでの一週間が一カ月にも考えられた。なにか自分にとって悪い知らせでないように祈る気持で待っていた。

張高徳は八日目に帰って来た。モラエスは張を赤い海のよく見える丘の上のホテルのロビーに呼んだ。

亜珍の母黄育芳は広東のホテルで働いていたころ、デンマーク人の水先案内人と知り合い同棲生活を始め、男の子と女の子の二人をもうけた。末っ子の亜珍が三歳の時、この父親は仕事でベトナムへ行って来ると出たまま帰らなかった。送金もないし、住所も分らなかった。捨てられた黄育芳は夢中で二児を育てたが、亜珍が八歳の時、一つ年上の兄の黄金福がコレラになって入院した。その治療費を支払うため、亜珍が、マカオの吸個媽の家へ売られたのである。

「亜珍の母は自分たちを捨てて逃げたデンマーク人に対する怨念をことあるごとに、亜珍やその兄の耳に語っていたそうです。亜珍の心の中にはデンマーク人に対する不信感が大きなしこりとなって凝ってしまったものと思われます。相手はデンマーク人であったが、われわれ中国人から見ると白人はすべて同じように見えるのです。おそらく、亜珍もそうであるに違いないのです。亜珍の母はその後死亡し、亜珍の兄は香港にいるそうです」

張高徳はそこでしばらく休んで海に眼をやった。

赤い海がモラエスには嘆きの海に思われた。亜珍に対する憐憫の情が赤い波濤にもまれていた。

亜珍はこの自分を心の奥から憎悪しながら売られて来たのだろうとモラエスは思った。そして二年経って憎悪の感情が薄らいだころ結ばれたのだ。そのままだったら、なにも起らずに来られたかも知れない。二人の間に子供が出来たとき、亜珍の心の底に沈んでいた憎悪が再び浮き上って来たのである。

「亜珍はやがて自分たち母子も、あなたに捨てられるのではないかという恐怖を持つようになったのではないでしょうか、子供たちの教育にこだわるのは、母子離れ離れになりたくないからです。これは亜珍ひとりの考えではなく、同じような運命をたどった者のほとんどが抱いていることなのです」

張高徳は冷く結論をつけた。

「どうすればよいと思うかね」

「亜珍と正式に結婚して、亜珍や子供たちをポルトガル国籍にすればよかったのです。しかし今となってはもう遅い」

張高徳は細い瞼の奥からモラエスを責めるような鋭い視線を送っていた。

一八九六年（明治二十九年）の二月になって間も無いころ、モラエスは総督に呼ばれた。

「日本政府からようやく正式回答があったぞ。まずこれを読んでみるがよい」

カストロ総督はその喜びをモラエスに直接味わわせたいという配慮でもあろうか、本国からの文書をそのままモラエスに渡した。

かねて貴国政府より製造依頼があった、大砲及び小銃については、大砲十門についてのみ依頼に応ずる用意がある旨をお伝えする。詳細については貴国の関係者を派遣し、わが国の当局者と委細について交渉せられんことを申し伝える。

という内容のものであった。大砲と小銃を買いたいという公文書を提出したのは去年の五月だった。マカオ政庁――ポルトガル本国政府――在日本ポルトガル公使事務取扱代理フランス公使――日本政府と文書は伝送され、またその筋道を逆に通って来るから時間がかかるのは当然であった。しかも、マカオ政庁、本国政府内でも、幾つかの部門を書類は通過して行くのだ。

「当然のことながら、関係官として私は君を日本へ派遣するつもりだ。技術的内容及び、購入に関する手続等すべてマカオ政庁に一任して貰うよう早速本国へ公文書を出そう」

総督はそう言ってから、大砲十門を買うのも容易ではないが、これによってわがマカオと日本との通商が盛んになれば、これにこしたことはないと言った。

「公文書を出してその回答が返って来るまでには、また半年以上もかかるでしょう、なんとかならないものでしょうかね」

モラエスは言った。日本から大砲と小銃を購入しようと言い出したのは一八九三年（明治二十六年）であった。実際その大砲が手に入るのは何時になることだろう。マカオにおいても、チモール島においても新式の大砲を装備しなければならない時期に来ていた。しかしこのまま時間が経過して行くと、武器購入の名目さえ無くなってしまいそうな気がした。世界の情勢、特に植民地の情勢の変化は急であった。

「こんなことはわがマカオ政庁にいっさいまかせてくれればいいのだが、武器に関することはなにごとによらず本国を通さねばならないことになっているからしようがない」

そして総督はモラエスに、

「このごろ君はしきりに日本のことを勉強しているそうだが、よほど日本が気に入ったようだね」

と言った。誰がこんなことを総督の耳に告げたのだろうか。モラエスはマカオ政庁内でこのごろ再びモラエスに対する風当りが強くなったことを思い合わせて考えていた。

「実はモラエス君、私は総督を辞めることになるかもしれない」

総督は力の無い声で言った。

カストロ総督はモラエスの理解者だった。一八八八年（明治二十一年）にマカオに赴任して来たモラエス大尉に対する周囲の目は決して暖いものではなかった。彼の名が文筆家として通っていたこともあり、海軍軍人に名を借りた作家として見られ、仕事の上では常に埒外に置かれていた。着任以来、これと言った仕事は与えられていなかった。

カストロ総督はこのモラエスを高いところからじっと見つめてやっていた。この男はチャンスさえつかめば偉大なる仕事を達成するに違いないと思っていた。一八九一年（明治二十四年）モラエスは老朽砲艦テージョ号の艦長となってこれをリスボンに廻航する重要任務を与えられた。テージョ号は三本マストの老朽船だったが数々の戦歴を持った名誉ある軍艦だった。なんとかしてリスボンまで廻航して保存しようという本国の意向に応じたのである。モラエス艦長は六十七日間の航海の末、テージョ号を無事リスボンの港へ廻航した。この功績により、モラエスは少佐に昇進してマカオに帰任し、マカオ港務局副司令の地位についたのである。

（もし、総督があの時チャンスを与えてくれなかったならば、いまごろは退役して、リスボンへ帰っていたかもしれない）

モラエスはカストロ総督の顔を見ながら、その時のことを考えていた。

「総督を辞めたらすぐ本国へお帰りになるのですか」

モラエスはそんなことを聞くべきではないと思いながらも訊かざるを得なかった。

「そうだ。本国へ帰りたい。このごろは毎日のように故国の夢を見るのだよ。ほら、本国ではアーモンドの白い花が咲くころだろう。畑全体が白い雲のように霞んで見えるほどに見事に咲きほこる花の間を蜜蜂が羽音を立てて飛んでいる。あんな風景が見えるのだ。私は孤愁《サウダーデ》にかかったのだよモラエス君。そして、この孤愁に取り憑かれたポルトガル人は、誰でもそうだが、故国を恋い慕いながら帰ろうとしなくなるのだ。帰ろうと思えば帰れる、だが帰らない、帰るべきでないという気持になって行くのだ。孤愁はポルトガルだけにしかない一種の病気だよ」

カストロ総督は孤愁に満ちた目をモラエスの頭ごしに窓の外の榕樹に投げたが、やがて静かな声で言った。

「家を買おうと思っている。丁度適当な家が見つかったのだ。ペナの教会まで歩いて十分ほどのところにある、赤い海が見える丘の上だ」

総督は口を閉じた。

一八九六年（明治二十九年）の十月の末になって、本国からマカオ総督に対して公文が届いた。大砲購入のためにモラエス少佐を日本へ派遣することを許可し、この問題についての交渉いっさいをマカオ政庁に委任するという内容のものであった。

カストロ総督にかわって新しくマカオに赴任して来たロドリゲス総督は、モラエスを呼んで言った。

「本件については前総督からの申し継ぎもあったから君に行って貰いたいと思う。早速旅行日程表及び旅費概算書を提出して貰いたい。マカオ政庁は本国の予算節約命令に応ずるため公費はできるだけ切り詰めねばならないのだ」

モラエスはロドリゲス総督の顔を見た。着任早々、総督自ら旅費に口を出すとはけちな男だと思った。この男が海軍中佐かと思うと腹さえ立ったが、命ぜられたことには答えざるを得なかった。

「そうそう兵学校の時、君の渾名《あだな》はたしか女士官だったね。いま君の声を聞いて思い出したよ。声というものは変らないものだ」

モラエスの声は男性らしくなかった。さりとて女の声でもなく、強いて例を挙げるならば少年が風邪を引いたときのような声だった。

モラエスは声のことを言われても別に気にならなかった。が、海軍兵学校時代を持ち出して先輩ぶろうとする新総督には決して好感が持てなかった。

モラエスが数学を教えていた、セミナリヨ・リゼオ・デ・サン・ジョゼ高等学校はマカオ中南部の丘の上にそのまま残っていた。入口には「聖若瑟修院」と書かれた看板が下っていた。現在も神学校として使用されている二階建ての広い学校で、四十人ぐらいはゆうに入れるような教室が十五ほどあった。広い構内に気根を無数にたらした大榕樹があり、そこに立って眺めていると、いままで経験したことのない芳香がどこからともなくただよって来た。そのことを案内役のマニュエル・テイキセイラ神父に話すと、彼は私の腕を取って隣りのサン・ローレンス教会のフレンジー・パニー（素馨《そけい》）の花の下へ案内してくれた。サン・ローレンス教会はポルトガル本国でよく見掛けたモーリッシュ（Moorish ムーア風）の大殿堂であった。テイキセイラ神父はジョゼが一八九二年（明治二十五年）九月一日にこの教会で洗礼を受け、弟のジョアンは一九〇五年（明治三十八年）に同じく洗礼を受けたことを、教会の台帳から調べ出してくれた。明治三十八年というとモラエスが亜珍と別れて日本へ去ってから七年目に当る。亜珍はジョアンの洗礼に対しては、ずいぶん長いこと反対していたようである。

尚、連載が始まったばかりだが、主なる参考文献を一応ここに掲げて置く。ヴェンセスラオ・デ・モラエス著・花野富蔵訳・『定本モラエス全集』集英社刊、アルマンド・マルチンス・ジャネイロ著・野々山ミナ子・平野孝国訳・『夜明けのしらべ』五月書房刊。

野砲十門

モラエスが再び訪れた日本は晩秋の真中にあった。落葉樹の葉はすべて散って、来るべき木枯しの訪れに息をひそめ、神戸の山は季節の変り目の鷹揚さで彼を迎えようとしていた。神戸の港そのものは、三年前とは全く違った賑いを見せていた。碇泊している船はその数を倍増したようだし、メリケン波止場から倉庫群にかけての人々の往来もまた急増したかに思われた。

外国人居留区は特に変化はないようだったが、その周囲の地域に洋館風の建物が増えている。

フランス領事フォサリュはこの前と同じように馬車で彼を迎えに来た。そこまでは、前と同じだったが、フォサリュと共に彼を迎えに来た日本人が竹村一彦だった。

「今度はあなたも多忙な日程になり、同行する日本人の通訳が必要だろうと思って用意して置きました」

フォサリュは挨拶が終ったあとで言った。その言い方に竹村一彦はちょっと困ったなという顔をしてつけ加えた。

「私は、領事に頼まれて出て参りましたが、今後のことはモラエスさんのよいように決められてけっこうです」

「たいへん、嬉しいことです。あなたに通訳していただけたら、これ以上のことはありません」

モラエスは、竹村一彦と瀬戸内海を航海中に彼が俳句を作り、それを英訳してくれたことを思い出していた。

三人は馬車に乗りこんだ。

三年前に神戸の埠頭から馬車に乗ったときは顔に当る風が生暖かった。しかし今は冷たい。

「三年前と比較するとだいぶ神戸は変ったように見えます」

モラエスはあたりの風景に目をやりながら言った。

「神戸ばかりではない。日本全体が変った。清国と戦って勝ったことが日本をガラリと変えてしまった。自信をつけさせたのだな。しかしこの自信は、大きな危険を孕んでいるぞ」

フォサリュはモラエスの顔を見た。

「その危険とはいったいなんなのですか」

「勿論戦争さ。日本は遼東半島を清国へ返せという三国干渉に対して、ひどく腹を立てている。日本軍人の中には三国干渉の盟主であるロシアを相手に戦争をやろうなどと本気で考えている者もいるようだ」

フォサリュがそこまで話したとき、馭者がはげしく咳き込んだ。馭者の日本人は既に老齢であった。この乾いた風が彼の咽喉にはよくないのかも知れない。咳をしながら馬を走らせている彼の背に落日がさしかけていた。

「日本人は調子に乗り出すと、想像もできないようなことをやる。へんな国民だよ」

フォサリュがそう言った時馬車が止った。

ホテルに落着いた夜、彼は、フランス領事のフォサリュから渡された予定表にもう一度目を通した。休養を二日間取り、三日目に大阪の川口にあるフランス領事館へ打ち合わせに行き、四日目には、大阪砲兵工廠へ交渉に行く。滞在が延びるかどうかは交渉の結果次第である。

(交渉の相手は日本陸軍だ)

彼は窓の外に目をやった。そこからは海が見えず黒い夜の山が見えた。重々しく静まり返っている山が彼を待ち受けているように思われた。

(日本政府は大砲十門をポルトガルへ売ることを承知した。だが一口に大砲と言っても、種類が多い。臼砲のように砲身の短いものもあり、加農《カノン》砲のように砲身の長いものもある。またその火力を大にするために口径十五センチ以上の重砲のような重い大きな大砲もある。大砲の用途によっても、いろいろある。野戦砲、攻城砲、守城砲、艦砲、海岸砲……)

モラエスが頭の中で欲しいと考えているのは、守城砲か海岸砲の類である。マカオで使用するにしても、チモール島で使用するにしても、海からやってくる外敵と戦うのは守城砲か海岸砲でなければならなかった。

（日本は清国に勝ち、そして次の目標に向って軍備を充実しようとしている時に、果してこちらが要求する大砲を譲ってくれるだろうか）

モラエスはフォサリュ領事が言ったように、もし日本がロシアを相手に戦争をするつもりだったならば、とても大砲など売る余裕がない筈だと思った。

（小銃は売らないと公文書でことわって来たのをみても、その間の事情は或る程度飲みこめる）

このように考えて来ると、モラエスは急に心細くなって来た。

（もし日本が売ろうとしている大砲が、弾丸を砲口から装塡する時代遅れの前装式滑腔《ぜんそうしきかっこう》砲《ほう》だったらどうしようか）

そういう大砲だって使えないことはない。おそらく日本は清国との戦争で、この型の野砲も使ったであろうし、製造したままになっている砲もあるだろう。そのような砲を、さあどうぞ持って行ってくださいと言われても受け取るわけにはゆかなかった。

彼はロドリゲス総督をはじめとする、幾人かの人の目がマカオで彼を見守っているのを痛いほどに感じていた。

「私が欲しいのは後装式施條砲《こうそうしきしじょうほう》でなければならない。しかも海岸砲として敵に威力を与えるには口径十五センチ以上のものが欲しい」

モラエスはとうとう口に出して言った。容易なことではなさそうだったが、それをしなければわざわざここへ来た意味がなくなるのである。

まだ会ったことのない、日本陸軍の将校のことを考えると、目が冴えて眠れなかった。目が覚めるとモラエスは直ぐ洗面所に立った。眠れなかったにもかかわらず、意外にすがすがしく見える自分の顔に剃刀《かみそり》を当てながら、彼の心は、布引の滝に向ってホテルから既に踏み出していた。

布引の滝の茶屋の娘たちはどうしているだろうか。そう思うと、髪に櫛を当てる時間も惜しいような気がした。

茶屋の娘たちのことは、マカオにいたときもなにかの折にふと思い出すことがあった。長崎の諏訪神社の茶屋と布引の滝の茶屋がこんがらかると、よく似たおよねの顔が一層よく似て来て、或いは長崎と神戸の二人のおよねが姉妹ではないかなどと、考えたりすることもあった。

モラエスはホテルの外に出た。人力車の車夫が寄って来たが、それには手を振ってことわると、神戸のことならよく知ってるのだと言わんばかりに、山手に向ってさっさと歩いて行った。山々の緑が間近に見えて来るあたりに、新築の洋館がぽつぽつ見えた。雑居区域として早くから外国人の居住を認められていたところである。海岸通りの外国人居留地区をオフィス専用として、山手に住居をかまえる外国人が増えているのも日清戦争後の特徴の一つである。

モラエスは布引の滝への道へ踏みこんだ。落葉が堆《うずたか》く積っていた。枝から離れるのを惜しむかのごとく色褪《あ》せた葉をまだ枝につけているクヌギやナラの木もあったが、多くの落葉樹は葉を落し、それが道に吹きたまっていた。その上を踏むとかさこそと音がする。晩秋のにおいが全山に満ちていた。

モラエスはポルトガル北部の山を思い出した。ポルトガル北部はマツの木とクリの木が多かった。クリの花は春から夏にかけて咲く。小さな白い花が房状に群がってクリの枝を飾り、甘い芳香を放つ。そして秋になると、拾いきれないほどの実を落す。突然、彼は、

「栗、焼栗、焼栗、……」

と歌うように叫んでいるリスボンの焼栗屋の声を聞いたような気がした。大きな壺の中で栗を焼いて売る焼栗屋の季節なのだ。

しかしそれは、朝早く山へやって来た二人連れの日本人の声だった。

(茶屋はまだ眠っているだろう)

そう思いながらも、モラエスは娘たちが起きていてくれることを期待していた。

茶屋は開かれていた。

三人娘のうち姉と次の妹がモラエスを見掛けて、いっせいに声を掛けて来た。つぎつぎと話しかけて来る二人の娘の英語は三年前よりもはるかに上手になっていた。モラエスはしきりにあたりを見廻した。

「およねさんでしょう、お嫁に行きました」

そして姉妹は声を合わせて笑った。

モラエスは、それはよかったおめでとうと口では言いながら、三年の月日の経過をかみしめていた。

ホテルに帰ると竹村一彦がモラエスを待っていた。竹村との約束は大阪へ出発する日からであり、それまでは特に通訳として頼んだつもりはなかった。

「今日は私自身の勉強に参りました」

竹村は言った。モラエスには勉強という意味がよく飲みこめなかったので、しばらくは竹村の顔を見詰めたままだった。

「あなたは大砲を日本から購入するためにわざわざ来たのでしょう。その通訳をつとめる私が大砲のことを知らないのでは役に立たないことになります。一応私は日本で入手できる参考書を読んで置きましたが、専門外ですから分らないことが多過ぎます。そういうところはあらかじめ教えていただきたいと思って参りました」

竹村ははっきりものを言った。通訳として依頼したならば、その期間だけ働けばいいのであって、その内容を充実させるために、勉強などする必要はない。うまく行く行かないはその時次第であって、その責任まで通訳が負うことはない。ところが彼は自ら希望してその下調べをやろうというのである。

(これが日本人的なものの考え方なのだろうか、それとも、竹村一彦の性格なのであろうか)

モラエスはかなり驚いた。熱心な男、忠実な男という他になにがしかの執拗さを感じないでもなかった。

「分りました。ではその勉強に今日の午前中を当てましょう」

ホテルの一室でモラエスと竹村はその勉強を始めたが、それは一時間余りで終った。

竹村はなんで勉強したのか大砲についてはかなり広い常識を持っていた。ただ、彼が勉強した大砲の部分品についての名称が英語、フランス語、ドイツ語と入り混っていて、それを日本の陸軍がどのように使っているのか陸軍側の資料がないので分らなかった。

「それだけ分っていたら、もうなにも言うことはありません」

モラエスは一応竹村の常識について讃めてから、竹村がまだ知らない新式の大砲の構造についてゆっくり話し出した。

その勉強会の最中にモラエスのところにフォサリュから電話があった。

「西田海軍少佐が今夜君とぼくを招待するそうだ。すまないが、領事館まで来てくれないか、一緒に行こう」

「招待ですって」

「まだ話してなかったが、実は砲艦千島の衝突事件は、上海の英国領事高等裁判所からさらに英国枢密院を経て、ついに日本側の勝訴となったのだ。そのお礼だろう」

「勝ったのですか」

「そうだ日本は勝った。しかし日本は何故か賠償金の一部としての十万円だけ取って後七十万円の請求権を放棄したよ」

領事が笑う声が受話器を通して聞こえた。モラエスはフォサリュの笑い声をむしろ異様に感じていた。

モラエスが竹村とホテルで別れてフランス領事館へ行くと、フォサリュが待っていていきなり言った。

「今度もまた、あなたの後をお供がつき廻ってはいないかね」

お供とは尾行者のことだった。モラエスが別にそのような気配はないと答えると、

「このごろになって日本という国がいよいよ分らなくなった。開国以来、ヨーロッパ諸国へ軍人、政治家、技術者とおびただしい数の留学生を出してヨーロッパの文化を吸収していながら、いまだにそのヨーロッパを信用しようとしないのだ」

そしてフォサリュはフランスがロシアとドイツと共に三国干渉に参加して以来、フランスを敵性国として見ている日本を非難して、

「日本は外交的にはまだまだ幼児というべきだろうな。相手を簡単に敵か味方のどっちかに決めてしまわないと気が済まないらしい。政府がそうだから、国民もそうなる。きのう、この領事館に石を投げつけた者がいた」

領事は皮肉をこめた笑い方をしてから、

「もしスパイがいたとしたら、スパイを引き連れて今夕の招待宴に乗りこむぞ。スパイはわれわれのことを調べて、しかるべきところへ報告するだろう。それもまた一興だ」

モラエスは金縁眼鏡の男爵の強がりを笑って聞いていたが、滞在中どこへ行くにもスパイに付きまとわれるのは煩わしいことだと考えていた。新興国日本にはあまりにも分らないことが多すぎる。

モラエスとフォサリュの乗った馬車は宵の町を走った。モラエスは馬車から空を見上げた。暮れたばかりの空にはまだ星は出ていなかった。

花隈《はなくま》の料亭はこの前来たところとは違っていたが、廊下や庭や部屋の構造は以前とほ

とんど違ってはいなかった。この前は西田少佐の他に中谷少佐がいたが、今度は相手は西田少佐と通訳の二人だけだった。こちら側が二人だから数の上では好都合だった。

「すでに新聞等で御承知のように、砲艦千島の問題はわが方の勝訴となって終りました。モラエス少佐の貴重なる意見書が大いに役立ったことは事実です。ここに改めて、お礼を申し述べたいと思います」

西田少佐の形式的な挨拶があってから、宴会になった。綺麗に着飾った芸妓たちが次々と現われ、折を見て舞いも始まった。

モラエスはこの前よりはよほど落着いた気持で宴席に坐っていた。この前は夏だったから障子が開けられていたが、今は閉ざされている。

「あなたの御用向きについては私から、関係者に充分に内意を伝えてありますし、あなたのことも話してあります。成功を祈ります」

西田少佐は別れるときモラエスに言った。具体的な人の名は出なかったが、彼の語気からその言葉を率直に受け取ってよいように思われた。

「日本という国は公式にも非公式にもあのような料亭を使いたがる。公式な話が終ると酒が出て芸者が出て歌ったり舞ったりする。そうしないと気が済まないらしい。われわれ西洋人ならば、サンキューの一言で済むようなことでもわざわざ席を設けて招待する。私ははじめのころは妙な国だと思っていたよ、内心軽蔑していたが、このごろ馴れて来るとあのやり方がすこぶる気に入って来た」

フォサリュはそんなことを言ってからモラエスに、

「君なんか日本に落着いたら、こういうことには大いに興味を持つようになるだろうな」

「今でも非常に興味を持っています。今夜のような招待宴だけでなく、日本のすべてに関心を持っています」

「そうだ、外交官というものは、その国のすべてに関心を持ち、そして、そのすべてについて耽溺してはならないのだ」

「私は軍人です」

「いや君は軍人ではなく外交官のつもりでやらねばならない。日本のすべてについて観察し、それを通して日本とポルトガルの将来を考えることだ」

料亭の日本酒が効いたのかフォサリュの演説は滑らかだった。馬車はゆっくり走っている。

「きのう、私の家で働いているメイドが私の妻に語った話によると、神戸の日本人の子供たちが中国人の大人をばかにして石を投げたり口をきいたりしているそうだ。よくない徴候だよ。日本が清国と戦って勝ったことは日本の将来のためにはよくなかったかもしれない。こんなことではロシアと戦争などできるわけがない」

フォサリュの日本批判はかなりきびしかった。

「日本がロシアと事をかまえるとしても、それはまだまだ先の先の話でしょう」

「モラエス君よ、国際間の将来を考えるときは、十年を一年のテンポで測らねばならぬ。日本の上層部はそれが分っているから、千島艦の賠償金請求権を放棄したのだろう。つまり日本は英国と手を結んでロシアに当ろうとしている。そしてあの老猾な英国は自らの手を血で汚さずに、目の上の瘤《こぶ》であるところのロシアを失墜させようとしているのだ」

日本がロシアと戦争を起こそうとしているなどとはモラエスには想像もできないことだったが、日本が英国に近よろうとしている気持は分るような気がした。

「日本は東洋で孤立している。清国と戦って勝ったことによって更に孤立の度を増した。孤立から抜け出るために日本は手を握ってくれる相手国を探している。たとえばそれが、ポルトガル国であっても日本は笑顔を見せるだろう」

最後の一言がモラエスの気にさわったが、彼はなにも言わず夜空を見上げていた。北極星がずい分高いところにあった。マカオとここでは緯度にして十度以上も違うのだ。北極星が高く見えても当り前だと思いながら、その冷たい光にモラエスは身ぶるいをした。

モラエスは大阪港も神戸と同じような港だと思っていた。そろそろ彼の乗っている船は停止し、艀に乗りかえて埠頭に行くのだろうと想像していたが、そのあたりに碇をおろしている船は見えなかった。

船は安治川に入って行った。

「この一帯を整理して大阪港にしようという案がありますが、実際工事は何時になるか分りません」

竹村一彦は天保山灯台のあたりを指さして言ってから、いい港がないから、外国船は神戸へ逃げて行ってしまうのですとつけ加えた。

いい港がないと言っても安治川はかなり川幅がひろい。海からリスボンへ通ずるテージョ川ほどの広さはないにしても港になりそうなところはいたるところにある。

モラエスは上流に向う船の上からあたりの景色を眺めていた。ここは山がない平野であった。田や畑の中に工場らしい建物が散在し、そこを中心として、工場地帯が形成されていた。煙突の煙が立ち昇るすぐ下の畑地で働いている農民の姿が見えた。急激に発達した新しい小工場が部分的にひしめき合っている割にはのどかな風景が残されていた。目標になる高いものと言えば煙突ぐらいだったから、大阪の地形としてモラエスの頭の中に印象づけられたものは、限りなく平面的に広い未成熟な工業都市であった。長崎と神戸を日本の代表都市として考えていたモラエスの日本観が大きく揺り動かされた。

安治川には大小の船が往来していた。川の両側に工場が発達しているのは水利の便があるからだろう。

日本家屋は小さく不ぞろいでいかにも窮屈そうであるのに、その一軒一軒が塀を巡らせていた。だれかが書いた日本人の狭い性格の一部を目の当りに見せつけられたような気がした。

（そうではない。日本人は生真面目であり、自分自身に忠実だからだ）

と心の中で弁解しながらも、マカオで読んだ数多くの人が書いた日本訪問記に出て来る、日本に対する批判が次々と浮び上った。

（既成観念はすべて捨て去り、自分自身の日本観を創り出そう）

モラエスはそう考えた。それまで読んだものからの先入観を捨てさることが、日本をほんとうに知る前提となるのだ。

「川口の港に近くなりました」

竹村一彦が前を指して言った。川の岸辺に寄り添うように大きな船が並んでいた。

「たいていの船はここまで来ます」

竹村が言ったたいていの船というのは大型船を指していたのだが、モラエスの目に映った船はせいぜい五、六百噸級の船だった。

（大工業都市にふさわしくない小さな港）

モラエスにとって分らないだらけの日本の中に又一つの新しい疑問を投げこまれたような気持だった。日本という国はなにものかに向って、我武者《がむしゃ》らに突進して行く国に思われた。

川口の港は慶応四年（一八六八年）にここに外国人居留地が設定されたころから大阪の港としての性格を素直に延ばしていた。安治川と木津川とが合流する地点にあり水利の便がよいということも川口が発展した理由の一つであった。

川口から大阪の要所要所へは川や掘割を通って舟が往来していた。

モラエスは前日、竹村一彦が大阪の地図を拡げて、大阪の交通は船にたよっているところが多いと言った言葉と、水の都と言った言葉とを考え合わせていた。

神戸と大阪とはほとんど隣接していながらこれほど違うものかと驚きながら岸壁を越えると、そこには十台ほどの馬車と五十台に近い人力車が並んでいた。

川口の外国人居留地はすぐ近くにあった。乗り物に乗って行くほどの距離ではないから歩きましょうと竹村が言って歩き出そうとしたとき、二人の前を両手に荷物を携げて歩いていた日本の婦人が突然崩れるように膝をついた。そのままにしていたら、前に倒れこむか、うしろに倒れるかどちらかだった。

モラエスは反射的にうしろから女性の肩をささえた。襟足《えりあし》の白さが眼についた。

「どうしました。気分でもお悪いのですか」

竹村が訊いたが彼女は答えず、かすかに頷いただけだった。自分の身体を自分で支えるのがせいいっぱいのようだった。

モラエスは前に廻った。前に廻るまでの時間がずいぶん長かったように感じた。

「苦しかったら、しばらくじっとしていたほうがいい」

モラエスは竹村に向って言ったのだが、婦人はモラエスの声で相手が外国人であることに気がついたようだった。はっとしたような驚きの顔の中に彼女は苦痛をかみしめていた。

竹村が馬車を呼びに走っている間中、モラエスは婦人の顔を見詰めていた。苦痛が徐々と去って行くのにつれて血色がもどって来るようだった。彼女は俯いていた顔を上げた。

「あなたはおよねさん」

三年前に長崎で会ったおよねさんがそこにいた。あの時の彼女はかすりの着物に赤い襷《たすき》をかけ赤い帯をしめていた。しかしそこにいるおよねさんは軽装ではなく、外出の途中でもあるかのように羽織を着ていた。

およねさんといわれた彼女は驚いたように眼を大きく開けた。二重瞼《まぶた》の下の黒い瞳がモラエスをじっと見詰めていた。

彼は人違いだったことにすぐ気付いた。三年の経過を忘れていたし、日本人の女性はよく似て見える。長崎のおよねさんと神戸のおよねさんは姉妹のようによく似ていた。他にも似ている人が何人かいるに違いない。モラエスは思い出の中のおよねさんとそこにいる婦人とをもう一度比較した。

「私はおよねですが、あなたは……」

彼女は小さな声で言った。その声を出すのもせいいっぱいの努力のようだった。竹村が馬車と共にやって来た。馬車の上げたほこりの向うに居留地へ通ずる並木道が見えていた。

「何処まで行かれますか馬車でお送りしましょう」

竹村がおよねに言ったが、およねは極力それをこばんだ。彼女は近くですので、しばらく休んでから人力車に乗って参りますと彼等の好意をことわった。およねの言葉を竹村を通じて聞いたモラエスは、

「私たちもこの近くの川口のフランス領事館へ参ります。ついでに、およねさんを送って行ってさし上げましょう」

と言った。モラエスがおよねという名前を知っていたので、竹村は驚いたようだったが、いちいちそれを詮索するのもおかしいし、そのころからぽつぽつ周囲に人が集り出したので、彼はおよねの荷物を取ってさっさと馬車に運びこんだ。およねはそれ以上好意をこばもうとはしなかった。

モラエスがおよねを助け起してやると、彼女は真赤に顔を染めて、何度も何度もお礼を言った。

「さて何処まで行きましょうか」

馬車に乗りこんでから、竹村がおよねに訊いた。

「松島の松鶴楼」

およねは小さい声で答えたが、駅者にはそれが聞こえたらしく、大きな声で復唱して馬車を出した。

およねをモラエスと竹村が両側から支えるような恰好のまま馬車は前進した。

「モラエスさんはおよねさんを御存知なのですか」

およねが松島の松鶴楼だと言ったとき、竹村はおよねが松島遊廓で働いている芸者だろうと推察した。大阪ははじめてだというモラエスがなぜおよねを知っているのだろうか。

「長崎のおよねさんとよく似ていたからおよねさんですかと声をかけた。このひともおよねさんだったがどうやら人違いらしい」

モラエスは答えた。別にきまり悪そうな顔はしていなかった。

「モラエスさんはあなたを長崎のおよねさんと間違えたらしいですよ」

と竹村がおよねに伝えると、

「私は徳島のおよねですわ」

とおよねははっきりと言った。気分はよくなったようである。

モラエスは日本に来て、これほど近くに女性を意識したことはなかった。風が吹き出したが、さほど寒くは感じなかった。

馬車は大きな門の中に入って行った。左右に二階建てや三階建ての家が並んでいた。そこは一般的な住宅地ではないことがモラエスにはすぐ分ったし、三年前に長崎の丸山遊廓を見に行った経験から、おそらくここもそういう処だろうと想像した。モラエスはおよねの顔を見た。こういうところに居る女《ひと》のようには思われなかった。

「ほんとうにありがとうございました」

屋根の一部を洋風の塔で飾った目を見張るばかりに立派な三階建ての松鶴楼の前で馬車は止った。およねはモラエスに向って丁寧に挨拶した。よく揃った白い歯がちらっと見えた。彼女はそこに立ったまま、馬車が立ち去るまで見送っていた。

川口の外国人居留地には三十数戸の洋館が立ち並んでいた。神戸に比較するとその規模は小さかったが一区画にまとまって異彩を放っていた。

軒下に柱を立て並べて、風通しのよい回廊を設けた白塗りの二階建ての洋館が多かった。二階を住宅に使い、一階が事務室になっている形式のものが多く、中には別館を設けて住宅としているものもあった。洋式の庭が多かったが、中にはわざわざ日本庭園を持ち込んだ家もあった。

フランス領事館は外国人居留地のほぼ中ほどにあった。クレーロー領事は神戸のフォサリュ領事ほど気取り屋ではなく、大阪の地に長いせいか、片言の日本語を口にするのが得意だった。

クレーロー領事はモラエスにこの領事館に臨時的に勤務している、ペドロ・ヴィセンテ・ド・コートを紹介した。

「コート君はマカオ生れのポルトガル人です。今度のモラエスさんの用件については主としてコート君が大阪砲兵工廠と連絡を取ってくれました」

そしてクレーロー領事はコートは日本語をかなり理解できるし、この領事館では芸者通で有名であるなどと冗談をとばした。

モラエスはコートを見ながら、

「あなたと同姓同名の友人がマカオにいます」

と言った。コートは目を丸くした。

「父は私と同姓同名です」

「それでは、ペドロの息子さんかな。それならペドロの家に行った時、挨拶に出てきた中学生ですね」

二人は手を取り合った。

モラエスと竹村のために近くのホテルに予約もできていた。

「ところでモラエスさん、あなたが乗った馬車はわれわれとしてはちょっと考えられないような方向からやって参りましたね」

クレーロー領事はどうやらモラエスの乗った馬車が松島遊廓の方から来たことに気がついているらしかった。モラエスはやむなく、川口の埠頭で起ったできごとをそのとおり話した。

「およねさんですね、コート君知っているかねその女《ひと》を」

クレーロー領事はコートに訊いた。

「知りませんね、なにしろ松島遊廓には娼妓が千人、芸者も二、三百人はいるでしょうから」

「コート君が知らないというのであれば、そのおよねさんはあまり有名な芸者ではないらしい」

クレーローはそんなことを言ってから、明治の初めに松島遊廓がこの地にできたのは、ここに外国人居留地があったからだと話し出した。

「日本の男たちはわれわれ外国人の男たちが日本女性と結ばれることを極度に警戒している。そのために居留地ができると、すぐそばに遊廓を作ったのだ。だからと言ってわれわれが遊廓の御厄介になっているかというとそれほどでもない」

クレーローはそんな話をした後で、明日の日本側との交渉についてモラエスにひとこと助言を与えた。

「日本人はひどく短気なところがある。その短気にうっかり乗せられると損をする。なにごとによらずねばることだ」

クレーローは最後の方をもう一度くり返した。

その朝モラエスはポルトガル海軍少佐の制服に着替えて船に乗った。コートと竹村が随行した。

川口を出た船は土佐堀川を北に向って溯航して行った。船は幾つかの橋の下をくぐり、各所で人を乗せたり降ろしたりした。その川はいたるところで堀や川と接していて、その川や堀の奥には、もっと細かい水路が張りめぐらされているようだった。

土佐堀川の両岸には人家や工場がところどころに隙間を置いて並び、狭い堀を一度に三艘の船が前後して出て来るのに出会った。荷物を満載した船が行き交うときにはなにやら早口で話し合っていた。煙突の数が増え、風の吹き廻しによって煙突の煙が川までおりて来ることがあった。

船は土佐堀川から右にそれて、更に小さい川に入った。平野川だった。急に人家が少なくなり、左側には稲を刈り取った後の水田が見えて来た。船は更に右側に寄って大きな橋の袂《たもと》で停止した。

三人はそこで降りた。そこは大阪城三の丸跡の地域で、三の丸全体が陸軍砲兵工廠になっていた。数本の煙突が黒い煙を吐いていた。

門で守衛に来意を告げると、すぐ迎えの兵士が来た。三人は赤煉瓦の二階建ての建物に案内された。二階の窓から見ると、細長い工場が敷地いっぱいに並んでいた。

モラエスはその工場のスケールの大きさに驚いた。通された応接室からは工場は見えず、堀をへだてて、大阪城の石垣が見えた。軍服を着た数人の軍人と背広服の男が部屋に入って来て席についた。背広服の男は通訳であった。

双方の紹介が終ると、砲兵工廠側の田中少佐がまず口を開いた。

「われわれのところに伝達された文書によると、ポルトガル国はわが日本陸軍から砲十門を購入したい希望を持っていると書いてあります。砲にはいろいろ種類がありますが、貴国が望んでいる砲はどのようなものでしょうか」

その言葉が英語で通訳されてモラエスに伝えられたとき、彼はいよいよこれから交渉が開始されるのだなと思った。

「その大砲を備えつける予定のマカオというところは島のような形をした小さい半島だし、南洋のチモール島もやはり小さな島の集合です。そこには従来、旧式な大砲が置いてありましたが、それを新式の大砲に取替えたいのです」

モラエスはそう言うと、用意して来た、マカオとチモール島の地図を開いた。大砲を置く予定の場所に赤印がつけてあった。

「つまり守城砲を買いたいという希望なのですね」

「海岸砲と言ったほうが適切かもしれません。海上からの攻撃に対して島を守るための大砲です」

モラエスの答え方に田中少佐は大きく頷いて地図に向って身体を乗り出した。他の将校たちがいっせいに立上って地図を覗きこんだ。地図が廻されて来るのを待てず、いっせいに立上るあたりがクレーロー領事が言う、日本人の短気なところかもしれない。

「使用目的はよく分りました」

田中少佐は席に坐ると、

「それでは大砲の内容について具体的な要望をお聞かせ願いたい」

願いたいと言ったとき田中少佐はいくらか胸を張った。

「では申します。わがポルトガル国は、後装式施條砲で口径十五センチ以上の機関砲を購入したいと思っています」

モラエスはそれを竹村が通訳している間、田中少佐の顔を見守っていた。田中少佐の表情には動きがなかった。彼はモラエスの要求に驚いたような顔も困ったような顔もしなかった。

「輪廻《りんかい》砲ですね……砲身の数は」

田中少佐は更にこまかいことを訊いた。

「できましたならば六砲身のものが欲しいと思います」

田中少佐はそれを黙ってノートに書きこんだ。にこりともしない、なにかに怒ったような顔だった。

「十門の砲は全部同じ型のものを御希望ですか」

「全部同じ型でけっこうです。そしてできるだけ早くそれを受け取りたいと思っています」

予算のことまで言おうと思ったが、それまでは口に出せなかった。

「あなたの意向がよく分りました。わが方はこの要求案をお受けできるか否かを検討した上、再び会合を持ちたいと思います、あなた方の御都合は」

「私はこの仕事のために出て参りました。なるべく早く結論をつけたいと思っています」

「よく分りました。次の会見の日取りについては、川口のフランス領事館に後でお伝えいたします」

これでこの日の日本側との打ち合わせは終った。日本側は田中少佐を先頭にしていっせいに立上り部屋を出て行った。

モラエスにとってはなんとも手応えのない交渉結果であった。

「この交渉は成功すると思うかね」

帰りの船の中でモラエスはコートと竹村に訊ねてみた。

「さあ私にはよく分りませんが、あのぶっきら棒のところがかえって成功の可能性を示すものではないでしょうか」

竹村はその場での感じを答えた。

「私も竹村さんと同じですね、一般的に言って、日本人は、あの軍人のような人ほど信用できます」

コートはそう言った後で、

「モラエスさん、妥協案は勿論用意されているでしょうね、つまり口径十五センチの大砲ができないと言われた場合、仕様をどこまで落すかと言う案です」

仕様は落したくはないと思ったが、口径十五センチの機関砲は或いは無理かもしれない、モラエスは田中少佐の坊主頭を思い浮べながら、大阪砲兵工廠の技術内容をもっとくわしく知りたいと思った。

モラエスの朝の散歩が始まった。

ホテルを出て一時間か二時間の朝食前の散歩がまたとない楽しみだった。川口界隈は神戸と違ってモラエスの興味を掻立てる多くの要素を持っていた。山のないかわりに川があった。安治川べりを歩いても木津川周辺を歩き巡っても楽しかった。川と人との生活が密着している証拠のように、モラエスが散歩に出掛けるころには、はやばやと船の運航が始まっていた。竿で漕いでいる船もあるし、帆をかかげている船もあった。

朝早くには風はないけれど、そろそろホテルへ帰ろうかと思うようなころになると北風が吹き出し、それが川に沿ってどこまでも吹き通って行った。土手の枯草が風に揺れる様子を見ながら、モラエスはポルトガルの乾期のころを思い出した。日本と違って、ポルトガルの乾期は夏期であり、雨期は冬になる。雨が無い日が幾日も続くと、草が枯死して、一面の枯野原を作ることがあった。その景観が目の前の川土手とよく似ていた。

彼は土手の枯草をしばらく眺めてから、川口の波止場まで引き返して来た。

(このあたりで前を歩いていたおよねさんが突然、崩れるように坐りこんだ)

そんなことをふと考えていると、目の前に、そのおよねさんが荷物を両手に持って現われた。まぼろしでも見ているような気持でモラエスはおよねさんを見詰めた。人違いであってはならないと思った。

棒立ちになっているモラエスの前をおよねは通り抜けようとして、そこにモラエスがいるのに気がついて立止った。

「ああ、いつぞやの」

およねはさらに続けて言った。

「あの節はたいへん御厄介になりました。ほんとうにありがとうございます」

モラエスにはありがとうございますしか分らなかったが、およねと会えたことが嬉しかった。

「ここであなたに会えてよかった。私は、仕事が一段落ついたら、松鶴楼にあなたをおたずねしようと思っていたところです」

およねにはモラエスが口にしたおかしな発音の松鶴楼だけが分った。多分、松鶴楼にいるかどうかを訊いているのだろうと思った。

「私はもう松鶴楼にはおりません。辞めて故郷の徳島に帰るところです」

「徳島？」

「そうです、私は徳島へ行きます」

およねは荷物を置き船の方を指して言った。荷物を持ち、羽織を着ている彼女を見ながら、モラエスは口の中で松鶴楼と徳島の二つの地名を繰り返していた。彼女は松鶴楼を辞めて徳島へ去るのだ。それに違いないという結論に達するにはそう長い時間はかからなかった。

「これでお別れですか」

モラエスはおよねを見た。ふくよかな顔に結い上げた黒髪がよく似合っていた。二重瞼のやさしい目がなにか淋しげだった。

大阪砲兵工廠から会見の日は言って来なかったが、そのかわりのように、モラエスを招待したいという申込みがあった。大阪砲兵工廠の田中少佐であった。

「これはいったいどういうことでしょうか」

モラエスはクレーロー領事に訊いた。

「そういうことです。日本的なやり方です、料亭に招待して、話の下固めをする。それが終ると手を叩いて芸者を呼ぶ」

クレーロー領事はそう言った後で、しかし日本の芸者は美しい。そう思わないかとモラエスに訊いた。

モラエスはそれには答えずさらに突込んで訊くと、

「つまり、そうした方が仕事がうまく行くと考えているのでしょう。日本人的な発想です」

そしてクレーロー領事は突然黙ってしまった。

「うまく行かないこともあるのでしょうね」

「勿論、それですべてがうまくゆくとは限らないでしょう。そのようなやり方が、かえって誤解を招くことだってあります」

指定された料亭は道頓堀にあり、招待は六時だから、それまで竹村の案内でそのあたりの見物をするのもよいだろうとクレーロー領事はモラエスにすすめて置いてから、最後に気になることをつけ加えた。

「日本には料亭政治という言葉があります。招待されていい気分になり、いい加減な返事をするとあとでたいへんこまったことになるかもしれません。しかも今夜はこちら側の通訳の列席をこばんでいる。日本側になにか下心があるとみてよいでしょうね」

クレーロー領事は気になることを言った。

モラエスは人力車の上から変ったものを見掛けると随所で降りた。古物商の店に入ったままあれこれ物色を始めると、すぐには腰を上げそうになかった。竹村はその度毎に人力車夫たちに事情を話し、料金に色をつけるから待ってくれと言うしかなかった。

モラエスには何もかも珍しかった。大阪の町中にみなぎっている活気は空虚なものではなく、それを動かしているのは人と物品であった。ヨーロッパに東洋のものとして出廻っているものの中に中国の陶器類が多かった。それらにはおおよそ共通したスタイルがあった。しかし、此処で見る陶器には中国風なものはなく、それぞれ日本独特な模様が描かれていた。買いたいものが多すぎてかえって手が出なかった。ひょいと裏町に廻ると、子供相手の物売り屋があり、その前で群れ遊ぶ子供たちがいた。

モラエスはジョゼのために独楽《こま》を買い、ジョアンのために鳩車《はとぐるま》を買った。

道頓堀には大きな芝居小屋が多く、町の通りはのぼり旗で埋めつくされていた。その雑然とした旗の風景の近くに、宗右衛門町の料亭があった。竹村とは料亭の入口で別れたモラエスは一人で二階に案内された。約束の時間より三十分も早かったので、彼は二階から暗くなりかけた堀を往来する屋形船を眺めていた。はやばやと提灯に火をつけた船もあった。

相手の日本人は四人であり、田中少佐はその中で一番年少のように思われた。

四人の日本人は背広服を着ていた。通訳だけが度の強い眼鏡をかけていた。

陸軍省軍務局長児玉源太郎中将、大阪砲兵工廠兵器部長有坂成章大佐、そして田中少佐の三人のうち、田中少佐だけは固くなっていたが、児玉中将と有坂大佐は紹介が終ったあたりから微笑を浮べていた。

「ポルトガルとわが国とは深い深い関係があります。なにしろ日本に銃砲をもたらし、西欧の文化を持込んでくれたのは貴国ですからね。そのポルトガルのモラエス少佐をお迎えできたことはまことにうれしいことです」

児玉中将が言った。通訳がそれを英語に直した。

「私は日本に来られたことだけでもたいへん喜んでいます。今宵、児玉閣下の招待を受けたことは身にあまる光栄だと感謝しております」

モラエスは型どおりの挨拶をした。

「モラエス少佐殿、かた苦しいことは抜きにして、ここでは一つ、ざっくばらんの話をしようではありませんか。そうしないと話はまとまらないと思います」

有坂大佐が口を出した。

有坂成章には江川三世という渾名がついていた。幕末の砲術家江川太郎左衛門から数えて三代目の砲術家であるという意味であった。彼の家は代々砲術家であり、同じく砲術家の村田経芳（村田銃の発明者）につぐ天才的な技術将校として有名だった。火砲はすべて国産でなければならないという彼の強い意志によって研究開発され日本独特な火砲が次々と創り出され、陸軍の主要兵器となっていた。

モラエスは村田大佐、有坂大佐の名を知っていた。この二人が創り出した火砲によって清国に勝ったということを英字新聞で読んだことがあった。その有坂大佐がこの席に現れるとは思ってもみなかったことである。モラエスは緊張した。

「あなたの国が要求されている大砲については田中少佐から聞きましたが、私にひとつ忌憚《きたん》のない意見を言わせて貰いますと、マカオとチモール島に口径十五センチ以上の機関砲を備えつけるということは考えものですね。機関砲は三十年前にアメリカのガットリングによって発明された大砲ですが、年月の経過にかかわらず、それほど発達していないのは取扱いが面倒で命中率が悪く、従って弾丸を無駄に使い過ぎるということです。勿論改良すればよくなるとは思いますが、現在では各国とも取扱いが簡単で命中率が高い中型の山砲と野砲の研究に一生懸命です。砲弾の発射数が多くとも当らなければ意味がないし、また口径だけを大きくしても命中率が悪ければなんの役にも立ちません。このあたりは実戦の経験者であるあなたはよくお分りだと思います」

有坂大佐はそこまで言ってから言葉を切った。

「実戦の経験者ですって？」

思わずモラエスが訊き返したとき、有坂大佐は、そう固くならないで下さいと英語で言った。

「あなたがポルトガルの砲艦の艦長として活躍されていたことは西田海軍少佐からよくうけたまわっております。砲艦の艦長として実戦に参加されたあなたならば当らない大砲なんか全く無意味な存在だということがよくお分りになるでしょう。口径が小さくても、兵器として実戦に役立つことが必要です」

有坂大佐の言葉には力がこもっていた。

「私は日清戦争において、有坂大佐が創られた機関砲が勝利の原因になったという、従軍記者の記事を読みました」

モラエスは言った。

「従軍記者ですか、中にはしっかりした者もいますが後方にいてつまらぬ風説を記事にする者もいますからね、確かに我が軍は機関砲を製作し、実際に使ってもみました。しかし、さっきも言ったように結果はよくありませんでした。よくないと分っている大砲を貴国に売るわけにはなんとしても行かないでしょう」

有坂大佐の発言の後をついで、児玉中将が話し出した。

「まことに失礼な言い方かも知れませんがマカオもチモールも小さい地域です。大きな軍艦を持って行って、艦砲射撃をしたらひとたまりもなく落ちてしまうところです。だからと言って、貴国はマカオやチモール島を要塞化するつもりはないのでしょう。あなたがたが現在恐れているのは土民の反乱でしょう。もしそうだとしたら、小廻りがよくきく野砲か山砲をおすすめします。我が軍が日清戦争で実用に供した大砲に更に改良を加えたものです」

児玉中将の発言は具体的であった。マカオとチモールを大型軍艦から守るために要塞化しようというならば、本格的な大予算を計上してかからねばならない。たった十門の大砲を買いこんだところで、巨艦時代に対処したとは言えない。やはり、児玉中将の言うように、内乱に対応するための大砲でなければならないとモラエスは思った。気張り過ぎて十五センチ以上の機関砲などと言ったことがいささか恥しくなったし、大砲の世界的趨勢に立ち遅れていた自分の軍人としての知識に劣等感さえおぼえた。

「児玉中将のお言葉はもっともだと思います。そのようなよい大砲がございましたら、その仕様をごく簡単にお聞かせいただきたいと思います」

モラエスは、話が日本陸軍が用意していた方向に落ちて行くのを意識していた。しかし、これが決してポルトガルに不利益をもたらすものではないと信じていた。

田中少佐がカバンの中から資料を取り出した。大砲の図面と細部の説明書がモラエスの前に置かれた。

「御説明申し上げます。この大砲は口径七・五センチの野砲と山砲であり、野砲の砲身長は一七八センチ、山砲の砲身は一〇〇センチあり、最大射程距離は野砲が五キロ、山砲が三キロ……」

田中少佐の説明を聞きながらモラエスは、野砲にしようか、山砲にしようかと考えていた。どこからか三味線の音が聞こえて来た。

「説明はそのくらいでいいだろう。モラエス少佐にその仕様書を後でゆっくり読んで貰えば分ることだ。英文に翻訳して置いたのだからもし不明の点があれば、この次、砲兵工廠での細部についての打ち合わせの席上補足すればよい」

有坂大佐が発言したので田中少佐はそれ以上説明を止めた。

「この他にも何種類かの大砲がありますが、特にこれを貴国に推薦するのは、われわれがこの大砲に自信を持っているからです。よくお考えの上、もしこれを要望されるならば、最近完成したばかりの改良型を十門揃えてお譲りいたしましょう」

有坂大佐は言い終ってモラエス少佐の顔を見た。他にも何種類かの大砲があるが、とことわって、この七・五センチ野（山）砲をすすめるのは、いささか押しが強いように思われないこともなかったが、

「御希望ならば実射を見学された上で決められたら如何ですか、その便宜はお取り計らいいたしましょう」

と有坂大佐が付け加えるのを聞いて、モラエスはやはり日本側は自信を持っているのだなと思った。

「わが国は兵器には苦労しました。新兵器が発明され、価値が無くなった火砲を高い値段で売りつけられたことも何度かありました。現在も尚、時代遅れのスナイドル銃が工廠の中に眠っています。しかし、このごろになってようやくわが国独特の火砲の製造ができるようになりました。思えばわが国は火縄銃以来、長い苦しい孤独な歩みをたどったというべきです」

有坂大佐の言葉を児玉中将が引き取った。

「その火縄銃は貴国がわが国に伝えたものです。火縄銃ばかりではなく、西欧文化を日本へ持って来たのはポルトガル国でした。そのポルトガル国と十門の大砲を通じて再び親しく交際ができるようになれるということは、わが国にとってまことに嬉しいことです」

児玉中将は感慨をこめて言った。

「そういうことは、ぜひ次の席でお聞かせ願いたいものですね」

有坂大佐が言ったので児玉中将はそれ以上は言わなかった。

有坂大佐が田中少佐になにか耳打ちをし、田中少佐が手を鳴らすと、女たちが食膳を捧げて入って来た。

座が急に華やいだものになり、やがて粧いをこらした芸妓たちの姿が現われると、部屋の電灯が急に明るくなったようにさえ感じられた。

「ポルトガル語で日本化したものは非常に多い。一般には四百とか五百とか言われているが、それればかりではないらしい。パン、ビスケット、カステラ、テンプラ、カルタ、ボタン、タバコ、キセルのようにポルトガル語から来た言葉だと誰でも知っているものの他に、京都の先斗町《ぽんとちよう》なども、ポルトガル語のポンタ（ponta 先端の意）から来たものだ」

児玉中将が突然ドイツ語交りの英語で話し出した。有坂大佐も、それに合わせて、ゆっくりした英語で、先斗町は京都一の美人芸妓が集っているところだとつけ加えた。

　三日置いて大阪砲兵工廠内で、モラエスと田中少佐等との打ち合わせが行われた。田中少佐から希望があったので、モラエスは一人ででかけた。通訳は工廠側で用意していた。

「仕様書はお読みになりましたか」

　という田中少佐の質問から会議は始まった。モラエスは三日の間に、工廠側が提供してくれた仕様書をくわしく検討した。内容について不明な箇所は特になかった。野砲にするか山砲にするかの問題については、野砲を選ぶべきだと心に決めていた。榴弾《りゅうだん》、榴《りゅう》霰弾《さんだん》の両者が使用できて、射程距離五キロ、高低角度が二十六度というところに魅力があった。重さ七〇〇キロの砲車に、重さ三〇〇キロの砲身という構造も運搬に便利であった。彼はわざわざ持って来た、他の国の野砲と仕様を比較してみた。大差はなかった。後はでき上った物を見て、試射に立ち会うことができさえすれば問題ない。

「充分に読ませていただきました」

　モラエスは特に質問すべきことはないと答えた。

「では工廠内にある実物を御覧になりますか」

　工廠内と言っても、その大砲は庭の隅にでも引っ張り出して置いてあるのだろうとモラエスは思った。

「そうして頂ければたいへんありがたいことです」

　田中少佐が立上り、モラエスがその後に従った。階下に降り、長い廊下を歩き、一旦は外に出てまた別の建物の廊下を歩いていった。機械を動かす音で工場内は騒然としていた。

「外国武官がこの工場を見学したのは、最近においてはあなたが初めてです」

田中少佐が振り返り、はじめて英語を使った。光栄ですとモラエスは答えながら、神戸で会った西田海軍少佐もそして大阪砲兵工廠の有坂大佐や児玉中将も英語を話していたことを思い出していた。日本の将校たちの教養の高さに驚くと同時に砲兵工廠の内部にまで案内してくれようとする日本側の好意をどのようにとっていいのか、むしろ困惑した気持で歩いていた。

「提理（砲兵工廠の最高責任者）からぜひあなたを工場内へ案内せよという命令がありました」

田中少佐はつけ加えた。

七・五センチの野砲は試作の段階ではなく量産に入っているように見えた。一日に何台製造できるかは明らかにしなかったが、モラエスの見るかぎりでは、その工場だけでも一日に十門は出来上って行きそうに思われた。分業製作が整然と行われていた。

出来上ったばかりの野砲が数門並んでいた。

田中少佐はその一門について構造を説明し、モラエスに一つ一つの部分品や構造に当ってみることをすすめた。

モラエスはその冷たい金属に手を触れたとき、自分は今ポルトガル海軍少佐としての任務を忠実に果しているのだと思った。この野砲を買って帰れば、マカオやチモール島の守りにふさわしい充分な威力を発揮するだろう。彼は油によごれた手を、次々と大砲の要部に触れて行った。

大砲の種類が七・五センチ野砲と決定された後の交渉は、ほとんど事務的に進められて行った。

野砲一門についての附属品の数は決められていたが、輸出されることを考慮して、部品を豊富に揃えることと、弾丸の購入がまだ決っていなかった。弾丸は消耗品だから今後も必要あるごとに日本から購入することになるのだが、取り敢えずは、かなりまとまった量を取り揃えねばならなかった。野砲を取扱うための工具類も必要だったし、取扱い説明書も必要だった。

モラエスはそういう物品をいちいちリストアップして日本側に提出し、それに対してどれだけの代金を支払うべきかを聞き、大砲その他、いっさいの附属品や運賃を含めての費用をマカオ政庁に打電してその了解を求めた。

折り返して了承の旨の返電があった。ここでポルトガルと日本との大砲購入の契約書が作製され、モラエスはポルトガルを代表して契約書にサインをした。あとは試射に立ち会い、それらを受け取り、荷作り発送に立ち会えば彼の仕事は終るのである。

既に十二月に入っていた。

モラエスが関係した大砲についての公文書が防衛庁防衛研修所戦史部に保管資料として保存されていた。

（一）は明治二八年一一月二三日付、外務大臣臨時代理文部大臣侯爵西園寺公望より陸軍大臣侯爵大山巌宛ての文書であり、内容は、ポルトガル政府から大砲十門と小銃四、五百挺の製造依頼があったが諾否について回答されたいというものであり、

（二）はそれに対する明治二八年一一月二六日付の陸軍大臣の回答で、小銃は所望に応じられないが、大砲は依頼に応ずることができるというものであった。

（三）は明治二九年八月一八日付外務大臣から、陸軍大臣あての文書で、昨年一一月貴省へ依頼して回答を得た件について、ポルトガルより海軍少佐ベエンセスラオ・ホセ・デ・ソンサ・モラエス氏を派遣するから関係者に会わせて欲しい、と申して来たがいかがすべきか回答して欲しいという内容のものであった。

（四）これに対して明治二九年八月二四日、陸軍大臣より外務大臣へ宛てて次のような回答があった。次にその全文を示す。

葡萄牙政府ヨリ依頼ノ大砲製作ノ為メ同国海軍少佐デ・ソンサ・モラエス氏ヲ派遣、当該官ニ面議致度件、送第一七三号照会之趣了承、大阪砲兵工廠へ達シ置候条、同少佐ハ随時、同廠ニ到リ、同廠提理ヘ面議ノ上本件取極候様、取計相成度、此段及回答候也。（防衛庁防衛研修所戦史部保管資料）

著者註、葡萄牙はポルトガル。

大阪砲兵工廠提理は大阪砲兵工廠の最高責任者、当時は太田徳三郎。

スナイドル銃実包

モラエスはマカオのロドリゲス総督に報告書を送った。日本側が如何にポルトガルに好意的であったか、児玉中将や有坂大佐と直接面会したことなど書き添えることを忘れなかった。日本側の好意の裏には、砲艦千島事件のことがあったのだが、それは別に知らせる必要もないから黙っていた。

マカオの友人カミーロ・ペサニヤ博士にも日本の女性の着物の美しさと帯についての長い手紙を書いた。特に帯については、神秘的な色調とまで讃め上げた。

「詩は常に私の頭の中にあるけれど、これを文字にする勇気がないほど、日本の晩秋は詩情に満ちている」

と、前置きして、日本の風景を書き送った。

モラエスは大阪砲兵工廠と一応契約がまとまり、年内に行われる大砲の試射に立ち会うまで待機することにした。

神戸に帰ってフランス領事フォサリュに、大砲購入に成功したことを話すと、彼は既に知っていた。

「七・五センチの野砲だそうですね。あの野砲は清国との戦いで初めて使用されたのだが、諸外国のあの型の野砲に比較して非常に性能がよいらしい。日本は更にそれに研究を加えているそうだ」

フォサリュは野砲について意外なほどの関心を示した。話題をその野砲に集中して、射程は何キロだとか砲身長はどのくらいか、まではよかったが、榴弾の重量は何キロかとフォサリュに訊かれたときモラエスはなにか、普通ではないものを感じた。榴弾の重さは四・二八キロ、榴霰弾は、四・二五キロあったが、そのような専門的なことを、なぜこの眼鏡の男爵が聞きたがるのだろうか。聞く必要があるのだろうか。

モラエスは大阪砲兵工廠の田中少佐が、

〈西欧の諸国はこの大砲のこまかい内容を知りたがっていますから、おそらく、この大砲が貴国へ着けば、見せてくれと出掛けて行く者もいるでしょうし、スパイによってこの大砲の構造の大要は盗まれるかもしれません。わが軍はそれを見こした上で貴国にこれをお譲りするのです〉

と言ったことを思い出した。日本にとっては既にこれは秘密兵器ではないという考え方であり、更に優秀な砲が創られつつある自信の裏付けを示すものとも受け取れる発言だった。

「フォサリュ領事、大砲についてのくわしい仕様はわが軍と日本軍との間の秘密事項に属しますから、ここでは申し上げられません」

モラエスはフォサリュの当惑しきった顔に向って、

「ついでながら、大阪の砲兵工廠の内部についてもいっさい申し上げられません」

と先手を打った。モラエスは日清戦争後、日本はロシアを仮想敵国として軍備を拡張しているという情報を背景として、フランスが何を知りたがっているかを想像してみた。彼がフランス領事でなかったら、気前のいい鼻眼鏡の男爵で居られるものをと思うと、照れかくしに眼鏡をふいているフォサリュが気の毒でならなかった。

モラエスが海軍中佐昇任の辞令を受け取ったのは、大阪砲兵工廠から、七・五センチ野砲十門の試射に参加して欲しいという通知を受け取った直後であった。

モラエスは昇任の辞令を握ったまましばらくそこに立ち尽していた。昇任は早くも遅くもなかった。四十二歳の彼としては、当然こうなる日が近いことを知っていた。

軍人として海軍中佐に昇任したことはまことに嬉しいことであったが、いままでの例によると、このあたりで退役させられたり、本務以外のところへ転任させられたりする例が多かった。彼はそれをおそれていた。マカオ港務局副司令は海軍少佐の役処《やくどころ》であるから、彼が昇任したとなると、いずれそのうちそのポストを部下に譲って転出しなければならない。マカオ内で中佐の席を探すならばマカオ総督しかない。副総督は文官であるからこの席を奪うことはできなかった。

(本国帰任の命令が後を追って来るかもしれない)

彼はそう考えた。チモール島やモザンビークなどいろいろと考え合わせてみたが、自分が中佐となって転出する適当なところは思い浮んでは来なかった。

(本国へ帰って海軍省に席を得たとしても、それほどぱっとしたものではあるまい)

リスボンの港の近くに海軍省の赤煉瓦の建物があった。狭い庁舎に多くの人がいた。遠い昔、七つの海を制覇していたポルトガル海軍の影はうすれ、今はわずかばかりの植民地を保持するのに汲々としている状態だった。帰っても希望が持てるような仕事が彼を待っているとは思われないし、すぐ頭の中に浮ぶのはリスボンの海軍省の中にひしめき合っている退役に近い軍人や、既に退役した軍人が必死になって仕事を探そうとしている光景だった。

(追って、なんとか言って来るだろう。それまではこの任務を続ける以外に道はないだろう)

モラエスは気を取り直して、試射のための出張準備に取り掛った。

七・五センチ野砲の試射は琵琶湖北西部の今津町の近くにある饗庭野《あえばの》演習場でなされることになっていた。大阪砲兵工廠から直線距離にしてほぼ百キロほどあった。

モラエスはまずフランス領事に昇任のことを知らせてから、出張先を告げ、竹村一彦と共に大阪行きの汽車に乗った。

上等、中等、下等と三つに区別されている車輛の中の上等の部に席を取ったモラエスは竹村に向って、

「あなたは馬に乗れますか」

と訊いた。モラエスは大阪砲兵工廠を出発する砲車と共に馬に乗って、饗庭野演習場まで行くことになっていた。馬は大阪砲兵工廠が用意して置くことになっていたが、通訳の竹村の馬まで用意しているか、どうかは不明だった。

「私は歩きます、馬は乗ったことがありません」

竹村は歩くのが当り前だという顔をしていた。

野砲十五門をそれぞれ輓馬《ばんば》に牽かせた特別編成の砲兵隊は、夜半に大阪砲兵工廠を出発し、北東に道を取り京都方面に向って前進した。試射演習のために編成された特別砲兵隊には行李隊や炊事班もついていた。指揮官は田中少佐でモラエス中佐と竹村通訳は本部付きの随行員となっていた。

モラエスは父のすすめで陸軍幼年学校に入り、しばらく学んだが、途中海軍にあこがれて、進路を替えた人であるから、陸軍に無縁とは言えなかったし、幼年学校時代に行軍の真似ごとをしたこともあった。モラエスは久々の馬による遠出に気をよくしていた。砲兵隊が夜のうちに大阪を出たのは混雑を避けるためばかりでなく、人目を避けるためでもあった。沿道の人たちは軍馬や大砲の通過を見ると、仕事を止めて駆けよって来た。なかには万歳を叫ぶ子供もいた。日清戦争の勝利の興奮はまだ鎮静してはいなかった。

人々は大砲やそれを輓く軍馬や兵たちに親しげな眼ざしを向けたあと、後尾に見掛けない軍服姿で田中少佐と並んで馬に乗っているモラエスに気がつくと、

「あれはきっとドイツの大将だよ」

と知ったかぶったことを口に出す者もいた。ドイツのメッケル少佐が日本陸軍の指導に当ったのは十年ほども前のことであったが、日本陸軍を近代化するに当ってのドイツ陸軍の存在は今尚、民衆の心の底に、錦絵のひとこまのように残っていたのである。

ドイツの大将だと言っているのを田中少佐が、馬上からモラエスに告げて、二人は大笑した。

モラエスは整然と行軍して行く砲兵隊の後尾にいて、その訓練のよく行き届いているのに驚いていた。その規律の正しさは、休憩している際にも窺われた。

第一夜の野営予定地は京都市の南部が予定されていた。砲兵隊は早めに行軍を停止し、設営に取りかかった。行軍の途中で摂った昼食にはモラエスのためにパンが用意され、おかずとして肉の罐詰と野菜が出されたが、夕食にはその用意がないらしく、田中少佐が如何にも済まなそうな顔でモラエスに言った。

「充分なもてなしができないで恐縮です」

しかし、モラエスはそれをいささかも意に介してはいないようだった。

「お客様扱いにされては困ります。これからは、日本人たちと全く同じものを食べさせてください」

そうされるのも、日本を知る上に大事なことだとモラエスは思っていた。

「われわれと全く同じものが口に合いますかね」

という田中少佐に、

「演習中です。この天幕の中で日本の野戦料理を食べるのも私にとって思い出の一つになるでしょう」

とモラエスは言ってから、さっき天幕の外に出たときふと嗅いだポルトガルのにおいを思い出していた。それは日本に来て以来、しばしば気になっているものの一つだった。

どうやらそれは、炊事班の作業場あたりから流れ出しているように思われた。飯盒《はんごう》に味噌汁が入れられて天幕の中に運びこまれたとき、モラエスはポルトガルの野菜スープのにおいを嗅いだ。味わってみるまでもなくそれは明らかにポルトガルの野菜スープに違いないが、なぜそのようなものを日本の砲兵隊が用意したのだろうか、或いは田中少佐が彼のためわざわざ気を配ってくれたのかもしれない。味噌汁の他に、飯盒の中蓋《なかぶた》に肉の煮付けが入っていた。

モラエスはまず味噌汁に口をつけた。期待したとおり、それはポルトガルの野菜スープとほとんど同じものだった。それも北部から北東部にかけての野菜スープの味だった。ポルトガルにはスープの種類が多いけれど、家庭で作っているもっとも一般的なスープは、ジャガイモと豆をすりつぶし、それに大根の葉やこまかに切ったニンジンなどを入れて塩味をつけたスープだった。味は北部のものがやや塩味が強く、南部のものは薄味だった。

モラエスが日本に来てはじめてすすった味噌汁の味はポルトガル北部の野菜スープの味であった。一口、二口と飲んでいるうちに孤愁が彼を押えつけた。リスボンの彼の家で母が作ってくれた野菜スープをすすりながら一家揃って夕食を摂ったことなど思い出された。ユーカリの林の中を歩いているうちに日が暮れて道に迷ったとき、農家から流れ出て来るこの野菜スープのにおいによってようやく人家を発見したことなどもあった。野菜スープにはほのかな甘ささえあった。

「いかがですか日本の味噌汁は」

田中少佐の声でモラエスは、現実に連れ戻された。それがポルトガルの野菜スープではなく、日本の味噌汁だと聞かされても、しばらくはまだ驚きの目で田中少佐を見詰めていた。味噌汁の中にジャガイモや野菜がかなり多量に形を変えずに入っているところは、ポルトガルのスープとはいささか違っていた。

モラエスがポルトガルの野菜スープの味と味噌汁の味が同じだと話すと、田中少佐は信じられないという顔をした。

モラエスは、三年前に日本へ来たとき、このにおいを日本人街を歩いていて嗅いだことがあった。今度もそうだった。その懐しいものの源泉が味噌汁だったことに安堵をおぼえ、ポルトガルと日本の距離が急に近づいたように感じた。その話を田中少佐にすると、

「マカオにもあったでしょう」

と彼は言った。中国人も味噌を使うから、このにおいがある筈だと言われても、モラエスには中国料理に関しては強烈な豚の油のにおいがまず思い出されるだけだった。

「ポルトガルでは米もよく食べるのですよ。ポルトガル南部には水田もあります」

モラエスはその米をどのように調理して食べるかについて話し出した。

京都はすぐ近くだというのに、野営地は深山のように静かだった。

二日目は宿営地を夜半に出発して、京都を通り抜けてからは敦賀《つるが》街道には出ず、琵琶湖の西側の西近江路を北に向って行進した。夜のうちに都市を通り抜けるという行進方法がモラエスには気に入った。人の目がうるさくないだけでも助かった。

湖を右に山々を左に見ての行進はモラエスにとって文句なしの旅だった。まだ雪は見えなかったが肌寒い朝晩だった。リスボンに生れ、成長してからは、モザンビークからマカオと暑いところで過して来たモラエスには初めて体験する寒さだった。（この乾いた空気と落葉の舞い舞う景色はすばらしい。これはポルトガルにはないものだ）

モラエスはそう考えながら、目を右側に転じて琵琶湖にやると、湖は季節風のために既に波立っていたが、全体的には静かな表情をしていた。

ポルトガルの冬は雨期に当り、落葉の林の中には蕭々と雨が降り続く。時には河川が氾濫することさえある。日本の雨量と比較すると半分以下であっても、雨期はもの淋しく、そのもの淋しさだけは同じだった。

空に目をやると、曇り出していた。野営予定地の雄琴川の河原まで来ると雨になった。第三日目は冷たい雨の中を目的地の今津に向って行進を始めた。

「今津には宿営施設があります。食べるものも少しはよくなるでしょう」

田中少佐が言った。モラエスには田中少佐に同情されていることがかえって重荷であった。雨が降り出すと、琵琶湖はすぐ霧で覆われ、その霧はやがて彼等の行手に立ちはだかった。霧の中で号令の声が飛び交いながら、砲兵隊はいささかの遅滞もなく行進していた。すべて田中少佐の計画通りであった。

今津の町には兵舎があった。演習場がほとんど連続的に使用されているために特設された兵舎であった。

その夜モラエスは天幕ではなく兵舎の中に落着いた。

「明朝もし霧が霽《は》れていたら、午前五時に兵舎を出発して、ここから五キロ先の演習場に向う予定です」

田中少佐が竹村通訳をとおしてモラエスに言った。

「承知しました。そのように準備いたします」

モラエスは答えながらも、なぜ朝早く起きねばならないのかその理由を考えていた。

「午前中に試射を終え、われわれは帰路につきます。帰路は敦賀街道を京都に出て、大阪へ向う予定です」

田中少佐はなぜそのような強行軍をするのかについては触れなかった。恐らくは今度の軍の行動の全部が試射を兼ねた兵の訓練にあるのだろうとモラエスは推察していた。日本の軍人たちのすさまじいばかりの鍛練主義を目の当り見せつけられたモラエスは上り坂にある国と限り無く坂をころがり落ちて行く、ポルトガルを比較した。いったいそうなった原因はなんであろうか。彼は雨の音を聞いていた。

饗庭野演習場は今津の町から西に五キロほど入ったところにあった。明治十九年に演習場として指定されて以来、大砲の試射にも使われていた。西側に標高約五百メートルの西峰山があった。砲撃は饗庭野からその山に向って行われることになっていた。

砲兵隊は五時正確に今津を出発して饗庭野の演習地に向った。空は晴れて、星がまたたいていた。

モラエスには、これほど冷たい星を見たことは生れてはじめてだった。身がひきしまるような朝の冷気にひたりながら行く山道はまだ眠りからは覚めてはいないようだった。

頭上の星が消えるころには砲兵隊は現場についていた。田中少佐の号令が朝の空気を引き裂くように響き渡った。十五門の野砲が並列に居並び、次々と砲撃目標が与えられた。

モラエスは示された目標物に双眼鏡のピントを合わせた。この日の試射のために作られたコンクリートの四角な建物が見える。

砲撃は最右翼の建物を狙って開始された。号令が与えられると、兵たちは独楽鼠《こまねずみ》のように駆け廻った。

モラエスは双眼鏡を目標物に当てて、目をこらした。目標は山の中腹、直線距離にして四キロのところにあった。目標物の左側に第一弾は当り、土をはね上げるのが見えた。二弾は建物のやや右にそれ、そして、第三弾は命中した。

砲は次々と火を噴いた。三弾目に命中するものもあり、上手な砲手は二弾目に命中させた。十五門が揃って試射が終ったところで、田中少佐はモラエス自身に指揮を委ねたが、モラエスはそれを儀礼的な行為と判断して謝辞した。

七・五センチ野砲の性能は優秀だった。試射は距離を変え、角度を変えて、続けられて行った。殷殷《いんいん》と轟く砲撃と共に夜はすっかり明け、そのあたりには砲煙が立ちこめた。間もなく、饗庭野一帯に薄い靄の層ができた。平面的な靄の層が三層に重なり合ったと見るまに、それまで動かなかった砲煙のかたまりが滑り出し、霧に変っていった。濃霧は最下層の靄の下に静かにもぐりこみ、やがて枯れ野原一帯を霧で覆った。

朝霧の発生だった。

視程《してい》が断たれたころには試射はすべて終っていた。

ポルトガルに売り渡すために作られた十門の大砲の砲身には白ペンキでPRTと書かれていた。試射でよごれた砲身の内部はその場で掃杖によって磨き上げられ、要所に油を注入し、主要部は封印され、そこにモラエスがサインをした。

大砲には覆いがかけられ、砲車にはその場で馬が繋がれた。

霧の中を砲兵隊は、なにもなかったように、再び行進を開始した。

モラエスは田中少佐の鮮やかな指揮ぶりに感激しながら、ただついて行くだけだった。耳について離れない砲撃の音がやがて消え、小鳥の声が聞こえて来た。砲兵隊は敦賀街道に入っていた。


モラエスは神戸に帰ると、早速砲十門及びその附属品をマカオに送るべき手続きに取りかかったが、年内には便船がなく、翌年（明治三十年）の二月半ばにならなければ送ることはできなかった。彼はこの件についてマカオ政庁に打電し、帰国すべきか、来年の二月まで待って大砲を宰領《さいりょう》して帰るかその指示をマカオ総督に仰いだ。

マカオ政庁からは返電があり、そのまま来年の二月まで待って大砲を宰領して帰るようにとの指示があった。その間日本にあって為すべき仕事については追而文書で通達するという内容のものであった。

モラエスは、買い取った大砲は大阪砲兵工廠に保管を依頼し、ひとまず帰国せよという指示を期待していた。二月まで待って宰領して帰れというのはよいとしても、仕事を別に用意してあるらしき返電は意外だった。だが、命令となればそれを守るしかなかった。モラエスは竹村と共に京都、奈良の旅に出た。

古都の京都、奈良は神戸、大阪とは全然違った町だった。古い神社、仏閣が盆地の中に集められ、周囲の自然と溶け合い、十世紀にも及ぶ伝統美を保持していた。

竹村の説明は、それぞれについて彼自らが歴史を調べ参考書を読んでの上の説明だったからモラエスを充分満足させるものだった。京都や奈良の神社、仏閣がすべて自然を背景にその聖域を形成しているという、一貫したたたずまいがモラエスには大きな驚きだった。西欧にも、庭や、森などを持った古い寺院や教会があるが、日本の寺や神社のように、自然を不可分の聖域として例外なく持っているものは少なかった。どちらかと言えば、寺院の建物が主体であり、その背景の自然は日本ほど重要な存在ではなかった。日本ではどの寺や神社を取り上げて見ても、庭や背景の山が本殿同様に重視され、しかもそれぞれ特徴ある背景や庭を備えていて、訪れる人を飽きさせなかった。日本人の宗教的美意識は西欧とも、中国ともかなり違っていた。

「日本という国はよく分らない」

モラエスは京都の宿で竹村に言った。

「日本に馴れて来た外国人はたいていそんなことをおっしゃいます。なかには、案外に単純な国民だなどという方もおられます」

「決して単純ではないな。都市を比較してみるとそれがよく分る。神戸、大阪、京都を比較すると全然別な国のようだ。特に大阪と京都ではポルトガルとスペイン以上に違って見える。これはいったいどうしたことだろう」

「西欧だって、ロンドンとマンチェスターとでは違って見えるでしょう」

「ロンドンが京都で工業都市マンチェスターが大阪だと言いたいのだろう。そのような地域的相違を言っているのではない。京都と大阪では、住んでいる人間の考え方まで違っているように見えてならない」

そしてモラエスはその実証を一つ二つと数え上げて行った。

モラエスは京都、奈良の旅から帰ると、神戸のホテルに閉じこもって執筆に精を出した。ポルトガル本国の出版社に依頼されている日本紹介の原稿だった。

彼は目に触れたことで、およそポルトガル人が興味を持ちそうなことはなんでも書いた。特に日本女性については、その生活や服装などすべてを含めて最上級の礼讃の字句で綴られていた。日本の美術品のことや、布引の滝のような風景なども書いた。しかし、彼が日本に来て接触した軍人のことや大砲のことなどにはいっさい触れなかった。彼は筆を執るときは海軍中佐モラエスの軍服を脱いで一旅行者として書いていた。神戸で得られる限りの英語、フランス語で書かれた日本に関する著書も集め歩いた。竹村一彦がこの仕事に協力した。朝、モラエスは竹村が来るのを待っていて、まずその日の日本の新聞の主なる記事を英語で説明して貰ったり、時には訳して貰ったりした。執筆に飽きると、出歩いた。一日に二度も布引の滝を訪れることがあった。

日本の正月というめずらしい行事を体験してからのモラエスの執筆は快調だった。ペンを走らせながらも、マカオから文書で指示すると言ったままになっているその仕事のことを気にしていた。

二月になって、電報があった。連絡員としてオリベイラ・リベイロ大尉を神戸にやるから彼と充分打ち合わせよという内容だった。

モラエスがリベイロ海軍大尉をメリケン波止場に迎えたのは二月の上旬だった。彼はロドリゲス総督の信書を持っていた。

ロドリゲス総督はモラエスが大砲十門の購入に成功したことを率直に讃めたあとで、《購入した大砲及び附属品はリベイロ大尉に宰領帰国させ、貴官は改めて、別表の物品購入について日本側と交渉を開始して貰いたい》

という内容のものであった。

別表には、劈頭《へきとう》にスナイドル銃実包五十万発があり、その次に、今回購入に成功した七・五センチ野砲の附属品が雑然と並び立てられていた。一目してそれはスナイドル銃実包五十万発が購入の主要品であり、他は文書の体裁を整えるための形式のように思われた。

「スナイドル銃実包がなぜこれほど多量に必要なのか」

モラエスはリベイロ大尉に訊いた。

「私は存じません。私はただこれを貴官に伝達するように依頼されて来ただけです」

「スナイドル銃の実包が大阪砲兵工廠にあることをどうして確かめたのだ」

「それは貴官が総督宛ての手紙の中に、日本はスナイドル銃をかなり多量に持ってはいるが、それ以上の性能を持つ村田銃が発明された今日においては、これを外国に売りつけるようなことはしないと書いてあったからです。砲兵工廠にスナイドル銃があれば実包は必ずある筈です。しかも持て余している筈だと総督は、言っておられました」

リベイロ大尉はそれ以上のことは言わなかった。

モラエスはマカオ総督の信書をもう一度読み返した。スナイドル銃実包五十万発は間違いなかった。四年前、モラエスが日本側と交渉を開始した時点で必要なものは五百挺の小銃と十門の大砲だった。その五百挺の小銃はマカオとチモール島の軍隊が現在保有しているスナイドル銃の数であった。スナイドル銃は一八五九年（安政六年）に米国のスナイドルが発明した後装式施條銃で、当時は小銃として最高の性能を有するものとされていた。各国ともこの銃で歩兵軍備を充実しようと計り、現に日本と戦った清国もこのスナイドル銃によって武装されていた。日本もこの銃を多量に買いこんだが、このスナイドル銃より性能が勝れた村田銃が発明されて以来、使用されなくなった。日清戦争が村田銃とスナイドル銃との戦いだと評した人もいるくらいだった。

「マカオとチモールを併せて、スナイドル銃は五百挺だ。五百挺に対して五十万発は過大すぎる」

モラエスがリベイロ大尉に向って言うと、

「モザンビークでもスナイドル銃を使っています。本国にも在庫品はあるでしょう」

「本国が必要とするならば、本国からの命令がある筈だ。これはマカオ総督の命令だ」

モラエスが突込むと、リベイロ大尉は、それ以上のことは知りませんと言って口をつぐんだ。そのリベイロ大尉の顔を見ていると、ふとマカオ南部の丘の中腹にあるホテルのボーイの顔を思い出した。その取り澄ました口許がそっくりだった。そのホテルのロビーからは赤い海がよく見え、赤い海の先に中国領の島が見えた。

（マカオの隣りの広東で、孫文が反政府運動の火の手を挙げて敗れたのは一昨年のことだった）

そんなことを考えると、地続きの中国のことがあれこれと思い浮んだ。数年前、彼は広東総領事をやっていた。清国政府の内部の腐敗に反発して、あちこちに政府打倒、新中国建設の野望に燃える志士が立上っていた。義和団と呼ぶ、秘密結社が次第に勢力を拡張しつつあることも知っていた。

（この五十万発はこっそり、中国のしかるべき者に払下げてやるつもりで注文したのではなかろうか）

もしそうだとすれば、自分は死の商人の片棒をかつぐことになるのだ。嫌なことだと思ったが、こんなことはうっかり人の前で言うべきではなかった。

「命令は命令です。軍人である以上守らねばならないでしょう」

そのときリベイロ大尉はモラエスの心の中を見抜いたように言った。

モラエスはリベイロ大尉が宰領して帰るべき大砲と附属品の送り出しについての手続きを進める一方、大阪砲兵工廠の田中少佐との間で今回の追加注文品目についての下交渉を開始した。砲兵工廠の門の脇の梅の花がほころびかけていた。

田中少佐はそのリストを見て言った。

「スナイドル銃実包五十万発とは一個師団の歩兵を動かせるような数ですね」

リストの中に掲げられている七・五センチ野砲の部品や道具類などにはちらっと目を通しただけだった。

「だめでしょうか」

「私にはイエスもノーも言えませんせんが、むずかしい問題だと思います。あなたから有坂大佐に直接お願いしてみてはいかがですか」

有坂兵器部長と会う機会はこちらで作りましょうと言ってくれたが、その時期については、

「この問題は右から左という具合には参りませんよ」

といいままでになく慎重な態度を見せている田中少佐に対して、モラエスとしても急いでくれとは言えなかった。田中少佐が大砲と附属品を運ぶ船が間も無く出航することを百も承知で、スナイドル銃の弾丸については右から左という具合には行かないと言ったところに、この話のむずかしさが読み取れた。

「とにかくそのリストはあなたの名で大阪砲兵工廠提理あてに提出してみてくださいませんか。十門の大砲に関してはポルトガル国マカオ政庁より派遣されたあなたと大阪砲兵工廠提理との間で処理してよろしいという陸軍省からの文書を貰っており、それによって、いままで、処置して参りましたが、この追加品目がこの文書の令達範囲に入るかどうかは考えものです」

田中少佐はちゃんと筋を見透していた。モラエスが心配していたとおりだった。或いはマカオ総督がなぜ五十万発の実包を買いこもうとするのか、その背後にあるものまで見抜いているかもしれない。

有坂大佐と田中少佐その他関係官を交えた会合が大阪砲兵工廠で開かれたのは、二月の末だった。既に大砲十門は発送された後であった。

「マカオ総督はスナイドル実包五十万発の用途についてなんとか言って参りましたか」

有坂大佐はまずそれをモラエスに訊ねた。

「いやそのことについてはなんとも言って参りません」

モラエスはこれはむずかしいなと思っていた。

「マカオ政庁とチモール島政庁が所持する、スナイドル銃は五百挺ではなかったのですか。それを新品の村田銃に変えたいというのが最初の注文だったと思います。五百挺の銃に対して五十万発というと一挺の銃に対して実包千発という勘定になる。ちと多すぎるとは思いませんか」

モラエスは答えることができなかった。

「まあ、五百挺の小銃に対しては五万発くらいが適当ではないでしょうか。そのくらいなら、なんとかなるかもしれませんが、はじめから五十万発となると、全く話にはなりませんね」

有坂大佐の顔がこわばって見えた。

長い沈黙が続いたあとで、有坂大佐はそれまでの語調をがらりと変えて言った。

「モラエス中佐、五十万発のスナイドル銃の実包が日本からマカオへ送られたということになると、その後のことを知りたがる者も出て来るでしょうし、もしマカオ近くの中国でなにか事件でも発生すれば、日本が痛くない腹を探られるということにもなりかねない。このあたりのことを納得いただいた上で、この物品リストの第一行だけは書き直すことですね。そうすれば、あなたの顔も立ち、不満足でしょうが、マカオ総督の要求も入れられたことになる」

有坂大佐はそう言い置いて席を立った。

その後、田中少佐とモラエス中佐の間に更にこまかい打ち合わせが行われた後で田中少佐が言った。

「今のように、アジアにおける国際関係が緊張している時には小銃一挺の動きも問題になるのです。このあたりのことを御推察ください」

田中少佐はスナイドル銃実包が要求通り出せないことについて気の毒そうな顔をした。

「日本に来ている私にはその間の事情がよく分ります。大阪砲兵工廠の誠意のある処置に対して、私はポルトガルを代表してお礼を申し上げます」

モラエスは、心から日本軍人に感謝していた。

スナイドル銃実包及び七・五センチ野砲の附属品を購入したいというポルトガルからの要求について明治三〇年三月六日付大阪砲兵工廠提理太田徳三郎より陸軍省軍務局副官山内長人あてに出された文書がある。内容はモラエス中佐が、前に注文した大砲及び附属品の件が一段落したあとで別紙のような兵器を改めて製造して欲しいと言って来たが如何すべきかというものであった。その別紙のリストを次に示す。

スナイドル実包	五万発
七珊半榴弾用着発信管	十五個
七珊半榴霰弾用複働信管	三十六個
門管	六百五十個
爆帽	十六個
霰弾	百発
薬嚢	六百個
予備品箱	三個
掃杖	二個
薬嚢地	一巻
器具箱	一個
鞍工箱	一個
鍛工箱	一個

右の文書に対して、陸軍省軍務局により、明治三〇年三月一二日付で左のような回答が発せられている。

高級副官ヨリ大阪砲兵工廠提理へ回答

葡萄牙国モラエス中佐ヨリ貴廠へ兵器弾薬製作依頼ノ件ニ付、小乙第五五号ヲ以テ御問合セシ趣了承、右ハ前ノ契約ニ継続スルモノト見做シ製作依頼ニ応シ可能ト存候、此段及御回答候也、追而、スナイドル銃実包ハ貴廠ニ遠用品有之候ハバ払下差支無之意見ニ候此段申添候也。（防衛庁防衛研修所戦史部保管文書）

信任状捧呈式

モラエスは赤い海に迎えられてマカオの地を踏んだ。ほとんど半年近い日本への出張であった。日本のきびしい冬を体験して帰った彼にとってマカオの四月は暖か過ぎるほど暖かであった。

海を含めてあらゆるものが霧の底に沈むような日が多かった。その霧の中から突然姿を現わしたようにあわただしく帰って来たモラエスを亜珍《あちゃん》はいつものようにやさしく迎えた。ジョゼとジョアンの二人の男の子たちはモラエスの腕に抱き上げられようとして争った。ジョゼは六歳、ジョアンは四歳だった。

「まずお父さんにお帰りなさいを言ってからですよ」

亜珍はジョゼとジョアンの兄弟を叱った。兄弟は母の言うとおりに、広東語で、お帰りなさいを言った。

〈ジョゼとジョアンはポルトガル人だ。日本から帰るまでには、日常の挨拶ぐらいポルトガル語で言えるようにして置きなさい〉

とモラエスは去年の秋家を出るときに、亜珍の目の前でポルトガル語が話せる女中の李宝蓮に言って置いた。その李宝蓮の姿は見えないし、子供たちがポルトガル語を習得したような形跡はなかった。

「李宝蓮はどうしたのだ」

ポルトガル語の挨拶をなぜ子供たちに教えないのかと亜珍を叱る前にモラエスは李宝蓮のことを訊いた。

「李宝蓮はこの家から出て行きました」

亜珍はその一言を発したとき、それによって起り得る責任のすべては背負いこむつもりのように、真直ぐにモラエスの顔を見詰めていた。

「李宝蓮を解雇したのか。私に相談をせずなぜそのようなことをしたのだ」

「李宝蓮はこの家には必要のない女《ひと》です」

亜珍ははっきり言った。これまでにも、当然モラエスと相談して決めるべきことを彼女の独断で処理したことがあった。そんな時、モラエスに叱られた亜珍は伏し目勝ちの目で彼を見上げるのが普通だった。しかし、今度は違っていた。亜珍は李宝蓮を馘首したのがなぜ悪いかと言わんばかりの勢いであった。モラエスは亜珍と自分との間に、日本へ行っている間に深い溝ができてしまったように感じた。

ポルトガル語の教育問題で亜珍と争い続けて来た結果をここではっきりと見せつけられたような気がした。

モラエスは久しぶりで庭におりた。庭をひと廻りして家に上ろうとすると、そこによごれた女足袋が置いてあった。長崎から亜珍のために買って来てやった足袋だった。

「亜珍、これを庭履きに使ったのか」

モラエスは、そうするものではないよと亜珍に教えようとしていると、阿媽の林秀栄が、それは奥様から私が貰って、下履きに使っていますと答えた。

それは土にまみれていて、先が二股《ふたまた》に分れている足袋の特徴さえ定かではなくなっていた。モラエスは何時まで待っても消えそうもない霧の中に立ちつくしていた。

ロドリゲス総督は大任を果して帰って来たモラエスにごくありふれた讃辞を送った。モラエスがスナイドル銃実包を予定通り買えなかったことの釈明をしようとすると、それを遮るように、

「そのことはリベイロ大尉からだいたい聞いた。もうよい」

と言って、急に不機嫌な顔になった。リベイロ大尉は、モラエスが大阪砲兵工廠側とその件について交渉中に、大砲十門と弾薬附属品を宰領して帰国したのだからくわしいことはなにも知らない筈だった。

「リベイロ大尉からは、どのような報告があったのですか」

「モラエス中佐が一所懸命交渉しているが無理らしいという報告だった」

総督はそこで、そのことはいいのだ、もう言うなと再び念を押した。モラエスには物足りないものがあったが、総督に口止めされた以上、それについてはこれ以上触れられなかった。

「長いこと御苦労だった。ゆっくり休養するがよい」

総督はいたわりの言葉をモラエスにかけているが内心の不満は覆いかくすことができないようだった。

総督がそのような態度を示すばかりでなく、マカオ政庁にいる役人たちまで、なんとなくモラエスに冷たい態度を示しているように思われてならなかった。彼の留守中になにかあったのだろうか、それとも今後のモラエスの去就について、しかるべき憶測が流れているのだろうか。モラエスは腹心の部下、フェリサーノ・デ・ロザリオにこのことを訊ねてみた。

「気にすることはないですよ。たいしたことではありません」

そう言いながらも、ロザリオはモラエスに訊かれただけで、なにか落着きを失ったようであった。

訊いた場所がマカオ港務局の副司令室だったからいけなかったのかもしれないと、ロザリオの気持を汲んでやりながらも、彼が固くなるところをみると、この質問自体に重要な意味があるのだと思った。

モラエスはロザリオを夕食に誘った。だが彼は約束があると言ってことわった。マカオは狭いところである。名の知れたレストランには誰か顔見知りの者がいた。ロザリオはそれをおそれているらしかった。

「では翌朝八時に大砲台で会うことにしよう。日本から買って来た大砲を何処へ置くか、その下見をしたいのだ」

半分は公務をひけらかしての命令だった。ロザリオは承知した。

モラエスはロザリオを帰してから机に向った。日本から購入した大砲十門をマカオとチモール島に五門ずつ配分しようというのが最初の計画だった。その場合、その五門を、どのように保管し、誰にその責任を任せるかが問題だった。日本から買って来た野砲は大砲台へ持って行って、固定化してしまうような種類の大砲ではなかった。この大砲を使いこなすには日頃の訓練が必要だ。訓練次第ですばらしい効力を発揮するのだ。モラエスはそういうことを考えての上の計画を立案していた。

その朝もマカオは霧だった。

モラエスは八時には大砲台に来ていた。一気に高台まで登って来たので、汗が出た。今や飾り物以外の何物でもない時代遅れの大砲十数門は海に筒先を向けたまま霧に濡れていた。ロザリオはその大砲群の丁度、中ほどあたりに、砲手の亡霊でもあるかのように背をかがめて、モラエスを待っていた。

「朝早くから来て貰ってすまなかった」

モラエスはロザリオにまず詫びてから、自分が日本へ行っている間に、マカオ政庁内になにか変ったことが起ったかどうか、を訊いた。

「起ったと言えば起ったし、なにもなかったと言えばなかったし」

ロザリオは、

「見掛けは相変らずの平凡そのものでした」

と言った。見掛けはと言うところをみると、内部になにかが起っているらしい。それが知りたかった。

「ロドリゲス総督は五十万発のスナイドル銃の実包を購入せよと命令して来た。あの案を蔭で企画して総督にすすめた者はいったい誰なんだ」

「どうしても言わねばならないのですか」

「嫌なら言わないでもいい、それを話したことによって明らかに自分が不利だと思うなら、話さないでもいいのだよロザリオ」

モラエスは強請はしなかった。

「その人はもうマカオにはおりません。あなたが帰任する前に本国へ帰りました」

「すると彼が……」

「そうですマカオ港阿片密輪取締長官です」

モラエスの後を継いだ阿片密輪取締長官が、モラエスの帰任前に本国に転任したことは知っていた。

「黒幕は阿片密輪取締長官だったのか、それにしても、なぜそのようなことをしたのだろう」

「それは分りません。想像だけで、あれこれと批判できるような問題ではありません」

ロザリオは言った。確かにそうであった、阿片密輪取締長官自らが総督をそそのかし、スナイドル銃の実包を買いこみ、それを何者かに高い値段で払下げて一儲けしようと企てたとしても、それがマカオ政庁の予算の穴を埋めるための必要悪だと考えたらどういうことになるだろうか。

「五十万発の件はごく少数の人しか知らないことになっているのです。五十万発が五万発になってしまったのだから、いまさらどうしようもないことです。関係者は誰でもこのことは早く忘れたいと思っているでしょう」

ロザリオはこれ以上そのことについて、総督を傷つけないほうがよいだろうと言った。

「私に対して、よそよそしい態度をする人たちがすべてこの事件に関っていたというのか」

モラエスは怒りをこめて言った。

「いえ、それは違います。モラエス中佐については別な噂が立っています」

それについてロザリオは頑として口を割らなかった。霧の流れが止った。雨になるかもしれない。

ロドリゲス総督はモラエスが立案した、七・五センチ野砲の運用実施案については、見て置こうと言って受け取っただけであった。その場でそれを説明せよとも言わないし、何日までに読んで置くからそのころになって来るようにとも言わなかった。

「この運用案を実施する前に倉庫から大砲を出して組立て、実射の演習をしたほうがよいと思います」

と言っても、

「それについては考えがある」

と言っただけだった。

苦心して日本から買い入れて来た大砲だから、まずその性能を知りたいというのが軍人の気持だろうと考えていたモラエスは総督が、大砲に対してなにか含みのあるような態度を見せたのに対して疑問を持った。

モラエスはその時は総督の前を黙って引き下ったが、どうも気になるから、港務局の倉庫主任を呼んで、日本から購入した大砲は、何処に保管してあるかを訊ねた。港務局の倉庫にはございませんという簡単な答えが返って来た。

「ではいったい、何処にあるのだ。まさかマカオにはないと言うのではないだろうな」

「私には港務局の倉庫にはないということしか申し上げられません」

倉庫主任はそう言って出て行った。港務局の倉庫にないとすれば、マカオ政庁の倉庫である。その倉庫についてはモラエスは権限外であったが、一応は関連があるから電話で問合わせてみた。

「倉庫の内容についてはいっさい口外できないことになっております。必要ならば、総督に対して公文書で問合わせて下さい」

政庁の倉庫主任は固いことを言った。同じマカオ政庁のことである、公文書などと言わずに教えてくれ、とモラエス中佐は自分の名前まで出したが、倉庫主任は頑として応じなかった。どうやら、そのようにしろと固く命令されているようであった。

(大砲はいったい何処へ行ったのだ)

悪い方へ想像するときりもなく落ちて行く。マカオと境を接している広東省は、反政府運動の根拠地である。いくつかの幇《ぱん》(秘密結社)もできて、武器を欲しがっているという話を聞いている。清国政府の世はそう長くないだろうという観測はこのごろ欧米諸国の識者の間からも出ている。

（もしあの大砲が国境を越えて中国大陸へ行ったとしたら）

そう考えるとモラエスの気持は複雑になる。

（いやそうではない。あれはそっくり、本国へ輸送され、更にアフリカのポルトガル植民地モザンビークへ送られたのではなかろうか）

それならそれでもいいのだが、なぜその事実を総督は自分に隠そうとするのだろうか。

モラエスはそれが我慢できないことだった。

（総督に信頼されないということは、この地にこの自分は必要でなくなったからだ）

そう思ったときジョゼとジョアンの可愛い顔が大きく浮び上った。

「或いは近いうち転任になって、この地を離れることになるかもしれない」

その夜モラエスは亜珍に言った。霧はなく、さわやかな風が庭から吹いて来る。新芽のにおいが、鼻についた。

「ここに居てはいけないの」

亜珍はそれほど驚きもせずに言った。

「転任は政府の命令だから従わねばならない。嫌だとは言えないのだ。命令が出てからあわてないように今から引越しの準備をして置くことだ。何時でも此の地を出られるような心の準備が必要だ」

モラエスは言った。

「私たちを捨てるの」

亜珍の目が鋭く光った。

「なにを言っているのだ。お前もジョゼもジョアンも一緒につれて、多分、ポルトガルへ帰ることになるだろうと言っているのだ」

「なにがあっても私と子供たちは此処を離れませんわ。私たちは中国人です、中国が私たちの故郷です」

亜珍はなにか勘違いをしているのだなとモラエスは思ったから、初めからゆっくりと一つ一つ言葉を拾うように、なるべく使い馴れた広東語で亜珍に話してやった。しかし亜珍は、前よりも強硬に反発した。

「やっぱりあなたは私の父のように、私たちを捨てるのね……、あなたがこの地を離れるということは私たちを捨てることでしょう。なぜならば、私たちは此処を絶対に動く気はないもの」

亜珍はそれを繰り返すだけだった。泣いたり叫んだりするようなことはなく、いささかも取り乱さず、冷静に親譲りの怨念をもこめて言うのである。彼女の広い額の下にある黒い目に睨まれると、モラエスはこれ以上どうやって説明していいか分らなくなった。ジョゼは二人の広東語の会話が大体は分っているようであった。ジョアンも父と母の間になにか不幸なことが起りそうなことを察して、心配そうな目をしていた。

「ジョゼ、お前はポルトガル人の子だ。お父さんがポルトガルへ帰ると言ったら、一緒について来てくれるだろうね」

モラエスはジョゼを膝に抱き上げて言った。ジョゼは何時もと違ってひどく固くなっていた。重大な場面に立たされていることを自覚しているようだった。

「私はお母さんと一緒にいたい」

ジョゼは答えた。そしてジョゼは突然、予期しないことを口走ったのである。

「日本へなんか行くものか」

その意外な答え方にモラエスが驚いてジョゼを抱いている腕の力をゆるめたのと、亜珍がジョゼを奪い取ったのとほとんど同時だった。亜珍はジョゼとジョアンを連れて別室に去った。食べ散らかした中国料理の数々の皿が食卓の上に置かれたままになっていた。

(ジョゼは日本へなんか行くものかなどとなぜ言ったのだろうか)

おそらく亜珍が日頃そんなことを口にしているからジョゼが言ったのだろう。亜珍は誰かに、日本に関するなにかを吹きこまれたのに違いない。

モラエスは部下の張高徳と中国料理店で会って、中佐に昇任したから近いうちポルトガル本国へ転任になるかも知れないということを前提として亜珍のことを話した。

「広東人には二つの型があります。何処の国へも気軽に行こうという者と、てこでも生れたところから離れたがらないという人たちです。それに亜珍の場合には、母子を裏切ったデンマーク人のことが念頭にあるだろうし、亡くなった亜珍の母の黄育芳が残した此の地を離れてはならないという遺言がありますから、彼女は特にこの地に固執するのでしょう。気長に説得することです。こういうことはあなたより、彼女と親しい女性の方がいいかもしれません。まず阿媽の林秀栄にでも話してみましょう」

張高徳は言った。林秀栄は張高徳が世話をしてくれた阿媽だった。

「ぜひそうして貰いたい。それからもうひとつきみに聞きたいことがある」

モラエスはジョゼが突然日本へなんか行かないと言ったことを持ち出した。

張高徳は一瞬はっとしたような顔をしたがしばらく考えてから話し出した。

「亜珍には幾人かの芝居見物の仲間がいます。その友人の一人はマカオ政庁に勤めている広東人の奥さんです。噂は多分そのあたりから亜珍の耳に入ったのではないでしょうか」

「噂ってなんですか」

「取るに足らない噂です。モラエス中佐が日本の娘さんといい仲になっているということが、あなたの出張中にまことしやかに伝わりました。あなたが日本の娘さんのことを、ポルトガル本国の新聞に書き立てたことが、そもそもの噂の出所らしいですが、くわしいことは知りません」

その噂が色々と作り変えられ、亜珍の耳に入り、そしてジョゼの耳にまで入ったのかと思うと、なにかやり切れないような気がした。張高徳はモラエスの噂については、特に隠すこともなく話してくれたが、大砲の行方については、知らない一点ばりであった。知らないではなく知っていても言えないというのがほんとうのように思われてならなかった。

霧の季節が終ると急に暑くなった。いっせいに花が咲いた。

モラエスは仏桑華《ハイビスカス》の赤い花が咲く、セミナリヨ・リゼオ・デ・サン・ジョゼ高等学校への丘へ向って歩いて行った。

転任になるのは、もはや確定的だと思った。帰るとすれば本国だろう。だが、亜珍はポルトガルへは行かないという。亜珍が嫌だというのに幼い子供たちだけ連れて行くわけには行かなかった。

（転任になったら思い切って退職して、この高等学校で教鞭を取りながら生涯をこの地で過ごそうか、どうしても自分はジョゼやジョアンと離れることはできない）

モラエスは自分の幼い時にそっくりの目をした二人の男の子のことを思いながら坂道を歩いていた。

港務局副司令室のモラエスは、ほとんど机には坐らずに書棚の整理をしていた。一八八八年（明治二十一年）、マカオに来て以来、足掛け十年の歳月が経っていた。彼の書棚には公用の図書以外に、彼の買い集めた本がかなりの数、収められていた。いずれ近いうちにこの席を誰かに譲ることになるだろうから、それを見越しての整理ということも彼の頭のどこかにあったが、年に一度書棚の整理をするのは彼の習慣だった。

総督から電話がかかって来たのは、その最中だった。

「明日入港予定のポルトガル海軍輸送船、インディアナ号に今回日本公使として赴任されるエドアルド・ガリヤルド将軍が乗っている。出迎えを忘れぬように、そして招待宴にも参加するように」

という電話だった。モラエスは承知しましたと答えながら、この重大な人事異動をなぜ予め自分に知らせてくれなかったのだろうかといぶかった。インディアナ号入港予定は二カ月も前から分っていた。だがガリヤルド将軍が日本公使として赴任するという話は初耳だった。

モラエスは大砲購入のため一八九三年(明治二十六年)に日本を訪れたとき以来、ポルトガル公使が不在のための不利をマカオ総督を通じて本国へ訴え続けていた。公使や領事を送るようにも請願したし、日本が各国に対して五年間の猶予期間つきで治外法権撤廃を求めていることも伝えていた。おそらくポルトガル本国は、日本が治外法権撤廃に踏み切るまでに公使を派遣したほうがよいと考えての処置と思われるが、日清戦争に勝った日本を東洋における最強独立国と認め、そこに公使を置かないことは実質的に不利だと考えるからであろう。日本に在住するポルトガル人は列強に比しては少ないが、明治開港以来かなりの数がいた。

(当然、そうあるべき日が来たのだ)

モラエスは内心嬉しかった。これで日本とはフランスの公使や領事を通さずに話ができると思った。

ガリヤルド駐日公使の歓迎会は、総督官邸において行われた。

ガリヤルドは軍服を着ずに歓迎会に臨んだ。駐日公使の命を受けたときから、もはや自分は軍人ではないと覚悟したようで、そのスピーチの中にも含みがあった。

「日本にはここ十数年来、ポルトガル国の公使及び領事が置かれてなかった。この空間はわが国にとってすこぶる不利であった。私は特にわが国との因縁の深い日本との友好関係を恢復するために努力したいと思っている。マカオは日本に最も近いポルトガル領土である。最近、モラエス中佐の努力によって、マカオと日本との間に取引きがなされるようになったことも、今回の私の赴任の先駆けともいうべきものであろう」

ガリヤルド公使はそこで一呼吸《いき》ついて、モラエスに微笑しかけた。

ガリヤルド公使の歓迎パーティーは夜更けまで行われた。酒に弱いモラエスは、誰彼となくいい加減に調子を合わせながら、時々窓の外から海を見ていた。月が海を照らしていた。銀色の海の向うに島の灯が見える。

「モラエス中佐」

と呼ばれたのでふりかえるとガリヤルド公使がワインのグラスを手にして笑っていた。

「日本へは君に随行員として行って貰うことになった。ロドリゲス総督には了解を得ている」

モラエスにとって寝耳に水のことなのだが、ガリヤルド公使は至極当然なような顔をしていた。

「君はポルトガル一の日本通である。君以外に私のパイロットがつとまる者はいないだろう。これはポルトガルを出る前から、いわば決っていたようなものだった」

そしてガリヤルドは最近モラエスが書いた『極東遊記』や日本に関する幾つかのエッセイを取り上げて讃めた。

「名誉のことです」

とモラエスはガリヤルド公使に答えながら、公使随行として日本へ行くことが、自分が知らない間に決められていたことに底深い不快感を味わっていた。

ロドリゲス総督は明らかに自分を追出しにかかっているのだ。まず日本へ追出してから、そこで最後の処分を決めるのだろう。

「閣下が日本へ出発されるのはいつごろでしょうか」

「総督から話していなかったかな、明後日の午後……」

ガリヤルド公使がそこまで話したとき、そこへ顔を出した男がいた。公使はそっちへ向き直った。

モラエスは飲めない酒を無理に口に運んでいた。総督のパーティーにおいても、彼はなんとなく孤立しているように見受けられた。時折、人が来ても、あわただしげに彼のもとから去って行った。まるで、モラエスと話せば、不利になると考えているかのようであった。

カミーロ・ペサニヤ博士だけが、彼の傍にいた。別に話しかけるでもなく、静かに酒を飲んでいた。

「どうやらまた日本へ行くことになりそうだ」

モラエスはペサニヤ博士に話しかけた。

「よくないことだ。亜珍や子供たちとの間がまた遠くなる」

ペサニヤ博士に亜珍のことをくわしく話してあったから、博士はすぐそのことを言ったのである。

「亜珍の考えを変えることはできないでしょうか」

「亜珍の思考の根源には確固たる信念がある。簡単に揺がすことはできないだろう」

「最終的には別離の悲劇になろうとも？」

「そうならないためには、君はもっともっと、中国を理解してやることだ。君が此処へ踏み止まりさえすれば問題はないのだ」

中国に耽溺《たんでき》しているペサニヤ博士はむしろ亜珍の考えを支持しているようでさえあった。

モラエスがガリヤルド駐日公使の随行員として日本へ向ってマカオを出発したのは六月の初めであった。随行者としてモラエスの他にエドゥアルド・マルケス書記官補もいた。

モラエスは船の中で日本に関して知っていることの多くをガリヤルドに語った。ガリヤルドはモラエスの知識の豊富さと、日本に対する礼讃ぶりにいささか辟易したようであった。

「モラエス君、君は書く以上に心の中で思っているのだね」

とガリヤルド公使は言った。

「そうです。私には書きたいと思っていることより、心の中にしまって置きたいと思うことの方がはるかに大切です。そして、そういうことは心の中で思い続けながら、おそらく活字になることはないでしょう」

「具体的にはどんなことなのだねそれは」

「誰だって心の中に秘めて置きたいことがあるでしょう。悲しいこと、苦しいこと、それ以外にもいろいろあります。日本には、書きたいことも多いし、心の中で抱きしめていたいようなものも多い。要するに日本は私にとって心の宝庫です」

「どうも君の言っていることが私にはよく分らない。たとえば君の初恋の心の痛みといったようなものは書きたくないというのだったら、君はもっとも典型的なポルトガル人であるということだ。ポルトガル人は孤愁《サウダーデ》に生きる民族だからな」

ガリヤルドはそんなことを言ったあとに、

「君に対する評価は複雑である。君が日本の娘さんを讃めちぎると、日本の娘さんとなにかあったのだろうと憶測をたくましくする者もあるし、君が日本の芸者のことをことこまかに書き立てると、その芸者遊びの費用はどこから出たのだろうかとかんぐる者も出て来るのだ。書くということは、すぐ反応が現われるからおそろしい」

ガリヤルドは軍人上りの外交官らしく、比較的に率直にものを言う男だった。

単調な航海が続いた。その単調さをまぎらすためにモラエスの日本に関する話は連日続いていた。

「君の講話は面白くてためになった。日本へ駐日公使として赴任するのに希望が持てるようになったぞ」

船が神戸に着く前日にガリヤルドが言ったことばである。モラエスは、神戸についてひととおり話し、大砲購入の場合の苦労話をしたあとで、かねてから気になっていたことを、ガリヤルドに訊いてみた。

「その大砲の行方についてどうしても分らないことがあるのです」

モラエスは近くに人の姿がないのを見て、いままでの疑問点をさらけ出した。

「そうか。それは私も知らないことだ。しかし、これからそれを知ろうとは思わない。君も知ろうとしないほうがよいだろう。ただ、モラエス中佐が苦心して買い入れた大砲の行方について関心を持ち続けていることだけはなにかの折にマカオ総督に示してやろう」

ガリヤルドはそう言って口をつぐんだ。

神戸の波止場にはフランス領事フォサリュが馬車に乗って迎えに現われた。フォサリュはモラエスが初めて来たときと全く同じように、慇懃な物腰でガリヤルド公使を目と鼻の先のホテルに案内し、そして、その夜はフランス領事館に一行三人を招待した。

晩餐会にはフォサリュ領事の美しい夫人も同席した。

「モラエス中佐が随行していれば、なにもかもうまく行くでしょう。彼は日本の軍部に知り合いもあるし、なんと言っても日本をよく理解していることです。軍人でありながら、フランス語、英語を自由にこなし、中国語や日本語も話せる。このような外交官はめったに得られないものですよ」

フォサリュ領事はかなり誇張した言い方でモラエスを讃めた。ガリヤルド公使は、その言葉を受けて、

「モラエス君の最も得意な語学がポルトガル語であることを領事はお忘れのようですな」

と言った。

「そのポルトガル語も、しばらくは必要ではないでしょう。おそらく信任状捧呈式は京都の御所で七月の半ばに行われ、すぐ東京へ出て、公使館設立の仕事にかからねばならないでしょう。なにやかやと雑用が多く、結局落着くには一年間はかかるでしょうね」

フォサリュ領事は一年間というところに力をこめて言ってから、なにしろ、長いことポルトガル公使館がなかったからそういうことになるのもやむを得ないだろうとつけ加えた。

「すると奥様は一年後に……」

フォサリュ領事の夫人が口を出した。

「そうはできない。公使となれば、少なくとも赴任して三カ月以内には夫人を呼ばねばならないだろう。体面上そうすることが必要になっている」

フォサリュが言うと、夫人は、

「するとモラエス中佐もマカオから奥様をお迎えすることになるのね」

と、モラエスの顔を見て言った。モラエスはその言葉を手で制しながら、

「いや、今回は臨時の随行員という立場ですから。私はお手伝が済んだら、適当の時期にマカオへ帰ります」

ちょっと待って下さいモラエス君と、今度はガリヤルド公使が口を出して、

「中佐は単なる随行員ではない、一等書記官として日本政府に届け出てある。私はモラエス君がマカオには帰らず、このまま日本に止って欲しいと思っている」

「それがいいですよ。ガリヤルド公使、モラエス君は軍人より外交官が似合いだ。そうそう、ぜひモラエス君を、神戸、大阪ポルトガル総領事にして貰いたいものだ。そうすることが、ポルトガルにはたいへん利益になると思います」

フォサリュ領事は金縁眼鏡に手を掛けた。そんなときの領事はもっとも機嫌がよい時であった。

神戸に着いた翌日からモラエスは忙しくなった。ガリヤルド公使一行が神戸に着いたことを日本の外務省に打電し、信任状捧呈式について、指示を仰ぐことから、まず始めねばならなかった。その当時は、信任状捧呈式は京都御所で行われるのが例になっていた。だから一行は、日本の外務省からの通知があるまでは勝手に居所を変更できなかった。

翌日、ガリヤルド公使は、公式にフランス領事館を訪問し、いままでポルトガル国代理領事を兼務していたことに対して謝辞を述べた。又フォサリュの進言もあって、神戸在住の各国領事に、いままで不在だったポルトガル公使が神戸港に来着したことを東京の公使館へ知らせるように挨拶して廻った。

「公使が他国の公使のところへ行くのは当然だが、公使が他国の領事のところへ挨拶に行くのはおかしいではないか」

と不満そうな顔をするガリヤルド公使に、フォサリュは、外国の領事館に挨拶に行くのではなくて、各国の出先領事を通じて、いち早くポルトガル公使の着任を知らせることが即ち外交上の挨拶なのだと説明した。そういう時にはフォサリュは眼鏡を取り、おれは男爵だぞと言わぬばかりの顔でガリヤルド公使を見下ろしていた。

日本の外務省から二日後に返電があった。七月十四日に京都御所において信任状捧呈式を執り行うという正式通達である。

明治三十年（一八九七）七月十四日、京都御所において信任状捧呈式が行われた。

信任状の写しは既にポルトガル政府から、日本の外務大臣宛に送られていたから、この日は、儀式としての演出に力が入れられていた。

捧呈式はガリヤルド公使が携えて来た信任状を天皇に捧呈する厳粛な式典として進められた。儀式が終ると同時に、ガリヤルド公使は公使としての特権が認められることになった。

モラエスはガリヤルド公使の伴臣として列席を許され、彼はひどく固くなっていた。天皇、皇后に拝謁を賜ったとき、彼は、自分自身が信任状を捧呈し、外交官としての特権を与えられたような気がした。

ガリヤルド公使等一行はしばらく京都、奈良を見物してから東京へ出発することになっていた。モラエスがこの前京都、奈良を訪れたのは冬であったが、今度は夏であった。日本の自然美と神社仏閣との調和にひとしお感動を新たにした。

七月十四日　新任葡萄牙国特命全権公使エヅアルド・アウグスト・ロドリゲス・

ガリアルド京都御所に参内し、同国皇帝の信任状を捧呈せんとす、天皇小御所に出御、公使を引見し、信任状を領し、勅語を賜ふ、畢りて公使御三間に参進し、皇后に謁す、又序を以て、天皇・皇后、同国公使館書記官海軍中佐ヴェンセスラウ・デ・ゾウザ・モラエス及び外交官補参謀中尉、エヅアルド・アウグスト・マルケスに謁を賜ふ、（宮内庁編『明治天皇紀』第九、吉川弘文館刊）

別離

京都で信任状捧呈式を終った公使等の一行は神戸から東京行きの汽車に乗った。東京神戸間に汽車が走るようになったのは八年前だったが、急行列車が走るようになったのは前の年からであった。

モラエスは車窓に寄ったまま移り変る景色を眺めていた。青々と水田が続いていた。雨の中で、蓑《みの》を着て、田の草取りをしている農夫や農婦の姿が見えた。

なぜ日本はこれほど水田が多いのかと思われるほど水田が続いていた。列車は幾つかの大河を越えた。どの河も満々と水を湛えていた。降雨量が多いことと水田との関係を頭の中に入れながらポルトガル南部の水田地帯のことを思い出していた。列車の窓からは必ず海と山が見えた。その時の風景次第で、席を右に移したり左に移したりした。海と山につき添われたまま東京へ向ってひたすら走る列車の中で彼は田や畑の手入れがよく行き届いているのに感心していた。

（日本人は勤勉だ）

そのことは、日本を訪問した多くの外国人によって認められていたことだったが、モラエスは東海道線の車窓からその証拠を見せつけられたような気がした。

ガリヤルド公使やエドゥアルド・マルケス書記官補は神戸のホテルで用意してくれたサンドイッチを食べたが、モラエスと竹村一彦は車窓から弁当を買った。茶が小さな急須《きゅうす》に入れて売られている駅もあった。この形だけでもたいへん珍しい陶器の製品なのに、三銭という安価に驚いていた。

モラエスが日本の駅弁当を開いて箸を使って食べているのを、ガリヤルド公使とマルケス書記官補は珍しそうな顔をして眺めていた。翌朝は三人とも日本の駅弁当を買った。

「魔法の弁当箱だ」

とマルケスが言った。おかずの種類が多いからであった。竹村がそのおかずをいちいち説明した。

「なぜこれほど多量に米を入れるのだろう」

とガリヤルド公使が訊いた。日本人は米を主食としていて、貧しい者は米に塩をかけただけの食事を摂っているとモラエスが話すと、ガリヤルド公使は信じられないという顔をしていた。

新橋に汽車がつくとプラットホームに、フランス公使館員が一行を出迎えていた。

一行がホテルに落ちついたその日の夜は雷鳴を伴った激しい豪雨があった。

翌日からモラエスの活躍が始まった。マルケス書記官補はモラエスになにもかも頼っているふうであった。モラエスの方が年上だし、語学もできる、おし出しもいいから、モラエスを表面に立てたのではなく、マルケス書記官補はもともと公使館開設事務などに向いてはいなかったのだ。ガリヤルド公使自ら歩きまわることはできないとすれば、実際に仕事をするのはモラエスと竹村の二人でしかなかった。

東京に着いた一行は一時的にホテルに落ちついて、公使館開設事務に着手した。

当時、各国の公使館は麴町の永田町、霞ケ関、番町等に散在していた。ポルトガル公使館は麴町区三年町（現在の霞が関インターチェンジ料金所あたり）にあり、ポルトガル公使が赴任していなかったためフランス公使館が建物の管理に当っていた。人は住んではいたが、二十年近くも放置していたため、建物の一部は改築しなければならなかった。改築工事の終了まで近くにポルトガル公使館の仮事務所を開設した。

モラエスは各国大使への挨拶廻り、フランス公使からの事務引継ぎ、在留ポルトガル人代表との面接などのスケジュールを立て、一つずつ処理して行った。

麴町三年町の改築なった公使館に一行が引越して、外交書類や、帳簿類などの整備が終ったのはこの年の十一月だった。

公使夫人が十一月末にやって来て公邸に落ちつき、ポルトガル公使館としての仕事もどうやら軌道に乗ったところで、公使はモラエスに言った。

「もっと早く君に話すべきだったが、実は君が私の随行員としてマカオを出発したときから、君の後釜は内定していた」

意外な話だったが、ありそうなことだとモラエスは思った。

「君には来年の春、帰国の辞令が出るだろう。私はその前に君を日本の公使館の参事か、領事にしたいと思っている。そういう下心もあって、特に君に随行員として来て貰ったのだ。本国に帰ったところで、ろくな仕事はない。君の才能を生かすには日本がいい。またわが国にとっても、君のようにこの日本に惚れこんでいる人をこの地に迎えることの方が有利なのだ」

モラエスはその言葉を素直に聞いていたが、心の中を冷たい風が吹き通って行く気持だった。

「私が日本へ来ることに反対する人はいませんか」

「居るものか、居てもかまわない。公使の私が君を推薦すれば問題はない」

モラエスは公使の言葉を聞きながら、マカオにいる家族のことを考えていた。

（日本へ来ることに亜珍《あちやん》は強力に反対するだろう。その亜珍を日本へ連れてくることができなければ、あの可愛い、ジョゼとジョアンとも永久に別れることになるのだ）

それはできそうもないことだった。双生児のようによく似たジョゼとジョアンの顔が目の前に浮んだ。自分の幼い頃によく似たあのつぶらな目をした子供たちと別れたくはなかった。たとえポルトガル語を話さず、広東語だけしか理解できないでもいい。あの二人のわが子を抱き上げることのできるところに住んでいたい。モラエスはマカオにいるジョゼとジョアンに思いを走らせていた。

「モラエス君、手伝って、くれますね」

公使の声がモラエスの頭の上を越えて行った。日本へ来たいという気持が強くなると同じぐらいに、ジョゼとジョアンとのことが、悲劇的な見通しとして拡大して行った。年を越えて明治三十一年の春になってから、モラエスはガリヤルド公使の命によって、横浜へ出かけて行った。横浜に住んでいるポルトガル人たちの実態を調べることと、彼等と会って、今後の貿易振興に対する考えを聞くためだった。

横浜はもっとも早く開港されたところであった。外国人居住区も広いし、それに附随して発展したところも多かった。横浜には外国人が多いせいか横浜に住む日本人は外国人に対して、それほど好奇な眼を向けなかった。片ことの英語を話す店が多く、既に外国人とは馴れっこになっているという感じだった。

モラエスは神戸で見たような新鮮さを横浜では発見できなかった。海はあったが、神戸のように山が近くになかった。メリケン波止場から歩いて行ける距離に布引の滝のような仙境が残されている神戸と比較すると、横浜は「開かれ過ぎた町」に思われてならなかった。横浜に住むポルトガル人たちはモラエスを歓迎した。公使館ができることをどれほど待ち望んだか、口々にそれを言った。

領事を置いて欲しいというのも共通した願いであったが、ポルトガルと日本間の貿易促進に関してはごく一般的に貿易品目を羅列するだけで卓見らしきものはなかった。

彼等はモラエスを横浜市郊外の神奈川の料亭に連日のように招待した。モラエスは、美しく着飾った芸者に取り巻かれて、歌や三味線を聞き、舞い妓の白足袋を見詰めながら、大阪の川口で会ったおよねはその後どうしているだろうかと考えていた。徳島へ帰ると言っていたおよねの顔がありありと思い浮んだ。モラエスは歓迎ぜめにいささか辟易していた。

(それにしてもこの盛大な歓迎ぶりは異常だ)

とモラエスは横浜在住のポルトガル人たちに目を向けた。日本において料亭は西洋におけるサルーン的社交場であった。そこで彼等は全く日本式に行動していた。盃を持ってモラエスの前に坐り、個人的な商取引きのことを口に出す者や、そのうちホテルへたずねて行きますからよろしくなどと意味あり気なことをいう者もいた。

（日本料亭に招かれたら、必ずその裏があると思え）

とフォサリュ領事に言われたことをモラエスは思い出していた。

彼が宿泊しているホテルはあまり上等ではなかった。公使館開設の為の予算が予想以上にかかったから、出張費を節約したのである。

在留ポルトガル人はそのホテルにも毎日のように訪れた。二人、三人と集って来る場合もあるし、一人で来る場合もあった。

モラエスは黙って彼等の言うことを聞いてやっていた。つきつめるとその多くはポルトガル人同士の商売上の縄張り争いに類するものであった。

（私は領事ではない）

と口にしながらも、ついモラエスはそのトラブルに巻き込まれそうになった。

日本の春はまたとなくのどかであった。桜が散ると若葉がいっせいに芽を出した。

ジョアキム・マネスは単独でモラエスを尋ねて来た。彼は横浜生れのポルトガル人であった。

「日本におけるポルトガル人の貿易はほとんど行き詰っています。これを打破するには、マカオと有機的につながっている中国との貿易を盛んにするしか手はありません。端的に言えば香港の向うを張るわけですが、やり方によれば成功の可能性はあります」

彼はそう言って、中国で産出する物資と日本の雑貨商品などを書き上げたリストを出したばかりでなく、どの品物をどう動かせば、香港より有利な取引きができるかを説明した。中国のことをかなり勉強しているらしかった。

「あなたは卓見をお持ちです。しかしそれを実行するにはマカオの港を完備し、マカオ港から中国本土へ直行する鉄道を敷設しなければならないでしょう」

モラエスは言った。彼はその計画をずっと以前から提唱し続けていた。しかしその計画に対する調査予算すら本国は出そうともしなかった。本国のポルトガルは政権交替が頻繁で、じっくりと国力を充実しようなどと考えている余裕はなかったのである。

「港を充実し、鉄道を敷設すればよいと分っていてなぜそれをしないのです」

マネスはモラエスに激しく斬りこんで来たがモラエスの困惑している顔を見て、

「むずかしいのですね。ポルトガル本国にはその金がないのでしょう」

「やろうと思えばできる。ただやらないだけです」

モラエスは既にそのことについてはあきらめている自分を叱ってから、マネスに、ぜひその意見を、ガリヤルド公使に上申するようにとすすめた。

マネスが帰ってから、モラエスは海を見に散歩に出た。港の船を眺め、波止場附近に横溢しているたくましい活気を遠望しながら、上り坂にある国と、栄光の昔日を背負って孤愁にふけるポルトガルとを思い較べていた。その愛する母国を盛んにする唯一の足がかりはマカオだと思うと、急にマカオのことが気になり、亜珍やジョゼやジョアンのことが気になった。

モラエスは東京のポルトガル公使館に電報を打って、横浜の仕事は終ったから、近日中に帰ることを告げた。

その電報とほとんど入れ違いに、東京のポルトガル公使を通じてマカオ総督からの電文が届いた。

マカオ政庁港務局副司令を免じ、ポルトガル海軍省軍務局公報部付きを命ずる。

一八九八年（明治三十一年）六月八日

モラエスはその辞令電報を握りしめたまま部屋の中に立ち尽していた。来るべきものが来たという感じだった。驚きはしなかったが、淋しかった。彼にも、もしやという夢がないではなかった。マカオ総督就任の夢もあったし、軍務局公報部長の夢もあった。すべてそれらはくだかれた。公報部付きというのは、一年後の退職を約束されている席であった。

ガリヤルド公使は東京へ帰って来たモラエスに、

「すぐマカオに帰って、荷物をまとめ、家族を引き連れて神戸へ来て下さい。あなたを神戸領事に推薦したいという電報は既に本国宛てに打電しました。公文書も出しましたが、辞令が出るのはずっと先のことになるでしょうから、ひとまず本国政府に休暇願いを出して置いて下さい」

ガリヤルド公使は、すべてが予定の行動のように淡々とした口調で言った。

「そうさせていただきます」

モラエスはそれまでに覚悟はできていた。これ以外に道はないのだと考えていたが、そうさせていただきますと答えた瞬間、三月の末から四月にかけて咲く日本の桜の見事さと、二月に咲くポルトガルのアーモンドの花の満開の風景を頭の中で比較していた。

(日本へ来ればアーモンドの花をもはや見ることはできないのだ)

リスボンからアーモンドの花を見にでかけて行った日のことが思い出された。ポルトガルには日本における桜の花見のように、おおぜいで出掛けて行って、飲んだり歌ったり踊ったりするような庶民的な花見の行事はない。好事家だけが見に行く静かな花見であったが、それが、今になって、はっきりと目の前に浮んだ。アーモンドの花と桜の花との遠望は似ていた。白い肌をした幹を威勢よく天に向けて伸ばしているユーカリの並木道やユーカリ樹の森林の中に立ったとき、ポルトガル人であることを確然と意識するのはやや刺戟性に富むあの馨《かぐわ》しいにおいだった。

(もうユーカリの森のにおいも嗅ぐことはあるまい)

そう考えると狂わしいばかりの孤愁を感ずる。

「どうしたねモラエス君、なにか言いたいことがあるかね」

「感謝しています。私は生涯を日本で暮したいと思っています」

モラエスははっきり言った。

（孤愁を押えこむために言ったのではない。自分はポルトガルより日本を愛しているのだ。ほんとうに日本で生涯を暮そうと思っているのだ）

彼は懸命に自分自身に語り掛けていた。多くのポルトガル人が異郷にあって、彼と同じような立場に立たされたとき、心の奥底にあるものとは反対なことを口にし、そのために生涯を孤愁の沼の中でもがき苦しまねばならないことを知っていながら、彼は敢て日本へ移住することを誓ったのである。

「日本はいいところだ。私は日本に一年いる間に、モラエス君がなぜ日本にあれほどまでに惚れこんでいるのか分るような気がして来た。どうも、われわれポルトガル人と日本人との精神構造の中には共通な要素があるように思われる」

ガリヤルド公使は、今宵は君を食事に招待しよう、家内がポルトガルから連れて来たばかりの女中に君が好きな野菜スープを作らせようと言った。

日本は梅雨の季節に入ろうとしていた。

マカオ政庁は冷たい顔でモラエスを迎えた。

彼の机にはまだ坐りこそしないが、その傍で既に港務局副司令の辞令を受けた、リベイロ大尉が事実上の事務を執っていた。やっぱり後釜は彼だったのか。モラエスは心の中にロドリゲス総督とリベイロ大尉の顔を並べてみた。リベイロ大尉が日本へ来たときから既にこうなることが仕組まれていたのかもしれない。港務局内部の人たちはモラエスと目が合うのをわざと避けているようだった。内心モラエスに同情していても、新しい副司令の前でモラエスに笑顔を見せたり話しかけたりするのを遠慮しているようであった。ロドリゲス総督は、日本から帰って来たモラエスの復命を半ばまで聞いたところで言った。

「それで日本へは何時発つのかね」

すぐ此処を立ち去れと言わぬばかりであった。

「なにしろマカオに来てから十年にもなりますので……」

モラエスにはそれ以外のことは言えなかった。マカオ政庁の守衛をやっている、顔見知りのポルトガル人がモラエスに、

「モラエス中佐殿、日本へ御栄転とか。まことにおめでとうございます」

と挨拶をしたのが、たった一つの好意ある送別の言葉に思われた。

(精いっぱい、マカオ政庁とポルトガルのために尽して来たのに、今の自分は罪でも犯してこの地から追われる者のようだ)

モラエスにはそのようにさえ考えられるのである。幾つかのデマが撒きちらされているらしかった。

亜珍はそれまでになく冷たい態度で彼を迎えた。

「あなたは私たちを捨てて日本へ行くのですか」

亜珍はそう言った。彼が神戸領事となって赴任して行くことまで亜珍は知っていた。

「日本へ行くことになった。だから、お前たちも一緒に行くのだ。すぐ出発の用意をし

なさい」

モラエスは厳粛な顔で言った。力ずくでも亜珍と、子供たちを日本へ連れて行かねばならないと思っていた。だが、亜珍はジョゼとジョアンを左右の腕に抱きかかえたままで、

「私は此処を動きません。どんなことがあっても私たちは中国の大地からは離れませんよ」

と言った。マカオとは言わずに、中国の大地とめったに言ったことのない言葉を聞いたとき彼は彼女との一年間の空白が、亜珍を以前より増して頑《かたく》なねじけた性格にしてしまったのだと思った。

「私は新しい仕事のために日本へ行かねばならない。家族をここに残して置くことはできないのだよ」

モラエスは哀願するように言った。

「家族ですって？　あなたが私たちを捨てて、此処を出て行けば、あなたと私とは完全に別な人になるわけです。でも、ジョゼとジョアンは永久にあなたの子であることを忘れないでください」

亜珍は既に別れることを心に決めているようだった。なぜ亜珍がこれほどまでに思い詰めたのだろうか。彼女の母から受けついだ血のせいだろうか。

「私はお前や子供たちを今でも愛している。別れたくはないのだが、お前はこの私に愛想がつきて、別れたいというのかね」

モラエスは飽くまで冷静だった。ここで亜珍と争ってはならないと思った。が、亜珍はモラエス以上に冷静だった。

「私はあなたに買われた女です。あなたが私を捨てると言った以上、私自身生きる道を考えねばなりません。しかし二人の子供はたとえ離れていてもあなたの子供です。大人になるまでの養育費と私たち三人が住む家を用意して貰わねば困ります」

亜珍は別離の条件まで持ち出していた。もはやどうにもならないところまで来ていた。

「たとえ別れて暮すにしても、暮しようがある。そこまではっきりしてしまわないでもいいではないか」

モラエスは亜珍の方へ一歩近寄ろうとした。しかし亜珍は、二人の子を抱えて、獣《けもの》のように輝く目を見開いて彼の近づくのをこばんだ。

「ペサニヤ博士にもちゃんと話してあります。なにもかもあなたが悪いのです」

亜珍は二人の子供を連れてそこを出ると、彼女の部屋に入って、内側から鍵をかけた。

一年間、留守をしている間に亜珍はすっかり変ってしまったと思った。この亜珍の気持をやわらげて日本へ連れて行くにはどうしたらよいだろうか。

(亜珍の気持が変るまであせらずに待とう。なんとしてもあの二人の子を手放すわけには行かない)

モラエスは亜珍の両腕に抱かれて、おびえたような目で自分を見詰めているジョゼとジョアンの顔を思い出していた。二人の子供に悪い父だと、思われているだろう自分がなさけなかった。

翌朝、彼はセミナリヨ・リゼオ・デ・サン・ジョゼ高等学校のカミーロ・ペサニヤ博士の二階の部屋を訪ねた。

「亜珍とは何度か会った。その度に私は亜珍親子が日本へ行くことをすすめた。香港にいる亜珍の兄の黄金福にも会った」

ペサニヤ博士は、モラエスの留守中、香港に住んでいた亜珍の実兄黄金福が突然亜珍を訪ねて来たことを告げた。黄金福は香港で事業に成功していた。

「あなたと別れてから亜珍は兄の黄金福をたよって香港へ行くつもりらしい」

ペサニヤ博士が言った。モラエスは亜珍が中国の大地と言っていたのを思い合わせていた。

「なんとかならないだろうか。私はあの二人の子だけは失いたくない」

モラエスは自分ながら哀れだと思われるほどの声を出した。ペサニヤ博士は、ゆっくりと大きく首を横に振り、

「ここに亜珍の兄が作製した書類がある」

と言って、英文で書いた一通の書類をモラエスの前に置いた。それは、亜珍と別れるための条件を箇条書きにしたものだった。

モラエスと亜珍との別離の会見はペサニヤ博士立会いのもとに行われた。八月の初めだった。

モラエスは開け放された二階の窓から流れこんで来る素馨《フレンジー・パニー》の芳香をこれほど悲しい思いで嗅いだことはなかった。素馨の白い花は窓の下にあった。モラエスはペサニヤ

博士の前で亜珍のために作られた誓約書にサインをした。モラエスはジョゼとジョアンが二十歳に達するまでの養育費を負担することを約束した他に、亜珍と二人の子供たちの住む家を、亜珍の名義で一軒買い与えた。ジョゼとジョアンが不安な面持ちでモラエスと亜珍の顔を見較べていた。

ペサニヤ博士はその誓約書と家の権利書を、亜珍に渡す前にもう一度滑らかな広東語で亜珍に訊いた。

「亜珍、モラエス君は、お前や子供たちを心から愛している。もう一度考え直さないかね」

ペサニヤ博士は説得するような低い声で言った。

「彼が日本へ行くことは私たちを捨てることなのです」

亜珍はその一言を繰り返すばかりであった。

ペサニヤ博士は悲しそうにモラエスの顔を見た。これ以上どうしようもないという態度だった。

「せめて、一度だけ、ジョゼとジョアンを抱き上げたい。これは許されていいことだと思う」

モラエスはペサニヤ博士にポルトガル語で言った。しかし、亜珍はそれを聞くとあわただしく、書類を取片づけて物入れに入れ、ジョゼとジョアンを拉致《らち》するような恰好でペサニヤ博士の部屋から出て行った。あっという間のできごとだった。モラエスは窓を開けて庭を見た。素馨の花が咲いている庭を突切って亜珍等が出て行くところだった。

ジョゼが振り返って窓を見上げてなにか言った。ジョアンも立止って振り返った。ジョゼが手を振るとジョアンも手を振った。亜珍がその手を折るようにして外へ連れ出して行った。

モラエスは流れ出る涙を押えることができなかった。素馨の花のかおりがなぜ今日にかぎってこのように激しくせつなくにおうのだろう。彼はしばらくはそこを離れなかった。

モラエスが亜珍、ジョゼ、ジョアン等と住んでいた家は今はない。ギアの灯台をいただく緑の山の麓のこのあたりだというところには中国人の住宅が立ち並んでいた。モラエスが亜珍等に買い与えた家はトラベスタ・デ・ミゼリコルディアにあった。マカオのほぼ中央に当る繁華街の近くで、マカオ市役所までは五分の距離にあった。その後亜珍等が香港からマカオに帰って来てここに住んでいた。五階建てのマンション風の家である。

マカオではよほどのインテリでないとモラエスを知らない。しかし、モラエスの名を永久に記念すべき道路がマカオ市北東部の海岸沿いにある。モラエス通り（Avenida de Venceslau de Morais）である。舗装もしてない通りで、町角に「慕拉士大馬路」と木札がかかっていたが、トラックがはね上げた泥で、それはひどくよごされていた。

モラエスは船で横浜に着くと、早速、東京麴町三年町にあるポルトガル公使館に出向いて行った。

ガリヤルド公使等館員はモラエスの来るのを首を長くして待っていた。その夜の歓迎会の会場で公使夫人は、

「この頃の公使は夜が明けると第一番目に発する言葉が、お早うではなくて、モラエス中佐が今日あたりやって来るぞという言葉でした」

船の予定はおおよそ決っていたが、そのとおりにはゆかないのが当時の航海だった。

モラエスは公使たちが心から彼の到着を待ってくれていたことを喜んだ。

「君を神戸領事に迎えるについては本国へ手続きを取ってあるが、急がせるために早速電報を打とう」

と公使はそんなことを言ってから、マカオにいる家族たちは何時ごろ神戸へ来るのかと訊いた。

(亜珍《あちやん》や子供たちとは別れました)

モラエスはなんとしてもそれを口に出せずに、落ちついてから呼び寄せるつもりです、と濁して置いた。後で公使だけには真相を伝えるつもりだった。

公使館には仕事が山ほどあった。ポルトガル政府がフランス公使館に事務の代理を委任していたころから未解決のままだった問題の処理の他、公使来着を機に日本との本格的貿易再開という大仕事が待っていた。

モラエスは資料を集めさせ、それを整理することからまず手をつけた。数学が得意で合理的な考え方をするモラエスは、ただ勘だけで仕事を進めることを嫌った。日本の経済状態、海外から買いこんでいる物資の種類、諸外国へ売り出している物資などについて、その増減変遷などのデータを集めにかかった。横浜にはしばしば出掛けて行って、ポルトガル人貿易商とも会った。

日本の夏はマカオの夏よりは暑いと思われるほどだったが九月になるとしのぎ易くなる。マカオに居るであろう、亜珍やジョゼ、ジョアンのことは仕事にまぎれて時には忘れることもあるけれど、横浜を歩いていて、ふとジョゼやジョアンに似た西欧人の子供を見ると、耐えられないほどの孤愁に悩まされた。そのような日は、マカオにいる、ペサニヤ博士宛てに長い手紙を書いて、亜珍や子供たちの消息をたしかめた。

亜珍や子供達は香港に去って、既にマカオには居なかった。

この年（明治三十一年）十一月二十二日付でモラエスは神戸・大阪ポルトガル副領事館臨時事務取扱いの辞令を貰った。はるばる海を越えて来たたった一片の辞令を、ガリヤルド公使から恭しく貰った。日本の外務省からの認可書は更に遅れることになっていた。

「モラエス君には、このまま東京に居て貰いたいのだが、辞令が出た以上そうもゆかないだろう。実際の仕事の上では、公使より神戸領事の方が大事なのだから、ひとまず神戸へ行って領事館を開いて貰いたい」

ガリヤルド公使はモラエスに神戸へ行くようにすすめた。

神戸に来たモラエスは神戸・大阪領事館の設立に取り掛った。当時は領事館の他に副領事館の制度があって、モラエスが貰った辞令は神戸・大阪ポルトガル副領事館事務取扱いという役職で、まだ外交官としての正式待遇は受けてはいなかった。モラエスがマカオ政庁を辞めて間も無いことであり、官吏としての道を継続するためには止むを得ない処置であった。

モラエスは神戸に来て早速領事館設立の準備に取りかかった。神戸ポルトガル領事館は明治八年に開設され、二年間ほど続けられたが、その後領事は置かず、フランス領事に事務を委託していた。もともと、ポルトガル領事館は海岸通りにあったが閉鎖以来、フランス領事の管理となり、米国人商社がこの建物に入っていた。ポルトガル領事館が再開されると聞いたので、米国人は立ち退き、ポルトガル領事館はそのまま返還されたが、かなり古い建物で、改築はきかないような状態だった。

モラエスはひとまずここに落ちついた。いずれ正式に領事館の認可があった場合は新しいところに移転しようと思っていた。

領事館開設と同時に必要なのは人であった。モラエス一人で領事事務をこなすことは不可能であった。モラエスはこの日のために、通訳として竹村一彦、そして、領事補又は領事事務官として、大阪で知り合った、ペドロ・ヴィセンテ・ド・コートを考えていた。

そのころ竹村一彦は東京のポルトガル公使館にいた。東京で公使館付日本人通訳が採用されると同時に、神戸領事館に来ることを承知したがコートは、

「折角ですが貿易に手を出したばかりなので、今それを止めるわけにはゆきません」

と言った。コートは大阪から神戸に移って来ていた。彼だけではなく、大阪川口にあった各国領事館はほとんど神戸へ移転したり、廃止することになっていた。日清戦争後に神戸港が急速に発展したことと、日本が明治三十二年を期して、治外法権撤廃を宣言しているから、この機会に領事館としてもっとも都合のよいところへ移転しようとしている国が多かった。

コートはモラエスになにくれとなく世話をした。

「この建物でもまだ数年は大丈夫ですよ」

と言ってから、突然、

「徳島に帰ったおよねさんは元気で焼餅屋につとめているそうです」

と言った。松島遊廓でおよねと親しかった芸者から聞きこんで来た話であった。

「心臓のほうはいいのかね」

モラエスはひょいと口にした。およねが徳島に帰った理由は心臓脚気だからだと、あの時、コートから聞いたことを覚えていたからだった。

「いいのでしょうね、焼餅屋で働いているのですから」

そしてコートはモラエスの顔を窺うように見ながら、その徳島へ行ってみませんかとモラエスを誘った。

竹村一彦が東京から神戸へ帰って来た。モラエスと竹村が揃ったところで、神戸・大阪ポルトガル副領事館は二十年ぶりに開設されることになった。神戸・大阪地方に住んでいるポルトガル人は領事館開設を心から喜んだ。

領事の主なる任務は通商の促進と自国民の保護であった。まず最先にしなければならないのは、神戸・大阪に在住しているポルトガル人の名簿の整理であった。神戸・大阪の在留ポルトガル人は合計して五十人ほどで、その親睦の会は、モラエスが着任してからすぐ開かれた。一度ではなく、色々と理由をつけて何度か開かれた。レストランで開かれることもあったが、日本料亭でなされることもあった。神戸・大阪在住のポルトガル人の多くは商取引きに必要な程度の日本語を理解していた。

モラエスは領事館と併設されている公邸に住んでいた。モラエスの食事の世話や領事館の雑用をするために、鈴島喜平と鈴島たけの夫婦が雇われた。二人は四十歳を過ぎていたが子供がなかった。コート夫人は鈴島たけを自宅に連れて行って、西洋料理の調理の仕方を一つずつ教えた。鈴島たけが西洋料理の作り方を覚えるまではどうぞ私の家で食事を共にするようにとモラエスを誘った。しかし、モラエスは食事にそれほどこだわらなかった。鈴島たけがおそるおそる作って出す料理をけっこう旨そうな顔をして食べるばかりでなく、時には日本料理を要求することさえあった。

鈴島たけが、

「このごろ領事様は眠れないでお困りになっているようです」

とコート夫人に告げたのはこの年（明治三十一年）の暮れであった。一晩中電灯がついていたり、夜半にオーバーを着て、庭に立っているモラエスの姿を見掛けることなどがあった。

コートがモラエスの身体を心配してそれとなく問いただすと、

「マカオのことが忘れられないで困っている」

とモラエスは答えた。コートは、モラエスから既に亜珍と二人の子供のことは聞いて知っていたから、モラエスの不眠の原因は別れた家族たちにあるのだと思った。

「マカオに帰って、もう一度亜珍に会い、日本へ来ることをすすめたらいかがですか、きっと亜珍の気も変っているでしょう」

コートはそんなことより他に言いようがなかった。

モラエスは黙っていた。香港にいる兄の黄金福の庇護を受けている亜珍や二人の子供のことはペサニヤ博士からの手紙で知っていた。モラエスは約束通り、月々、ペサニヤ博士を通じて、子供たちに仕送りを続けていた。それを受け取った通知と共に、ペサニヤ博士はなにかしらの情報を送って来たが、亜珍の気持が変って、日本へ行こうなどと考えている形跡は全くなかった。

モラエスはコートに向って大きく首を振った。その目は絶望していた。

モラエスの散歩の時間が多くなった。朝と夕のそれぞれ二時間に近い散歩の他に日曜日には、六甲山や須磨あたりまで足をのばしていた。人力車に乗ることはほとんどなかった。

(散歩の好きな外人さん)

として神戸中に知られるようになった下地はこのころからできていた。寒い日には海軍士官の頃使ったオーバーを着ることがあったが、多くの場合、ダブルボタンの洋服か、背広姿であった。

モラエスは自分と戦っていた。亜珍や子供たちへの思いを断ち切るためには時間の経過を待つ以外に方法はなかった。戦いに負けたら、日本を捨て、マカオか香港へ行き、ただそこで家族と共に生きる計画を立てねばならなかった。どんな目にあってもいい、ただ家族たちと一緒であればいいのだと割切ることができなかったがために、このような結果になったのだ。それを考えると、

(いまさら、香港へ行けるものか)

と激しく自分を叱り、その意気込みと同じぐらいの強さで、

(香港へ行って亜珍や子供たちと一緒に暮すことこそ幸福というものだ)

と反発するものがあった。

モラエスは孤愁《サウダーデ》の海を泳いでいた。泳いで行けばやがては彼岸に達することは間違いないし、孤愁の海を泳ぐこと自体がポルトガル人として生れた宿命だとも思っていた。

行きつまると彼は原点にもどった。

（亜珍は中国で住むことを希望し、自分は日本で住むことを強く主張したのだ）

モラエスは溜息をついた。

モラエスは正月の町を歩いていた。気にならなくなっていた下駄の音が再び気になるほど、多くの下駄が町中に氾濫《はんらん》していた。裏通りで羽子《はね》突きをしている女の子も下駄を履き、独楽《こま》を廻している少年も、町はずれで凧を揚げている少年も下駄を履いていた。

モラエスは朝夕の散歩には馴れたところを選んで歩いたが、日曜や祭日の散歩にはなるべく未知のところを歩くことにした。

外国人居留地は旧生田川水路の東側の海の近くにあった。水路を越えて西側には煉瓦《れんが》工場があり、その西隣りには税関の建物があった。旧生田川水路にかかった橋を渡ると神戸市の郊外になり、人家はまばらになった。潮風が松の小枝をゆさぶる低い丘の上の外人墓地の入口には、墓守の老人が一人で住んでいた。

モラエスが外人墓地を訪れたのは、たまたま子供たちが揚げていた凧の糸が切れて飛んで行った方向へ歩いていて突き当っただけのことだった。

外人墓地にはほとんど人影はなかった。彼は墓地の中を歩きながら、墓石に彫《ほ》りこまれた、英語、ドイツ語、フランス語、ロシア語などの墓碑を一つ一つ読んでいた。明らかにポルトガル人と分る人名が彫りこんである墓があった。裏に廻ると、そこに日本語が彫ってあった。モラエスはなんとかしてその日本語の意味を知りたかった。彼は周囲を見廻した。

きちんと洋服を着こんだ老人がシキミの枝と水桶を持って通りかかった。モラエスと目が合ったときその日本人はちょっと顎を引いた。老人の服装としぐさでモラエスはその日本人が外国人に接したことがあり、おそらく英語を話せるだろうと推察した。

「この日本語が読めないで困っています」

というモラエスの話しかけに彼はすぐに答えてくれた。それはポルトガル人の日本人妻が、夫の経歴を日本文で残したものであった。

「多分この奥さんもこの墓の中に入っているでしょう」

その碑は建てられてから二十年は経過していた。

モラエスはそのポルトガル人と日本人妻の名をノートに記録してから、老人の後をついて二十メートルほど進んだ。老人はそこで立止り、墓参りの準備にかかった。

その一画には十一基の墓が明らかに集団として配置されていた。中央の一段と高い十字架に守られた碑の前に老人は近づき、線香に火をつけ、シキミの葉を供え、手桶の水を石碑にかけた。彼は順繰りに他の十基の墓にも同じようなことをした。

モラエスは中央の奥にある一段と高い十字架の下の墓碑に書かれた字を読んだ。

「一八六八年（慶応四年）二月十五日堺において悲惨なる最後をとげしフランス軍艦ジュープレ号の十一人の水兵の霊よ永遠に眠りたまえ」

とフランス語で記されていた。

モラエスはその悲惨なる最後をとげしの文句が気になったので、墓参りが終った老人に訊いてみた。

「悲惨なる最後とは、日本の侍たちに斬り殺されたということです」

「なにか争いがあったのですか」

モラエスはフォサリュ領事から聞かされた神戸事件のことを思い出しながら重ねて訊いた。神戸事件と同じ年だったからである。

「フランスの軍艦から堺の町に上陸したばかりの水兵たち十一人は物珍しげに彼等を取り囲んだ日本人の子供たちにパンを分け与えていました。そこへ、いきなり土佐藩の武士たち二十名が斬りこんだのです。フランス水兵たちは武器を持ってはいませんでした。戦うこともできず、全員がそこで殺されました」

老人は蕭然《しょうぜん》として言った。

「それはひどい、なぜそのようなことを」

「当時は攘夷《じょうい》論を信奉している武士が多く、外国人こそ日本を亡ぼすものだと単純に考えていたのです。その二十人の武士はその足で上司に訴え出て法の裁きを受けました」

「銃殺されたのですか」

「いえ切腹です。フランス領事や軍艦関係者の見ている前で一人ずつ、次々と腹を切りました。堺にある妙国寺の本堂前の庭です。十一人まで腹を切ったとき、艦長がもうよいから止めてくれと日本側に言いました。フランス側の十一人の犠牲に対して日本側十一人が腹を切ったから、それで勘定が合うのだと思ったのでしょう」

曇り空から小雪が降り始めていた。

モラエスは帰りかけようとしている老人にもう一つだけ訊きたいことがあった。この老人とフランス人水兵たちとの関係だったが、それはあまりにも立入り過ぎたことであった。老人は手桶を携げて姿勢を正すと、モラエスに軽く目で挨拶した。

モラエスは、そのときまでに彼に言うべき感謝の言葉を用意していた。

「私はあなたからきわめて貴重な話を聞きました。過去の暗い話というよりも、私にとっては日本を知る上において非常に大事なことでした。ただひとつ気になるのは切腹したその十一人の武士のことです。その人たちのお墓は何処にあるのでしょうか」

モラエスは老人と歩調を合わせていた。彼に比較すると老人の背はかなり低かった。

「十一人のお墓は妙国寺北隣の宝珠院にあります。彼等十一人は首を斬られた罪人ではないのです。切腹は武士に与えられた自決の作法です。恥ずべきことではなく、名誉と考えられる場合もあるのです。少なくとも彼等十一人は志士的行動として認められていたのです。彼等は死ぬまで自分の正義を信じていました」

モラエスにとってその言葉は、その事実以上に驚くべきことであった。

「宝珠院ですね、ぜひそのお墓にお詣りに行きたい。私は神戸・大阪ポルトガル領事、海軍中佐のヴェンセスラオ・モラエスです。海軍軍人であり、同時に外交官のはしくれとしてこの話は聞き捨てにすることができないのです」

老人の足が止った。老人は静かにモラエスの方に向きを変えて言った。

「そうですか。堺の宝珠院にお詣りしてくださいますか。では私が御案内いたしましょう」

「あなたが……」

「私は神戸に住んでいます。明日堺へ行こうと思っていました。よかったら御案内いたしましょう」

そして彼は堺行きの便船が明日の朝九時に島上《しまかみ》桟橋から出ることをモラエスに告げた。

小雪は外人墓地を出るころには本降りの雪に変っていた。

モラエスと老人は黙って橋を渡り、瓦工場へ続く道を歩いて行った。モラエスにとって雪は珍しかった。ポルトガルではスペインとの国境に近い北東部の山には雪が降るが、リスボンで雪を見ることはなかった。アフリカのモザンビークやチモール島は勿論のことマカオでも雪は見たことがなかった。しかし彼にとって雪ははじめてではなかった。明治二十九年から、明治三十年にかけての冬の日本に滞在したときに経験したことがあったが、その雪は淡雪ですぐ消えた。モラエスは足跡を振返って見た。僅かにつもった雪の上に老人の小さな足跡と自分自身の大きな靴の足跡が残っていた。歩けばその足跡がついて来る。白い砂地をまだ名前すら知らない日本人と歩いているような不思議な気持だった。

老人は税関の建物が見えたとき、明日の朝の船出の時刻と島上桟橋の名前をもう一度言い置いて山手へ去って行った。

その朝、雪は止んでいたが、海はかなり波立っていた。モラエスは堺行きの便船の中で船酔いのため憂鬱な顔をしている、外人墓地で会った老人のために面倒をみてやっていた。

堺について人力車に乗ろうとした老人にモラエスは、船酔いの薬にはまず歩くことが第一ですよと説得した。空は紺色に晴れていた。歩き出すと間も無く老人の足取りは確かになり、妙国寺の前の花屋でシキミを買い水桶を手に持ったときにはすっかり元気を恢復していた。

モラエスはいかめしい妙国寺の門構えより庭の蘇鉄《そてつ》の偉大さに目を止めた。それは、リスボンの「自由の並木道」に植えてある、ヤシの木によく似ていた。モラエスの頭の中に、リスボンの「自由の並木道」の光景が浮んだが、すぐ現実に引き戻された。

宝珠院の十一基の墓石は苔に覆われていた。墓石の周囲にはツツジの木が植えてあったが、すべて葉を落していた。周囲は塵《ちり》一つないようにきれいに掃除されていた。

「箕浦猪之吉は切腹する前に漢詩をしたため、検死役の人々が見ている前で、見事に腹を切りました。短刀を左の腹に突き立て、右に引き廻すとき血が噴き出し白装束を真赤に染めました」

老人は一番目の墓を指して言った。

「二番目の西村佐平次は二十四歳でした。彼は辞世の和歌を綴ってから立派に腹を切りました」

老人は次々と説明して行き、池上弥三吉のところまで来たときに一段と声を高めて言った。

「彼は辞世の和歌をしたため終り、腹一文字に切り割いたとき、内部から飛び出した内臓をつかんでフランス人目がけて投げつけようとしました。だがそれはできずに、流血の中に倒れました」

老人の説明は更に続いた。

「三十四歳の杉本広五郎は辞世の和歌を書き残したあと腹を十文字に切り開き、自らの臓腑を引き出そうとしましたが、それができないと分ると、手でしぼり取った血を椅子に腰かけているフランス人目がけて投げつけたのです。血漿はフランス人までは届かず、彼の眼の前に敷きつめてあった白い小石を赤く染めました。そのフランス人は驚きと恐怖のあまり思わず声を上げたほどでした」

老人の説明は真に迫っていた。見ていた者でないとこのように細かくは話せないだろうとモラエスは思った。老人の英語はかなり早くなったが間違うようなことはなかった。

（或いはこの老人は……）

モラエスはそう思ったが、もはや言葉をさしはさむことのできるような状態ではなくなっていた。

老人の顔には若者のように血がさしていた。その目は三十年前の幕末を見詰め、そこにはモラエスも寺もなく、酸鼻きわまりない血のにおいの回想にふけっているようであった。

モラエスはそれ以上この老人に切腹の話はして貰いたくはなかった。外国人に向って遺恨を投げつけたこの切腹という儀式の結末はもうどうでもいいと思った。

「フランス軍艦ジュープレ号の艦長は十一人目の切腹が終ったとき椅子から立上って、検死の役人に向って止めろ、止めて下さいと怒鳴った。通辞がすぐこれを通訳したが、検死の役人は平然として受付けようとしませんでした……」

日本側は被告二十名にすべて切腹させようとした。被告もそれを望んでいたが、艦長が切腹中止を叫ぶと、立会人のフランス人や他の外国人たちもいっせいに立上って中止を日本側に求めた。

切腹の儀式は一人一人が呼び出されて切腹の座につき、終ると遺体が取り片づけられ、新しい死の座が設けられて、次の人がその場に出て来るようになっていた。切腹はこの寺の庭で行われたのであったが、切腹の順番を待つ者は、幔幕《まんまく》の向う側にいたから切腹中止の叫び声を聞くことができた。切腹予定者たちは口々に切腹を嘆願した。

十一人が切腹して死ぬまでには、悽惨きわまりないこの儀式の場に居たたまれずに席をはずした外国人が数人いたし、脳貧血を起して倒れた者もいた。発作的に嘔吐した者さえいたのである。

検死の役人たちは外国人たちの状況を見て、切腹の儀式の進行をしばらく控えた。その間にフランス軍艦ジュープレ号の艦長は座を立って、逃れるように寺を出て行った。この切腹はフランス人艦長と同艦士官たちに見せるべきものであった。その相手が居なければ切腹は無意味であると、検死役人は判断して、切腹は中止され、残った九人は白装束のまま獄に入れられ、後になって、土佐藩から追放の処分になった。

「すべて三十年前の夢の一こまです」

老人がそう言ったとき彼はもとの姿に返っていた。

「モラエス中佐、私がなに者であったかは既にお分りになったでしょう」

老人が言った。

「その時、生き残った九人のうちの一人だったのですね、あなたは」

「そのとおりです。その時は生き恥をさらしているよりも死のうと何度か思いましたが、時が経つと死ぬことができなくなりました。自分たちが思い違いをしていたことがはっきり分ったからでした。贖罪《しょくざい》のつもりで私は語学の勉強をはじめました。私たちの誤りは西欧を知らなかったことにありますから、まず西欧人と話ができるような語学の素養をつけようとしたのです。私の人生は随分変った方向へ進みました。どのような道をたどったかはいちいち申し上げられませんが、ヨーロッパへ行った経験もあります。今は神戸に閑居して、外人墓地の十一基の墓と堺の十一基の墓を月に一度ずつ訪れることを楽しみに生きています」

　老人は語り終ったとき、ほっとしたように一息ついた。モラエスは語りつかれた老人になにかひとこといたわりの言葉をかけてやりたかった。

　宝珠院を出たところの茶屋に腰をおろすまでにモラエスは、この老人にまだまだ訊かねばならないことが幾つかあることに気がついていた。

「先ほどあなたは、贖罪のために神戸の外人墓地と堺の宝珠院の墓を交互に訪れるとおっしゃっていましたが……」

　そのモラエスの言葉を聞くと老人は微笑をたたえて、

「日本人には贖罪又は罪ほろぼしのためにと言えばすぐ通じますが、あなたにはこの気持は理解しかねるかも知れません。神戸の外人墓地へ行けば私たちが悪うございました。堺の墓地へ行けば、私たちが生き残って済まなかったと手を合わせていることは事実です。しかし、それだけではありません」

老人は茶を一口飲んでから、

「ポルトガル人のあなたに対して、私の今の気持を率直に申し上げるならば、それは孤愁《サウダーデ》ではないでしょうか」

老人が突然ポルトガル語のサウダーデを口にしたのでモラエスはひどく驚いた。

「あなたはポルトガルへ行ったことがあるのですか」

「ございません。しかし、パリーでポルトガルの婦人としばらく同棲していたことがあります。その関係で何人かのポルトガル人と友人になりました。少しばかりポルトガル語も話せます」

モラエスはこの老人にいよいよ興味を持った。パリーにいたのなら、フランス語が分るだろう。二人の会話は英語からフランス語に変っていった。

「ポルトガル人のあなたに、私が言うのはおかしいですが、ポルトガル人はサウダーデという言葉を多様に使っています。別れた恋人を思うことも、死んだ人のことを思うことも、過去に訪れた景色を思い出すことも、十年前に大儲けをした日のことを懐しく思い出すのもすべてサウダーデです。そうではありませんか」

「そのとおりですが少々付け加えるとすれば、過去を思い出すだけではなく、そうすることによって甘く、悲しい、せつない感情に浸りこむことです」

モラエスは補足した。老人はそれに対して何度か頷いたあとで、

「せつない感情に浸りこむだけではありません。その感情の中に生きることを発見する

のがサウダーデじゃあないのでしょうか。私を例にとると、私は今、明らかに三十年前のあの事件をサウダーデとして生かして、その中に生きようとしているのです。墓にお詣りすることは、今や私にとって贖罪行為ではなくして、サウダーデに浸っていることになるのです。ひょっとすると、私は、いや日本人はポルトガル人以上にサウダーデ的かもしれませんよ。唯日本にはサウダーデと同じ気持があっても言葉がないだけです。私はそう考えております」

老人の言葉には力がこめられていた。

「堺へ来たのですから、鉄砲鍛冶の屋敷あとを見て帰りませんか」

と老人はモラエスにすすめた。

「鉄砲鍛冶というと火縄銃？……」

「そうです、およそ三百六十年前に、ポルトガル人にその製法を学んだという種子島銃のことです。鉄砲の製法は種子島からこの堺へ持ちこまれ、たちまちここが鉄砲製造の中心都市になりました。鉄砲だけでなく、ポルトガル人によって西欧文化が持ちこまれたのもこの堺です」

老人は話しながらモラエスを鉄砲鍛冶の屋敷町に案内した。

黒い瓦屋根の中二階建ての大きな家が並んでいた。白壁に格子戸の家が多かったが、いかめしい門構えの家はなく、誰でも容易に入って行けそうだった。外見上、鉄砲工場だったという風はなかったが、よくよく見ると、中央の屋根だけがいちじるしく高くなっていて、そこに煙抜きの窓が見えていた。

老人はその一軒の家の前に立って、

「中央の高い屋根の下が鍛冶場になり、その左側が工場、鍛冶場の右側に人々は住んでいました」

そう言われて見ると、工場には窓が多く設けられていた。

一度中に入った老人は再び出て来てモラエスを家の中に案内した。重い引き戸を開けて入ったところが土間だった。穴蔵の中のような暗さの中にモラエスはしばらく立っていた。

鍛冶場には十人力の大鞴《ふいご》があった。中央の屋根が一段と高かったのはそこに煙突があったからである。居室の方で物音がしていたが人は出て来なかった。工場内はがらんとしていた。当時使った小道具類が箱に入れて置かれていた。

目が馴れて来てもやはり暗かった。高い天井を見上げていると、なにか背筋が寒くなるような感じだった。

「いかがでしたか鉄砲屋敷は」

外に出たときモラエスは老人に訊かれたが答えることができなかった。十人力の大鞴の形は心に記録されたが、鍛冶場の赤い焔は思い浮んでは来なかった。むなしさだけが彼の全身を取り巻いていた。

海が穏やかになっていたから、帰りの船は楽だった。老人とモラエスとは時々言葉を交わしていた。

淡路島に沈む赤い落日を見てからは、二人は急に黙った。その赤い色が、モラエスには十一人のフランス人水兵と十一人の日本人の血を想像させた。三十年前の日本人の心理はどう考えても分らなかった。三十年前と今とで日本人の精神構造がそう変っているとも思えなかった。

なんの罪もないフランス人水兵を惨殺した日本人たちが多くの人たちの前で切腹という死の儀式を見事に演じたことも、そして彼等が烈士として名を残したことも、モラエスには理解に苦しむことだった。そしてこの中でもっともモラエスの心を揺さぶったのは日本人たちが死を恐れず、死に向ってまっしぐらに突進しようとした姿であった。

（なぜ日本人はあれほど死を讃美するのだろうか）

モラエスは落陽のあとの紫色の空を見上げた。

暗くなりかけたころ、船は神戸の島上桟橋についた。モラエスは老人を夕食に招待しようとしたが、彼は強くそれをこばんで言った。

「このまま別れたほうがお互いに価値ある一日を送ったことになりませんか」

老人はいささかひねったような言い方をした。

「それは誇張された感傷ではないでしょうか」

モラエスはそのように応じながら、この老人は自分の殻の中だけに閉じこもろうとする、どうしようもないほどの変り者だと思った。

「感傷でしょうね。しかしポルトガル的に言えばやっぱりサウダーデになるのではないでしょうか。私がパリーで同棲していたポルトガル人の女性をしばしば思い出すのもサウダーデですし、今ここであなたと別れたとすれば、またひとつのそれが増えるわけです。こうして、数多くのサウダーデの中に埋まって私は生きているのです。あなたと夕食を共にし、お互いに名刺などを交換して、これからちょいちょいあのお墓で会いましょうなどということになると、あなたも私もこの上ない俗物に堕ちてしまうことになります。お分りでしょうか」

老人はそう言い置いて別れて行った。一度背を向けたら絶対に振り返ろうとしないその老人の歩き方には一種の覇気のようなものさえ見えていた。何処を探しても淋しい影はなかった。

モラエスはサウダーデに埋もれて生きると言った老人の一言を嚙みしめていた。亜珍やジョゼやジョアンへの思いをサウダーデの中に閉じこめたまま生きることが、果して自分にはできるだろうか。

モラエスは立止って暗い山へ目をやった。

小径や墓を抜けて見て回って、ちょうど今、あの堺で殺されたフランス水兵の墓標の前に立ちどまった。いたましい物語だ。こんなやさしい日本で、あれほど激しい敵意をみせたとは……。じつに鄭重なこの日本で、ほとんど真実と思えないほど、まことに奇異な思いがする。だがまさに真実だった。(『定本モラエス全集』より)

徳島のおよね

モラエスが梅見をしようと神戸在留ポルトガル人たちに誘われたのは明治三十二年の一月の末のことである。桜の花見ということばは聞いていたが、梅見という言葉を耳にするのは、はじめてだった。モラエスは竹村一彦に訊いてみた。

「梅見というと、神戸の市内では五毛《ごもう》天神の梅か、市外ならば岡本の梅になります。岡本の梅は八千本もあり、江戸時代から日本中によく知られている梅の名所です。それにしても梅見には少々早いようですが、どちらへ誘われたのですか」

さあとモラエスは首を横に振った。ただ梅見に行こうと誘われただけで、行く先についてはまだ決めてはいなかった。

梅見の話が実現したのは二月に入ってしばらく経ってからだった。神戸で貿易商を営んでいるポルトガル人アントニオ・アルベガリアが海岸通りのポルトガル副領事館へやって来て、梅見は明後日にしたい、午後の五時には馬車でお迎えに行きますというのである。

「午後の五時ですか」

「夜桜《よざくら》という言葉が日本にあります。夜の桜の花を楽しむことです。われわれは、夜梅《ようめ》を楽しみましょう」

アルベガリアはその時も行く先を言わずに、通訳の竹村にも同席をするように誘って帰って行った。

当日になると約束どおりの時刻にアルベガリアが馬車で迎えに来た。

「梅と言いますと、五毛天神の梅ですか」

と竹村が訊くとアルベガリアは、

「もっと近くにきれいな梅がたくさん咲いています」

と言ったまま馬車を走らせた。馬車は福原遊廓の門に入り、三階建ての料亭、八雲《やぐも》の前で止った。

座敷には既に数人のポルトガル人商人が待っていた。床の間に梅の花を見上げている美人画が掲げてある。

「梅はあそこに……」

アルベガリアは日本画を指して言った。モラエスはその絵に吸いつけられたように見詰めていた。その美人が徳島のおよねにあまりによく似ていたからである。

「ほんとうの梅見ではなかったのですか」

竹村はいささか不満の色を浮べた。

「ほんとうの梅見は一時間ほど話し合ってからあとのことに致しましょう」

アルベガリアはそう言って笑った。

モラエスが席につくと、アルベガリアが、すぐ話し出した。

「本日はモラエス領事の臨席をいただき、ありがたいことでございます。まず一時間ほど、モラエス領事にわれわれのお願いを申し上げてから、梅見の会に入りたいと思います」

ポルトガル語で話されているのだが、モラエスは、今日の行事のすべてが日本式に行われていることを奇異に感じていた。梅園に連れて行かず、日本料亭の一幅の梅の絵の前に坐らせるのも、司会のやり方さえも日本流なのである。モラエスはアルベガリアの顔を見詰めた。

議題となったのは、日本のガラス製品の中国への輸出についてであった。従来、中国及び東南アジア方面に売り出されていたマッチ等日用雑貨品の輸出が一息ついた後に、日本のガラス製品が中国でよく売れるようになった。それに目をつけたのが神戸のドイツ貿易商人であり、彼等は日本のガラス製品にドイツ製のレッテルを張りつけて多量に中国へ売り出してもうけている。これは国際間の取り決めを無視した卑劣なやり方であり、ドイツがこのような手を使うならば、われらとて同様の手を使わざるを得ないが、こうすれば、中国相手の国際市場がいよいよ混乱する。このまま放置してよいかどうかということであった。

ポルトガル商人たちは次々と発言した。

問題は日本のガラス製品についてであるが、その底にあるものはドイツ貿易商社のふるまいに対する反撥であった。

「過去中国の市場を独占しようと狙っていたのはイギリス、フランスであったが、今やその野望はドイツに置きかえられている」

とドイツを攻撃する者がいた。

モラエスは黙って聞いていた。他国の製品に自国のレッテルをつけて販売するのは、今度に限ったことではなく、よくあることであった。文句をつけるとすればその製品を作った日本であって、ポルトガルが口を出すべきことではない。ポルトガル貿易商がそれを口にするのは、ドイツがやるなら自分たちもやりたいがそうした場合、ポルトガル製品としてそれが売れるかどうかであった。その見通しを中国通のモラエスに訊きたかったからである。

（ポルトガルと中国はマカオを通じて、深い関係にある。今も尚、ポルトガルの名を中国人は忘れてはいない。各国が中国進出を試みて失敗し、中国に憎まれている現在、列強の間をくぐり抜けて、ポルトガル商品の進出の可能性は充分にある）

モラエスは内心そう考えてはいたが、ここでは発言せず、彼等の言うことを黙って聞いてやっていた。領事という職務が少しずつ分り始めていた。領事は自国民の利益のためにあるのである。飾りではなかった。

とうとう、モラエスが発言せざるを得ない立場になった。

「ガラス製品に限らず、日本商品を中国への貿易の対象として取り扱う場合、ポルトガル商社として、最も注意すべきことはその信用である。中国は信義を重んずる。一度信用を失ったら、それを取りかえすことはほとんど不可能である。ドイツが日本製の安物のガラス製品にドイツのレッテルを張って中国へ売り出して儲けているからと言って、すぐその真似をすることはどうかと思う。ドイツが日本製の安物ガラス製品を輸出するというならば、わが国は日本製の高級ガラス製品を売り出すつもりになったらどうだろうか」

モラエスはそう言ってしまってから、しまったと思った。日本にはまだ高級ガラス製品はできていなかった。

ポルトガル商社のアルベガリアはモラエスの意見が出たところで一応この会をしめくくった。

「ガラスの話はこわれやすい。今日はここまでにして、後日改めて、領事館に伺うことにいたしましょう」

人々はその洒落に笑った。

アルベガリアが、日本人がやるように手をたたいて人を呼んだ。一度に電灯の数が倍になったほど座が明るくなった。料理が運ばれ、芸者たちが次々と現われた。

モラエスは、ポルトガル商人たちが、なにもかも日本流にやっていることに、ひどく感心していた。日本にいて日本人に解けこむのはこうするのが一番よいだろうと思っているが、なにかポルトガル人として大事なものを一つ二つ落してしまっているのではないかというふうにも考えられた。

「領事、まず盃を一つ」

アルベガリアが、モラエスの前に来て、盃に酒をつごうとした。ここまでしなくても

いいだろうと思いながらモラエスはその盃を受けて、

(自分はいま試されているのだな)

と思った。モラエスがしばらく不在であったポルトガル領事の席につくと聞いたとき、彼等は早速、祝賀の宴を開いてくれた。グループでそれをやってくれたこともあった。しかし、今日のように、議題を出され、それに意見を求められたことはなかった。

「領事、やはりあなたは中国に十年もいただけあって、他の国の領事たちとは違う。中国との貿易は信用を失わないことが第一だとおっしゃいましたが、まさにその通りです」

アルベガリアはお世辞を言ってから、どうです日本の酒はと訊いた。

「日本の酒に限らず、私はあまり酒は飲めないから……」

と逃げようとすると、アルベガリアは傍にいた女にワインを注文した。

芸妓の舞いが始まると、ポルトガル人たちはいっせいに目をその方へ移した。舞う芸妓と三味線をひく芸妓、そして唄う芸妓の呼吸が合うと、座はなにか、ひっそりと悲しい雰囲気になる。

(酒の座なのになぜ、このような気分になるのであろうか)

これはモラエスがはじめて日本へ来たとき神戸の花隈《はなくま》へ招待されて以来、常に感じていたことであった。歌も調子も、ポルトガルのファドとは全然違うものなのに、妙にその悲しみだけが似ているのである。

舞いは三度行われ、その度に舞妓が交替した。そして三度目の舞いが終って、ほっと一息ついたときに、新しい数人の女性が現われた。ポルトガル人たちの間から彼女たちの名を呼ぶ声が上った。座が妙になまめかしくなったなと思っているうちに、いままで座にいた芸妓たちがいっせいに姿をかくしてしまった。去った女たちは二度と席には姿を現わさなかった。

「廓《くるわ》では芸者と娼妓の区別が厳然としています。芸者は芸を見せるのが仕事であって、客を取ることは絶対にありません」

モラエスの隣りに坐っている竹村が英語で説明した。

「そうすると、今ここにいる女《ひと》たちは？」

「娼妓たちです」

娼妓という言葉を英語に訳すのに彼は非常に苦労しているようであった。『公認された売春婦《プロスティテュート》』と訳して置いて、この言葉ともいささか違うようですと言った。

モラエスはアルベガリアが言っていた梅見の目的がなんであったかが分ったような気がした。

「そろそろ帰りたいが、かまわないだろうか」

「便所に立ったふりをして、そのまま下におりて、人力車に乗るのがよいでしょう。私はすぐ後からあなたの外套を持って帰ります」

竹村はモラエスの耳もとで、こういう逃げ方も日本流なのですと囁いた。

モラエスは便所に立つ前にもう一つだけ訊いた。

「彼等はこの家に泊るのか」

「違います。廓の中にあってもここは料亭です。後から来た女《ひと》たちは山村楼から来たと言っていますから、そちらへ居直ることになるでしょうね」

竹村は笑っていた。

モラエスは便所に立った。用を済ませて、竹村に教わったように下に降りて、人力車に乗った。

海岸通りの領事館の公邸に着いてから、しばらく待っていると、竹村が帰って来た。

二人は公邸の応接間でポルトガルのワインの瓶を前にして向き合った。

「あの人たちは山村楼へ行きましたか」

「多分そうなるでしょう。私は最後まで確かめては来ませんでした」

「あなたは廓芸者は芸を見せても、客を取らないと言いましたが、そこのところをもう少していねいに話してほしいのですが」

竹村はちょっと困ったような顔をした。そういう方面はあまりくわしくはないがと竹村が前提して話し出した。

「廓の主役はなんと言っても娼妓です。娼妓があっての廓ですから、いわば芸者はその附属物とも言えるでしょう。数も少ないから、ひっそりとやっています。娼妓がいるのに、客を寝取るようなことはできないし、廓ではそれができない仕組みになっています。廓芸者は身持ちが固いと言われているのは、娼妓の中にいる特殊な環境から来ているのでしょうね」

モラエスはその説明を徳島へ行ったおよねに置きかえて考えていた。

（およねさんは大阪松島遊廓の芸者だった。すると彼女もやはり身持ちが固い女《ひと》だったのだろうか）

およねのことを考えると胸の中が熱くなる。

（コートにその後のおよねさんのことを訊いてみよう）

そう思うと居ても立っても居られない気持だった。


モラエスは徳島のおよねについてコートに訊ねようと思っていたが、ほとんど一日置きぐらいに会っている彼にそのことがなかなか言い出せずにいた。

三月になると六甲山を吹きおろして来る風もなんとなくやわらかになり、暖かいなと感ずるような日が多くなる。コートがモラエスのところに来て言った。

「モラエスさん、毎朝布引の滝まで、散歩に行っておられるようですが、明朝は私を誘っていただけないでしょうか」

だいぶ春めいて来たから山手を歩いてみたいのだが、一人ではなんとなく気が引けるとコートは言った。

その日、モラエスは何時もの朝より散歩時間を一時間ほど遅らせてコートの家をたずねた。

二人は布引の滝への坂道を登りながら、時々言葉を交わしたが、多くの場合二人は無口だった。どちらかというと、モラエスは言葉数の少ないほうであり、コートもそうだった。この二人が妙に気が合っていた。

茶屋につくと、いつものように娘たちが彼等を迎えた。

「私がはじめて、ここに来た時には、よく似た三人の娘さんがいました」

モラエスははじめてここに来たころのことを話し出した。

「三人の娘さんのうち、およねさんが最初に結婚してここを去り、それから、次々と結婚し、今ここにいる娘さんたちは当時の三人姉妹ではありません」

「およねさんという娘さんがいましたか」

コートも此処に来たのははじめてではない。彼は前の記憶をたどりながらどんな女《ひと》だったかをモラエスに訊いた。

「美しい女《ひと》でした。代表的な日本の美人でした」

「と言われても、私にはあなたがどのような日本婦人を美人だと考えているかは分りません。例えば……」

そのコートの質問を待っていたように、

「徳島のおよねさんとそっくりの人でした」

モラエスが答えた。コートは、その時のモラエスの目の輝きを見て、モラエスが未だに、徳島のおよねさんのことを思っていることは確実だと推察した。

「その後の徳島のおよねさんのことをお話ししましょうか」

コートは、モラエスの顔を窺いながら言った。しかし、彼は意外に平然とした態度で、

「私は彼女のことをこの上もなく知りたいと思っています」

妙な言い廻し方だったが、これがモラエスの本音だとコートは思った。

「徳島のおよねさんのことは、彼女の友人で、今も松島遊廓の松鶴楼にいる、芸者のおまつさんから聞きました。数日前のことです」

モラエスはそういうコートの顔を熟視した。コートはそのおまつさんから聞いたおよねの消息を知らせようとして、わざわざ自分を散歩に誘い出したのではなかろうか。

「あなたはおよねさんについてなにを一番知りたいのですか」

コートは微笑を浮べながらモラエスに訊いた。

「その後のことをなにもかも知りたいのです」

モラエスの答えの中には深い意味が含まれていた。コートはにこりとして、松島遊廓のおまつさんから聞いたことを話し出した。

およねさんは徳島の生れである。幼い時から母に芸ごとを仕込まれ、年頃になると、お師匠さんのところへ行って、一応の芸ごとを身につけた。徳島という町は芸ごとが盛んなところで、たいていの娘は芸ごとを身につけていた。

およねは十九歳の時同郷の人の紹介で松島遊廓の芸者として出ることになった。およねは三味線と小唄が得意だった。そのうえ、稀にみる美人だったから、彼女に言い寄る男がいたが、彼女は身持ちが固く、浮いた噂は一つもなかった。およねは前借の芸者ではなく廓では数少ない、自前の芸者だった。松鶴楼に居るけれど、外出その他すべて自由の身であった。

彼女が脚気にかかったのは廓に勤務し出して二年目であった。彼女は芸者を辞めて徳島へ帰って、しばらく静養した後、芸ごとを女の子に教えながら、昼は焼餅屋につとめている。

「おまつさんの話によると、およねさんは身持ちがたいへん固いことで評判だったそうです」

コートは話し終ると、

「徳島へおよねさんに会いに行きましょうか」

と言った。

「ぜひ行きたい」

コートが徳島へ行こうかと誘ったのも、唐突だったが、モラエスがぜひ行きたいと答えたのも予想外のことだった。

モラエスは滝にさしかかるように枝を延ばしているクスノキに目をやった。クスノキの繁みの奥に白い花が見えた。コブシの花だった。春先に咲く花としてこれと同じ種類の花がポルトガルにもあった。彼はふとその花の名を忘れてしまったことに気がついた。

「松島遊廓におまつさんを尋ねて、およねさんのことをいろいろと訊いたのは、私の他にもう一人います。竹村一彦さんです」

コートはそう言ってから、滝の茶屋の娘たちがびっくりするほど大きな声で笑った。

「モラエスさんが、徳島のおよねさんに、並々ならぬ関心を持っていることを私たちは知っていました」

モラエスは黙っていた。自分でも意識せず、ふともらした言葉などから、コートは、自分がおよねさんのことを思っているのを察したのかもしれない。亜珍《あちゃん》と別れて、淋しい境遇にある自分の心を引き立てようとするためにやったことかもしれない。だが彼は、有難うと言わなかったし、ましてや余計のことをしてくれたとも言えなかった。徳島のおよねには会いたかった。しかし会いたい気持を我慢していることもまた決して不幸ではない。彼は孤愁をかみしめた。

コブシの花が谷間を吹く風に揺れていた。

三百トンの汽船は徳島の港に入ろうとしていた。

モラエスはその港を神戸の島上桟橋かもしくは大阪の川口港のように想像していたが、それはどちらともおもむきの違った港だった。

徳島には従来古川港、津田港があったが、この港では不充分だとして、市は明治三十年ころから、新町川と福島川の合流点あたりを全力を上げて浚渫して、明治三十一年には福島《ふくしま》橋桟橋を作り、更に明治三十三年には、富田《とみだ》橋下流に中洲港を作った。現在の徳島港の前身であった。

モラエスが明治三十二年の三月末に初めて徳島を訪れたときは、浚渫工事中であり、中洲あたり一帯は一面に枯草の原であった。

福島橋桟橋に上陸した、モラエス、コート、竹村の三人は人力車を連ねて、中通町一丁目の志摩源《しまげん》旅館に向った。

当時、徳島で洋室のある旅館はここだけだった。モラエスはすべてをコートと竹村にまかせていた。彼等がなにもかも手配し、用意していたから、ただ身を運んでくれればよかった。

モラエスは海軍出身だから、船旅には馴れ切っていた。久しぶりに潮風に当ったので上機嫌だったが、コートと竹村は船に酔ったので、その日は志摩源旅館で休むことにしていた。

モラエスは懐中時計を見た。まだ午前の十時であった。このまま旅館のベッドに寝ている気持にもなれずに、旅館の帳場へ行って、この町の地図を欲しいが何処かで売っているかどうかを訊いた。片ことの英語が話せる番頭が出て来て地図はあるにはありますが、外国のお客様に分るような地図はありません。もしあなたが必要ならば私が地図を作ってさし上げましょうと言った。

「あなたが地図を作る？」

モラエスはびっくりしたように、その言葉を復唱してから、彼が地図を作るという意味が略図を書こうと言っていることにやっと気がつくと、

「では、景色のよいところへ行く道を教えて下さい」

と言った。

番頭は馴れた手付きで筆を取り、白紙に大きく、山の形を描き、ローマ字でビザン(眉山)と書いた。その紙のほぼ半分を占めるほど大きな山だった。その山の下に、彼はおかしなマークを書き連ねた。それはどうやら神社の鳥居であるらしかった。彼は、

テンプル、テンプルと言いながら、十個ほどそれを並べた。

彼はその山の麓の鳥居群の一番右手に三重の塔を特に丁寧に描き、その直下に家の形と小さな円を描いた。三重の塔は分ったが、その小さな円がなにかは分らなかった。

モラエスがそれを訊くと、彼はジャパニーズ・ケーキと言って笑った。

モラエスも笑った。とてもその絵だけでは、お菓子は想像されなかったからだった。

三月末の空はよく晴れていた。

モラエスは人力車には乗らなかった。急ぐことはなにひとつないのだから、ゆっくり歩けばよいのである。幸い眉山は、どこを歩いていてもよく見えた。行く先を誤ることはなかった。

町のたたずまいは神戸とはかなり違っていた。洋服を着ている人はほとんど見かけなかった。モラエスを見る人の目が大胆であり、執拗だった。下駄の音を鳴らしながら近づいて来た男が、突然彼の前で足を止めて、まるで銅像でも見上げるような顔で、モラエスを眺めるようなことは珍しくはなかった。

子供たちが、彼を見る目はすこぶる好奇に満ちていた。口を開いて見ている子が多かった。声を発する余裕もないようだった。モラエスは日本人の着物にはもう慣れっこになったつもりだった。その彼がこの町を歩いていて、日本人たちの着物姿が気になった。特に男たちの着物姿がやたらに目につく。店に立っている男や、帳場に坐っている男はまあいいが、通りを歩いている男たちの着物姿はあまり感心できなかった。特に男の子供たちにはその服装は全く不似合なものに思われた。前がはだけたまま走っている子供たちの姿はむしろ、哀れでさえあった。饅頭笠をかぶり、青い上衣に黒ズボン、脚絆をつけ、足袋はだしで歩いている郵便配達員の姿こそモラエスにはもっとも男らしい姿に見えた。

モラエスとほとんど並ぶようにして歩いている若い男も着物を着て下駄を履いていた。彼は時々、ものいいたげに細い眼をモラエスに向けて来る。

モラエスは冗談を言ったり、ふざけたりすることはめったにしなかったが、どこまでもついて来ようとする、この若者には、少々やり切れないものを感じた。

モラエスは立止って、旅館の番頭が書いてくれた地図を開き、

「わたし、びざん、ゆきます」

と言った。モラエスに話しかけられた若い男は、なにか唸るような声を上げると、その地図を覗きこみ、

「三重の塔だね、私が案内してあげましょう」

と言った。おそらく、その絵の中で三重の塔がもっとも念を入れて書いてあったから、目的地はそこだと思いこんだようであった。

若い男は、モラエスを案内することを得意がっているようだった。モラエスが訊きもしないのに、町の名前や橋の名前など、次々と目の前に現われる物について説明を続けていた。

若い男と連れ立って歩くモラエスを徳島の人たちはもの珍しそうな顔で見送っていた。眉山の麓に来ても、春日神社の前に来ても男はモラエスから離れなかった。そこまで

来ると三重の塔は山の中腹に高々と見えていた。

結局、その若い男は、薬師堂の裏から、三重の塔へ登る石段の下までモラエスを案内して帰って行った。

なんのために彼が自分をここまで案内したかは、最後までモラエスには理解できなかった。異国人に対する親切心からだろうか。単なるおせっかいだろうか。それとも見栄であろうか。彼は石段の上を見上げた。

彼は青石の石段を踏んでいた。石段の両側にある桜の花はほとんど満開に近かった。石段を登り出してすぐ左側に滝があった。七メートルほどの滝を背にして立っている不動明王の祠《ほこら》があった。その前には花や菓子が供えてあった。

その菓子を見たときモラエスは、志摩源旅館の番頭が書いてくれた眉山の図の中に確か、ジャパニーズ・ケーキと書いたところがあったことを思い出した。

その見取図を開いて見ると、それは三重の塔の直下であった。

朝、福島橋桟橋に着いたままモラエスは未だに食事をしていなかった。コートや竹村の船酔いがひどかったので、彼は自ら朝食のことを口に出さなかったのである。

彼は空腹を覚えた。下から見たところでは三重の塔まではかなり登らねばならない。別に先を急ぐことがないのだから、先に日本の菓子を食べてからにしようと思った。

焼餅屋の米善《よねぜん》は不動の滝の直ぐ下にあった。

モラエスは米善の屋根を見下した。二階屋であり、庭に池があった。紫色の煙が屋根から立昇って来て、彼の鼻孔をくすぐった。それは子供のころ彼の母がケーキを焼いたときのにおいになんとなく似ていた。

彼は躊躇することなく、石段を降りて、焼餅屋の前に立った。

「いらっしゃいませ」

そう言って戸を開けた女《ひと》がおよねだった。間違いなくおよねだと思ったが、モラエスは用心深くしばらくは黙っていた。日本にはおよねと似た美人が多いからだった。

「あなたはモラエスさん」

およねのほうから、そう言った。

「およねさん、しばらくでした」

モラエスは言った。ここでおよねと逢えるとは思っていなかったことである。偶然以外のなにものでもない。そう思っているモラエスを彼女は畳の間に案内して、お茶を運んで来た。

「コートさんや竹村さんは」

およねは、竹村から一行が徳島へ来ることを知らされていた。だから、モラエスが現われても、それほど不思議だとは思っていなかったのである。

モラエスはおよねの言葉を聞いて、すぐそのことを知ったが、ここでおよねと会ったのが全く偶然であることを日本語で説明してやることはできなかった。彼には、コートや竹村がいきなり、自分をここに連れて来て、およねに面会させようとしていた楽しいたくらみを事前にぶちこわしてしまったことが、単なる偶然とは思われなかった。

焼餅は、薄皮の中に餡《あん》を入れて焼いたものである。薄皮が米の粉を練ったものだから、これを焼くにおいが、母がケーキを焼くにおいにどこか似ていたのであろう。それは一口か二口で食べられるほどこぢんまりしたジャパニーズ・ケーキだった。モラエスは、焼餅を食べながら、あの福原遊廓の料亭八雲の床の間の美人画から抜け出て来たようなおよねの顔を見詰めていた。

モラエスは、こんなに近くで、こんなにしみじみと日本の女性の顔を見たことはなかった。障子は開け放され、庭の桜の花がよく見えた。風とともに花の芳香が茶店の中まで入って来る。モラエスはなにか自分が夢の中で、およねに会っているような気がした。

「川口、はじめて、およねさん、三年、きれいなひと」

モラエスは知っている日本語を拾い集めて並べてみたものの、とうてい今の自分の気持をおよねに伝えることはできないと思った。およねは、二重瞼《まぶた》の眼でじっとモラエスの口の動きを見守っていた。彼女はモラエスの言ったことばを心の中でつなぎ合わせた。初めて会った時から既に三年も経っているが、前と同じように美しいと彼は言っているのに違いないと思った。

「モラエスさんも、お変りなくて、けっこうですね、竹村さんのお手紙によると今度神戸の領事におなりになったそうで、おめでとうございます」

と言って、彼女は頭を下げた。竹村、手紙、神戸の領事、おめでとう、などという言葉をつなぐと、およねが言っている内容がおおよそモラエスにも分った。

「トクシマのサクラ、美しい」

徳島の桜が美しいから見物に来たのだとモラエスはおよねに言ってやりたかった。ほんとうはおよねに会いたくて来たのだが、彼女の前でそれは言えなかった。竹村も手紙の中には、徳島の桜を見に行くから案内して欲しいということ以外は書いてない筈だった。

「あなた、病気、もうよろしい」

モラエスは一番気になっていたことをおよねに訊いた。おそらくこの顔色では、病気の方は心配ないだろうと思った。

「おかげ様ですっかりよくなりました。昼はここで働き、夜は近所の子供たちにお稽古《けいこ》ごとを教えています。もともとのん気な性格だし、姉たち家族との生活だから気は楽です」

モラエスはよかったですねと何回も言った。彼女と大阪の川口で会って、そして別れたのが明治二十九年の十一月だった。それから二年半になろうとしていた。その間に彼女の健康はすっかり恢復したのだろうと思った。

モラエスはおよねの中から最も美しいものを探し出そうとしていた。眼であろうか顔かたちだろうか、彼女の全体から受ける感じであろうか。

畳の上に置いてある卓袱台《ちゃぶだい》をへだてて前に坐っているおよねを包んでいるものは、豊かな、やさしい、そして何処かに悲しげな翳《かげ》がある美しさであった。西洋人の女性に限らず、美しさは眼、鼻だちでほとんど決る。そこがその女《ひと》の窓であった。長いこと同棲していた亜珍の美しさも眼にあり、その激しい性格は眼から広い額にかけて浮き出して見えていた。だが、およねの眼は春の日のように愁《うれい》をたたえながら静かに彼を見詰めていた。強いて言えばそれはいかなる意向をも察することのできない、神秘的に馨《かお》る目差《まなざ》しであった。

「さきほどモラエスさんは石段から降りて来られたでしょう、三重の塔へ行って来たのですか」

およねが訊いた。やはり彼女は自分が石段から降りて来たことに気がついていたのだなとモラエスは思った。だから、自分が焼餅屋の前に立ったときすぐ戸が開けられたのだ。

（そうです、三重の塔まで行こうとしていました。しかし、不動の滝のところまで来たら、焼餅のにおいがして来たので、急に空腹を感じて降りて来たのです）

モラエスはそのように言いたかった、うまく説明できなかった。彼は志摩源の番頭が書いた地図を出して、三重の塔を指し、まだ、まだと言いながらしきりに首を振った。

「そうなの、では、私が案内してさし上げましょうか」

およねは、なにか自分が果すべき大きな仕事でも発見したように、それまでになく張りのある声を出した。その声を聞いたときモラエスはおよねの健康は間違いなく完璧だと思った。

「おねがいします」

モラエスは日本人がやるように、膝に手を置いて頭を下げた。それがおかしいのかおよねが袂を口に当てて笑った。

およねは帳場の方へ行って、この屋の主人にことわってからすぐ戻って来た。

彼女は草履を履いて先に立った。

神戸でさえも外国人と日本人の女性が一緒に歩けば、不審の目を向ける者が多かった。この徳島で、たとえこの眉山が町の中心からはずれていても、外国人と日本女性が連れ立って歩けば、妙な目で見られることは間違いない。およねはそのことを十分承知の上のことであろうか。モラエスはそう思いながら周囲を見た。思ったとおりであった。米善の茶店にいた客のすべては窓側によって二人の姿を眺めていた。米善の下の同じく焼餅屋の瀬戸久から出て来た客も薬師堂に参詣に来て石段を登っている客までが、およねとモラエスの姿を見守っていた。

モラエスはおよねに済まないと思った。自分のためにわざわざ、案内役までしてくれる彼女に感謝しながら、このことでおよねの評判が落ちないことを願っていた。

およねはその人たちの目を気にしたのか、モラエスの先に立つとかなりの早足で青石の石段を登り始めた。人の目は間もなく遠のいた。

ほとんど満開に近い桜の花に混って、カシ、ビワ、クス、ヤマモモ、シキミ、シイなどの常緑樹が密生している山の中に青石の石段は続いていた。石段の両側にはところどころ、寄進者の名を刻みこんだ碑が建てられていた。その坂の途中に赤いよだれかけを胸に当てた目の細い石地蔵があった。

およねはその地蔵の前にしゃがみこんで、手を合わせた。

小鳥の鳴く声が全山を覆っている。

モラエスは、石地蔵に手を合わせているおよねの肩のあたりが僅かに震えているのに気がついた。肩が震えているように見えるのは彼女の息遣いが荒いからで、おそらく、人の目を逃れるために、急いで石段を登ったからに違いない。モラエスはおよねをゆっくりと歩かせようとした。そのためには、彼自らがわざとゆっくり歩かねばならなかった。

急に歩き方が遅くなったモラエスを見て、およねは彼が自分のことを心配してくれてのことだと察知した。しかし彼女はそれほどゆっくりしてはおられなかった。これからが店に客が立て込む時間である。白塗りの築地塀が急な階段の右側にあった。なぜ山の中に、これほど立派な塀を作らねばならないのだろうか。モラエスは築地塀と反対側に目をやった。桜の大木が並んでいて、ほとんどそれらは満開に近かった。

モラエスは足を止めて、桜の花を見上げながら、およねの呼吸が静まるのを待っていた。

そこから三重の塔までの石の階段を登りつめると、およねはもはやこれ以上、胸の苦しさにたえられないように、胸のあたりに手を当てて、うずくまった。

モラエスはおよねにどうしてやったらいいか分らなかった。近くにある茶店へ連れて行って休ませようかと思ったが、取り敢えずは、彼女の傍にじっと立っていてやるしかなかった。

桜の花びらが彼女の髪の上に散った。ひとひら、ふたひら、みひら、——みひら目が、彼女の髪の上に止ったとき、およねは顔を上げ、そこに不安気に見詰めているモラエスと視線を合わせた。

「ごめんなさい、わたし、悪い……」

モラエスが言った。およねは、しきりに首を横に振っていた。

三重の塔は寛延年間（一七四八―一七五一）に作られたものであった。山の傾斜面をけずり取ってできた敷地内に桜の木が植えられていた。

モラエスには三重の塔はどうでもよかった。今はただ、およねを無事、石段の下の店まで送りとどけることばかり考えていた。

およねが石段を降りる姿はなんとなくたよりがなかった。モラエスは彼女の腕をかかえこんでやりたかった。西洋なら、別に珍しいことではなかったが、日本ではそれができなかった。彼は熱い眼差しだけをおよねに送り続けた。もし彼女の身体がぐらつきでもしたら抱き止めてやろうと思っていた。背負って行ってやりたい気持だった。

およねは時折、モラエスの方を見上げた。常に彼の心配そうな目が彼女を待っていた。

（私の身をこんなに心配してくれた人がいままで居たであろうか）

およねはふと思った。異邦人モラエスが身近な人に見えた。傍を彼が歩いているかぎり不安はなかった。長い長い石段もやがて終ったところで、彼女はモラエスにお礼を言った。だが、その声には力がなく、息苦しそうだった。

志摩源旅館の夕食には、竹村もコートも出席した。畳の間に食卓を置き、それをかこんでの洋食だった。が、モラエスにはかえってそのほうが、旅情を感じさせて楽しかった。一杯だけ口にしたワインが効いたのか、いつになく彼は口が軽くなり、三重の塔を見に行って、計らずもおよねに会ったことを話した。

竹村とコートは唖然としてモラエスの顔を見ていた。二人だけでこっそり計画していたことが、なぜばれてしまったのだろうかという顔だった。

「全く偶然でした。日本流に言うと、これこそ神様のおひき合わせかもしれません」

モラエスはそのあとで、実は気になることができたと沈鬱《ちんうつ》な顔をして話し出した。彼はおよねが石段を登ったことによって、よくなった心臓を再び悪化させたのではないかと心配しているのである。

「急いで石段を登れば誰だって、息苦しくなります、明日、米善へ行ったら、にこにこしながら、われわれを迎えてくれるでしょう」

竹村はそう言ってくれたが、モラエスの不安は、解けなかった。

翌朝彼等は、真先に三重の塔へ行くことにしていた。焼餅屋が店を開くのは十時ころだろうから、まず米善をたずねてから、三重の塔へ登り、帰途、焼餅を食べようという計画だった。

花曇りの暖かい日であった。

米善へ行って、竹村がおよねのことを主人に訊くと、

「きのう、外人さんを三重の塔へ案内してから、急に気分が悪くなり、人力車で家へ帰りました」

ということであった。もともと、およねは心臓が弱いというので、もっぱら一階の客

を受持って貰っていたのだと言った。二階に客が立て込むような時には手伝って貰ったこともあるけれど、やはり階段の上り下りは苦しそうだったと付け加えた。およねは米善と遠い姻戚関係に当っていた。米善の手伝いに来るようになったのは、つい二、三カ月前からだった。

竹村は三重の塔へ登った帰りに寄るから、二階に席を用意して置くように主人にたのんだ。モラエスにそのとおりのことを言うのがなにか悪いような気がした。

「そうですか。では帰りにおよねさんの家へ見舞いに行かねばならないし、場合によっては医師に診て貰わねばならないでしょう」

モラエスは言った。そうなった結果をすべて自分が悪いと思いこんでいるモラエスの心情を察しながら、竹村は、この人はなんと心のやさしい人だろうと思っていた。外国人に持っていた一般的な観念を変えねばならないだろうとも思った。

三人はほとんど無言で高い石段を三重の塔に向って登って行った。およねが居ないことで気落ちしたモラエスにわざとらしく話しかけるのを竹村もコートも控えていた。三重の塔は満開の桜の中にかこまれていた。

モラエスは三重の塔の広場の一角にあった碑に目を止めて、書いてある内容を竹村に訊いた。

「芭蕉の句碑です。彼は江戸時代の人で、日本におけるもっとも勝れた俳諧師の一人だと言われています。この句は、『しばらくは滝にこもるや夏《げ》のはじめ』と書いてあります。滝に籠《こも》るという意味は、滝壺に入って頭から滝を浴び、心身をきよめる意味でしょう。芭蕉が四国を訪れたという話は聞いていませんが、もし芭蕉がここを訪れたとすれば、滝に打たれている夏行《げぎょう》の姿を見てこんな句を作ったと思われます」

竹村はそのように説明した。モラエスは聞き終ってから、もう一度、その句を訳してくれるように竹村にたのんだ。

For a while, beaten under a waterfall, beginning of summer

竹村はそう訳してから、あまり上手な翻訳ではないなと思った。

「竹村さんあなた自身も『滝にこもるや』の主題で俳句を一つ作ってみませんか」

モラエスは竹村の説明が気に入ったようであった。

竹村はその句をどこかで読んだことがあった。たぶん芭蕉の句集を見たのであろう。夏《げ》のはじめとあるが、今は春である。寒行の季節でもない。竹村は、『滝にこもるや』を何回も口にしたあとで言った。

「罪ふかし滝にこもるや花見どき」

そして彼はそれを英語に訳した。

「宗教的な罪を意識しながら、深い滝壺に入って、心を清めようと一心ふらんになっている行者とは別に桜の花を見物している人たちがその近くを通って行く。そんな意味のことを盛りこんだ句です。しかしこれは純粋な創作とは言えません。芭蕉の俳句からヒントを得て作ったのですから、オリジナルのものではなく、座興の句としてしか通用しません」

竹村はそう言ったが、モラエスはそれに答えなかった。

彼は竹村が作った、罪深しの二語に心を打たれていた。およねの病気を悪くしたのは、自分の罪である、当然のことながらその罪は償《つぐな》わねばならない。彼は不動明王の滝へ入って、頭から水をかぶっている自分を想像した。絵か写真で見たことのある、荒行の様子が、今、彼の前によみがえったのである。

急にだまりこんでしまったモラエスのことが心配になったのでコートが、

「そろそろ石段をおりて、焼餅屋で、日本の菓子を食べましょう。もしかすると、およねさんは来ているかもしれませんよ」

それが、モラエスに対するなぐさめのことばでしかないことは分り切っていたが、コートにはそのくらいのことしか言えなかった。

「そうしましょう。焼餅屋へ寄ってもっとくわしく、およねさんのことを訊いて貰わなければなりませんね、竹村さん」

そう言うモラエスの目は不安におののいていた。彼はおよねが取り返しのつかないような状態になっていないかと心配しているようだった。

モラエスはきのう、旨いと言って食べた焼餅もたった一つ口にしただけだった。彼は、ここを出てすぐおよねの家へ病気の見舞いに行きたいという意志を竹村にかなり強い調子で伝えた。

「それはよくありません」

とコートはモラエスの言葉を制して、そのわけを諄諄《じゅんじゅん》と説いた。

われわれ三人のうち二人は外国人である。いきなり行ったら、およねの家の人も驚くだろうし、近所の人もびっくりするだろう。いちばん困るのはおよねであろうと言った。コートは更に日本人住宅の構造は、自分たちが見知っている、料亭や旅館やお寺などと根本的には違ってはいないとしても、個人の家となると、われわれ外国人が想像していたものとかなり違っていることを強調した。

そのコートの後を補足するように、竹村が言った。

「コートさんの言われるとおりです。このまま三人が揃って行けば、必ずおよねさんは迷惑します。まず日本人の私が先に様子を見て参りましょう。モラエスさんが、なにをなされようともすべて、そのあとのことにしていただきたいと思います」

竹村はそう言ったあとで、

「日本人は家族を単位としての集団の中に生きています。今後、およねさんと親しくしたいならば、まずその家族と親しくしなければなりません」

その最後の竹村の言葉にモラエスは大きく頷いて言った。

「家族を単位として生きていることにおいてはわがポルトガルでも同じことです。よく分りました。私は竹村さんが帰って来るまで、ホテルでじっと待っています。さあすぐ行ってください」

それほど思い込まなくてもいいだろうと竹村は思った。

「あなたの気持はよく分りますが、いますぐ私がおよねさんの家へ行かないでもよいでしょう。今が桜の見頃です。眉山山麓一帯のお寺や神社を御案内したあとで、私はおよねさんの家へ行くつもりです。夕食までには志摩源旅館には帰れるでしょう」

竹村がそのように言っても、モラエスは首を横に振って、

「私は心配です。すぐおよねさんの家へ行って下さい。そして、もしおよねさんの身体の具合が悪いようでしたら、医師を呼んで診察させてください。入院する必要があったら、その手続きを取ってください。すべての費用は私が負担いたします。なぜならば、それは私の責任ですから」

竹村はもはやこれ以上、口をさし挟むことはできなかった。モラエスのおよねに対する関心が異常とも思われたからであった。モラエスは二年半前に大阪の川口でおよねを見掛けて、言葉を交わしたことがある。それも短い時間だった。それだけのことで彼がおよねに惚れたのだと考えていいかどうかは別として、モラエスの心の中には、日本人の自分には想像しがたいなにか大きな感情の変化が起りつつあるのだと竹村は思った。

竹村は米善の主人から聞いたおよねの家へ真直ぐ向った。

米善の主人の話によると、およねは三人姉妹の末娘で、姉二人は既に嫁いでいる。大工だった父は三年前に死に、母は昨年死んだので彼女は、生家を人に貸して、現在は姉の家の一部屋に住んでいるということであった。そこから歩いて、二十分ほどのところだった。

その家はすぐ分った。二階建ての家で、階下の一部屋だけが隠居所風に庭の中に張り出して作られていた。

およねはその部屋に住んでいた。

竹村は突然の訪問に驚いているおよねの長姉のおとよに、ポルトガル領事のモラエス

の代理として見舞いに来たことを告げた。

「まあ、そうですか、それはそれは御丁寧に」

おとよはそうは言ったが、ちょっと暗い顔をした。彼女は竹村の見舞いの言葉に応じてはいても、内心迷惑しているように思われた。予期していたことだった。竹村は米善から買って来た、焼餅の大きな包をおとよの前に置いてから、およねの病状について聞いた。きのうモラエス領事の案内をして、高い石段を登ったのが悪いのではないかと領事が心配して自分をここによこしたことを繰り返し告げた。

「およねはいま離れの部屋で眠っています。静かにしていればすぐよくなる病気ですから、それほど案じてくださることはありません」

おとよは、上って見舞ってやってくれとは言わなかった。玄関に竹村を立たせたままの挨拶ぶりからみて、竹村は警戒されている自分を感じた。

医師にかかっているかどうかを訊くと、近くの医師に診て貰っているが、さっぱりよくはならない、

「心臓脚気というのは慢性病だと言われていますから」

と、治《なお》らないのが当り前のようなことを言った。

「そんなことはありません。心臓脚気という病気は日本や中国にだけある病気で、ヨーロッパやアメリカにはありません。現在はよい薬がありますし、良い医者にかかれば治る病気だと聞いています」

竹村はやや突込んだことを言ったが、おとよはそうですかと言っただけだった。

竹村は取りつく島がなかった。

「ではこれから、そのお医者さんのところへ行って診察を依頼して来ます。およねさんのことを頼んできます。およねさんの身体を悪くしたのは、こちらの責任ですから、お医者さんの費用は全部こちらで、持たせていただきます」

竹村はそれだけは言って置くべきだと思った。学校から帰って来たらしい子供が不思議そうな顔で、竹村の顔を見上げていた。

「それまでしていただかなくても結構です」

おとよはそうは言ったが、それは拒絶ではない挨拶であると竹村は見て取った。

外に出て、マキの木の生垣から庭の方を覗いて見ると、およねの部屋の障子が細く開いていた。

その医師はかなりの年齢だった。

「脚気には薬がないから困る。旨いものをたらふく食べて、ぶらぶら遊んでおればいつの間にか治る」

およねの病状についてたずねた竹村に医師はそう答えただけであった。前から悪かったかと訊けば、そうだったなと答え、よくなる可能性があるのかと質問するとそうだなと、曖昧な答えしかしなかった。

竹村は取り敢えず、今日中に往診して貰うことにして、診察料と一週間分の薬代を前払いした。

竹村が志摩源旅館に帰ると、モラエスが待っていた。

「二、三日休養すれば治るだろうということでした」

それは医師の言葉ではなかった。およねの姉のおとよの言葉と医師の話したことを竹村が適当にまとめたものであった。非常に悪いという状態でないことだけは確かだったからそのように答えたのである。

「では明日の午後もう一度およねさんを見舞ってやって下さい、医師にも会って容態を訊いてください」

モラエスはそうすることが当然のように言った。さきほどは、自分自身が見舞いに行くと言っていたが、竹村の報告の中に、およねの部屋に入ることを許されなかったと聞くと、彼はそのことはあきらめていた。

「なにか適当なお見舞い品を買って行ってください」

とも言った。モラエスは日本には、病気見舞いとして食べ物を持って行く習慣があることを既に知っていた。

翌日の午前中は、眉山の麓の寺や神社を竹村が案内して歩いた。竹村も徳島ははじめてだが、前夜のうちに旅館の主人に大体のことは聞き、参考書も読んで置いた。

およねの病気がそれほど悪くはないのでモラエスは比較的明るい顔をしていた。しかし彼が瑞巌寺《ずいがんじ》の池の前に立って眉山を見上げたときにふと竹村に向って洩らした言葉は聞き流すことのできないものだった。

「三重の塔に行かずに、まず、ここへ案内して貰えばよかった」

その言葉の中にはおよねはなかった。しかしモラエスがいま、およねと二人でこの美しい山の景色を見上げたいと思っていることは確かだった。池の周囲には多くの木や花が植えられていた。木々は新芽を吹き出そうとしていた。桜花もあったが、モラエスには、その庭よりもその庭を形成する背後の偉大なる眉山の姿が美しかった。常緑樹の多い眉山は瑞巌寺の庭園にそっくりそのまま取りこまれていた。その造園の妙は、他に比類がないほどすばらしいものに見えた。

モラエスはこの景色をおよねと共に見たいと思った。およねがこの景色をなんと説明するかそれを聞いてみたかった。

モラエスは懐中時計を出して竹村の顔を見た。およねのところへ見舞いに行ってくれという催促だった。

竹村はおよねの家を訪ねた。昨日来たのとは違って、家の前には打ち水がしてあった。玄関を入ると、およねの姉のおとよと次姉のユキと名乗る女が並んで竹村に挨拶した。

「さあさあどうぞお上りください」

昨日とは全く違った迎え方だった。竹村にはなぜそのように態度が急変したのかは分らなかった。

通された奥の部屋には生け花など置いてあったし、すぐ現われたおよねはきちんと着物を着ていた。

「もう起きてよいのですか」

竹村は驚いて訊いた。

「はい、もう大丈夫です、御心配をおかけいたしました」

およねはそうは言ったが、なんとなく声に力が感ぜられなかった。おとよとユキが交互に現われてお茶の接待をした。

「こちら様のことを、およねやお医者さんに聞くまで、なんにも知りませんでした。きのうは、ほんとうに失礼いたしました。聞けばモラエス様というお方は天皇陛下に直々お目にかかることができるほど身分の高いお方だということで、その御家来衆のあなたにも、ほんとうに失礼なことをいたしました」

おとよがそう言って、平蜘蛛《ひらぐも》のように畳の上に手をつくと、ユキもそれにならった。

竹村は、待遇の変ったわけにすぐ気がついた。

モラエスは正式にはまだ領事の辞令を日本政府からは貰っていなかったが、領事事務取扱いとして仕事をすることは既に許されていた。領事という職がいかなるものかを、おそらくあの医師が説明してやったのであろう。

「モラエスさんは神戸のよい医者にみて貰ったほうがよいと言っておられます。この町の医師が信用が置けないというのではありません。病気が病気だから確かな処置をなされたらよいでしょう。費用のことはご心配なく、折角治っていたあなたの病気を悪くしたのは、こっちが悪いのですから、責任は持ちます」

竹村はモラエスの言葉を伝えた。

朕茲ニ葡萄牙及アルガルブ等ノ皇帝ドン・カルロス第一世陛下ノ一千八百九十九

年六月二十二日付ノ委任状ヲ閲シ、ヴェンセスラウ・ジョゼー・デ・ソウザ・モラーイス氏ヲ神戸及大阪駐在葡萄牙国領事ニ任セラレタル旨ヲ領ス。因テ同氏ヲ神戸大阪駐在葡萄牙国領事ト証認シ其職務ヲ行フニ関スル特典待遇ヲ得ルヲ允可ス。汝諸有司此認可状ノ旨ヲ体シ、以テ神戸及大阪駐在葡萄牙国領事ヴェンセスラウ・ジョゼー・デ・ソウザ・モラーイス氏ノ職務上至当ノ輔助ヲ与フヘシ。

神武天皇即位紀元二千五百五十九年、明治三十二年九月二十九日、東京宮城ニ於テ親ラ名ヲ署シ璽ヲ鈐《ケン》セシム

睦仁　大日本国璽

外務大臣子爵青木周蔵　印

（徳島市眉山モラエス館蔵）

地鳴り

モラエスはおよねの家へは訪問せずに神戸へ帰った。竹村とコートにそのほうがよいだろうと言われたからである。

竹村ひとりが後に残り、およねの病気が小康を得たところで、神戸に出て来て貰い、県立病院の医師の診断を受けることをおよねと家人に承知させた。

明治八年に県立病院が神戸市内に設立されて以来、この地方ではここがもっとも権威ある医療施設とされていた。旅費や医療費のすべてはモラエスが負担することが条件であった。

徳島から二日遅れて帰って来た竹村が、およねが神戸の県立病院で治療を受けることを承諾したことをモラエスに告げると、彼はひどく喜んで、早速このことをコート氏に伝えるように言った。

竹村はモラエス領事がおよねに対してこれほどこだわるのは、もはや普通でない執着心を彼女に対して持っているからだろうと思った。

コートもほぼ竹村と同じように考えているようだったが、

「もう少し時間をかけてみないとほんとうのことは分らない」

と慎重な言いまわし方をした。

竹村はモラエスから新しい仕事を与えられた。およねの病状について徳島の医師と緊密な連絡を取ることと、心臓脚気という病気についてでき得る限りの調査をすることだった。

神戸には日本人医師の他に外国人の医師もいたが、竹村が調査した結果は、やはり評判どおり、生田区下山手通りにある県立病院内科の三浦博士が最も信頼し得る医師ということになっていた。

脚気は古くからの病気で、主として、白米を食べる地域に発生し、日本人、中国人、マレー人等に多い。栄養のバランスがとれない場合に起るものと考えられていた。夏期に多く発生し、一般的には男性の方がかかりやすく、寄宿舎、兵営等にしばしば多発することがある。

軽症の脚気は全身に倦怠感を生じ、軽い運動麻痺、下肢の浮腫などを起す。所謂心臓脚気というのは、衝心性脚気《しょうしんせいかっけ》のことで、心悸亢進《しんきこうしん》、心部緊迫、時によると心部苦悶などを起すことがある。原因ははっきりつかめないが、伝染病ではなく、或る程度食べ物によって治癒《ちゆ》できるものと考えられている。通常環境の変化と長い静養期間が必要である。既に脚気になった患者には重労働や心配ごとはもっともよくない。

竹村が脚気について調査した報告を読んだモラエスはそれについての二、三の質問を発したあとで言った。

「それであなたは、およねさんが県立病院の三浦博士に診て貰うのがよいと思いますか」

「日本人にはやはり日本人の医師の方がよいだろうと思います」

竹村はそう答えながら、もしかしたらモラエスはおよねを外国人医師に診せたほうがよいと考えていたのではないかと思った。

六月の半ばになって竹村は徳島におよねを迎えに訪れた。掛りつけの医師の手紙によるとおよねは焼餅屋で働きたいと言っているほどだから、神戸へ行ってもさしつかえないだろうということだった。

およねの長姉のおとよは竹村を迎えて、いままでの好意を幾重にも感謝したあとで、

「働けるようになったのですから、これ以上、御迷惑を掛けることはできません」

と、暗に神戸行きを反対した。

「モラエスさんは、およねさんを神戸で一番有名なお医者さんに診せないと安心できないと言っています。お姉さんのどちらかが、同行していただきたいということでした。ここにモラエスさんから預って来た、およねさんと姉さんの旅の支度代と旅費がありま す。船の切符は往復とも既に用意してございます」

モラエスがこうしろと言ったのではなく、竹村の独断であった。金で誘うつもりはなかったが、或る程度まとまった金を出し、誠意を見せることによって事を順調に運ばせようとした。おとよはしばらく考えこんでから妹のユキとも相談してみようと言った。

「本人のおよねさんが居られるでしょう」

まずおよねの気持を聞きたいと竹村は言った。

「焼餅屋の米善《よねぜん》で働いています」

その答えは意外であった。医師の手紙とはかなり相違があった。

「いいのですか、そんなことをして」

もうすっかり快くなったから、とおとよは言ったが、なにかそこにはわけがあるように思われた。

竹村はその後およねの家族関係について調べたことを頭に思い浮べた。およねは三人姉妹の末娘として生家を継ぐことになったが、両親とも死んだので生家を人に貸して、今は長姉のおとよの家に居候として同居している。生家を人に貸して得る家賃はそれほど多いものではなかった。そっくり長姉にやったとしても、それだけではまだ不足である。そんな遠慮からおよねは働きに出ているのである。長姉のおとよにしても妹一人をただで置いてやれるほど裕福ではなかった。

竹村はその足で米善を訪ねた。

およねは意外に元気な顔で働いていた。前に見たときよりいくらか痩せたようにも思われた。およねは、いままでの礼を長々と述べたあとで、

「神戸にはよいお医者様がいらっしゃるんですってね」

と言った。およねが神戸に出たい気持はその言葉の中にはっきりと示されていた。

「いい医者がいます。だから、私が迎えに来たのです」

と竹村は力を入れて言った。

「でもこれ以上、モラエスさんに御迷惑をかけるつもりはございません、自分のことは自分でしたいと思います。神戸によい働き口がございませんでしょうか」

竹村は、およねの言葉の中にかなり急いでいるなにかを感じた。姉の家に厄介になっていることに堪えられなくなったのだろうか。

およねが働き口と言ったとき、竹村の頭に浮んだのはそのおよねの前身であった。松島遊廓に芸者としていた経験がある彼女だから、その方面ならば口はあるだろう。神戸には、花隈《はなくま》のように、料亭の密集しているところもあるし、福原遊廓もある。しかし彼女が芸者という仕事を辞めたのは健康上の理由だけではない。もともと彼女には花街の仕事は不似合いなのだ。

竹村がそんなことを考えていると、その心の中を覗いたようにおよねは、びっくりするほど大きな目を開いて言った。

「芸者は二度としようとは思っていません。その私に働き口があるとすればなんでしょうか、身体は弱いし……」

目に憂いの翳が見えていた。そのつぎに出るものは絶望の言葉でしかないように思われる。

「働き口はありますよ例えば……」

竹村はそう言いかけたとき、モラエスが、ポルトガル領事館がこれからいよいよ活発に仕事をするに当って、少なくともあと二人の日本人を雇い入れたいと言っていたことを思い出した。一人は男子館員で竹村と共に仕事をする人であり、もう一人は女性であった。

神戸には多くの内外の商社があったが、日本女性を事務員として使っているところはなかった。少年が給仕として、走り使いやお茶汲みに使われ、青年になれば事務員として働くのがごく一般的な傾向であった。商店街では給仕に相当するものは小僧であった。水商売は別として、少女はもとより若い女性が商社なり商店で人前に立つということは当時は稀であった。

モラエスは、人が来ると、茶を出すという日本の風習を美点の一つとして考えていた。彼が頭の中に描いた新しい領事館にも、その日本的美風を何等かの形で持ち込もうと考え、きれいな娘さんを一人置きたいと、かねがね竹村に洩らしていた。竹村はその候補としておよねを思いついたのである。しかし、ここでは、それを出さずに、

「あなたの健康にさしさわりがないような、きれいな働き口を、私とモラエスさんで探しておきましょう」

と言うだけに止め、それ以上のことは竹村としても独断では言えなかった。

「きれいな働き口？　もしそんなところがあったら、すぐにも神戸へ行きたいわ」

およねは目を輝かせて言った。

「まず神戸に出て、医師の診断を受け、働くのはそれからです」

「モラエスさんの御好意はよく分ります。けれどその御好意にも限度があると姉たちは申しております」

米善の庭に白百合の花が咲いていた。竹村がそれに目をやると、およねが、それと同

じものが眉山に咲いているそうですと言った。木々が繁茂している眉山のどこに白百合の花が咲いているのだろう。竹村はふりかえって、およねを見た。およねの顔の白さはやはり病的だと思った。

およねは姉たちと神戸行きのことで話し合った。

「およね、何度も言うけれどね、あなたが神戸へ行って名医に診て貰うということは、モラエスさんに面倒をみて貰うということですよ。女が男に面倒をみて貰うということがどういうことか、あなたにはよく分っている筈です」

長姉のおとよが言った。

「姉さん、それは日本人の考え方であって、モラエスさんは外国人で、しかもお偉い人でしょう。彼はおよねが心臓を悪くしたのは三重の塔を案内させたのが原因だと思い込んで、その償《つぐな》いをしようとしているのだ、と素直に考えたっていいではないでしょうか。お姉さんのように、すぐへんな方へ考えを持って行かなくともよいでしょう」

次姉のユキが言った。

「へんな方へ考えを持って行きたくはないけれど、度を過ぎた好意を受けて、あとで動きがとれないようなことになりはしないかと心配して言っているだけのことよ。私は外国のことは知らないけれど、男が女の面倒を見ることの前提になるのは、だいたいこういうことではないでしょうかね。モラエスさんは、竹村さんの話によると、日本人のことを日本人よりもよく知っているというから心配なのよ。私はモラエスさんがおよねを狙っているのだとはっきり言い切ってもいいわ」

おとよは妹が神戸へ行くことに強く反対した。姉たちの同行の旅費まで用意して竹村をよこしたのは明らかに誘いこみだとも言った。

「たとえ、お姉さんが言うように、モラエスさんがおよねを狙っていたとしても、およねが承知の上ならかまわないでしょう。大事なことはおよねがどう考えているかということよ」

ユキは話の方向を変えた。

「いえ違います。たとえ、およねがうんと言っても、この私は妹が外国人のかこい者になるなんていうことは許しませんよ。そんなことをして御覧なさい、将来わたしやあなたの子供たちの縁談にもさしさわりが出ます」

おとよのまくし立てるような言い方に対してユキはきっとなって言った。

「外国人のかこい者っていう言い方はなんですか、姉さんはそんなふうにおよねのことを考えていたのですか。だいたい姉さんの考えそのものが下司《げす》っぽいのよ。私はね、モラエスさんという領事がおよねと正式に結婚するというなら、喜んでやってもいいと思っていますよ。モラエスさんはね、天皇陛下と直々話ができるほど偉い人なんだから」

およねは姉たちの論争を黙って聞いていた。やや困ったような顔ではあったが、久しぶりに姉妹喧嘩《きょうだい》らしい姉妹喧嘩をやる姉たちをしばらくはそのまま見守っていたいようであった。おとよとユキは激しい調子で言い合いをした後で、急に黙りこみ、それからしばらくおだやかな話し合いが続くと、また突然、声を高くして言い争うのである。

(子供のころと同じようだわ)

およねは姉たちが言い争うのを聞きながら思っていた。三人姉妹のうち姉たち二人はなにかにつけてよく喧嘩をした。一番年下のおよねは姉たちと年齢が違うせいもあって争うことはなかった。およねは、両親に愛され、二人の姉にも可愛がられていた。

「およね、あなたはいったいどう考えているのよ」

おとよが言った。およねの幼いころの思い出は消えた。

「私たちはおよねの将来のためのことを思って言っているのよ」

ユキが言った。自分たちがおよねのことで一所懸命になっているのに、なにをのほほんとした顔をしているのだと言いたげであった。

「私は神戸へ行って、その名医とやらに診て貰いたいと思っています」

「そんなことは分っています。私が心配しているのは、それらの一切の費用を出すモラエスさんに対してあなたはどう考えているかということです。私たちの話を聞いていたでしょう」

おとよが言った。

「私はモラエスさんは立派な人だと思っています。大阪の川口でもいろいろの外人さんを見ていますし、日本人も知っています。その人たちの多くは濁った目でじっと私を見詰めました。あのいやらしい目で……」

およねはそう言って、言葉を切った。松島遊廓に芸者で出ていたころの数々のいやな思い出がよみがえって来る。遊廓では娼妓は身を売り、芸者は芸を売るものとして確然と区別されていたが、そこへやって来る男たちは、欲情だけで女を見る一様に濁った目をしていた。およねはその多くの濁った目を見ているうちに嫌悪感が昂じて脚気になり、やがて心臓を悪くしたのだ。

「モラエスさんはいやらしくないというの」

おとよが言った。

「あの方の目は澄んでいました。あんなに清らかな目をした人に会ったことはありません。だから私は、あの人と三重の塔に登ったのだわ。あの人が澄んだ目で三重の塔を見上げるそのそばに私も立って居たかったからです」

おや、おや御馳走様ねとユキは言ってから、

「つまり、およねはモラエスさんに一目惚れしたというのでしょう」

「そうではないわ、あの人は私がいままで見て来た男たちとは違う型の人だということ……おとよ姉さんが心配しているような理由でお金を出そうとしているのではないことが、私にはよく分ります。私は神戸へ出て身体を丈夫にしてから働きます。モラエスさんが、私のために、きれいな働き口を探してくださるということですから、心配はしていません」

およねははっきり言った。悪びれたところもなく、恥しそうなふうもなかった。

およねとユキが神戸に来たのは暑い日であった。

島上桟橋にまで迎えに出たモラエスは、およねの元気な顔を見て胸を撫でおろした。

およねとユキの旅館もちゃんと用意してあった。翌日は一日休んで、次の日はおよねとユキを迎えに二台の人力車が来て、二人は生田区の下山手通りの県立病院へ案内された。そこに竹村が待っていた。

診断の結果はやはり脚気であった。今は小康を保っているが、激しい肉体労働や精神的負担になるようなことをせず、しばらく通院しながら、まんべんなく栄養を摂って時間をかければ健康になれるだろうということだった。

徳島の医師と違っているのは、食べ物について確然と指示を受けたことと、薬品の種類が多いことであった。

ユキは徳島に子供たちが居るからと言って三日間居ただけで帰り、およねが独りで、旅館に残った。

およねは毎日軽い運動をするように医師に言われたから、県立病院までは時間をかけて歩いて行くことにしていた。近くを散歩もした。

旅館にじっとしているのは、退屈だったが、医師の許可がでるまで自由は許されなかった。

およねが神戸に来てから十日目の夜であった。寝ようとしていたおよねは異様な物音を聞いた。空から聞こえて来るのか大地の底から聞こえて来るのか分らないが、かなり遠くから轟いて来る不気味な音であった。起きて、帳場へ行くと宿の人たちも集っていた。彼等は一様に不安な目で暗い夜を見詰めていた。

怪音は三十分置きぐらいに聞こえ、鳴動音の長さは二十秒ぐらいのこともあり、二分も続くこともあった。

地鳴りだと、宿の人たちが言い出した。地鳴りという言葉がこの怪音にぴったりだった。地底からの音として聞けば、大地震や火山の爆発などが予想された。

明治三十二年七月五日であった。

およねは一睡もせずに夜を明かした。およねばかりではなく神戸中の人たちがこの怪音と地鳴りのために眠れなかった。

地鳴りは六甲山の地底から発しているようであった。朝になっても地鳴りは続き、その地鳴りの大きさと分布から、六甲山の地底に怪音の原因はあるものと想像された。

「六甲山が噴火する前兆だ」

「いや大地震の前兆だ」

などという噂が六甲山を中心として附近一帯の住民を恐怖に突き落した。

神戸測候所は、押しかけて来る市民の前に、地鳴り現象を、的確に答えることもできず、ただうろたえているばかりだった。

およねは旅館の一部屋で地鳴りの音を聞くたびに上の姉の言うことを聞いて、徳島にじっとしておればよかったのに、ここへ来たのがいけなかったのかしらなどと考えていた。

地鳴りは連日続いた。

有馬温泉の入浴客で地鳴りにおびえて逃げ帰るものが増え、この騒ぎが六甲山噴火騒ぎにつながった。

（六甲山が噴火すると測候所員が言っていた）

とか、

（測候所員の家族が引越しを始めた）

などというデマが飛んだ。神戸測候所長の松林技師が、

「鳴動と地震火山との関係は今のところ認められない。間も無く専門家の調査があるからそれまで待つように」

という談話を発表した。

およねは不安を感じた。もし地震が来たらどうしよう、六甲山が噴火したらどうしたらよいだろうか、考えると眠れなかった。竹村が心配して毎日やっては来たが、およねのところに付きっきりというわけにもゆかなかった。

鳴動は、その回数と大きさを徐々と増して行くようであった。およねは徳島へ帰ることを真剣に考えはじめた。

モラエスは竹村と相談して、およねに海岸通りのポルトガル領事館公邸に移って貰い、鈴島喜平とたけ夫婦に世話をさせることにした。山手通りの旅館に居るよりも海岸通りの方が六甲山に遠いという気分的なものもあり、実際鳴動も少なかった。

「これでほっとしましたわ。旅館にひとりでいるとなにか不安でおちおち眠れませんでした」

およねはたけに言った。

およねが公邸に来て喜んでいると聞いたモラエスもまた胸を撫でおろした。

鳴動は持続した。鳴動が起きてから二十日余りも経過してから京都帝国大学の比企博士が地震計を持って来て観測を始めた。

文部省震災予防会は大森理学博士と、今村理学士を現地へ派遣した。

大森理学博士は調査の結果、鳴動の原因は六甲山の地底にあるが、地震発生や噴火の危険性に直接関係あるものではないと発表して民心の動揺を防いだ。

およねはこのごろすっかり体調を恢復していた。県立病院への通院も月に二度でよいことになっていた。

この頃からおよねは同じ公邸内に住んでいる鈴島夫婦に気兼ねをするようになった。特に鈴島たけには気を遣っていた。

鈴島たけにしてみても、なぜおよねを領事の客として待遇しなければならないのかが腑に落ちないので、竹村に、モラエスとおよねの関係をあれこれと憶測して、訊いたりする。竹村がはっきりした返事をしないことがかえってたけの疑念を増したようだった。

たけは、とうとう我慢できなくなって、およねに直接訊ねた。

「およねさん、あなたはなぜ、領事様のお客様なんでしょうか。いえね、お客様だからいけないなんていうのではありません。知りたいだけなんです」

鈴島たけの率直な質問だった。

およねはモラエスとの出会いを手短かに鈴島たけに話した。妙にかんぐられるよりも、ほんとうのことを話して置いたほうがよいだろうと思った。隠さねばならないようなことは一つもなかった。

「その三重の塔というのは心臓が悪くなるほど高い山の上にあるのですか」

たけは訊いた。

「そうねえ、数えられないほど高い高い石段……」

と答えながらおよねは、子供のころはその石段を三重の塔まで競争してかけ上ったことを思い出していた。

およねはたけに自分のことをはっきりさせたあとすぐ、かねてから言おうと思っていたことを竹村を通してモラエスに言った。

「もう身体はすっかりよくなりました。長いことほんとうにありがとうございました。これからは自分で働きたいと思います。よい働き口を探していただきたいと思っております」

竹村はおよねの言葉をすぐモラエスに伝えた。モラエスはその日を待っていたように彼女に向って直接日本語で言った。

「あなたはこの領事館で働きます。仕事たくさんあります」

働きますではなく、働いて貰いましょう、というつもりだろうとおよねは解釈したが、仕事がたくさんあるというのが分らなかった。助けの目を竹村に向けると、彼はゆっくりと仕事の内容を説明した。

「領事館にはこのごろ来客がとみに増えてまいりました。その人たちにコーヒーや紅茶や日本茶を出すのがあなたの仕事です」

竹村は答えた。ああ、あの給仕さんの仕事ですかと、およねは思わず口に出そうとしたほどであった。その仕事なら自分にもできそうだが、それは仕事とことさらいうほどのことでもないと思った。

「コーヒーの入れかたコートさんの奥さん教えます」

モラエスが言った。

およねの仕事は決ったが、領事館におけるおよねの服装については、モラエスと竹村との間でなかなか意見が一致しなかった。

モラエスは、日本にはじめて来たとき長崎の諏訪神社の公園のお茶屋で見かけたおよねさんの服装をはっきり覚えていた。久留米絣《くるめがすり》の着物に赤い帯という服装をおよねにして貰いたいと言うのである。たしかにその着物はお茶屋ではよいが、領事館の内部では適合しないと竹村が言うとそれでは振袖《ふりそで》がよいなどといって彼を困らせた。結局、着物の問題は男たちではきまらず、コート夫人とおよねとの間で決めることにした。

コート夫人はおよねを一目見たときから、彼女に好意を持った。およねはコート夫人と親しくなったことによって、いままで知らなかった外国人の習慣をおぼえた。およねは一カ月ほどコート夫人のところへ通った。ごく簡単なポルトガル語や英語も覚えた。

コート夫人が最初に選んだ銘仙の着物は、日本人から見ればやや派手だったが、モラエスはそれで満足した。

およねがポルトガル領事館で働くようになってから、領事館は急に明るくなった。領事館を訪れるポルトガル人は目を見張った。給仕は少年に限るという常識を破って、およねという美しい日本女性をお茶汲みとして採用したモラエスの型破りの斬新さに敬意を表した。

海岸通りにある各国の領事は、この年（明治三十二年）の七月を期して、日本政府によっていっせいに実施された治外法権の撤廃と、ほとんど同時に再開されたポルトガル領事館の成り行きと、新任のモラエス領事のやり方を見守っていた。彼が日本女性にコーヒーや紅茶のサービスをさせているのを驚きの目で眺めてはいたが、すぐにそれを真似ようという者はいなかった。探しても適当な日本女性がいなかったからである。

ポルトガル領事館内部にはそれまで花は活けてなかったが、およねが来てから、毎日、新しい花が各室に飾られた。これも訪問者にとっては驚くべきことであった。

館内の掃除は朝早く、鈴島夫婦によって行われた。およねの仕事はそのすぐ後に花を活けることと、領事のテーブルを拭くことだった。モラエスが自分のテーブルだけはおよねに拭くように言いつけたのを聞いて、鈴島たけは、やっぱりねえと言った。モラエスがおよねにかけている思いの深さがよく分りましたという顔だった。鈴島たけはこの頃からおよねに対して一目置くようになった。

一時止んでいた六甲山の鳴動がまた起り、しばらくして止んだが、有馬温泉の温度が急上昇を始めると再び六甲山を中心としてその周辺にデマが飛んだ。

大森博士と比企博士が地盤傾斜計を携えて来た。京都大学からは中沢博士が来て観測に当った。

鳴動以前は温泉の温度は四十度であったが、鳴動と共に五十度に昇り、温泉湧出量が従来の倍になった。だが、これらの現象は一時的なもので間も無く平常に復するであろうという、学者たちの発表によって、民心は安定した。

およねはこのころまでには完全に領事館の人になり神戸の人になっていた。ほとんど自分が病身であったことなど気にならないほど健康は恢復していた。毎日、毎日が楽しかった。

鳴動の発源地は鼓《つづみ》ノ滝から南方約三十丁、即ち六甲山腹の一部なる茄子谷《なすがたに》の地下凡そ三十余丁の深部に存在し、これは塩類その他の鉱物の結晶した部分が、地熱のために溶解して、ここに空洞を形成し、周囲の地層がこの空洞に落ちこむことによって生ずる音響である。しかし元来この地方一帯は火山脈に属して居らぬこと、および往古から開拓された土地なるがゆゑに、地盤は堅固であって、地上に陥没噴水あるひは山嶽崩壊等を起して、附近の村落に危害をおよぼす惧《おそ》れはない。〈大森理学博士発表〉（小沢清躬著『有馬温泉史話』・五典書院刊より）

神前結婚

明治三十二年という年は神戸市にとってあまりにも騒然とした年であった。七月に外国人の治外法権が廃止され、いよいよ日本も先進諸外国と平等の立場で交際できることになり、その祝賀会を催そうとしているところに、突如として六甲山の鳴動が発生し、祝賀会どころではなくなった。その鳴動もどうやらおさまったころ、有馬温泉の温度が急上昇して、再び人々を不安におとしいれた。これも学者等によって危険なしと発表され平穏に戻ったところに今度はペスト騒ぎが起きたのである。

明治三十二年十一月八日、神戸市内葺合《ふきあい》区浜辺通五丁目の網干屋の米倉で働いていた十三歳の少年が突然高熱を発し、二日後に死んだ。続いて同区内にこの少年とよく似た病気が発生し次々と死んで行った。死体解剖の結果、真性ペストと判明した時には、患者の数は二十二名に達していた。兵庫県や神戸市は蔓延を防ぐために非常宣言を発し、あらゆる緊急処置を取った。新聞はペストにかかって死ぬと全身黒くなるというので黒死病《ペスト》流行と書き立てた。

医師団により、ネズミについているノミがペストの菌をばらまくと発表されると、神

戸市は取り敢えず、

「ネズミ一匹五銭で買い上げます」

というビラ五万枚を印刷した。外を歩くときは、皮膚にペスト菌が附着しないように男女共に足袋を履くべきことという公示がなされ、ネズミの死骸を見たら手を触れずに交番に報告せよとか、熱が出たら早速届け出をしなければならないなどという布令が次々と発せられた。

ネズミ捕り器は飛ぶように売れ、ネズミが一匹居た居ないで家中目の色を変えて大騒ぎをした。

白米一升十銭の頃であった。ネズミ一匹五銭は相当の値段である。

ペストが発生した浜辺通りは神戸港の近くで倉庫が多かった。ペストの病原菌は外国から来たものだから、浜辺通りに発生したのは当然のことと考えられた。そこから遠く離れていない、海岸通りの外国商館や外国公館もやはりペストの恐怖に直接さらされることになった。

各商館、公館は消毒液をたっぷりひたした靴ぬぐいを入口に置いたり、人を雇ってネズミを捕獲したりした。

ポルトガル領事館は建物も古いし、特に公邸の建物はかなり傷んでもいた。こういうところにはネズミが居つくものだが、鈴島夫妻が猫を飼っているせいかほとんどネズミの姿を見ることはなかった。

ペスト即ちネズミと直結して考えていた神戸市民はネズミを寄せつけないために猫を

飼う人が増えたが、この猫が近所の倉庫のネズミを捕って家の中にくわえこんで来たがために、その家の人がペストにかかったという噂が流れると、猫を飼っている人たちはあわててそれを外に出さないようにした。

鈴島夫妻もこの話を聞いて、猫を同じような目にあわせた。外に出たがって鳴く猫の声を聞いて、モラエス自らがその猫を外に出してやったほどであった。

神戸に発生したペストは葺合区を中心にして東川崎町、弁天町、荒田町、元町、栄町と拡がって行った。海岸通りの外国人商館、公館をペスト発生地が取り巻く形になった。市は患者が発生すると、和田岬の隔離病舎に収容した。船舶の検疫が重視され、荷物の検査も厳重になった。神戸にペスト発生と同時に日本一を誇る港もしばらくは火が消えたようになった。

ペストにかかった患者のほとんどは死んだ。集中的に多数の患者が発生した家は、焼却せざるを得ないだろうという極論まで出るほどであった。

ペストの恐怖はネズミの恐怖になり、一匹五銭のネズミが一匹八銭で買い上げられることに決ると、ネズミ捕り業者が次々と現われた。

神戸市が目の色を変えて、ネズミ捕りに狂奔した結果、この一年間に買い上げたネズミの数は七十七万匹（落合重信、有井基著『神戸史話』・創元社刊より）あったという。

神戸のペストの流行はこれでどうやら食い止めたが、絶滅したのではなく、その後関東以西の各地に発生し、内務省が窮余の一策として平素猫を飼育し、ネズミの駆除を励行せよと各県に通牒を発するようになったのはだいぶ後のことである。

およねはペスト騒動の明治三十二年の暮れを神戸で越年した。身体の方もすっかりよくなり快適な毎日だった。

ただひとつおよねにとって、重荷を感ずるものがあった。医師のすすめによる副食物のことであった。一日、二個ないし三個の鶏卵を摂ること、生野菜を多く食べること、新鮮な果物を食べること、これまではよいとして各食事毎に一合の牛乳を飲むことは彼女にとってまことにつらいことだった。最初のうちはにおいを嗅いだだけで、吐気を催すほど牛乳が嫌いだった。自分の脚気が、三浦博士に言われたとおりの食事療法によって快方に向ったことを自覚している彼女であっても、牛乳からは早く逃れたいと思っていた。

およねは食事を鈴島夫妻と共にしていた。モラエスが竹村を通じて鈴島たけに命じたことは、およねの食事については、医師の指示どおりにせよということであった。鈴島たけはそれを忠実に守った。およねが嫌がっている牛乳も彼女が一滴も残さず飲むまでじっと見詰めていた。この鈴島たけの目が、およねには堪えられなかった。

およねはガス灯が好きだった。

海岸通りのポルトガル領事館公邸に移る前にいた日本旅館の電球の芯が赤く見えるような電灯よりも、海岸通りの領事館公邸のガス灯のほうが遥かに好きだった。ガス灯の青白い光に照らされているとなにもかも幽雅に、静かに見えた。しかし、そのガス灯も各部屋に全部行き渡ってはいなかった。鈴島夫婦やおよねの部屋では石油ランプを使用していた。

六甲山の鳴動騒ぎがおさまり、ペストの恐怖もやや薄らいだ明治三十三年の五月ごろから、海岸通りの外国人街で従来、使用していたガス灯を廃止して電灯に変えることの賛否についての論争が起った。

神戸市は電灯会社が早く出来た割合には、電化されずにいたのだが、明治二十五年ころから急に利用者が増加し、明治三十三年になると、利用者総数が一万に達しようとするまでになった。市の方針は、なるべく早く全市を電化したかったのだが、真先に電化に賛成するだろうと思っていた海岸通りの外国人商館や外国公館等がこぞってこれに反対したのでそのままになっていた。

電化はほぼ全市に行き渡っているのに、ここだけが電化しないのは、神戸市としても困ったことであった。外国人たちが反対する理由の第一は日本の電気技術が信用できないということであった。設備が不完全だから、漏電や感電の心配があるから、より安全なガス灯を当分使用していたいというのである。

明治三十二年の七月から治外法権は撤廃されたが、外国人は依然として海岸通りに集合していた。彼等は治外法権は失ったとしても特権意識はあった。それが海岸通りの電化をこばんだのである。海岸通りに電柱を立てれば風致を害するというのも反対の理由の一つになっていた。

モラエスは領事になったばかりだからこの問題には口をさしはさまずに黙っていた。ところがフランス領事のフォサリュが突然やって来て、この問題についてモラエスの意見を求めた。

「あなたは数ある領事の中で、もっとも、自然科学や物理学にくわしい人だ。日本の砲艦千島と英汽船ラヴェンナ号との衝突事件の際は、あなたが力学的計算を基礎にした意見書を提出したことにより、日本側が勝訴したのは有名な話です。それで私たちはこのままガス灯を続けるのがいいか電化するのがいいか、あなたの意見を聞こうということになったのです」

私たちというのは主なる国の領事や商館の代表者たちだった。

「当然専門家の意見をお聞きになったのでしょう」

モラエスは訊いた。神戸には、電気や機械を専門とする外国人は数多くいた。

「勿論、その人たちの意見も聞きましたが、それぞれ意見が違うし、自信を持って将来を語れるほどの説得力のある者がいないのです」

フォサリュは金縁の眼鏡に手をかけた。

「およねさん、私の居間の花、だめです、来てください」

ガス灯のついた時刻におよねがモラエスの部屋に呼ばれた。およねはポルトガル領事館員であって、メイドではなかったから、領事の居間に呼ばれることはめったになかった。しかも、夜になってから呼ばれたことは一度もない。しかし、居間に活けてある花はおよねが手を掛けたものだし、その花がだめだというならば責任上行かねばならなかった。

およねは、鈴島たけの顔を見た。

「はやく行ってあげなさいよ」

たけはおよねをせき立てるように言った。モラエスがおよねにかけている好意が普通でないことをたけは充分知っていた。たけにして見れば、モラエスがおよねに気があるのなら、さっさと同棲なりなんなりすればよいのに、同じ家に住んでいて、なんでもない関係を続けていることの方がかえってへんではないかと思っていた。外国人とはこういうものかと亭主の喜平と話し合ったこともあった。そんなたけだから、およねがモラエスの居間に呼ばれたことは大いに歓迎すべきことでもあった。

たけはおよねの姿が廊下から、モラエスの居間の中に消えるまで見送った。

およねはモラエスの居間に入って、全身にガス灯の光を浴びると、なにかやわらかいものを肩の上に置かれたような気持になった。彼女はモラエスに一礼してから花の方に目をやった。今朝活けたアヤメの花のうち一本だけが水盤の中で倒れかかっていた。そんなことはめったにないことなのにと思いながら、それに手を伸ばそうとするとモラエスが、

「およねさんはガス灯がお好きですね」

と話しかけて来た。

「はいガス灯はたいへん好きです。電灯よりこのほうがずっとずっと好きです」

およねは言った。

ソファーに坐っているモラエスが立上って更に訊いた。

「ガス灯が電灯に変ること、悪いですか」

およねはモラエスの言葉から、すぐ新聞で読んだ、海岸通りの外国人商館と公館が電化に反対しているという記事を思い出した。領事はこのことについて自分の意見を訊いているのだなと思った。彼女はモラエスの顔を見て自分の考えていることを素直に言った。

「私はガス灯が好きです。けれども神戸市が全部電灯になるならば、ここだけがガス灯をつけているのはおかしいと思います。ここは外国ではなく、日本の神戸ですから」

およねは言った。それは彼女の意見というよりも神戸の新聞に書いてあることであった。

「よく分りました」

モラエスは、大きな手をのばしておよねの手を握った。およねは、ひどくあわてたようにモラエスの握手をふり切ると、いそいで花を直して廊下へ出た。

モラエスはフォサリュに会って紙に書いた彼の電化についての私案を提出した。電化は世界的傾向であり、それに従うのは当然であるという論旨から始まり、実施案についての細かい要望事項が箇条書に並べ立てられていた。その第一項には、海岸通りの風致をそこなわないために、電柱を用いず、地下配線工事を行うこととあった。電気を導入するについての方法から、被覆線の絶縁度に到るまでかなり厳しい技術内容のものであった。神戸市の電化には協力するが、電化を押し売りされては困る。やるならば完全な施行をして貰いたいという要望であった。

フォサリュはモラエスの私案を海岸通り居住者の代表会席上で発表した。モラエスの意見に反対する者は一人もなかった。ただ一人電気の専門技師が、モラエスの意見に反対する者は一人もなかった。

「それは理想論であって、その案を日本側が飲むことはまずないだろう」

と言った。

だがその日本側は二週間後にその理想案に対して、実施の用意があることを通知して来た。次の問題は費用の分担であったが、これはそれほど面倒のことではなかった。

電化はこの年いっぱいと決った。

長い間、もめぬいていた電化問題が無事解決したのは、モラエスが提出した実施案の中に電線を地下に埋設するという一項があったからである。

「モラエスさん、地下に電線を通すなどということをどうして気がつかれたのですか」

というフォサリュの質問に対してモラエスは答えて言った。

「別に珍しいことではありません。邪魔になるものは、邪魔にならないように始末するのが当り前でしょう」

彼は実例を挙げて言った。

「それにしても、日本側はかなり緊張しています。なにしろ、地下に電灯線を引き込むのは、日本では初めてのことだそうです」

その初めてのことが神戸で行われるのは、われわれにとっても鼻が高いことだとフォサリュは言った。

モラエスはフォサリュの話を聞きながら、この海岸通りが完全に電化する頃には、領事館をもっと山手に移そうと考えていた。海岸通りに外国商館や外国公館が集合している必要はもはや無くなりつつあった。治外法権時代の夢を追うより、日本の新時代に適したようなところに領事館も引越したほうがよいと彼は考えていた。正式に海岸通りが電化することに決定した夜、モラエスは二人分の夕食を準備するように、鈴島たけに命じた。

「二人分の夕食」

たけは、指を二本出して、二人分というのは主人の他に来客二人のことなのか、主人と客との二人のことなのか分らないので、およねに確かめて来てくれるように頼んだ。

そのおよねにモラエスは言った。

「今夜から、夕食はあなたと二人で摂りたいと思っています」

西洋流にしろ日本流にしろ、主人と食卓を共にする者は家族か客のどちらかであった。モラエスがおよねにこれから夕食を共にしようと言ったのは、かなり真実味のある求愛と考えられた。およねにしても、いつかは何等かの形でモラエスから、求愛されるだろうと思っていた。毎日顔を合わせていれば、相手の目の動きでそれは分っていた。

およねはそれまでに何度となく男たちから誘いを受けたがそれは求愛とはかけ離れた

男の欲情そのものであった。およねが男に対して或る種の恐怖感を持っているのは、そのようなことが何回となく重なったからである。しかし、およねはモラエスだけには、彼が男であることの恐怖を感じたことはなかった。

大阪の川口で会って以来モラエスは異国の親切な紳士であった。その紳士も、同じ館内に住むようになってからは、時折はおよねに熱い目差しを向けることがあったが、長くは続かず、何時もどおりの静かな茶色がかった黒い眼に変るのだが、その目が彼女になにを訴えようとしているかは、彼女には分っていた。

「あなたと二人でこれからずっと食事を共にしたいのです」

このとおりに上手には言えなかったが、およねには、モラエスのたどたどしい日本語がそのように解釈された。

およねは黙っていた。きっとこれはポルトガル流の『私はあなたを愛している』という言葉に違いないと勝手に想像した。いったいこういう場合、どのように返事をしていいのか分らなかった。彼女がためらっていると、

「食事だけです。それだけ」

モラエスはそう言って笑った。めったに見せたことのないモラエスの笑いがおよねには作り笑いに見えた。彼が無理をしているようにおよねには思われた。すぐにはいと返事をしなかったから、食事だけですなどと言ったのに違いないとも思われた。

「はい……でも鈴島さんたちはなんと思うかしら」

およねは自分で妙なことを言ってしまったと思った。はいだけでいいのだ。鈴島たけ

とは関係のないことなのだが、はいと答えた瞬間、それごらんなさいと、鈴島たけが肩をすくめたのが頭の何処かにちらっと浮んだからであった。

「あなたと私だけ、鈴島さん、ちがいます」

モラエスは、何時も領事館で日本人やポルトガル人たちにものを言う時のように厳粛な顔でおよねに言った。

「あなたと私だけですか」

「そうです。モラエスさんとおよねさんと二人だけのお食事」

このごろモラエスはおを名詞の上によくつけるようになった。お食事と言ったのも、その傾向の一つであった。

およねはなにかほのぼのとした気持だった。モラエスと二人だけで食事をすることは、ずっと前から自分自身望んでいたことなのかもしれない。なにか胸騒ぎがした。

「よいですね、およねさん」

とモラエスに言われたときおよねはもはや逃れる術はないと思った。

およねは深く頷いた。言葉には出さず、恥かしそうに頷きながら、うつむくおよねを見ながら、モラエスはこれこそ、如何なる国にもない、もっともすばらしい日本的な心情の表現だと思った。

「では、今日の夕食から……」

モラエスが言ったとき、およねは、これからは鈴島たけに気兼ねしながら食事をしないでもいいと思った。姑とはどんなものか知らないけれど、おそらく、たけの目に近いものを持った女だろうと思っていたおよねには、今夜からその目から解放されるのだと思うだけで楽しい気持になった。

たけは今夜からモラエスとおよねが食事を共にすると告げられても、たいして驚いたような顔もせず、

「すると、私はこれからおよねさんのことを、奥様と呼んだほうがいいのでしょうかしら」

と言った。皮肉ではなく真面目になって、そう考えているようであった。

たけはおよねには以前から一目置いていた。どうあがいたところで、およねには勝てないという先入観があった。食事を別にすることによって、主従関係がはっきりしてかえってよいと思っていた。

その夜の鈴島たけは、コート夫人に習ったポルトガル料理の腕をおよねに見せようと思ったのか、たいへんな張り切り方だった。

スープは野菜スープではなく、蝦《えび》をつぶして作ったクリームスープだった。それに蟹《かに》のグラタンとマグロのバター焼きという魚料理であった。野菜サラダも別につけ加えられた。

およねはポルトガル領事館に来て、まず野菜スープの味をおぼえたが、他の料理はほとんど食べたことがなかった。たけの心をこめて作ったポルトガル料理は豪勢だったがどれ一つとしておよねの口に合うものはなかった。蝦をすりつぶして作ったクリームスープは一口試みただけだったし、蟹のグラタンもにおいが気になって食べられなかった。

マグロのバター焼きだけはどうやら口にしたが、決しておいしいとは思わなかった。サラダもやはりにおいが気になって食べられなかった。結局彼女は、パン一切れと、マグロのバター焼きを少々食べただけであった。

モラエスはポルトガル料理を持て余しているおよねを気の毒そうな顔で眺めていた。はじめてのおよねとの夕食に、およねを主体として考えなかったことを後悔した。明晩は日本食にしようと考えながら、

（これから、およねと生活を共にするとすれば、食事のことは、もっともたいへんなことになるだろう）

と思っていた。

「でも私は、そのうちきっとポルトガル料理が好きになります」

およねが言った。およねが、そうしようとしている気持がモラエスには嬉しかった。

およねとモラエスは朝食と夕食には必ず席を共にした。そのころから、およねはあれほどにおいが気になっていた牛乳をそれほど嫌がらなくなった。それまでは牛乳瓶から直接飲んでいたが、鈴島たけがコップに入れて運んで来る牛乳は抵抗なく彼女の胃の中に入って行った。牛乳に馴れて来たのか、食事の環境が変ったためなのかおよねにはよく分らなかった。

牛乳に馴れるとそれに従って洋食にも馴れ、肉もバターのにおいも気にならなくなった。しかしモラエスの好意で二人の食卓には必ず、日本料理が何品か並ぶことになったし、スープはおよねが好きな野菜スープが毎日のように出されるようになった。

およねとモラエスが共に食事をするようになってから二カ月が経った。鈴島夫婦が休暇を取って一日留守をした日があった。こういう日は前にもあって、そんなときはおよねが食事の仕度をすることになっていた。およねはポルトガル料理を本格的に習ったのではないから、ろくなものはできなかったが、鈴島たけが作っているのを見て野菜スープと干ダラとジャガイモの煮込み、それに蝦と鶏卵とパンを煮込んだ雑炊風の料理だけはどうやら作ることができた。

野菜スープは日本の味噌汁に似ていたが、干ダラとジャガイモの煮付けは日本の味そのものであり、雑炊風の料理もまた日本の雑炊《おじや》によく似ていた。

その夜およねはこれ等のポルトガル料理を用意してからモラエスと向い合って食卓についた。

モラエスは少々だがワインを飲んだ。およねもほんの一口で全身がほてる思いをした。

唐辛子《とうがらし》が香辛料として食卓の上に置かれていた。

モラエスはおよねの料理の腕前を讃めた。あなたのポルトガル料理は、非常においしいとお世辞を言いながら、唐辛子の粉を干ダラとジャガイモの煮付けにふりかけた。少し多すぎると思ったから、およねが、

「そんなにかけると口がぴりぴりしますよ」

と注意した。

モラエスは唐辛子の粉をふりかけるのをやめておよねに訊いた。

「あなたはピリピリ（piripiri）というポルトガル語を何処で覚えましたか」

「ぴりぴりは日本語です、これを口に入れるとぴりぴりします」

モラエスは手付きを交えたおよねの仕草をじっと見詰めながら、

「ピリピリ（piripiri）はポルトガル語でこのことを言います」

モラエスは唐辛子を指して言った。

「すると、ぴりぴりという言葉は……」

およねは、遠い遠い昔にポルトガル人が日本へ持ちこんだ唐辛子のぴりぴりが、そのまま味を表現する言葉になって伝えられて来たのだと思った。

「そうです。ポルトガルと日本は三百五十年も前からピリピリという言葉をお互いに使っていたのです」

モラエスは赤いワインを口に運んだ。

食事が終った後もモラエスはピリピリという言葉をしきりに口にしていた。

ポルトガル人が日本に持ち込んだまま日本語化した言葉は非常に多かった。はっきりポルトガル語から来たものだと分る言葉もあったし、あまりにも日本語化されたために、ポルトガル語だとは分らないものもあった。モラエスはその一つをいま拾い上げたことが嬉しかった。ピリピリという言葉を通して、ポルトガルと日本が、モラエスとおよねが急に近くなったようにさえ思われてならなかった。

食事のあと片付けが済んだ頃を見計って、モラエスはおよねを呼んだ。

公邸には二人しか居なかった。それだけでも気になるのに、お出でなさいと言われた瞬間、およねの頭の中を本能的な警戒心がよぎった。過去においては、こんな場合、常に彼女は逃げ口を用意していた。危険だと感じたらはじめから近づかないことも、こんな場合の智恵の一つであった。だが彼女の警戒心は、ちらっと頭に浮んだだけですぐ消えた。モラエスが従来のような男ではないと信じていたからである。

むし暑い夜であった。彼女は自室に戻って、浴衣《ゆかた》に着がえて、団扇《うちわ》を片手にモラエスの部屋へ入って行った。

「おお、美しい」

とモラエスはおよねの姿を見て言った。浴衣の桔梗の花がガス灯の光で濡れて見えた。

モラエスはテーブルの上にたくさんの写真を置いて彼女を待っていた。彼女の来るまでに整理したらしく、写真は年代順に横に並べられていた。

モラエスは既に過去の人となっている両親の写真から始まって、二人の妹の写真を見せた。ポルトガルのリスボン市に現存する彼の生家の写真もあった。軍人になってからの写真もあった。そして彼はマカオの亜珍《あちやん》と二人の子供たちの写真をおよねの前に出した。

モラエスはたどたどしい日本語で、亜珍や子供たちとなぜ別れなければならなかったかを語った。それは言いわけではなく述懐のようであった。こんな場合、男は去った女の悪口を言うのが普通のように考えていたおよねには、モラエスが亜珍を傷つけるようなことをひとことも言わないのが不思議だった。

「亜珍が悪いのではありません、私が悪いのです」

とモラエスは言った。ほんとうに亜珍や子供たちを愛していたならばマカオにとどまるべきだったと言った。

「ではモラエスさんは、いまでも前の奥さんのことを愛していますか」

およねは精いっぱいの勇気を出して訊いてみた。

「はい、私は亜珍や子供たちをいまでも愛しています。しかしそれは、サウダーデにおける愛情でしかありません」

モラエスはそう言いたかったのだが彼の貧弱な日本語ではそのとおりに言い表わすことはできなかった。モラエスはその気持をおよねにどうやって理解させようかと苦心していた。モラエスの表情に深い憂いの翳が沈んだ。

およねは額が広くて目が大きい、中国服は着ているけれど、どうしても西洋人としか見えない、亜珍の写真に見入っていた。美しい女だと思った。年齢も自分とそう違ってはいないし、モラエスに愛されて、二人の子供までもうけたその女に嫉妬に似た気持さえ起った。いままでついぞ感じたことのないことだった。その亜珍の写真だけは、そのテーブルの上から遠のけて貰いたかった。

およねが亜珍の写真に目をすえたのを見たモラエスはそれ以上写真の説明をするのをやめ、大きな手で写真をかき集めるようにして箱に入れた。

箱はテーブルの隅におしやられ、その後にモラエスの大きな手が二つ並んで置かれた。

「まあ、大きな手だこと」

およねは思わずそう言った。身体が大きいから手も足も大きいのは当然だった。しかし目の前に並べられたその手は想像以上に大きく見えた。

「およねさんの手　小さい」

モラエスはそう言った。そう言われると、彼女も、なにか自分の小さい手をそこに置いて、モラエスのそれと比較しなければ悪いような気がした。

およねはそっと両手をテーブルの上に置いた。

「かわいい　かわいい　小さな手」

モラエスはそう言うとおよねの片手を引き寄せ、彼の大きな両手の中に包みかくすようにした。およねは恥しかった。そうされることを予期してはいなかったが、決して突然のことのようには思われなかった。彼女はその手を一度は引き戻そうとしたが、それほど強い抗《あらが》いではなかった。彼女はその手を彼にゆだねた。

モラエスの手は大きいから、当然のことながら岩のような感触を持っているだろうと思っていたおよねだったが、それは意外にやわらかで、あったかい、ねばっこい手であった。

それからのモラエスはなにも言わずに、手を握ったままおよねの目をじっと見詰めていた。およねは一度は目を伏せてモラエスの視線を逃れようとしたが、そのままの姿勢をいつまでも続けることはできなかった。彼女が目を上げたとき彼の目が待っていた。

およねはそのモラエスの目に見入った。こんなに近くでこんなによく彼の目を見たことはなかった。彼の目は青くはなかった。さりとて日本人のような黒い目でもなかった。茶と黒とが混り合い、強いて言えばその中に青さがいくぶん溶けこんだような色だった。日本人にも茶色の濃い目をした人がいた。茶と黒とが混った目もあった。しかし、モラエスと同じような目をした人はいなかった。

（やはりポルトガル人の目だわ）

彼女は明らかに日本人とは違った異邦人をそこに発見したような気がした。だが、その異邦人も目の色に関するかぎり、他の外国人より日本人に近い人のように思われた。

（青い目でなくてよかったわ）

彼の目が青い目でないところに、自分に近いものを発見しようとしていることだけは確かだと思った。

モラエスはおよねの手を握ったまま立上り、テーブルを廻って彼女の傍に来るとその大きな手をおよねの両肩の上に軽く置いて言った。

「およねさん、私と結婚して下さい」

それは尻上りの発音を除けば完全な日本語であった。彼がそれを言うために勉強していたであろうことが充分に想像される言葉遣いだった。

およねは、いつかはモラエスと自分が何等かの形で深い関係になるだろうことを予想していた。食事を共にするようになってからは、その日が近づきつつあることを意識していた。そうなっても決して心を乱してはいけないと自分自身に言い聞かせていた。

だが、およねはすぐには答えられなかった。もう一度、モラエスの発言を促《うなが》すような目をやると、モラエスは前よりもかなり早い口調で結婚して下さいと言った。同じことを繰り返しながら、彼女の肩に置いていた彼の手が背に廻った。彼女はモラエスの胸の中に抱きしめられた。

モラエスの顔が間近に迫ったとき、彼女は目をつぶった。彼の唇を自分の唇の上に感じたとき全身が震え、胸の動悸がたかまった。彼の抱擁は彼女の呼吸を止めるほど強かった。遠い幸福なところへ運ばれて行くような気持だった。意識がかすんだ。

およねが気がついたとき、彼女はソファーの上に寝かされていた。心配そうな顔でモラエスが見詰めていた。およねはまず着物の乱れがないかを確かめながら起き上った。着物にも自分の身体にも異常はなかった。おそらく、彼に抱きしめられたときに、そのショックで貧血を起したものと思われた。

「大丈夫ですか」

とモラエスが訊いた。

「すみませんでした。御迷惑をおかけして」

とおよねは言いながら、なんと自分はだらしがないのだろう、貧血なんか起してと、自分を叱りながらも、さっきの彼の強烈な抱擁力を思いかえしていた。

「結婚のことは姉さんたちに相談して決めたいと思います」

およねは日本人の娘なら誰でも言うような月並みの答え方をした。

「姉さんは違います。およねさんは結婚しますか」

そう言われて、およねはやはり自分の気持だけは、答えねばならないと思った。

「私はモラエスさんと結婚してもいいと思っています」

およねは、はっきりとここで自分の気持が言えたのが不思議だった。

「ありがとう、およねさん、私はあなたを愛しています」

「私も……」

と言ったとき、モラエスは再びおよねを抱き寄せようとした。しかしその手は途中で止った。モラエスは彼女にまた失神されてはこまると思ったからである。

それを待っているおよねのせつない気持がモラエスには分らなかった。


モラエスは竹村を使者として徳島へやった。およねと結婚するために、姉たちの承認を得るためだった。

おとよとユキはこの問題で何度か話し合ったが、おとよは真向から反対の姿勢を取った。

「妹が外国人と結婚するなどということはとんでもないことです。もしそんなことをすれば、わたしたちの家系に傷がつきます」

おとよは、こういうことになってはいけないから、妹を神戸にやるのを反対したのだとも言った。これに対して、ユキは、

「外国人だって同じ人間でしょう」

と言って、およねとモラエスの結婚には原則的には賛成した。竹村はおとよの家に出向いて説得につとめた。神戸や横浜、長崎には外国人と結婚している日本人がかなりいて、けっこう幸福に暮している。今後日本が世界を相手に交際するようになれば、このような結婚は珍しいことではなくなるだろうと言ったが、おとよは激しく首を横に振っ

ていっさいの妥協を拒否する態度を続けていた。

当時の日本人の中には、攘夷《じょうい》論の思想を誤った形で受けついでいた者が多かった。理由なくして外国人を敵視したり、異人として忌み嫌っている者があった。おとよは、西洋人が日本人より勝れた文明を持っていることを内心認めながらも、心の中では排他的な感情を持つという矛盾の中に生きている一人であった。

竹村はおとよの方はあきらめて、ユキと今後の問題を相談することにした。

「結婚して子供ができたとすればその子の籍はどうなるのでしょうか」

ユキはまずそのことを心配した。

「日本の国籍法は父系優先主義とでもいいましょうか、父が日本人ならば母が外国人であっても子は日本人になりますが、父が外国人ならば、その子は父の国籍になるでしょう」

「するとおよねが生んだ子はポルトガル人ということになるのですね。それは困ります。やはり日本人にして置いてやれないでしょうか」

ユキは言った。

「そうするには、モラエスさんが日本国籍を取らねばならないことになります。彼はポルトガル国の領事ですから、まずそれは不可能でしょう」

ユキは、およねが生むだろう子供のことにひどくこだわった。自分の甥なり、姪に外国人が生れることは絶対にさけたいと言った。そうするためには内縁関係にして置くしかなかった。その場合、もしおよねに子供ができたら、およねの籍に庶子として記録されることになるのである。ユキは最悪の場合、それしかないだろうと言った。

「それにしても、ちゃんとした結婚式を挙げさせてやりたい。それは、およねのためでもあるし、わからず屋の姉の手前もそうしなければならないでしょう」

ユキは結婚式は徳島で挙げたいなどと言って、竹村をはらはらさせた。

モラエスはおよねの小さい可愛い手を握ったときになぜこんなにつめたいのだろうと思った。彼が交際していた女性の中でこれほどつめたい小さい手をした者はいなかったし、彼の抱擁の中で失神した女性もなかった。

それはモラエスにとって貴重なほど新鮮な体験であると同時に、彼女の手の冷たさや、予想もしなかった失神は、彼女の健康に対する大きな疑念となった。心臓がまだ完全に治っていないのだとしたら、

(果して結婚できるだろうか)

結婚が彼女を不幸にすることを彼は恐れたのである。彼はこのことを心配しはじめると、夜も眠れなかった。だが、およねの方は彼のプロポーズを受けた翌日から、明らかに、今までとは違った態度を彼の前に見せていた。二人で食事をする時はいままでのように領事と領事館員というへだたりは取り払われていたし、俯き勝ちだった彼女が大きな目でじっとモラエスを見詰めたり、時には声を出して笑うことさえあった。その彼女も彼に手を握られたりすると、つつましいためらいや、少女のような羞恥の表情を示し、

抱き寄せようとされただけで戦《おのの》いたり、胸の鼓動が相手に分るほど呼吸《いき》をはずませたりした。モラエスがそれ以上、彼女の実質的愛情を確かめ得ないのは、やはり彼女の健康のことが気になるからだった。

モラエスはおよねの主治医である三浦博士に会っておよねの健康について、相談しようと思った。

竹村に三浦博士と交渉させると、三浦博士から次の金曜日の午後三時という時刻を指定された。

「では、竹村さんにも一緒に行って貰いましょうか」

と言うと、

「私は病院の廊下で三浦博士が外国人と英語で話しているのに出会いました。手術を受けて入院している患者の容態について話しているようでした。あの英語は向うへ行った経験のある人の英語ですね」

竹村はそう言ってから、三浦博士の経歴について、深く調べてなかったのは私の手落ちでしたとモラエスに謝まった。

「そうですか、どうりで食事についての指定の内容が日本の医師とは根本的に違っていると思いました」

モラエスは大きく頷いた。

三浦博士は眼鏡を掛けていた。モラエスが英語で話しかけるとすぐそれに応じて、

「もしあなたが差支えなかったらドイツ語で話したいが」

と言った。三浦博士はドイツへ医学の勉強に行ったことがあった。

「ドイツ語は、さっぱりだめなんです。フランス語ではいかがですか」

今度は三浦博士が首を横に振った。二人は顔を見合わせて笑った。医局の窓から秋の陽が差しこんで来て、三浦博士の白衣を照らしていた。

「福本よねですね」

三浦博士はカルテを手にして言った。その時彼は医師としての厳しい顔になっていた。

「そうです。福本よね、通称およねさんの病気のことについてくわしくお伺いしたいのですが」

モラエスが訊いた。

「外国では勿論、日本でも医師は患者の秘密を守るべき義務があります。あなたがおよねさんの病状について調べたいのはいかなる理由があるのですか」

「私はおよねさんと結婚します」

モラエスは日本語で言った。結婚することになっていますというところを結婚しますと言ったのである。

三浦博士は竹村からおよねとモラエスの関係についておおよそのことは聞いていたので、それ以上は訊かずに、すぐカルテへ目を戻して言った。

「彼女の脚気は現在ほとんど全治しています。もともと、栄養の不均衡から起る脚気は、食事療法によって必ず根治できるものです。彼女の心臓も脚気に原因があるものと私は考えていました。しかし、脚気が治っても心臓の方は依然として完全ではありません。

おそらく、もともと彼女は心臓が悪かったのに相違ありません。それに脚気の症状が加わったから、更に亢進していたものと思われます」

そこまで言ってから、心臓についてのドイツ語の専門用語を次々と出して病状を説明した。いちいちモラエスがそれを訊き返すと、

「要するに、ふだんから心臓が悪かったと考えればよいことです。これからもずっと今のような状態が続くでしょう。常にそのことを念頭に置かねばなりません。だからといって結婚生活に差支えるような身体ではありません。だが重労働はいけませんよ。走ったり、飛び上ったりするような、急に心臓に負担がかかることはしてはいけない。心配ごとは、最も心臓に悪いですね。結局、常識的に考えて心臓に悪いと思われるようなことはすべていけないということになります」

三浦博士は一気に言った。

「さきほどドクターは結婚生活には差支えないとおっしゃいましたが」

「あなたは彼女が出産できるかどうかを私に訊きたいのでしょう。それははなはだデリケートな問題です。医学が進歩すれば、なんでもないことかもしれませんが、今の状態では無理ではないかと思われます。端的に言うと出産は病気ではなく、大怪我のようなものです。大怪我ですから多量に血液を失います」

「するとやはり結婚はできない……」

「いやそうは言っておりません。今の状態で出産することは危険ではないかと言っているのです。このような場合は当然、避妊法が考えられます。それについては、専門医に

訊かれたらよいでしょう」

三浦博士はそこで一応言葉を切ってから、念を押すように言った。

「とにかく心臓の悪い人は肉体的にも精神的にも常に安定な状態にあるようにいたわってやることです」

三浦博士はカルテをまとめて立上った。

モラエスにとって三浦博士の宣告は痛かった。極端な聞き取り方をするならば、およねは結婚できる身体ではないということであった。しかし、彼はおよねと結婚したかった。そのために、重荷を背負うことは覚悟の上だった。大阪の川口でおよねに会ったその瞬間から二人は結ばれるべき宿命にあったように思われた。心臓が悪いがために子供が生めなくとも、それが二人の仲をへだてるものではないと思った。

その夜、モラエスは三浦博士に会って来たことをおよねに告げた。

「もう　あなたは大丈夫　食事　気をつけなさい」

それだけしか言わなかったが、およねは結婚を前にして彼が自分の健康のことについて三浦博士のところへ相談に行ったのだなと思った。大丈夫と言われてもおよねにはやはり自分の心臓のことが心配だった。それについてもっとくわしく訊き出したかったけれど、それ以上こまかいことは無理だった。訊いても、彼は、大丈夫を繰り返すだろう。

モラエスが山手に転居したいと言い出したのは九月の終りであった。結婚式を十一月中にしたいから、それまでに移転を完了したいと、竹村に言った。

海岸通りのポルトガル領事館は老朽していた。近いうちに改築するか移転するしかなかった。改築には予算がかかるから、移転するとすれば建物を借用するしかなかった。幸いなことに未だに海岸通りの元外国人居留地は神戸における一等地であった。外国商社はここに居ることだけで信用が違った。

ポルトガル領事館が移転するらしいという噂はたちまち拡がった。その跡地を借用したいという申込みが多かった。諏訪山下にあたる山本通り三丁目に手頃な洋館が見つかった。持ち主は日本人でその洋館はいままで外国人に貸していたものだった。まだ新しい建物で、構内に建物が二つあるのもまことに都合がよかった。

「なにもかも新しく出発したい」

という意味のことをモラエスはなんとかしておよねに説明しようとした。結婚と同時に領事館も公邸も山手に移りたい。もしおよねが望むならば、使用人の鈴島夫婦も変えてもいいとまで言った。結婚すると決った自分に使用人に対する権限を譲り渡そうとするモラエスの気持がおよねには嬉しかった。

「領事館と公邸は十一月中には山本通り三丁目に移転することになりました。多分、そのころ、婚礼の式を挙げることになるでしょう、引越してからもいままで通り働いていただけますわね」

およねは鈴島夫婦を前にして言った。汗の出る思いだったが、こうしなければならないと思った。およねとモラエスが結婚することは竹村を通じて既に鈴島夫婦には知らされていた。

「こちらこそいままで通りによろしく、お願いします。私たちはね、早いところあなたのことを奥様とお呼びしたかったのですよ」

ねえ、と鈴島たけは夫の喜平の顔を見ながら言った。

竹村はモラエスの言いつけで徳島へ行った。結婚式についての最終的な打ち合わせのためであった。

およねの長姉のおとよは真向から反対しているので交渉のしようがなかった。従って、挙式についての話し合いの相手はユキである。

ユキは挙式の場を徳島にしたいと言って聞かなかった。およねの花嫁姿を、この結婚に反対した長姉や親戚一同にぜひ見せてやりたいという意気ごみだったがそれが不可能であることを竹村が諄諄《じゅんじゅん》と説くと、

「徳島での婚礼はあきらめますが、神戸でやるにしても人並の婚礼衣裳は着せてやりたいし、嫁入りしたくも揃えてやりたいと思っていますが……」

いますが、と言って声を落したところから竹村はそうしてやりたいが、経済的にその余裕がない、なんとかして欲しいと言っているのだと察した。

「そのことなら御心配なく、こちらでなんとかしますから、遠慮なくどうぞ」

と言うと、わがままを言って、ほんとうにすみませんが、結局これは妹のものであると同時にモラエスさんのものですからとことわって、箪笥《たんす》・長持・蒲団のようなものを次々と数え上げた。つまりそういうものを準備するための結納金を充分に出してくれる

ようにとの頼みであった。

竹村は承知した。モラエスに結婚に要する費用のいっさいはこちらで負担するように

と固く言われていたからであった。

「竹村さん、いろいろありがとうございました。すっかり安心しました。後は仲人さん

を決めればよいだけですね」

仲人という言葉を聞いて竹村ははっとした。同時にしまったとも思った。

竹村は自分とユキがこの結婚式について全く別々なことを考えていたことに気がつい

た。竹村は当然のことのようにカトリック教会での結婚式を考えていたのである。

「あなたは仲人結婚を考えていたのですか」

と驚いた顔で竹村が言うと、

「だって婚礼はお仲人さんによって、めでたく結ばれるものでしょう、神戸には婚礼が

できるような大広間の御座敷がたくさんあるでしょう」

ユキは当り前でしょうという顔で言った。

「モラエスさんはキリスト教徒ですから、結婚はやはり教会で挙げることになるでしょ

うね」

と竹村が言うと、ユキは電気に触れたように身体を震わせて言った。

「とんでもない。もしそんな婚礼をやるというなら、私はおよねをモラエスさんにはや

りません。これから神戸へ行っておよねを連れて帰ります。耶蘇《やそ》教と聞いただけで、私

は胸が悪くなります」

ユキは急に固い態度に変った。竹村がいかに説得しても、駄目だった。しまいにはおよねとモラエスさんとの結婚はふり出しに戻ったようなものですね、などという始末だった。

モラエスは徳島から帰って来た竹村の報告を聞きながら一々頷いていた。

およねの姉のユキが妹に人並の結婚式を挙げさせてやりたいために準備費用にかなりな金額を求めていることについても、

「ユキさんはおよねさんの母親がわりの人です。およねさんを立派な花嫁さんにしたいと考えるのは当然なことでしょう」

とモラエス自身がユキを弁護した。こうなれば、このことについてはもうなにもいうことはないと思った。

竹村は結婚の様式について話し出した。ユキが教会での西洋式結婚に難色を示し、もし教会で結婚ということになれば、この話は取りやめにするとまで言っていると話したが、モラエスはいささかも驚いた顔を見せず、

「日本人ならば誰でもそう言うでしょう。問題はその日本式結婚のやり方ですね。形式ですよ、竹村さん」

と、モラエスは竹村の顔を覗きこむようにして言った。

「形式といいますと？」

竹村はモラエスがなにを言おうとしているのかよく分らなかった。

「日本には仲人結婚がごく一般的に行われていましたが、このごろ神戸では神前結婚が

始まったようです。西洋風の教会での結婚式と日本風な神前結婚は方法は違うとしても、神の前で二人が結婚式を挙げるという考え方において同じではないでしょうか」

なるほど、そう言えば、そのようにも取れる、と竹村は感心した。モラエスは日本のことを研究しているから、こんなことまで知っているのだ。

「この場合神という定義ははなはだむずかしいと思いますが、確かに日本式神前結婚と西洋式神前結婚とは似ています」

竹村は自分で言った言葉に自分で感心していた。

「私とおよねさんは日本風な結婚式を挙げたいと思っています。なぜならば、ここは日本です。日本で結婚するのだから、日本の習慣に従うべきです」

モラエスは強い口調で言った。

「日本式の神前結婚を希望されているのですね。大丈夫でしょうか」

竹村は訊いた。キリスト教徒である彼がそんなことをすれば、彼の地位や名声までが危うくなりはしないだろうか。特にポルトガルは戒律のきびしいカトリックの宗派だと聞いている竹村にとっては、それはたいへんな冒険のように思われた。

「日本式の結婚を希望されるならば、仲人結婚はいかがでしょうか」

竹村は重ねて言った。仲人結婚ということになればそれほど人の目につくことはないだろう。竹村はそこで、仲人結婚がいかに日本的な行事であって、楽しいものであるかを説明し、地方地方によって、仲人結婚の様式も少しずつ違い、長持唄の唄い方まで異なっていることなどを話した。

「竹村さん、あなたが私のことを考えて、そう言ってくださっていることはよく分ります。しかし竹村さん、私はあなたが考えているほど熱心なキリスト教徒ではありません。確かに私はポルトガルのリスボンの教会で、洗礼を受けました。しかしそれは私の意志ではなく私の両親の意志なんです。また私がマカオで私の長男のジョゼに洗礼を受けさせたのも、やはり、一般的なポルトガルの習慣に従ったまでのことです。次男のジョアンは亜珍が反対したので洗礼を受けてはいませんが、今から考えるとあれでよかったのかも知れません。洗礼は本人が希望すれば何時でも受けられるものですから、なにも親が子供の意志を無視してまで受けさせてやるほどのことはないのです。親が子に洗礼を受けさせようとするのは、主として世間体を気にするからです」

そうでしょう、とモラエスは竹村に言ったが、竹村はこのデリケートな問題にイエスともノーとも答えられなかった。

「そして私はあなたがごらんになっているように見かけ上のキリスト教徒なのです。熱心なキリスト教徒とは言えません。日曜ごとに教会へは行きませんし、日曜日になると教会へ行くより六甲山の方へ足が向いてしまうような不心得者です。今のところキリスト教は否定していませんが、心から肯定しているのでもありません。ポルトガルがキリスト教の名によって宣教師を未開の地へ送りこみ、その後から軍人を上陸させて国々を侵略して行った歴史的事実を忘れてはなりません。日本とポルトガルとの親交が中断され、日本が鎖国に踏み切ったのもキリスト教が軍事侵略につながっていると考えられたからです。その歴史的背景を見ても、私がキリスト教を無条件に受け入れようとしない気持が分るでしょう」

　モラエスが宗教問題について話したのははじめてだったので竹村はかなり驚いた。これほどはっきりとキリスト教に批判を加える外国人はまだ居ないだろうと思った。

「日本は宗教に対しては寛容な国です。この神戸にも山手を歩けば、寺と神社がたくさんあります。小さな祠《ほこら》まで数え上げたらきりがないでしょうね。この日本の汎神論的な宗教観は日本の芸術にも流れこんでいます。日本人が何事にも積極的で明るく、視野が広いのは古来からの千万《ちょろず》の神への信仰思想から来るものではないかとも思われます」

　モラエスは一息入れてまた話し出した。

「私は湊川神社へよく散歩に行きます。あそこに神馬《しんめ》がいるでしょう、白い年老いた馬です。私はあの馬が大好きです。あの馬の前に一時間ほど立っていたことがあります。神に仕える馬として特別待遇されているあの馬をじっと見ていると、日本の宗教観がどんなものだか、分って来るような気がします」

　そしてモラエスは驚いて見詰めている竹村に、

「およねさんとの結婚式は神前結婚にしましょう、それが一番よいですね」

　と言った。

　竹村は神前結婚の形式はどんなものかよく知らなかった。それについて調べて来ましょうと言うとモラエスは、

「神前結婚にも仲人は必要です。つまり立会人でしょうね。私は仲人にフォサリュさん夫妻を頼もうかと思っています」

明るい顔でそんなことを言う彼に、

「ほんとうにそんなことをしていいのですか」

竹村は思わず言ってしまった。キリスト教徒のポルトガル領事が、教会で挙げるべき結婚式を神社で挙げ、しかもそれにフランス領事など引きずり込むなどということは許されていいのだろうか。

「竹村さん、此処がポルトガルだったら大問題でしょうね。しかし、ここは日本で花嫁さんが日本人です。日本の習慣に従うのは当然です」

そこでモラエスは、むしろ自分が心配しているのは、神前結婚をおよね側に認めさせることの方が、フォサリュを仲人に頼むよりむずかしいだろうと言った。

「神前結婚の式場や日をだいたい決めて、もう一度あなたに徳島へ行って貰わねばならないでしょうね」

とモラエスはおしつけるような口調で言った。

「徳島へは何度でも行って来ますが、およねさんはこのことをどう考えているでしょうか」

「生田神社で神前結婚式を挙げたいと言い出したのは、およねさんです。この前の日曜日におよねさんと生田神社に散歩に行ったとき二人で話し合って決めました。生田神社の森は美しいですね。その森の中から結婚式が終ったばかりの人たちが出て来るのに会いました」

竹村は見せつけられたような気持だった。もはやなにも心配することはないと思った。

取り越し苦労とはこういうことかとも思った。

竹村はまず神前結婚の様式がどんなものかを調べなければならなかった。その後で徳島へ行こうと思っていた。

生田神社へ行っていろいろ聞いて見ると、服装はできれば和服にして欲しい、以前外国人が結婚式に参加したことがあったが、借りて来た和服がよく似合ったというのである。

竹村が帰って来てそのことをモラエスに話すと、彼は紋付、袴姿で出席したいから、早速一揃い作るよう手配してくれと言った。

モラエスは仲人の話をフォサリュ夫妻のところへ持って行くと、彼等は喜んで引き受けた。フォサリュ夫人は和服の晴れ姿で参加する結婚式と聞いただけで大喜びだった。

竹村は新たにそれらの衣裳をどうやって揃えるかについて頭を悩まさねばならなかった。貸衣裳屋というような便利なものははっきりと存在していなかった。竹村は結婚式の様式にこだわる日本人と意外にそれを気にしていない外国人の考え方の違いに新しい発見をしたような思いであった。

竹村は徳島へ行ってユキにおよねの結婚式は生田神社で挙げたいという、モラエスとおよねの意向を告げた。仲人や出席者についても相談した。ユキは神前結婚式がいかなる形式のものか知らなかったから、当初は明らかに難色を示した。

「まさか、それは外人さんが考え出したものではないでしょうね」

などと言ったが最後には承知した。

ユキには結婚式の前に神戸に出て来て、およねの結婚の仕度を見て貰うことにした。フォサリュ夫人の体格に合うような着物はなかなか見つからず、結局新調することにした。コート氏夫妻は、どちらかというと日本人に近い身体つきをしていたし、日本に長くいて、日本人とも交際があるので和服を整えることができた。列席する他の外国人には洋服で出て貰うことにした。

挙式は明治三十三年（一九〇〇）十一月の大安吉日に生田神社で挙行し、引き続いて諏訪山の常盤楼《ときわ》で披露宴を催すことになった。

婚礼の日が決ったが、徳島からは斉藤ユキとその夫の斉藤寿次郎《としじろう》以外に参加するものは居なかった。新婦側の出席者が少ないので竹村夫妻や鈴島夫妻も新婦側に坐ることになった。

神前結婚は長い時間をかけてゆっくり行われた。フォサリュ夫人は日本の着物が似合うかどうかをひどく気にしていたが、外国人たちが、すばらしいとか美しいと讃めるので悦に入っていた。だが、日本人側から見るとけっして似合っているとは思われなかった。

外国人たちは、三々九度の作法をいささかもまごつかずに済ませた和服姿のモラエスを、まるで日本人そのものを見るようだと思いながら眺めていた。

諏訪山の常盤楼に席を変えてからの披露宴は更に多くの人を迎えて華やかに行われた。花隈《はなくま》の芸者が招かれて、結婚披露宴につきものの目出たい舞いがなされた。

すべて日本式に取り進められて行く、披露宴の中で、およねは二度和服を着かえて席に現われて拍手を浴びた。

三度目に彼女は、コート夫人が誘導して洋服姿で現われた。三重の襞がついた畳の上を引きずるような純白のドレスを着、バラの花飾りをつけた帽子をかぶったおよねの姿は、思わず呼吸《いき》を飲むほど美しかった。拍手が湧いた。

モラエス四十六歳、およねは二十五歳であった。


一般的に神前結婚が行われるようになったのは大正になってからである。明治三十年ころは、ほとんど、仲人結婚の形式を取り、民家で行われていた。しかし神戸ではこのころ既に生田神社で神前結婚をする者があり、たまたまこれを見た外国人が神秘的《ミラクル》な結婚式と評したことがあった。このころの生田神社では休憩所に祭壇を設けて結婚式場としていたらしい。常盤楼は現在の諏訪山公園の東側にあり、それぞれ二階建ての常盤楼本店、常盤楼中店、常盤楼東店を持つ、当時としては神戸一の大料亭であった。（史家・荒尾親成氏談）

里帰り

モラエスは日本に根をおろした新しい自分の人生が始まったことをおよねと結婚したときからはっきり意識していた。

彼ははじめて日本の土を踏んで以来日本に関する多くの随筆を書き、明治三十年には『大日本』を書いてポルトガルで出版した。『大日本』は英語、フランス語、ドイツ語によって書かれた多くの文献をたよりに書き上げたものだった。彼の筆になるそれ等は日本の絶讃に満ち溢れていた。特に日本女性についてはそれが顕著に読み取れた。表面から見た衝動的日本女性観であり、ほんとうの日本女性を知らなかったから書けたのかもしれない。

およねと結婚してからモラエスが今まで持ち続けていた日本女性に対する愛敬心を幾許か訂正せざるを余儀なくされたのは事実だったが、根本から揺り動かされるようなことには至らなかった。結婚したばかりの段階では、およねはモラエスが求め続けていた日本女性としてもっとも理想に近い女《ひと》であった。

彼女の身体が結婚生活に耐え得るかどうかという医学的な問題についてはそれほど心

配はないようだった。彼は男女の営みに未経験だった彼女に恐怖感を与えることのないように特に努力を払った。およねはそれまで体験はなかったが、性について男がどのようなものであるかということを芸者をしていた時代に数限り無く聞き知っていた。その耳学問的知識が男に対する恐怖でもあったが、モラエスと結婚してからその考え方は訂正された。彼女が考えていたように男は野獣ではなかった。

およねにとって朝起きたとき、鈴島たけに顔を見られることが一番つらかった。恥しかった。たけはおよねの身体を頭から足の先まで舐めるように見ながらお早うございますを言うのである。

「朝、たけさんに顔を見られるのが一番恥しい」

と、或る夜彼女はモラエスに言った。

「なぜ恥しいのですか。恥しいようなことはしていないのに」

モラエスは言った。およねがモラエスに対して示す羞恥心は想像以上のものがあった。結婚して一カ月経ってもそれはいっこうに変らず常に新鮮だった。しかし、鈴島たけに顔を見られるのが恥しいという気持が彼にはどうしても理解できなかった。

（およねに限らず、日本人はなぜ第三者を気にするのだろうか、そして恥しいということを第一義的に考えるのだろうか）

彼はおよねが人の目を気にして、徳島の眉山大滝山の石段を急いで登り、心臓を悪くしたことを思い出した。

「およねさんについては分らないことがまだまだ多い……」

モラエスはつぶやいた。彼にとっておよねは未だに神秘的な日本女性であった。その内部を、彼女の心の窓を開けて観察することが日本人を正しく知ることであり、自分に与えられた生涯の仕事かもしれない、彼はそんなことを考えていた。

モラエスは朝の散歩を相変らず欠かさず続けていた。山本通りに引越してからは山が近いこともあって、朝食前には必ず近くの山を歩き廻る。諏訪山一帯を散歩して帰って来るには一時間もあれば充分だが、布引の滝まで足をのばすと一時間半はかかった。

モラエスが散歩から帰って来るころまでには朝食の用意ができていて、およねは笑顔で彼を出迎える。

食事が済んでから彼は領事としての仕事にかかる。東京のポルトガル公使館との連絡や本国への書信、在留ポルトガル人との面接や他国の領事館訪問など次々と仕事はあった。

ポルトガル人商社と他国の商社とのトラブルは相変らず多かった。双方で話し合いがつかずに領事館に持ちこまれることがあった。モラエスは気軽に相手国の領事館へ足を運んだ。英語とフランス語が特に堪能なモラエスのことだし、物事を合理的に取り運ぼうとする彼のやり方は誰にでも好感が持たれた。

「領事は結婚して以来、積極的に仕事をなされるようになった」

と在留ポルトガル人が囁き合うほどよく彼は仕事をした。コート夫妻もモラエスの精勤ぶりを見て、彼とおよねとの結婚がうまく行ったのを喜んでいたし、この結婚のためにもっとも苦労した竹村もほっとした気持でいた。およねは結婚しても前と同じように領事館に出て働いていた。日曜日や祭日には、モラエスはおよねを連れて散歩に出掛けた。生田神社や湊川神社へ行く場合が多かった。教会へ行くことはなかった。洋服姿のモラエスと和服姿のおよねが揃って歩く姿は似合いの夫婦に見えた。

年を越して明治三十四年の二月になって、二人は、市外の岡本の梅林に梅見にでかけることにした。

山本通りで人力車に乗って布引山の麓まで来ると、人家は少なくなり、畑地や田が多くなる。人力車はそこをひたすら東へ東へと走った。

梅林は山手にあった。そこまで来ると、モラエスは人力車から降りて歩いたが、およねが人力車を降りることは許さなかった。

梅は満開だった。その日は風がないので梅のにおいがそのあたり一面にただよっているようだった。モラエス夫妻は茶屋の縁台に腰をおろした。

梅を見に来た人々の中には梅を見ずに、モラエス夫妻の姿ばかり眺めている人がいた。モラエスはそれらの好奇な目には馴れていたが、さぞおよねにはつらいだろうと思った。彼はおよねを散歩に連れ出す時にはいつもそれを気にしていた。彼女がもっとも気にしていることは恥しいということだったからである。

しかし、梅林でのおよねはうるさい人の目をさほど気にしてはいないようだった。普段と同じように、ゆっくりと、言葉を拾うように、彼に向って岡本の梅林の由来などを説明していた。モラエスが理解できないような顔をしても、あきらめずに、彼が知っているような、やさしい日本語や彼女が覚えた英語の単語など混えて話し続けるのである。

彼女の顔はその日の日射しのように明るかった。

およねがモラエスに対して、一つずつ言葉を拾うような話し方をするようになったのは結婚して以来だった。モラエスがおよねに日本語の日常会話を完全なものにしたいから、ゆっくり話してくれるように頼んだからだった。およねは妻であるとともに彼の日本語の先生であった。

「およねさん、人の目、気にならない」

モラエスはあまりにも日本人の目が執拗につきまとうので、およねに訊いてみた。

「人の目は気になります。しかし、私とモラエスさんが、ポルトガルの梅林で、このように肩を並べて立っていたら、もっともっと人の目がうるさいでしょう」

およねは言った。

なるほどとモラエスは思った。日本の着物を着たおよねと自分の二人が突然ポルトガルのリスボンの丘に姿を現わしたら、人の目はこんなものではないだろうと思った。立場を変えたおよねの答え方にモラエスはおよねの想像力の豊かさを認めた。

「ねえ、あなた、ポルトガルにも梅林がありますか」

モラエスさんの代りにねえあなたという呼び方が時折されるようになっていた。モラエスはねえあなたという発音の中に、形容しようのない温かいものを感じていた。

「ポルトガルには梅林はありません。しかし梅林とよく似たアーモンドの畑があります」

モラエスはアーモンドの花が咲く二月のポルトガルを思い出した。日本の二月よりポルトガルの二月の方が暖かだった。丘陵一帯にわたって一斉に咲き出すアーモンドの花の絢爛《けんらん》さはどちらかというと桜の花に似ていた。花の色もそっくりだった。

「しかし枝ぶりは梅ですね」

モラエスは言った。

「アーモンドの枝ぶりがですか」

「そうです。ごらんなさい。あの丘の梅の花、アーモンドの花です」

そっくりだと言いたかったがその日本語をモラエスは知らなかった。

梅林からはずれた丘の上に咲いている数本の梅の木の枝ぶりや花の咲かせ方がポルトガルに咲くアーモンドの花と同じだった。やはりアーモンドの花は桜より梅の花に似ているなと思った。

「ポルトガルのアーモンドの花見、きっとすばらしいでしょうね、行って見たいわ」

およねが言った。

「ポルトガル、行って見たい？」

「そうです。あなたの国へ行ってみたい」

およねはモラエスの視線の方向に合わせて、離れた丘の上に咲く一群の梅の花に目をやった。

「ポルトガルへは何時かはきっと行けるでしょうね」

再びおよねにそう言われた時、モラエスは、胸の中に突然熱いものを感じ、それが光から音に変って爆発しそうな思いに駆られた。

モラエスは自分の気持をそらすように白い空に目をやった。その時彼ははっきりとポルトガルに帰っていた。アーモンドの畑の中で白い空を眺めていた。

およねは夫には仕えるものだと思っていた。誰に教えられたわけでもなく、そのように思いこんでいた。それは、およね以外の日本女性に共通した考え方でもあった。およねはモラエスの言うことならばどんなことでも素直に聞こうとし、彼が求めないことでも、彼のためになることならば、例えば足の裏がよごれていることに気がつけば、いそいで雑巾《ぞうきん》を取りに行って来て、それを拭き取った。モラエスはそのようなおよねの仕え方に驚きと戸惑いを感じていた。

彼は、日本女性がその夫に対して献身的であることは、多くの外国人が書いたものを読んで知っていたが、およねと結婚してはじめてその実態を見たのである。それは彼女自らが夫専用の召し使いになり切ってしまうことのようにも思えた。夫と妻という対照的な並列関係に立つ西洋の考えとは違って、明らかに日本のそれは縦の関係であり、妻は夫の隷属《れいぞく》物であることに甘んじているように見えた。モラエスにはそのおよねの献身的奉仕ぶりにどのように応えてやっていいやら分らなかった。

モラエスにはもう一つ分らないことがあった。

「新しい着物が欲しいですか」

というモラエスの問いにおよねは一応ははいと答え、そして、でも日本の着物はたいへん高価で、あなたに経済的負担をかけることになるから要らないという。欲しいのか、欲しくないのかと問いつめると結局は要らないと答える場合が多かった。こんな場合西洋の女性でも迷う場合はあるだろうが、その矛盾は頭の中で整理してから、イエスかノーと答えるのが普通だった。モラエスがおよねについて分らない点は欲しいか、欲しくないかの矛盾を抱いたまま彼の前で悩む彼女の姿であった。それは可憐にも、同時に彼女の性格の二重構造を目の当り見せられる思いでもあった。

モラエスは、彼女が、でもという矛盾に満ちた言葉を使ったとしても、結局は彼の意志通りになるのだから、はじめから彼女に選択の自由を与えないほうがよいのかもしれないとさえ思うことがあった。仕える女《ひと》は夫にあくまでも忠実であった。だから彼は、彼女が洋装は嫌いなのを充分知っていても、

「あなたはポルトガル人の奥さんだから、少しずつ洋装に馴れるようにしなければなりません」

と言う意味のことを時間をかけて彼女に話してやった。彼女は素直に承知した。

彼女が洋装で出席しなければならないような時は、およねはコート夫人のところへ着付けを見て貰いに行った。洋装は彼女の身体によく似合った。

「私が恥しい目に会うことは、モラエスさんが恥を掻くことですから」

彼女はコート夫人にそんなことを言った。およねの洋装姿は外国人の間ではたいへん評判がよかったが、その姿が見られるのは夜会の時に限られていた。およねは夜会から帰ると急いで洋服を脱いだ。口には出さないが彼女がもっとも嫌いなのは洋装のための

下着だった。

およねは神戸に来て領事館で働くようになってから明るくなり、結婚によって更に明るくなった。それは他の人たちにも、およね自身にもよく分っていた。

徳島の焼餅屋で働いていたころは、笑顔を忘れないように努力していた彼女だったが、なにかの折、ふと暗い顔になることがあった。松島遊廓で芸者に出ていたころのつらかったことや嫌なことをふと思い出した時である。だが神戸へ来てからはそのようなことはめったになかった。結婚してからは、暗い顔など忘れてしまったほどその日その日が生甲斐のある毎日だった。

(なぜ自分はこんなに幸福だろうか、玉の輿《こし》に乗ったということは自分のようなことを言うのだろうか)

およねはそんなことを思うことがあった。そして彼女は、徳島にいる姉のおとよやユキがどうしているだろうかと心配し、米善で働いていた同僚や、彼女のところへお稽古《けいこ》ごとにやって来ていた少女たちに会ってみたいと思うのである。

およねの結婚に最後まで反対した親戚の人たちに今の自分を見せてやりたいとも考えていた。モラエスと共に故郷へ帰れば、必ずや親戚たちは迎えに出てくれるだろう。はじめのうちは笑顔一つ見せずに、渋い顔をしていても、やがてはおよねとモラエスの前で大きな声で歌でも歌ってくれるに違いない人たちである。およねはそのように思っていた。

「ねえあなた、あなたと徳島で会ったのは、桜のころだったわね」

およねは桜が散ったころ、モラエスにそんなことを言った。

「そうです。桜。三重の塔の坂……」

そこまで言って、モラエスはなぜおよねが桜が散った今、突然、徳島の桜のことなど言い出したのかなと思った。

「およねさん、徳島へ帰りたい」

のでしょう、だからそんなことを言ったのに違いないとモラエスは言った。彼は誰かが書いた日本の結婚の習慣の中に里帰りという行事があることを読んで覚えていた。日本式の結婚式を挙げても、里帰りはまだしてはなかった。およねはそのことに触れようとしているのではなかろうか。彼は外国語でそれを読んで知っていたが、日本語でなんというのかは知らなかった。モラエスは例によって長たらしい説明をした。

「およねさん結婚する。徳島の家、帰る。まだない。行きます。一緒に」

およねにはその答えで充分だった。

「ずいぶん遅れてしまった里帰りだけれど、それができたらほんとうに嬉しいわ」

およねは、そう言ったとき、もしできたら琴平宮《ことひらぐう》をお参りしてから徳島へ行きたいと思った。里帰りとなれば、土産物を揃えなければならない。二人の姉たちや甥や姪の顔、親戚の人たちの顔が次々と浮び上って来た。里帰りと決ったらじっとしてはおられない気持だった。

四国では讃岐《さぬき》の琴平宮がもっとも霊験あらたかな神社の一つと考えられていた。四国だけではなく金毘羅《こんぴら》さんの信仰は全国的なもので特に船に関係ある人たちの信仰が厚いことで古来から有名だった。

徳島からも清水越えをして金毘羅さん参りに行く人が多かった。金毘羅さん参りに行って来たことは近所に対する自慢でもあり、自信付けにもなっていた。

およねは金毘羅さん参りがしたいとかねてから思っていた。特に彼女が信心深いからというわけではなく、子供のころからなんとなく印象づけられ、行ってみたいと思っていたところが琴平宮であった。ひとりではなく、ポルトガル領事のモラエスと結婚しているという自信のようなものもあった。誰にもはばかることのない気持で金毘羅さんに参拝して徳島の地を踏みたいと思った。しかし彼女はその気持をモラエスにどうして説明してやってよいか分らなかった。

彼女は四国の地図を持って来て、琴平宮の所在を示し、そこに参拝してから清水越えをして徳島へ帰りたいと言った。

モラエスは大体のコースは分ったが、なぜおよねが琴平宮の参拝を望むかが分らないし、地図から見ると山を一つ越えねばならない。およねの身体には無理ではなかろうか。それがまず心配だった。

しかし、およねが結婚以来、はじめて、彼女自身の希望を彼に伝えたことは嬉しかった。なんとかして彼女の願いをかなえてやりたいと思った。

翌朝彼は竹村を呼んでおよねの意向を伝え、なぜ彼女が琴平宮へお参りしたいのかを訊いた。

「金毘羅さんは四国におけるメッカです」

竹村のその一言でモラエスはすべて分ったような気がした。

「だが、この山は心臓が丈夫でないおよねさんには無理ではないかな」

モラエスは地図上の清水越えを指して言った。

「それほど高い峠ではなさそうですし、人通りの多い街道ですから多分人力車があるでしょう、早速調べてみます」

竹村がこともなげに人力車があるでしょうというところを見ると、無いというよりもあるとみたほうが正しいようにモラエスには思われた。

「日本は不思議な国だ。どんなところへも人力車は走って行く」

モラエスは言った。

人間が人間を車に乗せて走るということからして奇異に思われるのに、その人力車が津々浦々どころか山の中にまで走って行くことが、全く考えられないことのように思われた。人口が多いということもあるだろうが、日本人のように民度が高いと思われる国民がなぜ人力車をあれほど多く使うのだろう。その心理がモラエスにはよく分らなかった。

「私は人力車は嫌いです。しかし、それしかなければしようがないでしょうね」

モラエスはおよねと人力車を連ねて峠を越える時の風情を想像しながら言った。

モラエスは、はじめおよねと二人だけの旅を考えていたが、コート氏の勧めもあって竹村と同道することにした。

ポルトガル領事館には、この他に人がいなかったのでコート氏が留守を引き受けることになった。

梅雨にはまだ少々早い時期だったが、神戸港を出るときは、雨が降っていた。その雨も高松港に船が入るときはすっかり止んで青い空が見えていた。風が弱く比較的楽な船旅だったので、およねも竹村も軽い船酔い程度で、上陸するとすぐ元気になった。

彼等は高松で一晩泊り、その翌日は琴平《ことひら》町までの七里（二十八キロ）の道を人力車で行くことになった。

七里の道を一台の人力車で走り通すことは困難だから、途中で人力車を乗りかえた。

「二、三年前までは人力車は鉄の車輪だったから、乗っている人も楽ではなかったが、このごろゴムのタイヤになってからずいぶん楽になりました」

途中、滝宮《たきみや》の茶店で休んでいるとき竹村が言った。

その人力車のゴムのタイヤを製造しているのがほとんど神戸の業者であることなどつけ加えることを彼は忘れなかった。

そう言われてモラエスは人力車の車輪を見た。確かにゴムのタイヤが使われていた。竹村は楽になったと言ったがモラエスにはそうは思われなかった。麦畑の中を人力車はせっせと走り、車輪が窪みに入るたびに乗客をはげしく揺さぶった。そのたびに車夫は「ごめんなして」と乗客にあやまった。

菜の花はもう季節が過ぎていて見ることはできなかったが、黄色い花はよく垣根で見かけた。ポルトガルに多いゲニスタ（genista）とよく似ていた。

モラエスはその花が気になってしようがなかった。間近で見たかった。人力車が琴平町に入って、宿についたときも、それは庭に咲いていた。

「あの花の名は」

モラエスは旅館の廊下を歩きながらおよねに訊いた。

「あれ、エニシダですわ」

ごくありふれた春から初夏にかけての花であると、およねは説明した。エニシダ、エニシダとモラエスはそれを繰りかえしていたが、それだけでは満足できないのか下駄を履いて庭におりるとその花に顔を近づけて確かめた。

「間違いなくゲニスタです。ポルトガルの南部からスペインにかけてはイニエスタ(hiniesta)ともいいます。オランダではエニスタと呼んでいます」

モラエスは竹村に英語で説明してから、およねにはポルトガルの花だと言った。故郷の花がそれに近い呼名で日本語になって咲いていることが嬉しかった。おそらくポルトガル人かオランダ人が日本にこの花の種を持ちこみ、エニシダという日本語が生れたのだろう。

「あらエニシダはポルトガルの花なの」

およねは目を見張りながら、エニシダの花とモラエスの顔を見較べた。およねもその新しい発見が嬉しかった。

琴平町はすべて金毘羅さん参りのために用意されたような町のたたずまいであった。旅館、土産物売屋、食べ物店、見せ物屋、そして数々の寺や神社があった。

参道入口から本宮までの七百八十五段の石段が有名だった。健康の人の足でも四十分かかるのだから、老人や身体の悪い人はこんな高い石段を登ることはできなかった。そのために参道入口から大門まで駕籠《かご》があった。

　竹村は着いたその日のうちに下見をして来ていた。およねが本宮まで参拝に行くには、大門まで駕籠で登り、そこから裏参道を通って本宮へ出るしかないだろうと言った。駕籠屋から聞いて来たのである。

「やはり、竹村さんについて来て貰ってよかった」

　モラエスは言った。

　そしてすぐモラエスは、こんな高い石段のある琴平宮参拝をなぜおよねが希望したかについて疑問を持った。

「自分の心臓をためそうとしているのだろうか。いやいや用心深い彼女がそんな無茶なことをやる筈はない。すると彼女は日本人の誰でも信じているようになにかを祈願するためにここへ来たのであろうか」

「竹村さん、金毘羅さんはいかなる効用がある神様ですか」

　モラエスの質問を直訳するとそういう意味になるので、竹村は思わず笑った。

「金毘羅さんは大物主《おおものぬし》の神を祭っています。海上の守護神であると同時に農業の守護神であり、医薬をつかさどる神様でもあります。戦《いく》さの神様ではなく平和を愛する神様です」

　竹村の説明でモラエスはおよねがなぜここへ来たいと言ったのか分ったような気がした。医薬の神様だからだ。およねは神にすがって早く丈夫な身体になりたいと願っているのだ。

モラエスはやさしい目をおよねに投げた。

翌朝三人はゆっくり宿を出た。およねには、あらかじめ、駕籠を使うことを承知させていた。駕籠のわきをモラエスと竹村が歩いて登ることにした。

およねを乗せた駕籠屋は石段を掛声と共に快調に登って行った。二人はそれに追いつくのに精いっぱいだった。石段の両側に土産物売屋が並んで派手に客の呼びこみをしていたが、かえり見る余裕はないほどだった。

大門で駕籠を降り、石段の表参道からはずれた裏参道に出ると、そこに予約していた別の駕籠が待っていた。裏参道は静かな道だった。森の中からやぶうぐいすの声が聞こえて来る。

駕籠は裏参道を通り社務所の上に出た。本宮はすぐ前にあった。もう登るところはどこにもなかった。

およねは本宮の社殿の前で長いこと手を合わせてなにかを祈願していた。モラエスは神殿に向って合わされたおよねのその白い小さい手を見ると、やはり、およねのために、祈ってやらねばならないと思った。彼はおよねと並んで両手を合わせた。神殿の奥の暗さが気になった。目をつぶると、鈴を振る音が聞こえた。

本宮に向って左側に絵馬堂があった。

献納された絵馬額が高い壁を埋めつくしていた。絢爛豪華に描かれた船の絵が多かった。竹村は絵馬額についてモラエスに一つ一つ説明してやったが、彼は絵馬額よりも、それを寄進した人たちについて訊いた。

「船の航海の安全、漁船ならば漁獲量が多いようにという願いをこめて寄進されたものだと思います」

竹村はその答えが完全かどうか自信はなかった。

「その気持は分ります。すると、これは神様への謝礼の前渡し金に相当するものですか」

モラエスにそう言われると、そこをどのように補足説明したらよいかに迷った。彼が黙っているとモラエスは更に訊ねて来る。

「仏教でいうところの喜捨《きしゃ》は、物品を僧や寺に寄進し、又は貧しい人たちに施すことです。これと似たようなことはキリスト教でも行われています。これによって、自らの心が救われるのだと思います。しかしこれはその喜捨や寄進とは全然違うように思われます。これは神様に対する示威運動《デモンストレーション》であり、同時に取引きのように思われます」

そう言われて見ればそうかもしれない。そこのところを、もうすこしもっともらしく弁護したかったが、竹村にはうまい言葉が見つからなかった。

「私は日本人の信仰を非難しているのではありません。神様と取引きができると考えている日本人の素直な気持に拍手を送りたいくらいです。私がもし日本人だったならば、ここに大きな絵馬額を寄進して、およねさんが歩いてこの石段が登れるようになることを神様にお祈りするでしょう」

モラエスと竹村の英語による会話の中に自分の名前が出たので、傍にいた彼女が口を出した。

「私がどうかしましたか」

モラエスと竹村は顔を見合わせて笑った。

帰りはおよねの希望もあって、石段を一段ずつゆっくり降りることにした。大門をすぐ前にした境内に大きな日傘を立てた露天商人の一群がいた。加美代飴《かみよあめ》を売っていた。

「この人たちは五人百姓と呼ばれています。遠い昔にこの人たちの先祖が神社に対して功績があったので、神社は、特にその五人の子孫に限って境内での物売りを許可しているのだそうです」

竹村はそのように説明した。

およねは加美代飴を何袋か買った。買いながら数を数えているので、モラエスがおよねさん食べるのですかと訊くと、

「金毘羅さんのお参りのお土産には昔からこの飴ときまっています。これから徳島へ行って姉たちのところへも寄るし、親戚の人たちとも会うでしょう。それから神戸には鈴島さんたちやコートさん御夫妻が私たちの帰りを待っています」

かなり買って行かないと間に合わないようなことを言った。モラエスはおよねが買いこんだ重いほどの飴の包みを小脇にかかえこんで、近くの森に目をやった。におうような新緑だった。

およねは金毘羅さん参りができたことで、めずらしく昂奮していた。とてもひとりでは来られないところをモラエスや竹村のおかげで無事お参りを済ませることができたな

どと何度か口に出した。

「私も金毘羅さん参りに来てよかったと思っています。ごりやくがありました」

モラエスは竹村から教わったばかりの御利益《ごりやく》という言葉をしきりに口にしていた。利益とは神仏に祈願し、神仏の力によって与えられる福利のことであると竹村が石段を降りる途中でモラエスに話してからは、なにかにつけてモラエスはごりやくを口にした。およねが機嫌がいいから彼もいいのである。

「どんな御利益がありましたか」

とおよねが訊くと、

「およねさん、たいへんよい奥さん、ごりやくになりました」

と真面目な顔で答えていた。

「どうも私の説明が足りなかったようです」

竹村は改めて、御利益がいかなるものかを説明したが、モラエスは完全には理解できないようであった。

モラエスは見て来たばかりの天保八年（一八三七）に建てられたという本宮旭社《あさひのやしろ》の入母屋《いりもや》造りの建築美や手のこんだ木組の見事さ、鳥獣などのすばらしい彫刻に触れて、

「あのようなすばらしい芸術品を見ることができたのは金毘羅さん参りのごりやくです」

などと言った。日本人が考えている御利益とは違ったものをモラエスは感じ取っていることが明らかだった。

「御利益とは祈願してすぐ与えられるものではありません」

と竹村が言うと、

「それでは、明日になったら与えられるでしょう」

と笑っていた。

翌日は晴れていた。三人は人力車を雇った。この日の目的地塩江《しおのえ》までは六里（二十四キロ）ほどあった。前々日、高松から琴平へ向って来た道を、琴平─榎井《えない》─岡田─栗熊《くりくま》─羽床《はゆか》と二里ほど引き返したところで、人力車は交替した。ここからは綾川沿いに南へ向って山手に入るのである。人力車には後押しがつくことになっていた。

「ごりやくです」

とモラエスは人力車が羽床を発とうとするとき、空を指しておよねに言った。

「ほんとうに金毘羅さんの御利益ですわ」

およねがそれに答えた。天気がいいのも、こうしてモラエスと楽しく旅行できるのもすべて御利益だと考えて嘘ではないような気がした。

羽床を出た一行は綾川沿いに山田へ向った。ここまで来ると完全な山道になる。人力車の速度が遅くなり、曳き手と押し手がしばしば交替した。

枌所《そぎしょ》、鮎滝《あゆたき》を経て塩江に着いた時は午後になっていた。

塩江には鉱泉があり、保養地として有名だった。十軒ほどの温泉宿が渓流に沿って並んでいた。金毘羅さん参りの帰り客や地元の客で賑わっていた。塩江に来ると、水系は変り、香東川の上流になっていた。音を立てて流れる川は幅数メートルだが、河原の広さから想像すると増水期にはかなりのあばれ河になるように思われた。ここは標高三百メートルにもならないところで山と呼ぶほどのところではなかったが、鄙《ひな》びた温泉地であることには間違いなかった。彼等はその温泉宿に旅装を解いた。

人力車に乗って来たのに、やっぱり疲れたなどと、大声で話し合いながら、湯館の方へ降りて行く人たちの後をモラエスと竹村はついて行った。およねは、風邪を引いてはいけませんから、後で入浴しますと言って部屋に残っていた。

モラエスは日本に来てから長い。日本宿にも泊ったことがあるし、箱根で旅の疲れを休めたこともあったが、男女混浴の風景に行き当ったことはなかった。彼が入浴した時の相手はいつも男たちばかりだった。

湯館には濛々《もうもう》と湯気が立ち、そこに十人ほどの入浴客がいた。そのうち四人は女性であった。

モラエスはすべて竹村にならった。籠の中に衣類を脱いで入れ、裸体になって、手拭で前をかくしながら湯舟におりて行くと、いままで、大きな声で話していた人たちが急に静かになり、いっせいにモラエスに向って視線を投げたが、それはごくしばらくの間のことで、モラエスと竹村が湯舟のほとりで、湯を汲んで身体にかけ、湯に入ろうとするころには、人々の視線は彼から去り、湯舟の中は再び騒然となった。それから後はモラエスの方を見る者はいなくなった。

入浴客の中には若い女性もいた。しかし、同じ湯に入っている男性たちが彼女たちに興味を示す様子はなかった。女性たちが洗い場に坐って身体を洗い出しても、特にそちらを盗み見る男はいなかった。モラエスは外国人が書いた日本の湯屋のことを何度か読んだことがある。混浴の場において日本人たちは男、女の性別をそれほど意識しないようだと書いてあったが、それを目の当りに見せられた彼は、これこそ日本へ来て以来のもっとも驚くべきことのように思った。

(男に肌を見せることを極度に嫌う日本女性が、なぜ混浴の場では肌を平気で男の前にさらすのだろうか)

分らないことだった。たとえ、それは従来からの習慣だと言われたとしても理解に苦しむことだった。しかし、モラエスはおよねをこの湯舟へは入れたくなかった。習慣がどうであれ、およねの身体を人前にさらすのは考えただけで堪えられないことだった。

犬が一晩中吠えた。朝になっても犬の鳴き声はやまなかった。

早立ちする客のために用意された人力車の轅《ながえ》に二匹の犬が繋がれていた。どの犬もたくましそうな犬だった。彼等はあきらめたような目で車夫の出発の合図を待っていた。

清水越えをして徳島方面へ向う人力車にはすべて犬が使われていた。それがこの峠道を通る人力車の特徴のひとつでもあった。

モラエスは犬に人力車を曳かせるということに不服だった。

「後押しの人を探して下さい」

と竹村を通して宿の者に申し込んだが、清水越えをする人力車に限って、人と犬との組合わせになっているから後押しの人はいなかった。

「峠と言ってもそれほどけわしい峠ではございませんから犬で大丈夫です」

と宿の主人は竹村に言った。モラエスが犬の力では無理だろうと危うがっていると思ったからであった。

モラエスは渋々ながら人力車に乗った。

人力車は香東川に沿って、上流へ上流へと走り続けた。急な坂ではなかったが、ずっと上り坂だった。落合、中下所を通り、柞野《くにぎの》の茶屋で休憩した。車夫が犬を放してやるといっせいに河原へ水を飲みに走った。

人家は点々と散在し、痩せた畑地や、こんなところにと思われるようなところに小さな田があった。

既にその最盛期は過ぎたようであったが、雑木林や杉林から道端にかけての草地に、咲いている赤いツツジが美しかった。

立ち枯れの大木にフジ蔓《づる》が巻きついて、紫色の花を咲かせていた。

モラエスは時折見かけるフジの花にポルトガルを思い出していた。ポルトガルにもフジは多かった。人家の庭に棚を作っている家もあったし、公園にもあった。日本のフジのように紫色が濃くはなく、紫色に紅をいくらか溶しこんだような色をしていた。自然に生えている姿は同じであった。

人力車は堂ケ平の茶屋で休憩した。車夫たちは寄合って茶を飲みながら、天気がよいから、これからの登りもたいしたことはないだろうと話し合っていた。

車夫は出発するとき、二匹の犬の曳き綱の長さを短くした。それだけで犬は来るべき難所への苦闘を察したのか、尻尾を巻き、おびえたような目で車夫を見上げた。

そこから峠の清水までは一気に百メートルほどを登る急坂だった。人力車は喘ぎながらこの道を登って行った。車夫も喘ぎ、それより増して犬たちは長い舌を出して喘いでいた。犬たちの咽喉《のど》に曳き綱の輪が深く食いこむせいか、時折、かすれたような声を上げげた。車夫が犬を怒鳴りつけた。棒で殴りつけたりした。そんなにしても人力車は、ゆっくり歩いて登るほどの速さしか出せず、激しく車夫に打たれた犬が悲鳴を上げた。

モラエスは、車夫に声をかけた。なにを言われたか分らなかったが、かなり激しい声がうしろから聞こえて来たので、車夫は梶棒をおろした。

モラエスは人力車から降りた。

先頭を行くモラエスが乗った人力車が停止したので、およねの乗っている人力車も最後の竹村の人力車も坂の途中で停止した。

「犬がおかわいそう。私歩きます」

モラエスはおよねに言った。おかわいそうという言葉も彼がおよねから覚えた言葉で、彼が好んで使う言葉だった。

竹村が来て、もう少しで人力車は峠に着きますから、乗っていてくださいと言ったが、モラエスは犬がおかわいそうですを繰り返すだけだった。

竹村は全身びしょ濡れになるほどの汗を出して車を曳いている車夫よりも、犬のほうに同情するモラエスの気持がよく分らなかった。犬がおかわいそうならば、人もおかわいそうである。それならば初めっから人力車に乗らないで歩けばよいのにと思う彼の気持が、モラエスを見上げる目の光りとなって動くのを彼はいちはやく認めて言った。

「竹村さん、車を曳く日本人はそれが職業です。生活のために車を曳かねばならないし、そのために報酬を得ています。しかし犬はもともとこのような重労働をさせられるための動物ではありません。分りますか。犬は人間の奴隷《どれい》ではなく、友人なのです」

モラエスはそう言って一歩を踏み出したが、すぐ振り返って心配そうに見ているおよねに言った。

「およねさんは人力車に乗りなさい」

しかし、竹村には乗れとは言わなかった。止むなく竹村は人力車夫に峠の上までは歩き、そこから下りはまた人力車に乗ることを告げた。心配そうな顔をしている車夫に料金は約束どおり払うと言い添えることは忘れなかった。

香川県と徳島県の県境より少々徳島県側によったところに清水があった。茶屋の周辺に数軒の人家があった。分水嶺の峠を越えると吉野川に向って流れこむ曾江谷《そえだに》川の上流になる。

清水の茶屋からは眼下に吉野川を見おろすことができる。黒く水をたたえた大河を中心として東西にのびる帯状の耕地の上に薄い靄がかかっていた。

清水から吉野川までの道はおよそ二里（八キロ）あったがずっと下りだった。

車夫は犬を放したが、下山道を走り出そうとする人力車を踏みこたえながらの下り道だったから、登り以上に苦労をしているようだった。

清水からは点々と人家が続いていた。途中、谷口の茶屋で一度休んでから番所、吉竹、土井、拝原と降りて来てここからは吉野川沿いに岩津まで軽快に走った。

岩津で人力車夫に料金を払ってかえし、渡し舟で吉野川を渡り、船戸に出たころは日がだいぶ西に傾いていた。清水から見た吉野川は黒く見えたが、近くで見るとこの大河は青色に白さを浮かせていた。

船戸から寺島（現在の徳島駅）まで汽車が通っていた。

一行が徳島駅まで汽車に乗って出て、中通町一丁目の志摩《しま》源《げん》旅館に着いたころは暗くなりかけていた。

三人にとっては長い旅だったけれども、無事徳島についたことで三人は喜び合った。

食事を済ませると竹村が言った。

「ではこれから、ユキさんのところへちょっと顔を出してまいります」

モラエスは彼のうしろ姿を見ながら、琴平に着いた時もそうだったが、休むことは念頭から忘れたように、翌日のスケジュールに向って突っ走ろうとする、日本人の生真面目《きまじめ》な性格を発見したような気がした。

モラエスが読んだ日本紀行のほとんど全部に日本人の勤勉さが書かれていたが、実際に竹村と歩いてみて、勤勉よりも奉仕に近い彼の働きぶりに驚いていた。

ユキは予定通りの日に現われた竹村の顔を浮かぬ顔で見て言った。

「どうもうちの親戚にはわからず屋が多くてね……」

後を濁した言葉の中に、竹村は、モラエスとおよねを中心としての披露宴を徳島で開く計画が駄目になったことを察知した。

「できることなら、勢見山《せいみやま》金毘羅さん下の福本楼あたりで立派な披露をやりたかったのですが、結局誰も出席すると言わないのだから、しようがありません」

福本楼あたりでと言ったそれは眉山の麓にある徳島では最高の料亭であった。

ユキと話していると次々に子供たちが顔を見せた。

「でもおよねさんはせっかく来たのだから、姉さんたちに会いたいでしょう」

竹村はモラエスとおよねが揃って長姉のおとよの家を訪問することの可否を暗に打診してみた。

「およねひとりで来るのならおとよ姉さんも……」

ユキはそれ以上を言わなかった。

竹村は、このことはその夜は言わずに翌朝になっておよねに告げた。

およねは一瞬悲しそうな顔をしたが、すぐその悲しみを振り切るようにして、

「そうなれば、それでかえってさっぱりするわ、私たちはゆっくり徳島を見物して帰りましょう」

およねはモラエスの顔を見上げた。親戚たちに喜ばれない結婚をした彼女には、モラエスが頼りになる唯一の人だと言いたげだった。

モラエスにもそれらの経緯《いきさつ》がよく分った。すべてはおよねの意志にまかせることにした。

およねは朝のうちに人力車で姉のユキとおとよのところに挨拶に行った。神戸から用意して来た土産物や金毘羅さん参りのお土産を置いた。

「モラエスさんは外に待っているのかい」

　長姉のおとよはおよねに訊いた。およねは黙って首を左右に振った。そのとき、彼女の頬を流れる光るものを見たおとよはあわてて言い添えた。

「なにね、私はお前がモラエスさんと一緒に来るものだとばかり思っていたのだよ」

竹村は徳島での披露宴の計画が反古《ほご》になったことを自分の責任のように思った。彼は、モラエスとおよねの前から姿を消したい思いだった。彼は二人の後を数メートルほど離れてついて歩いた。モラエスから通訳を頼まれない限り自ら進んで出ようとはしなかった。

およねは徳島城址にモラエスをつれて行ったがモラエスが城址に興味を示さないのを見て取ると、

「徳島でどこが一番好きですか」

と訊いた。モラエスはたった一度来ただけで何処が一番好きかと訊かれても答えられるほどは歩いていないだろうとは思ったがそう訊いてみたかったのである。

「瑞巌寺《ずいがんじ》」

モラエスははっきり答えると、眉山の方へ目をやった。

およねはモラエスが瑞巌寺をなぜ指名したか分らなかったが、うしろにいた竹村には分っていた。二年前の春、ここに来たときモラエスがおよねさんと真先にここへ来ればよかったとつぶやいたときのことを覚えていたからだった。

モラエスは瑞巌寺の門をくぐったところにある、四かかえもある黒松の大樹をしばらく見上げてから境内に入って行った。マキの垣根をくぐったところにある石庭の青石が初夏の光を浴びて光っていた。木戸を開けて本庭に入ると、前に眉山の新緑のみどりが覆いかぶさるようにせまって来る。うぐいすの声が聞こえた。

（この小さな庭にあの大きな自然がすべて取りこまれている。あの小さな白く濁った池に眉山のすべてが映し出されている）

モラエスは心の中でつぶやいていたが、それを日本語にしておよねに話してやることができなかった。彼は、およねの肩を軽く抱くようにして、いつまでもいつまでも庭と眉山の緑の対照の中に浸っていた。

寺の庭には誰もいなかった。庭の木々は濃いみどりに彩られていた。庭にはカエデやモミジの木が多く植えられていた。なぜか花が目につかなかった。それがかえって、この寺の庭を静寂にしていた。

モラエスが動かないとおよねも動かなかった。モラエスが、美しいと感じていることが彼の手を通して痛いほど彼女の胸を打っていた。モラエスと共に徳島に里帰りしたことが結局は二人のためだったのだと思うとシイの葉の間を洩れて来る陽がまぶしかった。

明治三十四年の初夏モラエスとおよねが、琴平宮をお参りしてから後徳島へ出た経路はいままではっきりしていなかった。この章に書かれたルートは徳島市のモラエス研究家、岡田守氏が提供してくれたデータによるものである。現在の地図から判断すると旧清水越え街道はほぼ現在の道であったように思われる。また徳島—船戸間の徳島線（鉄道）が開通したのは明治三十三年八月八日である。

コルク樫《がし》

明治三十五年（一九〇二）に入ってからのモラエスは、曾《かつ》てマカオの港務局副司令、兼広東総領事の要職にあった当時のように、精力的に仕事を始めた。

第一の仕事として在留ポルトガル人の現況と分析に徹底的に乗り出したのは、彼の過去の業績について見れば、なるほどと頷けることであった。

モラエスは海軍出身者としては珍しく文筆家であり、同時に生物学者でもあった。彼が明治十九年（一八八六）に海軍大尉としてアフリカのモザンビークに居たとき、余暇に採取分類した海洋微生物の研究は、ポルトガルのみならず西欧諸国の生物学界で認められ、博物学者モラエスとしての名を不抜なものとした。彼が三十二歳の時であった。

その後、彼が文筆家として有名になったとき或るポルトガル人が、文学と生物学について質問をしたことがある。

〈文学と生物学とは一見して全く違ったように見えるけれど、両方とも観察の上に立つ学問であることにおいては同じだと思います〉

彼はそう答えた。

モラエスは芸術、科学に限らず、すべてに渡って入念な観察を行った。マカオ時代にも現状を徹底的に調査分析してから将来の計画に接続しようとした。しかしその彼の理想論もたまたま阿片密輸取締長官兼任となったときに、周囲の人たちとの間に壁を作ることになり、やがては、職を追われる身となったのである。モラエスは日本に来てからも、彼の性格上、ごく一般的な他国の領事のように、領事として神戸に居をかまえること自体に存在意義があるものとしてふんぞり返り、本国からの送金に甘んじて、日々優雅な外交官生活を送っておればよいとは考えていなかった。

ポルトガルは斜陽の国であった。国家経済も豊かではなかった。その国から領事に任ぜられて神戸に滞在している以上は、在留ポルトガル人の保護に当ればいいという単純なものではなく、保護、育成、貿易の発展にまで前進しなければならないと考えていた。その前には徹底的な調査を行い、現状を把握しなければならない。彼はその考えを先輩のフォサリュに話した。

「モラエス君、君の情熱はよく分る。領事になったばかりには誰でも一度はそんなことを考えるものだ。しかし、そのうち、やり過ぎて、在留自国民にうるさがられるようになると、たちまちやる気を失くしてしまうものだ。領事はけっしてやらせる方に立ってはいけない。自国民がやるのをじっと眺めていればいいのだ」

モラエスはその言葉を黙って聞いていた。フランスをはじめ、英国、ドイツのように多くの貿易商社が神戸、大阪に入りこんで活発に活動している国の領事ならばフォサリュの意見を鵜のみにしてもよいだろう。しかし、長い間閉ざしていた領事館の門が再び開かれたその最初の領事のモラエスにはフォサリュの言うとおり、じっと眺めているわけにはゆかなかった。

「しかし私はやらねばならないでしょう」

モラエスはフォサリュでなく自分自身に向って言った。

モラエスは神戸、大阪に滞在するポルトガル人商社を対象としてここ数年間の貿易の実態調査を始めた。

商社はまず最初に自社の実績が他社へ洩れることを惧《おそ》れて資料の提出をこばんだ。モラエスはそれらの人たちの間を熱心に説き廻って、その重要性を説き、秘密の厳守を約束した。在留ポルトガル人たちはモラエスの熱心さに動かされてやがて資料を提出した。モラエスはこの資料を竹村と共に整理した。領事館員をもう一人欲しいと思ったが、人を増すよりも、実質的に濃密な仕事をしたいというのが、モラエスの考え方であった。

統計の結果は、日本の貿易が急激な進展を見せるにつれて在留ポルトガル人の貿易も漸進しているという実態を掴んだに過ぎなかった。しかも、その貿易は、日本製の雑貨品を主としてアジア諸国へ売り出すという仕事であって、本国のポルトガルで生産された物品を日本へ輸入したり、また日本で生産された物品をポルトガルへ送るという、モラエスが考えていたもっとも基本的な貿易はほとんど為されていないのである。

「ポルトガルの代表的生産物である、コルクとワインが、わが国の業者によって輸入されていないのはなぜであろうか」

モラエスは薄々は知っていたことだったが、統計の結果に現われたその数字を見て、その少なさにあきれ果てて、竹村の前で声を上げたのである。

「最近、日本はかなり多量のコルクを輸入している筈です。私は輸入する側の日本の業者と監督する立場にあるお役所に当ってみましょう」

と竹村は言った。モラエスは本国へ調査依頼状を出して、コルクの輸出についての正確な数字の調査に取りかかった。

日本におけるコルクの輸入業者名、輸入額は竹村の調査によって間も無く判明した。明治三十三年（一九〇〇）の日本側の統計によるとコルクの総輸入額は約十五万ドルという多額にのぼり、これ等はベルギー、フランス、ドイツ、イギリス、オランダ、スペイン、ポルトガルの諸国から日本へ輸入されていた。最高額がドイツで、約九万ドルであり、最低はポルトガルで僅かに七百九十一ドルであった。

「コルク材を産出しているのはポルトガルである。そのポルトガルからは僅かに七百九十一ドルしか輸入されていないのは如何なる理由であろうか」

モラエスはその数字を見て、悲痛な声を上げた。

ポルトガルで産出されたコルクは、直接日本へは送られては来ず、一旦は西欧諸国に売られた後で、その国の商品として日本へ輸出されて来るのである。つまりコルクの市場は生産国から完全に遊離した状態にあるという事実がそこに数字となって現われたのである。

「このまま、黙ってはおられない」

モラエスは海の方へ向ってつぶやいた。

モラエスはコルクの問題に頭を突込むとしばらくはそれから離れられなかった。領事館内で竹村とコルクのことで話し合ったり、ポルトガル人貿易商のファン・ニーロップと長時間に亘って話し合ったりした。

およねはモラエスとファン・ニーロップのところにコーヒーを運んで行ったとき、いつもならば必ずどちらかが、ありがとうを言うのに、それさえ忘れて話し合っているのをみると、よほどコルクのことで重大な問題が起っているのだと思った。およねはコーヒーを静かに置き、そっと離れた。

「あなたはもはや手を打つ方法はないと断定なさるのですか」

モラエスはファン・ニーロップにかなり強い口調で言った。

「断定は致しませんが、それはほとんどむずかしいことだと申し上げているのです。さきほども言ったとおり、わがポルトガルのトラズス・モンテス州にある代表的なコルク樫の大森林の所有者クレメンテ・メネーレス氏はその生産の全部をドイツ商社とイギリス商社に輸出する長期契約を結んでいます。その他の主なるコルク樫の生産会社もドイツ、イギリス、フランス等の商社と長期輸出契約を結んでいます。ポルトガルのコルク生産業者は、長年の取引先と縁を切ることはできないし、その一部を他国へ輸出する余裕もないのです。コルク樫の生産量は或る程度限られています」

ファン・ニーロップは言った。

「そのことはさきほどから何度も聞きました。私の言うのは、日本という新しい顧客に対しての今後の増大分だけでも、ポルトガル人の手によって直接輸入して貰いたいと言っているのです。日本のコルク材使用量は非常な勢いで伸びています。いままでの分は従来の外国貿易業者に譲ったとしても、今後の増加分はなんとかあなたがたの手によって確保していただきたいのです」

「むずかしいですね。貿易というものは、そんなに甘いものではありませんよ、モラエスさん」

「簡単ではないでしょう。しかしやろうと思えばできないことはないと思います。現にあなたの会社は少ないながらも年に七百九十一ドルのコルクを直接本国から日本へ持ちこんでいるではありませんか。既に足がかりはできているのです」

モラエスは日本側が調査したコルクの輸入金額とその輸出国の一覧表に目を向けながら言った。

「コルクだけが商品ではないのです。多くの物品が複雑な形で交錯しながら取引きされているのが貿易の実態です。コルクだけを貿易の系列から引き離して考えることはたいへんむずかしいことです」

ファン・ニーロップは言った。

「失礼ですが、あなたはやってみようという気がないのでは？　むずかしい、むずかしいと言っていたら、なにごともできないでしょう。やってみることです。今がそのチャンスだと私は思っています」

モラエスはコーヒーカップに手を伸ばした。

「コルクってこれでしょう」

その夜、夕食の折、およねはワインの壜《びん》の栓《せん》を指でつまみ上げて、眺めながらモラエスに訊いた。

「それ、ポルトガルのコルティッサ（cortiça）、英語のコーク（cork）、ドイツ語のコルク（kork）、みな同じポルトガルのコルティッサです」

「するとこのコルクという木はポルトガルから海を越えて来たものですか」

およねは珍しそうにコルクの栓に見入っていた。

「それ木ではない。木の皮です」

「これが木の皮、まあ」

およねは驚いた。木の皮からこの栓をどうして作り出すのだろうか。

「コルクの話します。およねさんよいですか」

「ぜひ聞かせてください。どんな木で、どうしてこれが取れるのか、その木はポルトガルしか生えていないのか、私にはその木の形すら想像することはできません」

およねは言った。

「では食事のあとで、写真あります」

モラエスは食後の楽しみが増えたことを喜んでいるようだった。いそいそとした顔でいつもより早く食事を済ませると、書斎から、皮表紙の厚い横文字の本を持って来て彼女の前に拡げた。彼は、ゆっくりと、何度も何度もコルクについての説明を繰り返した。

コルクの木はコルク樫と言って、ブナ科に属する常緑樹であった。楕円形をした厚い葉の周辺には鋭い歯のような凹凸がある。この木は地中海気候の支配するスペイン、ポルトガル、アルジェリア、チュニジア、モロッコ等にあるが、良質なコルク材が多量に採れるのはポルトガルであった。コルク樫は日本の樫とは全然違う。見掛けが似ている木を強いて挙げようとしても、適当のものがない。強いて言えば、シイの木が似ている。

コルク樫の幹はごわごわと細かい亀裂や条溝が目立つ厚い樹皮で覆われている。樹皮の厚さは四センチから六センチに達する。コルク生産者はその樹皮を剝いで工場へ運び、熱湯に浸し、柔い平らな板としてからこれを蓚酸塩《しゅうさんえん》で処理する。これでコルク板としての商品になるのである。弾力性があり、気体や液体を通さず、熱の不導体で、軽いというところに特徴がある。もっとも良質なコルクは、二十年ないし二十五年の生成樹から採った処女樹皮だと言われている。その後、十年毎に樹皮を剝ぐ。古いコルクになると百年という大木もある。コルク樫の森は自然林ではなく、コルク樫の苗を適当な間隔をとって植えつけてあった。よく手入れが行き届いたコルク樫の森を遠くから見ると、果樹園のように見える。それは完全に、栽培された樹林である。

「まあ、こうして木の皮を剝ぐのですか」

およねは梯子を掛けて、コルク樫から樹皮を剝ぎ取っている農夫の写真を見て言った。

「コルク樫の皮、馬車運びます」

モラエスは首飾りをつけた騾馬《らば》が荷車を曳いている写真を見せて言った。

モラエスはコルクのことを話し出したら止められなかった。とにかくおよねに話してやりたかった。

コルク樫の森はポルトガル全土に渡ってあるけれど、どちらかというと中西部に多い。暗い森ではなく、木と木の間は充分に間隔が取られ、木々が充分光を浴びられるように配慮してある。コルクの森というよりもコルク園である。

コルク園の中では時々放牧の牛を見かける。コルク樫の下草を食べさせるためである。ポルトガルは東部と北部の山岳地帯を除くとだいたいが丘陵地帯である。日本に比較すると雨量は東京の約半分で気温は冬期でも摂氏十度以下になることは少ない。年平均気温は日本の長崎と同じであるから全体的には温暖に乾燥した気候と言えよう。その気候がコルクには適しているのである。

「コルクの森、オリーブの畑、コルクの森、オリーブの畑、そしてユーカリの道……」

モラエスはコルクの森の隣りにはオリーブの畑があったり、その丘と丘とを貫く道の街路樹にユーカリの木が繁っているポルトガルの美しい風景をなんとかしておよねに理解させてやりたかった。

モラエスの日本語は不充分だった。しかし、およねは大きな目を見張って、モラエスの話の中から見たことのないモラエスの故郷の風景を想像しようとした。

コルク樫の森から、およねは四国に多いヤマモモの森を想像し、オリーブの畑は梅林を想像した。しかしユーカリだけはどうしても想像できなかった。

「ユーカリってどんな木？」

と質問すると、モラエスはユーカリの木の写真を彼女に見せる。白い肌をした背の高い常緑樹で葉は柳のように細い。この葉からユーカリ油を採る。モラエスはおよねが分るまであらゆる手段を尽して説明しようとする。そうしているうちに、いつか彼自身の心が故郷へ飛んで行ってしまうことがある。彼は故郷の野山をおよねと共に歩いているような錯覚にしばしば陥った。そんな時でも彼は日本語を使う。彼女をそこに取り残して、ひとりでポルトガル語をしゃべるようなことはしなかった。

およねは、その話しぶりの中に彼の深い愛情を感じていた。

「コルク樫の森、広い野原、白い鳥たくさん、牛たくさん、白い鳥牛の虫食べる、またオリーブの畑、エボラの城……」

モラエスは語る。およねは、そのモラエスと共にポルトガルを歩いていた。コルク樫の森を出たところに広い牧場があって、そこに牛が群れ遊んでいる。その牛の背に白い鳥が止って、牛の背を突いているが、牛は嫌な顔をしない。白い鳥は牛についているダニを食べてやっているのである。寝そべっていた牛が、人の姿を見て立上って鳴いた。白い鳥が牛の背から飛び立って行く。その方向にエボラ（Evora ポルトガル南部の古都）の城壁が見えている。

およねはその景色を想像しながら、うるんだような目をモラエスに投げていた。

モラエスはおよねとの結婚や領事館の移転などがあったので、明治三十三年（一九〇〇年）と明治三十四年中には日本に関する随筆はあまり書かなかった。しかし、明治三十五年になって、彼は再び日本について活発な筆を振うようになった。

モラエスがポルトガルのポルト商報に「日本通信」として随筆を掲載しはじめたのは明治三十五年（一九〇二）の四月八日であった。この日の記事は「日英同盟」と題して、日英同盟が仏露同盟に対して成立したものであることを指摘、

わずか三十年たらずで、その神秘的な孤立から近代的文明にのし上ることができ、かつ、すでに大国として重んじられかけている国民が、その地位と、積極的な繁栄をめざして、進むべき正しい道を明白に理解しているのを信じようではないか。

（『定本モラエス全集』より）


と結んでいる。

日本人を大国として重んじられかけている国民という的確な表現でとらえているモラエスはその後も、この日本通信を通じて、日本の動きを正確に追っていた。

ポルト商報に「日英同盟」が掲載されてから二週間後の四月二十三日の同紙に「大阪の勧業大博覧会」と題して、明治三十六年（一九〇三）三月以降五カ月間にわたって、大博覧会が催されるが、この中で呼び物となっているのは、外国商品の陳列場である。既に他の諸国はこの博覧会場に出品することを約束しているがポルトガルもぜひこの博覧会に参加したいものであると書いている。

彼はこの後、二週間毎にポルトガルへ日本通信を送り続けた。

日本とポルトガルの今後の通商は如何に為すべきか、ポルトガルが日本へ輸出すべき物品として、コルク、葡萄酒、罐詰、オリーブ油、ゴム、コーヒー、象牙等を挙げて、これらのほとんどは他の外国貿易会社の取扱い品となっている実態などを書いた。また「ポルトガルが歓迎するであろう日本商品」として畳表《たたみおもて》、絹布、綿布、扇子、陶磁器、漆器、その他雑貨類を挙げている。

通信の中には貿易に関する記事がもっとも多かったが、明治三十五年の一月に起った、八甲田山遭難事件なども、かなり正確に書き送っている。

指揮官の山口少佐は部下の将兵に囲まれて生命を助かったが、救助されてから三日後に病院で死んだ。死ぬ前に父から手紙を受け取っているから、死因は責任を負っての自決であって、日本武士道の名残りを示すものである、と書いている。

陸軍は山口少佐が自決したことはひた隠しにかくしていたが、なぜモラエスが、この真相を知ったかは不明である。或いは真相を知っている日本の新聞記者あたりから聞いたのかもしれない。

それまで、どちらかというと日本礼讃に満ち満ちていた耽美的文章が著しく即物的傾向を帯びて来たのは事実である。

モラエスは内外の新聞によく目を通していた。英字新聞ばかりでなく、日本の新聞にも目を通した。

特に急ぎの用がない限りは、出勤して来た竹村に、日本の新聞を前にして見出しと、内容の概略を聞いた。

モラエスは、片かな、平がなは読めるし、書くことはできたが、漢字は読めなかった。漢字まで勉強して、完全に日本語をマスターするまでの時間的余裕がなかったとしても、日本を愛しながらそこまで踏みこめずに逡巡し、終にその機会を失したところに彼の弱さの一面が覗いていた。

（日本語は非常にむずかしい。しかし話すだけのことなら努力次第でなんとかなるだろう）

それがモラエスの日本語に対する妥協点であった。

彼は、竹村に英訳して貰った日本の新聞の記事の内容について、更に長い時間をかけておよねから説明を受けた。竹村は英語で、およねは日本語である。その二つの解釈がモラエスの頭の中で実像になり、ポルトガル語となり、故郷の新聞に載った。

明治三十五年の六月に南鳥島（マーカス島）で事件が発生した。

米国の軍艦が南鳥島に接近し、ボートに数人の水兵を乗せて島に送りこもうとしたところが、同島で燐鉱石を採取していた日本人がボートに向って攻撃の姿勢を示した。指揮官は国際的トラブルをおそれて、上陸は取りやめ、このことを本国に報告した。米国はマーカス島は自領だと主張し、日本は旧来からの日本領土だと主張してゆずらなかった。

この事件は日本の新聞には小さく報道されたに過ぎなかったが、外国の新聞は注目すべき事件として大々的に扱った。

モラエスはこの事件を、アメリカのアジアに対する政策の一つと見たようであった。

「アメリカのような大国がなぜ、太平洋上に浮ぶこのような小さな島に目をつけたと思いますか」

モラエスは世界地図の上にはその記載すらないような南鳥島について竹村に訊いた。

「それは欲しいからでしょう」

竹村は、なぜモラエスがそのような当り前のことを訊くのだろうかという顔をした。

モラエスはパイプを手にしながら話し出した。

「欲しいということよりも、米国は日本の外交能力の打診をやっているのだと思いますね。日本を鎖国から開国するためにもっとも熱心だったアメリカは、現在も尚日本に対して深い関心を持っています。日本が清国と戦って勝って一流国となった現状においての、日本の外交能力はそのまま、国際間の評価にもつながることになります。日本はマーカス島という試験問題をアメリカから提出され、それを南鳥島であると解かねばならないのです。真向からこれを解くか、国際外交という立場で解くか、どっちにしても、決死隊や切腹のやり方でこの問題は解けなくなって来たことだけは事実です」

モラエスはパイプのタバコに火を点けた。

モラエスは自国の生産物を明治三十六年に大阪で開催される勧業博覧会に出品したかった。コルク、葡萄酒、罐詰類、オリーブ油とその種類は少なかったが、扱い方如何によっては必ずや日本人の目を惹く物になるだろうと思った。大阪の勧業博覧会の主催者側からも、ぜひ出品して欲しいという勧誘を受けていた。出品するならば、ポルトガル館として一館はともかく、一室は設けたかった。それには費用がかかる。ポルトガル人貿易商の手を借りたかった。

モラエスはポルトガル人商社やその経営者の個々に当ってみた。それぞれが賛成だったが、いざとなると、進んで協力しようという者はいなかった。

日本に在留するポルトガル人が共同して出品するという方法もあった。そうなった場合はその費用の割当てがむずかしい。商社によってそれぞれ思惑があるから、平等に割り当てるというわけには行かない。それよりも、

（博覧会に出品したところで、たいした儲けにはならないだろう）

という彼等の消極的な姿勢が、進んで出品しようとする者を出さない下地になっていた。モラエスにとって最も重視しなければならない問題だった。

モラエスは明治三十五年九月二十八日に、神戸のポルトガル料理専門のレストラン「オポルト」で開かれたポルトガル人会の席上でこのことを力説した。

「儲けるとか儲けないとかいうことではない。展覧会に出品するかしないかは、国の存在を示すか示さないかということになるのだ。ポルトガルは、日本人たちの頭の中に強く焼きついている国なのだ。それが今は忘れられようとしている。この際、われわれは積極的に行動して、わがポルトガル国の存在を日本人に印象付けることだ。それがやがては貿易にもつながる」

この会に出席した三十人余のポルトガル人は黙って彼のいうことを聞いていた。

モラエスが大阪の勧業博覧会に参加しようと躍起になっていることを知らない者はいなかった。多くは、またかという顔で聞いていた。

モラエスは来年の三月から五カ月に渡って行われる大阪の勧業博覧会に、その国の産物だけを集めた独立館を建てることを約束した国や、一室を設けたいと申し込んだ国の名前を次々と挙げた。

「博覧会に参加するには一刻の猶予もないほど、時期が切迫しています。今日この場で博覧会参加を決定したとしても、その準備には更に日数を必要とします。何よりも心配なのは、出品すべき物品を本国から取り寄せることです。わが国ははるかかなたにあります。何を持って来るにしても少なくとも一カ月が必要です。それを考慮の上で、みなさまにぜひ協力をお願いしたいと思います」

みな神妙な顔をして、モラエスの演説に耳を傾けていた。口を出すことによって損をしたくないという腹のようであった。モラエスは絶対あきらめるものかと自分自身に鞭《むち》を当てていた。

「なにか質問がございませんか」

モラエスは演説が終ると言った。その声は高かったが、張りはなかった。期待していたような反応は求められないかもしれない。彼は場内を見廻した。

一人が席から立ち上った。

「わがポルトガル人にとっては非常に重大なことであり、且つ有益な御説だと思います」

そう言ったのは、「オポルト」の経営者であるヴィセント・ブラガであった。彼の父は明治の初めころ、お雇い外国人として日本に招聘《しょうへい》され、日本人に複式簿記を教えた人であった。

「私はモラエス領事のお話を聞いているうちに父から聞いたコルクの話を思い出しました。日本に初めてコルクが輸入されたのは一八六四年（元治元年）です。ヘボン博士から眼薬の製法を教わった岸田吟香という日本人が精錡《せいき》水《すい》という目薬を売り出し、この薬壜の栓にコルクの栓を使ったのが最初でした。壜はガラス壜ではなく瀬戸物だったそうです。しかし、そのころの日本人も現在の日本人も、わが国で採れたコルティッサがドイツ人やイギリス人の手で買い取られ、コルクという名に変って輸入されたときから、これがポルトガルの産物だとは一人として知っている者はありませんでした。父はこのことをしばしば口にして困ったことだと言っておりました。私はその父に、コルクがポルトガルの産物だと日本人に教えてやるにはどうしたらよいかと訊ねました。父は日本人をポルトガルに連れて行って、実際にコルク樫を見せてやるしかないだろうと言いました。私はこれだけのことを皆様に言いたいがために立ち上りました。モラエス領事に対する質問ではなく、彼の演説に対する感動がついこんなことを私に言わせてしまいました。お許し下さい」

ポルトガル人の間にざわめきが起った。モラエスの演説に対してこれほど有効な支持はないであろうと思われた。

続いて又一人立上った。

「モラエス領事にお伺いします。ただいまのブラガさんの話にあったように、コルクをわがポルトガルの産物だということを日本人に知らしめるには、これを博覧会場に出品するのが最良の策だとは思いますが、その陳列方法について腹案があったらお聞かせ願いたいと思います」

貿易商ファン・ニーロップであった。

モラエスは、しばらくは壇上で躊躇していた。言うか言うまいかを思案しているようだった。

「諸君がよく御存知のように、私は日本人の女と結婚しました。およねというのが私の妻の名前です」

モラエスのその意外な言い出し方に、人々はあっけにとられたような目をした。そこにはモラエスがおよねと結婚したことを知らない人は一人もいなかった。ポルトガル領事館を毎朝美しい活花で飾っている、着物姿の日本女性を見るために、たいした用も無いのに領事館を訪問するポルトガル人もかなりいた。モラエスとおよねの結婚が神戸の国際舞台における華麗なゴシップの一つだと言われたのはつい一年前である。

「私の妻のおよねはワインの栓のコルクがポルトガルの産物であることにまず驚きました。そして、この木はどのような木かと私に訊ねました。木ではないコルク樫の樹皮であると教えてやり、写真を見せてようやく納得させました。そんなことがあったしばらく後で、それは三日ほど前のことですが、私は来るべき大阪の博覧会場に、コルクと共にコルク樫の写真を陳列して日本人に見せてやれば、日本人はコルクがポルトガルの産物でコルク樫の樹皮であることを知ることができるだろうと言ってやりました。すると私の妻は……」

モラエスはそこで言葉を切って、会場の人たちの顔をひととおり見渡してから後を続けた。

「妻はこう言いました。日本人は写真を見ただけでは納得しないでしょう。ポルトガルから、コルク樫の幹の一部を持って来て陳列し、その樹皮を剝ぎ採りにかかったところに触れることができたら誰でもこれがほんとうのコルクで、しかもポルトガル産だということを覚えこむでしょうと。私は妻に賛成しました。コルクの樹皮を並べたり、コルク材の製品を陳列するのはたいへんによいことだと思います。しかし、日本人に強く印象付けるには、日本人の心理を率直に言ったものだと思います。大阪の博覧会でポルトガル館が呼び物の一つになるには、コルク樫そのものを見せ、その樹皮に直接触れさせることです。私の妻は日本人の心理を率直に言ったものだと思います。大阪の博覧会でポルトガル館が呼び物の一つになるには、コルク樫の幹をそのまま船に乗せて取り寄せることです」

モラエスはそこで一息ついた。

ファン・ニーロップが博覧会場の陳列方法について質問したことは、博覧会へ出品する意志を示そうとしたのかもしれない。ファン・ニーロップがやると言えば必ず彼に協力する者も現われるであろう。

彼は会場を見廻したが、質問する者はいなかった。

モラエス領事の講演はそれで終った。引き続いて、夕食会が催されることになっていた。

その頃から窓を打つ風雨が激しくなった。

ポルトガル料理はアルガルベ地方の、とり貝のスープから始まった。とり貝をニンニク、玉ネギと共に充分に煮出し、玉子を浮かしたスープであった。
会場は急に賑やかになった。ポルトガル料理と共に活発に取り交わされるポルトガル語の会話の中にしばしば博覧会の問題が論じられていた。晩餐《ばんさん》会の進行と共に外の様子も変って行った。どうやら嵐になったようであった。リバテジョ地方のタラのくるみあえ料理が出されたとき、どこかでガラス戸が破れる音がした。人々はいっせいに外へ目をやった。

モラエスと同じテーブルについていたファン・ニーロップが、嵐を気にしてなんとなく意気が上らなくなった会場の気持を引き立てるように言った。

「モラエス領事の奥さんが言われたように大きなコルク樫の幹を本国から取り寄せましょうか」

それはすばらしい発言だった。彼が博覧会に参加する意向を明らかにしたも同然なことだったが、それを聞いて喜んだのはモラエス一人だった。嵐のために人々は浮き足立っていた。

暴風雨はモラエスが山本通りのポルトガル領事館公邸へ帰ったころからいよいよ本格的なものになった。

暴風雨が激しいので人力車は使えず、歩いて帰って来たモラエスは濡れていた。およねはモラエスの着替えを手伝ったり、濡れたものを乾かしたりしながらかいがいしく働いた。いつものおよねとは違っていた。

電灯はまだついていたが、間もなく停電になることを予想して、蠟燭《ろうそく》の準備をしたり、水を汲みためたり、戸締りを厳重にしたりなど、鈴島喜平やたけと共に立ち働いていた。彼等に対するおよねの言葉遣いもいつもとは違っているようだった。およねは、暴風雨に際して一家を守る主婦としての立場にいて行動しているようでもあり、しばしば暴風雨に襲われている日本人としての当然すぎる身がまえのようにも見えた。

就寝すべき時間が来たが、およねは寝ようとはしなかった。停電すると、すぐ彼女は提灯の用意をした。

「およねさん、寝なさい」

とモラエスが言っても、彼女は首を横に振って言った。

「あなたはおやすみなさい。私は起きています」

モラエスがなにを言ってもはいはいと聞いていたおよねが今夜に限ってこのような言葉を使ったので彼はひどく驚いた。なぜ、およねさんだけが起きていなければならないのかを訊くと、

「このような夜はなにが起るか分りません。だから私は起きているのです」

およねは言った。いったいなにが起るのかと更に訊くと、

「火事が一番心配です。それから洪水です。丘や山の近くの家は崖崩れの心配もあります。とにかく誰かは起きていなければならないのです」

それならば鈴島喜平に起きているように、命じようと言ったが、およねはそれを拒否して言った。

「私はこの家の主婦として家を守る責任があるのです」

モラエスにはおよねの言う意味がよく分らなかった。責任があるというならば、モラエス自身であったが、その責任者の彼を寝かせて、およね一人が起きている気持がどうしても分らなかった。

モラエスはおよねに言われるとおり寝所に入ったが、暴風雨の音が激しくて寝つかれなかった。

暴風雨は一晩中吹きまくって、明け方になると風はおさまり、雨も止んだ。

モラエスはいつもより三十分ほど遅れて目を覚した。急いで起き出て見ると、彼女は公邸の庭で、吹き折れた木の枝を取りかたづけたり、倒れかかった花を起してやったりしていた。

彼女は一晩中起きていたのである。それにもかかわらず彼女は、徹夜して疲れたような顔はいささかも見せずに、いつもと同じように明るい顔をしていた。朝の挨拶もほほえみを忘れなかった。疲れただろうから休みなさいと言っても、そうする様子はいささかもなかった。

朝の新聞にはまだ暴風雨のことは載ってはいなかったが、神戸測候所へ調べに行った竹村は一時間ほどして帰って来て、昨夜の暴風雨は日本を縦断した台風であり、各地で大きな被害が出ていることをモラエスに知らせた。

領事館としては大阪、神戸に在留しているポルトガル人がこの台風の被害に遇ったかどうかが、まず知りたいことであったが、いまのところ京阪神地方よりも、東海地方に大きな被害が出ているようであった。

「ポルトガルには昨夜のような暴風雨はめったにありません」

モラエスは恐ろしい暴風雨の一夜を思い出しながら言った。

「日本では秋になれば必ず一度や二度は台風がやって来て、洪水を起し、人家を倒し、そして人を殺します。珍しいことではありません」

領事もいままでに何回か体験されたでしょうと竹村は言った。確かにモラエスは日本に来てから何度か暴風雨の夜に出会したことがあった。しかし領事館を持つ身になってからは最初であった。それだけ身にしみて台風の怖ろしさを感じたのかもしれない。彼はそう思っていた。

「およねさんは一晩中起きていました。考えられないことです」

しかし竹村は別に驚いたような顔をせずに言った。

「どこの家でも誰か一人は起きていたでしょう。日本人にとっては、台風や地震や火山は有難くないお客様ではあるけれど、お客様に対する接待の方法はちゃんと心得ています。およねさんも台風というお客様に対して、ちゃんと義理を尽したのでしょう」

モラエスは竹村のその言葉を自分の頭の中で、反芻《はんすう》した。南海の孤島の鳥島《とりしま》が爆発して、全島百二十五名の日本人が熔岩流に飲まれて全滅したのはつい一カ月前のできごとだった。地鳴り騒ぎがあったのはつい三年前のことだった。日本という国はなんと天災の多い国であろう。日本人を見る場合、この天災の試練の中に生れた国民であることを忘れてはならないと思った。

「中国にはこんな時に使う没法子《メイファーズ》というあきらめの言葉があります。日本にもそれに近いようなあきらめの言葉があるでしょうか」

「中国語の没法子のような適切な言葉はありません。強いて言えば、どうしようもない、いたし方がない、と言った種類の言葉でしょうね」

「その言葉であきらめますか」

「さあ、多分日本人はあきらめないでしょうね。台風で流された田畑にその翌朝から出て働いている人を見たことがあります」

「日本人は執念深いのでしょうか、楽観的なのでしょうか、それとも天災に馴れているからでしょうか」

「私には分りません、おそらくあなたがいまおっしゃったことのすべてを内的に持っていることだけは確かですね」

竹村は窓の外の明るい日差しに目を移した。

大阪勧業博覧会は明治三十六年（一九〇三）三月一日に開催された。

モラエスの努力によってポルトガル貿易商のファン・ニーロップが積極的に支援し、ポルトガル本国からも、メネーレス同族会社、クレメンテ・ローペス会社、コエリヨ・ディヤス会社の三社が協力して、コルク材、コルク栓、葡萄酒、オリーブ油、罐詰類を送って来た。

ポルトガルから別送されて来た三メートルほどの樹皮をつけたままのコルク樫の幹は、

ポルトガル国物産陳列室の呼びものとなった。

モラエスはポルトガル領事として開会式に出席した後、五月になってから、およねと共に再び会場を訪れた。

広い会場の中に、日本の農業部門の建物、工業部門の建物、美術館の建物が立ち並び、これとは別に、外国商品を陳列した外国館や特別室が設けられていた。場内には四阿《あずまや》風のものや数寄屋《すきや》風などの建物もあり外国人の目を惹いたが、外国館はそれぞれ洋風の粋をこらして建てられていた。

博覧会場には物品陳列室ばかりではなく、和風の料亭や洋風レストランの他、芝居小屋まであった。

モラエスはそれらの博覧会場を見て廻る前に、およねを先ずポルトガル国特別陳列室に案内した。

それは充分に余裕が取ってある広い部屋であった。

入って直ぐのところに高さ三メートルのコルク樫の幹が突立っていた。厚さ六センチもある樹皮の一部が剝がされかかっていた。説明文を読むまでもなく、それがコルク樫であり、コルクは樹皮であることが明らかであった。その木の周辺に、コルクの板やコルク栓などの製品がぎっしり並んでいたのは更に効果的だった。

日本人はコルク樫の樹皮に手を触れ、申し合わせたように感嘆の声を放った。

「コルクがポルトガルで採れるとは知らなかったな」

日本人どうしがそう話しているのを聞いて、モラエスとおよねは顔を見合わせた。陳列室には、ポルトガル直輸入の各種のブドウ酒が並んでいた。オリーブ油も出品されていた。罐詰がピラミッド形に積み上げられていた。これ等の物品は即売されていた。入場者は、たいていなにかを買った。ポルトガル物品陳列室は規模は小さかったが、入場者は多く他国に劣らぬ人気を博していた。

「私もそれが欲しい」

およねは「クラレテ」の白葡萄酒の壜を指して言った。それは飾って置いてもよいような美しい壜だった。

ポルトガルの陳列室はわが国の名を辱《はずか》しめなかったばかりか、ポルトガル商社が企画した努力に絶讃に値する推挙を受け、今日、大成功の栄冠を勝ち得て、ポルトガルが、大阪勧業博覧会において、他のヨーロッパ諸国と肩を並べていささかも劣らぬものであることを示した。(『定本モラエス全集』より)

露探

明治三十六年の八月、モラエスはおよねと共に舞子浜の海水浴場を訪れた。

わが国に海水浴場が初めて設けられたのは明治十九年神奈川県大磯とされている。続いて明治二十二年に、兵庫県の舞子浜と須磨の境浜《さかいはま》に海水浴場が設けられた。はじめは外国人が多かったが、明治三十六年ころになると、外国人よりも日本人の方がはるかに多く集まるようになった。

外国人は男女とも海水着を用いたが、日本人は男は褌《ふんどし》姿、女は腰巻をつけて泳ぐ者が多かった。流行を追う若い娘たちは、外国婦人の水着にならって縞馬模様の水着をつけて泳いだ。水着と言ってもシャツとズロース（drawers 女の下着）を縫いつけたようなもので、シャツ袖の長さは肘まであり、ズロースの長さは膝上十センチほどもあった。

舞子浜は海岸の近くまで松林があり、白い砂浜から沖を通る船がよく見えた。

およねは海水浴をするつもりはなかったが、ぜひそれを見たいというので、モラエスが連れ出したのである。海岸には着替えのための茶屋が数軒並んでいた。

二人は海がよく見える砂地に並んで腰をおろし、およねがさしかける日傘の下で砂浜を眺めていた。

目の前に、外国人の一団があった。男、女合わせて十名ほどであった。

彼等は海で泳いだり、砂の上で日光浴をしたり、戯れたりしながら夏の日を楽しんでいるようだった。

外国人たちの隣りに、日本人の一団がやって来た。最初、男たちだけ、五人が着物を脱いで、褌一つになって海に入り、抜手を切って泳ぎ出すと、しばらく遅れて来た若い女たち数人が、その近くにゴザを敷き、着物を脱いで丁寧にたたんでから、腰巻一つになって海に入って行った。女たちは男ほど泳げず、海につかって、水をかけ合ってはしゃいでいた。

やがて女たちが海から上り、男たちも海から上って砂浜に戻ったときに、彼等の隣りにいた外国人の女が突然、怒鳴り出したのである。はじめ日本人たちは気づかなかったが、その外国人の女の声が大きく、はっきりと日本人の女たちを指して怒鳴っているので、ようやく自分たちに対するなにかの抗議だろうと受け取った。

「女性が公衆の前で裸になるなどということは見苦しいことです。ここは海水浴場ですから、ちゃんと水着をつけなさい」

その女は英語で怒鳴っていた。日本人たちには言葉の内容は分らなかったが、怒鳴っている女の剣幕と彼女が日本女性を指したり自分が着ている水着をつまんでみせたりする動作で、ようやく彼女がなにを言おうとしているか分ったようであった。

「水着をつけようが、つけなかろうが勝手だ。ここは日本の海だし、だいたい日本では昔からこういう恰好で泳いでいるのだ。とっくりの化物みたような水着で泳ぐほうがよほどへんだ」

一人の青年が立上って外国人に向ってやり返した。

「野蛮人め、君たちは国際常識も作法も知らないのか」

今度は外国人の男がやりかえした。

舞子の海水浴場で起ったこの水着騒動は、外国人の男と日本人の男が殴り合い寸前のところまで来て、駆けつけて来た巡査によって制止された。外国人も日本人もそれぞれ不満を口にしながら去って行った。

モラエスとおよねはその騒動をはじめから終りまで黙って見詰めていた。彼等が去った後の砂浜は急に静かになり海が前よりよく見えた。

「白い帆の舟が多いこと」

およねは沖に浮ぶ舟のことを言った。今、目の前で見たできごとから一刻も早く逃れたい気持のようだった。

その二人の前に、背の高い背広服の外国人が近づいて来て言った。

「ポルトガル領事のモラエス御夫妻とお見受けいたします。私はコーベ・ヘラルド紙（Kobe Herald）の者です」

男はモラエスに名刺を出した。コーベ・ヘラルド紙は神戸に古くからある英字新聞だった。

「今の悶着《もんちゃく》についてどうお感じになりましたか」

記者はメモ帳を出してモラエスに訊いた。

「今の悶着の原因は明らかに外国人側の誤りに発したものです。しかもかなり大きな誤りです」

モラエスははっきり言った。

「白人婦人が日本婦人に海水着をつけなさいと言ったのが誤りですか」

若い記者はいささかむっとしたようであった。

「日本人の青年が言ったようにここは日本の海であり、日本の海岸です。日本人が日本の習慣に従って泳いで、それをとがめる権利はないのです。もしあの日本の青年が、外国婦人に対して、そのいまわしい縞馬模様のとっくり型海水着を脱げと言ったとしても、それを暴言だと怒ることはできない立場にいるのです。あなたは日本の浴場に古くからある混浴の風習を知っているでしょう。日本人は浴場だとか、水浴だとか当然裸になるべきところでは、男女が互いに裸を見せ合うのは恥しいこととは考えていません。だからと言って羞恥心《しゅうち》のない人間かというとそうではないのです。日本では今も尚女性の裸体画を公開することを禁じています。芸術品であろうがなかろうが、人前で裸を見せることは悪いことだとしています。この場合人前とは着物をつけていなければならない場所のことです。そこでは裸体でいることをきびしくいましめ、当然裸体でいるべきところでは、裸体を問題にしないのです」

モラエスは一気に言った。

「しかし、ここは海水浴場です。言わば公共の場です。今あなたのおっしゃった人前というのではないでしょうか」

記者は負けてなかった。

「海水浴場は公共の場です。明らかに浴場です。温泉ではなく海水の公衆浴場です。だから、日本人の娘たちは裸になったのです。あのむすめさんが腰巻をつけていたというのも、近くに外国人がいたからでしょう。それだけ気をつかっているのです。非難することはいささかもありません」

モラエスは自分の意見がそのままコーベ・ヘラルド紙に載れば、それを読んだ外国人たちの顰蹙《ひんしゅく》を買うだろうと思った。それでもかまわないと思った。

記者がその場を去ってから風が出た。海から吹き寄せて来る風が涼しかった。

およねにはモラエスと記者が早口でしゃべっている英語の内容はくわしくは分らなかったが、モラエスが日本人の弁護をしてくれたことだけは分っていた。

「オブリガード」

とおよねはモラエスにポルトガル語でお礼を言った。日本語のアリガトウがポルトガル語のオブリガードと、似ている言葉だったから、いちはやく覚えていた。この場合アリガトウよりオブリガードの方が適当なような気がしたから、ふと口に出したのである。モラエスはおよねからいきなりオブリガードを言われたので照れた。目をおよねから離して海へやった。

「今年の四月九日、ここ舞子浜の御殿に明治天皇泊る。そして観艦式……」

モラエスは話題を変えた。彼は四月十日に神戸港外で行われた日本海軍観艦式のことをおよねに向って話し始めたのである。

明治天皇は神戸観艦式と大阪勧業博覧会臨場のため、四月七日に東京を出発、その夜は名古屋離宮に一泊し、九日午後舞子の仮停車場につき、有栖川宮《ありすがわのみや》別邸、行在所《あんざいしょ》に一泊され、翌日の観艦式に臨場された。

明治天皇の行在所となった有栖川宮別邸の森はそこから見えるほどのところにあった。モラエスはその日盛大な観艦式と、お召艦「浅間」に陪乗を許され午餐を賜ったことを彼女に話した。

およねは、頷きながら聞いていた。もう何度も聞いた話だったが、海を前にしての話には臨場感があった。モラエスは、この観艦式の午餐の会で、明治天皇を間近に見て以来、天皇に対する尊敬の念を決定的なものにしていた。およねにとってそれは彼に対する新しい発見の一つであった。

モラエスはその日戴いた菊の紋章が入った巻煙草を、試験管の中に封じこめ、更に特製の箱の中に入れて書斎に置いた。日本人ならばそうもしようが、外国人のモラエスがなぜ明治天皇に対して、それほどの畏敬《いけい》の念を持っているのか、およねには分らなかった。

「天皇は偉い偉い人……」

天皇が偉大だから、この日本は奇蹟的とも言われるほどの躍進をしたのだとモラエスは言った。

「明治二十六年、私、日本へ来た。その時、日本、砲艦買っていた。今それ売っている」

日本は大型戦艦や巡洋艦は先進国から今尚買っているが、十年前に購入していた砲艦の類の小型軍艦は既に製造しつつあった。浦賀ドックでは米国政府の注文に応じて、フィリピン沿海防禦用砲艦五隻を製作中であった。

「日本　やがて　大きく　大きく　なります」

モラエスは前の海に向って大きく両手をひろげて言った。およねは、日本が大きくなることが、自分とモラエスとの愛情をいよいよ深めることのように考えていた。

コーベ・ヘラルド新聞紙上に舞子浜の海水浴場の事件が取り上げられ、たまたま傍にいたモラエス領事の談話が発表されると、神戸在住の外国人の間にちょっとした論争が起った。

多くはモラエス氏の談論を甚だしい偏見と攻撃したが一部の在留外国人、特に古くから居る外国人はモラエスの意見を支持した。翌日の新聞はこの両者の意見が錯綜《さくそう》して久々に賑った。

ポルトガル領事館へも、電話がかかって来たり、訪問して来る者もいた。しかし、モラエスは新聞に載ったとおりですと言う以外にはなにも言わなかった。この問題は既に片付いたものと考えたかった。

「まったくばかげたことを騒ぎたてる人たちですね」

彼は竹村に向って他人《ひと》ごとのように言った。

「あなたにとってはばかげたことでしょうが、日本人にとっては決してばかげたことではありません。なぜ日本の新聞がこれを取り上げないのか私には不思議なくらいです」

竹村は根本的な考え方としてはモラエスと同じ意見だったが、外国人が多数集る海水浴場ではやはり日本人も水着を着たほうがよいだろう。ただし、飽くまでも、それは日本人の意志にまかせるべきだと言った。

「日本人のあなたがそんなことを言っては困ります。あなたが日本人ならあなたはやはり褌一つで泳ぐべきです」

「モラエス領事、あなたは舞子の海水浴場で褌と腰巻姿で泳ぐ日本人男女の姿を見て、決して愉快ではなかった筈です。あなたは表面では日本人の弁護はしていても、あなた自身の気持はまた別ではなかったのではないでしょうか。今までもあなたと一緒に歩いていて、褌一つの男を見掛けると、あなたが横を向くのを私は何度か見ています」

竹村は珍しく、モラエスに反駁《はんばく》した。そして、

「あなたの建て前と発言が表裏の関係になって現われるのは、あなたがかなり日本人的性格に傾きつつある証左かもしれません」

「つまり私の心の中と外とが違っているということですか、竹村さん」

モラエスはそう言ったまま考えこんだ。痛いところを衝かれたという気持だった。

「ところで、モラエス領事、さきほどあなたがちょっと席をはずされたとき、アーサ

ー・グルームさんから電話がありました」

アーサー・グルームは明治の初年から神戸に来ている英国人で、中山手通り二丁目に住んでいる貿易商であった。日本人の妻との間に六男三女の子女を持つ、大の親日家で、既に五十歳の半ばを過ぎた人だった。

「グルームさんが？ 私にいったいなんの用があろうか」

モラエスは竹村の顔を見た。おそらくコーベ・ヘラルド紙の記事についてであろう。うるさいことだが、ことわることはできないだろうと思った。グルームは神戸在住の外国人の代表的位置にいるから、如何なることがあっても敵に廻してはならない人だった。アーサー・グルームからの電話は間も無くあった。やはりコーベ・ヘラルド紙に載った記事についてであった。

「久しぶりに私と意見を同じくするヨーロッパ人が居たことが嬉しくてなりません。もしよかったら、明日の晩あなた方御夫妻を私の家へ招待したいがいかがでしょうか」

モラエスは本来交際好きな方ではなく、どちらかというと書斎で本を読むのを好むような性質《たち》だったが、領事という職務にある以上閉じこもっていたのではなにもできないことをよく知っていた。広くつき合って置くことが、何時かは廻り廻って在留ポルトガル人たちの利益にもつながるのである。彼はその招待を承知した。

およねはモラエスからグルームの奥さんが日本人であると聞くと、どの着物を着て行ったらよいだろうかとまずそれを心配した。

およねは薄紫色の絽《ろ》縮緬《ちりめん》の着物を思い浮べていた。

翌日の夕刻、ポルトガル領事館の前に二人乗りの真新しい人力車が止った。グルームがモラエス夫妻を迎えによこしたのであった。

およねが物珍しそうに、この二人乗りの人力車を眺めていると、車夫の一人が言った。

「今度、三角帳場《さんかくちょうば》に入ったばかりの新車です。二人乗りは神戸にはこれだけです」

と言った。三角帳場というのは、町の角に三角形に場所を取っている神戸市第一の人力車の溜り場で、この帳場を通して、人力車のやりくりが為されていた。

モラエスとおよねは並んで人力車に乗った。その大型人力車は一人が前を曳き、一人が後を押した。二人乗りだから車夫も二人がかりなのである。

走ると、風が頬に当る。正装した外国人の男性と和服姿の日本女性が並んで乗っている人力車を神戸の人たちは物珍しそうに眺めていた。

「御招待を受けたら、こちらでも何時かは招待しなければならないでしょうね」

およねは言った。それは日本的常識だったが、おそらく西洋においても共通だろうと思ってモラエスに訊いたのである。

「そうね。グルームさんおよねさん招待する、およねさんグルームさん招待する」

モラエスはそう答えながら、およねは、心配性の女だなと思った。招待を受けたその日に、既に相手を招待することを考えているのは、少々神経質過ぎるようにも、モラエスの交際について手落ちがないように気を配っていてくれるようにも思われた。

「私はおよねさんと、二人、上に空がある」

モラエスは言った。明治二十六年、神戸に来て、フォサリュの馬車に彼と肩を並べて乗ったとき、暮れなずむ空を見上げたことを思い出していた。

モラエスはこのまま、およねと二人でどこまでも人力車を走らせて行きたい気持に駆られていた。人力車が揺れると、およねの身体に触れる。二人はその度に顔を見合わせて笑った。

グルーム邸は広い庭を持つ二階建ての純日本風の家だった。階下の各部屋が畳敷きで、二階は畳の上に絨毯《じゆうたん》を敷きつめ洋風に改造してあった。

二人は階下の和室で日本料理を御馳走になった。グルームの妻直が和服を着ているのグルームの妻直《なお》が和服を着ているのは当然であったが、グルームまでが紬《つむぎ》の単衣《ひとえ》の着流しでいるのには驚いた。

二カ国語による、賑やかなおしゃべりが並行して始まった。直とおよね、モラエスとグルームの会話は蜿蜒《えんえん》と続いた。

モラエスは、舞子の海水浴のことから、話が始まるかと思ったらそうではなく、グルームは真先に山のことに触れた。

「モラエスさんはたいへん山が好きだそうですね、実は私も山が好きです」

グルームが六甲山に熱を入れていることは有名だった。彼は神戸に来た当時は歩いて登っていたが、足が弱くなってからは、私費で幅一間の山道を開き、頂上の三国池まで駕籠《かご》に乗って行けるようにした。彼は六甲山に休憩所を作り、宿舎を建て、この地は別荘として好適であることを外国人たちに告げた。見晴しもいいし、涼しいし、駕籠という交通機関ができると、次々と別荘を作る者ができ、明治三十年代の中ごろには五十戸の外国人の別荘ができた。

明治三十四年には四ホールのゴルフ場が完成、明治三十六年の五月には神戸ゴルフ倶楽部の発会式が行われるほど六甲山は開けたのである。

「六甲山の外国人村は五十戸を越える勢いになりました。モラエスさんも別荘を一軒建てませんか、もしお望みならば土地は私が提供いたしましょう」

グルームは言った。

だがモラエスは、私はゴルフはできませんのでと軽くことわった。全く気乗りしない様子であった。

モラエスは歩くことが好きだった。めったなことでは人力車に乗るようなこともなかった。その彼が駕籠に乗って六甲山へ行くことは考えられないし、ゴルフのような遊びも彼の気に入るものではなかった。

グルームは彼がゴルフに興味がないことを知ると、すぐ話題を変えた。

「私は日露戦争が近いうち必ず勃発《ぼっぱつ》するだろうと考えています。あなたの観測はどうでしょうか」

日露戦争が勃発するだろうと言って、グルームは急に真剣な顔になり、モラエスを二階の書斎に誘った。

畳の上に絨毯を敷いた豪華な書斎には、書籍がぎっしりつまっていた。よく整理された資料箱もあった。

グルームはその資料箱から一通の手紙を出してモラエスの前に置いた。それは、ポーランドの新聞の一部を英訳して送って来たものであった。

五月一日、トムスクに於て、多数の労働者による示威運動が行われ、学生は労働者と共に革命を叫んだ。露国政府は軍隊の力により、これを押えつけ、日本との開戦が近いことを宣伝し、徴兵を開始した。軍内部では上は将校から下は兵卒に到るまで佩剣《はいけん》を研ぐように命令が出された。

アーサー・グルームはモラエスの表情をじっと窺ってからもう一度言った。

「日露戦争は勃発すると思いますか」

「分りません、なんとも」

「そう言っておられるあなたは幸せな人ですよ」

そのグルームの言葉にモラエスは皮肉を感じた。とり方によればそれは侮辱とも考えられないことはない。

「分らないから、分らないと御返事申し上げたのですが、なにか……」

モラエスはグルームの顔を凝視した。典型的なアングロサクソンの顔だと思った。

「われわれ商人としては、日露戦争が勃発するかどうかの見通し如何によって死活の問題にかかわって来ることもあります。特に日本と同盟関係を結んでいる英国貿易商にとっては、非常に重要なことになるのです。英国貿易商ばかりではなく、在日外国人すべてにとって重大な問題です。貴国の貿易商もおそらく私と同じ考えを持っていると思います。私自身がこうして情報を集めているのも実は身を守るためなのです」

グルームはそう言って更に第二の資料箱に手を伸ばそうとしたがにわかに思い止ったように、手を引っこめて言った。

「ロシアを知るにはポーランドの情報を分析するに限るとかねてから言われています。このトムスクの示威運動を軍隊が押しつぶしたという記事と共にロシアの軍部が佩剣を研ぐように命令を出したことが重要な意味を持っています。これは、ロシア政府が国内の民情不安を日本との戦争にすりかえて解決しようと画策している実証です。ロシアに限らず、どこの国でもそうです。国内が騒がしくなると、国民の目をいっせいに敵に向けることによって統一しようとするやり方です」

グルームは自信ありげに言った。

そう言われればそのとおりだと思った。英国の一貿易商が日露関係にこれほど熱心になって資料を集めているのが、モラエスにはまぶしく感じられた。曾て七つの海を支配していたポルトガル艦隊が、スペイン艦隊と合同して英国艦隊と戦って敗れて以来、ほとんど考えられないような急速度で落ちぶれて行った過去の歴史をたどって行くと、その中に存在する二つの国の人間が、今ここに対照されている自分とグルームの姿のように思われてならなかった。

「あなたの努力には感動いたしました」

とモラエスは言いながら、本国から神戸の領事館へ与えられる、どうにか領事館を維持できる程度の少ない予算ではとてもこれまで広く手は伸ばせないし、東京のポルトガル公使館でも、このような資料を握ってはいないだろうと思った。

「戦争が始まったら、貿易はどうなると思いますか」

グルームは更にモラエスの痛いところを衝いた。日露戦争開始と共に発生するであろう、利害関係を検討したことがあるかという質問だった。残念ながら、彼はそこまで考えてはいなかった。

「われわれ商人は日露戦争が始まれば、始まったで儲けねばならないし、このまま済めば済んだでやはり、儲けねばなりません。貿易はそういうものです。ところがひとたびその観測を誤ると、儲けるどころか大損をすることになります」

グルームは椅子に坐ってモラエスと向き合った。

「日本の新聞には、連日ロシアのことが書かれていますが、日本政府の本心はどうなんでしょう」

モラエスは、ロシアが満州から撤兵する約束を無視して居坐りにかかったのみならず、大連に軍備を増強している実情と、それに対して日本の世論が沸騰《ふっとう》していることを話して、グルームの意見を訊いた。

「ロシアは日本を相手に戦争をやるつもりです。それは間違いありませんが、日本政府は未だに逡巡しているというのが本当のところでしょう。ロシアと日本の軍事力を比較すると誰が考えても日本が勝てる戦争ではないですからね。しかし、私はこの戦いは五分五分だと見ています。あなたも御存知のように、日本人はわれわれ欧米人が想像している以上に神秘的な力を突然発揮する国民ですから。その神秘的な力が加算されると、明らかにこの勝負は日本の勝ちになります」

グルームはそこまで言ってから、

「開戦は来年早々でしょうね」

と小声で言った。

グルームに開戦の時期を指摘されたとき、モラエスは背筋に寒さを感じた。戦争に対する恐怖ではなく、グルームの言い方に真実味があったからだ。

「戦争が始まると、われわれ外国人はいろいろとうるさい目につけ廻されることになります。私は英国人ですから、日本の味方ということになるのでしょうが、フランス人はロシアの同盟国人として、かなり嫌な目に会うでしょう」

そしてグルームはちょっと間を置いて、

「ポルトガルはどうでしょうかね、一般的には中立と見做《みな》されても、日本人にはフランスに近い国と思われるかもしれません。東京のポルトガル公使館も、神戸のポルトガル領事館も長い間フランス人によって代行されていましたから、日本人は、ポルトガルはフランスの弟ぐらい思っているかもしれませんよ。フォサリュ領事との交際には特に気をつけることですね」

モラエスはそれをグルームの個人的な好意だと受け取ったが、黙ってはおられなかった。

「二つの国の領事と領事の交際にそれほど気を使うことはないでしょう」

たとえ日露戦争が始まっても、フォサリュ領事との交際は続けますよとモラエスは言った。

「フランスは海外調査費を莫大に出しています。神戸のフランス領事館にも、だぶつくほどの金が送られて来ている筈です。送られて来た以上、領事はその金を使って本国へ報告しなければなりません。しかし、日本側の監視がきつくなって、スパイ活動ができなくなると、身近にいる第三国人に目をつけるでしょうね」

グルームはそこで言葉を押えた。誰かがドアーをノックしたからだった。モラエスは時計を見た。そろそろ帰る時刻が来ていた。

グルームの突然の招待の真意を、モラエスはどう解釈していいか分らないままに数日を過したころ、フォサリュ領事からの招待があった。

「久しぶりに夕食を共にしたい。奥さんと同伴で、今度の土曜日にどうだね」

フォサリュのフランス語を聞きながら、どちらかというと、英語よりフランス語の得意なモラエスは、なにか浮き浮きした気持でそれを承知した。ありがたいことだとお礼を言ったあとで彼は、グルームが、フォサリュとのつき合いには気をつけろと言ったことを思い出した。彼は日露開戦について、更に更に検討しなければならないと思った。

その頃、日本の新聞はその大半を費して、開戦論に傾きつつあった。東京帝国大学の富井、戸水、寺尾、高橋、金井、小野塚および学習院の中村の七博士が桂首相に対して、満州問題に関する意見書を提出した。

彼等はその論文の中で、日清戦争後の露、独、仏の三国干渉から説き起し、露国が旅順、大連を租借して軍備を固め、満州よりの撤兵の規約を無視して更に軍備を強化し、鉄道の貫通と城壁砲台を強化し、艦隊を増強したことに触れ、或は條約を無視し、或は馬賊を煽動し、或は仮装以て其兵を朝鮮に入れ、或は租借地を本島の要地に得んとするが如き、傍らに与国なきが如し。中略。今日満洲問題を解決せざれば、朝鮮空しかるべく、朝鮮空しければ日本の防禦は望むべからず。

と主張し、最後の決心を以て此の大問題を解決せよと結んでいた。

最後の決心とはロシアに対する宣戦の布告だった。

これに対して、内村鑑三が、基督教的立場から戦争廃止論を、「余は戦争絶対的廃止論者である……」と萬朝報に述べて人目を惹いた。だが明治三十六年の八月ごろになると、東京の錦輝館において、「対外硬同志大会」が催されて、露国に満州撤兵条約の履行を迫る決議をした。

モラエスは日毎に日本の国論が日露開戦に傾きつつある日本の新聞の内容を竹村に翻訳させ、更に、手に入るだけの外国新聞に報道された日露関係記事に目を通した。グルームが言うとおり、日露戦争が始まるとすればそれに対して、在日ポルトガル人に準備させねばならないと思っていた。

フォサリュの招待はこのような時にあった。

（フォサリュは、グルームが言ったように実質的な何ものかを自分に求めようとしているのだろうか）

そう考えると、いままでのように、平易な気持で出掛けることはできなかった。

「フォサリュさんのところへ行くのが気が進まないなら、おことわりになったらどうでしょうか」

およねはモラエスの浮かない顔を見て言った。

「いや出掛けよう。久しぶりで美人として名高いフォサリュ夫人の顔を拝みたい」

モラエスは、およねを前にして、フランス語でそんなことを言ったほど、心の中は動揺していた。

フォサリュの招待の裏には、グルームが指摘したように、やはり日露関係についてのなにかが婉曲にからんでいるように思われた。

食事が終ったあとの雑談で、フォサリュは日露戦争はもはやさけ得られない状況であるかのようなことを言った。

「こうなると、わが領事館はいままでのようにのんびりと遊んではいられない。本国からは情報をきびしく要求されることになるだろうが、それ等はたやすく手に入るような種類のものではない。フランスは日本に警戒されているから、わが領事館員も容易には動けない。最近、わが領事館の周囲にはたえず日本の憲兵の目が光り、誰か一人でも外出すれば必ず尾行がつく。領事館で使っている日本人に対しては特に監視の目がきついようで、その家族にさえも見張りがつけられているということだ。われわれとしてはたいへん窮屈なことになってしまった」

フォサリュは困ったような顔をして言った。

「勿論、こうなる前に手を打ってはあるが、このように厳重に見張りをされると、例えば地方新聞一枚買うにも面倒なことになる」

「地方新聞がなぜ必要ですか」

モラエスはなにげなく訊いた。

「日本の兵力や防備の現状など、ほとんど分らないものはないでしょう。われわれが未だに判断できないものと言ったら、日本の国民感情です。日本人そのものです。日本の敵となる国にとって一番恐ろしいことは、日本人が一致団結して決戦に踏みこむことです。われわれはそのように国民を指向して行く日本政府と、国民との心理的ずれが知りたいのです。それには日本の地方新聞の記事がなにより参考になるのです」

フォサリュは言った。話の中に不用意に出した日本の敵となる国という一語がモラエスの中に重く沈んで行った。それはロシアを指していることに間違いはなかった。すると、ロシアと同盟関係にあるフランスは、日本の敵となる国であろうか。

「領事の特権は日本政府によって保護されています。フランス領事が日本の地方新聞を購入するのに遠慮なんか要るものですか」

「正面から言えばそうです。しかし実際に買いたいと思っても買えないから、つい無理をすることになる」

その無理をしないでいいようにポルトガル領事にいままでのよしみで手伝ってくれとは、さすがフォサリュも言わなかった。

「これからはお互いに嫌な思いで過ごさねばならないことになりますよ、日本人は、西洋人と見れば国籍の如何にかかわらず、露《ろ》探《たん》（ロシアのスパイ）だ、露探だと騒ぐようになりますよ」

フォサリュ領事は沈痛な顔をしていた。いままでのように、美しいフォサリュ夫人を中心とした華やかなおしゃべりの夜ではなく、この招待は明らかに異例のものであり、なにかを期待しつつ、遠まわしの探りにも思われた。モラエスはこの夜に限って、自分自身頑《かたく》なに思われるほど言葉に注意していた。

「なにかと今後、あなたの力を借りねばならない時があるでしょう、その折はよろしく願います」

フォサリュはモラエスと別れる時そんな挨拶をした。何時もなら、こちらこそどうぞよろしくと日本流の挨拶をかわすモラエスだったが、その夜は、

「また近いうちにお会いいたしましょう」

とごく当り前なことしか言えなかった。

フォサリュの馬車がモラエス夫妻を家まで送ってくれた。馬車が走り出してすぐ、モラエスがうしろを振り返ってみると、人力車が一台後を追っていた。フォサリュが言ったように、日本側の憲兵の尾行かもしれない。決していい気持ではなかった。明治二十六年、モラエスが神戸に来たときは、日清戦争の前だった。その彼に執拗なほどの尾行がついたことを思い出していた。その時はむしろ、滑稽に感じていたが今はそんな気持ではいられないような気がした。

「今夜はちっとも楽しそうには見えませんがどうかしたのでしょうか」

その夜、彼がフォサリュとの交友関係とはもう一つ別なものの前で佇立《ちょりつ》していたこと

が、およねには痛いほど感じられていた。しかしモラエスはおよねの質問から上手に逃げた。

「楽しいです。およねさんとふたり、秋の夜」

秋の夜、星の下を走ると涼しかった。

モラエス夫妻が山本通りのポルトガル領事館に着くと、竹村が待っていた。

「何故帰らなかったのですか」

モラエスが訊いた。竹村は東京のポルトガル公使から来た電報をモラエスの前に置いて、

「電灯がついたのと同時にこの電報が参りました」

と言った。電灯は夕刻になるとつき、朝になると消えた。たとえ雨天で、電灯が必要なほど暗くとも日中に電灯はつかなかった。電灯がついた時間とたまたま電報が届いた時間が同じだったのである。

「公使から至急上京せよという命だ」

モラエスは竹村の顔を見て言った。

「私はどう致しましょうか」

電報を読んで急に緊張したモラエスの顔を見て、竹村はその電報はかなり重要な呼出しだと思った。

「そうですね、あなたは……」

モラエスはしばらく考えてから、

「今度は私が一人で行くことにしましょう」

モラエスは公使からの呼出しは、日露開戦に関することに間違いないと思った。ガリヤルド公使から、重要問題があるので近いうち東京へ出て来て貰うかもしれないという私信を受け取っていたからであった。

東京の公使館へは、本国から日露両国が交戦状態に入った場合、ポルトガルはどのようにあるべきかの指示があったに違いない。彼はそれを疑わなかった。

「私は明日東京へ発ちます」

モラエスはそう言ったとき、眼鏡ごしに睨《にら》んでいるフォサリュの顔を思い浮べていた。

ガリヤルド公使は、モラエス領事と長崎から呼び寄せたソーザ領事を前にして、

「諸種の情報を集めて考慮するに、日露開戦はいまや不可避と断定せざるを得ないだろう。これは本国の考え方で、これから私が言うことも本国外務省よりの指令と思って聞いていただきたい」

こういう言い方は、軍人出身のモラエスには珍しいことではなかったが、その経験のないソーザ領事はいささか驚いたようだった。もともと長崎は古くからロシアとつながりがあった。幕末頃から、冬期にかぎり、ウラジオストック艦隊が長崎港に避難することを正式に認められていたので、長崎にはロシア人の去来が多く、教会もあり、ロシア人専門の遊廓まであった。ロシア海軍が長崎に落す金は少なからざる額に達していたし、長崎を通じてのロシアと日本の貿易も盛んだった。

ソーザ領事はできることなら日露開戦は避けて貰いたかった。開戦によって、長崎在住のポルトガル貿易商が利することは何一つなかったからである。

「日露が開戦した場合、諸国の動きはどうなるだろうか」

ガリヤルド公使は壁に貼ってある世界地図の前に立って演説口調で話し出した。

日本と同盟を結んでいる英国は、公然と日本援助に乗り出すだろうし、アメリカもこれに追従するだろう。ロシアと同盟関係にあるフランスはロシアに積極的支援を惜しまないだろう。日清戦争後に日本に対して三国干渉に出たドイツは、中国大陸に足がかりをかためつつあるが、日露開戦に際しては中立的立場というよりも、行きがかり上ロシアに肩入れをするように見せながら、もっとも巧妙に立ち廻るであろう。

「モラエス領事、あなたは日本に通暁しているから、日本のことわざでいうところの漁夫の利という言葉を知っているでしょう。海岸でシギとハマグリが争っているのを見て、漁夫が両方とも捕ってしまった。つまりは他国の争いに乗じて大きな利益を上げることをいうのであるが、ドイツはまさに、その漁夫の利を狙っている油断ならぬ国である」

ガリヤルド公使はそこで、ちょっと語調を変え、モラエスとソーザの二人に交互に目をやりながら言った。

「さて、われらはこの際、いかに身を処すべきであるか」

ガリヤルドはややそり身になって言った。これからが重大な発言をするぞという態度であった。

将軍は、外交官になってもやはり将軍だなとモラエスは思った。おそらく彼がポルトガル陸軍に居たころは、将校たちを前にしてこの調子で演説をぶちまくったであろう。その得意絶頂の頃の彼が見えるようだった。

「われらは列強の中にある小国であり、しかも日本に居る外交官であることをまず忘れてはならない」

将軍の演説はそのあたりから、やや精彩を欠いて、説教調に変って行った。

日露戦争ともなれば、ロシア側を援助しているフランスは日本にいる外交機関に対して当然のことながら、日本側の情報の蒐集を命じ、これをロシアに提供するであろう。しかし、日本当局はフランス外交機関を厳重な監視下に置くに違いないから、フランス側は、やむなく第三国人を使って、目的を果そうとするだろう。この場合の第三国とは、英国側、フランス側以外の外国であって、当然ポルトガルもこの中に入る。

「しかもわがポルトガルは従来からフランスとは友好関係にある。日本は、フランスの手先となり得る国としてわが国を見ているであろう。だからわれ等は要心しなければならないのだ。もし、仮にわが国外交機関が、フランスの手先になって動いたような疑いを日本政府から持たれた場合は、長い間かかってようやく築き上げた、日本におけるわが国の貿易の基盤すら危うくなる。注意の上に注意を払って行動して貰いたい」

ガリヤルド公使の演説はそれで終った。彼は地図から離れて、椅子に坐り、テーブルを前にして、まず長崎領事のソーザに向って言った。

「ソーザ領事、いま私が話したことに関連して、なにかあったら話して貰いたい」

ソーザ領事はモラエスより十歳以上は年長である。長いこと日本にいるから日本の事

情はモラエスよりもガリヤルドよりも知っていた。彼はガリヤルド公使の問いに頷いたが、

「長崎においては各国の領事の間に特にこれと言ったような新しい動きは認められません。フランス領事とは、ここへ発つ前日にクラブで撞球をしましたが、これと言って気になるようなことは言いませんでした。ただ、ただ……」

「ただ、なんですか」

ガリヤルド公使が突込んで来ると、ソーザは、

「ただ、この次は何時試合ができるかねと言っていました」

と見事にやり過して笑っていた。モラエスから見ると、ソーザ領事の方がガリヤルド公使より、一段上の外交官に見えた。

「モラエス領事の方はどうかね、君はフォサリュ・フランス領事と特に親しいようだが、なにか面倒なことを持ちかけては来なかったかね」

「別にそういうことはありません」

モラエスは答えながら、ガリヤルド公使が自分を呼んだほんとうの目的はフォサリュとの関係を探るためではないかと思った。

ガリヤルド公使は、日露戦争開始に伴って在日ポルトガル人は絶対中立を堅持すべきことを二人の領事の前で繰り返し述べた。その夜の招待の席でも同じことを言った。

そんなことはいささかでも国際常識を持っている外交官ならば、この際当然自覚することで、わざわざ公使に念を押されるほどのことではなかった。長崎からはるばる呼び

出されたソーザ領事にとっては迷惑千万なことであり、モラエスにとってもソーザ同様な思いだった。もともと領事館は本国の外務省と直結しているのであり、公使館の支館でもないし支所でもない。しかし、年に一度は公使が領事を呼んで打合わせ会としての顔合わせをするのは、どの国も同じであった。そのような意味での呼び寄せと思えば我慢もできたが、それならば出張費を公使館で出せばよいのにと、ついこまかいことを言いたくもなる二人の心境であった。

モラエスとソーザは東京の帰途、江ノ島見物をして、ソーザは横浜から海路長崎へ、モラエスは汽車で神戸へ帰ることになっていた。

英国人貿易商サムエル・コッキングが江ノ島に当時の金で二百万円の巨費を投じ、日本最初の本格的温室植物園を設けたことは在留外国人間の評判になっていたが、江ノ島までの交通が不便なために、モラエスやソーザはまだ行っていなかった。ところが二人が上京した前年の明治三十五年九月一日、藤沢駅から片瀬までの電車が通じたのである。

二人は汽車の中でも電車の中でも、ガリヤルド公使についての批判めいた話や日露開戦については語らなかった。ただ二人は、任地に帰ったならば在留ポルトガル人を集めて、一応は日露開戦に際して取るべき処置を話そうと思っていた。日露が開戦するかしないかで迷っている彼等に「日露開戦必至」という見通しを与えるだけで、彼等の今後の経営方針は決るだろう。

二人は片瀬で電車を降りて人力車に乗った。前日まで降っていた雨が上って、すっきりした秋晴れの空が拡がっていた。

海岸から見た江ノ島は一面緑に覆われて秘境を思わせたが、陸と島を接続している丸太を組んだ橋はいかにも貧弱だった。二人は人力車から降りて歩いた。

常緑樹に覆われている江ノ島は古来からの宗教の島であった。人々は江ノ島神社の参道を歩いて、辺津宮《へつみや》、中津宮、奥津宮の社殿へ真直ぐに向っていた。

二人は参拝を終ってから、江ノ島の中央最高部に開かれている温室植物園への道を歩いて行った。

そこには六百六十平方メートルの熱帯植物園があった。天水をプールし、ボイラー室で熱湯を沸かしパイプで温室内に導くという近代的工事がなされていた。

温室内には熱帯植物が繁り合っていた。モラエスはその中にユーカリの樹を発見したとき不覚にも声を上げるところであった。ソーザもそれに気がついた。二人は懐しい故郷の木の前にしばらくは物を言わずに立っていた。温室内だからそれは亭亭《ていてい》とはそびえてはいなかった。そのいじらしい在り方が更に二人をそこに釘づけにした。

温室中央部には池があり、熱帯産の睡蓮や南方産の鬼蓮《おにはす》が花を咲かせていた。温室の外に出ると洋風の庭園と日本風の庭園があった。築山や石灯籠を配した庭園の池には緋鯉が泳いでいた。

モラエスはこの植物園と庭園に多額な費用をかけた英国人に拍手を送りたい気持になった。儲けた金を本国へ送らず、その金を日本へこのような形で還元しようとする英国人のやり方にいたく感心した。

温室植物園を出てからモラエスはソーザを誘って海岸に出ようと思った。周囲二・二キロもあるこの島で賑わっているのは神社とこの植物園だけで、島の南側は荒磯になっていて、砂浜らしいところは見えなかった。

それでもモラエスは、この島の海岸に立ってみたいと思った。どこかにきっと波に打ち上げられた貝があるに違いないと思ったからである。そんな気持になったのは、あちこちの土産物売場に貝細工の土産物品を見かけたからであった。

彼は海軍時代に一時貝殻を集めたことがあった。彼だけではなくポルトガル人は貝を拾って来て、壁などに塡《は》めこんで装飾にする風習があった。神戸の近くでは舞子浜あたりへ行けば貝殻は拾えた。およねと共に海岸を歩いて拾って帰ったこともあった。だが神戸と江ノ島ではまた貝殻の種類も違うだろう。そう思うと居ても立ってもおられない気持であった。彼は磯の方を指して、

「海岸を歩いてみませんか」

とソーザに言った。

ソーザは荒磯の海岸とモラエスを見較べて、すぐには返事をしなかった。疲れているのだなと思った。何処かになんとなく翳《かげ》りのあるソーザの顔を見ると、これ以上無理な誘いをするべきではないと思った。

「ソーザ領事、私は貝殻のコレクションという趣味を持っていますので、これからほんの十分か二十分あの荒磯を歩いて来たいと思っています。どっちみち、帰りの電車の発車までには片瀬駅へ戻っていますから、途中の茶屋で休んでいてくださいませんか」

モラエスは、光る海を見ていると、この小さな島の端になんとしても立って見たかっ

た。自分自身をさえ引き止めることができないほどに海に近寄りたい気持だった。

ソーザは大きく頷いた。

「どうせ次の電車までには時間があります。ごゆっくりどうぞ、私は私で、適当に時間を消費しますから」

ソーザはそう言って歩き出してから、数歩行ったところで振り返って言った。

「モラエスさん、人があまり近寄らないようなところへ行くのはやめたほうがよいのではないですか。実は最近長崎にあったことですが、ベルギー人が、ほとんど外国人が行かないような岬をひとりで歩いていてスパイの嫌疑を受けました。長崎とここでは事情が違うでしょうが、注意するに越したことはありません」

ソーザはそう言い置いて去って行った。

モラエスは島の南側の荒磯に降りて行った。

釣人の道だろうか、細い道が荒磯から荒磯へとたどるようについていた。人影らしいものは見えなかった。磯と磯の間の狭い断崖の岩蔭に風を避けるように建てられている漁師小屋らしいものが二、三軒並んでいたが人はいなかった。

彼は磯に出た。すぐ下が海で、貝殻を打ち寄せるような砂浜は見当らなかった。磯に当ってくだける波の音と汐《しお》のにおいが強烈だった。彼はしばしば立ち止って海に目をやった。磯と磯との間に入江に似た地形があって、そこへ降りて行くと、期待していたとおりの砂の寄せ溜りがあって、貝殻が無数にころがっていた。

彼はそこに腰をかがめて、適当なものを拾っては砂を払い、ポケットにおさめていた。

人の足音がしたので顔を上げるとそこに、裾《すそ》の短い、縞の模様も定かでないほどよごれた着物を着た少年が立っていた。モラエスが笑いかけても少年は笑わなかった。モラエスが立止ると少年は、なにか恐怖に襲われたように悲鳴を上げて、漁師小屋の方へ向って駆け出して行った。

なぜ少年が素頓狂《すっとんきょう》な声を上げて逃げて行ったのかモラエスには分らなかったが、そこにそうしていることに彼はなんとなく不安を感じた。

彼がそこを離れて歩き出すと、一人の女を混えた数人の子供たちが彼の方を目ざして走って来るのが見えた。その女は、着物の前がはだけるほどの勢いで走って来ると、モラエスに向って激しい調子でなにか言った。なにかをとがめるような声だった。いままでついぞ見たことのないような恐ろしい、醜悪な顔をしていた。髪が乱れて風になびいていた。

突然少年の一人が叫んだ。

「やい、露探《ろたん》、露探にちがいねえぞ」

露探がロシアのスパイだという意味に使われていることをモラエスは知っていた。

「私、ポルトガル人、露探ちがいます」

モラエスは言った。少年たちは、モラエスが思いがけぬ日本語をしゃべったのでそれ以上は露探を口にしなかった。少年のかわりに、醜い女が、口早に、この場を立ち去るように言った。

あまり早口だから、内容は分らなかったが、彼が此処では歓迎されない人間であることだけは、はっきりしていた。外国人を見るとぽかんと口を開けて眺めたり、不可解な微笑を投げかける日本人の子供が、すさまじいほどの形相で露探と叫んだとき、それまでの日本人とは違った人種をモラエスは感じていた。

露探《ろたん》出没。二十三日舞鶴特報。露国の探偵らしき者、近頃に至って続々入り込み申候。露国人は素より、米国人、仏国人、英国人、独逸人、何れも油断すべからず候。満洲をゴロゴロ致候者は、その人種の何国人たるを問はず、露国政府に雇ひ上げられ、露探として日本に派遣され候者と相見え、近頃種々の西洋人入り込み候、清国人の行商にして文字ある者の来る時は、多くは露探と見て宜しく候。（明治三十六年十月二十六日付報知新聞より）

阪神地方在住のポルトガル人は神戸領事が上京した目的をほぼ察知していたようであった。だから、モラエスが神戸に帰って来て、直ぐ開いた懇談会にも欠席する者はほとんどなかった。出席できない者は代理を出した。

モラエスは上京してガリヤルド公使と会ってなにを言われたかは一言も触れず、東京の帰りに江ノ島に立ち寄った際受けた不快な思い出について真先に述べた。

「諸君は日本人を温順な礼儀正しい国民と信じているかもしれない。しかし彼等がひとたび外国人を外敵と見た場合の憎悪感はたとえようもないほど激しいものとなって現われる」

彼は江ノ島で露探《ろたん》と間違えられ、面罵され、最後には子供たちから石を投げつけられた話をした。

「外国人を見たら露探と思えと言わんばかりの記事が日本の新聞紙にさかんに出ている。私の体験は或る程度予想されていたものであり、まことに小さな災難でよかったが、今後、この類の大きな災難が何時何処で諸君等にふりかかるか分らない。日本の新聞がこのように露探、露探と書き立て、ロシアに対する敵愾心《てきがい》を煽《あお》り立てている現状から判断すると、日本はロシアに対して宣戦の布告もやむを得ないものと決心したように思われる。これは飽くまでも、モラエス個人の意見であり、他に対して言って貰ってはたいへん困ることなのだが、私の見解とすれば、日露開戦は近いものと思われる。そのつもりでそれぞれが身を処して貰いたい。また、そうなった場合ポルトガルが、ロシアと同盟関係にあるフランスと親交があったがために、特に日本側から注目されるだろうことも頭に置かねばならない。この際、ポルトガルは中立国であることを各自とも心に誓っていただきたい」

モラエスはそのような演説をしたあとで、長崎ポルトガル領事のソーザから聞いた、ベルギー人が岬を歩いていて露探の嫌疑を受けたこともつけ加えた。

質問に入ると、次々と手が上った。

「私は魚釣りが好きでよく海へ出掛けますが、これは疑われることになるのでしょうか」

「山を歩いていて疑われることはないでしょうか」

「家族と郊外にでかけてもいけないでしょうか」

そのような質問に対してモラエスはいちいち答えて言った。

「日本人は辺鄙《へんぴ》なところをひとり歩きする外国人や目的がなくふらついている外国人を怪しい者と見るようだ。海に出るにしても山へ行くにしても独りではなく、でき得れば同じ趣味仲間の日本人と行動を共にして貰いたい。家族と出歩くのも、常識的に考えて怪しまれないような京都、奈良の神社仏閣の見物、神戸ならば生田神社、湊川神社のようなところ、そうですね、海にはなるべく近寄らない方がいい」

海にはなるべく近寄らない方がいいということで、そこにいたポルトガル人はいっせいに笑った。貿易商のほとんどは海の近くに倉庫を持ち事務所を持っているからであった。

モラエスの演説があった翌日には大連から日本人が引き揚げて来たという記事が新聞に載った。もはや戦争は避けられないものになったようである。

ロシア軍が満州南部に兵を入れ、朝鮮にも入ったことが日本の新聞にも英字新聞にも載った。外電によると、各国とも日露開戦不可避という見方であった。

十二月に入ると日露の関係は一触即発の状態になっていた。

「日露戦争が始まったら、私たちはどうなるでしょうか」

およねが心配そうな顔でモラエスに訊いた。私たちというのは勿論モラエス夫妻やポルトガル領事館のことを言っているのだが、日本はどうなるかという、日本人としての彼女の不安がそこにあることは間違いなかった。

「日本必ず勝ちます。負ける、ありません」

モラエスはそう言ってやった。

鈴島喜平がモラエスのところへ来て言った。

「今日の午後牛肉を買いに行った帰り、後からついて来た男に、お前は露探の手先をやっているのじゃあないだろうなと言われました。この野郎、なぜそんな言いがかりをつけるんだと食ってかかったら、ポルトガルはもともとロシア贔屓《びいき》じゃあなかったかなんて言うんです。腹が立って、腹が立って……」

喜平はそう言いながら涙をこぼしていた。

竹村はもっと嫌な目に何度か会っているらしかったが、彼はそんなことをいちいちモラエスには報告しなかった。モラエスの方が心配して、それとなく訊くと、

「こういう時は日本人のもっとも嫌な癖がでるのです。日本には〝人を見たら泥棒だと思え〟ということわざがあります。これほど日本人の精神構造の落差を感じさせることわざはありません。いまや、日本人の大部分は外国人とその周辺にいるわれわれのようなものをスパイと思っているのではないでしょうか」

竹村は更につけ加えた。

「日露戦争が始まると、いよいよ外国人に対する日本人の偏見は激しくなるでしょう。或いは領事の朝の散歩さえ、危険を感ずるようになるかもしれません」

竹村はモラエスを驚かせて置いて、

「だが神戸は長いこと外国人に馴れています。外国人を知っている日本人も多いところですから、神戸にいるかぎりは生命に別条はないでしょう」

と言った。まるで神戸を一歩出れば生命の保証はないようであった。

「幕末の攘夷《じょうい》論者が、生れ返って来たということでしょうか」

モラエスは物騒になったものだと言い、竹村と声を合わせて笑った。注意さえしておれば、別にどうってことはないだろうというのが二人の気持で、どちらかというと二人

は楽観的な物の見方をしていた。ポルトガル領事館が、日本側憲兵の監視下にあるかどうかは今のところはっきりはしていなかったが、その可能性は充分にあった。

明治三十七年（一九〇四）に入ると、株式は暴落に次ぐ暴落を続け、日露開戦が迫りつつあるような新聞記事が多くなった。コーベ・ヘラルド紙のゴシップ欄に、次のような記事が載っていた。

最近神戸在住の外国人の間で、日露開戦をテーマに大がかりな賭けごとが行われている。昨年末までは、開戦に賭ける者と、非開戦に賭ける者とが、五分と五分であったが、年が明けてから、開戦に賭ける者が多くなり、その比率は六対四ということである。

モラエスがその興味深い記事を読んだ翌朝の日本の各新聞はいっせいに、東京で重臣会議が開かれ、出席した重臣たちはそのまま禁足状態に置かれていることを報じた。その会議がロシアに対して宣戦を布告すべきか否かの決断に関するものであることはほぼ想像された。

明治三十七年一月十三日、小村外務大臣とロシア公使ローゼン男爵とが会談したことが報ぜられた。

一月二十日になると英字新聞はいっせいにロイター電として、一月十三日の小村外務大臣とロシア公使ローゼン男爵との会談は日本がロシアに最後通牒を出したものであると報じていた。

同じ日の日本の新聞には、対馬厳原《いづはら》の七十二歳の老人が、日露戦争が開始されたならば、足手まといになる自分を真先に殺して、家族一同、国家に奉仕せよと、親戚一同を呼んで言明したという記事が載った。

二月に入って早々、日本は日露通商協定を破棄した。二月四日には、日本政府は暗号外国電報の禁止を発令し、二月八日には、ロシア公使と横浜、神戸、長崎のロシアの三領事がそれぞれ日本を引き揚げ帰国の途についた。同じ日に、ウラジオストック在住の日本人二千二百六十人が同地を出発して帰国の途についた。

日露開戦はもはや避け得られざるものとなった。小村外務大臣は、二月八日東京に在駐しているイギリス、アメリカ、フランス、ドイツ、オーストリア、ハンガリア、イタリア、オランダ、ベルギー、スペイン、ポルトガル、メキシコ、チリー、シャム、清国、韓国の各公使若しくは代理公使を外務省に呼び集めて、日露両国の国交断絶を通告した。そして二月十日、対露宣戦の詔勅《しょうちょく》が発せられた。

開戦と同時に日本海軍は仁川港外でロシア海軍と交戦して二隻の軍艦を撃沈し、旅順港外においても海戦が行われ、大きな戦果を上げた。

日露戦争は始まったが、神戸市は意外に静穏だった。モラエスは、来るべき日が来たという日本人たちの受け止め方をほっとした思いで見ていた。

この日ポルトガル領事館には一人の来客もなかった。在住ポルトガル人は日露開戦のこの日をひっそりと見守っているかのようであった。

「とうとう戦争が始まったわ」

これからどうなるだろうかと、およねは言いながらしばらくは新聞の前から動こうとはしなかった。

祖国愛

国家の存亡を賭けた戦争が始まったというのに、いつも通り朝の散歩に出たモラエスの目には、人の流れも表情も普段と変わりがないように見えた。北方の巨大国家にして世界最大の陸軍国を相手に、乾坤一擲の戦いを始めたようには、どう目を凝らして見ても思えなかった。しいて挙げれば、人々の歩く速度がいつもより少し速いように見えること、街や商店で、ひそひそ立ち話をしている人が目につくこと、モラエスがそばを通ると話をふっと中断してしまうように見えることくらいだった。

散歩から戻るとおよねが、

「寒くありませんでしたか」

と言いながら茶のオーバーを脱がしてくれた。おしゃれなモラエスは、自分の褐色がかった髪には黒より茶の方が似合うと思い、プライベート着には茶を愛用していた。ごはんは干しダラや細かく刻んだ緑黄色野菜を入れたいつもの雑炊だった。

「日本軍は順調な滑り出しのようですね」

モラエスが食卓につくと同時におよねが言った。もう新聞に目を通したようだった。

モラエスと結婚してから、夫が興味をもちそうな記事を分りやすく説明するため、それまでほとんど読まなかった新聞を、夫の朝の散歩中に目を通す習慣になっていた。およねは心配そうではあったがどこかすっきりした表情でもあった。

「およねさんの顔、暗くない。悲しくもない。目に力あります。不思議です」

モラエスは正直、およねの顔にいつもより張りのあることに驚いていた。

「臥薪嘗胆《がしんしょうたん》という古い言葉を御存知ですか」

「知りません」

「屈辱を忘れないということです。十年前に、日清戦争に勝って支那から貰うことになっていた遼東半島を、ロシア、フランス、ドイツに邪魔されて」

「三国干渉です」

「そうです。しかもそのたった三年後にロシアは、その遼東半島を支那から租借してしまいました。それ以来、日本人はみんな、いつかこの怨みを晴らしたいと、生活を切り詰め切り詰め、強い国にしようと」

「予算の半分、軍隊ね」

モラエスの博識にびっくりしながらおよねは続けた。

「しかもここ数年、ロシアは満州を勝手に占領したり、朝鮮の支配をもくろみ自分勝手なことばかり。何を言っても一切耳を貸しません。多分、日本中の人々はロシアとの戦争が始まりやっと喉のつかえがとれた、という気分では」

「そういうことですか。町に悲しむ人、一人も見ません」

普段は政治などに一切触れないおよねの凜とした口吻《こうふん》にモラエスは内心驚きながら、日本人のここ十年の思いを噛みしめていた。


領事館に出勤してきた竹村はいつになく上気していた。二人の会話は英語である。

「領事。始まりました。この日を待ちに待っていたのですが、いざ本当に始まると、晴れ晴れとした気分と、これからどうなるのだろうという気分が半々です」

「日本の何十倍も大きく、王朝が生まれて四百年、一度も敗れていないロシアが相手だからねえ」

「でも領事、それを言うなら日本は、建国以来二千六百年近く、一度も敗れていません。私達には大和魂があるからです。三十五歳の私も、皇国のため今すぐにでも戦場に駆けつけたい一心です」

モラエスは、およねの珍しい饒舌やいつもは落ち着いた竹村の興奮ぶりを見て、朝の街の静けさは、大戦争勃発という大変な事態に当面し、人々が高ぶる気持を抑え、身の引き締まるような緊張の中にいたからだろうと思った。


この日の夕方、雨戸を閉めようとしていたおよねがふと手を止めるとモラエスを呼んだ。

「モラエスさん、モラエスさん。遠くで声がこだましています。いらっしゃって下さい」

速足でやって来たモラエスが耳を澄ますまでもなく、群衆のうねるようなどよめきが街の方から六甲の山々に反射して神戸全体を包むこだまとなっていた。

「万歳、万歳、が聞こえるように感じます。開戦の報に沸き立った人々が街に大勢繰り出しているのでしょう」

「多分そう。数万人。間違いない」

モラエスはそう言うと、朝方の緊張とは打って変わった、神戸を満たしている熱気、恐らく全国を覆っている熱気に、不思議な感動を覚えていた。しばらくしてモラエスは我に返ってつぶやいた。

「戦争の始まった時はどの国も似たようなものだ。しかし今回の戦争はどの戦争とも違う。世界中は、無謀とも言える戦争に踏み切らざるを得なかった日本に同情しながらも、子供が巨人に挑みかかったとしか見ていない。日本人はそれを分っているのだろうか」

「冷えこんできましたからそろそろ閉めましょう」

およねがモラエスの大きな背中に向かって言った。

一九〇四年（明治三十七年）二月六日に対露最後通牒が発令され、その二日後、堅固な要塞で守られた旅順港のロシア太平洋艦隊に対する夜襲で戦闘が始まった。戦争が始まった当初は閑散としていたポルトガル領事館だったが、四、五日たった頃、ポルトガル貿易商のファン・ニーロップとソーザが新しい情勢下におけるポルトガルの立場などを聞きにモラエスを訪ねてきた。

「ついに始まりましたね。領事が半年以上も前から予測していた通りになりました」

すっかり広くなった額から頭頂部に掌を滑らせながらファン・ニーロップが言った。

ソーザが同意するように何度もうなずいた。

「予測していたのは私だけではありません。日本海軍の旅順港攻撃から始まるのではないかと昨年末に言っておられました」

「二十年以上も海軍にいましたから、それ位のことは分ります。ロシア太平洋艦隊を殲滅するか、それが無理なら旅順港の狭い出口を封鎖して港外で活動できなくし、同時に別の艦隊で対馬海峡を押さえないといけないのです。日本海の制海権を手に入れるにはそれしかありません。それに失敗すれば兵を主戦場となる満州に送ることさえできず、まったく戦争にならないのです」

モラエスは当然至極という表情で鼻下から左右に五センチほども広がったカイゼル髭の、ピンとはね上がった先端をさらに指先でねじり上げた。

「なるほど。おっしゃる通りです」

とファン・ニーロップが感嘆したように言った時、およねが湯気の立つコーヒーをお盆にのせて運んで来た。およねはテーブルに並べると、客に微笑みながら会釈して出て行った。

彼女がドアを閉めるのを待って、ファン・ニーロップがコーヒーカップを手にとりながら言った。

「いやあ、いつ見ても上品ですね。表情や物腰の優雅さ、指先の動きの繊細さまで、ヨーロッパの上流階級にも奥様ほどの方はめったにいません」

二人より一回りも若いソーザも同意するようにしきりにうなずいている。

「ところで今朝は、今後の展開についてお聞かせいただければとポルトガル商人代表として参った次第です。貿易に携わる者として心配でなりません」

ファン・ニーロップは急に真面目な顔になってそう言った。モラエスは口の軽い商人にどこまで言っていいものか、しばらく思いを巡らせてから口を開いた。

「戦争の勝敗は国力と士気とで決まります。国力はロシアが圧倒しています。人口も経済力も桁違いです。兵力は日本の十倍、軍艦は二倍、国の歳入は八倍もある。一方、士気に関しては日本が圧倒しています。ロシアではロマノフ王朝の圧制に対し各地で農民や労働者による反乱が起きているようです。ロシア軍では将校のほぼすべては貴族階級ですが、兵隊のほとんどは農奴や労働者など不当に虐げられている貧困階層です。士気が高いとはとても思えません。兵が後ろを向いて発砲しかねない軍隊です。それに比べ日本軍は、上から下まで、天皇陛下のためと命懸けになっているうえ、訓練も行き届いています。勇敢と練度に関しては世界一と言ってよいほどです」

「一体どちらがいつ頃までに勝つのか分らなくなりました」

ファン・ニーロップは商人として早く結論を聞きたいようだった。

「国力の続く限り日本が勝ち続けます。国力の途切れた時に負け始めます」

「いつ頃途切れるのでしょうか」

マカオ生まれの小柄なソーザが直ちに尋ねた。

モラエスはそれにはすぐに答えずコーヒーを一口飲んで窓の外へ目をやった。紅白梅の蕾が、今にも開かんばかりにふくらんでいた。

「日本がこれから懸命にするだろうことは二つあります。まず友好国の英米で起債し経済力の途切れるのを一日でも遅らせることです。第二は、勝ち続けている間にアメリカあたりに和平の仲介を頼むことです。鋭敏な日本の指導者はすでにその方向へ動き出しているはずです」

いつもは冗談ばかり言うソーザが眉をひそめて言った。

「うまく行くのでしょうか。かなり綱渡りのように見えますが」

「誰も分りません。英米次第です。ここで最も重要なことは、英米はロシアが満州を独占することも日本が独占することも嫌っているということです。支那大陸でどちらかの力が支配的になると、自分達が支那や満州に市場を拡げる障害となるからです。従って英米は、戦争で日露が国力を消耗すること、そしてどちらも完敗せず戦後も牽制し合うこと、の二つを念頭において動くのではないかと予想されます」

「感服しました。わがモラエス領事が神戸の領事中でナンバーワンと噂されるだけのことはあります」

「こんな話は聞いたこともありませんでした。目が開かれました」

ファン・ニーロップとソーザは口々にそう言って満足した様子で帰って行った。

よく晴れた翌朝、モラエスはマカオ生まれのポルトガル人で香港上海銀行の神戸支店に勤務する、仲のよいペドロ・コートを誘い布引の滝まで歩いた。かつては大阪のフランス領事館で臨時雇いとして働き、大砲購入の時に手伝ってくれた男である。モラエスはマカオ時代にコートの父親と親交があり、ペドロを少年の頃から知っている。二十歳も若いが大阪での再会以来親しく交際している。領事館を出て二人で山本通り三丁目から北東に向かう道、モラエスが「散歩道」と呼ぶ通りを行くと、北野町辺りでばったりフランス領事のフォサリュ夫妻に出くわした。モラエスは流暢なフランス語で二人に話しかけた。鼻持ちのならぬくらいプライドの高いフォサリュより、むしろ神戸在留外国人の中で最も美しいと評判の、赤いワンピースを着た夫人の方に話しかけた。

「戦争の始まった暗い町に、色をもたらしてくれてありがとう」

「あらモラエス領事らしい、詩的な表現だわ。その特技でおよねさんも口説いたんでしょう」

四人は大声で笑った。フォサリュが何か話したがっている様子だったが、モラエスはすぐに会釈を残しコートと歩き出した。

「ヴェンセスラオ、領事に対して少々そっけなかったですね」

コートがモラエスの顔をのぞきこみながら言った。親密な二人は互いに姓でなく名を呼ぶ。

「ペドロ、実は戦争が始まってから、フォサリュとは少し距離を置こうと思っている。お世話になった人なんだけれどね。フランスは露独と組んで三国干渉しただけじゃない。君はもうすぐ完成するシベリア横断鉄道のことは知っているだろう。極東支配を企むロシアの、そしてこの戦争におけるロシア軍の生命線だ。この鉄道以外に兵隊を大量に運ぶ手段はない。日本が逸早く宣戦布告したのも、この鉄道が全線開通する前に戦争をする必要があったからだよ。ところでだ、この世界一長い鉄道の建設に必要な膨大な資金をロシア一国で捻出できると思うかね」

「フランスですか」

銀行員だけに資金の流れには勘のよいコートがモラエスの顔をうかがった。

「そうだ。それ以外に考えられない。実はそれだけではない。フランスとロシアは秘密同盟を結んでいると睨んでいる」

「どんな同盟ですか」

「恐らく軍事同盟だ。両国共通の宿敵ドイツが、わからずやのヴィルヘルム二世の下で拡大政策をとっているからね」

二人は加納町一丁目の四つ角を左に折れた。急に鬱蒼《うっそう》たる緑が現われて、そこに「布引の滝入口」という看板が立っている。雌滝《めんたき》まで十分、雄滝《おんたき》まで二十分とある。細い山道を渓流に沿うように登るのだが、心臓に持病をかかえたおよねとは雌滝までしか行ったことがなかった。

「今日は雄滝まで行こう、ペドロ」

「天気も絶好だし、ぜひそうしましょう。気温は零度近いけれど雌滝に着く頃には身体が暖かくなり、雄滝に着く頃には汗ばむでしょう」

二人は歩き始めた。

「ヴェンセスラオ、さっきの話ですが、本当ならフランスは日露戦争において日本の準敵国ということになりますね」

「その通りだよ、ペドロ。公には中立国ということになっているがね。だから僕はフォサリュから遠ざかるように心がけている。君もフランス人との交際にはしばらくの間、気をつけた方がよい。同じラテンということで、ポルトガルがフランスと親しいと日本人が誤解するかも知れないから」

「そこまで日本人が神経質になりますか」

急な登りにさしかかったコートは少し息を弾ませながら言った。

「日本はここ十年ばかり諜報活動に相当力を入れているんだ。僕も神戸に初めて来た時は現役の海軍将校だったこともあり尾行されていた。現在、フォサリュは尾行されているはずだよ。彼は老獪《ろうかい》な外交官だから百も承知しているがね。日露がキナ臭くなった半年前からは、露探などという言葉まで流行りだした。いったん露探とされたらどう弁明しても駄目だ」

「えっ、そんな言葉、初めて耳にしました」

コートは心配そうにモラエスを見た。

「およねさんに読んでもらったんだけど、昨日の新聞に、『二六新報』の社長であり衆議院議員でもある秋山という人が露探の嫌疑をかけられているとあった。こういう話は必ず議員辞職まで行くよ。証拠があるかないかなど大体無関係なんだ」

二人は雌滝に着いた。高さ二十メートルもある滝が途中までは岩をつたい、そこからは一気に水しぶきを上げて滝壺に落ちている。いつも美しい娘達のいる茶屋は、冬の朝ということでまだ開いていなかった。モラエスとコートは軽い失望を感じながら、雄滝へ向かった。

雄滝までは坂道が一層険しくなる。先頭を歩くモラエスが、六尺（一八一センチ）もある長身なのに、たった二十センチほどの短い歩幅でゆっくり歩くのを見て、コートが言った。

「山に慣れた人の歩き方ですね。子供の頃、ポルトガルのグァルダで育った父とマカオの丘を登りながら、『山を登る時は小さな歩幅でゆっくり休まずに歩くものだよ』とよく言われました」

「お父さんはエストレラ山脈の麓で育ったんだね」

「私は残念ながら父の故郷へまだ行ったことがありません」

コートは亡父を懐かしむように言った。

「私は何度か訪れたけど、青い空を背景に灌木で覆われた山々が連なる美しい所だ。麓《ふもと》には松や栗の木が多くてね。懐かしいなあ。あの辺りでは豚の丸焼きが郷土料理として有名だけど、僕は何と言っても羊乳から作ったエストレラ・チーズだ。甘いポルト酒とはよく合い、何とも言えない美味しさだ。ああ、本当に懐かしい。あの白い半生チーズはもう二十年も味わっていない」

モラエスは木立の間からわずかに見える空を、母国ポルトガルを探すかのように仰ぎ見て言った。

二月、三月と、およねは領事館で、事務量の多くなったモラエスを助けようとかいがいしく働いていた。モラエスとおよねが戦争について話すことは、開戦の朝以外ほとんどなかった。戦線の方に目立った動きがなかったこともある。この時期、日露とも遠隔地での戦闘ということで態勢を整えるのに手間取っていた。だから陸上での戦いはほとんどなかった。モラエスの予測した通り旅順港閉塞作戦は行われた。旅順港の湾口は幅二百七十三メートルしかないうえ水深も浅く、大型船の通過できるのはそのうちの九十メートルにすぎない。そこに砂利や砂を大量に積んだ老朽船を沈め、ロシア太平洋艦隊が出撃できないようにする作戦である。うまく行かなかった。岬のあちこちに築かれた砲台からの激しい砲撃で、老朽船は湾口に近づく前に片端から撃沈されてしまったからである。

　三月中旬、コートからの電話で、朝の散歩に誘われた。二人は領事館からほど近い諏訪山公園に出かけることにした。この公園は明治初年に六甲山系諏訪山の自然林をそのまま生かした形で造園されたもので、途中の金星台と呼ばれる展望台からは神戸が一望できる。モラエスお気に入りの公園だった。金星台という名は、明治七年（一八七四）にフランスの天体観測隊が金星の観測をここで行ったことに因んでいる。公園の一番上にある諏訪神社までは木々の間をジグザグに上るかなりの坂道だから、およねを連れて来たことはなかったが、山好きのモラエスが週に一度は一人で来て、神戸の全貌を楽しみ季節による植生の変化を愛でる場所だった。諏訪神社には戦いの神様である建御《たけみ》名方《なかたの》神《かみ》が祀られていて、十二世紀の源平争乱の折は、一の谷の戦いの前に源義経が参拝したと言われている。モラエスはすでに、対露国交断絶が宣言された二月六日の翌朝、戦端が開かれるのは必至と見て、早速ここで日本の戦勝を祈願していた。

領事館で待ち合わせた二人は春を思わせる暖かい日差しの中、「散歩通り」を西へ歩いた。十分余り行くと右手に公園入口がある。ここからはずっと上りとなる。

「ヴェンセスラオ、実は先週の土曜日にゴルフをしたんですが」

セーター一枚という軽装のコートがそう言いかけたのをさえぎるようにモラエスが言った。

「ああ、あのグルームさんが六甲山に作ったばかりの神戸ゴルフ倶楽部かい」

「そうです。グルームさんは私の銀行の大得意でもあるんです。彼から誘われたので行ってきましたが、九ホールしかない上ラフが多く、かなりの斜面でもあるためスコアをまとめにくいコースでした」

「彼は幕末から日本にいる神戸では最古参の在留外国人だけど、英国人とは思えないほど精力的だ。六甲ではゴルフ場開設ばかりか別荘地開発もしているし、神戸一のオリエンタルホテルの社長までしているんだからね。それにだよ、日本人の奥さんとの間には九人も子供がいるんだ」

「イギリス人でカトリックでもないのに珍しいですね。でもその英国紳士ぶりにより親日家の彼は皆に尊敬されています。そこまではいいんですが、ヴェンセスラオ。実は昼食でフランス領事のフォサリュ氏につかまってしまったんです。私のテーブルに向こうからやって来たので、注意しろと言われていたのに逃げられませんでした」

「逃げる必要もないけど何か言われたのかい」

背広姿のモラエスはコートの顔をのぞきこむように言った。

「実はフォサリュ氏はそこで私にこう言ったんです。モラエス領事は大変な情報通だね。神戸、大阪では彼の右に出る者はいない。どうしてあんなによく知っているのかね。海軍軍人だったから日本の軍人と懇意にでもしているのかね。そう言いながら探るような目で私を凝視するのです」

「ほう、それで何と答えたんだい」

「フランス人には注意とヴェンセスラオに言われていたから、『彼はそんなに情報通なのですか。知りませんでした。かつて芸者に関する情報は私が教えてやりましたが』とはぐらかしました」

「それでいい、ペドロ、上出来だ」

モラエスはコートの肩を叩いて笑った。

「ところが、ヴェンセスラオ、彼は奇妙なことを聞くのです。『日本がイタリアから二隻の新型巡洋艦を購入した件についてモラエス領事から耳にしたことはないかい』と。『今初めて耳にする話です』と私は正直に言いました」

モラエスが急に顔を強張らせ立ち止まり、何か考え始めたのを見てコートはびっくりした。しばらくしてゆっくりとモラエスは歩き始めたが、厳しい表情のまま口を開かなかった。間もなく二人は金星台に立った。二人は手すりにもたれ眼下に神戸の街を見下ろした。モラエスは顔をメリケン波止場の方に向けていたが、何も目に入ってはいないようだった。

二隻の巡洋艦とは、日本が前年暮の十二月三十日に購入した装甲巡洋艦「春日」と「日進」のことであった。もともとアルゼンチン政府が隣国チリとの戦争に備えイタリアの造船所に注文したものだったが、建造中にチリとの平和条約が結ばれたため、この二艦が不要となってしまった。戦争を控えたロシアと日本はともに宙に浮いたこれら二艦に狙いを定めたのだった。ところが山本権兵衛海相が財政逼迫を理由に最後まで購入に消極的だったため、ロシアが圧倒的有利に買い取りの手続きを進めていた。それが急転直下、日本のものとなったのである。モラエスはこの事実を「日本通信」としてポルト商報に送り、それは明治三十七年一月二十四日にポルトガル第二の都市ポルトで紙上に掲載された。この中でモラエスは、

「軍艦を売る時は手袋か帽子のようには行かないものだから、これは奇妙な事件だった」

と評したのである。モラエスは一八九二年(明治二十五年)に起きた、瀬戸内海における砲艦千島とイギリス商船の衝突事故に関し、同じ型の砲艦ドウロ号の艦長としての経験、そして最も得意とする数学や力学の知識を生かし、日本海軍に有利となる具申書を提出していた。その時に懇意となった西田海軍少佐とは以来、折をみて一緒に食事をする仲となっていた。互恵的な情報交換の場でもあった。モラエスはこの西田少佐と前年末に会った時、二隻の巡洋艦がタナボタのように日本海軍の手に入ったことを耳に入れていたのである。モラエスが「なぜそんなことが起きたのか」と質問すると、西田少佐は、

「親切な国もいろいろありまして」
と口ごもるだけだった。モラエスは西田の口ぶりから、イギリスが裏工作をしたに違いないと確信した。「世界一の諜報網をもつイギリスのことだ。日英同盟のよしみから、ロシアが二艦に食指を伸ばしているとの情報を得るや、隠密かつ機敏に動いたはずだ。日本海軍にその情報を流し、二艦が七千七百トンの巡洋艦といえども、火力、速力、装甲が素晴らしく一万トン以上の戦艦に匹敵すると説き、またアルゼンチン政府には日本に売却するよう圧力を加えたに違いない」と思ったのである。ポルト商報への寄稿では、この推測に証拠はなかったし、西田少佐に迷惑のかかる可能性もあるので「奇妙な事件だった」と表現するに留めたのだった。

一月になって二艦はイタリアから日本まで回航されて来たが、未だ武装のされていない二艦を英国艦隊が横須賀まで護衛した。回航を請負った英国のアームストロング社の社員を守るため、という名目だった。モラエスはこれも、ロシア艦隊が二艦を追尾するという情報を盗んだイギリスが、日本側にこれを流すと同時に、アームストロング社に回航を依頼するよう促したに違いないと思っていた。モラエスはマカオ時代、阿片密輸取締長官として、香港を有するイギリスと幾多の折衝を持ち、その圧倒的な情報力とそれに基づく巧みな工作活動について熟知していた。

金星台で手すりに両手をおいたまま黙っていたモラエスが、コートの方に顔を向けて口を開いた。

「そんなことを聞かれたんだね。いやちょっとびっくりしてね」

五分近くも放っておかれ、手持無沙汰に自宅や海岸通りにある香港上海銀行などをはるか遠くに探していたコートは、半ばホッとした気分で言った。

「フォサリュ氏がどうやってポルト商報に連載中の『日本通信』の内容を知ったかということですね、ヴェンセスラオ」

「そうだ。フランスにとって斜陽の弱小国ポルトガルの、そのまた地方都市の新聞など重要であるはずがないのに」

「『日本通信』だけに照準を当てて読んでいるということですね」

「君もそう思うか、ペドロ」

モラエスはそう言ってから再び神戸の町を見下ろした。薄墨色の瓦屋根が整然と並び、洋風の大型建造物は、完成して間もない兵庫県庁舎の他には居留区南端の海岸通りまでほとんど見えなかった。すでに先遣部隊の上陸した朝鮮にさらなる兵員や物資を運ぶのか、港は普段の何倍もの船舶で賑わっていた。金星台から見下ろす神戸では、港だけが戦争を実感させる唯一つの場所だった。

「ところでペドロ、もう一つ不思議なことがあるんだ。『日本通信』はポルトからパリ、パリから神戸の経路でフォサリュの耳に入ったのだろうが、新聞の掲載から一カ月余りしかたっていない。掲載次第ポルトからこちらに送ることになっているその新聞が私の所に届いたのが昨日なんだよ」

モラエスは金星台から歩き出しながらそう言うと、じろっとコートを見た。

「電信など郵送以外の手段を使ったか、ポルトにいるフランスの工作員が仏訳するや直ちにパリ、東京、神戸と転送したのかも知れませんね。それだけ『日本通信』の日本情報が高く評価されているということですね」

少し嬉しそうにコートが言った。

「ちょっとイヤな気分だ」

モラエスはぶっきら棒に言うと、諏訪神社に向かって上り始めた。

モラエスは心の中で、

（でもフォサリュの立場からすれば当然の職務を遂行しているだけだ。在外の外交官の仕事の半分は情報収集だからだ。それにフォサリュは、自分がマカオ政庁の大砲購入を通じて日本の陸海軍に知己のいることをよく知っているから、マカオ出身で国家機密などに疎い銀行員で私の親しいコートに目をつけ探りを入れたんだろう。目のつけどころのよさはさすがフォサリュだ）

と思った。口には出さなかった。

四月になったばかりの土曜日だった。

「やっと桜が咲き始めたようですよ。たけさんが昨日そう言っておりました。去年一緒に見に行った生田川の桜はどうかしら」

およねは体調がよいのか、朝食の箸を持ったまま機嫌よさそうに言うと、涼しげな目を何度か瞬いた。尻上がりのどこかねだるような口調だった。

「一年ぶり。花見行きましょう。生田川きれい、思います。その後で、湊川神社。戦争のお祈り、したいです」

湊川神社は楠公神社とも言われ、忠臣楠木正成を祀るために明治天皇が創建されたものだから、神戸では戦勝祈願の中心となっていた。開戦直後の夜、六万人が「万歳」を叫びながら向かったのもここだった。モラエスは毎日、朝夕に近所を散歩していたが、たいてい一人だった。およねと遠くまで散歩するということはめったにないことだった。妻帯の外国人が夫婦連れ立って遠出する光景に出会うたびにうらやましく思っていたモラエスは、興奮を抑えるようにそう言ってから思わず相好を崩した。

在留外国人の洋館の目立つ「散歩道」を布引の滝の方へ向かった。モラエスは、緑が多くなだらかな曲線を描きながら起伏を繰り返すこの道が好きだ。洋館がなく日本建築ばかりならもっとよいと内心思っている。およねをいたわるようにゆっくり歩いたから、生田川の川べりに出るまでに半時間もかかった。

「ほら、咲いていますよ。川に沿って。うれしいわ。五分咲きくらいかしら」

「五分咲き、意味分りません」

「満開を十として、花の咲き具合を表わしたものです。一分咲きとか二分咲きといったら花が咲き始めた程度、八分咲きといったらほとんど満開、五分咲き」

「といったら満開の半分」

二人は声を立てて笑った。

「もうしばらくしたら花見客であふれると思います。恐らくここも朝から夜遅くまで人が絶えないでしょう。徳島の眉山の桜が満開の頃は山全体が桃色に染まります。城趾の濠には蜂須賀桜を見ようと朝から夜まで人、人、人です」

およねは故郷を懐かしむように言った。

「夜、桜見えない。それなのに人、人、人、不思議です」

モラエスは桜が大好きだったが、夜桜は外灯の光があっても薄暗くてよく見えないので、興味が余りもてなかった。およねは微笑みながら言った。

「日本人の目にも昼間のようにはっきりは見えません。でも月や星の光でほんのりと闇から白く浮かび上がって見えるのが」

およねの説明を聞いてモラエスは、日本人には、自然のどんな側面にも美を発見し耽美するという、類い稀な美的感覚があると感じた。日本では、美しい美術品や工芸品を創作する芸術家ばかりか、一般庶民までが鋭い審美眼を生まれながらに身につけているのだと思った。

「派手より地味。華美より幽玄」

モラエスがフェノロサや岡倉天心の書物で知った言葉を並べると、およねが、

「そうです。その言葉に通じます」

と言った。およねが微笑みモラエスが微笑んだ。

「でも、桜、たった一週間くらい。私、残念です。その頃、強い風や雨、必ず来ます」

「あら、あっけなく一週間もしないで散ってしまうから余計いいんですよ。日本中が一年の間、その一週間を心待ちにしているのに、咲いたらあっという間に散ってしまう。そのいさぎよさがいいんです。私達の人生のようにはかない」

「はかない、分りません」

「私に芸事の手ほどきをしてくれた両親は、私が十代のうちに亡くなりました。上の姉は何人か子供を産みましたが、ほとんどは幼いうちに亡くなりました。下の姉も八人の子を産みましたが、半数は十歳を迎える前に亡くなりました。人の命ははかない」

モラエスは十七歳の時に逝った父とその十年ほど後に逝った母を思い出した。そして、はかないという概念がサウダーデ（過ぎ去った幸せへの追慕や郷愁）と重なり合っていると思った。故国から遠く離れた日本の美しい桜の下で、心から愛するおよねと語らいながら、サウダーデという言葉を思い起こしたことに、なぜか胸が熱くなり、思わず涙ぐみそうになった。「サウダーデ」という言葉を聞いたり思い出したりした時、無性に心を揺すぶられ突然涙もろくなるという習性がポルトガル人にはある。軍人であるモラエスにもその習性は濃厚にあった。モラエスは桜がどの花よりしばしば和歌に登場する理由が分ったような気がした。長崎で日本への第一歩を踏み出したその瞬間から抱いてきた日本への愛着の訳も分ったような気がした。およねは夫が急に押し黙ってしまったことを不思議に思ったが、涙ぐんでいることには気付かなかった。

二人は生田川のほとりに佇み、緑に衣替えし始めた六甲の山々を眺めながら春の訪れを感じていた。川沿いにしばらく歩いてから人力車を拾った。湊川神社は三キロくらい先、神戸駅のすぐ北にある。湊川神社の門前で降りると、神戸駅近辺に黒山の人だかりが見えた。

「万歳！　万歳！」

「あら出征兵士」

およねはそれだけ言うと珍しく速足となって駅へ向かって歩き始めた。いつもは落ち着いているおよねの興奮ぶりに驚きながら、つられるようにモラエスもそれに続いた。駅頭には無数の小旗や大きな幟《のぼり》が立ち、これまた多くの大小の提灯や松明《たいまつ》が掲げられていた。神戸は日本の諸都市の中でも際立って早くから鉄道が開通し、線路も四方にのびている。日本中から若い兵隊が次々に汽車でこの神戸まで運ばれてきて、ここの港から輸送船で前線に送りこまれるのである。汽車で宇品《うじな》港のある広島まで行く者もいる。御用列車が駅に近づくと、「万歳！　万歳！」がファンファーレのようにこだました。「神戸婦人奉公会」と書かれた幟がはためき、その下に数十人の婦人達が集まっていた。

「あの人達、何していますか」

とそちらに目を向けながらモラエスが言った。およねは笑みを洩らしながら、

「ここに集まってきた兵士達のために泊まる場所を手配したり、お酒や煙草を手渡したりしているようです」

と言った。駅前広場に軍楽隊がやって来た。軍艦行進曲（軍艦マーチ）や君が代行進曲などを威勢よく演奏し雰囲気を盛り上げる。汽車が到着すると空に花火が上がった。市内の各小学校から集められた児童生徒が整列して、笑顔の若い兵士達に「万歳」を連呼する。背が群を抜くモラエスには人々の頭越しにホームがよく見えた。揃って髪を三つ編みにした袴姿の女学校生徒達が力限りに拍手する。家族や親戚などは汽車から三メートルほど離れた所に立ち、励ましの声をかけている。

若き小国日本が敢然と大国ロシアに挑んでいる。国民の一人一人が狂おしいばかりの祖国愛に燃えている。数百年にわたり世界を蹂躙してきた白人に対し、有色人種の雄日本が、生命をかけて正義の戦いに挑むのだ。歴史はついに動き出したのだ。そう思ったモラエスは、この歴史的場面に立ち会っていることに気持が高ぶるのを抑えられなかった。

「あっ」

モラエスが小さな声を洩らした。神戸出身の兵士であろうか、窓から身を半分乗り出した若い兵士が、乳飲み子を背負い、片手に幼な子の手を引いた若い母親に、懸命に話しかけていたからだ。

「どうしました」

モラエスはおよねには答えず、うめくように、

「ああ」

と再度言った。一、二歩前へ歩み出た母親が三、四歳の男の子を抱き上げて父親に顔をよく見せるようにしていたのだ。モラエスは思わず息を吞んだ。満面に笑みをたたえたこれら兵士達の多くが、再び祖国の土を踏むことはないだろうと思った。合図の気笛がなった。

「出発のようですね。何か見えますか」

群衆に埋まり身動きもとれないおよねは、何も言わないモラエスの右腕に両手でつかまりながら、ほとんど真上を向いて言った。汽車が動き出すと喚声が一気に高まり、花

火が上がり、軍楽隊が再び行進曲を演奏し始めた。帽子や励ましの絶叫が空を舞い、お祭りのようだ。駅頭の家族や親戚は窓に集まった兵士の顔に向かって声を限りに叫んでいる。

「武男、うちのことは心配せず天子様に奉公せえよお」

老婆の甲高いしわがれ声が響いた。

満載の兵士を乗せて汽車は動き出した。モラエスは先程の若い母と子を目で追った。汽車を見送りこちらを振り向いた母親が涙を拭うのが見えた。気丈な彼女は汽車が見えなくなってから初めて、そっと涙を拭ったのだ。モラエスには幼くして別れたジョゼとジョアンが二重写しになって見えた。モラエスは、およねに摑まれていない左腕でこっそりと涙を拭った。

モラエスはポルト商報に書き送った。

愛国心が日本人の魂を、ほとんど狂乱状態にしている。……欧米では愛国心は国民の義務であり兵士はこの法律により戦争に向かう。日本では、愛国心は義務ではない。愛であり情熱であり伝染性熱病である。兵士ばかりでなく、農夫や婦人や児童たちの血潮も沸騰し、唯一の目的――大日本の栄光――のために我を忘れる。この感情こそが、日本民族に勇敢と献身という特性を与えている。……ロシアとの戦争の行く末がどうなるかはこれを見れば明らかである。……一方のロシアは恐ろしい領土拡張主義や人民を圧制する苛酷な独裁により、大衆は無気力かつ無知蒙昧で窮乏に打ちひしがれている。政府は、こういった人々、どっちが勝ってもいいという人々にお座なりの訓練をほどこし、戦場に駆り立てているらしい。だから、見ているがよい……。

白い日本人

五月初旬の土曜日に、モラエスは須磨に住むドイツ人のデラカンプ邸に招かれた。岡山などで製造する花莚《むしろ》をヨーロッパに輸出するなど、総合商社社長として大成功をした人物で、二千人余りもいる神戸の外国人の中でも屈指の実業家だった。他の外国人が海岸通りそばの居留地、あるいは山寄りの山本通り、あるいはさらに山寄りの北野に居を構えていたのに、彼は遠く離れた須磨の、海に面した広大な敷地に豪邸を構えていた。デラカンプはこの松林に囲まれた邸宅で年に一度、在留外国人を数十人も招きガーデンパーティーを開いていたが、この年は戦時下ということで招かれたのはグルーム夫妻とモラエス夫妻の四人だけだった。デラカンプ、グルーム、モラエスの三人の共通点は大の日本びいきということ、そして日本人の妻をもつということだった。三人とも他の外国人達と違い、普段は日本の習慣を真似て妻を公の場はもちろん、社交の場にも出さなかった。デラカンプなどは、自分の所で開く恒例のガーデンパーティーにさえ妻の秀を出さなかった。

午後二時からのディナーということで、モラエスとおよねは昼過ぎに家を出て神戸外国倶楽部のある三宮筋通り（現在のトアロード）を下り、三ノ宮駅で十キロほど先の須磨まで汽車に乗ることにした。パーティーに出ることなどほとんどなかったおよねは、招待を受けた時からあまり積極的ではなかったが、モラエスの強い勧めもあって従ったのである。普段は表に出ない日本人妻ばかりが招《よ》ばれるという斬新な試みだし、英独の大物実業家と懇意になることは日葡貿易の振興にもよいとモラエスは考えたのである。

三宮筋通りは戦争などないかのごとく賑わっていた。幅十五メートルほどの通りが大体三等分され、両端を和服に下駄の人々が歩き、中央を荷車や、中折れ帽をかぶった紳士や日傘の婦人を乗せた人力車が行き交っていた。水色の留袖を着たおよねはモラエスと並んで歩きながらもなお浮かぬ顔で、

「私、洋食の作法もうまくできませんし」

などと言う。これまでに何度も繰り返された言葉だ。

「大丈夫。私の真似するだけ。心配いりません」

これも繰り返されたものだ。

「三味線ならまだしも、他人と上手にお話しすることだって」

「グルームさんの所、行った時、上手に話した。それに、何より毎日、上手に話している、私と」

モラエスは心配顔のおよねに笑顔で言った。中山手通りを越してすぐの店に人だかりがあった。モラエスが頭越しにのぞくと錦絵だった。多色刷りの木版画で浮世絵の一種である。江戸後期に大流行し、日清戦争でも流行ったが、それ以来しばらく忘れられて

いたものだった。

「錦絵、めずらしい。ちょっと見ます」

モラエスはおよねの手をとって、人々の隙間をぬってそろそろと店の中まで入って行く。大きな台の上に所狭しと置かれた錦絵はどれも愛国的なもので、実に器用に描かれている。

「まあ、これは何かが爆発しているのね。こっちは魚雷だわ。沈んだ軍艦のかけらと一緒に浮いているのはロシア兵かしら。逆巻く波の描き方がとても上手ね」

「日本海軍、強いです」

モラエスはおよねが、店頭の人々と同じように興奮しているのをほほえましく思って見ていた。美術的価値はゼロだが、熱狂する民衆にとってはとても価値のあるものなのだろうと思った。ヨーロッパのどこにもないこの錦絵を妹のフランシスカに送って驚かせてやろうと、モラエスは五枚ほど買った。

モラエスにとってデラカンプ邸は二度目の訪問だったが、初めてのおよねは門から邸宅が見えないのでびっくりした。海に続く松林を見下ろす洋風の豪邸だった。左右に白や濃紫色のさつきが咲き乱れる石段を六段ほど上がると、白い柱を配した広いベランダがあり、その脇に玄関があった。モラエスと、その背中に気後れしながらついて行ったおよねを、グルーム夫人の直とデラカンプ夫人の秀が出迎えた。三人は日本人というばかりでなく、美しいという点でも共通だった。しかも皆、和服に日本髪を結い上げていた。およねは二人と挨拶をかわした瞬間、心の中で、

「何と気品のある方たちでしょう」

と舌を巻いた。次いで、

「士族の娘としてしっかりした教育を受けている方の眼差しだわ。私のような大工の娘とはぜんぜん違う」

と思い、引け目を感じた。およねを初めて見るホステス役の秀は、西洋人と結婚して長いから出自などには興味もなく、

「まあ何とおきれいなんでしょう。噂では耳にしておりましたが」

と賞め讃え、一番若く場馴れしないおよねを守り立ててくれた。席は話しやすかろうということで、六人用テーブルのドア側に女性三人、奥側に男性三人とやや変則的な並びとなった。クラッカーにキャビアをのせドイツのモーゼルワインを飲み始めたが、およねはモラエスが家でほとんど酒を飲まないので、注がれたワインに口をつけただけだった。グルーム夫人の直がおよねに言った。

「およねさんはお子さんはいらっしゃいますか」

「いいえ。あまり身体が丈夫でないものですから」

「だからこんなに若々しくいられるのだわ。私のように何人も産んで育てていますと」

「お子さんは何人いらっしゃるのでしょうか」

およねは、こんなことを尋ねて礼儀違反かも知れないと思いつつ、消えるような語尾で恐る恐る言った。

「お笑いにならないで下さいね。十五人なの」

およねとデラカンプ夫人の秀が目を丸くした。

「六人は早世したので今は子供九人ですの」

「まあ。私の所はどう頑張っても子供ができないんですの。こんな大きな家に夫婦と使用人だけじゃ淋しいでしょ。仕方ないから私の幼い姪を二人、養女としてもらい受けましたのよ」

デラカンプ夫人が言った。

「グルームさんは英国人だから、奥様も九人のお子さんもみな、英語はお上手なのでしょうね、うらやましい。私なんか何一つ」

およねがグルーム夫人に言った。

「とんでもないです。主人は私にも子供にも一切日本語で通すように言うのですよ。それに主人は家ではいつも和服です。もうすっかり日本人ですの」

グルーム夫人はそのような夫に心から満足しているかのように、微笑みながら夫をちらと見た。女性三人は神戸婦人奉公会や戦争献金について、昔からの友達のように和気藹藹《あいあい》と話を始めていた。会話のふと途切れた時、およねは窓の向こうの木々の間に五月の海がキラキラと光るのを見ながら、パーティーをあれほど恐がっていた自分をおかしく思った。

ホストのデラカンプがグルームに言った。男達は英語だった。

「ここ十年ほどの、あなたの尽力されてきた六甲山開発はめざましいようですな。別荘地開発やゴルフ場建設とか。しかも緑の環境を整備しつつそういうことをされた」

「いや、もともと私は狩猟が趣味だったんでね。あそこでしばしば狐や兎を狩猟していたんです。ところが五男が生まれつき耳が不自由でして、私が多くの動物を殺した報い、と妻の直が言うものですから、ついに狩猟をやめてしまいました。そして直の勧めもあって罪滅ぼしに動物が多く住む六甲の自然を守ろうとしたんです」

グルームはそう言うとモラエスの方を向いて続けた。

「あなたは、ポルトガルでは日本研究で名の通った作家と聞いていますが、この罪滅ぼしという日本人の考えはどう感じますか」

「罪滅ぼしなら、御存じのようにそれに近い贖罪《しょくざい》という言葉が西洋にもあります。しかし動物を殺したことへの罪滅ぼしとなると、西洋にはなく、恐らく仏教におけるりんね（輪廻）思想の影響でしょう」

モラエスは日本と日本人を理解しようと仏教について学んだことがあったから自信をもって答えた。

「りんねとは」

モラエスに似たカイゼル髭のデラカンプが言った。

「リンネとは私の尊敬する十八世紀スウェーデンの博物学者で『植物分類学の父』と言われる人の名でもあります」

二人を駄洒落で煙に巻いてからモラエスが続けた。

「輪廻とは仏教とかヒンドゥー教にあるもので『人間は何度も転生し、動物なども含めた生類に生まれ変わる』ということです。そこから釈迦は因果応報を言い始めました。

原因があって結果がある。善を行えばいつか善い結果が、悪を行えばいつか悪い結果が返ってくる。前世に悪いことをすれば後世に悪いことが身にふりかかるという具合です。日本人やインド人が生きとし生けるものにやさしい心をもつのは、ここにも原因があると思われます」

モラエスが何か難しそうなことを長く話していたので、およねがチラッとモラエスに眼差しを向けた。

「なるほど。よく分りました。もっと早くからモラエスさんと交際していろいろ教えてもらっていればよかった。罪滅ぼしなら妻の秀の感覚にも思い当たることがいくつもあります」

デラカンプがそう言うとグルームがワインで喉をうるおしてから、

「我々は商売がらみの人との交際が多いですからね。そもそも神戸にいる外国人と言えばほとんどが商人、それにほんの少数の外交官くらいだ。外交官だって大体は母国の損得ばかり考えていて我々とさして違わない。モラエスさんのような文化人は実に貴重だ」

と言って独りでうなずいた。

「私もポルトガルの利益は考えますが」

モラエスが少し照れて言った。

デラカンプが手洗いに立ったのを見計らって、グルームが少し声を落としてモラエスに言った。

「うまく行きそうですよ。ロンドンの友からさっき入った電報ですが。当地で日本が起債した五百万ポンドです。本当によかった」

世界一の情報機関を持つイギリスに、その筋に関わる友人をもつグルームは、新聞に出るより逸早く、日本に関する国際情報を得ることがあった。モラエスが日露戦争前から、ロシアの日本に対する不誠実な対応をポルト商報で批判していること、明治天皇を崇敬していること、などもこの情報関係の友人からすでに知らされていたから安心してこんな秘密を洩らしたのだった。

「朗報中の朗報です！　五月初めに鴨緑江の渡河作戦が成功したからですか」

事の重大さを知るモラエスが真剣な眼差しで言った。

「その通り。まさか日本が、待ち構えるロシアの大軍に夜襲をかけた後、あれほど迅速に幅二、三百メートルもある大河を渡るとは、世界中誰も思っていなかったですからね。千万ポンドを目標とした外債募集はこれまで引き受け手が現われず大いに心配でした。ところが今回は応募者倍率がなんと二十倍を超したらしい。人気沸騰というところですね」

「そんなにすごかったのですか。世界がひょっとしたら日本が勝つかも知れないと思い始めたということでしょうね」

「アメリカでもユダヤ人銀行家のシフが、残りの五百万ポンドを引き受けるらしい」

「よかった。本当によかった。これで日本軍も一年は戦えます。世界一訓練された軍隊であっても砲弾がなくては戦えませんからね」

モラエスは心の底から安堵したように言った。

「その一年という数字はどこから」

モラエスはぎくっとした。西田少佐との話に基づいて、日清戦争との比較から自ら計算した値だったからだ。

「いえ、単に軍人としての感覚から割り出した数字です」

相手が世界最大の陸軍国ロシアとなれば、弱い清国が相手の日清戦争とは訳が違う。モラエスは日露戦争では日清戦争における砲弾使用量とは桁違いの砲弾が消費されると予想していた。西田少佐の話では、日本軍は日露戦争の総戦費が日清戦争の二倍程度、四億五千万円と踏んでいるらしいが、モラエスはその二倍はかかると思っていた。そして日本軍が勝ち続ければ、外債をあと二度ほど募集すればどうにかなると踏んでいたのだ。

「自信のある数字ですか」

グルームは、商売に大変な影響をもつ数字だから真剣な表情で念を押した。モラエスは、戦争の行方は貿易に携わる商人にとって死活問題なのだと改めて感じた。

「いえ、少し楽観的、と言うか、えーと、少し希望的な推測かも知れません。日本軍が勝ち続けるという仮定の下での計算ですが、これは恐らく大丈夫としても、うーん、そうですね、総戦費がふくらむ可能性があります」

グルームに気圧されたモラエスは、多少しどろもどろになってこう言った。実際、戦費はモラエスの見積りのさらに二倍余りとなり、調達のため計八千二百万ポンドの外債を発行しなければならなくなったのである。

デラカンプが手洗いから戻って来たのでグルームは話を止めた。ドイツはロシアと一緒に三国干渉をした国であり、ヴィルヘルム二世が黄禍論をまき散らしている国でもあるから、デラカンプ本人は大の日本びいきだとは言え、一応話題を変えることにしたのだった。モラエスは心の中でつぶやいた。

「これで日本もまだ一年は戦える。その間は勝ち続け、アメリカが和平仲介を引き受けてくれるよう全力を尽すのだ。そのためにはアメリカで世論工作をしなければいけない。民主主義国は世論次第だからだ」

モラエスは、いつの間にかポルトガルではなく日本の外交官のような思考をめぐらしている自分に気付き、思わず苦笑した。

黒パンとカルトッフェル・ズッペ（ジャガイモスープ）が出てきた。モラエスの大好物でたけにも時々作らせていたからおよねも大好きだった。女性三人のグラスにはまだ白ワインが半分以上も残っていたが、男性側は早くもボトル一本を空にしていた。グルーム夫人の直が、毎晩スコッチを口にするほど酒好きの夫を気づかい、

「あなた、ほどほどにお願いしますよ」

と注意した。

「分りました。直さん」

そう言ってグルームがウインクをした。

およねは、十五人も産んだ人は貫禄が違うと思った。次に出たのがウィーナー・シュニッツェルだった。薄く切った牛肉を溶いた卵に浸し、パン粉でまぶして油で焼いたものである。同時に赤ワインが別のグラスになみなみと注がれた。

魚料理を好むモラエスに嫁いだおよねにとって初めての料理だったが、とても美味しいと思った。

「先日は東京で豚のカツレツを食べましたよ」

グルームが言った。デラカンプが聞いた。

「ほう珍しい。東京のどこですか」

「銀座の煉瓦亭という所ですが、大量の油を使って天ぷらのように揚げていました。数年前に作り始めたようですが豚カツと呼ばれ日本人にも人気らしい」

「およねさんも今日が初めてと思いますが、おいしそうに食べています」

モラエスはそう言い、愛妻がナイフとフォークでシュニッツェルを小さく切ってから、慣れた箸にもちかえ、箸先で器用につまみ、おちょぼ口に持って行くのを目を細めて眺めていた。グルームとデラカンプも、同じように微笑みながら自分の妻達の品のよい挙《きょ》措《そ》に見とれていた。

「見事ですね、日本女性は。箸の持ち方、使い方、置き方、そして箸を伸ばす時にそれとなくたもとを抑える仕草、どこか含羞《がんしゅう》の色を浮かべた眼差し、すべてが優雅です。芸術です」

グルームが讃嘆した。デラカンプが続けた。

「ヨーロッパの上流階級の夫人達もとても敵わないでしょうね。私も秀のそんな所に魅きつけられました」

「本質的問題は、文明とは程遠いアフリカやアジアの果ての果てに、どうしてこの日本という宝石のような国が存在するのかということです。その自然の佇まい、鮮烈な季節の変化、精緻玲瓏《れいろう》な芸術、とりわけ日本女性は宝石中の宝石です」

モラエスはこう解説してからボルドーの赤ワインで喉をうるおした。

「そうだ。日本女性の魅力こそが西洋人すべてにとっての謎だ。だからこそ我々三人は日本に魅せられ、住みつき、世界中の女性の中から日本女性を選んだのだ」

すっかり上機嫌なデラカンプが声を上げてグラスを挙げた。

「我々三人の幸運に乾杯」

三人は口々に、

「乾杯」

と日本語で言った。急に騒がしくなった男達を妻達が、何のことかと眺めていた。

デザートのマルチパン（挽いたアーモンドに砂糖を練りあわせた洋菓子）を口にしながらデラカンプが言った。

「私も生活するための資産はもう貯めましたから、実は数年後には引退して読書三昧《ざんまい》の生活に入ろう、などと計画しているのです」

コーヒーカップを片手にグルームが言った。

「私は神戸の発展や六甲山の開発と治山のためにも商売を続ける予定だが、母国のイギリスに移住するつもりはもうありません。幕末に長崎のグラバー商会に入った時は二十一歳でしたが、それ以降、五十七歳になる現在までずっと日本でしたからね。もうすっかり日本人ですよ。例えば母国イギリスは五年ほど前にボーア戦争を戦いましたが、あの時より今の日露戦争の方にはるかに高い関心を持っている。本当のことを言うと、日本の戦いぶりに家族とともに一喜一憂している始末なんです」

「そう言えば私も似たようなものです。ビスマルクが去ってからのヴィルヘルム二世の拡張政策は、余りにも露骨すぎてとてもついて行けません。三国干渉の時には私も、母国ドイツがどうしてロシアなんかに肩入れするのかと腹が立ちました。日本陸軍はドイツが育ててきたのに、宿敵であるロシアと組んで愛弟子の日本を追い込もうというのだから、まったく理解できません。ヴィルヘルム二世の黄禍論に至っては、頭がおかしくなったとしか形容できないものです。お恥ずかしい。私も故郷の家族や友人は懐かしいが、ドイツに戻って暮らすつもりは毛頭ありません」

話しているうちに興奮してきたのか、デラカンプは顔を紅潮させた。

「私はポルトガルへ帰国することを当面考えていませんが、将来は分りません。外交官だから母国が一番大切なのは当然ですが、実は日本が私にとって今、ポルトガルと同じくらい大切になっています。日本の方が大切になったら外交官を辞めるつもりです」

モラエスが言葉を選んで言った。グルームが、

「モラエスさんは日本に住み始めてからまだ七、八年だからそうなんでしょうね」

と言ってモラエスの顔色をうかがってからデラカンプを見た。そしてさらに言葉を続けた。

「実は私など、死んだら日本人と同じように火葬して直の実家の墓に入れて欲しいと言っているんですよ。遺言にはそう書くつもりです。日蓮宗のお寺です」

「えっそうですか。私も『絶対に秀の墓に入れてくれ』と頼んでいる所です」

およねの実家の墓といえば徳島市の安住寺だが、とモラエスは心の中でつぶやいた。墓をどこにするかということは、もうすぐ五十歳になるモラエスにとってそう遠くない問題であった。それをまだ遠い先の話として避けてきたことに気付いたモラエスは、およねの楚々とした横顔を眺めてから、窓越しに見える遠い海に目をやった。夕暮になずむ海の向こうに淡路島が見えた。あの島の向こうが徳島だ、と思いながらぼんやりと眺めていた。


翌日の夕食でおよねが言った。

「昨日のパーティー、もっと堅苦しいものと思っていたのに、そうでなかったのでとても楽しかったわ」

「よかったです、およねさん。直さん、秀さん、とても親切、いい人です」

およねがよい時間をもてたことが、モラエスはことの外《ほか》うれしかった。

「場慣れない私のために随分気遣っていただいたわ。ああいう奥さんになりたい」

「よいことです。でも、およねさん、今のまま、いい、思います」

モラエスはおよねにやさしく言った。およねとモラエスはほんの数秒間ほど見つめ合っていたが、およねは恥じらうように二度ほど目を瞬くとすっと目を伏せた。モラエスは、ふとイザベルを思い起こした。青年時代の八歳年上の恋人で、およねに会う前に、モラエスが本気で愛したただ一人の女性だった。美しく教養ある女性だったが、イザベルは隣に住む人妻であり、カトリックの厳格なポルトガルではいわゆる禁断の恋であった。二人は数年間にわたり暗号代わりのフランス語で恋文を交し続け、逢瀬を重ねた。この恋の破局はモラエスの心に深い傷を残し、また姦通を犯したという罪の意識は、モラエスをカトリックから遠ざける一因にもなっていた。

あのイザベルなら、こんな時はじっと自分を見つめてから「ヴェンセスラオ、愛してるわ」と言って唇を求めたものだった。それもよかったが、気品に満ちたおよねはまさに芸術だと思った。自らの美的感受性はおよねにより、もっとも深く充足させられると思った。そしておよねの自分への献身的な奉仕と身の回りのことへの繊細な心遣いなどと合わせ、自分はおよねとの結婚によって初めて、イザベルによっても、亜珍《あちゃん》によっても得られなかった、いやそれまでの人生で一度も得られなかった精神のやすらぎを得ている、と思った。

「秀さんが毛糸編みを教えてくださると言ってくれました。そこで今日、早速、町まで毛糸を買いに行ったんですが、値段が以前の倍になっていました。寒い所での戦争なので、軍隊用衣類として大量に羊毛が必要となり、世界中で値が上がっていると言っていました」

およねが箸を持ったまま言った。

「戦争になる。値段上がる。普通です。そう。今日、クラブでグルームさん、こっそり言いました。日本人スパイ二人、満州ハルピン、ロシアが処刑しました」

「あらそんな、日本の新聞にも出ていないこと、どうしてグルームさん御存知なのかしら」

「イギリスのスパイ、世界中にいます。イギリス、知らないことない」

「それにしてもあんな北で捕まったなんて。戦争はまだ満州の一番南なのに」

「二人、シベリア鉄道、線路や橋、壊しに行った。処刑の朝、横川省三という男、幼い二人の娘、手紙書きました。自分の持っているお金全部、ロシア赤十字に寄付しました。射たれる前、目隠し、断りました。そして、『天皇陛下万歳』、叫ぶ。とてもとても、立派です」

モラエスが感に堪えぬ面持で言った。

「零下三十度の氷のシベリアを、お国のためにそんな所まで行ったのね。変装して身を隠しながら吹雪の中を歩いて行ったはずだわ。所持金を家族でなく、傷ついた敵兵のためロシア赤十字に全額寄付するとは。お嬢さん二人を残して満州の土になるのって、一体どんな気持だったのかしら」

そう言いながらおよねは目頭をおさえた。目を上げてふとモラエスを見ると、モラエスの目も真赤になっているのに気付き、およねはびっくりした。

「日本勝ちます。心配ないです。ロシア、この事件で気付きました。シベリア鉄道、守備、必要。長い長い線路、兵隊数万人、必要です。馬賊も日本の味方です。ロシア、戦争、集中できない」

「そうなればいいわ。昨日も、直さん、秀さんと慰問袋を作りましょうと言っていたの」

二人は温かい味噌汁を一飲みした。

初夏の日曜日の午後、モラエスがおよねと街を散歩していると、様々な格好をした兵士が目についた。多くは軍服姿でなく、中には着物に草履、頭のてっぺんに無造作に乗せた軍帽でやっと兵隊と分る者さえいた。髪に白髪がまじり額に深い皺の刻まれた者もいた。予備兵だった。戦いが激しさを増し、損傷も大きくなったため日清戦争の生き残りまでが召集されたのである。近郊の者だろうか、母、妻、子供達と一緒に連れだって、軍用列車の出発する神戸駅の近くで最後の買物をしたりしていた。モラエスにとって見なれない光景であった。さらに見なれない光景は、街の所々に数人の女達が集まって針を使っている姿だった。

「およねさん、あれは何ですか」

モラエスは立ち止まっておよねに尋ねた。

「あれは千人針ですよ。千人の女が武運長久の願いをこめて、一メートルほどの長さの白い布に、一人一針ずつ赤い糸で縫って結び目を作るんです。親戚だけでは足りないので、街を通行中の女性に頼んだりしているのです」

「ブウンキュー、何ですか」

「ホホホ、ブウンチョーキューですよ。戦場で手柄を立て無事でいて下さいということです」

「頭に巻くのですか」

「いえ、お腹に巻きます。帽子の内側に縫いつける人もいます。弾除け」

「弾除け。信ずる者、救われます」

モラエスはポルト商報に千人針について書き送った。


信ずる者に効き目のあるものなのだ。それを私達が信じないのは、（なぜ、信じないのだろう）そうした行為の詩的でやさしい心根が分らぬからだ。千人の女性が兵士の幸運を祈りながら、理不尽だが神聖な祈願を一針一針にこめる時、どうしてその腹帯が摩訶不思議なものにならないことがあろう。どこの世界でも、いつも変わらぬものは、女性の魅力だ！　ああ娘の美しい手よ！　千人の娘よ、もし君達の二千本の手でこしらえた腹帯が私の身を敵弾の一撃と運命の一蹴から守ってくれたら、私は君達にどうお礼をしたらいいのだろうか。

八月中旬の早朝モラエスは久しぶりにコートを誘い布引の滝へ散歩に行った。暑さに弱いモラエスは、夏期は朝の六時頃に散歩に出て帰宅後に朝食をとることにしていた。

街には傷病兵が目につくようになった。コートが言った。

「ヴェンセスラオ、南山の戦いでは四千の死傷者を出したらしいですね。日本軍は大丈夫でしょうか」

「南山には近代要塞が築かれていたからだ。日本軍にとって要塞攻撃は初めてだったから、猪突猛進を繰り返した。結局は、弾丸の尽きたロシア軍が南の旅順へ敗走したという訳さ」

「これでは旅順攻撃が思いやられますね」

コートはそう言うと、白い綿ズボンのポケットから出した白いハンカチで、額を拭った。

「その通り、旅順は南山とは比較にならない世界一の近代要塞だ。力押しを続けてしまうと日本軍からは少なくとも二万名の戦死は出そうだ。でも結局は日本軍はこれを攻略する。旅順は完全に孤立してしまったから、黙って見ていたって一年もたてば食糧がなくなる」

モラエスも汗を拭いながら自信ありげに言った。コートが少し不服そうに言った。

「でもヴェンセスラオ、バルチック艦隊が遠路やって来たら、海上からの封鎖が解かれてしまうのではありませんか」

「ハハハ。ペドロ、およねさんも同じことを心配している。それどころか日本政府さえ心配している」

「あなたは心配ではないんですか」

ペドロが訝るようにモラエスを見つめた。

「艦隊が日本へ向かうとしても、イギリスのスパイがロシアの各地どころか、政府内や軍部内にも潜んでいるからね。艦隊がいつどこで何をしているか、情報をつかみ次第、日英同盟によりすぐに知らせるはずだ。この同盟を結んだことによる日本の最大のメリットはイギリス情報の入手なんだ」

「イギリスは紳士の国だけあって日本に随分親切なのですね」

モラエスはコートの顔を見つめながら哄笑した。

「イギリスが紳士の国だって。ハハハ。世界一抜け目のない国だ。世界中に張った諜報網を用いて、ありとあらゆる情報を得ては、自国の国益にかなうように動き回る。武力に訴えず勝利を得る、というのがイギリスの国是と言ってよい。私もマカオの港務局副司令官をしていた時、麻薬密輸入などについて香港といざこざがあったけれど、私の足元のマカオで反ポルトガルの世論工作をされたのには参った。バルチック艦隊も、もし日本へ向かったら様々な意地悪にあうはずだ。ロシアが気の毒になる位だ」

「当面どんな意地悪ですか」

コートが尋ねた。

「まずスエズ運河を、何とか理由をこしらえて通過させないと思う。喜望峰を回ることになるから、それだけで一カ月以上も遅れることになる。第二に、アフリカの主要港、アジア、極東の主要港はほとんどイギリスの植民地だ。中立国だからとか言って、水や石炭は与えないだろうし、欲求不満で狂いそうな若い乗員を陸にも上げないだろう。ロシアを応援するフランスの港も所々にあるが、イギリスが『中立国は厳正中立を守れ』とか言ってフランスを牽制するから、フランスも大っぴらには水や石炭を与えにくいだろう。だから何カ月もかかって日本へ着く頃には、乗員の健康も士気もどん底になっている。訓練を重ね手ぐすねひいて待つ東郷艦隊の、格好の餌食になる」

「さすがポルトガル海軍の将校は見方が違う」

コートが感心したようにうなずくと、モラエスは額の汗を拭ってから微笑した。

布引の滝の入口から山に足を踏み入れたとたん、急に気温が下がったような気がした。

「この涼しさなんだ、ペドロ。神戸で一番涼しい所だ。夏の散歩はここに限る。ここに来るたびに酷暑から生き返るように感ずる」

「ヴェンセスラオ、私もまったく同意見です」

雌滝の茶屋はまだ開いていなかったが、二人は滝を見上げながら涼をとり、すっきりした気分で雄滝を目指した。雄滝まで登る間に再び汗ぐっしょりとなったが、そこで二人は靴と靴下を脱ぎ、ズボンを膝までまくり川に入ると滝しぶきのかかる所まで水底の石を選びながら歩いて行った。三年ほど前にここに来た時、ある日本人紳士がこうしていたので、モラエスはそれ以降、夏場に来る時はいつもこうしていた。足のふくらはぎまでを冷たい水に浸《つ》けると、五分もしないうちに身体全体の汗が引いていくことを知ったからである。

帰りに雌滝の横を通ると、茶屋が開いていた。モラエスは引力に引き寄せられるよう

に山道を外れて茶屋へ足早に歩いて行くと、

「早いですね、おシゲさん、おデンさん」

と茶屋のすぐ手前の橋の上から、滝の音でかき消されないよう大声で叫んだ。茶屋には娘が二人いて、丸顔のおシゲさんがちゃぶ台を並べており、まだ十代半ばで切れ長の目をしたおデンさんが着物の袖をたくし上げて雑巾をかけていた。コートは、モラエスが娘達の名を知っていたので少し驚いてから苦笑した。娘二人は手を休め、一斉に橋の方へ目をやると、年長のおシゲさんが、

「あら、モラエスさん。モラエスさんこそお早いこと」

と言った。

「おシゲさんとおデンさん、上から下りて来ました」

「えっ、もう雄滝まで！　汗びっしょりになりませんでしたか」

「大丈夫。足冷やした」

「また川に入られたのですね。お元気ですね」

「おシゲさんも元気」

「だって、私の叔父が明日、出征するんですもの。しかも三度目の出征なの。日清戦争、北清事変、そして今回の日露戦争なの。今晩は親戚が集まり盛大な酒宴をして、明日は皆で港まで送って行くの。今度もきっと無傷で帰ってくるわ。だから家中大喜びなんです。弾丸だって歴戦の勇士と知っているから当たりっこない。叔父さんも大喜びで、お土産はさしあたり藁《わら》に包んだロシア兵にしようか、なんて言っているんですよ」

モラエスは親戚の絆の強さ、迫り来る死を恐れない勇敢さに感じ入った。日本兵の強さの一因だと思った。コートは日本人の無邪気ぶりに呆気にとられていた。おシゲは続けて、

「おデンちゃんもうれしいんですよ、ね」

と言って恥ずかしがり屋のおデンの肩に手を置いた。もじもじしているおデンを見て、

「言ってごらんなさいよ、さあ」

と催促した。

「あら、おシゲさん、いやだわ、誰にも言わないでと頼みましたのに」

おデンが色白の頰を赤くし、上目づかいにおシゲを見上げた。

「大丈夫！　実はこのおデンちゃんたら一昨日、出雲にいるお母さんに内緒で、初めて洋装を買ったんです。靴下、スカート、外套、ブラウス、革靴、帽子の一切を注文したんですの。さあ、何のため、言ってごらんなさい、おデンちゃん」

おデンは恨めしそうにおシゲを一瞥してから、気を取り直したようにやっと口を開いた。

「旅順陥落の祝勝行列で街を歩くため」

消え入りそうに言うと、今度は顔中を真赤にした。モラエスとコートが爆笑した。モラエスが笑いの中から声を絞り出すように、

「おデンさん賢い。外套だから、旅順、冬に陥落ね。誰より、先、見てます」

と言った。

十一月に西田少佐が来神した。外交官でありながら軍事にも詳しいモラエスに、大局的な情勢分析を聞こうと思ったのである。モラエスと西田は、ともに人目につくのを嫌い、諏訪山の金星台で会うこととなった。平日の朝九時ということで、紅葉が始まっていたのに人出はまばらだった。金星台に先に着いていた平服の西田がモラエスを迎えた。

「こういう所が一番安心ですね、モラエスさん」

「壁も障子もないですからね」

硬い表情だった西田がモラエスの言葉に頬をゆるめてから言った。

「日本通とは知っていましたが、諺まで御存知とは」

「西洋にも諺はありますが、日本の諺はとりわけ面白い。『蛙の子は蛙』『論より証拠』『二階から目薬』『顔に泥をぬる』『風邪は万病のもと』『飼い犬に手を嚙まれる』『かわいい子には旅をさせよ』などいろいろあります。『住めば都』も私は大好きです。いろはカルタなどで一日に一つずつおよねに教えてもらっています。諺が多いというのは日本語がとても豊かな言語である証拠と思います」

モラエスはそう言うと自らうなずくかのように顔を何度か縦にふった。

「私達日本人は日常普通に諺を口にしますが、そんなことを考えたこともありませんでした」

西田はそう言うと、感心したようにうなずいた。二人は手すりにつかまり遠くの港に目をやった。振り返って山を見上げた西田が言った。

「モミジがまだ充分に色づいていませんな。あそこにあるのが一本だけ赤くなっていますね。陽当りがいいんでしょう」

西田がかなり紅くなったモミジを指さして言った。

「あと一週間ですね。日本のモミジの紅は本当に鮮かです」

「ポルトガルにカエデはありますか」

「あります。ボルドスと呼びますが、葉は日本のものよりもっと大きく、もっと厚ぼったいので、鮮かな紅にはなりません」

「カエデにはいろいろの種類があるのでしょうね」

「その通りです。中でも日本のカエデは格別の美しさですから、妻のおよねも、紅葉を見に行くといつもモミジばかりを探します。他の葉も黄色やオレンジ色に色づいているのに不公平ですね。ところで旅順の乃木軍はどうですか」

モラエスがチラと西田を見て訊ねた。

「いや、死傷者数が膨らんでおり、陸軍が頭を抱えています。それにこれは口外しないで欲しいのですが、実は陸軍では弾丸の備蓄がかなり逼迫してきているようです。三度目の猛攻撃を行う予定のようですが、乃木軍が使い過ぎると奉天で戦えなくなると大本営は気を揉んでいます」

西田は暗い顔でそう言うと大きく深呼吸をした。

「西田少佐、海外では奉天の大会戦は日本が勝つと踏んでいます。クロパトキン軍の公表戦力は十万人近く水増しされていると海外では信じられています。それにロシア軍では戦意の著しい低下が進んでいます。腐敗し切った帝政により国民の生活がどん底を這っているからです。私の耳にはロシア各地でのデモやストライキの報がしばしば入っています。ヨーロッパ各国に亡命しているロシアの社会主義者達が、全国の学生達に帝政打倒に決起するよう檄を飛ばしています。それに、『帝政を維持するための戦争なのだから進んで投降するように』というビラが広汎に出まわっている、という情報もあります。要するにロシア軍を過大評価しないことです」

モラエスはここまで一気に言うと、後ろを振り返って、山の上部の色づいた木々に目をやった。

モラエスと一緒に山を仰ぎ見ていた西田が口を開いた。

「進んで投降しろ、などというビラが兵隊に配られているなんて知りませんでした。そこまで行っているんですね」

西田は、陸軍が工作員を使って極秘に行っている工作については知らなかった。明石元二郎大佐が、参謀本部より百万円（今の金額で四十〜五十億円以上）という大金をもらい、ロシア革命支援の工作をヨーロッパ中で行っていたのである。そのようなビラの作成やその満州への運搬、革命勢力への武器供与などに対し資金援助をしていたのだが、これらは陸軍においてもほんの数人しか知らなかった。

西田はぜひ聞きたいと考えていたことを思い切って口に出した。

「海外での日露戦争に関する見方は、一般には親露なのでしょうか、それとも親日なのでしょうか」

モラエスはこの的を射た質問に動揺するのを覚えたが、平静を装い語り始めた。

「まずアジアでは圧倒的に親日です。支那、インドネシア、ビルマ、インド、トルコ、どこも日本軍の勝利に歓呼の声を上げている。各地を経由して来た外国人商人達がそう言っています。白人に虐げられてきた屈辱を、今、黄色人種の代表として日本が晴らしてくれている。自分達だって頑張ればいつの日か欧米による植民地支配から脱け出ることができるんだ、と勇気を鼓舞されています。一方の欧米では、開戦当初は、弱小国の日本が世界最大の帝国に敢然と戦いを挑んだということで、判官贔屓と言いましょうか、フランス以外は日本応援一色でした。ところがです。連戦連勝が半年も続いた頃から、少しずつ空気が変わってきています。余り日本が勝ち過ぎたため、日本人の勇敢さや優秀さに脅威を覚え始めたのです。白人による有色人種支配、すなわち世界支配に不都合が生まれてくる、と気付いたからです。この変化は海外の新聞などにはっきり表われていますが、私が神戸にいて、クラブやホテルで聞く雑談の中にも表われています。もっとはっきり言うと、この戦争はロシアが一方的に悪いのだけれど日本が負けて欲しい、と今では多くの国が心の底で思っているのです。白人はこのような、私に言わせれば傲慢としか言いようのない偏見を未だに根深く抱いているのです。日本の産んだ文学や芸術、欧米のどの国の人々より高い日本人の道徳心や繊細な感性、などに無知なためです。だから一月ほど前に亡くなられたラフカディオ・ハーンや私は、その素晴らしさをヨーロッパに伝えようと頑張ってきました。最近の白人どもの豹変ぶりに私は驚き、呆れ、怒っています。口では良心を唱えながらですから、私などは白人であることを恥ずかしく思うほどです。要するに、日露戦争はある意味で人種戦争となりつつあるのです」

「よく分りました。最も知りたいことでした。その視点は今後の我が国にとりとても重要なものと思います。必ず上司にも伝えます。政治家が心得ておくべきことと考えます」

西田は長身のモラエスを感動したように見上げて言った。そしてさらに言葉を継いだ。

「そう、モラエスさんは白い日本人ですな」

「白い日本人」

モラエスが繰り返してから微笑した。

「そうそう、白い日本人と言えば、最近のロシアの新聞に、第一軍司令官の黒木大将の祖父はロシア人だなんて書いてあるそうですよ」

モラエスが笑顔を見せながら言うと、西田が噴き出した。モラエスが続けた。

「鴨緑江渡河作戦など余りに勇猛大胆なので日本人ではないはずと信じたいんでしょう。同じ類いですが、ヨーロッパのある新聞には黒木大将の父がフランス人とありました。東郷大将がポルトガル宣教師の子孫とも書かれていました。本当にそうなら私にとってはうれしい限りだが」

普段は謹厳な西田が爆笑し、モラエスもつられて笑った。

二人はそれから、頂上に近い諏訪神社へ山道を登って行った。戦勝祈念をしようとしたのである。山道を出て平らな境内に入ると、すんなりしたまだ二十代らしき女性が一人、神社にあるいくつかの祠《ほこら》の一つ一つで、信心をこめてお祈りしては、何やらお経の文句を小声で唱えている。お参りのすんだ彼女がこちらに歩いて来た。紺と白の縞の秋袷《あわせ》を着た彼女はまだうら若かったが、象牙のように白い顔色と沈んだ黒い瞳から、悲しみに沈んでいるように見えた。大きい朱塗りの門に近づいた彼女は、そこに坐っていた髪も歯もすっかり抜け落ちた老婆に話しかけた。老婆のかたわらには小鳥の入った鳥籠が三つ、地面に置かれていた。小鳥は全部で十八羽いた。しばらく値段の交渉をしてから、彼女はそれらを全部買った。そして老婆に鳥籠の小さな扉を開けさせた。小鳥達は驚きと喜びのさえずりをあげて森へ飛び立った。すると彼女は最後の一羽を細く透き通るような指先でつかまえ籠から取り出すと、唇を寄せ接吻の雨を降らせ、何か長々と伝言をささやいてから、さっと上空へ放してやった。彼女は祈るような視線で森に消えて行く小鳥を見ていた。

この世のものとは思われないこの美しい光景を、息を詰めるようにして見つめていたモラエスは、しばらくしてから、

「戦場にいる、もしくは戦死してしまった父、兄弟、夫、愛しい恋人への愛の言葉を伝言したのではないでしょうか」

と絞り出すような声で言った。西田少佐は黙ったまま目を伏せていた。

抱擁

明治三十七年（一九〇四）の晩秋に、モラエスとおよねは久しぶりに京都へ向かった。京都の秋はおよねにとって初めてだった。戦争が始まって半年ほどたった頃から街に目立つようになった白衣の傷痍軍人を見て、重苦しい気分の日々を送っていたおよねは、モラエスの提案を聞いた時からこの日を心待ちにしていた。

京都駅から東山の高台寺まで二人は人力車を走らせた。ここは秀吉没後、正妻の北政所（ねね）が亡夫を偲んで創建した寺で、北政所が晩年を過ごしたすぐ隣の圓徳院とならんで、モラエスの最も好きな寺だった。しだれ桜や紅葉が美しいうえ、小堀遠州作の庭園や、傘亭や時雨亭などの茶室も味わい深い。

ここが初めてのおよねは、寺の由来をポルトガル人のモラエスに教えてもらうことに、半ば恥ずかしさ、半ば誇らしさを感じつつ、美しく色づいた庭園をうっとりしながら歩いた。いつもの茶色い背広を着たモラエスは、小豆色の地に細かい亀甲模様の入った小紋を着て名園に立つおよねの姿を何度となく見ては目を細めていた。

二人は高台寺を出ると清水寺へ向かって歩き始めた。坂の両側には茶屋や土産物屋が軒を並べている。

「ここ二年坂です。およねさん」

「あら、へんな名前。どうしてそんな名前になったのかしら」

およねは、学究肌のモラエスがどこへ行くにも前もって書物で調べてくるのを知っていたから、いつもモラエスに頼りきりだった。

「ここで転ぶ、二年以内に死ぬ。または、二年だけ、命、縮む」

「ホホホ、おかしくって、ホホホ」

およねが笑い転げるのでモラエスは心配になって、

「およねさん。転ぶ、ダメです。絶対に」

と念を押した。二人は固く手を握り合った。およねがモラエスに手を握られることはこれまでに何度もあったが、差しのべられた手に対してであれ、自ら手を差し出したのはこれが初めてだった。およねは、公衆の面前でそのようなことをしてしまった自分が恥ずかしく、思わず頰を赤く染めた。モラエスも、およねが自ら手を差し出してくれたことがうれしく、やはり顔のほてりを感じていた。二人は手をつないだまま再び坂を上り始めた。五十メートルほど上るとモラエスが足を止めた。心臓に病を抱えるおよねの呼吸が荒くなるのに気付いたからだった。二人は茶屋に入り一服することにした。菓子のお品書きを見ていたおよねが、

「あっ、これにするわ、焼餅」

と声を上げて言った。

「やはりね。徳島の」

「米善。モラエスさんもいらっしゃった。ああ、懐かしい。京都の焼餅ってどんなものかしら」

「米善より、ちょっと大きい。上賀茂神社、葵祭、食べたことあります。とても美味しい。米善に、ちょっとだけ負ける」

およねが当然のようにうなずいたので、モラエスは微笑した。一口というより半口で食べられる徳島の焼餅に比べ、何倍も大きい京都の焼餅を食べるとおよねは元気をすっかり取り戻した。坂道を上り始めるとモラエスが口を開いた。

「およねさん、フランス領事、フォサリュ、病気です。有馬温泉に行きました」

「あら、静養なさるのね。どうしたのかしら、フォサリュさんお気の毒。フランスはロシアと仲がよいから何かいやがらせでもされたのかしら」

「フォサリュ、いつでも、日本人、尾行しています。先月、家に石、投げられた。ガラス割れた」

「えっ、まさかフォサリュさんが露探というわけでもないでしょうに。間違えられたのかしら」

歩き始めたばかりなのに、足を止めたおよねはモラエスを見上げながら言った。露探騒ぎが各地で起こっていた。ロシアに密通していると噂された人物は、真偽を問わず逮捕されていた。すべて日本人だったが十一月になって、外国人が初めて摘発された。

「先月、横浜の警察、コリンズという男、捕まえました」

　歩き始めながらモラエスが言った。

「そのコリンズという人、どこの国の人ですか」

「萬《よろず》朝報、ポルトガル人と、書きました」

「まあ、ポルトガルの方。御存知ですか」

　驚きを隠せないおよねが再び立ち止まった。

「会ったことあります。ポルトガル人は、嘘です。香港生まれのイギリス人。横浜に長い。日本語、上手です」

「本当に露探なのですか、そのコリンズという人」

「怪しい人。大連にも、住んだ。奥さん、ロシア人」

　モラエスは憂鬱を漂わせてそう言った。モラエスは、マカオから派遣され大砲購入交渉のため日本に来た時、横浜でコリンズと会っていた。横浜ではマカオ生まれの在横ポルトガル人がいろいろ手伝ってくれたが、その友人ということで、ある晩三人で料亭へ行ったことがあった。そして食事の後、コリンズと二人で永真遊郭に繰り出したのであった。二度目に横浜を訪れた時も同様の経過をたどっていた。それくらいならまだよかったが、実は四カ月ほど前の夏、大連から八年ぶりで日本に戻ったというコリンズから突然の誘いを受け、モラエスは神戸外国人倶楽部で一緒に食事をしたのであった。その席でコリンズは、モラエスに陸海軍将校の紹介を再三依頼した。モラエスが大砲購入交渉時には陸軍将校と、日英船舶衝突事故の際には海軍将校と緊密な連絡をとっていたことを知っていたからである。コリンズの執拗さを警戒したモラエスは無論、丁重に依頼を断ったのだが、それ以降、会わなければよかったと秘かに後悔していたのである。新聞報道でコリンズ逮捕を知った時は一瞬血の気が引いたほどだった。コリンズの話によってはモラエス自身の取調べさえありうるからだ。露探騒ぎの時世、詳細を話すとかえっておよねを心配させる、と考えたモラエスは、

「怪しい、思った、勘です。前に会った時、匂った」

と言った。およねが、

「匂った」

と言って笑ってくれたのでモラエスはやっと一息ついた気持だった。

二人は清水寺を訪れる上り下りの観光客の途切れない流れを縫うように歩き、時折、色とりどりの土産物を見たり、漬け物の値札をのぞいたりしたが、およねの身体にとっては、この上ったり立ち止まったりがちょうどよいペースとなっていた。

「さっきのことですけれど、フォサリュさんは露探ではないんですね。時々、道でお会いすることがありますが、御夫妻のどちらも前より親しく声をかけて下さいます」

「フォサリュ、露探、違います。でも、フォサリュ、病気治らない。フランス、帰国、するはず」

モラエスは、以前世話になったことのあるフォサリュから日露開戦後できるだけ距離を置いてきた自分を考え、後ろめたい気分になった。

およねが再び立ち止まった。何度か呼吸を整えてから俯き加減に言った。

「外国人は、日本で居心地が悪くなるとすぐに母国に帰国してしまうのね。何もかも置いて。モラエスさんが話してくれたお菊さんのように、日本人の妻でさえ」

およねは当時ヨーロッパで発表され評判になっていた、ピエール・ロチのお菊さんのことを言っているのだった。

切れ長の目を縁どる長い睫毛《まつげ》を二度三度としばたたき、伏目がちになっているおよねをモラエスは愛しいと思った。

「そういう人、確かにいます。でも皆でない。グルームさん、デラカンプさん、奥さんの墓、一緒に入る、言った」

モラエスには、もう一言を言う覚悟が固まっていなかった。一方のおよねには、その一言を迫る覚悟がまだなかった。およねの両親はすでに他界し、姉のおとよとユキは同じ斉藤家に嫁いでいた。実家の福本家の墓を守る従兄は偏屈な人だった。およねは以前、彼が「およねは洋妾《らしやめん》じゃあないか」と言った、とユキから聞いていた。だから、菩提寺である安住寺の墓にモラエスを入れてもらう自信はなかったのである。

清水の舞台に着いた二人は、花衣をまとったような秋を見下ろしていた。鮮やかに染まったヤマモミジが舞台近くまでせり上がり、三重塔や奥の院の方まで続いている。谷底には小川の流れが、秋空を映しながら曲がりくねっている。二人は無口のまま錦に色づく谷に見とれていた。

「私、ちょうど今年、五十歳。だんだん、若葉より紅葉、好きになります」

およねは十秒ほど黙って考えてから、

「私は二十九歳ですが、しばらく前から、なぜか秋の紅葉の方に魅かれるようになりました」

と言った。モラエスは、二十代にしてすでに生気溢れる若葉より紅葉に魅かれる、と言うおよねをまじまじと見つめた。楚々としたおよねの目鼻立ちに、どこか影があるように感じたモラエスは、心の中でそれを打ち消そうとした。

二人は再び黙ったまま、散る寸前に生命のすべてを燃やし最期の輝きを放つ紅葉を眺めていた。モラエスはいつしか、重病で臥せている姉のエミリア、最愛の妹フランシスカ、二人の住むリスボンの坂道や青い空に映える紫色のジャカランダの花に思いを馳せていた。そして、これほど全身全霊でおよねを愛しながら、今もポルトガルへのサウダーデを断てずにいる自分を思った。ポルトガルは、父の国であり母の国である。思い出と涙のつまった国であり、自分を切り捨てた国でもある。一万キロ以上も離れた日本で、美しい秋を最愛の人と眺めながら、なお母国を想い続ける。こう思った時、目の前の鮮かなカエデの紅がぼんやりと周囲の五色の森に滲んでいくのを感じた。

明治三十八年(一九〇五)一月一日、ついに旅順が陥落した。この大朗報がもたらされたのは翌二日だった。元日の朝、神戸は真白な雪の衣装をまとっていた。森や庭の喬木や灌木や家々は久しぶりに積もった雪で白一色となっていた。モラエスは、幸先のよい新年のスタートだ、吉兆だ、と思った。柔らかな白毛布をふんわりとかけたような街には、黒のフロックコートと山高帽に威儀を正し年始の挨拶に行き交う男達や、佳き日を祝うために色とりどりの晴れ着を着た娘達が往来していた。人力車も荷車もない道路で、人々があちらこちらで丁重なお辞儀をしては「おめでとうございます」の言葉を交している。

（なんと清澄《せいちょう》で夢のような世界だろう）

モラエスはそう思いながらなだらかな坂を下り湊川神社へ向かった。道が雪で滑りそうなのでおよねは連れてこなかった。白い境内に白い屋根の神社はいつもと違う趣があった。表に回ると、参道には初詣でに来た人々が長い列を作っていた。戦勝祈願ばかりか健康、合格、縁談、商売運をも祈ろうというのだろう。モラエスはそう考えながら列に並んだ。最後尾は神戸一の劇場、大黒座にまで延びていた。大黒座二階の庇《ひさし》に下げられた幾つもの提灯はともかく、派手な絵看板まで揚げられたままになっているのがこの厳粛な元旦にはいささか不釣合で、モラエスは思わず苦笑した。コートが銀行の日本人従業員とよく通う、大黒座隣のビヤホール辰巳屋、モラエスが世話になるその隣の散髪屋は、当然ながらひっそりと戸を閉ざしていた。モラエスは本殿前で、何よりもまず、およねの健康を祈願した。次いで、およねと一緒になってから生まれて初めて安らぎを得た幸せを神に感謝した。そしておよねとのこの幸せがいつまでも続くよう祈願した。戦勝は祈願しなかった。一カ月前、大激戦の末に日本軍が二〇三高地を攻略したことは、モラエスにとって旅順艦隊の全滅を意味していた。そのうえモラエスは、最も勇猛でロシア軍全兵士の尊敬を集めていたコンドラチェンコ将軍が二週間前に戦死したことを、西田少佐から耳にしていて、旅順ロシア軍の降伏は秒読みと確信していたからであった。

お参りをし、破魔矢を一本買ったモラエスは、正月の務めを果したような気分で帰途についた。

一月末の午後、海岸通りの香港上海銀行で二カ月分の家計費をおろしたモラエスは、そのまま二階の応接室へ向かった。三日ほど前に陸軍の田中中佐から連絡があり、広島の第五師団で保護中のロシア人女性が神戸に行くと言い張るが、その話がよく分らないので、聞いてなるべく早く出国できるよう善処してくれないかということだった。田中中佐は十年近く前、大砲購入交渉で来日した時に面倒をみてくれた人で、それ以来のつき合いだった。領事館の場所が分りにくいので、銀行の応接室を借りることにしたのである。部屋のドアをノックして入ると、痩せた小柄の西洋人女性が部屋の隅に一人で佇んで窓から波止場を見ていたらしく、振り返るとモラエスの姿に脅えるような表情をした。黒いフランネルの洋服を着て、白っぽい縁なし帽をかぶっている。まだ若い。藍色の小さな掛けかばんに置いた白いかぼそい手が小刻みに震えている。どう見ても尋常ではない。モラエスは、

「どうかしましたか」

と英語で尋ねてみた。女は首を左右に振りながら右手を同じく左右に振った。分らないようだ。同じことをフランス語で言うと、女は一瞬目を輝かせてから、

「いや何でもありません、ただ」

ときれいなフランス語で答えた。何かありそうだと思ったモラエスは、銀行の応接室

で二人きりで話すよりはと、女を温かいコーヒーとケーキを注文できるそばのカフェに誘った。白い帽子を脱いだ女の頭は金髪でなぜか短く刈り上げられていた。恐怖と辛酸に打ちのめされた少年のような表情だった。

「私はポルトガル領事のモラエスです。君は広島から来たようですが、広島へはどこから来たのですか」

領事と聞いて女は少しばかり警戒をゆるめたようだった。

「ロシアのペテルブルグ」

「どうやってここまで？　日本とロシアは戦争中なのに」

女は黙ってしまった。何をどこからどう話すべきなのか思案しているようだった。口を開かないのを見てモラエスが言った。

「今、君は敵国の真只中に一人でいます。でも日本人はとてもやさしい人々ですから心配は要りません。危害を加えるようなことは決してありません。どうして広島へ」

女性は重い口を開いて、

「旅順から」

とだけ言った。今度はモラエスが絶句した。旅順は日本軍の占領下にあり蟻一匹出られない状況だ。モラエスは疑うような鋭い視線を女に投げかけて言った。

「旅順からどうやって」

「日本軍の輸送船で」

「えっ、まさか」

モラエスは意表をつかれて、女の顔をまじまじと見た。

「はい、捕虜として」

「君は女じゃないのかい」

「はい。旅順の要塞で看護婦をしていました」

「冗談が好きだね、若いのに。看護婦が捕虜になるなんて聞いたこともない！」

モラエスは、あり得ない話の連続に苛立ちを隠せず、思わず語気を強めた。

「旅順ロシア軍が降伏した時、私は髪を兵士刈りにし兵服に着替えました。ひげぼうぼうの兵士ばかりでしたが、少年兵と見なされたのでしょう、うまく捕虜になることができました」

女はモラエスの恐い目をうかがうように、言葉を切りながらかすれた声で言った。

「ほう、これは何か深い訳があるに違いない。もし差支えなければ話してもらいたいのですが」

モラエスは一転して丁重になった。作家としての嗅覚が呼び覚まされたからだった。

女性はぽつぽつと話し始めた。ソーニャ・ボクダノワという名の二十二歳だった。ペテルブルグの陸軍砲兵中佐の家に生まれた彼女は、貴族階級のたしなみとしてフランス語を身につけていたのだった。保守的な家での凡々たる生活に飽き足らなかったソーニャは、看護婦の資格をとるや二十一歳の時にハルピンへ移り、病院で働き始めた。そこで足首の骨折により入院していた青年に恋をし、結婚を約束するまでになったのだが、結婚式の直前に戦争が始まってしまった。ソーニャと同じく貴族出身で砲兵少尉のこの青年は、直ちに旅順要塞に赴きそこで守備につくことになった。ソーニャは彼を守ろうと、看護婦として要塞勤務を志願し、許され、三カ月遅れで旅順に入ったのだった。日本軍に包囲されていた八カ月間というもの、とりわけ後半の四カ月間は、毎日が地獄の連続だった。飽くことを知らぬ日本軍の猛攻の下、飛び散る鮮血を浴びながら、埋葬しきれない味方遺体の屍臭に咽《むせ》びつつ、缶詰ばかりで空腹をしのぎ、日夜身を死の危険にさらしていた。ステッセル将軍がついに降伏した時、ソーニャは、腹部に重傷を負ったこの青年にどこまでもついて行くことを決心したのだった。旅順で捕虜として輸送船に乗りこんだソーニャは、愛する人を看護しつつ広島の宇品港に到着した。到着するや司令部に処刑を覚悟で変装を白状した。そしてこの世の誰よりも愛しているこの瀕死の青年を近くで見守りたいという一念から、傷ついたロシア兵捕虜を収容している病院で看護婦として働かせてくれるよう、涙ながらに願い出た。厳しい尋問の上だったが軍はソーニャを自由の身として釈放してくれたうえ、情にほだされたのか、この申し出を受け入れてくれた。捕虜達はみな、ロシア軍が普通に行う拷問や苛酷な強制労働が待っていると恐れていたのだが、案に相違して日本陸軍は、捕虜に対してあらゆる配慮を惜しまなかった。食事はとてもよかったし、元気な者はかなり自由に、収容所から街へ出かけることさえ認められた。町の人々も敗残兵を見下すようなこともなく、民家の軒先で茶をふるまわれる者さえいた。ソーニャはここでもまた一心不乱に傷病兵達の手当に立ち働いた。ところが入院十日目の朝、愛する青年は傷がもとで腹膜炎を起こし死亡してしまった。ソーニャは絶望と混乱のうちに、職を辞し故国へ帰ろうと決め、師団に申し出たということだった。

　モラエスは生々しい短篇小説に圧倒されたかのように口をつぐんでいた。自分は無邪気に、傲慢強欲なロシア、ひいては白人の飽くことなき地球支配の野望を打ち砕くため、有色人種の輝ける星として敢然と立ち上がった日本を断固支持し、乃木希典将軍率いる第三軍の旅順猛攻を熱狂的に応援していた。その旅順で、まさに雨霰《あめあられ》と降り注ぐ砲弾のその下に、このソーニャと青年がいたのだった。

　モラエスは深く息を吸い、吐くと、初めてコーヒーカップを手にとった。ソーニャは、心にためていたことを話すだけ話すと、気が少し晴れたのか皿のカステラにとりついた。夜行で神戸に着いたが前夜以来何も食べていなかったのだ。ソーニャはあっという間にカステラを平らげた。

　モラエスは黙って自分のケーキを皿ごとソーニャの前へ移した。ソーニャが表情を和らげてモラエスを見た。これを見てやや気を取り戻したモラエスが尋ねた。

「神戸にやって来た理由は何ですか」

　ソーニャの話す間、ずっと沈黙したままだったモラエスが目を潤ませて言ったので、ソーニャはホッとした表情を見せた。怒っているのか、呆れているのか、退屈しているのか、興味を持って聞いてくれているのか分らなかったのだ。

「預かった遺書と遺品を彼の両親へ届けようと、彼の埋葬をすませるや港のある神戸へ来てしまいました」

「神戸からロシアへはどうやって帰るのですか。戦争中なので便は一つもありません」

ソーニャは、何も考えずにここまで夢中でやって来た自分の現状を思ったのか、再び表情を暗くした。

「でも神戸に来たことは正解です。ここからならどうにかなるかも知れません」

モラエスは、ソーニャに会ってから初めて微笑した。さっと顔を明るくさせたソーニャにモラエスが話を続けた。

「いろいろ手はありますが、神戸から支那の上海へ渡り、そこでドイツ船に乗りハンブルグへ行くのがよいでしょう。ハンブルグからは船でペテルブルグが便利と思いますが、鉄道を用いベルリン、ワルシャワ経由で行ってもよいでしょう」

「モラエスさんは船に詳しいようですね」

少々安堵したソーニャが言った。

「元々はポルトガル海軍の将校でしたから。ところで故郷へ帰るお金はあるのですか」

ソーニャは急に現実に戻されハッとした表情になった。そして首をうなだれた。ハルピンの病院で働いて貯めた僅かばかりの金は、旅順要塞にて、新鮮な卵や果物を青年に食べさせようと、支那の密輸商人に支払った代金でとうに消えていた。ペテルブルグへの旅費は安いものではない。数分間の重苦しい沈黙の後、ソーニャが藁《すが》にも縋る表情で言った。

「故郷の両親は経済的にいくらか余裕があります。ペテルブルグから日本に送金することは可能でしょうか」

「通常なら可能ですが、戦争中の今はやはり無理でしょう」

二人は再び沈みこんだ。数分間の沈黙が続いた後、モラエスが膝を打った。

「そうだ、こうしよう。上海には露清銀行があります。そこにペテルブルグから受取人をソーニャとして送金するのです。君はそこで直接受け取ればよい。その金で、ドイツ船でハンブルグ、あるいはフランス船でマルセイユへ行けばどうでしょう」

「神戸から上海までは」

「その金もありませんか」

ソーニャは少年のような顔を伏せた。と、モラエスが背を正し、ソーニャを直視して言った。

「私がプレゼントしましょう、上海行きの切符を。神戸上海航路に勤務する友人に頼んで安く手に入れることができますから心配無用です」

「いえ、とんでもない、それはいけません、私がこの地で看護婦としてしばらく働いて」

「いや、ソーニャ。私はプレゼントしたいのです。生命をかけて祖国に、そして愛する青年に献身した君に、この老人がささやかな贈物をすることを許して欲しいのです。それは私にとって光栄なのです。なるべく早い上海便を君の名で予約しておこう。そうだ、その時に神戸から上海へ行くための仮査証も支那の領事館にかけ合って一緒に用意しましょう。その後は、上海にロシア領事館があるからそこでかけ合えば大丈夫でしょう。恐らく一両日中に切符と仮査証をさっきの銀行のコート氏に預けておきますから、取りに来て下さい」

モラエスはそう言うと立ち上がった。ソーニャは「ありがとう」の言葉も出ないまま、茫然とした表情で腰を上げた。

「今日は本当に好い一日だった、宝石のような君に出会えて」

そう言うとモラエスはさっと踵を返した。

「モラエスさん」

ソーニャが背に向かって鋭く叫んだ。モラエスは振り返らなかった。ソーニャは脱力したように席に腰を下ろした。なぜか涙が頬をつたった。やがてその涙はソーニャの一切を洗い出すかのように堰《せき》を切って溢れ出た。出航する軍用船であろうか、汽笛が湾からの夕風に乗ってのどかに聞こえてきた。

領事になってからのモラエスの公務は多忙を極めていた。自ら頼みこんで神戸領事にしてもらった側面もあったし、几帳面な性格でもあったから、それまでのどの領事より熱心に仕事に取り組んでいた。大海原に浮かぶマッチ箱のような空間に閉じこめられ、限られた人々とばかり顔を合わせる海軍生活とは違った新鮮味もあった。モラエスが領事になるまでの領事職は、在留のポルトガル人商人などに無給でゆだねられていた。真先に取りかかった仕事は在阪神のポルトガル人に関する統計や、日葡貿易に関わる基礎資料などの整備だった。それに加えて明治三十五年（一九〇二）からは在神戸イタリア領事も依頼され兼任していた。明治三十八年（一九〇五）の初めにフランス領事のフォサリュが帰国してからは、領事中の最年長ということで領事団筆頭としての仕事も加わった。イタリアはポルトガルのような小国ではないので、イタリア領事職はポルトガル領事としての仕事より大変なほどだった。このような公務の拡大により、苦手とする社交も増えて行った。新年、紀元節、天長節といった祝日に行われる式典ばかりでなく、阪神地方の知事や市長の主催する催しにも出席しなければならなかった。筆頭としてスピーチを頼まれることもしばしばだった。夫妻として招かれることもあり、そんな時に他国の領事は夫人をしばしば同伴したが、モラエスがおよねを伴って出席することはなかった。第一に、公の場に夫妻で出るという風習のまったくない日本で育ったおよねの、出しゃばりたくないという気持をモラエスは尊重したのだった。第二に、ポルトガルの国益を担う外交官が外国人を妻として公の席へ出るということへの心理的抵抗があった。およねの名は公式の場に出さなかったばかりでなく、ポルトガルへ送ったいかなる個人的な手紙や作品にも登場させなかった。「公職」に関するモラエスの潔癖さは異常だった。「日本通信」さえ、しばらくの間、著者名はSという符号だったのである。公職にありながら二足のわらじを履く、ということへの批判を恐れたからであった。第三に、まだまだ東洋人への偏見に凝り固まったポルトガルの友人達、とりわけモラエスを精神的支えにしている三歳年下の妹フランシスカを、日本人を妻としたことで動揺させたくなかったのである。公の場に夫妻で出たことを新聞などに報道され彼等に知られた場合、いちいち面倒な説明をせざるを得ず、その煩雑を嫌ったのだった。実際モラエスはこれらの人々に、およねとの結婚について一言も知らせていなかった。

領事就任以来、執筆の量は格段に増えていた。およねの存在が大きかった。モラエスは長身ながら生まれつきの蒲柳《ほりゅう》の質《しつ》だった。サント・アゴスティニョ小学校に通っていた頃、先生に、

「将来何になりたいか」

と聞かれたことがある。父方にも母方にも軍人が多くいたため何気なく、

「軍人」

と答えたところ、先生や級友が一斉に笑い出した。内向的で物想いに沈んでいることが多く、ひょろひょろと背が高いうえ、引っこみ思案で、いつも悲しそうな目をして夢想に耽っているような少年だったからである。成績優秀な彼は小学校を終え、リスボン国立リセに入学したが、その頃を振り返って後にこう書いている。

「ぼくはいつも悲しかった。いつも病的な気質をもっていた。楽しみのない苦悩にみちた人生の予感のようなものをあの頃すでに感じていた」

このようなモラエスが、自己主張の激しかったイザベル、亜珍、その他の女性達とは正反対のおよねという好伴侶を得たことで、物事を悲観的に捉え果てしなく苦悩するという気質が初めて封じこめられ、執筆によい影響を与えたのである。自己犠牲を厭わず夫に身も心も尽し、細やかで温かい気配りをしてくれるおよねを妻にもったことは、心やさしく愛らしい芸者、という位の理解でおよねと結婚したモラエスにとって、望外の幸せであり、幸運中の幸運であった。およねのおかげでモラエスは家系を流れる神経症の血統にもかかわらず、生まれて初めて穏やかな精神を何年にもわたって保持すること

ができたのであった。

海軍兵学校を出てから、女性遍歴を連ねたのも、いつも不安にとらわれ、自信を持てないでいる自分からの逃避であり自分への慰撫としてだった。すなわち美しい女性を獣のごとくほしいままにすることだけが、それがいかに刹那的であろうと、苦悩や不安を和らげ、劣等感を紛らわせ、ひ弱な自分に自信を授けてくれていたからであった。それが今では誰でもが美しいと感嘆するおよねが、四六時中、自分に尽し、自分を全面的に信頼し、尊敬し、頼り切ってくれている。それまでの執拗で苦しい葛藤から解放されたモラエスは、実に穏やかで力溢れる気分でいられるのだった。

明治三十五年（一九〇二）から執筆していたポルト商報への「日本通信」が、この頃のモラエスの主なる文学活動だった。電話をはじめとした情報伝達手段が発達していなかった当時、海外のニュースを人々に早く正しく知らせるため、欧米大手の新聞社はどこも世界各地に特派員を置いていた。モラエスはポルト商報の社主であり編集長であるカルケージャからその仕事を頼まれていたのである。カルケージャの熱意に負けて引き受けたものの、無報酬でもあり、初めはさほど乗気でなかった。ところが、日本の自然や風俗、日本人、日本の地理、歴史、芸術、文化などについて書くようになってから、これが生きがいの一つになるまでに時間はかからなかった。それまでに得た日本に関する知識、考えたこと、思ったことなどをまとめ、そして文章として吐き出すのは愉しみでさえあった。彼の作品がカルケージャの好意でいつも新聞一面に掲載されたことも、モラエスの自尊心を満足させていた。そして何より、彼が最も尊敬する作家の一人であり文学上の師と秘かに仰ぐ、ラフカディオ・ハーンと同じ仕事に携わる歓びを感じていたのであった。彼は家での自由時間はもちろん、領事机に向かいながらも暇を見つけては、日本に関する内外の書を渉猟した。このような勉強を通して日本を一層深く理解することが、日本通信ばかりでなく、これからの文学活動における宝物になるだろうとも思った。他人との付き合いの不得手な自分にとって、このような仕事こそが進むべき道と考えた。五十歳にして初めて、モラエスは自らの天職の確かな感触を得たのであった。充実の日々だった。

明治三十八年（一九〇五）の春、仕事から帰るなりモラエスは喜色満面で、迎えに出たおよねを玄関先に立ったまま抱きしめ、いつもより長く接吻した。身長差が四十センチあるのでちょうどよい塩梅だった。

「あらどうかしましたか、モラエスさん。何かよいことでもありましたか」

いつもの抱擁とは違う力強さに少し驚いたおよねが、気恥ずかしさを抑えながら言った。

「これです、これ、見えませんか」

モラエスはリスボン時代から使っているよれよれの革カバンから取り出した一冊の本を高く掲げ、およねの眼前に突き出した。

「きれいな本ですね。何の本ですか」

「ここ、見て下さい」

モラエスは表紙の中程にある文字を指差した。

「私、外国の言葉は何も読めません」

「ヴェンセスラオ・デ・モラエス」

モラエスは各単語に指を置いてゆっくり読み上げた。

「あらモラエスさんの御本なのですか」

「そう、私の本です。新しい本。今日、ポルトガルから、来ました」

モラエスは誇らしげに言った。

「まあ、それはおめでとうございます。私までうれしくなりました」

およねは本を手にとると表紙をゆっくり掌で撫で、本を開くとポルトガル語で書かれた文章を楽しげにながめた。モラエスはおよねを引き寄せると、さっきよりさらに力強く抱きしめた。

「さあ、モラエスさん、いつまでも玄関先に立っていないでお上がり下さい」

およねは上気した頰でそう言うと、玄関に上がったモラエスのコートを思い切り背伸びして脱がせた。

日本通信の最初の二年分が、海軍時代からの親友であるエッサとロドリゲス博士の手で『日本通信、戦前（一九〇二―一九〇四）』と銘打ち、ポルトで出版されたのだった。

夕食時に、およねが日本酒を持ち出して栓を開けた。宴会やパーティー以外では酒を飲まないモラエスだったが、何か特別のことのあった時だけは家でおよねと酒を飲むことにしていた。明治三十八年になってから家で飲んだのは、正月のお屠蘇、旅順陥落時、奉天陥落時の三度だけだった。苦手だった日本酒も、今は美味しく飲めるようになっていた。およねも芸者をしていたから、お付き合い程度の酒は飲める。

「これは灘の生一本、六甲の水から作ったものです」

「これ、何という字ですか」

モラエスは五合びんに貼ってあるラベルの字を指さした。

「白鶴」

「ハクツル、何の意味」

「白い鶴という意味ですよ」

「何と美しい名。ヨーロッパの酒の名前、皆、つまらないです」

「日本のお酒は、灘のものだけでも白鶴の他に忠勇とか、沢の鶴とか、意味のある名が多いです」

およねは酒はたしなむ程度だったが、その種類についてはよく知っていた。

「でも、白鶴が一番、およねさんが一番、白鶴、そっくりです」

「お上手なこと。白くて細い所は似ていても、脚はあんなに長くないし、一本で立っていることもできません」

およねが半ばうれしそうに、半ばすねるように言うと、モラエスがおよねには珍しいユーモアを称えるように拍手した。

「そうそう、忘れていた。玄関に置いたまま。お菓子」

「取ってきましょう」

　およねがすっと立って細長い菓子折りを持って来た。一切れずつ盛られた皿から一片を口に含んだおよねが言った。

「わあ、何ておいしいんでしょう」

「江戸時代の前、ポルトガル人の宣教師、持ってきた。カステラというお菓子。ポルトガル語」

「ポルトガル人って、こんなおいしいもの食べているんですね」

「でも、ポルトガルのカステラ、もっと、パサパサ。日本のもの、しっとり。水飴入れる、日本人、賢い」

「あら、本国のものよりおいしいなんておかしいわ。どこで買ったのですか、毎日食べたいくらい」

「元町に長崎屋、カステラ屋、少し前に、できました。回り道、買ってきました」

「おめでたい日ですものね」

「栄養、たくさん。およねさんによい。また買います」

　二人は、特別な日ということで二センチほどの厚さのものを二切れずつ食べた。

　夜、モラエスに少し遅れてふとんに入ろうとした浴衣姿のおよねは、モラエスの枕元の畳の上に、一冊の本が置かれているのに気付いた。『日本通信』だった。

「あら、これからこの暗い置行燈でお読みになるのですか」

「いや。今日、うれしい日です。新しい本、できた。本と、一緒に寝る」

「まあ、子供みたい。私も子供の頃、新しい草履を買ってもらった時などは枕元に置いて眠りました。でも、それなら、もっとモラエスさんの近くに置かれた方がよいのでは」

そう言うとおよねは、ふとんの中から手を伸ばし、本をそっと三十センチほどずらしモラエスの頭のすぐ上に移した。と、モラエスの毛深い左手がおよねの右手の白い手首を握った。

「いけない。この本、二人の本、二人で作った本です」

「私、何も手伝っておりませんが」

「およねさん、いつも側にいる、書き続けること、できます。ありがとう。本当にありがとう」

モラエスはそう言うと、それっきり黙っておよねの顔を凝視した。

およねは意味がよく分らぬままキョトンとしてモラエスの顔を見つめていたが、モラエスの目に涙が浮かんでいるのを見て当惑した。

「およねさん」

モラエスはうめくような声でおよねのふとんの中に入ると、有無を言わさずにおよねを抱きしめた。およねは唐突な行動にしばらく面食らっていたが、いつもとは違うモラエスの情熱に、いつしか心が、そして身体が応え始めていた。

予想もしなかったことに本が出版され、しかもこの本のポルトガルでの売行きがよかったこともあり、これ以降、モラエスはますます執筆に力を注ぐようになった。ほとんど熱狂的というほどの力の入れようだった。日露戦争時の日本通信は、戦争に関する記述一色となっている。どれもが、ロシアの横暴と日本の正当性を主張し、日本軍の勇敢さを讃え、国民の素朴な愛国心を賞讃し、微笑ましく描写したりしている。これは『日本通信第二集、戦争の一年（一九〇四―一九〇五）』として刊行され、ひき続き『日本通信第三集、日本の生活（一九〇五―一九〇六）』が出版された。モラエスの作家としての大成は、カルケージャにより種を蒔かれ、およねという土壌で育まれたのであった。

日本通信

明治三十七年（一九〇四）の十月にバルト海を出航したバルチック艦隊は、モラエスの予期した通り、イギリスの意地悪に悩まされ続けた。中立国であることを盾に取り、スエズ運河を通過させせない、アフリカ、アジアの主要港の多くはイギリス領だがそこには寄港させない、たとえ寄港させても水や食糧や石炭を補給させなかったり、欲求不満で狂いそうな乗組員を上陸させなかったりした。そして親露のフランスにも中立国として同調するよう圧力をかけ、艦隊への積極的支援を行わせなかった。船底についた貝をとったりしながら七カ月もかけ、気息奄奄《えんえん》で辿り着いた日本海には充分の休養と充分の訓練を完了した連合艦隊が待ち構えていた。明治三十八年（一九〇五）の五月二十七日に激突した史上空前の大海戦は、二日間で結着した。バルチック艦隊はその艦艇のほとんどを失い、司令官のロジェストヴェンスキー中将は日本軍の捕虜となった。東郷平八郎率いる連合艦隊の損失は水雷艇三隻を失なっただけという、海戦史上まれな一方的勝利となった。これは世界を驚愕させた。奉天大会戦でロシア陸軍の主力を撃滅し損なった日本軍は、この海戦でロシア海軍を全滅させた。ようやくロシアは敗北を悟り和平交渉に応ずることになった。八月にはポーツマス講和会議が開かれ、翌月の九月五日に日露講和条約が結ばれた。

十月の土曜日、モラエスはコートと連れ立って、キンモクセイの香りがたちこめる神戸の住宅街を北野天満神社へ向かった。モラエスはマカオ生まれのポルトガル人を、ポルトガルへの愛着も教養も品格もない俗物として一般的に見下していたが、コートは例外で、神戸にいる外国人の中で最も気のおけない友達だった。家庭教育のせいか、コートがポルトガル文学をよく読んでいるのも気に入っていた。そして何より、コートと日本人妻との間に生まれた二人の男児が、子供好きのモラエスには可愛くてならなかった。次男の名付け親として自らの名、ヴェンセスラオを与えたこともあり、頻繁に二人の顔を見に行っては、そのたびに頭を撫でてやったり、プレゼントの菓子をやったりした。

二人は家の前の「散歩道」を東へ向かった。この通りは六甲山麓の斜面を東西に横切るような道で、北側が山、南側の斜面は神戸市内を経て海まで続く。十分も歩くと左に北野天満入口の札がかかっている。ここから上り始めた時、コートが言った。

「ヴェンセスラオ、やっと戦争が日本の勝利で終ったのに、誰も喜んでいないようなのは不思議ですね。旅順陥落、奉天陥落、日本海海戦勝利、と勝利のたびに日本中でお祝いの提灯行列が出たのに」

「それどころか東京の日比谷じゃあ群衆が内務大臣官邸、交番、国民新聞社などを焼き打ちしたそうだよ。戒厳令も敷かれたそうだ」

「賠償金がとれなかったから憤激しているのですか」

「その通りだ、ペドロ。国家予算の六年分も使っての戦争だからね。南満州鉄道の経営権とその線路や駅周辺の土地は租借権としてもらったけど、他には樺太の南半分と朝鮮半島の排他的権益だけだ。三国干渉以来、極端な増税に耐え、窮乏生活に耐えてきた国民が、政府の弱腰に怒って暴動を起こした」

「あなたはどう思われますか、ヴェンセスラオ」

「当然だね、日本国民の怒りは。戦費のほとんどは海外からの借金だからこれから長い年月、国民にのしかかって来るんだ。日本が一年半も連戦連勝だったのに、この程度しか得られないというのは、歴史的に例のないことだ。でもね、ペドロ。日本人は妥協した小村外相の弱腰を批判しているようだが、実は仕方なかったんだよ。白人諸国の陰謀だから」

モラエスはにわかに険しい表情となりコートを見つめた。何のことかよく分らないコートが、愚問かと恐る恐る尋ねた。

「白人諸国の陰謀。一体どういうことでしょうか」

「当初は日本を応援した欧米列強だったが、旅順開城まではともかく、三月の奉天会戦の頃から、世界最大の陸軍であるロシア軍を押しまくる日本軍の強さに脅威を覚え始めた。そして日本海海戦で大きな衝撃を受けた。彼等は黄禍論が現実になったように感じたんだ。どの列強も腹一杯植民地を抱えているだろう。『白人なんて大したことない』と知った植民地の人々が、民族独立運動を起こしかねない、と列強が心配し始めた。しかも、日本が本格的に大陸へ進出したら、白人によるアジア支配の秩序が破壊されてしまう。そこで日本へは賠償金を与えず、日本が巨額の借金返済に長期間てんてこまいするようにしむけることで日本の弱体化を企んだ。米英がそのようにポーツマスでの会議を誘導したんだよ」

「人種戦争と見なすようになったということですね、ヴェンセスラオ。なるほど、言われてみれば欧米列強の考えそうなことです」

「外交はすべて自国の損益だけだから」

モラエスはそう言うと首を二、三度振ってから大きな嘆息をついた。二人は口を閉ざしたまま急な坂道を登って行った。この辺りは神戸でも最も急な坂道である。リスボンのリベルダーデ大通りから自宅のあるトレル街へ出る坂道が同じように急なので、ここに来るたびにモラエスはリスボンを思い出した。鳥居を抜けると幅三メートルほどの長い石段がある。

「いやあ、すごい石段ですね」

「怖気づいたかい、ペドロ。前に勘定したが確か六十段あった」

「初めて来ました。かなりきつそうだから途中で一休みしましょう」

「ここは学問の神様、菅原道真を祀っている神社だ」

「古いんですか」

「中世の武将、平清盛が七百年余り前に作ったと言われている」

石段の途中で少し息を整え、やっと上に出ると天神様の鎮座する本殿や拝殿があった。

息を弾ませたまま手を合わせると、モラエスが言った。

「ここの楽しみは眺望なんだよ、行こう、ペドロ」

モラエスは絵馬のたくさん掛けられた板の横を通って見晴らし台へ歩き始めた。ここからは神戸市内から港を一望できる。

「いやあ、素晴らしい。神戸港が手に取るようです」

「そう、だから、港が見える丘の神社、とも言われている。梅の木が多いから二月から三月は、梅の花の向こうに神戸が見える」

「今度、その季節に家族で来てみよう」

「欠点も一つだけあるが」

「何でしょうか」

「洋館がこの辺りに多いこと。目障りだ」

「ハハハ、ヴェンセスラオらしい。私は余り気になりません」

手すりのすぐ下に、藤袴が薄紫色の花を咲かせているのを見つけたモラエスは、

「これは秋の七草と言われているものの一つだ、ペドロ」

と言った。植生に疎いコートが怪訝な顔で尋ねた。

「ヴェンセスラオ、秋の草花は日本にその七つしかないということですか」

「ハハハ、もちろん、もっともっと沢山あるよ、ペドロ。千二百年も前に山上憶良という歌人が典型的な秋の花として万葉集の中で歌ったんだよ」

「他の六つは」

「およねさんに何度も教わって何度も忘れたけれど、最近やっと言えるようになった。ハギ、キキョウ、クズ、フジバカマ、オミナエシ、オバナ、ナデシコ、秋の七草、と日本では和歌にして覚える」

「随分、日本人は記憶がいいんですね、私には無理だ」

「日本人には和歌のリズム、五、七、五、七、七が身体に滲み込んでいるから、簡単に覚えられる。日本人なら皆、同じ抑揚で秋の七草を言えるよ。実はね、ペドロ、春の七草もあるんだ。それにしても、国民がみな春や秋の七草を和歌で覚えている、というのは何とも素晴らしいことじゃないか。日本人は季節に生きている。衣食住すべてにわたってだ。食べ物だってどの季節にも旬のものがあって、日本中がそれを賞味する。日本人はこのように季節の変化や自然の変化を愛でる天才なのさ。それを通して特有の鋭い美感を養い、もののあわれなどの情緒を磨いてきた。こういった情緒は日本の文学や芸術の源泉とも言えるものなんだ」

コートは、足下の花から日本文学や日本文化までを語ることのできるモラエスに驚嘆し、自分が同じポルトガルの血を引く人間であることをひそかに誇らしく思った。

「紅葉まではもうしばらくだね、ペドロ。一カ月位かな。日本に長く住んでいるうちに、僕まで紅葉が待遠しくなるようになった。日本人化したんだね。君はどうだい」

「僕もまったく同じです。そもそもマカオには四季などないようなものですから、季節を味わうようになったのは日本に住み始めてからです」

「やはりそうか。私のように日本人化したんだね」

モラエスはそう言ってから、ふと真面目な表情を浮かべて続けた。

「実はだね、ペドロ。今年になってから捕虜となったロシア兵が大勢、満州から送られて来たよね。その中には傷病兵もかなりいる。この間、右脚を切断されたロシア兵が松葉杖で歩いて来るのに出会ったんだ。金髪のまだ二十歳くらいの若い兵だった。それを見て、私はしばらく息ができなかった。痛々しくてね。彼のこれからの長い人生を考えると胸が締めつけられるような思いだった」

モラエスが悲痛な表情でそう言うと、コートが、

「そうですか。その気持はよく分ります、ヴェンセスラオ。実は私も同じでした。私も日本人と結婚しずーっと日本軍を応援していたのに……」

と言って目を伏せると首を横にひねった。

「そうだったか、やはり、ペドロ。そこで思い出すんだけど、日本兵の傷病兵はよく見ているだろう。私は彼等を見るたびに、『激戦をよく頑張った勇者よ、御苦労様』とか『素晴らしい愛国者』などと思い、心からの感謝と敬意を表した。もちろん同情もした。ところがだねえ、痛々しくて息もできない、というようには決してならなかったんだよ」

モラエスは目に苦衷を浮かべた。

「今回の戦争に関しヴェンセスラオほど公の場で日本を支持し、ロシアの貪欲や横暴横柄を批判してきた欧米人を私は知りません。それどころか、先日の日本通信では『腐り切って思い上がった白人種』と罵倒までされていました。こんなことを言う白人はいま

せん。白人が有色人種を抑圧するという基本的構図の欺瞞を手厳しく指摘してきた人は、欧米ではヴェンセスラオの他に知りません。そのあなたにしてそうでしたか」

コートは一気に語った。

「恐らくペドロと私だけではない。ここにいるどの欧米人も同じだと思う。口に出しては言わないけれど。人種なんだ。肌の色なんだ。頭では白人より日本人に共感しているし、日本が好きで好きでたまらないのに、身体感覚の方はそうでない。二重人格のようでしばらく自己嫌悪にかられたほどだ。このことは、およねさんには言えないことだ」

モラエスは暗鬱な表情でこう言うと黙りこんでしまった。二人は無言のまま、上がって来た石段を下り始めた。風がでてきたのか、路傍のすすきが大きく揺れていた。

秋も深まった頃だった。食卓についたモラエスにおよねが、

「今日はモラエスさんのお好きな栗ごはんを久しぶりに作りましたよ。ちょうどおめでたい日でよかった」

と言った。この日、『日本通信第二集、戦争の一年（一九〇四―一九〇五）』が領事館にリスボンから送られてきて、モラエスが持ち帰ったのであった。上手に箸で栗ごはんを口に入れたモラエスは、ゆっくり嚙んだ後、

「およねさん、美味しい、とても美味しい。日本の栗、世界一、美味しい」

「あら、うれしいわ。日本以外の栗は食べたことないのですが。私の育った徳島には『トンボと栗』という話があるんですよ」

「トンボ、あの、飛ぶトンボ、ですか」

「そうですよ。凍てつく冬になって、栗の木にとまったトンボがこう言いました。『栗の実さん、あなたはこの急な寒さを凌ぐため、身体にぴったりシャツをつけています。その上に堅い茶色の着物も着ている。その上にまだ、とげがいっぱい生えている緑の外套がある。私にはこの透き通った薄い羽根しかないのです。せめてその上着の一つを譲っておくれ』

これを聞いた栗の実は答えました。

『お気の毒さま。お前は夏の間、飲んだり食べたり、好き放題に飛び回り、快楽から快楽へと追っていて少しも冬の準備をせず、一枚の服もこしらえておかなかったからさ。私をごらん、いつもつつましく暮らしていて、生まれた所から出ようともせず、自分の着物を織ったり縫ったりして冬に備えていたんだよ。寒くても我慢するんだね』

面白い話でしょ」

そう言っておよねはモラエスの顔をのぞきこんだ。

「はい、とても面白い。似た話、ヨーロッパ、あります。蟻とキリギリス。キリギリス、夏中遊ぶ。寒い冬、食べ物ありません。蟻に、『食べ物下さい、死にそう』、言います。同じ理由、断られます」

「あら、本当にそっくりねえ、不思議ですわ」

「もともと、ヨーロッパ、蟻とセミ。でも、北ヨーロッパ、セミいない。蟻とキリギリス、なった」

およねが、

「あらあら」

とおどけて言った。あらあら、がおかしかったのかモラエスはしばらく笑ってから、急に真面目な顔つきになって言った。

「人間、皆、同じ心。白、黄、黒、皆、同じ心。人類、希望ある」

何か大切なことを話している、と察したおよねは畏《かしこ》まって生徒のように聞いていた。

ある日、モラエスが外国人倶楽部で英国人のアーサー・グルームと昼食をとろうと食堂へ入ったら、向こうからつかつかと一人の紳士がやって来た。モラエスは、

（あっ、いやな奴が来た）

と心中思った。大砲購入のため来日した時に、船中で話したことのある英国商人のロバート・ネーピアだった。その後、砲艦「千島」と英国商船とが瀬戸内海で衝突し「千島」が沈没した事件で、モラエスが英国船の誤操作が原因とする報告を出そうとしていた時に、余計なことをしないようにとの圧力をかけた人物でもあった。自称、香港と日本を往復する貿易商だが、英国の諜報活動に加わっているに違いないとモラエスは睨んでいた。グルームはネーピアに気付くと、歩み寄り握手の手をさしのべて言った。

「おー、ロバート」

「おー、アーサー」

「ロバート、久しぶりですね」

「本当に。あれあれ、今日は以前お会いしたモラエスさんも御一緒なんですね。もしお邪魔でなければお二人のランチに加わる光栄に浴してもよろしいでしょうか」

モラエスの方を見て尋ねるので、相変らずの慇懃《いんぎん》無礼と思いながらも、

「もちろんですとも」

と外交官モラエスは微笑みながら言った。食事中、モラエスは調子にのってうっかりしたことを言えないと思い聞き役に徹していた。ネーピアが話をふってきた。

「モラエスさんの筆頭領事としてのご活躍、高い文名はよく耳にします。日本人についてよく研究されているようですが、例えば生活上で日本人がヨーロッパ人と異なる点はどんな点ですかね」

「いくらでもありますから、書くネタが尽きません。実にありがたいことです」

煙に巻いて逃げようとしたのをネーピアは許さなかった。

「例えば顕著なものを三つほど挙げるとなると」

と言ってモラエスを見た。しつこい奴だと思いながらも、モラエスは、

「三つですか」

と言って少考した。

「そうですね。一つはヨーロッパ人に比べ清潔なことです」

「えっ」

ネーピアがナイフとフォークを持ったままモラエスを鋭く見つめた。

「ヨーロッパでは入浴は贅沢ですから、大半の人はめったに入浴しません。不潔だから

香水が発達しました。日本ではたいていの人が毎日入浴します。いたる所に安く利用できる公衆浴場もあります。だから香水はほとんど存在しません」

「なるほどねえ。その通りだ」

グルームが合いの手を入れた。ネーピアは、自分達が不潔と断定され、不愉快そうに黙っていた。

「二番目はヨーロッパ人に比べ勤勉ということです。ヨーロッパでは、やれ日曜日、やれ聖人の日、やれ祭日と休日ばかりです。日本人の多くは一日十五時間、三百六十五日働いています。ヨーロッパ人は怠け者です」

「ハハハ。その通りだなあ」

グルームがまた同意した。ネーピアはモラエスを睨んだままだった。

「三番目は、ヨーロッパ人のように迷信深くないということです。ヨーロッパでは毎週自分の宗教の教会に行くばかりか、宗教上の祭日や儀式がひっきりなしにあります。日常の生き方まで宗教に縛られています」

「なるほどね。ハハハ、これは面白い。その通りだ」

グルームは声を立てて笑い出した。有色人種こそ不潔で怠惰で迷信にとらわれた無知な人々、と信じているネーピアは、日本に数十年もいるグルームが賛同する以上反論するわけにもいかず、顔を怒りで紅潮させたまま、唇を固くかみしめていた。

モラエスの文学活動は旺盛を極めていた。神戸で自費出版したポルトガル語の『茶の湯』はリスボンにも千部送られ、高価本にもかかわらず人気を博していた。ポルトガルにはない上質和紙をつかったこの本は、内容的には日本における茶の文化やその歴史、作法などについて述べた解説書に過ぎなかったが、ページ毎に描かれた茶摘み娘など日本情緒あふれる美しい挿絵が人々の興味を魅いたのである。『日本通信』や『茶の湯』の成功で、ヴェンセスラオ・デ・ソーザ・モラエスの名はポルトガルでよく知られるようになっていた。

このような文名の高まりを受け、今度はリスボンの大衆向け総合雑誌「セロンイス」から原稿の依頼がきた。明治三十九年（一九〇六）になってからはこの雑誌に、二、三カ月に一度の割合で執筆することとなった。後に『日本夜話』という形で出版されることになるが、日本の風物について文章と挿絵で解説するものだった。

この年にはさらに、数年前にマカオやリスボンの新聞に月一回くらいで連載したまま棚ざらしになっていたものが、モラエス人気の上昇を受け『中国・日本風物誌』として刊行された。そして翌明治四十年（一九〇七）には『日本の生活、日本通信第三集（一九〇五―一九〇六）』が出版された。モラエスの多彩な文筆活動はまさに絶頂期にあった。彼は社交が好きでなかったから、領事として出席する催しや儀式以外にほとんど他人と交際しなかった。在留外国人が夢中でしていたテニス、ゴルフ、ブリッジなどに参加したこともなかった。そもそも友人といえる者はコート一人といってよかった。およねに支えられ、領事としての仕事と作家業に専念していた。そしてモラエスは執筆のための日本研究を通し、ますます日本の文化、芸術、歴史、風物の魅力に引きこまれ、その特異と深遠にのめりこんでいった。ポルトガルの読者は彼の流麗な文体と斬新で繊細な表現を通して遠い異国、日本を想い描いたのだった。

モラエスはこの頃、東京のポルトガル公使フレイタスから再三にわたり在神戸領事から在横浜領事への昇進を打診されていたが断っていた。友人エッサへの手紙ではこう書いている。

僕は給与増も昇進も望んでいない。メダルも栄誉も要らない。僕が心から望むのはここ神戸で穏やかに暮らすことだ。どんな不愉快なことがあっても、病気になっても、サウダーデにまみれ悶々とすることになっても、僕は神戸から動かない。ここで死にたいのだ。

およねの愛に包まれた静穏な精神の中で、日本の魅力の狩人となり、それを文学として精力的に表現するという生活が、モラエスにとって地球上に存在する他のいかなることより価値あるものになっていたのである。

この頃の「日本通信」に次のようなものがある。

日本人は万物の美を観照する際に比類のない繊細さを発揮する。西洋人よりはるかに繊細な見方、感じ方、愛し方をする。その洗練された審美眼に比べれば、西洋人のそれはまるで象牙の一片のように冷やかで鈍い。たとえば造園術をとりあげてみよう。なんとそれは驚異的であることか。日本の庭には花が一つもないことがある。日本人は花を愛するがそれはそれにふさわしい場所や時においてだけである。一般に、数メートル四方の土地に作る日本の庭は、風景の感動的な縮図であって、そこには一寸法師にふさわしい池や小川があり、巨大な森の緑、苔に包まれた岩などがある。幾時代もの平和な歳月のうちに苔むした自然石への日本人の愛着はその審美眼を物語っている。日本人の家庭生活に切り離せない小さな庭で、この苔むした岩がかもし出している優しさを説明しようとすることは難しい。また日本人が、一本の植木の幹を思いのままに曲げたり枝を剪定《せんてい》しようと骨折る植木への愛は、西洋人が愛する女性をいたわるような気持に似ていると言えるかも知れない。湖の岸で身を湖に乗り出して静かに湖面を見つめている木の姿など、樹木の偶然の風情ある姿はとりわけ日本人の好むところであって、足元の小さな植木をそのような姿に近づけようとたゆまぬ努力を払い実現させるのである。

私が住んでいる家は、貧乏人が住む曲がりくねった道路から脇に少し入り込んだ小路にある。隣家はいい人ばかりで、多分どこの誰と交際してもよいだろう。私の家の前には豆板のお菓子の行商人が住んでいて、その横は陶器の絵描きである。隣には小間物商、そして米屋、粗末な刺繡工場と続いている。この小路や隣の小路はいつも活気に溢れている。荷車に魚や野菜を積んだ人々の売り声があり、女達が小路の真中でそれを買ったり、門の脇で米を洗ったり、洗濯物を広げて乾かしたり、おしゃべりに興じたりしている。子供達が軍隊行進をまねたり、唱歌を合唱したり、いろいろの遊びをしている。夜になると深夜まで、夜鳴きうどんの売り声や、按摩を専業とする盲人のもの哀しい笛の音や、夜回りが鳴らす拍子木の音などがある。

食事の時、その御飯をひとりひとりに分配する。家の主人などといった敬愛すべき人が留守の時は、留守の人にも御飯を盛って無事を祈る。その人がいつも坐る空席にその茶碗を置き、御飯が冷めないよう注意深く蓋をしておく愛情に満ちた風習がある。あとで、その蓋をとって、湯気で濡れているかどうかを調べてみる。「かげぜん」という習慣だ。もし濡れていると、その留守の者がどこにいても健康なよいしるしであるが、濡れていないと悪い前兆で、誰かが死んで、その霊魂が家庭に戻って「かげぜん」を食べたのではないかと危惧するのである。

モラエスはマカオに亜珍母子を残していた。モラエスがマカオを去った明治三十一年（一八九八）、長男ジョゼは七歳、次男ジョアンは六歳だった。来日以来、モラエスは約束通り、子供二人の教育費および亜珍の生活費として月額六十五パタカ（現在の約四十万円）を三カ月毎に亜珍に送金していた。母子三人にとって充分な額だった。仲の冷え切っていた亜珍に直接送ることはせず、港務副司令官をしていた頃の部下マカオ人ロザリオに送り、彼から彼女に手渡してもらっていた。実は別れて以来、亜珍との連絡は、彼女が中国語しか読み書きできないこともあり、すべて英中葡三カ国語を流暢に操るロザリオを通して行なっていた。その後、一九〇四年に亜珍が香港に住む兄の黄金福の家に身を寄せたため、息子二人も香港の英国国教系の学校に転校した。黄金福は有力な香港財閥の妹と結婚したため運よく出世し、名前通りの裕福な実業家となっていた。にもかかわらず律義なモラエスは、月額六十五パタカを送金し続けた。

モラエスにとって月給の四分の一というかなりの多額だったが、母子を捨てたという罪悪感からは逃れようもなかったのである。亜珍に対する気持はすっかり冷え切っていた。美貌以外、亜珍の何もかもがモラエスの繊細な神経を逆なでするものだった。自らの主張がどうしても認められないと、出刃包丁をとり出し自らの胸に刃先を向け「死んでやる」などと口走るのも、脅しに違いないとは思いながら、モラエスの耐えうる限界を超えていた。「セックスをさせてやるから芝居を見に行かせろ」などという駆引き、そして享楽と金にしか関心を持たないこと、これらのすべてがモラエスの美感にそぐわないものであった。しかしながら、幼い子供達をやむなくとはいえ置いてきたことは、モラエスにとって胸の奥で絶えず疼く痛みとなっていた。明治三十六年（一九〇三）、海軍時代からの親友、ロドリゲス博士にモラエスは手紙を書いた。

ある時、母親の亜珍が息子の一人にお仕置き（中国式の）をしていたので僕は止めようとした。すると彼女は僕に殴りかからんばかりになった！　ヒステリー女特有の泣いたり怒鳴ったりが何度も繰り返され、たびたび自殺してやると泣き叫ぶ。

僕は生きているのが辛くなった。……彼女の性格、彼女の気まぐれ、彼女の怒りを見て、彼女と日本で暮らすのは到底無理と判断した。日本での新しい責任ある職務を果たすために来日した時、ただでさえ慣れない地で平安が必要とされるというのに、もし彼女を日本に連れてきたら、彼女は僕の生活をめちゃくちゃにしてしまうだろうと思った。亜珍は僕を追って子供達と日本に来ようと今も一生懸命だが、僕は反対なのだ。当然ひき起こされるだろうスキャンダルと地獄についてよく分っているからだ。マカオから手紙を受けとるのが恐ろしい。手にするたびにいつも絶望かスキャンダルを想像してしまう。さらに悪いのは、絶えず自責の念に苦しめられ、自分がいかにろくでなしかを確認させられることなのだ。

そんなモラエスを明治三十八年（一九〇五）、十三歳となった次男のジョアンが訪れた。亜珍の兄、黄金福に付き添って日本へ来たのである。長い間肋膜炎を患っていたジョアンが母親の計らいで静養をかねて同行したのである。神戸にも立ち寄ると聞いたモラエスは複雑な気持だった。

（厄病神のごとき母親からの爆弾伝言をジョアンは預っているかも知れない。亜珍の兄から何らかの厳しい要求をされるかも知れない。いずれにせよ、自分が享受している現在の幸せを攪乱しかねない）

モラエスは心の中でそうつぶやいて頭を抱えた。

（でもジョアンには会いたい。どんなことがあっても会いたい。それが正直な気持だ。

どんなことがあっても）

モラエスはこう考えただけで胸が迫るのを禁じ得なかった。

（どんなことを言われても仕方ない自分だ。ジョアンを自宅に泊めてゆっくり語り合うのが筋だが、突然息子が現れたら、およねさんを驚かせてしまうだろう。ジョアンとは外で会うことにしておよねさんには黙っていよう）

モラエスはそう考えた。ジョアンが伯父と一緒に神戸に三日間ほど滞在した時、モラエスはジョアンを滞在中のミカドホテルに訪ねた。

「ジョアン」

待ち合わせのホテルの部屋のドアを開けるなり、モラエスは他の何にも目をくれずジョアンに駆け寄った。自分の子供時代にそっくりだったジョアンは、七年の歳月を経ても、一六〇センチほどに背が伸びたことを除き、面影をそのまま残していた。ひょろひょろっとしたジョアンをしっかり抱きしめたモラエスは、長い闘病生活で細くきゃしゃなジョアンの身体を両腕で包みこむようにかき抱いた。栗色の髪と栗色の目をしたジョアンは、英国系中学校の制服であろう、紺のスーツにエンジ色のタイを締めていた。六歳で別れて以来初めての父親による抱擁にジョアンは半ば当惑したまま身体を硬くしていた。父親というより、茶色のスーツを着た知り合いの初老のおじさん、という感覚であった。

「ジョアン、ジョアン、私のジョアン、お前にどれほど会いたかったか。明け方に床の中で何度、お前達二人を思って涙したことか。よかった。よく来てくれた。ジョアン、会いたかった、ジョアン、ありがとう、私のジョアン」

と息も絶え絶えに言いながらジョアンの両頰に何度も何度も接吻をした。近代的な外観と違いホテルの内部は和洋折衷なのか、長方形の部屋には床の間があり掛け軸がかかっていた。部屋には黄金福、その妾、ジョアンの養育婦もいたが、モラエスの眼には入っていないようだった。ジョアンは、父親が感情を一切抑制しないことに困惑を覚えながらも、久しぶりに父親に会えたうれしさが次第にこみ上げてくるのを感じていた。母親からいろいろ悪口を聞かされていたが、父なし子として淋しい思いをしてきた自分に、七年の年月を経てなおこのように熱烈な表現をしてくれることに素直に感動していた。

翌日、モラエスはジョアンを外に連れ出し、三宮駅のステーション・ホテルで食事を一緒にした。中華料理ばかり食べているだろうと思い洋食にしたのである。

「ジョアン、英語がうまくなったねえ」

「はい。香港の学校は英国系なので授業は英語です」

「よかった。七年前には中国語しか話せなかったから心配していたよ。ところで肋膜を患ってしばらく休学したと聞いたけど、今はどうかね」

「はい、ほぼ治りました。もう発熱もないし空咳もありません」

「それはよかった。香港は公園や広場の少ない所だが、なるべく外に出て運動しなさい。ジョアン、君には新鮮な空気と太陽が必要だ。学校と家との往復だけではダメだよ。身体を鍛えないと病気に対する抵抗力もできないし、将来ガンバリが利かなくなるからね。それから、緑黄色野菜をできるだけ毎日食べなさい」

モラエスは健康に神経質なだけに、医学知識も豊富だった。

「ところで、学校ではどんな科目が好きなんだい」

モラエスはやさしい微笑を向けながら尋ねた。

「数学です」

「ほう、数学か。別れていても変なところが似るものだ。君のお父さんも、小学校から海軍兵学校まで、いつも数学が一番好きだったんだよ」

モラエスの顔が明るく輝いた。ジョアンに自分の血が流れていることを感じうれしかったのである。

「でもジョゼは数学が嫌いです」

ジョアンはそう言うとニコッとした。背はモラエスの肩まであるが、えくぼの浮かぶ笑顔はまだ子供だ。

「ハハハ、お母さんに似たのかな。ところでジョアン、将来、何になりたいんだね」

「数学者です」

「ほう、面白い。それでまたどうして数学者に」

「数学が地球上の何より一番美しいと思うからです。そのうえ、苦労して問題が解けた時の喜びも格別です」

モラエスは、自分が中学生の頃に考えていたことと同じことをジョアンが言ったので驚いた。

「数学の成績はいいのかい」

「いつもクラスでは一番です」

「それはすごい。他の科目は」

「絵を見たり描いたりするのも好きです」

「ほう、ジョアン、そこもお父さんに似ているなあ。不思議なものだ。兄貴のジョゼは何が好きなんだい」

「神学が好きみたいです。僕はそういったものにとんと興味がもてないのですが」

「カトリックではなく香港の学校は英国教会の方だったね」

「そうです」

「ポルトガルでは皆カトリックだけどね、お父さんは宗教から足を洗ってしまったんだ。教会にもいっさい行かないし」

モラエスはそこまでで止めた。ジョアンに宗教のことを話すにはまだ早過ぎると思ったからだ。そして淋しそうに口元をゆるめた。ホテルの玄関で別れ際にモラエスは、

「何かの足しになるかも知れない」

と言うと、ジョアンにお小遣いとして二十円（現在の十万円ほど）を手渡した。三日目の晩、モラエスはジョアンを市内へ連れ出し、ジョアンと兄のジョゼへの土産として絹のハンカチ、フロシキ、ネクタイなどを買って持たせた。部屋に戻り、さよならを告げようとすると、ジョアンの顔が少し辛そうにゆがんだ。

「悲しそうな顔をしているが、ジョアン」

とモラエスが尋ねた。

「お父さんと別れるのが辛いのです」

ジョアンは目に涙をためたまま言った。モラエスは何も言わず、髭だらけの頬をジョアンの青白い頬に押しつけながら長いあいだ抱擁すると、未練を断つかのように速足で部屋を出て行った。

明治四十年（一九〇七）の十一月初め、モラエスは京都の末慶寺を訪ねた。このところおよねの体調がすぐれないので今回は一人だった。この寺にある、大津事件で有名な畠山勇子の墓を見るためであった。この墓のことを敬愛する、ラフカディオ・ハーンの著作で知り、どうしても訪れたくなったのである。大津事件とは、十六年前の明治二十四年（一八九一）、来遊中のロシア皇太子ニコライが滋賀県の大津で、警備にあたっていた巡査津田三蔵に斬りつけられ重傷を負ったという事件である。ロシアは十九世紀半ばよりクリミヤ半島、アフガニスタン、露清国境、極東と、不凍港を求めてしゃにむに南下政策を続けており、日本にとって最大の脅威であり、維新以来の第一仮想敵国であった。実際ニコライは、極東支配のための大動脈、シベリア横断鉄道の終点、ウラジオストックでの起工式に参加する途中だったのである。これが完成したら、大量の兵力輸送が可能となり、日本はたちまち世界最大の陸軍国ロシアの前に風前の灯となってしまう。ぬかるみの中に眠っているような支那と朝鮮をできるだけ早く目覚めさせ、三国が連帯して強大国ロシアに対抗する以外に極東の国々が生き延びる道はない、というのが日本の指導層の共通認識だった。大津事件には日本中が驚愕した。いまロシアを怒らせたら、未だ脆弱なこれら三国など、あっという間に占領されてしまう。しかもニコライを乗せてきたロシア艦隊は神戸港にいたのである。国民は皇太子の快癒を祈り、心痛の明治天皇は翌早朝、新橋を発って夜には京都に到着、その翌朝にニコライを見舞い謝罪した。

ところが事件の九日後、東京日本橋の魚問屋にお針子として住み込んでいた二十五歳の畠山勇子が、京都府庁前で剃刀で咽喉と胸を深く切って自決したのである。女子の嗜《たしな》みとして外した帯で両脚を固く縛った上での決行だった。親や親類に遺書を送り、ロシア政府と日本政府への嘆願書を京都府庁に提出した直後だった。自決することで皇太子に謝罪し、国家の罪を拭い、失墜した国家の名誉を回復し、そして何より、これらにより天皇陛下の御心痛を和らげようと考えたのであった。

西本願寺から北西にすすきの群生する野原を見ながら一キロほど歩くと、いくつもの寺の立ち並ぶ地区に出た。この一画に瀟洒《しょうしゃ》な佇まいの末慶寺があった。訪れたモラエスを迎えたのは、威厳ある僧衣に身をくるんだ住職の和田準然師であった。当初身元不明で引き取り手がなかった勇子の血まみれの遺体を篤い同情心から引き取った人であり、ここを訪れたハーンに応対した人でもあった。

「神戸ポルトガル領事、ヴェンセスラオ・モラエスです。今日、畠山勇子、墓、お参り、来ました」

「どうしてここに勇子の墓があるとお知りになりましたか」

「ラフカディオ・ハーンの本、読みました。感激しました」

「ああそうですか。それでは若い者にお墓を案内させましょう。その後、またここにおいで下さい。勇子に関係あるものをいろいろお見せしましょう。ハーンさんも見て行かれました」

（三年前に急逝したハーンを案内した住職が今日、私に同じものを見せてくれる）

モラエスは感激し、住職の穏やかな顔をじっと見つめてから日本人のように深々と頭を下げた。

若い僧の案内してくれた勇子の墓は、境内の墓地の隅にあった。高さ四メートルもありそうな緑がかった御影石に、和田準然師が書いたものであろうか、「烈女畠山勇子墓」と彫ってあった。裏には没年、出身地（千葉県鴨川）の他に、「有憂国事来訴京都府庁自断喉死二十七」と彫ってあった。参詣人の誰かが付近の野原で摘んだのであろう、薄桃色の秋桜《コスモス》が供えられていた。物音一つしない静寂の中、秋の陽に照らされた墓の前で、モラエスは手を合わせた。

「祖国と天皇陛下のために自分がもっている唯一のもの、いのち、を投げ出した勇子。祖国の名誉と平和を保ち、天皇陛下の御心を安らかにしてさしあげよう、と考えた勇子。我々紅毛の西洋人が、帝に対してこれほど深い心情、これほど果てしないやさしさを披瀝することができるだろうか。紅毛人はこれを狂信的行為とかヒステリー発作と混同するだろうが決してそうではない。万民がその崇高な行為に胸打たれるべきなのだ」

モラエスは、高く青い空に向かってすっくと立つ美しい墓石を見上げながらそう思った。寺に戻ると、今度は住職自ら、本堂に祠られている勇子の位牌に案内し祈禱した。

そこから隣室へ通されると屏風が一双置かれていた。住職が言った。

「ここにある屏風に書かれているのは、勇子の行為に感動してここを訪れた幾多の人々が詠った歌や俳句です。今でも訪れる方は絶えません」

「日本、詩人いっぱい、やさしい心、いっぱい」

モラエスは若いお針子のために詩を捧げる詩人たちの多さに胸を打たれていた。日本とは、畠山勇子がいて、自ら進んで遺体をひきとり丁重にその墓を守る住職がいて、大きな墓石を寄付する商人達がいて、このようなやさしい詩人達のいる国なのだと思った。

次の間では死体のそばにあった遺品の数々を見せてもらった。櫛が二つ。珊瑚のかんざしが一本、自害に使われた錆びついた剃刀、数珠、鉛筆一本とそれを削るナイフ、汽車の旅で買い求めた血染めとなってしまった新聞、小遣いや費用などを記したメモ、埋葬費用の五円紙幣と数枚の銅貨の入った財布、などだった。モラエスはハンカチで涙をふいた。これだけのことを用意周到に準備し決然とやってのけた二十五歳の心情を思った。住職が最後にうやうやしく取り出したのが、ラフカディオ・ハーンからの二通の手紙だった。モラエスはこれら日本語で書かれた手紙を読めなかったが、自分が密かに師と崇めるハーン自筆の手紙を今、自分が手にしていると思い胸が熱くなった。と、住職が、

「もしよろしかったら、神戸に持ち帰り、どなたかに翻訳してもらわれてもよいですよ。とても素晴らしい内容のものですので」

と言った。勇子の遺品に涙している大男モラエスの真摯《しんし》な態度に心を動かされた住職が、さぞ読みたかろうと同情したのだった。

モラエスが恐縮していると、住職はさらに言葉を重ねた。

「来月初めには神戸を訪れますから、その時に領事館に立ち寄り、返していただくことにしましょう。そうそう、もし御興味がありましたら、外国語に翻訳して新聞などに発表されても構いません」

「ハーンのこの長い手紙、きっと立派です。ありがとうございます」

モラエスは住職の親切な対応に深々と礼をしてから山門を後にした。帰りながら、自分は正真正銘のポルトガル人なのになぜ畠山勇子の愛国心にこれほど感動するのだろうか、と自問していた。イギリス人のハーンも感動したのだ。祖国を愛するという心はそれ自身とても純粋で美しいものなのだ。だからこそ、それがどこの国の人であろうと、その人の祖国愛に感動するのだ、と思った。

末慶寺から南へ歩くとすぐ賑やかな五条通りに出る。末慶寺の余韻に浸りながら五条通りを東に曲がったモラエスは、堀川通りまで来てふと体調を崩しているおよねを思った。

「そうだ、およねさんの好きな焼餅をお土産に買って帰ろう。上賀茂神社においしい店があった。およねさんと食べたものだ」

モラエスはそう考えると堀川通りで人力車を拾うことにした。真っすぐ北へ行けば上賀茂神社だ。畑仕事で使う背負い籠、魚籠《びく》、台所で水切りに使うざる、果物籠、はては虫籠などありとあらゆる種類の竹籠を二メートルもの高さに積み上げた荷車のすぐ後から人力車がやって来た。白シャツに黒ハッピ、黒ズボン、竹製の丸い人力車帽と、どこも同じ格好だからすぐに目につく。

「上賀茂神社。焼餅」

「あそこに焼餅屋はいくつかありますが」

「前に食べた、古い店、おいしい、名前は忘れました」

「もしかしたら神馬堂ですか」

「そう、そう、そこです」

モラエスは人力車の上から大きな声を上げた。

とても好い日だった。およねと一緒に焼餅を食べながら今日のことをいろいろ聞かせてあげよう。モラエスはこう思うと、浮き浮きした気分で、大文字山の大という字を眺めていた。

ハーンの二通の手紙を竹村通訳の助力を得て読んだモラエスは、これらを傑作と判断し、自ら美しい英語に訳し神戸のジャパン・クロニクル紙に二度にわたって掲載した。モラエスは和田準然住職と親しくなり、これ以降、竹村の助けを借りて何度か文通し、また何度か寺を訪問している。

年が明けて明治四十一年（一九〇八）、およねは持病の心臓脚気がなかなかよくならず、むしろ急に脈拍や呼吸が早くなったり血圧が低下して目まいを感じたりする日が多くなっていた。月に一度は県立病院へ通い薬を処方してもらっていたが、効果があるようには見えなかった。

かつて日本では脚気が猛威をふるっていた。平安時代以降、皇族や貴族など上層階級を中心に脚気が発生していたが、江戸時代になって庶民にまで玄米の代りに白米を食べる習慣が広まったため、江戸を中心に武士や町人にも流行した。明治に入るとさらに患者は増加し、結核と並ぶ二大死病となった。特に陸軍で多発した。日清戦争では戦死者約千六百名に対し、脚気死亡者が約四千名と二・五倍であった。日露戦争では戦死者約四万六千名に対し脚気死亡者が約二万七千名だった。しかも戦地でなんと二十五万人の脚気患者を出したのである。陸軍では陸軍軍医の森林太郎（作家・森鷗外）など脚気細菌説が主流だったうえ、「死地に赴く者にせめて白米を食べさせてやりたい」という恩情から、一日六合の白米を主食としていたからである。海軍では海軍軍医の高木兼寛

（慈恵医大創設者）が疫学的調査にもとづいてパンや麦飯もとり入れていたから、患者は少なかった。

陸軍軍医の都築甚之助が米糠の有効成分を抽出した脚気治療薬を作ったのは、明治四十四年（一九一一）だった。農芸化学者の鈴木梅太郎が米糠の有効成分が未知の栄養素であると発表しオリザニンと名づけた薬を作ったのも同じ年だった。ビタミンの発見であったが、世界の注目を集めることもなく薬も売れなかった。これら薬は抽出方法が未熟だったためビタミンB$_1$の含有量が低かったこと、そして体内吸収も悪かったため著効はなく、昭和三十年代にアリナミンが出回るまで脚気は国民病であり続けた。

およねは、たとえモラエスの留守中には横になっていても、家にいる時にはできる限りかいがいしく働き、モラエスに心配をかけないよう気遣っていた。モラエスはこのことを二人に増やした女中達から聞いていたから、再三無理をしないよう言っていたのだが、効を奏さなかった。およねは身体を動かすのがつらい時は縫い物をしたり身の回りの整理などしていた。

ある日曜の午後、そんなおよねを見たモラエスが言った。

「およねさん。手に持っている箱、何ですか」

「あら、モラエスさん。ここには私の大事なものが入っています」

およねはそう言って少し照れ臭そうに微笑んだ。

「どんな物、箱の中」

「えっ、ごらんになりたいのですか」

「はい。ちょっと」

およねはなぜか頰を赤く染めると、小箱をテーブルに置き、ふたをゆっくり開けると、モラエスの方に差し出しながら、

「つまらないものばかりです」

と言った。

「さっき、大事なもの、言いました」

二人は久しぶりに声を立てて笑った。中にあるものは、使い古しの絹の端切れ、使い残した絹糸や毛糸の束、古くなって役立たない小箱、これまでにもらった葉書や手紙や年賀状、身内の写真などだった。モラエスは、よくこんなものを丁寧にとっておくものだと呆れたり感心しながら一片の紙切れをつかむと、

「これ、何ですか」

と尋ねた。手にとったおよねはちらと見て、

「五條屋染物店のものですよ。ほら、モラエスさんと徳島を訪ねた時、ユキ姉さんの家の前にある藍染店で、私、着物を買っていただいたでしょ。あの時の領収書ですよ。覚えていらっしゃるでしょ」

「何、藍染め。ああ、九年前、昔、昔です。役に立ちません！」

そう言ってモラエスはわざとしかめ面をしてみせた。

「だって私、あの時、本当にうれしかったんですもの。貧乏屋に住んでいる姉のユキも、これからは目の前の老舗の人々と対等に口がきけると大喜びでしたの。私も余計うれし

くなって。あのうれしかった時を思い出すためにこれをとっておいて、時々眺めるんですよ」

冬の午後の長い日射しが部屋の奥まで入りこみ、こたつをはさんだ二人の影を畳に落としていた。およねは微かな笑みを浮かべモラエスを力なく見た。

「だって、この世の中って、悲しいこと、つらいことばかりなんですもの」

およねは独り言のように小声でつぶやいた。モラエスはハッとした。

（貧乏な大工の娘として生まれ、早くして芸者に出され、その間に両親を失い、頼るべき親類はその日暮らしがやっとで誰も頼りにならない。しかも持病の心臓病をかかえた身だ。それに私の責任でもあるが、「洋妾」などという心ない陰口で傷つくこともあるに違いない。そんな薄幸をすべて胸に深く沈め、見事な自己犠牲の精神で私に尽してくれている。幸せそうに微笑んでくれる。そして時々だろうが、その繊細な感受性で、私が与えた他愛ない幸せの思い出を繰り返し思い起こしている。何と愛おしい）

こう思った時、モラエスはさっと立ち上がりおよねの所へ行くと、およねをかき抱いた。性的なものではなかった。余りに愛おしくて、じっとしていられなかったのだ。黙ったままやさしく抱いていた。

（私にはこの人を守る義務がある。どんなことがあっても。この人を幸せにする義務が。永遠に）

モラエスはこう考えた時、激情に押し流されて嗚咽《おえつ》を抑えることができなくなった。

およねはモラエスの突然の抱擁と涙を理解できず、当惑したままモラエスの腕の中で小さくなっていた。折からの六甲おろしに庭の南天の赤い実が、窓越しに激しく揺れていた。

この頃、筆頭領事としてのモラエスは多忙だった。押し出しは立派だし、スピーチにも文学者モラエスならではの表現が織りこまれておりいつも好評判だった。やがて名実ともに神戸における領事団の重鎮となっていた。大阪の高等女学校の卒業式へ招かれた時は、珍しくおよねを同伴して参列し、髪にリボンをつけ日章旗を手にした七百人の女学生による一糸乱れぬ行進やマスゲームを楽しんだ。その統制のとれた美しさは軍隊の行進をほうふつとさせるもので、日本人の誰もが持つ秩序や協調を尊ぶ精神の現れだった。神戸築港起工式では、いつも通り筆頭領事としてフランス語で祝辞を述べた。百人からなる芸者衆が三味線に合わせ歌い踊った。とりわけモラエスにとって印象深かったのは、神道形式による地鎮祭だった。工事予定となる土地の四隅に青竹を立て、その間を注連縄《しめなわ》で囲い、氏神にその土地を利用させてもらう許可を願い出るのである。正面に置かれた木の台が祭壇で、そこには木の器に盛った米、水、塩、果物、鏡餅、鯛、御神酒《おみき》などが置かれている。あらかじめ手を清めたモラエスをはじめ二百人の招待者が並ぶと、純白の衣装をつけた神官が雅楽を奏し始めた。白いあごひげを胸に垂らした上品な祭主が深々とお辞儀をしてから工事の安全と守護を祈願する。土地の四隅をお祓いをし清める。次いで供物の脇に青々とした葉のついた神木（玉串）を捧げるのである。雅楽の荘重な調べとともに幕を閉じた。何もかもが恐らく二千年の昔からのものであることにモラエスは感慨に打たれていた。

「ああ、今、自分が身につけているシルクハットやフロックコートの何と不釣合なことか。清浄な空気を汚している」

モラエスはこうつぶやいた。このような古い慣いが未だに息づいている日本の底深さに圧倒されたのであった。


日本人にとって、祖国は神国であり、天皇は家長であり神であり父でもある、とモラエスは思っていた。この天皇に対する崇敬を中心に国民は一つとなっている。このため、道徳、名誉を尊ぶ心、秩序がヨーロッパのどの国よりはるかに行き渡っている。どの国より古い伝統を大切にしながら、どの国より目覚ましい工業発展を遂げている。自己犠牲、謙譲、控え目、羞恥心などを持ちながら勇敢で、欧州諸国なにするものぞの意気に燃えている。それだけではない。日本人は心根がやさしい。近頃、日露戦争で第四軍団司令官として活躍した野津大将が死去した。彼は第四軍団にいた一人の兵隊の吹く笛を聞くのが好きだった。苦しい戦いの中で、寸暇を見つけてはこの兵を呼び笛の音を聞いていた。この兵は今、野津大将の墓をしばしば訪れてはそこで笛を吹いているらしい。無敵の日本軍とはいえ、将や兵はこのような心情の人々なのだ。モラエスは日本人の目を見張るような美質に出会うたびに感動し、十五、六世紀大航海時代の祖国ポルトガルも恐らくこんなだったろうと想像した。モラエスの尊敬する国民詩人カモンイスが「ウズ・ルジアダス」に描いた輝かしいポルトガル人とは、現在の日本人のようだったに違いないと思った。日本人を見るモラエスの目にはかつてのポルトガルが二重写しになっていた。サウダーデがあった。

それがどうであろう。衰微の止まらない祖国では、この年の初めに国王のドン・カルロスと皇太子のドン・ルイス・フィリペが暗殺され、国政における腐敗や派閥抗争は止むことを知らない。モラエスは「日本通信」において、日本の発展とその原動力となっている国民性をことあるごとに称揚した。日本というよい手本を見たポルトガル人が意識を覚醒することで昔日の誇りと自信、そして繁栄と幸福を取り戻して欲しいと望んだからであった。

明治四十三年（一九一〇）の二月、一日中寝床から起き出せないでいたおよねに、帰宅したモラエスが明るい声で言った。

「およねさん、とてもうれしい、ニュースあります」

「どうしましたか。布団の中からで申し訳ありません」

「ポルトガルの巡洋艦、サン・ガブリエル、六月に日本、来ます。うれしいです」

「またどこかで戦争でも始まるのかしら。戦争はもういやですよ、どんな戦争だって。勝ち戦さもいや、負け戦さもいや。みんな死んだり傷ついたりしてしまうんですから。海軍に籍のあるモラエスさんはまさか巻き込まれたりしないでしょうね」

うれしそうなモラエスの気持が解せないおよねは、床から上半身を起こして言った。

「ハハハ。およねさん、戦争ない。心配ない。ポルトガル、戦争できない、力ない。それに、私、五十五歳。戦争、行かない。サン・ガブリエル、世界一周の途中。お年賀、みたいなものです」

モラエスがおよねの誤解をとこうと懸命に説明したら、今度はおよねが笑い出した。

「ホホホ、お年賀、ホホホ」

モラエスは何がそんなにおかしいのかよく分らなかったが、うれしそうに言った。

「およねさん笑う。病院の先生、言いました。笑うこと、病気治す。だからうれしいです」

しばらく笑っていたおよねが、心配種を思い出したように言った。

「六月に来る巡洋艦のことは分りました。でも、私、五月十九日までしか生きられないかも知れない気がしています。ハレー彗星が地球に近づくでしょ。新聞にも出ていましたよ。ハレー彗星の尾に含まれる水素が地球の酸素と化合すれば、空気が五分間でなくなるかも知れないんですって。また別のフランスの天文学者は、彗星の尾に含まれているシアンにより、地球上の生物は死滅するかも知れないともありました」

「ハハハ、大丈夫、心配いりません。たいていの天文学者は言います、ハレー、地球の近くに来ない」

「ほんとかしら。女中が言っていましたが、桶に水を張って息を止める練習をしている人が大勢いるようですよ。五分止められればよいということで。私も先日、女中達と風呂場で桶に水をくんでやってみましたが、一分も止められませんでした。ハレーが来たらもう駄目です」

モラエスは緑茶を一杯飲み干してから、女三人が桶に顔をつけている姿を想像して噴き出した。

「ハハハ。おかしい。でも、そんなこと、いけません。病気に悪い。実は、ヨーロッパも、大騒ぎ。酸素ボンベ、売れています。心配で自殺する人、います」

「ほら、ごらんなさい。日本だけでなく世界中が騒いでいるんですよ。少し心配性のところがあるモラエスさんなのに、どうして五月十九日を心配なさらないんでしょう。不思議です」

「一人あるいは二人の学者、恐怖、ばらまく。でも他の学者、皆、無視する。絶対、安心。その学者、フランスのフラマリオン、他の天文学者は強く、批判しています」

「本当に安心していていいのですか」

およねはまだ半信半疑の表情のまま言った。

「私の妹、フランシスカも、ハレー、すごく心配です。何もできない。神経症になりそうと言います。私、何度も、言います、心配するな。五月二十日、ハレーは笑い話になります。ハレーの長い尾より、着物の長い裾を踏む方が、もっと恐い」

およねが掌で口を覆って笑い始めた。しばらく身をよじって笑ってから不安が霧消したのかすっきりした様子で言った。

「私は学がないから、妙なことを信じてしまう。お馬鹿さんね」

「およねさん、お利口さん」

およねはこの対句がおかしくてまた笑った。

「モラエスさんって、ひょうきんなことおっしゃるけど、それが他人を説得する力となっているのね。モラエスさんこそお利口さん」

裸電球の下で明るく微笑むおよねを見てやっと安心したモラエスが、

「二人とも、お利口さん。五月のハレー、どうでもよい、六月の、サン・ガブリエル、万歳」

六月をワクワクして待つモラエスの子供じみた愛国心がおよねを心の底から安堵させた。

明治四十三年（一九一〇）、ポルトガルの軍艦が十二年ぶりに日本の港に姿を現した。六月、待ちに待った一八〇〇トンの巡洋艦サン・ガブリエル号が横浜にやってきた。世界一周の目的でリスボンを出て大西洋をブラジルへ向かい、そこから南のマゼラン海峡を回り、南米北米の西岸を北上しサンフランシスコへ出て、そこからハワイ経由で横浜に到着したのである。

他の列強の軍艦は何度も来航しているのにポルトガルだけが来ない、ということで肩身の狭い思いをしていたモラエスは有頂天だった。

とりわけ、二年前に国王ドン・カルロスと皇太子が暗殺され十八歳の次男マヌエル二世が即位してからは、共和党が若い新国王をないがしろにしてやりたい放題をしていた。モラエスは本気で、ポルトガルがこのまま落ちぶれてエジプトのようなイギリス植民地になるかも知れない、と気を揉んでいた。床の中で祖国の混沌を考えると、夜も眠れない日があった。こういった不安を解消するためにも、ポルトガル海軍の勇姿、後輩士官や水兵たちの旺盛な士気に触れたいと心から願っていた。そして軍艦の儀礼訪問は、他国に比べ出遅れている日葡親善にも役立つと考えていた。

横浜で二週間余りの艦内大清掃を終えたサン・ガブリエル号は、いよいよ神戸に、七月五日に入港した。七日には領事館でレセプションが開かれた。これには在留ポルトガル人が多く参加した。翌八日、モラエスは艦長以下二十二名を神戸一の料亭「常盤花壇」に招待して歓迎の宴を設けた。神戸、大阪の知事や市長、数名の各国領事も招いた。艦員達は全員、純白の制服姿で料亭に集まった。玄関先で迎える紋付き羽織袴のモラエスを見て、一同はびっくりした。モラエスが、

「諸君、ここで靴を脱いで下さい。日本の習慣です」

と指示すると、ベッドに入る時以外に靴を脱がない西洋人だけに、艦員達は当惑の表情を見せたり、顔を互いに見合わせたりしてから、渋々、靴を脱いだ。モラエスは彼等にとってただの領事でなく、元海軍中佐という上官でもある。靴下姿でぞろぞろと畳の大広間に入った。皆が座布団の上に思い思いの格好で坐るとモラエスが前に立って言った。

「待ちに待ったサン・ガブリエル号を迎えることは、私にとって領事になってからの最大の喜びです。この日を夢見てこれまで領事をやってきたと言っても過言ではありません」

歓迎の辞を述べた後、モラエスが続けた。

「今日はナイフとフォークはありません。箸で食べます。持ち方はこうです」

モラエスは皆の前で模範を示した。誰もが生まれて初めての経験だった。絹の座布団で食べる刺身、天ぷら、スッポンのおすまし、そして何より灘の生一本に彼等は舌つづみをうった。しばらくすると神戸選りぬきの二十名余りのきれいどころが艦員一人一人につき、お酌をし艶っぽい微笑を投げかけた。日本風のもてなしにすっかり艦員達は気分をよくし、数人の酔っ払った若い将校たちは女の手を握ったり肩に手をまわしたりしていた。モラエスは、

「おい、ポルトガルで帰りを待っている可愛い恋人は大丈夫かい」

などと上機嫌にからかっていた。酒のまわった頃、日本髪を結い絢爛《けんらん》たる和服を身につけた神戸きっての芸者梅奴が、「草刈」の一場面を婉然《えんぜん》たる身のこなしで踊って見せた。艦員達は日本の美味、美酒、そして異国情緒あふれるもてなしに酔いしれて料亭を後にした。中にはきれいどころに未練を残したままの者もいた。総勢三十九名からなる大宴会の費用はすべてモラエスのポケットマネーだった。

出港の前夜には領事館で送別会を開いた。在留ポルトガル人やその夫人たちも招かれた。ただし夫人たちは主に料理を客に給仕する役だった。およねも体調が割合とよかったので途中から目立たないように顔を出した。ビュッフェ方式の食事が大方すんだ頃、六人の水兵がそれぞれ胴体の丸いポルトガルギターやクラシックギターを持ち出し、ファドを演奏し始めた。ファドとは、フランスのシャンソン、スペインのフラメンコ、イタリアのカンツォーネのごとき、ポルトガルの民族歌謡である。語源はラテン語で、運

命とか宿命の意味である。椅子に坐った六人は初めに弾むようなリズムのファドを弾き、それに合わせて、さも楽しそうに歌い始めた。そこにいる水兵達も浮き浮きした表情で声を合わせた。ユーモアが含まれているのだろう、皆、笑顔である。かけ合いもある。全部で四曲を演奏したが、前の二つはそのような明るい曲で後の二つは一転して憂愁にあふれた曲だった。およねは、このすすり泣くような曲の方が自分にはしっくりくると思った。

「初めて聴いたのに初めてと感じないのは不思議だわ。日本の歌とどこか似ているからかしら」

およねはそう思った。静かに語りかけるように歌う男性歌手のファドを聴きながら、涙を流す水兵が何人もいるのを見て、およねはびっくりした。歌詞の意味は分らないが、およね自身も涙をこらえていたからだ。いつかモラエスが、ファドは過ぎ去った幸せ、亡くなった父母、別れた恋人などを追慕するサウダーデ、を歌ったものが多いと教えてくれたことを思い出した。実際、歌詞の中に「サウダーデ」が出てくるのをおよねの耳もとらえていた。

「ポルトガル人、サウダーデの言葉、聞くだけで泣きます。悲しいです」

とかつてモラエスが言った時のその感傷的な顔が目に浮かんだ。ファドの歌声は、伴奏のポルトガルギターとともにだんだん強さを増し、やるせない想いを天に叩きつけるようなクライマックスの後、急に現実の我に返ったかのような静かさを取り戻すと、やがて涙の海に沈んで行くように終った。

サン・ガブリエル号が離港すると、モラエスはしばらく虚脱感にとらわれた。そんなモラエスを動転させる事件が三ヵ月後に起きた。母国で革命が起きたのである。国王を凌駕する勢力を持ってきた共和主義者がついに反乱を起こし、王宮を砲撃した末に乗っ取り、国王を追い出し共和制樹立を宣言したのである。陸海軍が革命を支持したため、国王マヌエル二世は同族を引き連れヨットでイギリス領ジブラルタルに逃げ、そこからイギリスに亡命した。新大統領となったブラガは直ちに急進的改革に取り組み、イエズス会の追放、修道会の解散、貴族制の廃止など、腐敗した旧勢力を潰滅させ、労働者のストライキ権や離婚の承認など西欧先進国にならった近代化を推進した。モラエスは王制信奉者というわけではなかったが、余りにも急激な改革を次々と行う新政府には同調できない思いだった。

およねが寝床から起き上がれない日が多くなった。食欲はなく、吐気まであり、動悸が激しくなったり、高熱を出したり、時には強い胸痛を訴えることさえあるようになった。そのたびにモラエスは大慌てで神戸の心臓専門医に往診を頼んだ。評判のいい医者がどこかにいると、直ちに自らそこへ出向いて相談したりした。リスボンにいる親友のロドリゲス博士にも相談した。どんな療法や処方もさしたる効果を示さなかった。

女中達とモラエスだけでは手に負えなくなった半年ほど前から、姉のユキとその長女コハルが手伝いに徳島と神戸を何度か往復していた。モラエスが往復旅費と謝礼を払い頼んでいた。一人で寝ているおよねを慰めてやろうという気持もモラエスにはあったのである。

明治四十五年（一九一二）六月二十日の朝、梅雨の晴間であろうか、久しぶりにすっきりと晴れ上がり、陽光が瑞々《みずみず》しい緑の木々をまぶしいほどに照らしていた。ここ二年ほどは床に臥せっていることが多く、ほとんど外出することもなかったおよねが、開け放った窓から入る清々しい微風に頬をなでられたためか、昔のような生気を取り戻し、布団から起き上がっていた。

ガラス戸の開け放たれた縁側まで出て来たおよねが言った。

「日向と日陰の対比がなんと鮮やかなんでしょう」

「およねさん、久しぶりに行きましょう、どこか」

およねの左腕を支えながらモラエスが言った。

「あら、私もそう思っていたのですよ。でもこの身体で大丈夫でしょうか」

「大丈夫、須磨浦、行きましょう」

「まあ、行きたい。前から行きたかった所です。でも本当に大丈夫でしょうか」

「大丈夫。ここから人力車、二台、行きます」

当時、二人乗り人力車もあったが、数が少なくて見つけるのが難しかった。うれしくてこれまた久しぶりに元気の出たモラエスは、そう力強く言うとおよねを抱き寄せて軽く額に接吻した。ここ二年近く、気分の勝れないおよねとモラエスの関係は、父と娘のような、兄と妹のような関係になっていた。

人力車は初夏の陽射しに輝く神戸の町を通り抜け、国道を西へ走り、途中から一ノ谷に向かった。家並みが尽きると左手が大きく開けた。

「まあ、海。白い帆船も見える。あーっ、淡路島。モラエスさん、見えますか」

海のすぐそばで育ったおよねはうれしさをこらえられない様子で、前を行くモラエスに話しかけた。モラエスは振り返るとニコッとして右手を挙げた。およねは淡路島が江戸時代まで阿波のものだったこともあり、幼い頃に家族と弁当持参で出かけたことがある。そのせいか神戸に移ってからも故郷に準ずるような親近感をもっていて、それを遠くに見るたびに感激したのである。

進行方向の右手には松の群生するゆるやかな山が広がっている。モラエスが人力車を止めた。お目当ては敦盛の墓だった。それは道からほんの少しだけ山の方へ入った緑蔭にあった。

元暦元年（一一八四）、十五歳の平敦盛は一ノ谷の戦いに参加し、源氏の猛将熊谷直実に組み伏せられた。首をとろうと武者の兜を上げた直実の動きがそこで止まった。自分の息子と同じ年頃の少年だったからである。

「この気品は只者ではない」

と思った直実は助けようとして名を尋ねたが、若武者は、

「首をとって人に尋ねよ」

と言うばかり。直実は涙ながらに断首するが、首検分でこの若武者が平清盛の甥の平

敦盛と分るのである。直実はこの合戦の四年前まで平氏に仕えていた有力武将だった。直実は深く思う所があって出家する。平家物語の話だ。

七世紀近く前に建立された高さ四メートルの五輪塔は、長い歳月に風化して黒ずんでいた。

「五輪塔、どこも同じ、知っていますか、およねさん」

「いえ、どこも似ているとは思っていましたが」

「どこも同じ。下の四角は地輪、次の丸いのが水輪、次の屋根の形が火輪、次の半丸が風輪、一番上にある、上方の尖った丸が空輪。それぞれの石に、地水火風空、古代インド語で、書かれている。インド人、宇宙、この五つで成ると考えました」

「本当にモラエスさん、よく御存知。私なんかあちらこちらでぼんやり見ているだけですもの。誰も教えてくれなかったし。モラエスさんと遠出するといろいろ分って本当に楽しいわ」

久しぶりの遠出の興奮を顔一杯に表わしておよねが言った。

五輪塔の左右に一つずつ花立があり、白い鉄砲百合が供えられていた。

「今もなお敦盛の霊をなぐさめようと、人々が花を絶やさないのね」

およねがそよ風にほつれ毛をなびかせながら言った。

二人は若き公達《きんだち》の潔い最期に思いを馳せながら花崗岩の上を愛撫するように触れた。金髪の毛だらけの武骨な手と、しなやかな白い手がざらざらした褐色の表面を撫でた。

「墓石、生きています。敦盛、生きています。だから、石にぬくもり、あります。鼓動、あります。触れると、分ります」

　モラエスが感に堪えないという面持で言った。そんなモラエスを見ておよねは静かに歌い始めた。当時尋常小学唱歌になっていて、手伝いに来ていた姪のコハルがおよねを慰めようと枕元でよく歌った「青葉の笛」だった。聞いて覚えたおよねの方がずっと上手に歌えた。

「一の谷の　軍《いくさ》破れ　討たれし平家の
　公達あわれ　暁寒き　須磨の嵐に
　聞こえしはこれか　青葉の笛」

　およねの哀感のこもった声が、松籟《しょうらい》に乗って美しく糸を引くように上空に舞い上がっていった。

　モラエスは、意味はよく分らなかったが、物悲しいメロディーに、そして久しぶりに聞くおよねの美声に不思議な感動を覚えていた。

「およねさん、とても美しい声。昔みたいです。うれしいです。でも、こんな、悲しい曲、聞いたことありません。最後の、青葉の笛、何ですか」

「敦盛の祖父が鳥羽上皇から『小枝《さえだ》』という笛をいただいたのです。それが歌では青葉の笛となったのです。その大切な笛を敦盛は戦さに出る時、兜の裏に付けていたそうですよ」

「悲しい話。でも、およねさんの歌、敦盛さん、慰められる」

　モラエスはおよねを軽く抱き寄せると、およねの手を取って浜辺へ出た。遠浅の海を眺められる小高い所にモラエスがハンカチを広げて言った。

「およねさん、坐りましょ」

二人は松原を背に砂の上に並んで腰を下ろした。およねはまぶしそうに目を細めると日傘を広げた。

「およねさんと私、海辺で育ちました。二人、海、好きです」

「徳島市もリスボンも海に面している。二人とも同じでうれしいわ」

「それに、私、海軍にいた、海、大好き」

「でもモラエスさん、散歩はいつも山へいらっしゃるから、本当は山が好きなのかなと思っていましたのよ」

「山と海、両方、好き」

「あら、欲張り」

「はい。私、欲張り。だから美しいおよねさん、独り占め」

「まあ」

人のいない浜辺に二人の笑い声が響いた。およねが少し遠くを指さし、言った。

「あれ、あそこに紅いハマナスが咲いているわ。珍しい。徳島にはないけれど、天の橋立で見たことあります」

二人は立ち上って花を見に行った。

「私、これ、見たことない。少し、バラに似ている」

モラエスがそう言うと二人はそこに坐り直した。潮騒を聞きながら一緒に海を見ていた。しばらく沈黙が続いた。

「モラエスさん、何を考えているのですか」

およねの黒い艶を放つような瞳がモラエスを見つめた。

「カスカイスの浜辺、思い出す」

カスカイスはリスボンから西へ三十キロほどの大西洋に面した町である。二十代の頃、人妻のイザベルと恋に落ち、誰もいない早春の浜辺で燃えた時のことを思い出していた。

「モラエスさんの若い頃の甘い思い出かしら」

モラエスの気分に敏感なおよねが、単刀直入にそう切りこんで再びモラエスをのぞきこんだ。モラエスは一瞬言葉につまった。今更ながらおよねの直感に驚き、問いつめられたかのように狼狽した。不意をくらって、

「あのう」

と言って息を入れたモラエスに、およねが、

「あのう」

と同じことを言って、いたずらっぽく微笑んだ。初めから昔のことなど追及する気は毛頭ないのだ。およねの表情に力を得て、

「あのう、あの時、恋人と一緒。三十年前、遠い、遠い、昔」

と思い切って言った。無論それ以上は言わない。

「あら、楽しかったのでしょうね、素敵な方と二人だけで」

「ハハハ、遠い遠い遠い昔」

半ばすねたような、半ばからかうようなおよねの表情が愛らしくて、モラエスはおよねの小さな背を大きな手で何度か撫でた。

「あの海のきらめき、波、どれも二度と同じ、ない。永遠に」

モラエスがふと言った。

「そうですね。寄せ打つ波も海の輝きもどれ一つとして同じものはないですものね。モラエスさんて詩人ですね」

二人はじっと遠くを眺めていた。およねが横に長々と横たわる緑の淡路島を見ているうちに、郷愁の甘い風に誘われたのか、

「また、徳島へ帰りたい」

と語尾の「たい」を上げて言った。

「ああ、何度でも、徳島、行きます。一緒に」

モラエスの言葉におよねは口をつぐんだままだった。モラエスが続けた。

「八月、阿波おどり。私、見たいです。だから、行きます、一緒に」

およねは、何か物思いに沈んでいるようだった。しばらくしてから、淡路島に目を向けたまま言った。

「でも、私、近頃、もう徳島へは帰れないかも知れない、と考えたりするんですよ」

モラエスはおよねの言葉に胸を突かれた。実はそんなことをモラエス自身、夜中や明け方に布団の中で考えては必死に打ち消す、ということをここ一年ほど繰り返してきたからである。モラエスは慌てて、

「およねさん、ダメです。ダメです。元気、出す。徳島、須磨浦よりほんの少し遠いだけ。八月、阿波おどり、行きます、一緒に」

と言った。およねは淡路の向こうに徳島を見ていた。潮騒に紛れて風に乗ってくる阿波踊りの鉦《かね》や太鼓や三味線の音を聞いていた。

「およねさん。今日、元気。これからも、元気。さあ、阿波踊り、一緒、行く、指切りげんまい」

「あら、指切りげんまいではなく、指切りげんまんよ。嘘をついたら拳固《げんこ》で一万回叩くということだから」

およねが泣きそうな顔をゆがめて笑った。

二人は指切りげんまんをしてから立ち上がると、手を取り合って近くの小さな茶店に入った。「名物敦盛そば」の看板に誘われたのである。白たすきに赤い前掛けをした愛らしい娘が出て来た。

「わあ、かわいい。今年でいくつ」

およねが声を上げた。モラエスもうれしそうにうなずいている。

「十三歳です、はい」

はにかみ笑いをしている娘にモラエスが尋ねた。

「商売、繁盛」

「そこそこです。お米の値段が上がり、そば粉の値段も上がりましたので」

「去年が凶作で三割も値上がりしましたからねえ。そばも一緒に高くなりましたものね」

「おかんがそんなこと言ってました」

言い方がおかしかったのでおよねが笑った。モラエスは、およねが健康だったら今頃この年齢の娘がいたかもしれないと思いつつ、頰の赤い娘を眺めていた。食後に水蜜桃をいくつかこの娘から買った。およねは皮を器用にむいてそれをモラエスに渡した。それから自分のものに取りかかった。

「とても甘い」

一口かじったモラエスが言った。

「本当に。とろけるようです。私、果物で桃が一番好き」

すっかり明るさを取り戻したおよねが幸せそうに言った。二人は残りの桃を土産にして茶店を後にした。

およねの体調はこの日を境に急降下した。一口も食べられず、まったく身動きがとれないどころか、激しい胸痛に呻き、顔面蒼白となり呼びかけにも答えない、ということを繰り返すようになった。およねの急変を見たモラエスは不安になったこともあり、姉のユキとその娘のコハルに神戸まで来てしばらく家にいてもらおうと考えていた。ところがそんな矢先の六月末、とうとうおよねは人事不省に陥り、危篤状態となった。かかりつけのオランダ人医師カーテ博士は、動転したモラエスに身内を急ぎ呼び寄せるよう指示した。驚いた長姉おとよ、次姉ユキ、コハルの三人は徳島をその日の夜に船で出発し、翌朝、神戸港に到着した。

カーテ博士によると、脚気患者は夏に悪くなって命を落とすことが多いらしい。モラエスはおよねの枕元で一晩中おろおろしていたり、

「およねさん、治らないと、私、困ります」

と言っては部屋の中を右往左往していた。ユキとコハルはそのまま七月も留まりおよねを看病した。危篤状態は脱したもののモラエスにとって不眠の日々が続いた。この夏は暑かったからモラエスの体力も徐々に落ちて行った。領事としての仕事も執筆もままならなくなっていた。

七月に入ってもおよねは一進一退だった。八畳の居間の中央で夏掛け布団を一枚だけ身体にのせた熱のあるおよねを、日中は何時間もコハルがうちわで扇いでいた。縁側にかけられたスダレから涼風の入った時だけ手を休めていた。およねは少し調子のよい時など頭に氷のうをのせたまま、モラエスに、そしてユキやコハルに、

「すまないねえ」

を繰り返した。二年前にほんの子供だったコハルは、今や十八歳の娘ざかりとなっていた。きびきび働き、時折四国の太陽に焼けてはち切れそうな頬をゆるませ真白い歯を光らせて笑う姿は、およねを喜ばせ、モラエスの目を見張らせた。

七月下旬、気分直しのため久しぶりに外国人倶楽部へ昼食をとりに行ったモラエスは、偶然出会ったドイツ人のデラカンプと食事をした。

「先日、妻の秀から聞きましたが、およねさんの容態はその後いかがですか」

「相変らずです。原因が分らないから手の打ちようもなく、焦燥ばかりが募ります」

モラエスは視線を落とした。

「いつでも秀がおよねさんの看病に伺いますから、どうか遠慮なくおっしゃって下さい。ところでモラエスさん、今日の食堂、いつもより静かと思いませんか。笑い声もほとんど聞こえてこない」

ちらと食堂を見わたしてモラエスが言った。

「確かに静かだ。皆、なにかヒソヒソ話をしているみたいですね」

「私はここのところほとんど毎日この食堂で昼食をとっていますが、いつもこんなです。彼等が今、何を話しているか知っていますか」

デラカンプは二十人ほどいる食堂の外国人達に目をやりながら言った。

「ひどすぎるむし暑さについてではあるまい」

「天皇の病気についてです。昨日東京から戻った英国人社員によると、天皇重体の報が出た二十日以来、宮城の二重橋前広場は砂利に伏して回復を祈る老若男女で溢れているそうです。数百人の小学生が帽子を砂利の上に置いてお祈りしたり、芸者、巡査、軍人までが祈ったりしているようです。縁者に手をとられてやって来た百人ほどの盲人がひざまずいて涙を流しているのを見たそうです」

「そう言えば昨日の早朝、湊川神社まで散歩したら、そこにも登校前の小学生が何十人も年寄りに混じって拝んでいました。日本人にとっての天皇は、ヨーロッパ人にとっての国王とかなり異なる存在なんですよ」

「その社員も同じことを言っていました。彼は一昨年、英国王エドワード七世が重体になった時、バッキンガム宮殿前に数千人の群衆が集まり、時々刻々の容態発表を待っているのを見たそうです。親しい友の病気を憂えるような様子だったといいます。ところが今回は深い悲痛の想いが辺り一帯に張りつめていて、見物に行った外国人までがみな圧倒されて帰って来るというのです」

「明治天皇ほどの方はこれから先も後も出ないでしょうから尚更です」

モラエスがそう言うと、デラカンプがカイゼル髭の端をねじりながら言った。

「日本に十年以上住むと半分日本人。さらに日本人の奥さんをもつと四分の三日本人。我々がこの食堂にいる誰よりしょぼくれているのも当然です」

「妙な数学ですな。でも確かに御不例の発表があった二十日以来笑っていない」

二人は重苦しい微笑を浮かべて見つめ合った。

七月三十日に明治天皇が崩御された。三度拝顔したことのあるモラエスは、明治天皇を人徳、業績などから歴史上抜きん出た帝王として尊崇していた。写真を居間に飾り、恩賜の煙草を試験管に保存するほどであった。モラエスは久しぶりに筆をとってポルト商報へ原稿を送った。

睦仁天皇は四十五年にわたる在位だった。これまでのどの天皇をみても、この天皇ほど輝かしい人物はかつていなかったばかりでなく、洋の東西を問わず、この天皇に比肩できる王や大統領は一人としていない。わずか四十五年間に、文明から絶対的に立ち遅れていた弱小国が、驚嘆すべきスピードで近代化を推し進め、教育を整え工業化を成し遂げ、二度にわたる大戦争で巨大な二強国――支那とロシアを打ち破り、ついに世界の一等国に仲間入りした。そんな国がこれまでにあっただろうか。

八月中旬の、ミンミン蟬の鳴き騒ぐ昼下がりだった。それまで暑さを煽るように鳴いていたミンミン蟬の声がひとやみした。「えー、金魚屋ー、金魚」の声が微風にのって聞こえてきた。と、何十時間眠ったのだろうか、昏々と眠り続けていたおよねが目を覚ました。つきっきりで、額の汗をぬぐってやったりしていたモラエスが、

「あっ、およねさん。気がついた、やっと。うれしい。およねさん、水、ほしいですか」

と、うれしさを押し殺しささやくように言った。かすかにうなずいたおよねの背の下へ左手をもぐりこませ少しだけ起こすと、口元へ水飲みの吸口をそっと運んだ。耐えがたい軽さだった。何度か息をつきながら力なく水をすったおよねを静かに横たえると、モラエスが言った。

「暑い、暑い。でも、およねさん、頑張る。きっとよくなる」

水を飲んで少し生気を取り戻したおよねが、

「ポルトガル、夏、暑いですか」

とかぼそい声で言った。二日ぶりに聞けたおよねの声にモラエスも晴れやかな表情になった。

「暑い。でも、むし暑くない。ポルトガルの夏、乾いています。家の中、木の蔭、涼しい。ポルトガルの田舎、百姓、乾草をいっぱい運びます。馬車で運びます。道の両側、ユーカリ並木。馬車の下を犬走ります。犬、一番涼しい」

およねが天井を見上げたまま頬をゆるませたのを見て、モラエスは有頂天となった。神社の前を通りかかるたびに願をかけてきたが、ようやく自分の祈りを神様が聞き届けて下さった。およねに奇跡が起きて元気を取り戻し始めたような気がしたのである。

「およねさん、やせた。でも、笑顔、可愛い、とても、とても。今日から、よくなります。きっと。来年、今頃、二人でポルトガル、行きます。ポルトガルのブサコ、森の中に宮殿ホテルがあります。大きな庭園に、藤の花、紫色、いっぱいあります。大きな藤棚、日本と同じ」

およねが藤の花に目がないことをモラエスは思い出したのだった。藤の花と聞いておよねが目をしっかり見開いた。そしてつぶやくように言った。

「徳島、石井の徳蔵寺、藤棚とてもきれい。もう一度見たい」

「もちろん。それでは来年は、石井の徳蔵寺、再来年は、ポルトガルのブサコ」

モラエスはおよねの額や、肋骨の浮き出た胸の汗を拭きながらそう言った。お腹から下を薄青の夏掛けで覆ったおよねは、少し疲れたのか静かに目を閉じた。モラエスは左手のうちわでおよねの身体に風を送りながら、右手でお腹の上に置かれたおよねの左手をやさしく握っていた。点滴につながれた、青白い血管の浮かび上がった、注射針の跡だらけの細い腕を不憫に思った。モラエスの指先がおよねの指輪に触れたのか、指輪がするっとずれるのを感じた。

「ああ、およねさん、ああ、可哀そう」

モラエスは胸を詰まらせながら心の中でつぶやいた。目を閉じているおよねの横で、うちわをゆっくりあおぎながら開け放った窓の向こうのサルスベリのピンクの花をぼんやり眺めていたモラエスの耳に、膝元から、風のいたずらかと思うほどの声が聞こえた。およねだった。

「私、もっと生きていたい。モラエスさんと一緒に。ずっと一緒に。でも、もう長く生きられそうも、ありません」

モラエスは力強く両手でおよねの手を取ると、

「私が愛する人、およねさん。私のすべて。およねさんの命、私の命」

モラエスはこみ上げる思いを抑えられず、半ば涙声でそう言った。

およねはモラエスの目をじっと見つめていた。再び閉じられた両目の目尻から涙が頬をつたった。

およねはそのまま眠りに入った。昏睡だった。それから三日間、一度も目を覚ますこともなく、昏睡と激しい頻呼吸や胸部疼痛の発作を繰り返していた。

八月二十日の午後、息苦しそうなおよねのそばにいることができず、ユキとコハルにおよねをまかせ、モラエスは生田神社へお祈りに出かけた。

道に出て三宮筋通りの角まで来ると、天秤棒をかついだいつもの氷屋がいつもの呑気な声で、

「えー氷、氷」

と唱えながらやって来るのが見えた。およねが死に瀕するというこの世の最期のような時に、世の中がまったく何の変わりもなく平常通りに動いているのにモラエスは軽い衝撃を受けた。と、モラエスに気付いた氷屋が威勢のよい声をかけてきた。

「やあ、旦那さん、暑いねえ。今日は氷の御用は」

天秤を下ろした氷屋は首にかけた手拭で額の汗を一拭きした。

「暑い、暑い、氷欲しい、私の家、すぐ行って下さい」

モラエスもハンカチで額を拭った。

「旦那さん、ちょっと顔色悪いねえ、暑さに当たったんじゃねえですかい」

「嫁さん、病気」

「へえ、美人の奥さんが。これは失礼。早速、家へ参りまあす」

すたこら歩き出した氷屋の背を見ながら、モラエスは少し気分の軽くなったような気がした。

生田神社の境内の木蔭を歩きながら十二年前の結婚式を思い起こしていた。こんなにきれいな花嫁は見たことがないと列席の皆が言ったほど、文金高島田姿のおよねは輝いていた。そのおよねが今は……。

家に戻ると、およねを囲んでカーテ博士とユキ、コハルの三人が沈痛な表情で坐っていた。モラエスも黙って眠り続けるおよねを見ていた。発作はおさまっているようだった。モラエスがカーテ博士の見立てを探ろうと顔をのぞきこむと、カーテ博士は辛そうな表情で首を横に振った。

「発作はおさまっているようですが」

モラエスは押し殺すような低い声の英語で博士に言った。

「もうその力もありません。最高血圧も五十を切っています」

カーテ博士がやはり小声で言った。

「強心剤をお願いします。どうか助けてやって下さい」

モラエスは低い声ながら先程より強い調子で言った。

「先程も打ちましたがもう身体が応えてくれません。いよいよの時が近づいたようです」

モラエスはきっとした表情を浮かべると、いきなり前に進み出て、およねの右手を両手で摑むと突然、

「およねさん、およねさん、モラエスです。行かないで。およねさん、行かないで」

と涙まじりの大声で叫んだ。モラエスは、およねの手が自分の手を握り返すのをはっきり感じた。モラエスが、

「およねさん」

と鋭く呼びかけた直後、およねの首の辺りから力が抜けた。カーテ博士がすぐに脈をとった。次いで瞳孔を調べた。そして、たどたどしい日本語で、

「御臨終です」

と言った。ユキとコハルが、

「よね、よね、目を覚ますんだよ、よね」

「よねおばさん、死なないで」

と叫びながらおよねにとりすがった。モラエスはほとばしる涙をそのままに、すっかり力を失ったおよねの手を握り胸にかき抱いていた。

徳島へ

ユキはおよねの野辺送りがすんだ後、一人となったモラエスを心配し家事手伝いとしてコハルを置いて徳島へ帰った。かけがえのない人を失ったモラエスは、神戸に残ったコハルの世話の下、どうにか生きながらえているような状況だった。およねのしていた指輪をモラエスより形見としてもらったコハルは、期待に応えようと懸命に手伝った。『方丈記』などを読んでは嘆息ばかりついているモラエスを見て、コートはしきりに転居を勧めた。およねの想い出のつまった家にいては、もぬけの殻のようになったモラエスがとうてい立ち直れないと思ったからだった。そばに住むグルーム夫人の直に相談したところ、すぐに手配してくれて、モラエスはこれまでの山本通り三丁目からほど近い加納町二丁目の日本家屋に転居した。筆頭領事にふさわしい家ということで手配したのだろう、堂々たる二階建てだった。長い木塀の上部は白いモルタルで所々に小さな格子までついている。小さな旅館のような佇まいだった。

しばらくはコハルが手伝っていたが、ある時、男友達との夜遊びをモラエスに厳しく咎められ、すねて徳島へ帰ってしまった。女中のいなくなったモラエスを心配した直がすぐに動き、健康で働き者ということで白羽の矢を立てたのが永原デンという出雲生まれの二十四歳の女性だった。十月初めに直が加納町の新居に連れてきてモラエスに紹介した。モラエスを見るなり永原デンが挨拶もせずに笑顔となり、声を上げた。

「あらー、モラエスさんだったのですか」

　直が目を真ん丸にし、モラエスが怪訝な顔をした。およねと結婚してからというもの、それまでの女遍歴をすっかり忘れたかのようにおよね一筋だったから、懇意な女性など一人も思い出せなかったのである。

「えーと、誰、覚えていません」

「ほら、もう八年前になるかしら。私が布引の滝の茶屋で働いていた頃でしたから。あの時、モラエスさんに二、三度お茶を差し上げたことがあるのですが。お忘れになりましたか」

「うーん、あの茶屋、行く、数え切れない。でも、いつも、娘が二人か三人います。しかも、替わる。覚えられません」

　モラエスは困惑の表情を浮かべた。

　この時、デンが素頓狂な声で、

「そうそう、旅順陥落時の祝勝行列に備えて私が出雲の親に内緒で洋装を買った、ということを覚えていらっしゃいませんか。一緒に働いていたおシゲさんがばらしてしまったので私が困っていたことを。モラエスさんはお連れの方と笑っていらっしゃいました」

「あはー、あはー、思い出した、あれ、あー、思い出した。あの時、あの時」

とデンを差す指を上下に振りながら言った。ほんの八年前のことだが、懐かしい気がした。モラエスの笑顔を見て直が安堵した。笑顔はおよねを失ってから初めてだった。切れ長の目や濃い眉毛、そしてやや厚い下唇は八年前のままで、家事一切を明るくてきぱきとこなしてくれそうな感じがして、その場で話はまとまった。

永原デンは出雲の今市で酒屋の娘として生まれたが、男好きのする快活な性格や肉感的な肢体もあり、十五歳にして京都の呉服屋の番頭に誘惑され家出した。しばらくして捨てられ、一時は布引の茶屋で働くなど職を転々としていたが、紆余曲折を経て神戸の福原遊郭で遊女として働くことになった。そろそろこの仕事から足を洗って故郷にでも帰り、身を固めて親孝行をしたい、と思い始めた矢先、この話が耳に入ったのである。嫁入り修業としてもいいし、給料も遊女としての稼ぎよりよかったから、この住込み女中の話にすぐに応募したのであった。

心身ともに憔悴し切ったモラエスにとって、およねのような美しさや優雅さはないものの、健康潑剌としたデンはぽっかりと空いた胸の空洞をとりあえず埋めるのに最適の人だった。およねといくつかの点で正反対のタイプであったことは、およねを一時的に忘れさせるのに役立った。モラエスとデンが主と女中の関係から、寝室を共にするようになるのに一週間とかからなかった。モラエス宅を訪れたコートは、二人の挙動から二人がそのような関係になったことを感じ安堵した。今にも崩壊してしまいそうなモラエスの心身を少しでも癒すには、これしかないと思っていたのである。

年が明けた大正二年（一九一三）の二月、コートは、領事館勤務後のモラエスを誘い、海岸通りにあるオリエンタルホテルで夕食を共にした。時には高級なフランス料理も、モラエスを元気づけるにはよいと思ったのである。

「いかがですか、ヴェンセスラオ、体調の方は。秋に家族で新居に伺った時は、それ以前より大分元気を取り戻されたように見えましたが」

「あーあの時かい、ペドロ。あの時は可愛いアルベルトとヴェンセスラオも来てくれたからね」

モラエスはコートの息子達の愛らしい顔を思い出して微笑んだ。そして続けた。

「そう言えばあの時、お兄ちゃんのアルベルトが私にこう言っていたよ。『モラエスさんはとても偉い人だから行儀よくしていなさいよ、ってお父さんはいつも言うけど、モラエスさんって本当にそんなに偉いの』だって」

コートが少し照れ臭そうにオールバックの黒髪を後ろになでながら微笑し、モラエスがめっきり薄くなった頭頂をくしゃくしゃとかきながら微笑した。

「あなたの名前をもらった二男のヴェンセスラオも、今では生意気な口をきくようになりましたよ。『ヴェンセスラオ』と大声で怒鳴りつける時はちょっと戸惑いを感じますがね」

モラエスが大声で笑い出したので、レストランにいたすべての客とボーイが何事かと二人を振り向くほどだった。

二人とも、日本食が大好きで、毎日、ごはんと味噌汁を食べているのだが、久しぶりのフランス料理はやはりうまかった。一皿目のウニとキャビアを夢中で食べ、二皿目のフォアグラのテリーヌを食べたモラエスが言った。

「ペドロ、ここに泊まったイギリスの詩人キップリングが、ここの料理は世界の一流よりさらに上だと書いているのを読んだことがあるかい」

「いえ、キップリングの名前も初めてです」

「ノーベル文学賞を五年ほど前にもらった男だけどね。確かにこれまでに世界中で食べたどこのフランス料理よりおいしいと私も思うよ」

「ポルトガル料理と中華料理なら私も詳しいのですが」

「ところでね、ペドロ。これからどうしようかと思っているんだ。身の処し方だ」

「何のことでしょうか、ヴェンセスラオ。本国の騒乱にもかかわらず先日、ポルトガルの神戸・大阪総領事に昇格し、イタリア領事と神戸筆頭領事も兼ねるなど重職を立派に果たしているではないですか。作家として不動の地位も築いたし、順風満帆、これまで通り公職と文筆を続けることで何かまずいことでもあるのでしょうか」

「うーん」

モラエスはそう言ったきり黙ってしまった。

「もしかしたら、本国に戻ろうか戻るまいか迷っていらっしゃるのでしょうか。私のようなマカオ人は、故郷はどこにもないようなものですから、どこに住もうと住めば都ですが」

モラエスは鴨のオレンジソース添えにナイフを入れながら、

「故郷に帰ることも考えた。故郷が恋しくて枕をぬらす日が今もあるんだよ。それに僕は君も知っての通りポルトガルを心から愛している。でも僕にとってポルトガルはサウダーデの国になってしまったと思えるんだ。戻るべき母国と言うより、遠くで想っては涙する国となっているんだ。今、故国に帰っても家族はもう妹だけだし、友人達の多くは死んだり行方が分らなくなっている。王国もなくなり共和制になってしまった。帰国したところで僕は異邦人にすぎないんだよ、ペドロ。それに僕の魂はもうすでに日本に深く根を下ろしてしまっている。日本が母国と言っていい。僕の肌が白い限りこの国はどうしても僕を懐の奥までは入れてくれない、と思って腹を立てたり絶望することもあるのだけれど」

モラエスはパンでオレンジソースをすくいながら続けた。

「でもね。フランスの外交官として長年日本に住んだ友達がいたんだ。無口だがとても知的な男だった。ところが運悪く糖尿病やら高血圧に冒されてしまい母国に戻り治療することになった。家族友人から離れ何かと不自由な異郷での生活にケリをつけられる、とうれしかったから、フランス行きの汽船の甲板で手を振る彼は喜色満面だったよ。しばらくして彼はパリで左脚を切断した。ところがだ、その後、なんと彼は日本に戻るための運動を始めたんだよ。脚の不自由な人に外交官は無理だろう、ということで結局は認められなかったんだけどね。彼は私に何通もの長い手紙をくれたよ。どれも日本への愛と追憶の情熱的な手紙だった。山の斜面を真紅に染める紅葉や夏の夜のきらめく蛍などの光景を述べ、日本に帰りたいという熱く切ない想いを綿々と綴ったものばかりだった。心臓発作で亡くなる前夜にはね、日本に関するハーンの著書を十五冊か二十冊、フランス語に翻訳したいと書いてよこしたんだ」

「悲しい話ですね。いろいろ愚痴をこぼして立ち去るけど、やはり忘れられずに戻って来る」

「離れてもなお恋しさの募るほど日本が魔性の国ということだ」

「いやよく分りました。あなたが日本に住み続けたいと思う気持が」

モラエスはデザートのココナッツムースを食べ終え、コーヒーを片手に、

「実はそこまでは、ペドロ、僕は二、三年前にひそかに決心していたんだよ」

「と言いますと、まだ何か」

コートが訝《いぶか》るようにモラエスの顔をのぞきこんだ。

「まだここだけの話だがね、ペドロ」

そう言ってモラエスは側に人のいないことを確かめてから声を落として続けた。

「私も今年で満五十九歳だ。日本流に言えば還暦だ。祖国のためにはもう十分義務を果たしたと思うんだ。そこでだね、余生は静かに日本で暮らしたいんだ。領事職も海軍の軍籍も一切返上しようと思っている」

「えっ、何ですって。海軍中佐を退役するのではなくて、軍籍を離脱するですって」

コートが口をあんぐり開けて言った。

「そう、領事と軍籍の両方とも返上しようとね」

「ヴェンセスラオ、正気でしょうか」

「正気だよ、ペドロ」

「そんなこと言わないで下さい。五十九歳という年齢を考え、忙しい領事職を辞任したい、というのなら適否はともかく理解はできます。そのエネルギーを文筆一本に向けられますからね。ただし軍籍の方はとうてい理解不能です。何の負担にもなってはいないじゃないですか、ヴェンセスラオ。それに、退役するならともかく、軍籍を返上してしまったら年金や保険などポルトガル軍人としてのすべての権利を放棄することになります。これから日本で生きて行くための経済的支えを失うことになってしまいます。私にはまったく理解できません」

「君の心配はよく分るよ、ペドロ。自分でも論理的に説明するのが難しいくらいだ。でもね、ペドロ、実は僕の心身は君の考える以上にボロボロなんだ。母国の大混乱はともかく、およねさんの死は私を半ば廃人にしてしまった。毎日、死の恐怖に脅かされているといっていいくらいだ。退役軍人になるにはリスボン、少なくともマカオまで行きいろいろな人々と会い、話し、手続きをしないとならないが、除籍ならその手続きも不要だ。お金を要らない人は誰もいないが、僕の心と身体は今、お金より安らかさと穏やかさを欲しているんだ。栄転や昇進がいらないばかりか、何もかも返上して一切の煩わしさから解放され、一人の人間となって田舎に隠棲したいんだ」

モラエスは落ち着いた声でそう言った。この頃、モラエスは「方丈記」を繰り返し読んでは鴨長明の思想に慰藉《いしゃ》を見出し、それに心酔していた。

およねとは違って、いつも元気一杯で大声でよく笑うデンは、モラエスの慰めになっていた。およねが床に臥せることが多くなってから数年間も兄妹のような生活を送っていたモラエスだったが、すべてに奔放なデンにより久しぶりに男性としての満足も得ていた。領事職と軍籍を返上する決意を固めたモラエスにとって、次に横たわる最大の問題は、どこにどのように隠棲するかであった。どのように、というのは身体の衰えの目立ってきた自分を、誰に支えてもらうか、誰に死に水を取ってもらい誰に遺言を実行してもらうか、であった。こんなことを考えるほど衰えを感じていたのである。

三月のある日曜日、咲き揃った紅白梅を庭に立って眺めていたモラエスに、健康優良児のようにすっと背を伸ばしたデンが話しかけた。

「モラエスさん、私ももう二十四歳になりました。そろそろ故郷の出雲に帰って落ち着く時期ではないかと思い始めました。親不孝ばかりし続けてきた私にとって、それが年老いた父母へのせめてもの孝行と思うものですから」

「故郷へ」

モラエスは、デンがいつかそう言い出すであろうと覚悟していたが、実際にその時が来ると動揺し言葉を失った。

「はい。モラエスさんとこの立派な家で暮らしてきた半年間に何の不足があった訳でもございません。それどころか学のない私にいろいろなことを教えてくれ、とても楽しい日々を送ってきました。もっとここでモラエスさんのお手伝いをしながら暮らして行きたい気持も山々なのですが」

そこまでデンが言うと、モラエスが口をはさんだ。

「私、困ります。デンさん、いないと、とても困る」

モラエスは訴えるような目でデンを見た。デンはこの時を逃さなかった。

「モラエスさんを後に残して故郷《くに》へ帰るのは私にとっても大変心残りです。先日、モラエスさんは近いうちに引退したいとおっしゃっていました。もしよろしかったら、出雲にいらっしゃいませんか。私がタバコ屋のような小さな店でも出して、今後のモラエスさんの家計を支えながら今まで通りお手伝いをし続けることもできます。それに出雲は神戸より家賃をはじめ物価がはるかに安いですし」

デンはいつの間にか右腕をモラエスの左腕に絡ませていた。神戸を離れ田舎に隠棲を計画中だったモラエスにとって出雲は魅力的だった。ハーンを精読しているモラエスにとって、尊敬するハーンと同じ場所に住む、というのもどこか心躍るところがあった。そして何より、引退後の生活をそこでデンにみてもらうとしたら、一遍に懸案が片付いてしまうことになる。たくましい生活力のある女性というのはモラエスの美感に必ずしも合わないが、定収入のなくなるこれからの生活を考えると頼もしいともいえる。

「ありがとう、デンさん。とてもうれしいです、デンさん」

そう言うと感激屋のモラエスは、思わず見事に成熟したデンの肢体を抱きしめて唇を合わせた。

モラエスに負けじと抱きしめてくるデンを可愛いと思った。唇を離すと、互いに背中に回した腕はそのままに、デンが、

「私もうれしい、素敵なモラエスさんとずーっと一緒だなんて」

と甘え声で言った。

身持ちの固いといわれる芸者だったおよねと違い、遊女だった頃に西洋人に学んだのか、デンの接吻にはモラエスの官能をしびれさすような技巧があった。二人はそのままもつれるように、閨《ねや》に入って行った。

翌朝、領事としての黒いスーツに黒のフロックコートをまとい玄関を出ようとしたモラエスに、デンが言った。

「昨日の件ですが、三月末に私が一足先に出雲へ帰り、二人の住居を探したりタバコ屋を出すための準備などを整えるというのはいかがでしょう。用意ができ次第、初夏までに事務処理などをすませモラエスさんが出雲へいらっしゃる、というのがよいかと思いますが」

「そうですね、デンさん。それがいい」

モラエスは健康で勝気で行動力のあるデンのことだから、タバコ屋で日銭を稼ぎながら自分の面倒をこれまで通りみてくれる、安心して執筆に専念できそうだと思った。

「あーら、うれしいわ。でも、私が先に帰り向うで一日千秋の思いでモラエスさんを待っていることを忘れないで下さいね」

「忘れない、デンさん。絶対に」

「約束してね」

デンはモラエスの右手小指に自分の右手小指を絡ませると、

「指切りげんまん、嘘ついたら針千本飲ます」
と元気よく唱えながら、そのリズムに合わせ絡めた小指を縦に何度も振った。およねと何度か指切りげんまんをしたことを思い出し少し後ろめたい気になったモラエスは、
「嘘ついたら、針千本、飲みます」
と背中を向けてから言うとそのまま家を後にした。

予定通りに永原デンは荷物をまとめて三月末に出雲へ発った。その翌週、徳島のユキから手紙が舞いこんだ。モラエスはおよねの葬式のすんだ直後、姉のユキに、およねの墓を作って欲しいと五百円を手渡してあった。いただいた大金で徳島市北山路町の潮音寺に立派な墓が完成したので見に来て欲しい。徳島の眉山の桜も咲き始めましたからぜひどうぞ。そんな内容だった。

早速、モラエスは船で徳島に向かった。中洲の波止場で降りて、前におよねと泊まったことのある志摩源旅館に泊まった。

四度目だった。一度目はコートと竹村を伴い明治三十二年（一八九九）、米善で赤いたすきに前垂れ姿のおよねと再会した時である。二度目はおよねと結婚して半年後の明治三十四年（一九〇一）初夏であった。四国の琴平宮へいつか行ってみたい、という結婚後のおよねの言葉をモラエスが覚えていて、金毘羅参りを兼ねた里帰りが実現したのであった。徳島駅からも中洲港からも歩いて五分と便利なうえ、ベッドのある寝室を持つ徳島で唯一の旅館、ということでおよねの姉ユキが志摩源旅館を手配してくれたのだ

が、二人は布団の方が好きだったので普通の和室に泊まった。ここに泊まって身内への結婚挨拶をしたのであった。三度目はその八年後の夏、およねに聞かされるばかりで一度も見たことのない阿波踊りを、モラエスが見ようと提案して来た時であった。この時は神戸島上桟橋から定期船で直行したが、あいにく折からの台風で市内が浸水し、市内中心部の富田橋までが流されたため、阿波踊りは中止となってしまった。風雨の中、外を出歩くわけにもいかず、二人は姉のユキを訪ねた以外、部屋の窓から雨でかすんだ眉山をぼんやり眺めるだけだった。午後になって、退屈そうなモラエスを慰めようと、およねは旅館から三味線を借りてきて阿波踊りで唄われる「阿波よしこの節」を唄ってみせた。

ハアラ　エライヤッチャ　エライヤッチャ
ヨイ　ヨイ　ヨイ　ヨイ
踊る阿呆に見る阿呆　同じ阿呆なら
踊らにゃ損々

およねがいつもより甲高い声で、これを一気に唄うと、モラエスは目を丸くした。身体の万全でないおよねの表情が、この速いリズムに乗って躍動し始めたからである。マカオで一度だけ耳にしたジャズのリズムに似ているようだが、ジャズに比べ底抜けに明るいうえ、聞いているだけで身体を動かしたくなるような媚薬を含んでいると思った。

モラエスはなぜかうれしくなって思わず叫んだ。

「もう一度、およねさん」

およねは、半ば待っていたかのように直ちに二度目、引き続いて三度目を唄った。三度目はモラエスも口ずさんだ。プロの弾く三味線に引きこまれたのか、開いていたふすまの所にいつの間にか旅館の番頭や女中が数人集まり、笑顔で声を合わせていた。女中達は中止になったうっぷんを晴らすかのように廊下で両手を頭上にかざし踊り始めた。それを見たおよねは四回目、五回目、六回目を唄い、モラエスも立ち上がり、女中の真似をして踊り始めた。阿波踊りには男踊りと女踊りがあることをモラエスは知らなかったが、誰もそんなことを気にしなかった。初めは遠慮しがちに唄っていたおよねが三回目ころからは気迫をこめて唄ったのでモラエスはさらにうれしかった。モラエスはこの日、熱狂の阿波踊りを垣間見たのであった。

亡きおよねに会えるような気がして同じ部屋をとったモラエスは、どこにもおよねのいないことを再確認して無常感にとらわれた。あのおよねは、あの情熱的な「よしこの節」はどこに消えたのか、その日の夜は思い続けていた。

翌朝、番頭に書いてもらった徳島の略図を片手に潮音寺への道を確かめていたら、

「お迎えが来ておられます。階下でお待ちしておられますので御支度下さい」

と部屋の外から女中の大声がする。服装を整えて階下へ行くとユキとコハルが待っていた。神戸を出た時の経緯からか、コハルは挨拶を交した後も神妙な面持で俯《うつむ》き加減に

していた。それを察したモラエスが、

「ああ、コハルちゃんも、来てくれた。ありがとう」

と上機嫌で言ったので、コハルは初めていつもの屈託のない笑顔を見せた。

三人は西へ向かい、駅から真っすぐに眉山へ向かう新町橋通りを左折すると、すぐにベンガラ色に塗られた新町橋に出た。モラエスは立ち止まって川を眺めた。ここからの新町川の景色は、白い藍倉が並んでいて美しい。およねと飽かずに眺めたことを思い出し、今はそのおよねの墓に行く、と考えた時、目頭の熱くなるのを禁じ得なかった。橋を渡った左右に大きな柳の木があって、この辺りからは徳島一の商店街である。およねに一刻も早く会いたいモラエスは、気が急いてきてはや足となった。「眉山の際《きわ》で滝の焼餅のすぐ北」と聞いていたから、すでに多少の土地勘もあるだけに、モラエスは案内役のユキとコハルの先に立って歩いた。潮音寺の新しい墓に親戚一同十名ほどが集まっていた。赤土塀に囲まれた墓地におよねの墓はあった。たまたま売りに出されていた潮音寺の新しい墓地の一区画を買ったのであった。およねの実家である福本家とユキの嫁ぎ先の斉藤家の菩提寺は、ともに百メートルほど北の安住寺であり、およねと一緒に訪れたこともあったから、当然そこにできるものとモラエスは考えていた。格下の墓地にできたというのは、外国人の妻ということで何かがあったに違いないと思った。高い敷石の上の中央に、徳島産の青石でできた墓石が置かれ、花立に淡黄色のシキミが飾られていた。墓石正面には「法喜蓮照信女」と刻まれ、右の面に大正元年八月廿日、左の面に俗名福本ヨネ、行年卅八歳とあった。安住寺の若い坊さんが来て、およねの墓前で読経が始まった。眉山から白いカモメがゆっくりとこちらに飛んでくるのがモラエスの目に入った。白いカモメがおよねのように思われた。

（この立派なお墓の中で、およねさんは一人ぼっちでいる。僕が死んだら一緒にここに入りたい。以前、デラカンプ邸におよねさんと招かれた時、デラカンプもグルームも、死んだら奥さんの墓に入れてもらうつもりと言っていた。あの帰り道、僕もそうしたいとおよねさんに言ったら、とてもうれしそうだった）

モラエスは心の中でこう思った。読経が終り皆が線香をあげ終った時、それが思わず口に出た。

「およねさん、一人で淋しいです。私が死んだら、ここに一緒に入れて下さい」

モラエスが言い終ると皆が水を打ったように静かになった。

「どうしたんだろう、自分の日本語が通じなかったのだろうか」

と思っているとあちらこちらからひそひそ話が聞こえてきた。

「アホクサイ」

「世間が……」

「毛唐が……」

「家の恥……」

頼みのユキとコハルは困り果てたようにうつむいていた。

その夜、志摩源旅館にユキがやって来た。ユキはモラエスの前に正座するなり深々とお辞儀をしてから頭を低くしたままの姿勢で話し始めた。

「今日の親戚一同の不作法はまことに申し訳ございません。モラエスさんがどんな身分の方か、よねにどれほどのことをして下さった方かも知らず、礼を欠く態度をとったことを親戚一同に代りましてお詫び申し上げます。何分、学のない田舎者の他愛ない言葉としてお許し下さいますようお願いいたします」

ユキはこう言うと先程より更に深く、額を畳につけるようにした。

「ああ、あのこと。でも、仕方ありません。ポルトガルの田舎の人も偏屈、同じです」

モラエスが怒っていないのを見たユキは、ようやくホッとした表情で顔を上げた。

「ところでモラエスさん。先日のモラエスさんのお手紙で、近いうちに領事を辞めたいとおっしゃっていましたが、その後もずーっと神戸にいらっしゃる予定でしょうか。それともお国へお戻りになる」

「日本、大好きです。日本に住みます、これからも。神戸に住まない、田舎好きだから、田舎に住む」

「どちらへ住む予定ですか。もし徳島でよければ」

ユキの目が輝いた。定期船で料理人として働く夫寿次郎の収入は少なく、「不潔な水の流れる運河べりの非衛生な家」とモラエスが形容した長屋の一つに住むユキであった。貧しくて医者にもかかれないから、八人産んだものの半数が夭折、今は十九歳のコハル、十四歳のマルエ、七歳の千代子、二歳の益一、という四人の子供を抱えていた。赤貧を洗うがごとき生活をしているユキ一家にとって、これまで、モラエスからもらう種々様々な形でのお礼が、家計の大きな助けとなっていた。それが、およねの死とともにすっかり絶えてしまっていた。ユキが日雇いの仕事に出てはその日を食いつなぐ、という生活を送っていた。コハルをモラエスの家の住込み女中のようにすれば、これまでの経験から言ってもユキの収入の倍ほどは入る、こう踏んだのである。モラエスは無論ユキがそう考えているであろうことを察した。

「今、出雲と徳島、二つ考えています」

モラエスは、出雲でデンと生活をすると約束しながらも、内心では、もしおよねの姪のコハルが自分の世話をしてくれるのなら、およねの墓のそばに住んで、墓を守りつつこの地で余生を送るのも悪くないと思った。健康で明るいコハルには好感ももっていた。しかしまだ十九歳の生娘に自分のような四十歳も年上の老人の面倒を見させるのは、いくら何でも可哀そうと思っていた。ユキは出雲か徳島と聞いて身を乗り出し、田舎者らしい卒直さで尋ねた。

「出雲ではどなたか生活や老後の面倒をみてくれる方はいるのですか」

モラエスは永原デンとの関係を徳島の人々には隠していたから、意表をつかれて少々うろたえた。呼吸を整えると、

「はい。一人の女性が、私の面倒をみる、言ってくれます」

とモラエスは正直に答えた。隠すよりデンとコハルという二つの選択肢のある方が、コハルにすがりつくより好都合ととっさに思ったのだ。ユキが直ちに反応した。

「その女性は、よねの亡くなった後に知り合った方ですか」

「そう。私の女中。出雲の人、二十四歳、明るい、てきぱき仕事する働き者です」

俄然、負けん気を露骨にしてユキが言った。

「もし徳島に住むのなら、コハルが全面的にモラエスさんの世話をすると思います。まだ若いし、モラエスさんも三年以上前からコハルを知っていますから、安心と思いますが」

「コハルちゃん、承諾しますか」

「まだ話していませんが、言い聞かせますから心配しないで下さい」

モラエスは若いコハルの気持を考えて少し暗い気分になったが、ユキの言うようになればおよねのそばにいてあげられるし悪くないと思い始めていた。

神戸に戻ってからモラエスは悩み抜いていた。

「親孝行のコハルはユキの言うように恐らく承諾するだろう。たった半年のデンに比べ何年も親戚づきあいしてきたユキとコハルのいる徳島へ行くのは何かと好都合だが、デンとは約束をしてしまった。今頃、自分との生活を夢見て出雲で動き回っているはずだ。この約束を簡単に破る訳にもいかない」

ディレンマに悩み続けたモラエスは、生まれつきの持病とも言える神経症も出てきて、夜は眠れず、日中も働く気になれず、身体を動かすことさえ大儀になってきた。怒りや不安にかられ、激しい動悸に襲われる、ということもしばしばだった。医者に薬を処方してもらっても動悸が治まっただけだった。一足早く出雲に帰ったデンからは、よい家が見つかったので早く出雲に来るよう、モラエスの読めるカタカナで書かれた催促の手紙がしきりに来る。徳島のユキからもコハルが承諾したと催促の手紙が来る。どちらに決めても一方が嘆き悲しむことになる。両方へ行ければと思いもするがそうはいかない。このままでは心身が参ってしまいそうだ。

六月二日、混乱したモラエスはリスボンの外務省に電報を打った。

「重病、直ちに賜暇《しか》乞う、電、領事館メキシコ領事にゆだね帰国、モラエス」

外務省は翌日、帰国のための「休暇許可」の回答を打電してきた。そしてそれを受理するや、モラエスはいきなり六月十日、ポルトガル共和国大統領宛ての文書を送付した。先に外務省から許可された「病気による本国帰国のための休暇許可」を放棄し日本にとどまること。そして公職辞任を願い出たのである。公職辞任とは、領事と海軍士官を辞めることである。同じ手紙はポルトガル国外務大臣へも送付された。翌月、これらの願いも外務大臣と海軍大臣により認められた。

初めに賜暇願いを出したのは余計だったように見えるが、モラエスは迷いに迷っていたのである。日本で暮らすための方便として就任した領事職はともかく、海軍士官の方は、海軍兵学校に通って以来の四十年近い歳月にわたる身分である。軍籍を離れるということは、今も心から愛するポルトガル海軍との縁を最終的に切るということを意味する。果てしない大海原の真只中で、青春の夢と血をたぎらせた海軍、そこで出会った人々との強い絆、砲艦に乗って戦闘に加わった日々、世界のあちこちで芽生えたゆきずりの恋、などを懐かしく思い出しては、その海軍と縁を切るという悲しさに、明け方などによく布団の中で慟哭《どうこく》していた。この状態で決定的判断をすることに逡巡し、とりあえず賜暇をもらい、頭を冷やして考えようと思ったのであった。ところが外務省からの返事はほぼ折り返しであった。体調について尋ねることもしなかった。暖かい同情の言葉の一片もなかった。

「何たる電報内容だ、古靴をごみ箱に捨てるような態度だ。外務省はこれまで十数年間にわたる私の領事としての功績など気にも留めていない。重病による賜暇願いを本人からもらい、これで厄介払いができると喜んでいるに違いない。もう私などは母国からとっくに捨てられているのだ」

モラエスは電報を片手に被害妄想的にこう考えた。怒りと絶望にとらわれた彼はほぼ発作的に、領事館の公用便箋でなく手元の便箋を手にとり、領事と海軍士官辞任を願い出たのであった。

辞任願いを送った翌朝、モラエスは縁側に立って日本庭園を眺めていた。

(そう言えば一年前の今頃だった、およねさんと初夏の陽差しの中を須磨まで行ったのは。敦盛の墓でおよねさんの歌った「青葉の笛」ほど心にしみた歌はこれまでになかった。帰りに茶屋で食べた水蜜桃は本当においしかった。陽光の中の二人は幸せそのものだった。仕事を含めすべてが光に包まれていた。それが今、たった一年ですべてを失った)

モラエスは雨滴をつけたまま陽光に輝いているアジサイを見ながらそう思った。

無論、心身を蝕まれていたモラエスの思い過ごしであった。ポルトガル政府はしばらくして、いつまでも神戸領事のままでおかれたことへの不満の表明ではないかと考え直し、モラエスに駐日公使への昇進を打診してきたからだ。心の決まっていたモラエスはこれを一蹴した。

梅雨の晴間にコートが加納町のモラエス邸にやって来た。開口一番、

「公職辞任願いを出したことは聞いておりますが、ヴェンセスラオ、もう一つ懸案がありましたね。どちらに決めました。出雲と徳島の」

と聞いた。コートは一カ月ほど前の五月に、モラエスから意見を求められていたのである。

「徳島に決めたよ、ペドロ。ようやっとだ。デンさんには長い謝罪の手紙を書いたよ。お詫びとして、タバコ屋を開くだけの資金を送ったけど、やはり申し訳なさで一杯だよ。私と一緒に住んで私の面倒を見たい、という真心からの言葉はとてもありがたかった。その気持とそれを受ける約束を踏みにじってしまった私が実に情ない。デンさんが可哀そう。自分は何と冷酷な裏切り者かと思うと辛い」

モラエスは目を潤ませて言った。

「約束まで破って徳島に決めたのは、やはり、およねさんの墓があるということなのでしょうか」

「その通りだ、ペドロ。およねさんは最後の最後に私の手を握ってくれたんだ。そこには彼女のすべての想いがこめられていたんだよ。それなのにこの僕は何もしてやれなかった。罪滅ぼしを僕は一生かけてしようと思うんだ。そのために何ができるか考えてみ

たんだけどね。およねさんの墓を守り、およねさんの墓前や霊前で毎日およねさんと話をすることしか今は考えつかない。罪滅ぼしというだけじゃない。僕は幸福になるためにそうしたいんだ」

デンのことを話していた時の苦衷の表情は消え、どこか清々しささえ漂っているのをコートは見逃さなかった。

（よい決断をした。行きずりの人との行きずりの約束を破ってでも、およねさんとの愛を全うすると決めたのだ）

とコートは思った。

モラエスが日本茶を入れて持ってきた。モラエスもコートも、今ではコーヒーや紅茶を飲むのは西洋料理を食べた後だけで、いつも日本茶だった。武骨なモラエスの大きな手で緑茶が肌色のつややかな萩焼の茶碗に注がれた。茶の湯に詳しいモラエスは、抹茶も入れられるが煎茶の入れ方も上手だった。

「おいしい茶ですね、ヴェンセスラオ。どこのものですか」

「これは宇治玉露だよ。少し前に、久しぶりに平等院を見に行った時、そこの老舗で買ってきたんだ。一人では飲み切れないほど買ったから君にも一包みやるよ、ペドロ。ただし、この茶に熱湯は駄目だよ。五十度だからね。湯気がうっすらと立つ位まで冷ますんだからね」

茶をほめられて上機嫌になったモラエスが言った。

「ありがとう、ヴェンセスラオ。徳島は欧米文化がまっさきに流入された神戸とはまったく違う、庶民の生活が古来から営々と続いてきた所ですから、興味深い作品が書けそうですね」

以前、モラエスと竹村と三人で徳島におよねを訪れたコートは、ゆるやかな稜線の眉山の下、広大な吉野川がゆったりと流れ、運河のような小さな川が網の目のようにある徳島の佇まいを懐かしく思い出しながら言った。

「いやね、ペドロ、まさに君の言う通りなんだよ。実はそれが徳島を選んだ二番目の理由なんだよ。出雲はハーンが住んだ所だ。彼がすでにさんざん書いてしまっている。そこにいて書き続けても、二番煎じになる可能性がある。その点、徳島について書いた外国人は一人もいないからね。日本の本当の田舎町で、社交や儀礼の一切から解放され、西洋文明から隔絶され、徳島の人々の中に融けこんだ生活の中からいろいろなことを発見し発信したいんだ」

モラエスの顔が久しぶりに輝くのを見てコートはうれしかった。

「そうですとも。ヴェンセスラオならではの、ハーンには書けないような文学を書いてくれたらファンの一人としてとてもうれしいです。不朽の名作が生まれそうです」

コートの顔も生き生きと輝いた。

「ありがとう、ペドロ。時々は徳島にも遊びに来てくれないか。ペドロと思い切りポルトガル語で話すことは健康にとてもいいんだ」

「ありがとう、ヴェンセスラオ。もちろん伺わせてもらいますよ」

「そうそう、時には息子達も連れて来てほしいものだ、ペドロ。彼等を愛しているからね」

モラエスはお茶をもう一杯入れてから久しぶりの晴間を見上げた。泰山木《たいさんぼく》の白い花が絢爛に咲いていた。リスボンの生家そばのトレル公園にある泰山木だった。子供の頃に毎日遊んだ公園、海軍兵学校にいた頃、人妻のイザベルと人目を忍んで逢引きしては熱く抱き合った公園、あの公園に帰ることはもうなさそうだ。南部のアルガルベ地方に咲き乱れるアーモンドの白い花も見ることはなさそうだ。それどころか、私を育んだあの海のようなテージョ河さえもう見ることはなさそうだ。すべてとっくに諦めたものがまたもやモラエスの心の中で疼いた。

盆踊り

大正二年（一九一三）七月一日の朝十時、モラエスは島上桟橋を出航した三百七十五トンの第十一共同丸の甲板に立って、見送りのコートと竹村に手を振っていた。二人が見えなくなるとどんよりと梅雨雲のかかった市街地の向こうに、よく散歩に出かけた諏訪神社、布引の滝、北野天満神社などを探した。滝は見えなかったが二つの神社は特定できた。諏訪神社や北野天満神社の展望台からは神戸港のすべての船が見えたのに、船の方から展望台が見えないのはどうしてだろう、などと訝りながら少しずつ遠ざかる国際都市神戸を眺めていた。海岸通りの洋館はすべて知っているものばかりだった。モラエスは否応なく、西洋文明から切り離されていく自分を感じた。友人知人と別れて独り行く淋しさもあったが、いよいよ日本の懐深くに入って行く、という胸の高鳴りの方が大きかった。六甲の緑の山並みが遠くに霞み始めた時に初めて、およねとの幸せな十二年間を思い出し感慨が胸に迫った。

一等船室に入ると疲れがどっと出た。この一カ月間ほど、公務や身辺の整理に明け暮れていたからである。数千冊もあった蔵書のうち千冊ほどを徳島行きとして箱に詰めこみ、残りはすべてコートに頼み古本屋に目方で売ってもらうこととした。子供の頃から海軍時代にかけて世界各地で集めた貝殻や貨幣のコレクション、日本中で買い集めた絵葉書、庭に置いていた気に入りの小さな石地蔵などは徳島へ送ることにした。およねの位牌や遺品を納めた仏壇は、とりわけ大事なものとして運送屋に心付けをはずみ、丁寧な取扱いを頼んだ。すべてユキの家に宛てた。これ以外の価値のありそうなもの、山高帽や礼服、家具、陶器、刀、宝石類などはすべてコートに与えた。箱に詰めこむのは竹村などに手伝ってもらったが、本の選別は自分しかできないうえ、どの本にも思い出があり捨てるには未練があったから大変だった。百冊位にしようとしていたのが十倍になってしまったのである。このような引越し準備の他にも、十五年間にできた知人友人への挨拶回りも手間がかかった。そしてポルトガル領事としての残務整理を終え、後を托したメキシコ領事テレスへの事務引継ぎを終えたのは出航前日という忙しさだった。

モラエスは二段ベッドの下段にもぐりこむと両膝を立てたまま横たわった。足がつかえるので仕方ない。すぐにぐっすり眠りこんだ。

午後になって入口のドアを叩きながら自分の名を呼ぶ声がする。

「モラエスさん、モラエスさん」

眠い目をこすりつつ、

「どうぞ」

と言うとドアが開き、目覚えのある赤ら顔がにこにこして現れた。

「いや、奥から食堂に注意していたんですがね、昼過ぎになっても来ないようなんでどうしたもんかとちょっと覗きに来ました」

やっとモラエスにもピンときた。神戸と徳島を結ぶ定期船、阿摂航路でコックとして働くユキの夫、寿次郎だった。モラエスは白い歯を見せて、

「ああ、寿次郎さん。すぐ、分りません。白い前かけ姿、初めて」

モラエスはこれまで酒に酔った寿次郎しか見たことがなかった。

「ユキからこの便で来る、と聞いていたもんですから、ヘイ」

寿次郎はペコッと頭を下げた。そして、

「腹の方は大丈夫ですか」

言われてみると出発の慌しさで、島上桟橋の食堂で竹村の買ってくれたおにぎりを一つ頬張っただけ、ということを思い出した。急に空腹を感じたモラエスが言った。

「何か、食べるもの、ありますか」

「モラエスさんは日本人の食べるものは何でも食べるって耳にしていやすが、刺身定食はどうですかい。この辺りで取れた新鮮な鯛でっせ」

寿次郎が進行方向右手の淡路島の方に手を振りながら言った。

「それがいい」

モラエスは即答した。鳴門の魚は渦でもまれ身がしまっていて美味しい、とおよねから聞いていたからである。寿次郎のおろした鯛は実に美味しかった。

(こんな魚を毎日、徳島では食べられるかも知れない。家事を手伝ってくれることになっているコハルも、父親から魚のおろし方くらいは教わっているはずだから楽しみだ)

モラエスはそう思った。

瀬戸内海から紀伊水道に出ると船が揺れ始めた。二等船室では船酔いにうずくまった青い顔で畳の広間に横たわる人々がかなり出て来たが、この程度の波は世界中の荒海を渡ってきたモラエスにとっては無論何でもない。甲板に出て見ると、船はすでに淡路島を回りこんで前方に四国が大きく浮かんでいた。神戸を振り返るとすでに何も見えなかった。いよいよ新天地か、と思った。四国山塊にかかる雲の晴間から太陽が顔を出すと、陽光に吹きやられるように雲は東に移動し、ものの半時間もたたぬうちに全天が晴れ上がった。船は光を目がけて走った。大陸のごとき四国が迫るにつれ、徳島の緑が濃くなった。比例するように徳島への期待がモラエスの胸にふくらんでいった。ふと、二十年余り前に長崎へ入港した時に、船が九州に近づくとにわかに晴れ上がり、大きな虹が空いっぱいにかかったのを思い出した。その時の気分に似ていると思った。

広大な吉野川が川面を西日で輝かせながら現われた。幅が一キロ半もある河口を満々と水が満ちて海に流れこむ姿は日本一、とおよねが自慢していたのを思い出した。海から見るとリスボンのテージョ河によく似ていると思った。海軍時代、リスボンに帰港する時はいつもテージョ河口から入ったモラエスは、この吉野川の河口から堂々と入りたいと思ったが、船は吉野川を右に見やって通り過ぎ、一キロ余り先の幅三百メートルほどの新町川を入った。

左手には漁港であろうか、漁船らしき小さな舟がいくつも岸につながれていて、岸には女達もまじえて人々が働いている。いくつかの運河を左右に見ながら、荷を積んだ一本櫓の小舟の忙しく行き交う中を十分ほど進むと、川幅は百メートルほどに狭まり、安宿、飲み屋、安食堂などの群がる波止場に着いた。中洲港だった。四年前におよねと来た時も同じルートだったが、その時は神戸を出てからずっと吹きつける豪雨で、甲板に出ることもできず、船室の小さな窓ガラスを時々手でこすり外を覗くのがせいぜいだった。モラエスは神戸とはまったく異なるこの風景も、小舟の一本櫓を帆に代えればマカオに似ていないでもないと思った。桟橋に降りたモラエスは、夕方六時といっても昼のように明るい中を歩いて定宿の志摩源旅館に向かった。

夜になってユキとコハルが打合わせを兼ねて挨拶に来た。ユキが上機嫌なのを見てモラエスは安堵した。自分のような年寄りが徳島に移り住むのを重荷と感じていないかと不安に思っていたからだ。知人友人が一人もいないモラエスにとってこの地ではこの二人が頼みの綱であり、ユキが斉藤家の決定権を握っていた。

ユキが上機嫌なのは、家事手伝いとして住み込む予定のコハルへの給料が法外に高かったからだった。ユキが針仕事、機織工場、売子、家政婦などでもらう給料とコハルが食堂給仕としてもらう給料を足したものよりはるかによく、貧しいユキ一家の安定した支えになると考えたのだ。夫寿次郎が酒やバクチ好きで、働きたい時だけ働くという風だから、ユキは農繁期には近隣の農家の手伝いにまで行っていた。

およねの姉だけあって目鼻立ちのすっきりした美形のユキだが、四人の子供に早世された不幸や果てしない生活苦のためか、目元や口元には深い皺が刻まれ窪んだ目は精気を失っていた。およねとたった二歳差であるのにはるかに年老いて見えた。

「ようこそ徳島へお出で下さいました」

正座のユキがそう言って深々と手をつき頭を下げると、コハルがユキの後から同じことを言い、同じように頭を下げた。

「こちらこそ、よろしく、お願いします。ユキさん、コハルちゃん」

モラエスも同じように深々と頭を下げた。大男の外国人によるこのような挨拶のぎこちなさがおかしくなって、コハルは思わず噴き出しそうな口元を右手で押さえた。

「早速ですが、新しい住居の番地は、富田浦町西富田一五四三です。ここに書いておきましたからどうぞ」

そう言うと鉛筆で住所の書かれた便箋をモラエスに差し出した。ていねいにカタカナのルビがふってあった。受け取ったモラエスは、それに目を通すや大声を上げた。

「おお、これはすごい。一五四三年、ポルトガル人、種子島へ鉄砲、持って来ました。日本に、初めての西洋人、初めての鉄砲。一五四三、日本とポルトガルをつなぐ数字です。奇跡です」

興奮して真赤になったモラエスを見てうれしくなったユキが、

「まあ、そんなに歴史的な数字だったんですね。知りませんでした」

と相好を崩した。

「奇跡です、不思議です。およねさんの魂、きっと、この家に導いてくれました」

モラエスが感に堪えぬかのように言った。

「これからいろいろモラエスさんから教えてもらえそうね」

「はい」

コハルは少し気のなさそうな返事をした。

「そうそう、郵便に書く宛名も、町で迷った時も、伊賀町一五四三で大丈夫です。あの辺りは江戸時代に藩の伊賀者が住んでいた区域ですので、この辺りでは皆、伊賀町と呼んでいます」

「イガモノ、何ですか。栗のイガ、関係ありますか」

「ハハハ。あそこには栗の木もありますが。ハハハ。伊賀者というのは伊賀流の忍びの技をもった忍者のことですよ」

「忍び、何ですか」

「敵の情報を集めたり戦場や敵地で工作活動をする者です」

「諜報」

「そうです。諜報の人です」

モラエスは動揺した。外地駐在の士官や外交官の大切な仕事の一つは諜報活動と言える。とりわけモラエスの場合、領事としての仕事の大半はそれであり、彼がポルトガル外務省へ毎月送った詳細な情勢分析は本国にとって貴重なものだったからだ。モラエスは、

「伊賀町、一五四三番地」

と嚙みしめるように言った。

「明日、家、入れますか」

「それが」

ユキは言いにくいのか言葉を淀ませた。一家を養うための仕事に追われ、また必要な金を立て替える余裕もなく、きちんと準備を整えていなかったのである。モラエスは、言いにくいことを切り出す時に日本人が俯き加減になるという癖をよく知っていた。いつも相手の目を見すえて大声で話す中国人と違っていた。

「明日の午前中、コハルと二人で家の掃除とぞうきんがけをします。新築ですので余り汚れていないのですが。午後には当面必要な食器類、台所用具、寝具などを買い揃えて家に運びこみます。明後日、すでに私の家に届いている大量の本などを主人に手伝ってもらい荷車で運びます。そしてその翌日の午前中に整理整頓をします。ということでモラエスさんは七月四日の午後から入れることになります。いかがでしょうか」

モラエスはユキの筋道立った話を聞きながら、ユキが、情の人およねとは違い論理的な人と思った。

「分りました。よろしくお願いします。それらを買うため、そして荷車を借りるため、お金いります」

そう言ってモラエスは五十円（現在で三十万円ほど）を手渡した。ユキは充分すぎるお金をうやうやしく押し頂くと、再び深々と礼をして旅館を去った。モラエスに領収書や釣銭を要求されたことはそれまでに一度もなかった。もともとモラエスは気前のよい方であったが、定収入を失った徳島では倹約に努めようと心に決めていた。実際、新しい借屋が月三円五十銭と、神戸加納町の家に比べ十分の一にすぎなかったことはモラエスの大きな安堵となっていた。ただ、どんなに倹約しても、ユキとコハルへのお礼だけは特別枠とすることにしていた。それほど大事な人だった。

七月四日の昼過ぎ、モラエスはユキの案内で借屋に向かった。駅と眉山を直線で結ぶ市内で一番にぎやかな新町橋通りに出て、新町橋を渡り眉山登り口にある天神様までまっすぐに歩いた。右に折れると焼餅屋やおよねの墓のある潮音寺など寺の密集する寺町だなと思っていたら、先を歩くユキは逆に左に折れた。

「この角から潮音寺までは三分ほど、新しい家は逆方向にその倍くらいです」

とユキが言った。モラエスがすぐに、

「家からおよねさんの墓まで、九分位です」

と言うとユキが、

「モラエスさん、算術が得意なんですね。私も尋常の頃は算術が好きでした。よねは好きでなかったのですが」

と口元を少し崩して言った。モラエスは、

「知っています、知っています」

と言い微笑した。間もなく右手に黒ずんだ木造に白い窓枠の目立つ建物が見えた。立派な門に、徳島市立新町尋常小学校とある。子供達の声が聞こえてきた。小学校に沿って右に折れると校庭が一望でき、休み時間なのか、子供達が走り回っていた。子供好きのモラエスは、思わず立ち止まって校庭を目を細めて眺めていた。

「毎日、墓参りの途中、この小学校を見ること、できます。うれしいです」

やっと歩き始めたモラエスが上機嫌で言うと、およねと違い余り子供が好きでないユキは、それには答えず左手を挙げて言った。

「ここからが伊賀町です。この通りに新居があります」

眉山の麓に沿うように、南北に走る道幅四メートルほどの道だが、両側からこんもり生い茂った生垣や葵、ヒバ、カラタチなどの木々がせり出していて緑のトンネルのように見える。

「どこもかも何という緑だ」

独り言を言うモラエスの鼻孔に、草木の香気が一気に入りこんだ。半ばむせかえりそうになりながらモラエスは、母なる大地からほとばしる生気を胸一杯吸いこんだ。この万緑の中で暮らして行ける、緑、緑、緑の中で暮らして行ける。これからは煩わしい人間相手でなく、自然と対話し自然と心を通わせながら生きて行ける、こう思うとモラエスの心は歓喜に満たされた。物心ついた頃からこんな生活を夢見ていたような気さえした。

新居は眉山に寄り添うように建てられた家々の一つ、二階建て四軒長屋の南端だった。豪雨時には眉山からの水が押し寄せるのだろう、土台が道路より三十センチほど高くなっていた。道から一メートルほど入った玄関の左には青い庭石を置いた一坪ばかりの庭があり、まだ背の低い樫の木が一本植えられていた。モラエスが格子戸を開けて入ろうとすると、

「モラエスさん。入る前に隣の家に挨拶に行きましょう。これからいろいろお世話になりそうですから」

　とユキは言って隣の玄関戸を開けた。

「橋本さーん」

　ユキの声を聞いて、中から三十前の小柄な婦人が前掛けで手を拭きながら姿を現し、次いで職人風の夫とおぼしき男性が出てきた。ユキが、

「こちらが昨日話したモラエスさんです」

　と言ってモラエスの顔をのぞきこむようにして挨拶を促した。およねと同じやり方なのですぐにモラエスが、

「モラエスです。新参者です。よろしくお願いします」

　と言って直角に腰を折って頭を下げた。お辞儀の仕方がどこか滑稽なのと、新参者という表現がおかしかったのか、夫婦は日焼けした頬をほころばせながらお辞儀した。

「こちらこそよろしく。大工の橋本富蔵です。これが家内のスエです」

　そう言うと橋本はどんぐりまなこを更に大きく見開いて、

「いやあ、青と茶のまじったような目をこんなに近くから見るのは初めてだ。それでも物が見えるんだ」

　と言った。モラエスが、

「はい。見ること、できます」

　と微笑むと、橋本が、

「おまんまが妙な色になんてことはねえんだろね」

と言った。モラエスが笑いながら、

「黒い目だとおまんま、黒いですか」

と言ったので四人が爆笑した。

「家に不都合がありゃあ、何でも言ってくれ。すぐにトンカチ持って駆けつけやす」

「ありがとう。心強い。ありがとう」

モラエスは再び頭を下げた。ぶっきら棒だがこんなに明るく親切な人達が隣人であることをうれしく思った。徳島に来てよかった、としみじみ思った。

新居の格子戸を開けると、一畳ほどの三和土《たたき》があり、そこで靴を脱ぎ障子を開けて上がると、三畳の和室となっていた。木と新しい畳の匂いがプンと鼻をついた。松材を用いているのだろう、ポルトガルで松林に入るたびに嗅いだ松ヤニの匂いもした。三畳間の右手に六畳の居間、その奥が二畳の台所だった。なぜか南には小窓しかなく、東の窓も大きくないせいか、とても暗かった。明るい外から入ると一瞬ほとんど何も見えなくなる。大男のモラエスが部屋に立つと、二階がそれで一杯のように感じられたので、

「少し小さ過ぎたでしょうか」

と心配そうにユキがモラエスを見上げて言った。

「加納町の家の十分の一。でも、ちょうどよい。鴨長明の庵より大きい。御殿です」

モラエスはそう言って鴨居に頭をぶつけないように身を屈め歩き始めたが、ユキには何のことか分からなかった。

居間の南に明かり取りの小窓があり、そこから二階へ通じる狭く急な階段があった。二階は八畳一間で、一階に比べこちらは格段に明るかった。二階の西の窓の障子を開けると、蜜柑畑の向こうに眉山が目の前に見えた。東の窓は裏庭に面していた。モラエスはこの二階が非常に気に入った。コハルが新居に合流して二階へ上って来た。三人で相談の結果、一階の六畳がコハルの居室兼食堂、二階の八畳がモラエスの居室兼書斎とした。三人で十一個の梱包を開けながら、一階の北側の壁に沿って二つのたんすを並べ、その間におよねの仏壇を置いた。一階には他に、コハルの鏡台、座布団、食膳、火鉢などを置いたからかなり手狭になった。二階の西の窓際に座机を置き、その手前に座布団、左に脇息《きょうそく》を配した。一千冊の本はモラエスが二階北側の壁に沿って本棚を作るまで、とりあえず梱包のままにしておくことにした。松の板とレンガで組み、釘一本使わずに本棚を作ることは、ヨーロッパ人なら誰でもしていることだからだ。

書棚用の空間を空けてその右には整理棚を置いた。その上に小さな額に入れた明治天皇の写真、貝殻や貨幣のコレクション、そして試験管に密封した明治天皇恩賜の煙草などを飾った。その前に西洋机と椅子を一つずつ配した。ユキが持って来た形のよいひょうたんを天井から吊した。末広がりで縁起がよいということだ。モラエスはこれが大いに気に入った。書棚はユキがモラエスの書き出した寸法の松材とレンガを早速手に入れ翌日午後に持ってきてくれたから、その翌日には本の整理まで終ってしまった。堂々たる構えになった我が家を見たモラエスは御満悦だった。

コハルとの共同生活はうまくスタートした。神戸でおよねの看病を長くしていたから、互いをよく知っていたし、何より若く元気一杯のコハルはモラエスの期待にこたえようとかいがいしく働いた。およねの美貌には比ぶべくもなかったが、コハルのきびきびした立居振舞いや、真黒に日焼けした顔をほころばせるたびにこぼれる真白い歯は、消沈しきっていたモラエスに久しぶりの明るさと活力を与えることとなった。人と文明から遮断された隠遁生活を覚悟していたモラエスにとって予期せぬ歓びであった。二人は間もなく男女の関係を結んだ。と言っても深い愛情によるものではなかった。若返ったモラエスの欲情を、母親ユキに言い含められていたコハルが拒まず受け入れたというのが事実に近かった。そもそもコハルには幼なじみの恋人、玉田麻次郎がいた。材木店などで働いたり、辞めてふらふらしたりという、定職のない色白で甘い顔をした優男だった。結婚の対象にもならない麻次郎との交際を、近所の評判になる前に止めるようユキは厳しく言っていたが、コハルは麻次郎と忍び会っては、自分の働いて得た給金の一部を貢いでいたのである。従ってモラエスとコハルとの関係は、表は主と女中、裏では、モラエスがコハルの若く締まった肢体をおよねの幻影を追いつつ求め、コハルが麻次郎を思いつつモラエスに身をまかす、というものだった。

互いにそのことに間もなく気付いたが、モラエスは、年寄りには四十歳年下のコハルのすべてを束縛するだけの権限も能力もないと諦めていた。コハルは叔母をあれほど愛していたモラエスだから、自分を叔母の粗末な代用品と見なしていても仕方ないと諦めていた。それでも朗らかなコハルの屈託のない笑顔はモラエスに安らぎと幸せを与えていたし、コハルにとっても、モラエスからの潤沢な給金を手渡すたびに見せる母親ユキの笑顔は、この仕事にやりがいを与えていた。その給金から小遣いとして母親からもらった金を、麻次郎の下宿代として持って行くたびに、

「この調子で毛唐からどんどんふんだくって来いよ」

と耳許で囁きつつ抱きしめてくれることもコハルを幸せにしていた。

モラエスは精神的に安定すると同時に日課も安定した。毎朝六時に起きるとふとんを自らたたみ、二階からゆっくり下りて来る。狭く急な階段だから足を踏み外さないよういろいろのものに手をかけ階段をミシリ、ミシリときしませながら下りるのである。コハルはこの音で目を覚ます。モラエスはそのまま台所脇の土間で下駄をひっかけるとバケツを持って共同井戸まで行き、顔を洗い口をすすぐ。それからバケツ一杯の水を裏庭まで運んで来て、浴衣の上半身を脱ぎていねいに冷水摩擦をする。長屋に風呂はないから、コハルは銭湯へ行ったが、銭湯が好きでないモラエスはこれで代用していたのである。それでも週に一度、家の土間にタライ一杯の水を持ちこみ全身を石鹼で洗った。身体を清めるとコハルがしていたのを真似て、陽の昇ってくる東の空を仰ぎ柏手を三回打ち拝む。天照大神の力でその日を無事に送れるということだからそうするのである。徳島では広く行われているらしく、早朝のさわやかな空気を震わせあちらこちらから柏手の音が聞こえてくる。こんな時モラエスは、市井の人々に混じって生きている自分が意識され、幸福を感ずるのだった。

神戸から運んできて裏庭に置いたお気に入りの地蔵に手を合わせてから台所に戻ると、今度は米と味噌汁を火にかけ終ったコハルが裏庭へ出て行く。モラエスは、再びゆっく

り二階へ上がると明治天皇の写真の前に端座して手を合わせる。領事をしていた頃に三度も拝眉した明治天皇を、モラエスはその業績から人格に至るまで、古今東西最高の元首と心底から尊敬していたのである。モラエスは日本人すべてが全身全霊をもって明治天皇を敬愛していることを、しばしば日本通信に書き母国の人々に伝えた。さらには自分がいかに尊敬しているかを日本の人々にもよく話した。日本人に受け入れてもらうために役立つと信じていた。それほど日本人の仲間に入れて欲しかった。

再び下りて来ると一階の仏壇横に作られた神棚を拝んでから御神灯をつけて柏手を打つ。こちらはいつものように二拝二拍手一拝である。そしていよいよおよねの位牌を安置した仏壇だ。線香を一本あげ、炊き上がったばかりのごはんをほんの少量とお茶を供える。それからおよねの戒名と南無阿弥陀仏を何度となく唱えながら合掌する。窓から外へ流れ出るこの声を毎朝聞く四軒長屋の人々は、風変わりな外人と初めは思ったものの、時がたつにつれモラエスに親しみを抱くようになっていった。

どっかりと食膳に腰を下ろしたモラエスは、

「コハルちゃん、おはようございます」

と改まってコハルに言う。

「おはようございます。今日も同じものですがよかったでしょうか」

コハルは病床にいたよね叔母さんに言われた通りの朝食を毎日作る。タラの干物、豆腐、各種の季節野菜を入れて煮こんだ麦入りの雑炊、それに味噌汁と緑茶である。

「朝は雑炊、一番です。およねさんと同じ味、うれしい。栄養もあります」

「よかった」

「コハルちゃん、家では、どんな朝ごはん」

「あの辺りでは大ていどこの家も、麦入りごはんと漬け物だけです」

「味噌汁やお茶は」

「普段はありません。味噌やお茶は高くてそうそう買えませんので普段はお湯だけです。米が買えない時は三食とも琉球イモ（サツマイモ）ばかりのこともあります」

コハルはごく普通の表情でそう言った。モラエスは、およねも同じような貧困の中で育ったのだろうと思った。姉のおとよとユキは貧乏な斉藤家に若くして嫁した。医者にもかかれない困窮の中で子供達は次々に死に、生き残ったコハルも薄給の職を転々と替え、今は家計を支えるため私のような異邦人の年寄りの世話をしている。私には決して言わないが、このような田舎だからいろいろ陰口を叩かれることもあるだろう。すべて貧困のせいだ。

(可哀そうなコハルちゃん)

こう思った時、モラエスは思わず目を潤ませてコハルをじっと見た。何かを察したコハルは、

「でも、私、ここに住んでいるおかげで、毎朝ごちそうを食べられてうれしい」

と言って微笑んだ。モラエスはホッとすると同時に、他人の気持を素早く読み取り対応するコハルを感受性の鋭い娘と思った。そしてコハルを愛らしいと思った。モラエスはこれまでの人生で何人かの女性を好きになったが、その端緒には常に「可哀そう」が

あった。人妻イザベルの夫は介護を要するほどの精神病を患っていて、彼女は満たされない日々を送っていた。モザンビークで同棲したアルッシは掘立小屋のような所で生まれ育ち、十三歳から外国人相手に春をひさいでいた。マカオで結婚した亜珍《あちゃん》は幼い頃にデンマーク人の父親に捨てられ、中国人の母親にマカオの遊女屋に売られた。路地裏の薄暗いカビだらけの壁に囲まれた部屋で、他の少女達とともに遊女として働ける時が来るまで育てられていた。十四歳のそんな彼女を見て六百パタカで引き取ったのであった。愛妻およねの場合も、赤貧の家庭を救うため十二歳で大阪の芸妓置屋に預けられ、二十歳前から心臓病をかかえつつ廓芸者として健気に三味線を弾き小唄を歌っていた。そんなおよねにモラエスは同情した。そして今、コハルを不憫に思ったのであった。モラエスにとって「可哀そう」は常に強く心を揺さぶるものであり、しばしば「愛しい」と同義だった。

午前七時頃に朝食を終えるとモラエスは、二階の書斎でポルトガルから送られてくる新聞や神戸からのクロニクル紙に目を通したり読書をしたりする。週に一、二度は妹のフランシスカへの絵葉書、時折友人への手紙をしたためる。午前十時前には洋服に着替え、中折れ帽をかぶり、杖あるいは天気によってはこうもり傘を持って散歩に出かける。この辺りは神社や寺が徳島で最も多い所だったので、モラエスにとっては見所の多い、決して飽きない散歩だった。何より神戸のように洋館が一つもないのがよかった。神戸では洋館を見るたびに周囲との不調和に苛立っていたのである。一番のお気に入りは武家屋敷だった。塀や緑の生垣が続き、門のくぐり戸を開けると、門から苔むす庭を飛び石が玄関まで続いている。木造平屋の建物は実に雅趣あふれるもので、こんな家の前でモラエスは必ず立ち止まって格子戸から庭を覗いたり、きれいに手入れされた庭木を見たり、巧みに石が積み重ねられた塀に賛嘆するのだった。そしておよねの墓参りをすませ、昼前には帰宅する。昼食の後は庭いじりや執筆をし、午後四時には午前と同じ格好で午後の散歩に出かける。似たような経路で再びおよねの墓を訪れた。興が乗ると、およねの墓のそばにある大滝山の三重塔まで足を延ばしたり、さらには城跡に作られた公園を散策したり、上級武士の住んでいた常三島や寺島で見事な武家屋敷を堪能したりした。頑固なモラエスは、雨の日も風の日も、二度の墓参を含む朝夕の散歩を崩さなかった。散歩から帰宅すると夕食だった。夕食には一品おかずがついた。一番多かったのはイワシの塩焼きだった。七輪の上で焼くのである。初めてコハルにこれを頼んだ時、コハルが言った。

「あら、モラエスさん。こんなものが好きなんですか。日本の食べものかと思っていました」

「違います。ポルトガルの食べもの。皆、道に七輪置いて、焼く」

「よね叔母さんから外人は焼き魚の臭いが嫌いと聞いたことがありますけど」

「そう、ヨーロッパ人は、嫌い。ポルトガル人は、好き」

「あら、日本人みたい、ポルトガル人って」

コハルは嬉しそうに目を輝かせた。

モラエスが新天地徳島で平穏な生活を始めていた頃、モラエスがすべての公職を突然投げうち単身田舎での隠遁生活に入ったことに関し、本国やマカオの関係者の間では様々な憶測や噂が飛び交っていた。

まず妹のフランシスカから移住してすぐに手紙が届いた。

ヴェンセスラオが総領事かつ海軍中佐、という高い地位にいることは私達家族一同の誇りであり希望でありました。それが突然、私達やロドリゲス博士のような親友にも相談せず、すべてを投げ捨てたことに、私達は仰天させられました。そればかりか、十数年住んで知人友人も多くできたに違いない神戸を離れ、皆が暖かく歓迎するはずの母国へ帰るどころか、徳島という田舎に一人で住むと言い出すとは。何もかも理解を超えています。今、考えられることは、可哀そうにヴェンセスラオが、かつて何度か経験した病いに冒されているのではないかということです。理性を失った状態で一生を左右する問題に決断を下しているのではないか、と憂慮しては途方に暮れています。

モラエスはこれに対し、東京上野公園の鳥居が写った絵葉書にて答えた。

僕は元気だよ。神経を病んでいる訳ではない。僕のとった行動には強い動機があるんだ。だから心配しなくていいよ。完全に落ち着いているからね。

リスボンの新聞にも、モラエスの唐突な辞職を共和制に対する抵抗と捉え、批判する記事が載った。これに対してはロドリゲス博士が同じ紙上で事実無根と反論し、徳島隠棲は昔からの夢の実現とモラエスを弁護した。

実際、モラエスは徳島の温順な気候や溢れる緑が身体に合ったのか、新鮮な魚が身体によいのか、コハルとの生活が軌道に乗り若返ったためか、およねを亡くして一年間も苦しんだ神経症や心臓病はすっかり影をひそめていたのである。徳島が気に入り、ここで生きて行く自信を深めたモラエスは、徳島を終の住処と見定めてそこでの生活が始まって一カ月もしないうちに遺書を大きめの紙一枚にしたためたのである。

ワタクシハモシモ　シニマシタラ　ワタクシノカラダヲ
トクシマデ　ヤイテ　クダサレ
トクシマ　大正二ネン七月二十九日
モラエス

同じ内容を英語とポルトガル語で並べて書いた。それを一階六畳の壁に貼りつけ、人目から隠すため、壁飾りともとれる美しい紫色の風呂敷で覆ったのである。徳島の地でおよねに寄り添って生き、およねに寄り添って眠る、という決意表明であった。

公職辞任と徳島隠棲を決めてまず行ったのは、香港にいる亜珍母子にそれを伝え、以後の仕送り打ち切りを通告し、最後の贈り物として八百パタカ（現在で五百万円ほど）の為替手形を送ることだった。手切れ金である。長男ジョゼは二十二歳でビジネス界に身を投じており、次男ジョアンは二十歳で香港大学建築学科の学生だった。年金もなしに孤独な倹約生活に入る自分が、成人となった息子達や、金持の兄をもつ亜珍を経済的に支え続ける理由は見当らないと判断したのである。そして徳島の住所は教えず、もし必要ならコートに連絡するよう伝えることも忘れなかった。徳島に母子が押しかけたりしたら、今後の計画が何もかも台無しになると思ったからであった。

新居に移って間もなく、英語を使えるジョアンからコート宛てに手紙がきた。

「最後の贈り物として父から母に為替手形を送ってきました。そこには何の愛も希望もありません。私達はこれほど父を愛しているのに、どうしてこちらで一緒に暮らそうとしないのでしょうか。ここでは幸福を得られないとでも考えているのでしょうか。……これでは母は飢えてしまいます。せめて月に五十パタカを送るよう伝えていただけないでしょうか」

亜珍に対してはアレルギーとでも言うべき嫌悪感を持っていたモラエスだったが、血を分けた息子達に対してはそれまで愛しい気持も持っていた。ところがこの手紙で、成人した息子達が母親の代弁者として自分に対峙してきたことを知り、衝撃を受けた。そして長男ジョゼが亜珍に送った八百パタカの大半を結婚資金として使ってしまったと聞いて以降は、息子達に対しても不信感を募らせ、徹底的に遠ざけるようになった。

八月になるとコートが神戸から訪ねてきた。どんな生活をしているか心配でたまらなかったのである。

「お元気そうで何よりです、ヴェンセスラオ」

暑さのため人影の絶えた界隈で、ほとんど裸の男達だけが炎天をものともせず黙々と働く中洲港に下りたった開襟シャツのコートは、かんかん帽をかぶったモラエスを見て懐かしそうに言った。

「まだ一カ月しかたっていないよ、ペドロ」

「いや、神戸にいた頃より十歳ほど若返ったように見えますが」

「そう見えるとしたら、徳島が私に合っているということだね。生活も軌道に乗り始めたし、薬もほとんど飲む必要がないほどだ」

「それはよかった。でも私達家族の者は、とりわけ子供達は、ヴェンセスラオのおじさん、また神戸に戻って来てくれないかなあ、などと話しています」

「ありがとう。君の子供達は時折懐かしくなるよ」

二人は新町橋まで来た。上荷舟が下をくぐれるようにアーチ型に作られた長さ五十三メートルもある橋である。格子に筋交いのわたしてある鉄製欄干に両手を置いてコートが言った。

「いつ見てもいい眺めですね。あの藍倉の白壁の列が川面に映って実に美しい。ところであれは何ですか」

コートが川をゆっくりと走る舟を指さして言った。

「ああ、私も知ったばかりだが、川掘蒸気と言うんだよ。川の泥をさらい上げる浚渫船《しゅんせつ》だよ」

「なるほど、だからゆっくり水深を計りながら走っているんですね。あの蒸気機関のポッ、ポッという音も閑《しず》かでいいですねえ。神戸とは違う時が流れているようだ」

二人は眉山に向かって歩き始めた。モラエスが口ひげに手をやりながら言った。

「徳島をほめてくれてうれしいよ。たった一カ月しか暮らしていないがすでに私の町なんだ。実はこの間、遺書まで書いてしまった。ここで暮らしここで死ぬ。ここの人々と同じ火葬にしてくれるよう書いておいた」

「えっ」

コートは移転してすぐに遺書を書いたことにも驚いたが、キリスト教ではタブーに近い火葬を指示したことには動転し、それ以上の言葉が出なかった。

「火葬はいいよ。土葬と違ってうじ虫も腐敗もないからね。すばらしい浄化能力をもった火が、遺体を無臭の目に見えないガスにして天に飛翔させる。それに土葬ではおよねさんの墓に入れてもらえないからね。およねさんの家族の許可が必要だが、いずれおよねさんの近くに眠れたらと思うんだ」

コートはモラエスの顔をあらためて見つめ、

「やはりおよねさんがすべてなんだなあ」

と心にかみしめた。二人は間もなく新居に着いた。

「いやあ、眉山から吹き渡る涼風で生き返るようだ。ところでここには何と書いてあるんですか」

コートが新しい表札を指さして言った。

「斉藤コハルと書いてある」

「あなたが借りた家ですよね、ヴェンセスラオ」

「うん。だけどこの田舎町で外国人の表札をいきなり掲げるのもどうかと思ってね。君も唐人とか毛唐人とか軽蔑語で呼ばれたことがあるだろう。国際化された神戸と違ってこちらは外国人がたったの数人しかいない町だからね。ほとんど毎週、子供達に『やーい毛唐人』などと言われているよ。腹は立たないけど愉快ではない。こんな中で私の表札を出す気にはなれないよ」

「気に入った町でもイヤなことはあるんですねえ」

「そりゃそうさ。でもね。着物に半てんを羽織った日本人男性がポルトガルの片田舎を歩いたら、もっといやな目にあうんじゃないかな。そう考えることにしているんだ。ただ、ここでも女の子達は可愛いよ。散歩している私に『異人さん、こんにちは』などと声を合わせて挨拶したりするんだからね。私は子供達のつやつやした黒髪をさっと撫でてやったりすることもある。しばしばポケットに飴玉やビスケットを入れておいて一つずつやったりするんだ」

「ところでこれは何ですか」

コートが玄関先に吊された木片を指さした。

「ああ、そこに書いてある字は水という字だ。この木片を吊しておくと、水桶を積んだ荷車を引く水売りが、水桶一杯の水を台所にある大谷焼の水がめに入れてくれるんだ。月末に精算だけど一桶二銭だから安いものだ」

「世界中どこも水道のできる前は井戸と思っていましたが」

「無論井戸はこの辺りにいくらでもあるけれど、飲料には適さないんだ。海が近いことと土質の関係で海水が含まれているから、とコハルちゃんが言ってた。水売りの持ってくる水は、この眉山の麓の泉から湧き出す良質の水だからとてもおいしいんだ」

二人のポルトガル語を聞いてコハルが玄関の格子戸を開けた。

「ああ、コートさん。よくここまで。どうぞお上がり下さい。どうぞ、どうぞ」

コートと神戸で何度か会っているコハルは懐かしそうに言うと、二〇三高地に結った髪を整えるように両手で押さえた。

神戸では小娘のようだったコハルが、どこか若奥さんのようになっているのを見て、コートは何もかもうまく行っているようだと思った。家の中に足を踏み入れたコートは狭さにびっくりした。こんなに小さな家に入ったことは生まれて一度もなかったからだ。二階の西窓から見える眉山の姿以外に、気に入る所はどこにもなかった。

「少し狭いようですが、頭をあちこちにぶつけたりしませんか」

「無論あるさ、ペドロ。でも気に入っている。今では、これまでどうしてあんなに不必要なまでに大きい家で生活していたんだろうと思うくらいだ」

「もしかしたら海軍での長い船上生活を通して狭い船室に慣れていたから、この家にすぐに順応できたのかも知れませんね」

「なるほど。気付かなかったよ、ハハハ」

モラエスは笑いながら一階に下りた。コハルの出す冷えた梅酒の水割りを飲んでから、二人は先程通った道を戻り瑞巌寺へ向かった。山門は眉山山門とでも言いたくなるような趣で、門をくぐると右手に巨大な松があった。太い枝が大きく広がり地上二メートルほどまで張り下がっている。驚いたコートが言った。

「こんなに大きい松は見たことがありません」

「マカオにないどころかポルトガルにもない。樹齢三百年で周囲が七メートルだとおよねさんが自慢していたよ。彼女の一番お気に入りの寺だから、私も朝夕の散歩のどちらかでここを通ることにしているんだ。そもそもこの緑蔭は涼しいからね。ほらあそこにあるのが泉だよ」

「水売りが持ってくる水ですね」

「そうだ。他にも泉はあるけれど、ここのは鳳翔水と呼ばれるもので私が飲む水なんだ」

二人は冷たい水を一杯飲んでから、新町橋のたもとにある市川精養軒へ向かった。中洲港午後八時発の神戸行き夜行便にコートが乗る前に、腹ごしらえをしようというのである。一見、四重塔にも見える見事な木造四階建てである。

「ここへはよくいらっしゃるのですか」コートが尋ねた。

「いや、初めてだ。洋食屋だからね」

「普段はやはり和食ですか」

「完全にそうだ、コハルちゃんは神戸でおよねさんに言われた通りの料理を作ってくれるからありがたい。魚、干物、豆腐、油揚げ、小松菜、卵、ひじき、豆、わかめ、などはほとんど毎日食べているよ。君だってそうだろう、ペドロ」

「その通りです」

「でも今日は、ビフテキとしよう」

「そう、神戸で月に一度していたように二人前ずつ」

二人は顔を見合わせてニヤッと笑った。川面を残照にキラキラ輝かせる新町川の向こうに、眉山が逆光にシルエットのごとく浮かぶのを二人は無言で眺めていた。コートは、この美しい町で朝夕およねさんと心を通わせながらサウダーデに生きサウダーデに死ぬことを決めたモラエスの心情が、自分にも少し分るような気がした。

間もなく盆がやってきた。前日の十二日にコハルが仏壇に梨、まくわ瓜、ぶどうなどを供え、赤紫色のミソハギや千日紅の花を飾った。隣の橋本さんがおすそわけとして持って来た白い小さな団子がいくつか蓮の葉の上にのせてある。モラエスはおよねの墓へ行き、ていねいに清め、水盤の水を新しくし、新鮮な花を供えた後、敦盛塚でおよねと一緒に食べた水蜜桃を買い、家で仏壇に供えた。夕方になって、仕事から帰ったユキがやって来た。

「明日からお盆ですので岐阜提灯を持って参りました」

ユキはそう言うと風呂敷をほどき卵型のちょうちんを頭上高くぶら下げて見せた。菊の花や鶯や山などが描かれている。

「ほお」

モラエスが感心したように目を丸くしているとユキがつけ加えた。

「よねの霊魂が迷ってしまわないようにこれを目印として玄関の軒先に吊しておいて下さい。初盆、そして次と次の盆まで吊せばこれがなくても訪ねて来るようになります」

「えっ、およねさんの魂、ここに戻って来るのですか。うれしい。ありがとう、ユキさん」

盆の十三日は死者のことを思いつつ静かに暮らしたが、十四日の夕方にはまだ明るいうちから、家の前の通りで三味線の「よしこの節」が鳴り出した。「エライヤッチャエライヤッチャ ヨイヨイヨイヨイ……」でおよねが何度か聞かせてくれたものだ。玄関から通りに出てみると、辺りの女の子達十数人が三味線を弾く大人の前を、小さな手をひらひらさせながら歩いて来る。モラエスは、

「始まった。何度も何度もおよねさんから聞かされた徳島の盆踊りが始まった」

と興奮した。すぐに洋服に着がえ街へ繰り出した。コハルはとっくに化粧をすませ浴衣姿で出て行ってしまった。新町橋通りへ出るとすでに三味や太鼓や鉦の音が商店街の方から聞こえてきた。いつもは閑静な田舎町にすさまじい熱気が溢れて異様な雰囲気だ。

さらに進むと踊る者や見物する者で辺り一帯はごった返している。あちこちに高く掲げられた四角い万燈提灯が揺れている。そこには「氏子中」とか「子供中」などと書かれている。見物する者はモラエスのような背広に中折れ帽もいれば、和服にかんかん帽、浴衣に日傘の女、と老若男女がてんでの服装だ。踊る者は連（踊りのチーム）により仮装が異なる。ある連の男達は白股引に青いハッピをまとい頭に麦ワラ帽、別の連は、浴衣にかんかん帽とか白サルマタに浴衣の尻からげ、手拭のひょっとこ被りなど様々である。足はすべて白足袋だ。女達は大概、浴衣に編笠を深くかぶり、足は白足袋に下駄である。男踊りがどじょうすくいのようなひょうきんな踊りであるのに比べ、女踊りは優雅である。鳥追い笠の奥に見える顔が「夜目遠目笠の内」でみな美しく見える。整然と小さなステップを内股で踏みながら、両手を頭の高さほどに上げて左右にひらひらさせている。男も女も、常に右手と右足を、左手と左足を同時に前に出す。男踊りはずっと腰を落としたままで、女踊りはずっと背筋を伸ばしたままだ。老いぼれ爺さんも老いぼれ婆さんも、幼い子供も踊る。八十歳を超えたに違いない腰の曲がった婆さんが、三味に合わせて小唄を口ずさみながら踊り歩くと、

「いいぞ、いいぞ、婆さん」

などの声が見物人から飛ぶ。打ち鳴らされる鉦や鼓や三味が踊りを勢いづけ、激しい踊りが鉦や鼓や三味を更に勢いづける。全体が狂乱の渦になる。

大通りばかりではない。狭い通りからも踊りの列が続々と出てくる。ここに住む誰も彼もが熱狂的な踊りを通し、死者を讃え、生者の歓喜を示すのである。コハルもどこか

で踊り狂っているだろう。他県の人々はきちがい踊りと呼んだりする、とコハルが今朝言っていたが、まさにその通りと思った。この熱気は完全にモラエスにも伝染していた。モラエスは盆踊りの三日間、夕方早くには街に出て、踊りを追い群衆を追い、夜遅くまで憑かれたように歩き回った。およねに会えるような気がして、およねと時を共有し共感しあっている気がして、踊りの渦に巻かれどこまでもついて行った。身分もない、年齢もない、理性もない、自分さえない、あるがままの人間がむき出しの本能のままに踊り狂うのを見て、モラエスは何度となく快哉を叫んだ。くたくたになって帰宅したモラエスは翌朝、ポルトガルの友人へ手紙を書いた。

何という踊りなのだろう。未開人ならともかく、すばらしい文化や芸術を産んできた文明国の日本で精霊を迎え死者を供養するこんな踊りが繰り広げられるなんて。キリスト教では死に対して天国という多少の慰撫が用意されているが、それでも死は恐怖と不安に満ち満ちたものだ。日本人は日常的に死者をまつり、死者と語り、盆には死者の霊を迎えて一緒に過ごす。これがどれほど人々の心を慰め、死の恐怖を和らげていることだろうか。

哀しみの日々

十月となった秋晴れの朝、一人の日本人紳士が伊賀町のモラエスの家を訪れた。コハルが玄関口に出た。どこか威圧感のある紳士だった。

「モラエスさんはいらっしゃいますか」

「今、散歩に出かけていて留守ですが」

コハルが少し怖気づきながら答えると、紳士はコハルをジロッと見てからポケットから名刺を取り出しコハルに手渡しながら、

「こういう者です」

と言った。「徳島警察署　高等警察係　刑事　田上建二郎」と印刷されていた。私服刑事だったのだ。コハルが目を通すのを待って刑事が言った。

「それでは仕方がない。明日にでも署に出頭して欲しい、とモラエスさんに伝言を頼みます」

「は、はい」

刑事はそう言うと動揺で口も利けないコハルを残してさっさと帰ってしまった。

翌朝、モラエスはコハルの案内で徳島警察署に向かった。寺島町の元家老賀島邸をそのまま使った美しい木造平屋の県庁のすぐ西隣が、警察署だった。徳島市の公共施設のほとんどは旧藩時代の気品ある木造建築であり、これらを見るのはモラエスの愉しみの一つだった。

モラエスさんが留置場に入れられてしまうのでは、などと心配してついて来たコハルを帰したモラエスが、受付で田上刑事から出頭要請を受けたことを話すと、受付は心得ていたようで、すぐに応接室に通した。間もなく田上刑事が立派な髭をたくわえた署長の江《え》種《ぐさ》警視とともに現われた。刑事特有の人を射るような眼光だ。署長の方はエリートとしての聡明と自信に溢れた男だ。モラエスはそう思った。何かの折に役立つかも知れないと、徳島に到着するなり作っておいた名刺をモラエスは差し出した。名刺を用いたのはこれが徳島に来て初めてだった。

「元神戸大阪葡萄牙國領事　ヴエンセスラオ、モラエス」

と記されている。名刺交換の後、署長が元領事に対してということで丁重に切り出した。

「わざわざお越し下さりありがとうございます。取調べということではありませんのでどうか御安心下さい。実は、マカオ総督から要請がありました。在中国日本公使、東京の外務省、そしてここ徳島警察署へと要請が回ってきたのです。モラエスさんの健康状態、精神状態について調査し報告すると同時に、保護を頼む、というものです」

モラエスは直ちに、

（突然すべての公職を投げ打ち徳島に隠棲したことで、本国政府やマカオ政庁が精神異常を疑っているんだな。妹のフランシスカでさえそう考えたのだから）

と思った。そして母国の友人から伝え聞いた、自分をめぐるいろいろな噂が頭に浮かんだ。共和制を嫌って帰国しない、王党派の残党でスペインを後楯に昨年反乱を起こしたコウセイロのごとく、日本あるいはその同盟国イギリスを後楯に反乱を画策する危険人物、日本に魂を抜かれ母国ポルトガルとキリスト教を捨てた裏切り者。こんな噂の真偽を確かめよう、と本国やマカオは考えているのだろう。署長は触れなかったが、思想調査もきっと含まれているはずだ。元外交官としての勘からそう思った。モラエスはとりあえず落ち着いて火消しにまわらねばと思った。

「私、ポルトガル人のモラエスです、心と身体、元気です。神戸にいた頃より元気です。医者にもかかっていません。心配ない。徳島、私の心と身体に合います。気に入っています。これからずっと、ここに住むつもりです。外務省にそう伝えて下さい」

「よく分りました。それでは徳島へ来た理由をお聞かせ下さいませんか」

「亡くなった妻、およねさんの墓、潮音寺にあります。およねさんと、毎日、朝夕、そこで話します。一番幸せな時間です」

署長と田上が目を伏せてしばらく沈黙した。十秒ほどたってから署長が言った。

「毎日、どうやって過ごしていらっしゃいますか」

「墓参り、散歩、読書、原稿、です。ポルトガルの出版社が私に、原稿、頼みました。もし、身体が病気、または、心が病気、原稿は書けませんね」

そう言ってモラエスはニコッとした。モラエスの勝ちだった。調査はそこまでだった。

署長が最後にこう言った。

「これから、時折、この田上がモラエスさんを訪ね、何か困ったことでもないか伺うと思いますから、何でも田上に申しつけ下さい」

モラエスが部屋を出てから署長が田上刑事に言った。

「一応、念のため、身辺の監視は続けておいてくれ。元高官だけに、何かあっては困るからな」

「かしこまりました」

そう言って歩き出した田上の背中に向かい署長が言った。

「思想動向もそれとなく調査しておけ、念のためだ」

モラエスは数日後に、県庁の外事課を自発的に訪れ同様のことを伝えた。長くここに住むには一応届け出ておいた方が都合がよかろうと考えたからだった。

十一月中旬になって順調だったモラエスの徳島生活に風波が立った。健康が取柄のコハルが、朝方などに青白い顔で横になることが多くなったのである。心配になったモラエスがそんなコハルに尋ねた。

「どうした、コハルちゃん」

「すみません。最近、気分の悪くなることが多くて」

「どうしてだろう」

モラエスがそう言いかけた途端にコハルが手洗いに走った。嘔吐の音が聞こえてきた。

モラエスは亜珍が子供を妊娠した頃にそうだったことを思い出した。

（もしかしたら。でも自分のような年寄りにもそんな精力がまだ残っているのだろうか。もしかしたら他の誰かの）

モラエスは手洗いから出て来たコハルを見やりながら、激しい動悸を感じていた。

つわりのようだった。十二月になってもおさまらずモラエスはコハルを実家に帰した。もし妊娠なら八度の出産経験がある母親ユキにまかせた方がよいと考えたのだ。コハルの代りにユキが、毎朝仕事に出る前に一日分の食事を作りに伊賀町の家にやって来た。

モラエスは早速ユキに尋ねた。

「やはり、妊娠、ですか」

「そうだと思います」

モラエスは予定日が気になっていた。時期によっては自分の子ではないからだ。

「出産は、いつ頃」

モラエスの意図を瞬時に見抜いたユキは当惑した。自分も同じ疑念を持っていたからだ。動揺を隠して答えた。

「それが、産婆ですのでよく分りません」

「医者に診てもらう、よい、思います」

「妊娠出産は病気ではありませんから、この辺りでは妊婦はほとんど誰も医者に行きません」

モラエスは毎日、夕方の散歩の後、歩いて十分ほどのコハルの実家を訪れた。下水道を兼ねた用水路に面した二階建て三軒長屋の西端である。身重のコハルは弟妹のとびはねる六畳間のやぐらこたつに足を入れて横たわっていることが多かった。皆の大好物である焼餅や佐々木商店で買ったバナナなど、コハルの好物をしばしば持参した。健康な子を産んでもらいたかったのだ。

帰り道、辺りの家々から、女達が夜も内職に精を出しているのだろう、機織りのカッタン、コットンという音が聞こえてきた。モラエスは、ヨーロッパの町で聞こえてきたピアノ練習の音より、はるかに心を癒してくれると気に入り、「徳島のピアノ」と呼んでいた。

大正三年（一九一四）四月二日未明、にわかに産気づいたコハルは、急いでやって来た産婆の助けで早朝四時に男児を出産した。月足らずだったこの子はその日の夜十一時に短い生命を閉じた。モラエスが出産と死亡の知らせを受けたのは翌日の朝だった。報せを受けたモラエスは、「やはり自分の子ではなかったのだ」と思った。生きているうちに見せなかったのは、目の色や形を確認されたくなかったからだ。もし自分の子なら誕生後すぐに知らせに来たはずだ。とりあえず駆けつけてみると嬰児はすでに納棺されていた。前に置かれた小机の上の線香が、ほのかな煙をくゆらせていた。出産の苦しみと疲れ、そして落胆でコハルは横たわって放心したように天井を眺めていた。棺の前でユキが正座してモラエスに向かい、

「申し訳ありません。青い目のとても可愛い男の子だったのに、こんなことになってしまいまして」

と深々と頭を下げた。モラエスは下を向いて黙っていた。しばらくしてユキが、小さな棺のふたをほんの少しだけ上げておもちゃの人形とみかん二個を棺の中に入れた。モラエスが嬰児を見ることはついになかった。間もなく、小さな棺は寿次郎の自転車の荷台にくくりつけられ、そのまま火葬場に運ばれて行った。モラエスは泣き崩れるコハルの横で、白い布で包まれた小さな棺をいつまでも見送っていた。

コハルが実家に帰って以来、モラエスは執筆に精を出すようになっていた。前年の秋、以前、日本通信を依頼してきたカルケージャから再びポルト商報への連載を依頼されていたからだ。好評裏に完結した「日本通信」の続きとして、徳島の歴史、地理、風俗、そして何よりそこでの生活を書いて欲しいと言われていて、モラエスはすでに題名を『徳島の盆踊り』と決めていたのである。このためにはもっと徳島の人と土地を取材し知る必要がある。モラエスは精力的に徳島県内を歩き回った。六十歳を間近にして、徳島の温順な気候や緑の風土がよかったのか、人間関係によるストレスから解放されたためか、すっかり元気を取り戻していたのである。リスボン郊外の海水浴場カスカイスにも似た小松島が気に入り、何度も訪れ日峰山からの景観を楽しんだし、吉野川南岸を走る鉄道に乗って八十キロほど西方の池田町へも行った。外国人にやさしいと聞いていた池田では、確かに誰にも「毛唐人」などと言われず、絵葉書を買うために入った店では茶菓を出してもてなされた。別の店の主人には町を案内しようとまで言われ感激した。また汽車で三十分ほどの石井町の徳蔵寺へは藤の見物に行った。およねから素晴らしいと聞いていた所で、ブサコの森にある藤棚に感銘を受けたという妹のフランシスカに、日本にも見事な藤棚があることを知らせてやろうと思ったのだ。藤棚を堪能したうえ、当主にお茶まで出してもらい小一時間も話した。鳴門見物には、新町橋から三時間も石油発動機船に揺られて行った。その日は満員だったこともありかなりむさ苦しく、船室の天井が低く作られていた。くぐり抜ける橋のいくつかが低いため、屋根に這いあがっては橋が近づくたびに慌てて下りる、という旅だった。それでも松林の小山の頂きにある千畳敷から一望する鳴門海峡は絶景だった。紺青の海、松の緑で覆われたいくつかの小島、岩礁で砕ける白い波頭、などは苦労の船旅を補って余りあるものだった。モラエスはこれを、『徳島の盆踊り』の中で「自然美の極致に達した、見事に日本的な風景」と記した。

モラエスはこのような旅をするたびに絵葉書を買った。妹への便りに用いるためだった。この時期には週に二通ほどのペースで出していた。小松島へ行った時は岩の美しい海岸や弁財天の写った絵葉書を計十枚も書いている。ポルトガル人と話す機会のほぼなくなったモラエスにとって、友人達との文通だけが母国とのつながりであって、妹とのやりとりはその中で最も大切なものとなっていた。『徳島の盆踊り』には旅先のことばかりでなく庶民の生活も描いた。

寒い期間、もっとも大切な暖房器具は「こたつ」である。……昼夜使われる。いつでも家族の誰かしらが「こたつ」に足を入れ、本を読んだり、煙草をふかしたり、おしゃべりをしている。貧しい人達の家には大てい「こたつ」は一つしかないので、父母、子供達、祖父母、場合によっては女中達の寝床までもが「こたつ」の回りに敷かれる。従って二十本の足が同時にその温《ぬく》もりの恩恵に浴することになる。

近所に七十歳近いと思われる女性がいる。彼女は若い頃、蜂須賀の大名屋敷で奉公していたそうだ。封建制度の崩壊後、陸軍将校と結婚したが、夫は日清戦争で戦死したという。さて、何日も雨が降り続いた後のからりと晴れ上がった今日、その婆さんは縁側に干すことを思いついた。何をだと思う？　陸軍礼装の軍服をだ。二筋の金ボタンのついた軍服、鷺鳥の羽根のついた軍帽、それにサーベル！　感動的な場面だと思わないかい？　ついでながら婆さんは今、養子とともに兄の住む崩れ落ちそうなあばら屋に身を寄せ貧しく暮らしている。近所の年寄りの話では、この兄はかつて、大小を腰にさした堂々たる武士だったそうだ。今は家つづきの菜園でわずかばかりの野菜を作り、欲しい人に実費で頒《わ》けている。二十歳ほどのすらりとした養子は中学校を落第し、家を掃除したり食事の仕度をしている。婆さんは何ひとつせず、みすぼらしい着物に気品ある姿を包み、思い出と追慕に浸っている。時々、二十年も前に戦死した夫の軍服を虫干しする。

産後しばらくは実家にいたコハルだったが、弟妹の騒ぎ立てる六畳間よりは伊賀町の静粛な六畳の方が養生によい、というモラエスの勧めで、出産後一月もたたない新緑の頃には戻って来ていた。二人の関係は出産以前とは微妙に違ってきていたが、コハルはそれなりにモラエスに尽していたし、モラエスも以前と変わらぬいたわりをもってコハルに接していた。

七月のある日、いつもの午前の散歩から帰る途中、モラエスは、桂の花屋に寄った。しばしば花を買うのでここの女主人とは茶飲み友達となっていた。

「モラエスさん、いつも散歩に精が出ますねえ。でもね、灯台下暗しなどと言いますよ。余計なお世話とは思いますが、小肥りの若い優男がちょくちょくモラエスさんの家に寄っているという噂がありますよ」

彼女はそう言って眉をひそめた。モラエスもうすうす気付いていたが、やはりそうだったのかと思った。怒りと失望と不安による動揺を、そこから五分ほどの家路でどうにか落ち着かせた。これから老いてゆく自分が頼りとするのはコハルしかいない、と思い返したからである。

「怒るまい、言うまい、叱るまい」

モラエスは強く自分に言い聞かせた。それから数日後の夜半、眠りの浅くなっていたモラエスの耳に、階下の台所口をそっと開閉するかすかな音が聞こえてきた。下に下りて見ると、コハルのふとんはもぬけの殻だった。自分の布団に戻ったモラエスはまんじりともできぬまま天井を睨んでいた。

「馬鹿な女だ」

モラエスは吐き捨てるように天井に向かって言った。梅雨明けだろうか、雨が激しい音を立てて降り始め、眉山の方から雷鳴が聞こえた。モラエスは、

(コハルがびしょ濡れになるかも知れない)

と思った。ズブ濡れになったコハルを想像すると、怒りが急速に消えて可哀そうに思えてきた。

(コハルがこんな雨の中を男に会いに行くのは、自分がコハルを住込み女中として束縛しているからだ。コハルがそんな束縛を甘んじて受け入れているのは家庭の貧困のせいだ。二度とない青春をコハルは犠牲にしている。そんなコハルの唯一つの喜びである逢引きまでを束縛する権利が自分にあるだろうか。それに何より、自分に尽してくれている)

こんなことを自問自答していた。いつの間にか雷が遠のき、雨も止んだようだった。階下で再び開閉音がかすかに聞こえたような気がした。眠っていたら聞こえぬほどの音だった。

「そんなに慌てて帰って来なくてもいいのに、コハルちゃん」

モラエスはそうつぶやくと再び眠りに落ちた。

この年、大正三年(一九一四)の七月二十八日、第一次世界大戦が勃発した。遠いヨーロッパの戦争であったが、日英同盟により日本も巻き込まれることになった。八月二

十三日にはドイツに宣戦布告し、東洋におけるドイツ利権の拠点、中国山東半島付け根の要衝青島《チンタオ》を攻撃した。これがモラエスに思わぬ影響を与えた。人々のモラエスへの風当りが強まったのである。外国人を十把一からげに考える人々が、モラエスをドイツ人と間違えたり、白人一般への憎悪を募らせたりした。市内に四人しかいない欧米人のうち、三人は神父で身元がはっきりしていたが、口髭と顎髭を伸ばし放題で市内を無愛想にうろつき回るモラエスの素性が分りにくかったこともある。市井の人になりたかったモラエスは自らの輝かしい経歴やポルトガルの高名な文筆家であることを決して洩らさなかったからだ。参戦の翌日にはついに、夜中になって二階の雨戸に石を投げつけられた。びっくりして目を覚ましたモラエスの耳に、

「独探！」

の鋭い叫び声が入った。

とび起きて雨戸を開けると、四丁目の方へ走って行く男の背中が見えた。

物音に目を覚まし雨戸を開けた隣の橋本が、手すりに乗り出しモラエスに言った。

「阿呆がいるもんだ。モラエスさん、何もなかったですか」

「大丈夫。ありがとう、橋本さん。雨戸はとても便利です。西洋ならガラス、割れます」

憤慨した橋本が翌朝この事件をそばの二軒屋駐在所に報告したため、すぐに本署の田上刑事がモラエスの家にやって来た。

「こんな時は、右も左も分らない連中が何をするか分りません。外出時はご注意下さ

い」

「ありがとう。十年前、日露戦争で、露探と言われた。今、独探と言われます。私、忙しいです」

いかつい田上が破顔一笑した。田上は精神異常などというのは根も葉もない噂と確信した。思想動向を少しでも探ろうと、大戦の今後の見通し、ポルトガルの立場などについて考えを尋ねた。モラエスは、

「戦争、いけません。私の静かな生活がだめになります」

と言うばかりだった。とぼけたのではない。すべての公職を捨てて徳島に来て以来、興味の対象は西洋に毒されていない徳島を観察し、観照し、それを文学として表現することに移っていて、国際情勢にはほとんど関心がなくなっていたのである。四十年近くの海軍士官および外交官生活を通し、国際情勢には常に鋭い触覚を働かせていたモラエスが、たった一年でそれだけ変わったのだった。

戦争の波紋は投石だけではなかった。モラエスが「毛唐」とか「独探」と指さされたり子供達にはやしたてられたりしたばかりか、コハルまでが買物に行った店で人々に指さされた。コハルの母ユキや妹マルエまでもが似た嫌がらせを受けた。

ある日、実家に帰ったコハルに妹のマルエが泣きながら嚙みついた。

「さっき、通りがかりの男から『オイ、お前の姉ちゃん洋妾だってな』と言われた。姉ちゃんがモラエスさんの所なんかにいるから私までがこんなこと言われる。もう止めと

いて」

一瞬、言葉を呑みこんだコハルは言い返す言葉が見つからなかった。

この頃からコハルのふさぎこむ日が多くなった。買物にも行きたがらなくなった。コハルの気持を理解したモラエスは、米、野菜、魚などを御用聞きに頼んで配達してもらうことにした。散歩の帰りには自ら、油揚げや魚のフライなどを御睦さま前の吉田で買ったり、大道四丁目の福助でうどんを買ったりした。

コハルは、モラエスが尊敬できる人であり、そこで働くことが一家の経済的支えであることは充分理解していても、母親や年の行かない弟妹までが世間から辱めを受けることには耐えられなかった。たとえ貧乏で一食を抜くことになろうと、ボロを着ることになろうと、人々の白い目にさらされるよりはマシと思った。誰にも不満をぶつけられないコハルは、その捌《は》け口としてそれまで以上に頻繁に麻次郎との逢引きを重ねるようになって行った。実家に行くと言って帰ってこないこともあった。翌朝モラエスがコハルに会いに行くと、ユキが困惑の表情を浮かべることが多くなった。ある日の夕食時、思い余ったモラエスが切り出した。

「コハルちゃん、この頃、夜、いません。どこに泊まりますか」

「実家です」

「先週、金曜日の夜、コハルちゃん、帰って来ない。コハルちゃんに頼みたいことがあって、実家に行きました。コハルちゃん、いませんでした」

「あの日は、友達と会っていて遅くなりました」

コハルは紺の伊予絣の衿のあたりを両手で抑えながら、少しおどおどしたように言った。モラエスはコハルをキッと見据え、

「翌朝、六時半に実家にまた行きました。コハルちゃん、いません。嘘はいけません」

コハルは顔を両手で覆ってわっと泣き伏した。モラエスはそれ以上追及しなかった。

「今すぐに、実家に帰りなさい。ここに、いなくてよい」

俯いて泣き続けていたコハルは、一段と激しく泣きながら、首を二度ほど縦にふった。

コハルが大風呂敷に荷物をまとめて出て行くと、家の中が一気に暗く陰気になったような気がした。二階で机に向かいながら、大きなものを失った虚脱感に襲われた。残照の空に際立つ眉山の輪郭をぼんやり眺めていた。年甲斐もなく嫉妬に狂った自分を恥ずかしく思った。できたら、ユキが厳しくコハルに説教した上で、遠くないうちにこちらに帰して来てくれればありがたいとも思った。

自炊をするようになったモラエスは、炭を適当な大きさに割ると燃えやすい松の枝の上に置き、かまどの火をおこした。およねがしていたようにした。小さな釜に米と麦を入れ、その中に魚の干物、卵、野菜、凍り豆腐、油揚げなど好物を次々に放りこみ、形の壊れるまでぐつぐつ煮込む。モラエスは釜のふたを何度もとっては煮え具合を確かめるのだった。およねがモラエスの好みに合わせて作り、コハルが真似してくれた雑炊である。モラエスは三食ともこれですませた。食後はお茶とデザートの果物だけだったが、特に不満はなかった。時折、コートと行った市川精養軒に、人目につかないように閉店

間際を狙って行った。店主も心得たもので、モラエスが入るとさっと入口を閉じてくれた。ここでビフテキを二、三人前、一気に平らげるということで栄養バランスをとっていた。

一人ぼっちとなったモラエスは、『徳島の盆踊り』の執筆を九月に終えると遠出もめっきり減り、庭の手入れや雌猫と鶏の世話で過ごすことが多くなった。雌猫は散歩に出るモラエスを見送り、帰宅したモラエスを迎える唯一の友であった。鶏というのは、裏庭で飼っていた雄鶏一羽と雌鶏二羽のことである。雄鶏は早朝のコケコッコーを聞くためだった。これを耳にすると、モラエスの脳裏にはポルトガルの農村風景が一気に広がる。広い地平線や白い石灰岩のむき出した山々、草を食《は》む牛やいななく馬、オリーブ畑で働く男達、川辺で大声でおしゃべりしながら洗濯をする女達、横を裸でとび回る子供達……雄鶏の奏でる朝の賛歌で目覚めるといつも心が安らいだ。家庭に暖かい団欒があり、穏やかで希望に溢れた暮らしがつつがなく続いている、という幻想を抱かせてくれるのだった。

この頃、モラエスの話し相手といったら、御用聞きの他は、月に一度ほど来る田上刑事と恵定尼くらいだった。恵定尼は七十歳ほどの尼僧で、数カ月前に家へ托鉢に来た時に知り合った。以来、およねの命日の二十日には毎月、仏壇の前でお経をあげてもらっていた。雨が降ろうと雪が降ろうと、六キロも離れた郊外の慈雲庵からせっせと歩いて来てくれていた。

十一月七日に青島が陥落した。翌月には青島からのドイツ人捕虜二百五名が徳島に送られてきて、県会議事堂が急場の捕虜収容所となった。現地で召集されたドイツ人商人、会社員、医師、教員などがほとんどで、逃亡の恐れもなかったので、翌年の春先には自由外出まで許されるようになった。捕虜が大挙して市内に買物に出たりするようになると、市民も外国人に慣れ、独探騒ぎはあっという間に下火となった。安心して外出できるようになったモラエスは時々、二階の東窓からコハルの住む堀淵の方を眺めては、

「コハルちゃんはどうしているかな」

とつぶやいた。

阿吽《あうん》の呼吸と言おうか、数日後にユキが久しぶりにやって来た。正座し深々と頭を下げて言った。

「コハルの不行状では、モラエスさんに大変な御迷惑をおかけしました。私共の育て方が間違っていたに違いありません。深くお詫びいたします。私も懇々とコハルに説教し、男との縁も切らせました故、今回だけは堪忍して下さり、また元のようにここで働かせていただけないでしょうか」

「いつでも、帰って来て、下さい。叱らないとコハルちゃんに言って下さい」

コハルの復帰で再び元の平穏な生活が戻って来た。コハルはモラエスのために懸命に尽くし、モラエスもそんなコハルに心から感謝した。

その安らぎも半年と続かなかった。蒸し暑い初夏の午後、モラエスは行きつけの花屋で買ったアジサイを手に潮音寺に向かう途中、近所に住み、裏の共同井戸で何度か話し

たことがあり、小ぎれいで誰かのお妾さんだという噂の女性に出会った。彼女は唐傘の下で意味あり気な笑いを浮かべながら、

「ちょっとモラエスさん。相変わらず元気ねえ。コハルちゃん、またおめでたなんじゃない」

と言ったのである。

「もし本当だとすると、今度こそ絶対に自分の子ではない」

墓参りをとりやめて急いで帰宅すると、モラエスは台所の床を雑巾がけしていたコハルに尋ねた。

「コハルちゃん、赤ちゃん、できましたか」

怒りの声ではなく沈んだ悲しそうな声だった。コハルは雑巾がけの手を止め頭を垂れた。実家に帰っていた時の、たった一夜の快楽、縁を切った男との最後の快楽で、あってはならない妊娠をしてしまったのだった。どん底に落とされたモラエスも頭を垂れていた。

「実家に帰り、身体、大事、しなさい」

と静かに言った。

コハルは大正四年（一九一五）の九月十五日に二男朝一を産んだ。コハルが未婚の母となったことで困り果てたユキは、窮余の一策として朝一を自分達夫婦の子供として入籍した。そして産後の養生が終ると、元通り伊賀町のモラエスの家で働くようになった。

コハルは朝一の授乳のため、一日に何度も実家との間を往復することになった。大きな過ちを犯した自分を一言も叱らず、以前と同じように接してくれるモラエスの気持に応えようと、それまでに増して、身を粉にして尽した。そんなコハルを見て、モラエスもコハルをますます思いやり大事にした。

しかし、ここ二年間に二度の出産、誰にも祝福されなかった恋の終局、伊賀町で働きながらの実家での子育て、こんな無理が、二十二歳のコハルの身体を蝕んでいた。

年が明けた春頃から、コハルの顔色がすぐれなくなった。若さの象徴でもあったはちきれそうな顔の張りもすっかり失せてしまった。

入梅の頃のある日、いつもの墓参りからの帰り、瑞巌寺山門で正午のドンを聞いたモラエスは、何となく胸騒ぎがし、山門を入らず家路を急いだ。前年の四月一日より、城山の中腹にある大砲から空砲を発射し正午を市民に知らせるようになっていた。土間から居間に上ると、いつもなら用意されているはずの昼食ができておらず、コハルが空の卓袱台の横でうずくまっていた。

「どうした、コハルちゃん」

「ちょっと身体がつらいので」

モラエスは血の気のないコハルの顔を見ると額に手を当てた。

「少し熱があります。痛い所、ありますか」

「背中が。圧迫されるような。近頃、夜によく寝汗をかきます」

「医者、呼びます。誰か、この辺、よい医者はいますか」

「かかったことないので」

斉藤家で医者にかかったことのある人は皆無だった。モラエスは隣の橋本の家に飛びこんだ。夫人が炊事の途中なのか手を前かけで拭きながら出て来て、

「医者なら、すぐ先の鷹匠町に富永先生がいます。かかったことはありませんが評判はいいようです。一走りして呼んで来ましょう」

モラエスの慌てた表情を見て緊急と思った夫人が言った。

午前の診療を終えこれから昼食をとろうとしていた富永先生が、橋本夫人の先導ですぐに往診に来てくれた。聴診器をコハルの胸に当てた富永先生はモラエスに向かって言った。

「大分、衰弱しているようですが、どうかしましたか」

「去年の九月、出産、子供に乳を飲ませています。疲れています」

「子供に乳。とりあえず中止して、牛乳にして下さい。それから御主人、後で薬を取りに来て下さい」

一時間ほどしてモラエスが医院に行くと、再び富永先生が出てきて、

「結核の可能性が高いと思います。授乳禁止はもちろん、子供を抱かないよう伝えて下さい。念の為です」

結核が、古くから明治初期までは労咳《ろうがい》と呼ばれ、死に至る病であることを知っていたモラエスは呆然として帰宅した。

七月に入り、徳島は祭りのシーズンとなった。金毘羅さん、明神さん、八幡さんと夏

祭りが続く。そして祇園さんのお祭りが一週間も続く。コハルは医者の薬を飲みながら、最小限の家事をこなし、気分のよい時は二階の本棚から版画集を持ってきて目を通したり、裏庭に出て軽い庭仕事をした。体調のよかった祇園さんでは、モラエスに買ってもらった真新しい阿波しじらの浴衣をつけて、モラエス、母ユキ、妹のマルエと千代子、弟の益一と総出で出かけた。白地に紺で桜を染め出した阿波しじらはコハルによく似合った。

病人とは思えないほどの浮かれ方で、日中の蒸し暑さを忘れさせる夕風の中、寺町に果てしなく並んだ夜店を楽しんだ。花、駄菓子、氷水で冷やしたラムネや果物、娘の欲しがる小物、おもちゃ、などを売っている。祇園社のある大滝山の黒々とした影が威圧するようにそそり立っている。その上には上弦の月が輝き、山や人々の上にやわらかな光を放っている。中腹の祇園社では、人々が供物を捧げたり、神官が身を屈めた人の頭上で御幣を揺り動かしている。一行は夜店を冷やかし、そぞろ歩きの家族連れの姿を楽しんだ。

この夜、コハルが高熱を出した。その後もたびたび高熱に苦しんだ。藁をもつかむ思いのモラエスは、橋本さんや花屋の女主人などに尋ね歩いて、名医と評判の高い富田浜の若林博士に往診を依頼した。看病に来ていたユキが医院まで博士を迎えに行ってくれた。人力車を外に待たせたままコハルを診た博士は、玄関を出てからモラエスに声を落として、

「病状はかなり進んでおり、予断を許さない状況です」

と難しい顔で言った。人力車を力なく見送るモラエスの所に、近所に住む家主がやっ

て来て心配そうに尋ねた。

「どうしました。コハルさんですか、若林博士が見えたようですが」

「はい。コハルちゃん、熱が高い、咳も出ます」

「熱と咳。それなら外科が専門の若林博士より内科の古川博士の方がよいんじゃないですか」

その夜、氷枕をしたコハルをモラエスとユキが夜通しで看病した。夜明け近くになり、畳に横になったまままどろんでいた二人は静けさを破る咳の音で目を覚ました。慌てて上半身を起こすと、コハルが身体を回転させ腹這いとなり、枕元にあった金だらいを素早く引き寄せ激しく咳こんだのだった。喀血だった。金だらい一杯の血だった。ユキが急いでコハルの背中を強くさすった。

午後になって古川博士が往診してくれた。

「左肺結核です。肋膜炎も併発しています。すぐに入院すれば治るかも知れません」

古川博士を玄関先で見送った翌日の午後、古川病院に入院することとなった。

モラエスは、やっと希望の灯が垣間見えたような気分で八月の青空を見上げた。潮音寺のはるか上空に積乱雲が力強く盛り上がっていた。

「若いコハルちゃんにはまだ病気に打ち克つ力があるはずだ。私も頑張ろう。何が何でもコハルちゃんを向こうに行かせてはいけない」

モラエスはそう呟いて積乱雲に向かって大きく深呼吸した。

コハルが寝息をたて始めたのを確かめると、安心したモラエスは、二、三日放っておいた草花の世話をしに裏庭に出た。一時間ほどたって居間に戻るとコハルの寝床はもぬけの殻だった。恐ろしい考えが匕首《あいくち》を突き立てるようにモラエスを襲った。高熱に浮かされ家を出てどこかの街角で倒れているのではないだろうか。共同井戸に身を投げたのではないだろうか。血の気の引いていくのを感じながら、モラエスは当てもなく辺りを探し歩いた。諦めて家に戻ると二階の書斎へ上った。コハルはそこにいた。階段に両手をついて必死に上ったのだろう。コハルは西向きに大きく開け放った窓辺に立って、左手で脇柱につかまりながら、前面に広がる風景をじっと眺めていた。ミカン畑の先から急傾斜で立ち上がる、松や樫で覆われた青々とした眉山、あたりを満たす油蟬やヒグラシの声。それはコハルにとって見慣れた風景のはずだった。モラエスは胸にこみ上げるものを抑えながら、コハルの肩をそっと支えた。

翌日、大正五年（一九一六）八月十二日の午後、戸板の上で布団にくるまったコハルは、モラエスとユキの付添いで藍場浜の古川病院に向かった。コハルはいやがったが繁華街そして新町橋を通らないと大変な遠回りになるので、仕方なく通り抜けることにした。歩き慣れた道を新町小学校、天神社と進み新町橋通りに入ると盆踊りの初日とあって、街はすでに、笑い興じ、三味線を奏で、踊る人々で一杯だった。モラエスは雨戸を外して作った急造担架に横たわるコハルを見やっては、

「可哀そうに、コハルちゃん。こんな日に、こんな姿で」

と呟き続けていた。

古川病院は細長い二つの病棟が交差した格好になっていて、要の部分に受付など本部があった。狭い病室にはそっけない鉄製ベッドがポツンと置いてあるだけだった。廊下には泊まりこむ家族が料理するために持ちこんだコンロや鍋や火鉢があちこちに置かれていて、氷や魚の行商も自由に出入りした。廊下と病室は障子でさえぎられていた。

体温は高熱になったり平熱になったりを繰り返しつつ、次第に容態は悪化して行った。時々喀血した。食がどんどん細くなった。モラエスは毎日数時間を狭苦しい病室でコハルに付き添っていた。正面に見える眉山の下の三重塔をじっくり眺めたり、暑さのため開け放たれた障子から廊下を通る人々を観察したりしていた。他の病室から嘔吐や苦悶の声、話し声、そして笑い声までが聞こえてきた。コハルの家族は生活に追われているのだろう、親も弟妹もほとんど姿を見せなかった。古川院長が、若手医師や看護婦十数人を後ろに控え、大名行列よろしく回診にやって来て、

「食べられるようになったら半分治ったも同然です」

と言った。生への執念を失っていないコハルは、食べようと懸命に努力したが、一日に桃一つとか卵一つなどという日が多くなった。モラエスはコハルの好きな卵、菓子、季節の果物のぶどうや梨や桃を買ってきては病室の棚の上に置いた。

入院して一カ月もたつとほとんど食べ物が喉を通らなくなった。ところがコハルの頭脳の方は身体の衰えと反対に、明晰になるようだった。ある朝、小康を得たコハルが言った。

「モラエスさんありがとう。こんな病気になると誰も来てくれない。モラエスさんだけ。ありがとう」

「今の私にとって、コハルちゃん、一番大切な人。ここに来る、当り前です」

「昨夜、私が死んで火葬場に行く夢を見たの。棺の後に続く人々の顔が一人一人はっきり分ったわ」

「ダメ。そんな夢。必ず、治る」

「先生も食べれば治ると言ってくれるけど、皆、治りっこない私をなぐさめようとしているに決まっている。苦労してそんな嘘を言ってくれなくてもいいのに」

「コハルちゃん、ダメ！」

モラエスは廊下に出た。ドーン、と城山で正午のドンが撃たれた。城山で巣を営む数十羽の白鷺が白煙とともに飛び立つのが見えた。何もかもコハルの言う通りなのだ。二十三歳の若いコハルが死に、六十二歳の年老いた自分が生き残る。

「コハルちゃん、もう治ったよ。家に帰りなさい。ベッドの布団はそのままにしておくれ。私がお前の代りにここで死ぬのだから」

モラエスはそう言ってやりたかった。

モラエスはコハルをなだめすかし励まし少しでも食べさせようとしたが、朝に十粒余りのごはん、夕に十粒余りのごはん、が一日のすべてとなった。スズメでも足りないほどの量だ。モラエスがいない時には何も食べようとしなくなったので、常時ついていることのできる付添いを頼んだ。しげのさんというやさしく思いやりのある中年の女性だった。

こんなある日、モラエスはコハルの大好物のバナナを持参した。

「コハルちゃん。食べればきっと、よくなる、古川先生、言いました。大好きなこれ、一本、無理なら、半分、食べて。お願い。残りの半分、私、食べる」

コハルは、モラエスの懇願に応えようと、震える手をバナナに伸ばした。そして気力をふりしぼって半分まで食べると、また震える手でモラエスに残り半分を返した。モラエスはそれを受け取ると、口にもっていった。食べようと口を開いた瞬間、バナナに歯型のついているのが目に入った。突然、モラエスはバナナを床に放り投げた。

それはほんの数瞬にすぎなかった。コハルは何も言わなかった。が、その目は突如ぱっと輝き、その表情はかつてモラエスに見せたことのない驚愕と悲歎の混じったものだった。自分は恐ろしい病気におかされていて、細菌だらけであり、ただ唇を触れただけでいまわしい病気を感染させてしまう。そんな状態にあるということが、その時はじめて彼女の脳裏をかすめたのだろう。モラエスはそう思い、コハルをそんな気持にさせたことに動転した。

結核菌など恐れたことのないモラエスだったから、病室で長時間コハルを看病し、帰宅する際には必ずコハルの額に接吻していたのだ。それなのに、バナナについた歯型を見た瞬間、動物としての自己保存本能が首をもたげ思わずバナナを落としたのだった。

モラエスはこの行為を恥じ、悔い、長く自己嫌悪に苛まれることになった。

九月三十日、体温は平熱に下がった。やせ衰えて身体中の丸みをすべて失い、一から げの骨のようになったコハルだったが、急に食欲が出てきたのか、

「美味しいお吸いものが飲みたい」

と言った。うれしくなったモラエスは夕食に市内随一の料理店からお吸いものを取った。コハルは一滴も飲むことができなかった。

「せっかく熱が下がったから飲めると思ったのに」

と言ってコハルは涙ぐんだ。

翌朝、椅子に坐ったまま眠りこんでいたモラエスは、コハルの激しい咳の発作に目を覚ました。モラエスは急いで立ち上がり、コハルの骨ばった背中に手を入れてさすってやった。どうにか落ち着いたコハルはいつもとは違う土気色の顔で、モラエスを見て拝むように両の手を合わせた。小さな声で、

「ありがとう。ありがとう。余り、せこい（苦しい）、もう、できません。今晩、帰ります」

と言った。

急を聞いて実家から母親ユキがマルエを伴い、一歳になったばかりの朝一を抱いて駆けつけた。ユキはコハルによく見えるように、朝一をコハルの上に差し出した。朝一は哺乳ビンをくわえていた。コハルは口も利けずに、目を見開いて朝一をじっと見つめていた。大きな目に涙が溢れると目尻から涙が枕にすべり落ちた。ユキも泣いていた。マ

ルエも片隅で泣いていた。付添い婦のしげのさんももらい泣きしていた。どんな言葉もなかった。

コハルは苦痛に呻き声をあげていた。痛み止めの麻酔薬の効いている時だけ眠っていた。夜になって父親寿次郎が付添いに来た。目を覚ましたコハルはゆるくなりぐらぐらしている指環を外し、

「父さん、これ、母さんに」

と弱々しい声で言った。これはモラエスが四年前に、冷たくなったおよねの指から外してコハルにあげたものだった。モラエスはこの指輪の数奇な運命を思った。

翌十月二日の昼、正午のドンが城山で鳴って間もなく、コハルは息を引き取った。翌三日、コハルの遺体は火葬に付された。ちょうどこの日、『徳島の盆踊り』がポルトで出版された。ポルトガルの舌鋒鋭い評論家アルマンド・マルティンスが後年、

「傑作である。……世界文学史上はじめて彼は日本的文体を用いて完璧な散文を書くことに成功した」

と評したものであった。

十一月になってコハルの墓が潮音寺のおよねの墓の隣に建った。実家から数軒先の吉田石材店で作った碑には、艶覚妙照信女と刻まれた。モラエスの依頼で慈雲庵の智賢尼が読経してくれた。毎月およねの命日である二十日にモラエスを訪れお経をあげてくれていた恵定尼がこの年に亡くなったので、後を継いで庵主となった五十歳ほどの智賢尼が代りに来てくれていたのである。納骨の終った後、モラエスは恐る恐る小声でユキに気持を打ち明けた。

「私の骨、もし、コハルちゃんの墓に入る、私、とてもうれしいです」

およねの納骨時に同様のことを言った時は、福本家の人々になじられていたから心配だったのである。今回はユキの嫁ぎ先である斉藤家だから少しは期待がもてた。

「いいでしょう。いつかきちんといたしましょう」

ユキがあっさりと答えた。あれだけコハルによくしてくれ、その不始末を寛大に見てくれ、献身的に看病し、墓まで作ってくれたモラエスに対し、この申し出を断ることはできない。それに、子供四人をかかえてのこれからの生活にもモラエスの支えは必要だった。

一人残されたモラエスにとって、死者の霊を供養することで逆に死者の霊による加護が得られるという日本人の考え方、祖先供養が大きな支えとなった。カトリックをとうの昔に捨て、仏教や神道に強く共感しながらも完全にそれに没入できないでいるモラエスにとって、霊供養、そして死者に対する追念や追慕がますます大きな慰めとなって行った。モラエスの信奉する宗教は仏教の慈悲、輪廻、因果応報、諸行無常などに神道を加えた祭壇に、サウダーデを祀った新しい宗教であった。日本とポルトガルを融合させた新しい宗教であった。

毎日の日課としておよねとコハルの墓参りをさらに丹念にするようになった。時には花立や水盤だけでなく墓石までを持ち上げて水洗いし、たわしで磨き上げた。海軍で鍛えた怪力がまだ残っていた。線香をあげ、合掌して拝み、話しかけながら墓石をゆっくり想いをこめて撫で、頬ずりし、接吻した。家にいても、およねとコハルの思い出にしばしば浸っていた。二人を夢の中で見ることはなかった。昼間に、一緒に暮らしているかのように語り合っていたからだった。

田から青蛙の声が聞こえてくる、霧につつまれた夕べだった。モラエスはおよねとコハルの墓参りをした後、大工町のタバコ屋で親しくしている女主人のトラさんからきざみ煙草を買い、八百屋で三キロのジャガイモ、少々の野菜などを手に入れて家路についた。すっかり夜の帳《とばり》に包まれた町には、夕涼みに歩く人々、そして蛍狩りの帰りであろう娘達が、藍で枝葉を染めぬいた白い浴衣を着て、蛍の入った小さな籠を細い指に吊して歩いていた。

家に着き、南京錠の鍵をポケットから探し出したが、月もなく辺りが真暗で鍵穴がどうしても見つからない。五分も試してみたがうまく行かずモラエスの苛立ちは頂点に達した。とその時、庭の樫の木の繁みから一匹の蛍が現われ、青味がかった色を放ちながらモラエスのまわりを回り始めた。そして南京錠の近くまで下りて来た。モラエスはその光で難なく鍵を開けることに成功した。この時、一瞬、心臓が高鳴った。

「およねさんだろうか……コハルちゃんだろうか」

モラエスの震える唇からこの言葉がつぶやくように出た。と、黒い空間の中を曲線を描きながら暗空へ昇って行く小さな星のような蛍が見えた。モラエスはもう一度つぶやいた。

「およねさんだろうか……コハルちゃんだろうか」

大正七年(一九一八)には斉藤家で不幸が続いた。二月にはコハルの父親寿次郎が死亡した。十月にはコハルの遺児である朝一が誤ってヤカンの熱湯を浴びて死亡した。三歳だった。そして翌年、コハルの死後、小学校から帰ると週に二、三度はモラエスの家に遊びに来て、モラエスの慰めとなっていたコハルの一番下の妹千代子が体調を崩した。小学校を卒業し麦藁帽子用の組紐工場で働き始めたのだが、数カ月もしないうちに発熱

と倦怠感を訴え仕事を休むことになった。心配したモラエスが尋ねると、

「回虫なの」

と恥ずかしそうに答えた。結核を疑ったモラエスは医者に連れて行った。懸念した通り、結核性の腹膜炎だった。モラエスが好きで、少しよくなったらモラエスの家で療養したいと言っていた千代子だったが、間もなく、モラエスの買ってやったおもちゃと人形に囲まれ、苦しみながら死んだ。十三歳だった。狭苦しい家に六人がごった返し、充分な栄養もとらず、手遅れになるまで医者にかからないことが相次ぐ死亡の大きな原因だった。八人を出産したユキの子供はこれで、マルエと益一の二人を残すのみとなった。何もかも貧困のせいであった。モラエスは七年間に三度、医療費の支払い、葬儀費用、そして小さな墓を作ってやった。千代子を可愛がっていたモラエスは、千代子に新しい小墓作りに金を使った。今回が一番少なかった。


身ぐるみをはがされるように次々と大事な人を失いすっかり孤独となったモラエスにとって、ほとんど唯一の友達は、毎月二十日に来てくれる慈雲庵の智賢尼だった。コハルが死んでからは二人のためにお経をあげてもらっていた。お経の後、彼女が好きだと言った日の出楼の赤練り羊羹とふかしたさつまいもをつまみ、お茶を飲みながらさまざまなことについて話すのがモラエスの大きな愉しみとなっていた。

「慈雲庵は、遠い、一里半です。智賢尼さんはほとんど毎日、朝から晩まで、市内を歩き回る。とても元気。どんなもの、食べていますか」

慈雲庵には檀家がなく、托鉢により庵を支えていた。

「特別なものは何も食べていませんよ。毎日、米と野菜だけです。肉は生まれて一度も食べたことがありません」

小柄な身体を白い衣で包み、黄色い袈裟をかけた智賢尼が微笑んだ。

「輪廻、です」

「そうです。よく御存知ですね」

剃りあげた頭からにょっきり出た大きな耳をつまみながら言った。

「私は魚、毎日食べます。肉は二カ月か三カ月に一度、食べます。悪い人です」

智賢尼が渋紙色に日焼けした顔をほころばせた。

「料理は自分でするのですか」

「米と麦を鍋で炊きます。神戸にいた頃、米だけでした。最近、米騒動、米の値段、倍近くになりました。麦、栄養あります。中に野菜をたくさん入れます。タラの干物も少し入れて、ぐつぐつ煮ます。毎日同じ。ポルトガルではこれにコリアンダー、入れます。夜はイワシを焼いたり、豆腐や魚のフライをおかずに買ってきます」

「おじやなら、私も胃腸の弱った時など作ります。私はそれに漬け物や味噌汁もつけますが、モラエスさんは」

「私、時々、煮干しを煮ます。砂糖で味をつけます。子供の頃のスープ、野菜スープも作ります。ポルトガルの妹、手紙で、作り方を教えてくれました。葉野菜、オリーブ油、にんにくなどを入れます。このスープ、リスボンの匂いがします。懐かしい」

「うらやましい。私は匂いが分りません。生まれつきです」

「えっ。匂いが分らない。でも、花が好き、前に言いました」

「はい、花は大好きです」

「バラ、ジャスミン、沈丁花、匂いが分らない。でも、好きですか」

「はい、匂いは分らなくても形と色が可愛らしい。モラエスさんは美しい田園風景を見るのが好きと言っていました。でも、トンビのように上空から見れば景色がぐっと広がりもっと美しいでしょう。モラエスさんはその美しさを知りませんが、それを苦にしていません。私と花の関係も同じです」

「なるほど。よく分りました。脱帽です」

モラエスは智賢尼のものの見方に敬服し頭を下げた。名前の通りと思った。いつも通りに、いくばくかのお礼と羊羹の残りを紙にくるんで渡してから、道まで出て見送った。二階に戻ってから、嗅覚のない人に会ったのは初めてと思った。野菜スープの匂いでリスボンの我が家を思い出し、安っぽい居酒屋のかび臭さの入りまじった焙り空豆の匂いで、故郷トレル街から小学校へ通う道すがらにあった貧しい家の並ぶ路地裏を思い出す自分を思った。

この頃、モラエスは妹のフランシスカにこんな手紙を書いている。

元気かい、私のシーカ（フランシスカの愛称）、私もすっかり年をとってしまったが、お前も年をとっている筈だね。この手紙に朝顔の種を数種類入れるよ。日本の朝顔は世界中で一番種類が多いんだ。そちらのものはほとんど青紫だが、こちらには赤、白、青、黄といろいろあるし、小さいものから大輪まであるからね。壁を昇らせたり網に絡ませても楽しいよ。　君のアパ（ヴェンセスラオの愛称）より

大正八年（一九一九）、二階から見える眉山のハゼやモミジが紅葉しかけ、散歩道の瑞巌寺や天神社の銀杏が黄色に色づく頃、二年ぶりにコートが遊びにやって来た。紅葉見物をしながらモラエスの様子を見ようと思ったのである。モラエス宅までの道をよく知っているコートだったが、モラエスはうれしくて中洲港まで迎えに出た。コートは抱き合った後、

「お変わりなくてよかった、ヴェンセスラオ」

と言ったが、内心、皺の深さやすっかりたるんだ目の下を見て、少なくとも五年は年をとったと感じていた。

「いやあ、身体にはガタがきているよ。一人暮らしで友達と呼べる人もいないから、髪も髭も伸び放題だ。私以外の欧米人がすべて神父で小ざっぱりしているから、余計目立ってしまう。あの連中とは一切つき合っていないけどね」

「生活は何もかも、一人でやっているんですか」

「何もかもだ、ペドロ。朝は火鉢やコンロの火を熾《おこ》すことから始まる。今やヨーロッパの料理女並みの実力さ。炭は幹の形をしたまま家に運ばれてくるけど、一目で炭の良し

悪しが分るほどだ」

「私にはどれもただの黒い塊ですが」

コートが苦笑しながら言った。

「その炭をだね、適当な割れ目を見つけて、手を汚さず、しかも粉をなるべく出さないようにさっと割る技術さえあるんだ。つまらない仕事と誤解してはいけないよ、ペドロ。炭化した木の年輪や木目の形や光沢はとても美しいからね」

「そんなものをまじまじ見たことはありません」

「私もここに来るまではそうだった。火の熾し方だってうまいもんだ。松の根は松ヤニが多くて燃えやすいから、その木切れを二、三片うまく組み合わせ、マッチをつけ、燃え上がったら炎の中心あたりに炭をいくつか置くんだ。これで炭が赤くなる」

海軍中佐として腰に剣を帯び、肩に房飾りの肩章、胸にいくつもの勲章をつけた軍服に身を包んだモラエスも、神戸で領事中の筆頭領事として燕尾服を着て堂々たるフランス語で演説するモラエスも、コートはよく知っていた。晩年になってたった独りぼっちとなり、火鉢やコンロの火を熾すことに喜びを見出しているモラエスを、気の毒と思う気持を抑えられなかった。

「手間のかかりそうな仕事を、女中も使わずよく自分で」

「私の心の師である鴨長明がこう言ってるよ。『何かなすべきことがあれば自らの肉体を使う。これは時にくたびれるが、とにかく、他の人を従わせるよりは楽だ。出かける必要があれば自らの肉体を動かす。これは時に不便だが、馬や鞍や牛や車を持つ煩わしさに比べればましだ』」

二人はおよねとコハルの墓参りをし、そこから数分の春日神社へ向かった。米善《よねぜん》で焼餅を食べようとなったのである。のれんをくぐりながらコートが言った。

「およねさんと再会した所ですね、ヴェンセスラオ」

「そうだ。懐かしくて週に一度はここに来るよ」

菊の御紋のついた薄く平たい焼餅を髭の生い茂った口に入れるとモラエスは緑茶を飲みながら庭先の、錦竜水として珍重される水の出てくる滝の白糸を見上げていた。モラエスがそちらを指さして言った。

「ペドロ、ほら、滝の左右に黄色い花が見えないか」

「あの目の覚めるような黄色の花ですか」

「そうだ。あれは黄花亜麻《きばなあま》という花でね、花弁が五つあるんだ。日本にはない花だ。桜が咲く頃まで咲いている。実は、神戸ポルトガル領事をやっているアルブケルケが三年前に私を訪ねて来た。君は徳島移住の直前に私がポルトガル大統領に領事と海軍士官の辞職願いを送ったのを覚えているだろう」

「はい。もう六年前になります」

「そんなになるか。ところが、私が年金をもらえないでいるのを心配したマシャド大統領から、辞職願いを取り下げる意志が私にないか再確認するようにとの依頼がアルブケルケに来たということだった。無論断ったけど、その時にアルブケルケが支那の西部で手に入れたという黄花亜麻の種を手土産に持って来たんだ。その花を知っていた私は、小さくて可憐なおよねさんのような花と思ったから、その種を家の裏庭に少し蒔き、残りをおよねさんゆかりのここに蒔いてもらったんだ」

「そうだったんですか。アルブケルケがヴェンセスラオの所を訪れる前に、私に土産になるものがないかと尋ねたので、花がとてもお好きですと言っておいたんですが」

「ハハハ、そうだったのか。よいことを言ってくれたね、ペドロ。神戸のカステラも好きだと言ってくれればなおよかったかな」

二人は声を立てて笑ってから、店を出ると前の長い石段を三重塔へ登り始めた。二十年ほど前に、およねが途中で息切れしてしゃがみこんだ所だ。

「ほら、モミジが赤く色づきかけている。緑と赤のバランスが絶妙だ。モミジは緑の時も、真赤になった時も、その途中でさえそれぞれに美しい。雨に打たれても風にしなってもよい。日本人はそう感ずる。桜だって二分咲き、五分咲き、八分咲き、満開、どれも味わいがある。月の満ち欠けだって、西洋のように満月、新月、上弦、下弦だけではない。眉月、弓張月、十三夜、待宵《まつよい》の月、十五夜、望月《もちづき》、十六夜《いざよい》、立待月など日本ほど表現の豊かな国はない。日本人というのは自然のあらゆるものに美を見出す天才ともいえる」

「私もそう感じています」

コートが首を縦にふりながら言った。

「それがだよ、ペドロ。私は孤独になってやっと、日本人のこういう感受性が少し分るようになった気がしてきたんだ。独りぼっちだと、情緒の矛先が広がらないため研ぎ澄まされ、普通人の気付かない自然のほんのちょっとした変化、ほのかな香りの変化さえ見逃さなくなる。自然しか友がいないから、自然の移ろいにとても敏感になるんだ。この間、近所のおばあさんが、『風のささやきに耳を傾け、花と会話して時を過ごしている』と言っていた。私もそういう風になってきたんだ」

「なるほど。分るような気がします」

二人は三重の塔を見学してから階段を下り、家へ向かった。

新町小学校の裏から瑞巌寺境内へさしかかるあたりで、モラエスはいきなり道端にしゃがみこむと、踏まれて折れかかった野菊を「可哀そう」と言いながら懸命に直そうとした。コートは先程の話が少し理解できたような気がした。立ち上がるのを待ってコートが言った。

「さっき、孤独になると感受性が発散しない分だけ鋭くなるということでしたが、孤独そのものに対する感受性も鋭くなって淋しさに耐えかねるなんていうことはないんですか」

「それは良い質問だ、ペドロ」

「マカオの高校で先生をやっていただけあってほめ方がお上手です」

「ハハハ。でも本当によい質問だよ。実はね、孤独だけどそれほど淋しくないんだ。家族をもたずに生きている孤独な人間にとっては、家族とは人類、いやもっと大きな、大自然における森羅万象だ。生きることとは、何かを愛し何かに感動すること、と私は考えている。孤独であるが故に森羅万象に愛が向かっている私は、社会生活の中で、利害、競争、対立、欲望、野心の渦に翻弄されている人より、もっと強烈に生きているとさえ言えると思うんだ」

「なるほど。ただ、愛が森羅万象へ向かうというのが分りにくいんですが、具体的にはどういうことでしょうか」

「またもや良い質問だ、ペドロ」

「ありがとうございます、モラエス教授」

冗談口を叩いているうちに家に着いた。二人は家に入らず裏庭に回った。

「さっきの質問だけどね、ペドロ。ほら見てごらん、この山茶花《さざんか》の花を。今朝、ここに雀蜂がかわるがわる飛んで来て、露にぬれた真っ白な花びらに金色と黒に輝くほっそりした身体を小刻みに震わせながら押しつけていた。この、幻のように魅惑的な光景、花の少ない季節だからなおのこと感動的だった。この世にくり広げられている闘争や悲惨や苦悩を忘れ、私は時折涙ぐんだりしながら一時間もうっとり眺めていたんだ」

「ヴェンセスラオはどんどん日本人になっていくようですね」

「うん、心だけね。徳島の人は決して私を日本人と見なしてくれないから」

「でも私は、日本人のごとき、自然を愛でる天才となることで淋しさを遠ざける、という哲学にホッとしました。それと同時に感銘を受けました」

コートはそう言うと、自分の言葉をかみしめるように何度もうなずいた。

この頃、モラエスは『おヨネとコハル』を執筆していた。およねとコハルに関する短篇集を、孤愁の渦に流されながら、熱に浮かされたように執筆していた。

これらは単行本にまとめられポルトで刊行された。この本でモラエスは、少なくとも母国の人々にはそれまで隠してきた日本での妻およねと愛人コハルについて、虚飾を捨て赤裸々に告白した。それまでの作品の多くは日本の文化、歴史、地理、風俗、戦争などをモラエス独自の新鮮な切り口で解説する、というものだったが、この本はがらりと変わり、告白文学とも呼べるものであった。またおよねとコハルを描くことによって、徳島を、そして日本を見事に描き出した。日本の片田舎に住み、市井に身を沈めることで初めて書ききることが可能となったのだった。この作品でモラエスは、それまでのどんな外国人作家も到達し得なかった深さで日本、そして日本人の魂を描くことに成功した。徳島に移り住み、市井に身を沈めることで、モラエスは作家として大輪の花を咲かせたのであった。

『おヨネとコハル』は、モラエスの内的世界を書いた初めての作品だったが、愛と死に鋭く迫る内容の深さは、当然ながらポルトガル人読者に大きな感動を与えた。モラエス自身、この作品には自信をもっていたのだが、感動を綴るファンレターがポルトガルから届き始めるとさすがにうれしかった。実際、刊行の翌年からしばらく、母国から既刊作品の再版を要望する手紙がいくつも舞いこんだ。母国の読書界では小さなモラエスブームが起きていたのである。

二月の頃、モラエスは智賢尼に観梅に誘われた。慈雲庵のある勝占《かつうら》村北山の梅林である。海軍時代から時間厳守のモラエスは、朝八時に家を出発し、九時半頃に着きます、とあらかじめ伝えておいた。すでに二、三度、遊びに行っていたから、歩いて一時間半と知っていたのである。いつも通りの赤練り羊羹を手土産にぶら下げ南に歩き始めた。眉山の南東を麓にそってぐるりと回り、山道を右に入った所が北山である。二月の朝にしては暖かい日射しの中を、藪うぐいすの鳴き声を耳にしながら曲がりくねった緩い坂道を上って行くと、梅林が左右に現われた。梅の名所、大谷梅林である。漂う芳香が身体を包む。高みに立って下を見ると、見事な紅白梅の林の向こうに、左右を丘陵に挟まれた格好の斜面がなだらかな傾斜で続き遠くで平野につながっている。

丘の南斜面に位置し、梅林と竹林に挟まれた破れ寺とでも呼べる茅葺き屋根の慈雲庵は、いつ来ても心が安まる。梅林を見下ろす縁側から声をかけると、遠来の朋友を迎えるような笑顔で智賢尼が出て来た。

「遠い所をよくいらっしゃいました」

「私、年に一度。智賢尼さん、月に一度、私の家、よくいらっしゃいました」

「ハハハ。モラエスさんは私より一回りも上なのに健脚です。毎日散歩をしているからでしょう」

「いや、今日なら、この二倍、歩けます。暖かい日射し、それに、梅にうぐいす」

「日本の諺も本当によく御存知ですね。まあどうぞ中へ」

仏間で本尊を拝むと、再び二人は陽の射しこんでいる暖かい縁側に出て来た。尼僧と一緒に黒猫もついて来た。

こんな所に暮らし、こんな家に住みたい、と思ったモラエスが出されたお茶を飲み干してから唐突に切り出した。

「私、ここ大好きです。死んだら、仏壇をここで祀って下さい」

伊賀町の家にある仏壇である。大日如来像の安置された立派な仏壇で、今はおよねとコハルが祀ってあるが、モラエスの死後は自分の戒名も加わることになっている。仏壇は身内の者が供養するものと思っていた智賢尼は当惑しながら言った。

「コハルさんのお身内でなくてよろしいのですか」

「仏壇、私のもの、私の勝手です」

モラエスは智賢尼の顔を見詰めて言った。声は毅然としていたが目は哀願するような眼差しだった。日毎の生活に手一杯なうえ家中をごった返したままにしているユキが、三人の霊を丁重に祀ってくれるとはモラエスには到底思えなかった。もしも拒否されたら仏壇を守る人がいなくなる、と思ったモラエスは藁をも摑む気持だったのである。モラエスの心中を察した智賢尼はやさしい柔和な表情を取り戻し、

「ここで祀らせて頂きましょう」

とはっきりした声で言った。モラエスは尼僧の手を大きな両手で固く握りしめ、何度も何度も頭を下げた。

この数カ月後、モラエスは長文の遺言を書いた。

私の遺体は日本の火葬場で荼毘《だび》に付され、キリスト教の関与なしに埋葬されるこ

と。キリスト教を信奉していないからである。私の法的相続人はジョゼとジョアンのみである。三十四銀行にある預金がすべての動産であり、そこから葬儀費用その他の経費を支払い、残額の半分は二人の息子達に二等分して渡すこと。それ以外のいかなる物も二人に渡すことを拒否する。蔵書、アルバム、版画、掛け軸、巻物は公立徳島図書館に寄贈する。遺骨は斉藤コハルの墓に納めて欲しい。コハルの墓石の裏に私の名前と死亡日を日本語で刻めば十分である。斉藤ユキから口約束で承諾を得ているが、もう一度承諾をとる必要がある。承諾の場合はユキに八十円を渡すこと。ユキが断った場合は、私のいとしい伴侶福本ヨネの墓になるべく近い同じ墓地内に、八十円以内で私の墓を建てて欲しい。これも不可能な場合は、慈雲庵智賢尼に依頼して遺骨を慈雲庵の適当な場所に保管してもらいたい。残金の処分に関しては、仏壇を永代供養してもらうことを条件に智賢尼に五百円。死の床にある私を看てくれた人に百円ずつ。斉藤ユキに千五百円。すべてをすませた残りは全額、出雲今市の永原デンに渡す。

モラエスはユキの口約束をそれほど信用していなかったし、ユキの取り分を行方はもちろん生死さえ分らぬ永原デンよりはるかに小さくした。モラエスにとってユキは、親類に当たる人でありながら、心の中では雇用関係上の人だったからである。また亜珍に何も与えず、息子達にも法定上の額以外に何一つ与えなかったのは、この時になっても彼等に警戒心、いや恐怖心とでも言うべき感情を抱いていたからである。

亜珍と息子達が、アルブケルケを通してほぼ毎年、結婚し香港で一緒に暮らしたい、そのため来日しモラエスと話し合いたい、と要望していたから、嫌悪感は恐怖心にまで膨らんでいたのであった。

実際、追いつめられたモラエスは、結婚を迫る三人に対し高い障壁を設けるため、好感を持っていないがよく知っている唯一の独身女性、コハルの妹、十六歳のマルエと形式的にでも結婚し日本人に帰化する、という途方もないことまで考えたのであった。モラエスは神戸の友人にこう書いている。

「私が亜珍と結婚することは、私が小鳥のように飛ぶことと同じく不可能なことです。彼等が徳島の家に来ても玄関を開けるつもりはありません。万事休すと知ったら私を殴るとか私を裁判所に訴えるなどということをやりかねない人達だからです」

モラエスは金がすべての亜珍を物の怪《け》のごとく嫌ったが、亜珍に育てられマカオと香港で教育を受けているうちにすっかり中国人に似た精神構造になった息子達をも大いに慨嘆し、できるだけ遠ざけようとしていた。

この遺書を書いてしばらくして、智賢尼が東海寺地蔵院当主の十五歳になる息子を伴ってモラエスを訪れた。

「モラエスさん、先日の仏壇の件ですが、正式に慈雲庵が供養をお引き受けいたします」

「ありがとう、ありがとう」

モラエスは再び智賢尼の手を両手でつかみ頭を下げた。そのままの格好で智賢尼は、

「私が死亡し、その時に慈雲庵を継ぐ者がいない場合は、慈雲庵の本山にあたる東海寺地蔵院でその仏壇を供養してもらえることになりました」

「ありがとう、ありがとう」

モラエスは感に堪えないかのような表情で繰り返しお辞儀した。

「この小坊は、地蔵院を継ぐことになっておりますから、いずれその仏壇をお祀りすることになります」

智賢尼がそう言うと小坊はモラエスに向けて手を合わせた。

「小坊さん、親切、ありがとう、ありがとう」

モラエスは今度は小坊の手を握り、またも頭を何度も下げた。

智賢尼が微笑みながら、

「東海寺地蔵院は、慈雲庵から十分もかからない所にある、林の中の風情あるお寺ですから、一度遊びに来られたらいかがですか。アジサイの季節はとてもきれいですから」

「ぜひ、行きます。小坊さんにも、日の出楼の赤練り羊羹、持って行きます」

智賢尼からモラエスのワンパターンを聞いていた小坊は、智賢尼と顔を見合わせて笑った。モラエスもよく意味が分らないままつられて笑った。

大正十三年（一九二四）、モラエスは七十歳となった。身体は着実に衰えて行った。持病の腎臓病は相変らずだったし、心臓弁膜症や糖尿病も悪化していた。原稿に精を出

している間はまだよいのだが、執筆を休んでいると、一気に精神状態が悪化した。自分を信じ自分を頼り切っていたおよねを助けてやれなかったという自責、コハルの病気にもっと早く気付いてやれなかったという後悔、などに苛まれ生き恥をさらしているような気分に押しつぶされていた。こんな時はおよねとコハルの墓を夜に訪れ、墓石に抱きつき声を上げて泣きながら謝ったりした。とっくに忘れていた、マカオ港務局副司令を辞めることにつながった陰険な策謀や、神戸領事としての全仕事を侮辱するような給与支払停止、などを思い起こしては憤怒に燃えたりもした。亜珍達が突然玄関にやって来るのではないかとの妄想にとりつかれたりした。神経衰弱だった。

健康のためには書き続けることだった。規則正しい生活が第一と、朝五時起床、夜八時就寝という早寝早起きを実行していた。この頃書いていたのは『日本精神』だった。

この本の第一章でこう書いている。

日本人は、その精神的特性が、これ以上はあり得ないほど、あらゆるヨーロッパ民族とまるっきり異なっている……今こそ私は言いたい。私たちポルトガル人ほど、この日本精神をよく理解できるヨーロッパ人はいないであろうと。

この自負、この意気ごみ、この使命感をもって、それまでの日本研究の集大成となるライフワークに取りかかったのである。宗教、歴史、芸術などについても無論語っているが、真骨頂は、徳島での庶民生活という体験を通して、日本人の家族、生活、年中行事、習慣、そして愛や死を生き生きと描いた部分である。例えば次のような文章がある。

日本では人はしょっちゅう歌っている。たいていは小さな声であって響きわたるようなわめき声は出さない。……町では大工、左官、下駄職人、車夫、その他すべての職人が歌いながら働いている。田野では、山では、農夫が、樵《きこり》が歌いながら休みなく働く。……母親はもちろん、歌を歌ってきかせ子供達を寝かしつける。……遠足の生徒達は歩きながら合唱する。行進中の兵士もときどき合唱する。

夏のあいだ、家庭内では、男たちは恥かくしの細い帯、「ふんどし」を着用するだけである。女は腰から膝までを一枚の布で被うだけだ。その格好で働き、おしゃべりし、短い午睡でまどろむ。夕方には毎日、家庭で風呂の楽しみがある。裏庭の植込みの陰におかれた大きな桶を湯で満たし、席次に従って家族が順番に入る。……ある八月の夕方に見た場面を今思い出す。私の隣人の大工が仕事から帰り、全裸になって桶の中で湯浴みし、美しい青銅製の仏像のような琥珀色の、筋骨たくましく伸びやかで美しい肉体を誇示する。彼の三人の娘たち、三歳、五歳、九歳もまた裸になって、父親の身体に這いのぼっては、どうっと下におり、湯気の立っている湯の中でぼちゃぼちゃと戯れる。仏陀は、家長としての分別を忘れて笑っている。……穏やかな海の、水びたしの窪みの上で遊んでいるあざらし一家といってよいだろう。

隣に住む大工の橋本は親切でお赤飯や正月の餅、七夕の団子などをこしらえた時には、よくモラエスにおすそ分けしてくれた。娘達が持って来た時などはモラエスは大喜びし、三倍ほども値打ちのある卵や日の出楼の「池の月」というせんべいなどをお返しに持たせた。三人娘の年齢までも正確に知っているのはよく可愛がっていたからであった。

隣人同士の仲は常によい。憤り、争いといったものは起こらない。それどころか、誰もがつとめて互いに丁重に振舞おうとする。頻繁に隣同士で贈り物を交しあうのが習いである。私までがやりとりしている。日本の隣人たちほど愉快な隣人は世界中に断じていない。

当初は怪しい毛唐とか好色外人などと陰口を言い、モラエスを警戒し、軽蔑や敵愾心を抱いていた徳島の人達だったが、住んで十年もたつと、自然にモラエスに慣れ、またその人柄なども噂として広まったため、「伊賀町の異人さん」などと、むしろ親しみをこめて呼ぶ人も多くなっていた。徳島中学の生徒が英語を教えてもらいに訪れたりもした。

ドイツ人捕虜が一時期多く来たため外国人アレルギーがなくなったこともあろう。友達のいないモラエスにとって、行きつけの米屋、魚屋、八百屋、油屋、菓子屋、絵葉書を買う文房具屋、タバコ屋、金毘羅さんの絵馬堂下や新町橋の路上で商売をしていた、

キセルのやに掃除をする羅宇仕替屋《らうしかえ》などは、格好の話し相手だった。また、水売りの若者や、

「いわし、いらんでー」「えび、いらんでー」

と言いながら天秤棒に一杯の魚を運んでくる魚売りの女とも親しくなった。この女からは魚のあらも猫用にもらっていた。この女の声を聞くたびに、

「魚はいらんかねー、私しゃ正直な女だよお」

と言って魚を売るリスボンの露天商の女たちを思い出した。

そして無類の子供好きだったモラエスにとって近所の子供達、特に女の子達は天使のような存在だった。小学校へ通う子供達も、遠回りしてモラエスの家の前を通り、

「モラエスさーん」

と声をかけたりした。モラエスはサンタクロースのような白い髭だらけの顔をほころばせて、二階から手を振ってそれに応えた。子供達が遊んでいるとたいてい声をかけた。彼等が家に遊びに来るともてなすのに大童だった。ミカンの皮をむいてやったりビスケットをやったり、立体覗き眼鏡で日本の名所旧跡を見せたり、オルゴールで音楽を聞かせたり、二階から望遠鏡で遠くを見せたりと、子供達の機嫌をとってはなるべく長くいてもらうようにした。

男の子が遊びに来ると、馬になって部屋中を這いまわったりした。とりわけ歩いて三分ほどの「浜嘉」という菓子店の房子という明朗快活な少女は人懐こく、しばしばモラエスの家を訪れたため、モラエスの大きな慰めとなっていた。

孤独とは言っても、それなりの話し相手はいたのである。モラエスの方からそのような人々を求めたとも言える。孤独をいやすためばかりでなく、庶民との交際を通して日本人を深く知るためでもあった。それはしばしばそのまま書く材料ともなった。この人達とおしゃべりで過ごす時間はモラエスにとって暇つぶしではなく貴重なものだったのである。

その上、モラエスには猫と鶏の他に、ガラス容器に入った背が青銅色の小型ワニのような赤腹《イモリ》が五匹いた。墓でチャンバラごっこをしていた男の子達が捕まえて持っていたのを一匹一銭で買ったものだ。籠には十姉妹《じゅうしまつ》がいた。蛇もいたが十姉妹を呑みこんでしまったためアルコール漬けにした。このような動物達も心を和ませてくれていた。

ある夏の午前、モラエスが二階で脇息にもたれ物思いにふけっていると、玄関をノックする音が聞こえる。肌着に腰巻姿のままモラエスが玄関先に出て見ると、一人の日本人学生が立っていて、モラエスにお辞儀をするなり口を開いた。

「今日は。私は安部六郎と申す者です。東京外国語学校のポルトガル語学科に在籍する学生です。ピント教授からモラエスさんの人と作品について聞かせてもらいました。そこで故郷の香川へ帰郷するついでに、ここに寄らせていただきました」

モラエスは仰天した。安部が流暢なポルトガル語で話したからである。日本人の口からポルトガル語が出てくるというのはまさに青天の霹靂だった。と同時に、ポルトガルが日本人に称揚されたように思えて跳び上がりたいほどうれしかった。徳島に来てから一番のうれしさだった。

「ピント教授に会ったことはないが名前は知っている。恐らく私の作品をポルトガルで読んでいたのでしょう。どうやってここを訪ねあてましたか」

「あちらこちらで人に聞きました」

モラエスは安部を居間に通した。安部は壁のポルトガル大地図とか上等らしい陶器類などに目を見張ってから言った。

「普段はどんな生活をされていますか」

「散歩や執筆や庭いじりが多いですね。夜は時々、新町橋通りを歩いたり新町橋に立って美しい日本娘を愛でたりしています」

「日本娘はそんなに魅力的ですか」

「まさに芸術品です。ただ一つ残念なのは、近頃、着物でなく洋服を着る女性達が増えてきたことです。日本人には着物の方がずっと似合うのに」

「洋風がお嫌いですか」

「私は西洋に幻滅して徳島にまで来た人間ですから。ところが西洋がここまで追って来る。日本人ほど美感に秀でた人間がなぜ西洋的なものになびくのか不思議に思っているんです。それにしても君はポルトガル語がうまい。発音も正確だ」

「ありがとうございます。ピント先生に鍛えられているせいかも知れません」

「彼は若いけれどポルトガル生まれ、すなわち生粋のポルトガル人だから君も幸運だ。今、日本には二百人もポルトガル人がいるけれど、生粋と言ったらフレイタス公使、ピント教授、私の三人だけで残りはすべてマカオ生まれです。彼等のポルトガル語はかなり怪しい」

「ポルトガルへはお帰りになる予定はあるのですか。私達はモラエスさんのような方が日本に住んでいらっしゃることは誇りなので、帰られると淋しいのですが」

「この年では海を渡る力も金もないですからね。徳島の土になりたいと思っています」

少なくとも金はあったのにそう言った。自慢の嫌いなモラエスには韜晦《とうかい》と言おうか自己卑下と言おうか、時折本当のことを言わない癖があった。薄汚い外人として自分は人々から怪しまれ嫌われ蔑まれている、などとよく書いたが、最初はともかくその後は、多くから親しまれていた。また自分の文学をほめ称える記事が内外の新聞に出たりすると、

「全然分っていない批評家だ」

「嘘ばっかりの記事だ」

などと友人によく語った。ほめられてうれしくない人などいないのにである。

安部に続いて同級生の上野忠夫が訪ねて来てくれた。この時もポルトガル人としての自負がくすぐられ、うれしくなって五時間も語り続けた。母国の友人に手紙でこう伝えている。

……僕はその学校で日本の紹介者かつ友人として尊敬されているそうだ。驚いた。日本で自分の本を誰にも進呈したことがないのに……日本の学生のにこやかな口元

から我がポルトガル語を聞くとは、誰が想像しただろう。こんな喜びを日本がまだ僕のために取っておいてくれていたとは。

実は大正十三年（一九二四）に東京日日新聞に小さなモラエス紹介記事が出たのを皮切りに、翌々年には大阪朝日新聞、そして元号の改まった昭和二年（一九二七）には徳島の新聞までもがモラエス訪問記を掲載した。心ならずも有名人となったモラエスは、新聞記者などが同じ質問をしに押しかけるのを内心、迷惑に思っていた。

ポルトガルにおいても、徳島で著された『徳島の盆踊り』『おヨネとコハル』『日本精神』などが高く評価され、モラエスの知名度はますます上がるばかりだった。神戸で著された「日本通信」の頃のブームは、大航海時代の栄光のポルトガルと今の日本を二重写しにするという、憧憬と懐旧に支えられたものだったが、徳島で書かれたこれら作品の真骨頂は、モラエスの抉り出した日本の深層、そしてそれを活写した香り高い文体や文学性にあった。これが評判を得たことには、西洋人の、産業革命の成果である近代化への幻滅が底流としてあった。文明の行き着いたものが、悲惨な工場労働者、煤煙で汚濁した都市、利害損得がすべての荒廃した精神、などであったことに気付いたポルトガル人、いや十九世紀末から二十世紀初頭にかけてのヨーロッパ人は、近代文明とは対極にある田園、そして東洋に憧れを抱いたのである。欧米を捨て、嫌悪し、日本に来て、ついには徳島にまで来たモラエスは、正にその精神を徹底して実践した人物なのであった。

二月の肌を刺すような寒い日、モラエスは城跡の公園に設けられた移動動物園を訪れた。見事なベンガル虎に目をみはり、生まれて初めて見る北極熊に見とれた。中でももっとも興味をひかれたのは「森の人」オランウータンだった。

狭い檻の外側には、暑熱のボルネオから連れて来られたオランウータンのために、古いブリキ缶を使った即席の火鉢が作られ真赤に炭火が燃えていた。オランウータンは檻の隅に置かれた粗末なベッドの上に横たわって、一本の大きなかなづちを手にしていた。退屈そうなオランウータンを可哀相に思った飼育係が投げ与えたものだろう。かなづちの頭部の鉄を眺めたり柄を見つめたりしていたオランウータンは、やがてそれに飽きると放り出し、今度は壊れかけたベッドから藁を数本引っぱり出し、歯の間につっこんで噛み始めた。それを見た飼育係が怒って、火鉢の火をかき立てるのに用いる鉄棒でオランウータンを脅した。オランウータンは恐怖、憎悪、錯乱を目つきと身ぶりで表わした。ただそれは一瞬のことで「森の人」はすぐにそれまでの表情に戻り、いらいらと手を額にやったり、頭を檻の格子にもたせかけ、ふてくされたような仕草をした。人々がこれを見て笑った。

モラエスは半時間も「森の人」を凝視していた。その目に深い哀しみが漂っていたからである。ほとんど人間のようなその眼差しには、すさまじい孤独と絶望の毎日を、諦念によりどうにか生き長らえている様子がうかがえたのである。ボルネオの、緑蔭と炎熱の美しい原始林からひき離され、家族からひき離され、日本の興行師に売られてきたはずだ。神戸から徳島、大阪、京都と連れ回され人々の好奇の目にさらされる。そして経験したことのないこの寒さで肺炎などにかかり、遠い異国の地で独り静かに生を終えるのだろう。

モラエスは移動動物園が徳島にある間、何度もここを訪れてはオランウータンの檻の前に立った。最終日にも訪れ、真っ直ぐに檻へ向かった。オランウータンは所在なげに陽だまりに背を丸めて坐っていた。モラエスが近づくと、オランウータンは長く伸び放題となった茶色の髪の下から黒い目を大きく見開いてモラエスを見つめた。

「さようなら、友よ。よい旅を祈っているよ。また近いうちに会えるよね」

モラエスは顔を檻にすり寄せて、囁くようにポルトガル語でそう言った。近くにいた男の子が不思議そうにモラエスを見上げた。

名声とともにモラエスの健康は急速に悪化していった。足の痛みがひどくなったため墓参り散歩すらままならなくなった。散歩という唯一の健康法を失ったせいか、抱えていたいくつもの成人病が一斉に噴出し始めた。運動不足は精神にも悪影響を与えた。健康悪化を伝え聞いた人々が、どうにかしてやりたいと次々にやって来た。コート夫妻がカルネイロ公使のお供で徳島まで見舞いにやってきた。公使は神戸での療養をしきりに勧めたが、

「ここで死ぬことに決めています」

とモラエスは言うばかりだった。

コートが籐椅子の横の卓袱台に置かれた絵葉書を見つけた。

「ほう、この絵葉書はどこの写真ですか」

「ああ、妹のシーカが十年も前に送ってくれたもので、リスボンのサン・ペドロ・デ・アルカンタラ公園だ。リスボン中心部を一望できる公園で、幼い頃に父が連れて行ってくれた所だよ。あそこの池には魚がいて父の手をとり飽かずに見ていたものだ。懐かしくてね」

モラエスはそう言うと、その下から別の絵葉書を取り出した。

「これもシーカが送ってくれたもので、コインブラから一時間ほど山へ向かった所にあるブサコパレスホテルの広間だよ。華麗だろう。特に、高さ一メートル余りの腰板が青いアズレージョ（絵タイル）で実に見事なんだ。ここの食堂からは美しい庭園が見下ろせて、西端には二十メートルもある藤棚がある。およねさんと一緒に訪れようと約束していた所なんだ。喜んでもらえたのに」

コートは、こんな写真を繰り返し眺めてはサウダーデに悶えているモラエスを気の毒に思った。ただ、この写真を説明する時だけ言葉に力がこもっていたのが不思議だった。

コートが二人だけになって、親切心から神戸の名医による治療などについて言うと、

「ありがとう、ペドロ。でも私は、もはや過去にも未来にも、そして現在にも生きたくないのだよ」

と申し訳なさそうに返すのだった。コートはモラエスをこう励ました。

「私は希望がなくては生きて行けません。ヴェンセスラオ、希望を持たないと」

「ペドロ、希望がなくても人はサウダーデによって生きて行けるのだよ。私は徳島に来てからはずっと、サウダーデで生きているんだ。孤愁の海を泳いでいる」

「その生き方はとても辛いものと思いますが」

コートは、モラエスの場合、その対象がポルトガルでありおよねとコハルであり、それは痛み、苦悩、悔恨に他ならないと考えたからであった。モラエスはコートの問いに答えず黙っていた。休息も終りもないサウダーデに身を焦がし、苛《さいな》まれ、苦悩し、涙すること。確かにこれがモラエスの心を占める唯一のものとなっていた。すべての希望や未来を失なった人間にとって、それが生きる支えとなり、前へ進む力となり、愉悦ともなりうる、ということまでは、コートの考えは及ばなかった。


昭和三年（一九二八）になると、足がむくんだため十一文半の足袋もはけなくなり、ますます外出は困難になった。身体はあらゆる成人病でぼろぼろとなり、好きな庭いじりはもちろん執筆や読書さえままならないほどになった。籐椅子に坐りとりとめないことを考えては一日を過ごす、という日が多くなった。しばしば死について考えた。インドの詩人タゴールが日本に立ち寄った際に、

「世界でただ二つの国、インドと日本だけが死を迎えるにあたって微笑むことを知っている」

と言ったことを思い出した。モラエスは煙管に火をつけると考えをめぐらせた。

（恐らく二つの民族の微笑はそれぞれ異なる理由によるのではないだろうか。微笑むと

言ってもそれは詩人の誇張で、実際は、死という最も厳粛な瞬間に、心穏やかな態度をとるということなのだろう。それならおよねとコハルも、臨終の際に、恐怖と悲痛に歪んだ表情で死んで行く西洋人に比べ、死を恐れず実に冷静に振舞った。日本人は諦念という思想を持っているような気がする。インド人の場合は何か哲学的理由が大きいのだろうが、日本人の場合は死者崇拝のおかげではないか。死んだら神様とか死んだら仏様、と言われるように神格化され、仏壇の中とはいえ家庭の中に居場所があり、妻あるいは夫から、子供達、孫達、曾孫達、玄孫達、未来のすべての世代から愛情を注がれる。子孫の心に生きている。これは死ぬことではない。生きること、永遠に生きることなのだ）

モラエスは仏壇を慈雲庵、そして東海寺で永代供養してくれることを、心強く感じた。

この年の四月、ついに異変がその姿を現わした。ある朝、右手で持とうとした茶碗を落としてしまったのである。右脚ももつれて歩きづらい。大声で隣の橋本を呼び、コハルが見てもらったことのある富永医師に一走りしてもらった。徳島に来て以来、モラエスは医者にかかったことがなかった。薬は飲んでいたが、リスボンのロドリゲス博士から送ってもらったものか、薬屋で買い求めたものだった。

「脳梗塞と思われます。軽い方です。右腕、右脚がしばらく自由になりませんが、できるだけ動かすよう頑張って下さい。そうすれば次第に改善されて行くと思います」

富永医師はそう言っていくつかの薬を置いて帰った。

家事ができなくなったので、手伝いを頼まざるを得なかった。コハルが入院中に世話になった心やさしいしげのさんに連絡をとろうとしたがうまく行かなかった。仕方なくユキに毎朝来てもらい、三食分の食事を作り、部屋の清掃や洗濯をしてもらうことにした。それまでも時々は来てもらっていたが、それが毎日となったのである。

夏頃には二階にも上れなくなった。立ち上がるまでが一苦労のうえ、柱や障子につかまりながらゆっくり歩くので、近所の人が訪ねて来ても、返事してから玄関に出るまでに十分以上もかかった。ユキに二階へ行くことは禁じていたので、二階は間もなく蜘蛛の巣だらけとなった。好きだった布団も、寝起きの時に足腰に負担がかかるし、いったん布団に入ったらそのまま寝たきりになる可能性もあると考え、昼も夜も階下の籐椅子に腰かけたままでいた。夜は身体に毛布などをかけた。寒い日はその上から海軍将校用の分厚いマントをかけた。朝の冷水摩擦だけはどうにか頑張って続けた。

原稿は無論書けなかった。ポルトガルとの唯一のつながりである妹や友人には絵葉書や手紙はたまに書いたが、手が震え判読困難な字しか書けなくなっていた。

翌昭和四年（一九二九）の春、東京のカルネイロ公使に本国の外務大臣から、

「モラエス氏がかなり重い病気にかかっているようなので、誰か見舞いに行きこちらに状況を連絡して欲しい」

との要請があった。カルネイロ公使は要請を神戸ポルトガル領事館に振った。モラエスの神戸時代の友人で、今は領事となっているソーザ自らが夫人を連れて徳島へやって

来た。県庁役人の案内で家に着いたソーザは、ポルトガルの誇る高名な作家が、徳島の長屋の薄暗いごみためのような一室で、誰の介護も受けず籐椅子に横たわっているのを見て絶句した。夫妻の暗い顔を見たモラエスは、

「この籐椅子はサウダーデの特等席です」

と言って少しだけ口元をゆるめた。ソーザ夫妻は神戸への転地療養を懸命に勧めたが、相変らず、

「ありがとう。私はここで一生を終えたいのだ」

と固辞するばかりだった。仕方なく二人はモラエス家を辞し、富永医院にて病状を尋ね、彼にもしものことがあったら直ちに自分に連絡するよう依頼した。帰り道、新町橋にさしかかった時、ソーザが立ち止まり、夕日に紅く染め上げられた新町川沿いの藍倉の白壁に目を落としながら、

「モラエスさんも長くないだろう。どうしてもおよねさんとコハルさんの所から離れたくないんだなあ」

と感慨深げに言った。夫人は涙ぐんでいた。

六月三十日、モラエスは夜八時前に就寝してしまったが、夜半になっての激しい雨音で目を覚ました。再び眠ろうと目を閉じたが頭は冴えて眠れない。妹のフランシスカが懐かしかった。子供の頃、トレル街の自宅の中庭で、外壁に貼りつけられた無数の貝殻の一つ一つに手を置きながら、二人でいつまでも遊んだことが思い出された。

「ねえ、シーカ、この貝、何かに似ていると思わない。よく見てごらん。これはクモ貝と言うんだよ」

「クモなんて私、嫌いよ。でもこの貝はきれいな形をしているわよ、アパ。茶と白の縞模様、とてもきれい」

「それはカズラ貝と言うんだ。カスカイスの海辺にもきっとあるよ、シーカ」

モラエスは目を閉じたまま独り言を言った。

「七十年近い昔だ。今では二人とも白髪のお爺さんとお婆さんだ。でも会いたい、お前に、シーカ」

雨は安普請の長屋を激しく叩き続けていた。豪雨で閉め切られた室内の湿度はいつになく高く、寝苦しい夜であった。

と、モラエスの前に藍染の桜が鮮やかに描かれた阿波しじらの浴衣を着たコハルが現われた。阿波踊りを踊り明かそうと、大きな黒い目をキラキラと輝かせている。

「コハルちゃん、可愛い。でも、ごめんなさい。ごめんなさい。もっと早く気付いて、治す、できなかった。可哀そう、コハルちゃん、こんなに元気一杯だったのに。可哀そう」

いつの間にかモラエスの目に涙が溢れていた。そして紋服姿のおよねが暖かく包みこむようなやさしい微笑を浮かべながら現われた。

「およねさん。何と美しい。何とやさしい。何と優雅だ。私を、心の底からの幸せで包んだ人、およねさんだけ。それなのに、およねさん、およねさん」

モラエスの目から涙がほとばしった。モラエスはしゃくり上げながら声を上げて言った。

「およねさん。私、愛した。私、たくさん、愛した。でも、もっとたくさん、愛したかった。もっともっと、たくさん。およねさん」

絶望と虚脱がないまぜとなったまま、モラエスは茶だんすの上に置いてある、神戸から持ってきたまま手をつけなかったブランディー、アグワルデンチに手を伸ばした。普段は酒を飲まないモラエスだったが、救いを求めるような気持で、これを飲もうとしたのだった。そしてふたをとるやそのままボトルの半分ほどを一気に飲んだのである。喉から食道がヒリヒリと焼け付くように熱く、間もなく身体中が火のついたように燃え上がった。心臓が激しく動悸し、意識が朦朧《もうろう》とした。暑さと熱さで喉の激しい渇きを覚えたモラエスは、水を飲もうと台所へ這って行った。四年ほど前に引かれた水道の蛇口に口をつけようと立ち上がった瞬間、弱り切った足腰に加え、経験したことのない強い酔いでバランスを失い、両脚を台所の板の間に残したまま土間にどうと倒れこみ、頭部を激しく三和土《たたき》に打ちつけた。三和土に顔をつけたままのモラエスに、静かになった雨音がやさしくリズムを奏でていた。旅の終りの音楽であった。

　モラエスの遺体は翌朝、隣の橋本により発見された。前夜、薄壁一枚を隔てた隣家で夜なべしていた橋本は、夜半になって異様な物音を耳にしていた。朝になり、いつもの冷水摩擦に出てこないモラエスを心配して家主と覗きに来たのだった。検死が行われ、事故死と発表された。東京朝日新聞や大阪朝日新聞には自殺と出た。神戸から直ちにコートが駆けつけた。次いでソーザ領事が到着し、モラエスの遺書の入った小箱を二階で発見した。何もかも遺志通りに執行された。モラエスの葬儀は七月三日に安住寺で行われ、遺体は火葬された。遺骨はコハルの墓に入り、モラエスとおよねとコハルの三人を祠った仏壇は慈雲庵、智賢尼により、彼女の死後は東海寺地蔵院で供養されることとなった。

亡くなった後、三十四銀行に預金が二万二千円（現在の一億円ほど）もあったことが分った。これは神戸で貯めたもので、当時の銀行預金の利率は平均して六パーセントほどだったから利息だけで十分に生活することができたのである。二万円を超す額であったことに、モラエスの質素な生活を知る徳島の人々は驚き、それがポルトガルへ何度も往復できる額であったことに、あらためて感慨に浸った。

モラエスが毎日、震える手で花を胸に抱いておよねとコハルの墓に行き、供え、いつまでも佇んでいたのをこっそり見ていた小さな女の子達は、モラエス亡き後も、花を摘んできては供え続けた。

あとがき

一九八〇年二月十五日の寒い朝、父は突然の心筋梗塞で倒れ、私の腕の中で息を引き取った。それまでに味わったことのない衝撃であったが、悲しくはなかった。怒りに震えていた。

毎日新聞に連載中の『孤愁《サウダーデ》』にかけた父の気迫は大変なものだった。ポルトガル、マカオ、長崎、神戸、徳島とモラエスゆかりの場所を何度か訪れ丹念に取材したうえで、一九七九年に執筆にとりかかったのであった。それが、連載が始まり一年足らずで暴力的に中断させられたのである。父の無念を思い、冷酷な自然の摂理に怒り、その不条理に憤った。

恐らく翌日だったと思う。父の作品を、父が書いたであろうように完成することで父の無念を晴らそうと決意したのは。『若き数学者のアメリカ』一作を書いただけの一介の数学者である私が、憤怒の中でそんな無謀な決意をし、父の霊前に誓ったのである。

軽率な私はこれを毎日新聞のインタビューで話してしまい、それが翌日の新聞に大きく出てしまった。井上靖さんが「親子で書き継ぐというのは聞いたことのない試みだ。いくら親子とはいえかなり難しいことと思う」とコメントされていた。父の亡くなった後、なるべく早く書き出したかったが、このコメントもあり、またすぐに書き出すのはいささか浪花節的に思えて歳月を待つことにした。

以来三十二年間、父の訪れた所はすべて訪れ、父の読んだ文献はすべて読んだ。ポルトガルへは三度、父が「僕の宝物」と呼んだ九冊の取材ノートを手に訪れた。父と同じルートを辿り、父と同じ人々に会い、父と同じ宿に泊り、父と同じ料理を食べ、父と同じ酒に酔った。徳島は十数回も訪れた。そして父の亡くなった歳と同年齢になって、書き始めたのである。

一年半ほどかけて書き上げてみて、確かに難しい仕事だった。当初の「父の書いたであろうように」というのは早々に諦めざるを得なかった。どうしても別個の人格が出てきてしまうのである。父が全力で書き、そのバトンを受けた私が全力で書く、という作品となった。

今、頭に浮かぶのは、「父の無念をやっと晴らした」という想い、そして「父の珠玉の作品を凡庸な筆で汚したかもしれない」という危惧である。

一つだけ確かなことは、父との約束を三十二年間かけて果たした安堵感である。

二〇一二年十月二十四日

藤原　正彦

主要参考文献（順不同）

花野富蔵『日本人モラエス』大空社　一九九五年
モラエス著　花野富蔵訳『定本モラエス全集（全五巻）』集英社　一九六九年
モラエス著　花野富蔵訳『日本精神』講談社学術文庫　一九九二年
岡村多希子『モラエスの旅』彩流社　二〇〇〇年
岡村多希子『モラエス――サウダーデの旅人』モラエス会　二〇〇八年
モラエス著　岡村多希子訳『おヨネとコハル』彩流社　一九八九年
モラエス著　岡村多希子訳『日本精神』彩流社　一九九六年
モラエス著　岡村多希子訳『モラエスの絵葉書書簡』彩流社　一九九四年
モラエス著　岡村多希子編訳『ポルトガルの友へ　モラエスの手紙』彩流社　一九九七年
モラエス著　岡村多希子訳『モラエスの日本随想記　徳島の盆踊り』徳島県文化振興財団、徳島県立文学書道館　二〇一〇年
佃実夫『わがモラエス伝』河出書房新社　一九六六年
佃実夫編『モラエス案内』徳島県立図書館　一九五五年
徳島のモラエス編集委員会編『徳島のモラエス』徳島市中央公民館　一九七二年
三好昭一郎『モラエス　その光と影』徳島モラエス学会　一九九二年

アルマンド・マルチンス・ジャネイロ著　野々山ミナ子、平野孝国訳『夜明けのしらべ』五月書房　一九六九年
湯本二郎『ウェンセスラウ・デ・モラエス翁』モラエス翁顕彰会　一九三九年
林啓介『「美しい日本」に殉じたポルトガル人――評伝モラエス』角川書店　一九九七年
デコウト光由姫『モラエスとコウト友情物語 明治を愛したポルトガル人』新人物往来社　二〇〇一年
森本義輝『サウダーデの男モラエス』東京図書出版会　二〇〇四年
阿坂卯一郎『日本への遠い道モラエス伝』小峰書店　一九七九年
「モラエス」編集委員会編『モラエス（全九巻）』モラエス会　一九九八～二〇〇六年
四国放送編『異邦人モラエス』毎日新聞社　一九七六年
新聞集成明治編年史編纂会編『新聞集成　明治編年史（全十五巻）』林泉社　一九三六～一九四〇年
下川耿史、家庭総合研究会編『明治・大正家庭史年表―1868↓1925』河出書房新社　二〇〇〇年
神戸新聞写真部編『目で見るひょうご100年』神戸新聞総合出版センター　一九九九年
徳島市市史編纂室編『写真でみる徳島市百年』徳島市　一九六九年
徳島史学会編『徳島県の歴史散歩』山川出版社　一九九五年
週刊朝日編『値段の明治大正昭和風俗史（上下）』朝日文庫　一九八七年

小山東洋『徳島市街詳地図』小山助学館　二〇一〇年
朝倉治彦、稲村徹元編『明治世相編年辞典』東京堂出版　一九六五年
マヌエラ・アルヴァレス、ジョゼ・アルヴァレス著　金七紀男、岡村多希子、大野隆男訳『ポルトガル日本交流史』彩流社　一九九二年
徳島市市史編さん室編『徳島市史（全五巻）』徳島市　一九七三〜二〇〇三年

これらの文献他、数多くの資料を、小説という性格上、自由に引用させていただいた。その上、私の文体に合わせるため、大幅に手を加えている。また、父の没後に明らかになった研究の成果を踏まえ、父の執筆部分についても最小限の修正を加えさせていただいた。これら労作なしにこの小説が完成することは到底なかった。ここにあらためて感謝を申しあげたい。

また、取材、執筆にあたり、多くの人々の助力を得たが、とりわけ、リスボンの元駐日ポルトガル大使マルティンス氏夫妻、徳島日本ポルトガル協会会長の桑原信義氏、そして妻の美子には非常にお世話になった。末筆ながら深甚の感謝を述べさせていただきたい。

解説

縄田一男

本書『孤愁〈サウダーデ〉』は、一九七九年八月二十日から「毎日新聞」に連載された作品で、それに先立つ同年八月十七日に、「新朝刊小説「孤愁《サウダーデ》」の世界――新田次郎氏に聞く」という桐原良光記者構成による談話が発表された。

まず記者が、

二十日から朝刊連載小説に、本紙初登場の新田次郎氏が「孤愁（サウダーデ）」を執筆する。「もう一人の小泉八雲」といわれる海外への日本紹介者、ポルトガル人のヴェンセスラオ・デ・モラエスの半生に取り組み、日本を愛し続けた一人の外国人とその周囲にいた日本人を通して、人間と時代を描こうという構想。作品ごとに新しい世界を開いてきたベストセラー作家新田氏は、この作品で「書くのは難しい」といわれる〝外人〟に挑む。「快調に進み始めました」という新田氏に「孤愁（サウダーデ）」の世界を聞いた。

と紹介があり、次に談話がある。

新田次郎がモラエスを知ったのは、富士山頂測候所勤務時代の、昭和十、十一年頃。その折、日本語に訳されたモラエスの「徳島の盆踊り」「おヨネと小春」を読んだことによる。さらに十年前（当時）、小説家として「定本モラエス全集」（集英社）を読んで、一層感激が高まり小説の対象として具体化したという。

新田はこの談話の中で、作品に懸ける意欲の源泉を、さまざま語っており、いわく「もう一人の〝八雲〟といったような興味で読んだのですが、驚きましたね。その日本人観に。まるで日本人が日本を書いたようなんです。感激しましたね。『おヨネと小春』でも、二人の女性が亡くなり、墓参りをして家へ帰ったが暗くて戸のカギ穴が見つからない。と、ゲンジボタルがスーッと飛んできてカギ穴を教えてくれる。これはおヨネか小春か……というんですが、いかにも日本人的じゃないですか」。

いわく「エッセイで日本の女性を絶賛しているんです。ほめすぎのようなところもあって、（中略）それに日本の自然をほめている。ポルトガルの自然を少し入れながら日本の自然を紹介しているんですが、私は逆にポルトガルが知りたくなった。（中略）どうしてもポルトガルを見なくちゃいけない、という思いが高まりましてね」。

いわく「自分の足で歩いてみて、読むだけではわからなかったモラエスの見方や気持ちがわかってきた。原点を踏むことによって初めてわかった。取材に骨を折ったが、折ったカイがありました（後略）」。

新田の取材は、ポルトガル、マカオ、長崎、神戸、大阪、徳島と何度も繰り返されたという。

その取材で、モラエスのエッセイには、よくマツとスギが出てくるが、ポルトガルの北部はマツばかりであり、スギはないがヒノキに近い木、シードロがあり、格好はスギそっくり。さらにヨーロッパ人は焼き魚は死臭がするといって嫌うが、ポルトガル人は、聖アントニオ祭の日にイワシを焼いて食べる。また、おじやに似た食べ物、ミソ汁そっくりなスープ、豆腐の味のチーズ、といった共通点が次々に浮かび上ってきた。

そして、実際、日本の自然に魅せられた外国人は多い。

かのシーボルトも、母国オランダには日本のような四季がない、といい、多くの植物を採集、日本の花木や草花の株を母国に運ぼうとしている。

また、都市文化に関しても、ここに一つの挿話を紹介しておきたい。

いささか唐突だが、『半七捕物帳』の作者である岡本綺堂が、父の勤めている英国公使館の書記官アストンと神保町を歩いていたときのことである。

そのあたりは、路幅も狭く家並も悪い。おまけに各商店の前には色々な物が雑然と積んである。

それを恥じた綺堂は「ロンドンやパリの町にこんな穢い所はありますまいね」と話しかける。するとアストンもそれを肯定するが、意外なことに日本の町には、ロンドンやパリ、シンガポールや香港にも見出すことのできない大きな愉快、すなわち、道を行く老若男女の楽しげな顔を見出す愉快を感じるといい、さらに次のように続けるのである。

東京の町はいつまでも此儘ではありません。町は必ず綺麗になります、路も必ず広くなります。東京は近き将来に於て、必ず立派な大都市になり得ることを私は信じて疑いません。しかしその時になっても、東京の町を歩いている人の顔が今日のようであるか何うか、それは私にも判りません。（岡本経一編『綺堂年代記』）日本の美しさや人々のありさま——綺堂が恥じた部分にさえ——を愛した外国人は決して少なくない。

モラエスは確実にその一人であった。

しかしながら、そのモラエスを描こうという新田次郎の思いは志半ばで途絶えた。一九八〇年二月十五日、新田が心筋梗塞で倒れ、帰らぬ人となったからである。作品は、未完のまま一九八〇年七月、文藝春秋から刊行された。それ以来『孤愁　サウダーデ』といえば、新田次郎ファンなら知らぬ者とてない作者の絶筆として語り継がれてきた。それが〈新田次郎生誕百年〉となる二〇一二年の十一月、息子の藤原正彦が書き継ぎ、三十二年の時を経て完結を見たのである。

そして本書を読みながら、私は時々、涙ぐんでしまった。何故なら藤原正彦が書いた後半、全体の四割ほどが、父、新田次郎の書いた後を受けて何の違和感もなく続いていたからである。

父の死の翌日、毎日新聞からのインタビューを受けた藤原は、

「父が精魂を傾けながら絶筆となってしまったこの作品を、必らずや私の手で完成し父の無念を晴らすつもりだ」

と、半ば憤怒に駆られていったという。

が、それは容易な道ではなかった。まずいちばんに三十代半ばの自分が、父の心境に達しているのか心許なく、父の取材した地をすべて訪れ、父の読んだ資料をすべて読み、没後に出版された資料を大量に集め目を通した。これを多忙な大学の教員生活の中で行うのだから、あっという間に三十年が経ってしまったという。

この間、ポルトガルへ三度、マカオへ一度、長崎へ二度、神戸へ四度、徳島へ十数度訪れ、目を通した資料は数千ページとなり、父の執筆した年齢になって本格的に書きはじめたとのこと――書きはじめてすぐ、父のようには書けないと悟った、と藤原は記しているが、こうした執筆に到る行程の中、父は充分、息子の中に棲みついていたのではあるまいか。

そして完結したのが千五百枚の大作である本書というわけだが、この作品は、第十八回ロドリゲス通事賞を受賞した。

読者の方々には耳慣れない賞だと思うので、説明しておくと、この賞は、ポルトガル大使館の元翻訳官である緑川高廣氏の基金によって、一九九〇年に設立されたもの。日本で出版されたポルトガル人作家の翻訳本やポルトガルに関するテーマの作品に与えられる。

賞の冠となっているロドリゲスは、少年の頃に来日し、欧州人随一の日本通として知られ、秀吉や家康の知遇を得、『日本大文典』や『日本小文典』等の著作で知られる有名なポルトガル通事かつ教師であったという。

さて、それでは最後に、題名となっている〝サウダーデ〟について触れておきたい。

新田次郎は、前述の談話の中で、

「(ポルトガルで)百人ぐらいの人にその意味を聞きました。ある老婆はマカオで働いている息子を想うことだといい、ある老人はパリで働く二人の娘を想っている。また死んだ息子や夫を想っている人もいる。若い娘に聞いたら、恥ずかしくて答えられないという。十三歳のホテルのボーイに聞いたら、恋人のことだという。ノスタルジーであり、メランコリーであり、物や人への愛着でもある。全体に通じるのは喜びの含まれた哀しみ、とでもいうのか、ポルトガル人にしか理解できない感情らしい。それも一人々々の感じ方で違うんです」

といい、

「モラエスは故郷へのいとおしさ、懐かしさを込めて日本を愛していたようだ。故郷へ帰らないことによって、サウダーデを強調したかのようにも思える。感傷的といってしまえばそれまでだが、モラエスはもっと深いものを持っていた人ではないかという思いがしてきましてね……(後略)」

と続けている。

サウダーデ、すなわち、精神的二重国籍者——私にはふとそんなことばが頭に浮かんだ。

「私の遺体は日本の火葬場で荼毘に付され、キリスト教の関与なしに埋葬されること」

というモラエスの遺言はどうであろうか。

そして晩年、病状が悪化する中で、モラエスの逆説的な生きる支えとなるサウダーデ、すなわち孤愁。私は藤原正彦が、モラエスの最期を、この作品を志半ばで中断、急逝した父に重ねているような気がしてならなかった。

何故なら、日本の山岳小説の第一人者たる新田次郎の遺品を入れた記念墓は彼が愛したスイスのクライネシャイデックにある。

藤原正彦が書き継いでいったモラエスの最期——それは、父新田次郎の内なるサウダーデの発見ではなかったか。

私にはそんな気がしてならないのだ。

（文芸評論家）

単行本　二〇一二年十一月　文藝春秋刊

※本書は「美しい国」から「日露開戦」までを新田次郎が、「祖国愛」から「森羅万象」までを藤原正彦が執筆した。新田次郎執筆部分は毎日新聞連載後、一九八〇年七月に文藝春秋より刊行されている。藤原正彦執筆部分は単行本書き下ろしである。

文春文庫

孤愁《こしゅう》〈サウダーデ〉

定価はカバーに表示してあります

2015年5月10日　第1刷
2020年11月5日　第3刷

著　者　新田次郎《につたじろう》・藤原正彦《ふじわらまさひこ》
発行者　花田朋子
発行所　株式会社 文藝春秋

東京都千代田区紀尾井町3-23　〒102-8008
TEL 03・3265・1211㈹
文藝春秋ホームページ　http://www.bunshun.co.jp

落丁、乱丁本は、お手数ですが小社製作部宛お送り下さい。送料小社負担でお取替致します。

印刷製本・凸版印刷

Printed in Japan
ISBN978-4-16-790362-6

（　）内は解説者。品切の節はご容赦下さい。

新田次郎
武田信玄（全四冊）
父・信虎を追放し、甲斐の国主となった信玄は天下統一を夢みる（風の巻）。信州に出た信玄は上杉謙信と川中島で戦う（林の巻）。長男・義信の離反（火の巻）。上洛の途上に死す（山の巻）。
に-1-30

新田次郎
劒岳〈点の記〉
日露戦争直後、前人未踏といわれた北アルプス、立山連峰の劒岳山頂に、三角点埋設の命を受けた測量官・柴崎芳太郎。幾多の困難を乗り越えて山頂に挑んだ苦戦の軌跡を描く山岳小説。
に-1-34

新田次郎
富士山頂
富士頂上に気象レーダーを建設せよ！　昭和38年に始動した国家プロジェクトにのぞむ気象庁職員を始めとした男達の苦闘を、新田自身の体験を元に描き出した傑作長篇。（尾崎秀樹）
に-1-41

新田次郎
冬山の掟
冬山の峻厳さを描く表題作のほか、「地獄への滑降」「遭難者」「遺書」「霧迷い」など遭難を材にした全十編。山を前に表出する人間の本質を鋭く抉り出した山岳短編集。（角幡唯介）
に-1-42

新田次郎
芙蓉の人
明治期、天気予報を正確にするには、富士山頂に観測所が必要だ、との信念に燃え厳冬の山頂にこもる野中到と、命がけで夫の後を追った妻・千代子の行動と心情を感動的に描く。
に-1-43

新田次郎・藤原正彦
孤愁〈サウダーデ〉
新田次郎の絶筆を息子・藤原正彦が書き継いだポルトガルの外交官モラエスの評伝。新田の精緻な自然描写に、藤原が描く男女の機微。モラエスが見た明治の日本人の誇りと美とは。（縄田一男）
に-1-44

新田次郎
ある町の高い煙突
日立市の「大煙突」は百年前、いかにして誕生したか。煙害撲滅のために立ち上がる若者と、住民との共存共栄を目指す企業。今日のＣＳＲ（企業の社会的責任）の原点に迫る力作長篇。
に-1-45

（　）内は解説者。品切の節はご容赦下さい。

赤塚不二夫
これでいいのだ
赤塚不二夫自叙伝

「これでいいのだ！」の人生観で波瀾万丈の生涯を楽しんだ不世出の漫画家・赤塚不二夫。この自叙伝から、赤塚ギャグに息づく〝家族〟という真のテーマが見えてくるのだ！　（武居俊樹）

あ-50-1

明石家さんま　原作
Ｊｉｍｍｙ

一九八〇年代の大阪。幼い頃から失敗ばかりの大西秀明は、高校卒業後なんば花月の舞台進行見習いに。人気絶頂の明石家さんまに出会い、孤独や劣等感を抱きながら芸人として成長していく。

あ-75-1

磯田道史
無私の日本人

貧しい宿場町の商人・穀田屋十三郎、日本一の儒者でありながら栄達を望まない中根東里、絶世の美女で歌人の大田垣蓮月――無名でも清らかに生きた三人の日本人を描く。　（藤原正彦）

い-87-3

海老沢泰久
美味礼讃

彼以前は西洋料理だった。彼がほんもののフランス料理をもたらした。その男、辻静雄の半生を描く伝記小説――世界的な料理研究家辻静雄は平成五年惜しまれて逝った。　（向井　敏）

え-4-4

小川三夫・塩野米松　聞き書き
棟梁
技を伝え、人を育てる

法隆寺最後の宮大工の後を継ぎ、共同生活と徒弟制度で多くの弟子を育て上げてきた鵤《いかるが》工舎の小川三夫棟梁。後世に語り伝える技と心。数々の金言と共に、全てを語り尽くした一冊。

お-55-1

大竹昭子
須賀敦子の旅路
ミラノ・ヴェネツィア・ローマ、そして東京

旅するように生きた須賀敦子の足跡を生前親交の深かった著者がたどり、その作品の核心に迫る。そして、初めて解き明かされる作家・須賀敦子を育んだ「空白の20年」。　（福岡伸一）

お-74-1

大杉　漣
現《げん》場《ば》者《もん》
300の顔をもつ男

若き日に全てをかけた劇団・転形劇場の解散から、ピンク映画で初めて知った映像の世界、北野武監督との出会いまで――。現場で生ききった唯一無二の俳優の軌跡がここに。　（大杉弘美）

お-75-1

（　）内は解説者。品切の節はご容赦下さい。

鹿島　茂
渋沢栄一　上　算盤《そろばん》篇
生涯で五百を数える事業に関わり、日本の資本主義の礎を築き、ドラッカーも絶賛した近代日本最高の経済人。彼の土台となったのは、論語と算盤、そしてパリ仕込みの経済思想だった！
か-15-8

鹿島　茂
渋沢栄一　下　論語篇
明治から昭和の間、日本の近代産業の発展に深く関わりながら、九十まで生きた後半生を、福祉や社会貢献、対外親善に捧げた渋沢栄一。現代日本人に資本主義のあり方を問い直す一冊。
か-15-9

かこさとし
未来のだるまちゃんへ
『だるまちゃんとてんぐちゃん』などの絵本を世に送り出してきた著者。戦後のセツルメント活動で子供達と出会った事が、絵本創作の原点だった。全ての親子への応援歌！（中川李枝子）
か-72-1

佐野眞一
旅する巨人
宮本常一と渋沢敬三
柳田国男以降、最大の業績を上げたといわれる民俗学者・宮本常一の生涯を、パトロンとして支えた財界人・渋沢敬三との対比を通して描いた傑作評伝。第二十八回大宅賞受賞作。（稲泉　連）
さ-11-8

佐藤愛子
佐藤家の人びと
――「血脈」と私
小説家・佐藤紅緑を父に、詩人サトウハチローを兄にもち、その家族の波瀾の日々を描いた小説『血脈』。一族の情熱と葛藤を、執筆当時を振り返りつつ、資料や写真と共にたどる一冊。
さ-18-14

佐々木健一
辞書になった男
ケンボー先生と山田先生
一冊の辞書を共に作っていた二人の男、見坊豪紀と山田忠雄はやがて決別、二冊の国民的辞書が生まれた。「三国」と「新明解」に秘められた衝撃の真相。日本エッセイスト・クラブ賞受賞。
さ-69-1

佐々木健一
Mr.トルネード
藤田哲也　航空事故を激減させた男
1975年NYで起きた航空機墜落事故。誰も解明できなかった事故原因を突き止めたのが天才科学者・藤田哲也。敗戦からアメリカへわたった彼の数奇な運命とは？（元村有希子）
さ-69-2

城山三郎
「粗にして野だが卑ではない」
石田禮助の生涯
三井物産に三十五年間在職、華々しい業績をあげた後、七十八歳で財界人から初めて国鉄総裁になった〝ヤング・ソルジャー〟の堂々たる人生を描く大ベストセラー長篇。（佐高　信）
し-2-17

城山三郎
もう、きみには頼まない
石坂泰三の世界
第一生命、東芝社長を歴任、高度成長期に長年、経団連会長を務め、大阪万国博覧会では協会会長を務めるなど、〝日本の陰の総理〟〝財界総理〟と謳われた石坂泰三の生涯を描く長篇。
し-2-23

田辺聖子
古今盛衰抄
古き代に生まれ、恋し、苦しみ、戦い、死んでいった14人の歴史のスターたち。そんな愛すべき人びとは、歴史の中で何を思い、いかに生き、死んでいったのか。古典&歴史文学散歩。（大和和紀）
た-3-55

出町　譲
清貧と復興　土光敏夫100の言葉
国家再建に命を懸けた男「メザシの土光さん」の至言が現代に甦る。「自分の火種は、自分で火をつけよ」「個人は質素に、社会は豊かに」「社員は三倍、重役は一〇倍働け」。（末延吉正）
て-10-1

夏目鏡子　述・松岡　譲　筆録
漱石の思い出
見合いから二十年間を漱石と共に生きた鏡子夫人でなければ語り得ない、人間漱石の数々のエピソードを松岡譲が筆録。漱石研究に欠かせない古典的価値を持つ貴重な文献。（半藤末利子）
な-28-1

中原一歩
小林カツ代伝
私が死んでもレシピは残る
戦後を代表する料理研究家・小林カツ代。「家庭料理のカリスマ」と称された天性の舌はどのように培われたのか。時代を超えて愛される伝説のレシピと共に描く傑作評伝。（山本益博）
な-81-1

新田次郎・藤原正彦
孤愁〈サウダーデ〉
新田次郎の絶筆を息子・藤原正彦が書き継いだポルトガルの外交官モラエスの評伝。新田の精緻な自然描写に、藤原が描く男女の機微。モラエスが見た明治の日本人の誇りと美とは。（縄田一男）
に-1-44

（　）内は解説者。品切の節はご容赦下さい。

蜷川実花
蜷川実花になるまで
好きな言葉は「信号無視」！　自由に生きるためには何が必要なのか。様々な分野を横断的に活躍する稀代のカリスマ写真家が語る、人生と仕事について。初の自叙伝的エッセイ。
に-24-1

羽生善治
羽生善治　闘う頭脳
ビジネスに役立つ発想のヒントが満載！　棋士生活30年を越え、常にトップを走り続ける天才の卓越した思考力、持続力、発想力はどこから湧き出るのか。自身の言葉で明らかにする。
は-50-1

ビートたけし
漫才病棟
浅草の演芸場は売れない芸人の溜まり場だった。とんでもない奴らの、舞台より面白い毎日。若き下積み芸人達のおかしくも哀しい日々を自ら描く、自伝的長篇小説。（野坂昭如）
ひ-10-1

福田和也
地ひらく　石原莞爾と昭和の夢（上下）
「戦争の世紀」を駆け抜けた陸軍史上最大の奇才が夢見た日本の姿とは？　石原莞爾が辿った足跡と昭和日本が直面した国際政治のダイナミズムを活写した山本七平賞受賞作。（野田宣雄）
ふ-12-2

福田和也
乃木希典
旅順で数万の兵を死なせた「愚将」か、自らの存在をもって帝国陸軍の名誉を支えた「聖人」か？　幼年期から殉死までをつぶさに追い、乃木希典の実像に迫る傑作評伝。（兵頭二十八）
ふ-12-6

福田和也
昭和天皇　第七部　独立回復（完結篇）
「私は退位したいと思う。どう思うか」——昭和二十年の敗戦から立ち上がる天皇と国民。人間宣言、東京裁判、新憲法公布……。構想十年、圧巻の大河評伝がここに完結す！
ふ-12-14

松田美智子
サムライ　評伝　三船敏郎
栄光に彩られた国際的映画スターは、一方で数々のスキャンダルにまみれた。不仲と噂された黒澤明監督との関係から認知症に苦しめられた最晩年まで、徹底した取材でその実像に迫る。
ま-35-1

（　）内は解説者。品切の節はご容赦下さい。

三好　徹
チェ・ゲバラ伝　増補版
世界記憶遺産として南米だけでなく全世界で人気を誇る英雄・ゲバラ。裕福な一族に生まれた男は、なぜ医者の道を捨て、革命に身を投じたのか？　不朽の傑作評伝。新章追加。
み-8-13

向田和子
向田邦子の遺言
どこで命を終えるのも運です──死の予感と家族への愛。茶封筒の中から偶然発見した原稿用紙の走り書きは、姉邦子の遺言だった。没後二十年、その詳細を、実妹が初めて明らかにする。
む-9-3

村上世彰
生涯投資家
二〇〇六年、ライブドア事件に絡んでインサイダー取引容疑で逮捕された風雲児が、ニッポン放送株取得の裏側や、投資家としての理念と思いを書き上げた半生記。　（池上　彰）
む-17-1

森本俊司
ディック・ブルーナ
ミッフィーと歩いた60年
小さなうさぎの女の子ミッフィーの絵本は、多くの国で翻訳され、世界中の子どもたちに愛されてきた。作者ブルーナに取材をしてきた著者がその生涯をたどった本格評伝。　（酒井駒子）
も-31-1

山川静夫
私の「紅白歌合戦」物語
令和元年暮れに七十回目を迎えた紅白歌合戦。昭和四十九年より九年連続で白組司会を務めた元NHKアナウンサーだから書ける舞台の裏側。誌上での再現放送や、当時の日記も公開。
や-13-6

湯川　豊
植村直己・夢の軌跡
数々の偉業を打ちたてながら四十三歳で冬期マッキンリーに消えた植村の軌跡を、活動を支え夢を共に追い続けてきた著者が綴る。没後三十年に初めて描かれた稀代の冒険家の肖像。
ゆ-12-1

文藝春秋　編
吉村昭が伝えたかったこと
3・11後に多く読まれた『三陸海岸大津波』『関東大震災』の検証、吉村昭の史実へのこだわりと姿勢を各界識者が解説、全作品ガイドと年譜も収録。今こそ知りたい誠実な箴言。
よ-1-90